D1321962

MADAME BOVARY

GUSTAVE FLAUBERT

MADAME BOVARY

Chronologie et préface
par
Jacques Suffel

GARNIER-FLAMMARION

CHRONOLOGIE

1821 : Naissance, à Rouen, le 12 décembre, de Gustave Flaubert, fils du chirurgien Achille-Cléophas Flaubert, d'origine champenoise, et de Justine-Caroline Fleuriot, issue d'une famille de médecins et d'armateurs normands. Son enfance se passe à l'Hôtel-Dieu, hôpital que dirige son père. Il a un frère aîné, Achille, né en 1813, qui sera chirurgien comme le père, et une sœur cadette, Caroline, née en 1824.

1832 : En février, Gustave entre au collège Royal (lycée de Rouen) où il fera ses études, d'abord comme interne, puis, à partir de 1838, comme externe. Il se passionne pour la littérature et commence, dès 1835, à composer des récits ; il rédige un journal littéraire : *Art et progrès*.

1836 : A Trouville, pendant les vacances d'été, il rencontre la femme de l'éditeur de musique Maurice Schlésinger (Elisa Foucault) et une passion sans espoir le bouleverse.

1837-1839 : Il compose un drame, *Loys XI*, et de nombreuses nouvelles : *Rêve d'enfer*, *Passion et vertu* (qui s'apparente, par certains épisodes, à *Madame Bovary*), *Mémoires d'un fou* (première esquisse de *l'Education sentimentale*), *Smahr* (première esquisse de *la Tentation de saint Antoine*). Il collabore au *Colibri*, petit journal rouennais. Avec ses camarades de collège, il imagine *le Garçon*, prototype de Homais.

1840 : Reçu bachelier, le 23 août, il entreprend, quelques jours plus tard, un voyage aux Pyrénées et en Corse avec un ami de son père, le docteur Jules Cloquet. — A Marseille, aventure avec Eulalie Foucaud de Langlade.

1841 : Le 10 novembre, Gustave Flaubert s'inscrit à la faculté de Droit de Paris.

1842 : Par tirage au sort, il est exempté du service militaire. Il compose *Novembre*, tout en préparant son
droit. — Le 28 décembre, il est reçu à l'examen de
première année. — A Paris, il fréquente les familles
Pradier et Collier, et réussit à se lier intimement avec
le ménage Schlésinger.

1843 : Il commence *l'Education sentimentale* (première
version) et se lie d'amitié avec Maxime Du Camp
(né en 1822, fils, comme Flaubert, d'un chirurgien). —
Mai : mise en service de la ligne de chemin de fer
Paris-Rouen. — 21 août : Flaubert échoue à l'examen
de deuxième année à la faculté de Droit.

1844 : Janvier. Au cours d'un voyage à Pont-l'Evêque,
Flaubert tombe, comme frappé d'apoplexie, dans le
cabriolet qu'il conduisait. Un régime sévère lui est
imposé, il renonce à poursuivre ses études de droit. —
Au printemps, le docteur Flaubert achète la maison de
Croisset où Gustave passera la majeure partie de sa vie.

1845 : 3 mars. Mariage de Caroline Flaubert avec
Emile Hamard; le voyage de noces en Italie s'effectue
de compagnie avec la famille Flaubert. A Gênes, Gustave remarque un tableau de Breughel, représentant
saint Antoine.

1846 : 15 janvier. Mort du docteur Flaubert. Son fils
Achille lui succède à l'Hôtel-Dieu. — 23 mars : Caroline Hamard meurt d'une fièvre puerpérale quelques
semaines après avoir accouché d'une fille, Désirée Caroline. — Avril : Gustave Flaubert s'installe à Croisset
avec sa mère et la petite Caroline, sa nièce. — Mai :
il compose une comédie en vers, en collaboration avec
Louis Bouilhet et Maxime Du Camp. — 29 juillet : à
Paris, liaison de Flaubert avec Louise Colet, rencontrée
chez Pradier. — 4 août : première lettre à la « Muse »
(Louise Colet). La correspondance se poursuivra
jusqu'en 1855. — 9-10 septembre : premier rendez-
vous de Flaubert et de Louise Colet à Mantes, à l'hôtel
du Grand-Cerf.

1847 : Mai-juillet. Flaubert et Du Camp entreprennent
un voyage en Touraine et en Bretagne (relaté dans
Par les champs et par les grèves, œuvre que les deux
auteurs renoncèrent à publier).

1848 : Le 24 février, Flaubert et Bouilhet séjournent à

Paris; la révolution éclate sous leurs yeux. — Mars :
première rupture de Flaubert avec Louise Colet. —
3 avril : mort d'Alfred Le Poittevin, ami d'enfance de
Flaubert. — 24 mai : Flaubert commence *la Tentation
de saint Antoine* (première version). — Juin : Du Camp,
garde national, est blessé pendant les jours d'émeute;
il sera décoré en fin d'année.

1849 : Avril. Flaubert et Du Camp décident d'entre-
prendre ensemble un voyage au Moyen-Orient. —
Auparavant Flaubert veut achever *la Tentation de
saint Antoine,* qui est terminée le 12 septembre. L'œuvre
est lue à Bouilhet et à Du Camp qui la déclarent man-
quée. — Le 4 novembre, Flaubert et Du Camp s'em-
barquent à Marseille; arrivée à Alexandrie, le 15. Le
28, ils sont au Caire.

1850 : 6 février. Départ du Caire, à bord d'une cange qui
remonte le cours du Nil, à travers la haute Egypte. Le
6 mars, visite à la courtisane Kutchiuk-Hânem. —
En juillet, retour à Alexandrie et embarquement à
destination de Beyrouth. — Août-septembre : Jéru-
salem, Nazareth, Damas, Baalbeck, Tripoli. — Octobre :
Rhodes, Smyrne. — Arrivée à Constantinople le
13 novembre; séjour d'un mois. — 18 décembre :
Athènes.

1851 : Janvier. Séjour en Grèce (Parthénon, Thermopyles,
Péloponnèse). — Le 10 février, embarquement pour
Brindisi. — Mars-mai : Naples, Rome, Florence,
Venise. — Juin : Flaubert est rentré à Croisset. —
Juillet : il renoue avec Louise Colet. — 19 septembre :
il commence *Madame Bovary.* — Le 2 décembre, il
est à Paris et assiste au coup d'Etat.

1852 : Il travaille à « *la Bovary* » et rencontre Louise Colet
tous les trois mois à Paris ou à Mantes. — En juin, il
se querelle avec Du Camp, qui est devenu depuis
quelques mois codirecteur de la *Revue de Paris* et
amant de Valentine Delessert. Refroidissement des
relations entre les deux amis.

1853 : Rédaction de *Madame Bovary* (2e partie), rencontres
trimestrielles avec Louise Colet. Flaubert entre en
correspondance avec V. Hugo. — En novembre, Flaubert écrit à Schlésinger qui, ruiné, s'est retiré à Bade
avec les siens.

1854 : Rédaction de *Madame Bovary* (2e partie). Flaubert se lie avec l'actrice Béatrix Person. — Octobre : rupture avec Louise Colet.

1855 : Rédaction de *Madame Bovary* (2e et 3e parties). — 6 mars : dernière lettre à Louise Colet.

1856 : Achèvement de *Madame Bovary*. — Avril : Du Camp achète le roman 2 000 F. pour la *Revue de Paris*. — Mai : Flaubert fait des corrections et des coupures et expédie, le 31, la copie ainsi retouchée. — 14 juillet : Du Camp propose de supprimer les « longueurs » de *Madame Bovary*, Flaubert refuse. — 1er octobre : la *Revue de Paris* commence à publier *Madame Bovary;* cette publication se répartit en six numéros. Certains passages scabreux ayant été coupés, Flaubert, qui s'est installé à Paris, 42, boulevard du Temple, fait insérer une protestation dans le fascicule du 15 décembre. — Le 24 décembre, il cède *Madame Bovary* à l'éditeur Michel Lévy, pour cinq années, moyennant 800 F. (Il recevra en outre une « prime » de 500 F.)

1857 : Janvier. Flaubert est convoqué chez le juge d'instruction. Démarches pour essayer d'arrêter les poursuites. Le procès de *Madame Bovary* est plaidé le 29, devant la 6e chambre du Tribunal correctionnel à Paris. — 7 février : acquittement. — Mars : après quelques hésitations, Flaubert renonce à publier *la Tentation de saint Antoine* et annonce à ses amis que son prochain roman aura pour sujet *Carthage*. — Avril : *Madame Bovary* paraît chez Michel Lévy (2 vol. in-12, à 1 F.). Grand succès. — Septembre-décembre : Flaubert rédige le premier chapitre de *Salammbô* (titre définitif de *Carthage*).

1858 : Janvier-mars. A Paris, Flaubert fréquente les gens de lettres : Sainte-Beuve, Gautier, Ernest Feydeau; est reçu chez les « lionnes » : Jeanne de Tourbey, Aglaé Sabatier (la Présidente), Arnould-Plessy, Esther Guimont. — Ayant reconnu la nécessité de visiter les ruines de Carthage, il s'embarque à Marseille, le 16 avril, et séjourne en Tunisie jusqu'à la fin de mai. Il est de retour à Croisset le 12 juin. — Juillet-décembre : rédaction de *Salammbô* (chap. II et III).

1859 : Rédaction de *Salammbô* (chap. IV-VII). — Au cours de l'été, Flaubert tombe malade, période de dépression jusqu'en novembre. — Il passe l'hiver à Paris.

1860 : Rédaction de *Salammbô* (chap. VII-X). Flaubert passe l'hiver à Croisset; ses relations avec Du Camp sont redevenues bonnes.

1861 : Rédaction de *Salammbô* (chap. X-XIV). Flaubert, qui « s'oursifie » de plus en plus, ne séjourne à Paris qu'en mai. En juin, il fait le serment de ne plus quitter Croisset avant d'avoir achevé son roman.

1862 : Janvier. Maladie de Mme Schlésinger, internée en Allemagne. — 15 février : Flaubert part pour Paris, où il met la dernière main à *Salammbô*. — Mai : avant de regagner Croisset, il charge Ernest Duplan de négocier avec Michel Lévy la publication du roman. — Juillet : il confie son manuscrit à Du Camp. — 9 août : il se rend à Vichy, avec sa mère et sa nièce; séjour d'un mois. — 11 septembre : signature à Paris du nouveau traité avec Michel Lévy; *Salammbô* et *Madame Bovary* sont cédées pour dix ans, moyennant 10 000 F. — 24 novembre : publication de *Salammbô* (1 vol. in-8°, daté de 1863). — 23 décembre : Flaubert rédige sa réponse aux critiques de Sainte-Beuve.

1863 : Janvier. Période mondaine. Le 21, Flaubert dîne chez la princesse Mathilde. — Le 24, il publie sa réponse à Frœhner, à la même époque commence sa correspondance avec George Sand. — 23 février : il participe au dîner Magny, récemment créé. — Juin-juillet : saison à Vichy. — Août : il travaille à une féerie, *le Château des Cœurs*, en collaboration avec Bouilhet et d'Osmoy. — Novembre : il s'installe à Paris pour l'hiver.

1864 : Janvier. Fiançailles de sa nièce Caroline avec Ernest-Octave-Philippe, dit Commanville (né en 1834); le mariage a lieu le 6 avril. — Mai : Flaubert établit le plan de *l'Education sentimentale*, et commence la rédaction en septembre. — 12-16 novembre : il est invité à Compiègne, chez l'Empereur.

1865 : Rédaction de *l'Education sentimentale* (1re partie)— Janvier-mai : séjour à Paris. — Juillet : Flaubert rejoint Du Camp à Bade, il rencontre peut-être Elisa Schlésinger.

1866 : Rédaction de *l'Education sentimentale* (2e partie). — Janvier-mai : séjour à Paris. — Juillet : voyage à Londres. — Août : à Saint-Gratien, chez la princesse Mathilde; le 15, Flaubert est nommé chevalier de la

Légion d'honneur. — En août et en novembre, visites de G. Sand à Croisset.

1867 : Rédaction de *l'Education sentimentale* (2ᵉ partie). — Février-mai : séjour à Paris. — En mars, Flaubert rencontre Elisa Schlésinger. — En juin, il assiste au bal des Tuileries.

1868 : Rédaction de *l'Education sentimentale* (3ᵉ partie). — Février-mai : séjour à Paris. Flaubert néglige un peu les dîners chez Magny, mais reste assidu chez la princesse Mathilde. — 30 juillet-6 août : à Saint-Gratien. De retour à Croisset vers le 10 août, il travaille dans la solitude jusqu'au printemps.

1869 : A la fin de mars, *l'Education sentimentale* étant presque terminée, Flaubert part pour Paris. — En mai, il loue un appartement au 4, rue Murillo et s'apprête à quitter le boulevard du Temple. — Le 16, il annonce que *l'Education* est finie. — Du Camp lit et annote *l'Education*. — Juin : de retour à Croisset, Flaubert remanie *la Tentation de saint Antoine*. — 18 juillet : mort de Louis Bouilhet. — *L'Education* paraît le 17 novembre (2 vol. in-8º, datés de 1870). Mauvaise presse. — 22 décembre : Flaubert se rend à Nohant chez George Sand.

1870 : Janvier-avril. A Paris, Flaubert est mal portant. — Mai : à Croisset, il prépare une notice sur Bouilhet. — En juillet, il remanie une comédie de Bouilhet, *le Sexe faible;* la guerre interrompt ce travail. — Septembre : Flaubert est infirmier à Rouen, puis lieutenant dans la Garde nationale. — Novembre : les Prussiens sont à Croisset.

1871 : 28 janvier. Armistice. Flaubert retire son ruban de la Légion d'honneur. — Mars : il se rend à Bruxelles avec Dumas fils, pour apporter à la princesse Mathilde un témoignage de fidélité. — Avril : il se réinstalle à Croisset. — Mai : mort de Maurice Schlésinger. — Juin : il visite Paris, après les destructions de la Commune. — Août : à Saint-Gratien, chez la princesse Mathilde, qui est rentrée d'exil. — Novembre : Mme Schlésinger fait une visite à Croisset. Flaubert remanie une fois de plus *la Tentation de saint Antoine.* Il voit souvent Léonie Brainne, jeune veuve dont il est très épris.

1872 : 17 janvier. Flaubert adresse une *Lettre au Conseil municipal de Rouen,* concernant le projet d'un monument Bouilhet. — Février : Michel Lévy édite *Dernières chansons*, de Louis Bouilhet (préface de Flaubert); cette publication est à l'origine de la brouille entre Flaubert et Lévy. — 6 avril : mort de la mère de Flaubert. L'écrivain achève *Saint Antoine* au cours de l'été.

1873 : Janvier. Flaubert séjourne à Paris jusqu'au printemps. — En mai, il signe un traité avec Lemerre, pour l'édition elzévirienne de *Madame Bovary*. — 20 juin : accord avec Charpentier, pour les nouvelles éditions de *Madame Bovary* et de *Salammbô*. — Septembre : Flaubert compose sa comédie *le Candidat*. — Décembre : il cède à Charpentier *la Tentation de saint Antoine*.

1874 : 11 mars. Création du *Candidat* au théâtre du Vaudeville. L'auteur retire sa pièce à la 4e représentation. — Avril : publication de *la Tentation de saint Antoine* (1 vol. in-8°). — Juin : à Croisset, Flaubert prépare son dernier ouvrage, *Bouvard et Pécuchet*. Juillet : séjour en Suisse; Flaubert rêve d'un grand roman sur le second Empire.

1875 : Janvier-mai. A Paris, l'écrivain travaille dans l'inquiétude, la situation de son neveu Commanville devenant alarmante; il liquide son appartement de la rue Murillo et s'installe 240, faubourg saint-Honoré, dans la même maison que les Commanville. — 9 mai : il rentre à Croisset plein d'angoisse; le déficit de Commanville dépasse le million. Pour empêcher la faillite, Flaubert vend sa ferme de Deauville (200 000 F.); il annonce sa ruine à ses amis. — Septembre : séjournant à Concarneau, chez son ami Pouchet, il commence *la Légende de saint Julien l'Hospitalier*.

1876 : Janvier-mars. A Paris, il achève *Saint Julien* et commence *Un cœur simple*. — 8 mars : mort de Louise Colet. — 10 juin : il assiste à Nohant aux obsèques de George Sand et regagne Croisset après une absence de neuf mois. — Il achève *Un cœur simple* en août et commence *Hérodias* en novembre.

1877 : Février. A Paris, il prépare la publication des *Trois Contes*, qui paraissent chez Charpentier en avril (1 vol. in-18 jésus). — En juin, Flaubert est à Croisset et travaille à *Bouvard*. Il songe à un livre sur *la Bataille des Thermopyles*.

1878 : Janvier-mai. A Paris. — Juin : retour à Croisset.

Flaubert travaille avec régularité, mais il est sans argent, sa santé est délabrée.

1879 : Le 25 janvier, il se fracture le péroné et doit s'aliter près de trois mois. N'ayant pas obtenu le poste de conservateur de la Bibliothèque Mazarine, il se voit du moins accorder, en mai, un poste subalterne (hors cadre) à partir du 1er juillet (3 000 F par an). En septembre il séjourne à Saint-Gratien pour la dernière fois et, le 22, rentre à Croisset qu'il ne quittera plus. — Octobre : *Salammbô* paraît chez Lemerre dans la collection elzévirienne. — Novembre : *l'Education sentimentale* paraît chez Charpentier.

1880 : Janvier. Flaubert commence le chapitre x et dernier de *Bouvard et Pécuchet*. — Février : il reçoit les épreuves de *Boule de Suif*, conte de son disciple Maupassant. Ce dernier est poursuivi pour un poème licencieux, Flaubert lui adresse une lettre publique. Le 26, Maxime Du Camp est élu à l'Académie française. — Avril : Flaubert reçoit le livre de Maupassant, *Des vers*, qui lui est dédié. — Au printemps, Flaubert se prépare à partir pour Paris ; le 8 mai, il est terrassé par une hémorragie cérébrale, et meurt en quelques heures. — Inhumation, le 11, à Rouen. — Le 15 décembre, la *Nouvelle Revue* commence la publication de *Bouvard et Pécuchet*.

PRÉFACE

Imaginez un jeune provincial, totalement inconnu, d'une santé médiocre, d'une sensibilité extraordinaire, d'une indomptable volonté. Passionné de littérature, il rêve d'égaler les plus grands, — Balzac, Stendhal, Chateaubriand, — ce qui n'est pas une mince ambition. Il travaille comme un forçat, des années durant, consumant ses jours et ses nuits sur la page d'écriture hérissée de corrections, sur la phrase « qui n'est pas mûre ». Finalement, s'étant forgé un style à la fois robuste et brillant, il se révèle, dans l'art du roman, digne d'être comparé à ce que fut Racine dans l'art de la tragédie, ce qui revient à dire que son nom restera attaché à quelques-uns des chefs-d'œuvre les plus parfaits de la langue française.

Tel fut Gustave Flaubert, auteur immortel de l'immortelle *Madame Bovary*.

Fils et frère de médecins, il naquit à Rouen, en 1821, dans l'hôpital que dirigeait son père, et grandit « au milieu de toutes les misères humaines ». Dès l'âge de quinze ans, il fut ravagé par un amour sans espoir. Puis, à vingt-deux ans, il fut terrassé par un mal étrange, proche de l'épilepsie. Il guérit, mais fut marqué pour la vie.

Sa carrière s'écoula, entre sa mère et sa nièce, dans un isolement qui fut souvent presque monacal. Retiré à Croisset, petite commune de la banlieue rouennaise, il lisait ou écrivait dix ou douze heures par jour. Quelques rares amis (Alfred Le Poittevin, Louis Bouilhet, Maxime Du Camp), quelques maîtresses plus ou moins attitrées (Louise Colet, Louise Pradier), furent ses seuls confidents.

De temps à autre, il voyagea. C'est ainsi qu'en 1849

il entreprit, avec Maxime Du Camp, une randonnée en
Orient qui se prolongea pendant près de deux ans.

A vrai dire, c'est surtout la littérature qui lui procurait
la bienheureuse évasion. Elle le délivrait de son ennui,
de ses chagrins.

En septembre 1851, au retour du voyage en Orient,
il se décide à écrire un roman de mœurs provinciales.
Il a trente ans.

On suit pas à pas dans sa correspondance (dans ses
lettres à Louise Colet surtout) l'élaboration de cette
œuvre qui sera *Madame Bovary*. Chaque jour il se mettait
au travail, au début de l'après-midi, et poursuivait sa tâche
très tard dans la nuit, souvent jusqu'à l'aube. Sa fenêtre
allumée servait de fanal aux mariniers qui passaient sur
la Seine devant sa maison. Parfois, au cours de la journée, il se promenait dans son jardin, en lisant à voix haute
la page qu'il venait de recopier. « Ce n'est pas une petite
affaire que d'être simple, disait-il. J'ai peur de tomber
dans le Paul de Kock ou de faire du Balzac chateaubria-
nisé. »

Bien qu'il n'eût encore rien publié, il n'était nullement
un débutant, ayant déjà écrit trois ou quatre romans,
des études philosophiques et des récits de voyages, tout
cela resté enfoui dans ses tiroirs.

Maître de sa plume (une plume d'oie qu'il trempait
dans un encrier de bronze en forme de crapaud), connaissant tous les secrets de son métier, lentement, métho-
diquement, avec une surprenante sûreté, il composa son
poème. Sa lenteur l'exaspérait, mais à aucun moment il
ne se fit la moindre concession sur la qualité de son
style. Il méditait avec un soin extrême chaque épisode
de son plan (on possède environ soixante-dix esquisses
de plans), étudiait et pesait minutieusement chaque
phrase et chaque mot, afin de donner à son texte la fermeté, l'harmonie et la belle simplicité de la grande prose
classique. La naissance du chef-d'œuvre fut à ce prix.

Le sujet du livre lui avait été fourni par un obscur
scandale, survenu dans un village du pays normand. Une
lettre de Maxime Du Camp, datée du 23 juillet 1851,
apporte sur ce point une indication précise : « *Que fais-tu ?*
demande Maxime à Flaubert, *Que décides-tu ? Que tra-
vailles-tu ? Qu'écris-tu ? As-tu pris un parti ?... Est-ce
l'histoire de madame de Lamarre qui est bien belle ?...* »

On a retrouvé en effet la trace d'un pauvre diable
d'officier de santé, nommé Eugène Delamare, qui avait

été l'élève du docteur Flaubert, père du romancier. Ayant épousé, en premières noces, une femme plus âgée que lui, Delamare, devenu veuf, se remaria avec une personne de la région, nommée Adèle-Delphine Couturier. Union malheureuse : la jeune femme eut des aventures, fit des dettes et mourut, le 6 mars 1848, à l'âge de vingt-sept ans, laissant une fillette. Son suicide n'est pas certifié par des témoignages authentiques. L'année suivante, le mari s'éteignit à son tour. Telles sont les grandes lignes véridiques du roman.

Le ménage Delamare habitait un petit bourg de la Seine-Inférieure, appelé Ry. Comme nombre de nos villages, Ry ne compte qu'une seule rue. S'y échelonnent l'église, le presbytère, la mairie, la pharmacie, la place du marché et l'hostellerie du Lion d'Or. Un croquis de Flaubert, conservé dans son manuscrit, correspond à peu de chose près au plan de Ry. Néanmoins, certains chercheurs ont mis en doute le bien-fondé de l'identification, d'ailleurs tardive, de Ry avec l'imaginaire Yonville, où l'écrivain a situé son récit. On a fait observer que l'itinéraire suivi, dans le roman, par la vieille diligence *l'Hirondelle*, allant de Rouen à Yonville, rappelle, par plus d'un détail, la route qui va de Rouen à Forges-les-Eaux. Mais la modeste commune où souffre et pleure Emma Bovary ne ressemble aucunement à une station thermale telle que Forges-les-Eaux. Il convient donc de laisser à Ry le mérite d'évoquer le pays de notre héroïne, sans accepter toutefois la légende qui fut brodée ultérieurement dans le dessein de présenter l'historiette Delamare comme la source unique du romancier. On sait que les imaginations locales ont beaucoup ajouté à cette anecdote primitive et que la passion fut telle qu'en 1896 un mystérieux inconnu a fait disparaître la pierre tombale de Delphine Couturier, considérée comme le prototype de Mme Bovary.

Il faut bien l'avouer, on ne trouve pas trace du nom de Delamare dans les manuscrits de Flaubert, qui utilisa les témoignages les plus divers, remaniant et modifiant ses informations, tant et si bien qu'il est presque impossible aujourd'hui de déceler le mystère de leur origine.

Le nom même de Bovary provient-il de cette Esther de Bovery, citée en 1845 dans un procès plaidé à Rouen ? Fut-il au contraire suggéré à l'auteur par le nom de Bouvaret, son hôtelier du Caire ? Le collège de Rouen, où Flaubert fit ses études, apparaît au premier chapitre ;

mais une scène analogue figure dans le *Louis Lambert* de Balzac, et dans *Le Livre posthume* de Maxime Du Camp. Charles Bovary, étudiant en médecine, mène à Paris l'existence que mena Flaubert, lorsqu'il y faisait son droit; toutefois Louis Bouilhet, ancien carabin, a dû fournir plus d'un trait sur les mœurs de ses condisciples. L'épisode de la jambe cassée du père Rouault a donné lieu à un rapprochement avec un souvenir de voyage de Flaubert : en 1850, séjournant à Damas avec Du Camp, il soigna un matelot qui s'était fracturé le tibia, et l'homme marcha sans boiter, au bout de quarante-cinq jours. Le bal de la Vaubyessard, c'est la transposition d'une fête organisée par le marquis de Pomereu, au château du Héron : Flaubert y avait assisté, mais sa narration comporte mille détails qui ont pu être recueillis ailleurs. Quant au cachet portant la devise italienne : *Amor nel cor*, offert par Emma à Rodolphe, c'est un objet analogue (cadeau de Louise Colet à Flaubert, portant la même devise) qui en a suggéré l'idée.

Léon, amoureux transi, fait songer au jeune Flaubert, déchiré par sa passion pour Elisa Schlésinger, de qui la beauté brune présente d'ailleurs quelque ressemblance avec celle d'Emma. Et le même Léon, devenu l'amant triomphant, n'est-ce pas Flaubert encore, étreint par les beaux bras de Louise Colet, au cours des furtifs rendez-vous de Mantes ?

Louise Colet, poétesse estimable, dont on connaît les véhémences, a sans doute inspiré les éclats de colère de Mme Bovary, tandis qu'Edma Roger des Genettes, qui, selon Flaubert, faisait monter au front de son mari « des cornes grandes comme des cèdres », a pu procurer certaines indications sur la psychologie de la femme adultère.

On peut encore se demander si l'agonie d'Emma ne doit rien à celle de Caroline Hamard, la sœur chérie du romancier, morte à la fleur de l'âge, inhumée dans sa robe de mariée.

Certaines rencontres peuvent assurément être fortuites. Dans sa recherche obstinée du vrai, Flaubert ne s'est pas borné à se documenter chez autrui; il a souvent analysé ses propres émotions, interrogé son cœur. « *Madame Bovary, c'est moi...* » disait-il. Il disait aussi : « *C'est une histoire totalement inventée; je n'y ai rien mis ni de mes sentiments, ni de mon existence.* » Ce dont on ne saurait douter, c'est qu'il a utilisé des confessions extérieures.

Les scénarios primitifs montrent que Mme Bovary, lassée de l'adultère et de ses duplicités, se suicide en somme par neurasthénie. Dans la version définitive, la question d'argent passe au premier plan : ce sont les dettes qui entraînent la décision fatale de la jeune femme. L'auteur avait pu mesurer, en plus d'une circonstance, autour de lui, toute la gravité des embarras pécuniaires. Chez les Schlésinger, par exemple ; ou chez Louise Colet, toujours besogneuse. Mais c'est surtout Mme Pradier qui, sur ce point, le renseigna.

Les confidences de Louise Darcet, volage épouse du sculpteur Pradier, sont aujourd'hui bien connues. Mlle Gabrielle Leleu, bibliothécaire à la Bibliothèque de Rouen, a publié, en 1947, un singulier document retrouvé parmi les manuscrits de Flaubert. Les *Mémoires de madame Ludovica*, rédigés non sans verve par une personne à peu près illettrée, retracent les amours illicites et les folles dépenses de Louise Pradier. Son opiniâtre inconduite aboutit à un scandale : poursuites, saisies, vaines démarches auprès des créanciers, arrivée soudaine du mari... C'est à bon droit qu'on cite désormais, parmi les sources de *Madame Bovary*, les mésaventures de « la femme de Phidias » (ainsi surnommait-on l'intempérante Louise). « *Cette femme*, avoue le romancier dans une lettre de 1847, *me semble le type de la femme avec tous ses instincts, un orchestre de sentiments femelles...* »

Enfin, dans ce groupe d'ombres féminines, ne faut-il point ranger Mme Lafarge ? La tragique histoire de l'accusée du Glandier n'a évidemment rien de commun avec celle d'Emma Bovary. Mais il est incontestable que Marie Cappelle était, tout comme Emma, jolie, coquette, romanesque, vaniteuse, irritable et quelque peu menteuse. Comme Emma, elle éprouvait de l'indignation et du dégoût devant les façons d'un époux médiocre, dirigé par une mère revêche. Comme Emma, elle se laissa engluer dans un réseau de mensonges qui la perdit.

Si l'héroïne de Flaubert fut dotée de traits empruntés à différents modèles, on peut en dire autant des autres personnages qui animent ces scènes de la vie normande : Charles Bovary, Rodolphe Boulanger, Léon Dupuis, Lheureux, l'abbé Bournisien et le pharmacien Homais sont des figures composées. C'est le burin de l'artiste qui leur donne la vie, et les personnages secondaires (Tuvache, Binet, Justin, Guillaumin, et l'inoubliable Catherine-Nicaise-Elisabeth Leroux), d'une réalité non moins saisissante, gardent eux aussi leur secret. On s'est efforcé d'identifier Homais avec tel ou tel apothicaire de la région. En fait, ce bonhomme un peu caricatural, qui offre quelque ressemblance avec Joseph Prudhomme, s'apparente surtout au *Garçon*, créature mythique, inventée par Flaubert et ses amis pour symboliser le « Bourgeois moyen. « *Le personnage ridicule de mon roman*, déclare l'auteur dans une lettre inédite, *est un voltairien, philosophe matérialiste (comme le Garçon!)*... » Le romancier ne s'est pas contenté de copier des êtres pris sur le vif, il a créé des *types*.

Il avait d'abord espéré finir son œuvre presque aussi rapidement que *la Tentation de saint Antoine*, rédigée en un an et demi et qu'il ne publia que beaucoup plus tard, après de multiples transformations. Bientôt, il se rendit compte que sa nouvelle méthode de travail nécessiterait de longs délais : « *Il faudra quatorze ou seize mois de plus* », calcula-t-il. Finalement, *Madame Bovary* exigea près de cinq années d'effort.

L'écrivain procédait par grandes esquisses, dix fois reprises, transformées, allégées. Comme un peintre, il brossait des tableaux : la noce, le bal, l'auberge, les comices agricoles...

Avançant péniblement, il traversait des crises de doute et de découragement; pourtant il s'exaltait de plus en plus, s'unissant à ses personnages, vivant leur vie, se confondant avec eux. Et les grandes pages in-folio, couvertes de sa fine écriture, s'amoncelaient par centaines : on conserve à la Bibliothèque de Rouen 1 800 feuillets de brouillons, rédigés recto et verso, qui s'ajoutent aux 487 feuillets, eux aussi très raturés, du manuscrit définitif.

Le sobre récit de la promenade en forêt et de la chute d'Emma dans les bras de Rodolphe, qui se situe à peu près au centre de l'ouvrage, fut écrit vers la fin de l'année 1853. L'année suivante fut absorbée par la relation des rendez-vous d'Emma et de son amant, par l'épisode du pied bot (établi à l'aide du *Traité* médical de Vincent Duval) et par la soirée à l'Opéra de Rouen. La troisième partie fut composée en 1855, sur un rythme légèrement accéléré. Enfin la Bovary eut « son arsenic dans le ventre », l'œuvre était achevée vers Pâques 1856. Louis Bouilhet avait suivi de près, depuis le début, cette extraordinaire création, et la dédicace du roman, attestant la reconnaissance de l'auteur, est peut-être son plus beau titre de gloire.

Une copie du manuscrit fut établie par les soins d'un écrivain public, Dubois, 30 rue Saint-Marc à Paris, qui reproduisit le texte en belle ronde, bien lisible.

Restait à trouver un éditeur. Maxime Du Camp s'était depuis longtemps engagé à faire paraître l'ouvrage de son ami dans la *Revue de Paris* dont il était l'un des directeurs : « *Le jour où tu voudras publier*, lui avait-il écrit, le 29 octobre 1851, *tu trouveras, ce qui n'arrive à personne, ta place prête et réservée. Pas une seconde je ne t'ai séparé de moi dans ma pensée... Je te l'ai dit : ta place sera gardée, j'ai mis mon gant dessus.* »

Dès qu'il eut pris connaissance du manuscrit, Maxime ne cacha pas son enthousiasme. Un accord fut bientôt conclu et Flaubert annonça la nouvelle à son cousin Louis Bonenfant : « *Sache, ô cousin, que hier j'ai vendu un livre (terme ambitieux) moyennant la somme de deux mille francs... Le marché est fini. Je paraîtrai dans la* Revue de Paris, *pendant six numéros de suite, à partir de juillet. — Après quoi, je revendrai mon affaire à un éditeur qui la mettra en volume...* »

Malheureusement, Maxime Du Camp ne régnait pas seul à la *Revue*. Laurent Pichat, codirecteur, et Louis Ulbach, secrétaire de rédaction, se montrèrent beaucoup plus réservés que lui. « *Nous allions publier*, déclare Ulbach, *une œuvre étrange, hardie, cynique dans sa négation, déraisonnable à force de raison, fausse par trop de vérités de détail, mal observée à cause de l'émiettement pour ainsi dire de l'observation; sans tristesse généreuse.... sans élan... sans amour... Je demandai des corrections.* » Louis Ulbach est aujourd'hui bien oublié; s'il arrive que l'on cite encore son nom, c'est pour rappeler qu'il fut celui qui n'a pas compris *Madame Bovary*.

Le 14 juillet 1856, Maxime Du Camp écrivit à Flaubert une lettre embarrassée : à l'en croire, le roman était enfoui « *sous un tas de choses inutiles* », il était nécessaire de le dégager, d'opérer des suppressions. Pour une centaine de francs, un spécialiste en matière de coupures ferait de la *Bovary* « *une chose vraiment bonne* ».

L'auteur, indigné, courut défendre sa cause à Paris : après de laborieuses discussions, il consentit à faire lui-même un certain nombre de retouches et réussit à convaincre Pichat d'imprimer son œuvre presque intégralement.

Elle fut insérée dans la *Revue de Paris*, en six livraisons, qui s'échelonnèrent du 1er octobre au 15 décembre 1856. Mais, en cours de publication, de nouvelles coupures furent brusquement exigées par la rédaction. Ulbach soutenait que la scène du fiacre (3e partie, chapitre 1er), « *odyssée d'un tête-à-tête avec stores baissés* », était inadmissible. Derechef Du Camp intervint auprès de son ami : « *Il ne s'agit pas de plaisanter, ta scène du fiacre est impossible, non pour nous qui nous en moquons... mais pour la police correctionnelle qui nous condamnerait net.* » Dans le fascicule du 1er décembre, cet épisode fut en effet supprimé.

Flaubert s'emporta et fit paraître dans le numéro suivant (15 décembre) la fameuse protestation : « *Des considérations que je n'ai pas à apprécier ont contraint la Revue de Paris à faire une suppression dans le numéro du 1er décembre 1856. Ses scrupules s'étant renouvelés à l'occasion du présent numéro, elle a jugé convenable d'enlever plusieurs passages. En conséquence je déclare dénier la responsabilité des lignes qui suivent. Le lecteur est donc prié de n'y voir que des fragments et non pas un ensemble.* »

Déjà le bruit courait que le roman contenait des passages contraires aux bonnes mœurs et qu'il y avait matière à poursuites. De tels procès furent assez fréquents sous l'Empire : peu de temps auparavant Xavier de Montépin avait récolté trois mois de prison pour un conte de portière, *les Filles de plâtre* et, en 1857, Baudelaire sera, lui aussi, condamné.

L'auteur de *Madame Bovary* essaya de faire classer l'affaire, fit agir ses relations, pressentit des personnalités (notamment Abbatucci, ministre de la Justice), sollicita le témoignage d'écrivains illustres. Tout fut inutile.

Le 29 janvier 1857, déféré devant la VIe chambre du Tribunal correctionnel de la Seine, Flaubert prit place sur le banc des prévenus, à côté de Laurent Pichat, directeur de la *Revue*, et de Pillet, imprimeur, pour répondre des délits d'outrages à la morale publique et religieuse et aux bonnes mœurs.

Le président du Tribunal, nommé Dubarle, historien du droit romain, passait pour homme d'esprit. Le procureur impérial, Ernest Pinard, était un personnage de très petite taille, toujours dressé sur ses ergots, qui ne manquait pas d'éloquence. Il devint par la suite conseiller d'Etat, député, ministre. Il avait le même âge que Flaubert : trente-cinq ans.

En face de lui, le bâtonnier Sénard, grand bourgeois normand, vieil ami de l'accusé, était celui-là même qui avait, en 1848, brisé les émeutes de Rouen avec une fermeté singulière et qui, étant ministre de l'Intérieur, avait participé à la répression des journées de Juin. C'était un libéral, mais un homme d'ordre, et il n'est pas douteux que sa présence à la barre de la défense n'ait favorablement impressionné le Tribunal.

Pinard affirma que le livre n'était point moral, fit des citations bien choisies et requit la sévérité des juges : « *L'art sans règle n'est plus l'art*, s'écria-t-il dans sa péroraison ; *c'est comme une femme qui quitterait tout vêtement. Imposer à l'art l'unique règle de la décence publique, ce n'est pas l'asservir, mais l'honorer...* »

Sénard plaida avec chaleur, examinant en détail l'œuvre forte et triste qui était incriminée, comparant les passages critiqués à des textes d'académiciens illustres, comme Sainte-Beuve ou Mérimée, insistant sur la morale du roman : « *La lecture d'un tel livre*, s'écria-t-il, *donne-t-elle l'amour du vice, inspire-t-elle l'horreur du vice ? L'expiation si terrible de la faute ne pousse-t-elle pas, n'excite-t-elle pas à la vertu ? La lecture de ce livre ne peut pas produire sur vous une impression autre que celle qu'elle a produite sur nous, à savoir : que ce livre est excellent dans son ensemble, et que les détails en sont irréprochables...* »

Le soir même, Flaubert écrivait à son frère : « *Me Sénard a écrasé le ministère public... La salle était comble. C'était chouette et j'avais une fière balle... Le père Sénard a parlé pendant quatre heures de suite... Voici une de ses phrases : Vous lui devez non seulement un acquittement mais des excuses.* »

L'arrêt fut rendu huit jours plus tard : ce fut en effet l'acquittement, agrémenté d'ailleurs d'une semonce assez vive. Ce fut aussi, pour l'écrivain, le succès assuré, alors que son roman n'était pas encore édité en volume.

Il avait, dès le 24 décembre 1856, signé avec l'éditeur Michel Lévy un traité aux termes duquel il cédait *Madame Bovary* pour cinq années, moyennant le prix forfaitaire de 800 francs, auquel vint s'ajouter ultérieurement une prime de 500 francs.

Voulant profiter de la publicité imprévue occasionnée par le procès, Michel Lévy hâta l'impression et le chef-d'œuvre fut mis en librairie vers le 15 avril 1857.

Cette première édition parut, en deux tomes, dans

la collection à couverture verte, à un franc le volume, qui rassemblait alors les meilleurs auteurs de la maison Michel Lévy. Flaubert estima cette présentation un peu chétive et obtint de son éditeur un tirage spécial de cent cinquante exemplaires sur papier vélin, brochés en un seul volume, avec une couverture spéciale qui ne faisait pas mention du prix. Ces exemplaires de luxe, qui furent offerts à certains privilégiés (parents, personnalités politiques ou littéraires), sont devenus de nos jours des joyaux recherchés par les bibliophiles.

« *Hommage d'un inconnu...* » N'en croyons pas cette formule qu'employa modestement l'auteur en envoyant son livre à des écrivains importants : Sainte-Beuve, George Sand, Alexandre Dumas... En vérité, *Madame Bovary* l'avait, du jour au lendemain, rendu célèbre.

Tout le monde lut *Madame Bovary*, mais, il faut bien le dire, beaucoup de bons esprits furent choqués par la hardiesse de certaines descriptions. Le scandale que provoqua le roman, scandale qui semble aujourd'hui si absurde, parut à l'origine justifié.

La critique fut loin d'être toujours favorable. « *Ce livre est un des plus immoraux que je connaisse* », affirme un certain Dumesnil dans la *Chronique artistique et littéraire*. « *C'est la démocratie dans le roman* », déclare Armand de Pontmartin *(Le Correspondant)*. « *Œuvre laborieuse, vulgaire et coupable* », ainsi s'exprime Léon Aubineau dans *L'Univers*. « *Art de second ordre... nous méritons mieux* », tel est l'avis de Paulin Limayrac *(Le Constitutionnel)*. Granier de Cassagnac *(Le Réveil)* compare *Madame Bovary* à un « *gros tas de fumier* ». « *Ce qui manque à M. Flaubert*, écrit Texier dans *L'Illustration, c'est la science des contrastes et par conséquent la composition.* » Cuvillier-Fleury, le critique des *Débats*, n'est pas moins agressif : « *Dans Madame Bovary, si elle peut vieillir, il y a tout l'avenir d'une marchande à la toilette...* » Charles de Mazade *(Revue des Deux Mondes)* accorde à Flaubert « *un certain don d'observation vigoureuse et âcre; mais il saisit les objets pour ainsi dire par l'extérieur, sans pénétrer jusqu'aux profondeurs de la vie morale* ». Faut-il encore citer le nommé Claveau *(Courrier franco-italien)*, qui trouve le style de l'ouvrage « *commun à plaisir, trivial, sans force ni ampleur, sans grâce et sans finesse* », et qui reproche à Flaubert « *de n'avoir su donner d'intérêt véritable à aucun de ses personnages* » ?

Quant aux jeunes, ils n'étaient pas tous enthousiastes. Dans sa revue *Le Réalisme*, Duranty déclara : « *Il n'y a ni émotion, ni sentiment, ni vie dans ce roman, mais une grande force d'arithméticien...* »

Certes Sainte-Beuve se montra très élogieux, et aussi Barbey d'Aurevilly. Victor Hugo envoya de Guernesey une lettre chaleureuse : « *Madame Bovary est une œuvre...* » Michelet, Jules Janin, Champfleury exprimèrent leurs félicitations. Enfin Baudelaire, dans *l'Artiste*, feuille il est vrai peu répandue, salua avec éloquence l'apparition du chef-d'œuvre.

Si *Madame Bovary* provoqua tant de discussions, c'est qu'elle apportait dans la peinture des êtres et des choses un réalisme tout à fait nouveau, qui ne ressemblait point au réalisme, fortement teinté de romantisme, d'un Balzac ou d'un Stendhal. En outre, sous son apparente impassibilité, Flaubert peignait les mœurs de son temps avec une ironie méprisante, presque insultante.

Le second Empire ne fut point une époque exceptionnellement rigide en ce qui concerne la morale : c'était l'âge d'or de la bourgeoisie. Bien qu'issu d'une famille bourgeoise des plus honorables, Flaubert haïssait passionnément les bourgeois : égoïsme, hypocrisie, dureté de cœur, vanité, sottise, ce sont là les moindres défauts qu'il leur attribuait généreusement. En un temps entièrement dominé par cette classe sociale, la peinture des « bourgeois épanouis » parut insupportable.

Le romancier a puni son héroïne de ses fautes, de son refus d'un bonheur banal, de son dédain pour ses devoirs familiaux. Toutefois il évite de catéchiser, se garde d'affirmer qu'elle aurait dû aimer son mari, sa fille, s'occuper de sa maison, de son village. Avait-il voulu, comme le croyait Taine, mettre les jeunes femmes en garde contre l'oisiveté et les rêveries romantiques ? « *Madame Bovary ou les suites de l'inconduite* »... L'interprétation de Taine est judicieuse ; mais ne peut-on penser que la malheureuse Emma fut surtout victime des imbéciles et des fripons qui l'entouraient ? La bêtise de Charles, la grossièreté de Rodolphe, la bassesse de Léon, la canaillerie de Lheureux, la sottise prétentieuse de Homais, voilà ce que l'auteur n'excuse pas. Emma s'ennuie, meurt de tristesse, étouffe dans son trou de

campagne. Elle rêve aux larges espaces, aux cieux inconnus, aux amours romanesques; la médiocrité bourgeoise
lui fait horreur, — tous ces sentiments, Flaubert les
partageait profondément.

Ayant lu les premiers chapitres dans la *Revue de
Paris*, une vieille demoiselle d'Angers (qui était d'origine normande), Marie Leroyer de Chantepie, écrivit
à Flaubert pour lui exprimer son émotion : « *Oui, ce sont
bien les mœurs de cette province où je suis née, où j'ai passé
ma vie... j'ai compris les tristesses, les ennuis, les misères
de cette pauvre dame Bovary... Je me suis identifiée à son
existence au point qu'il me semblait que c'était elle et que
c'était moi.* »

A côté des détracteurs, *Madame Bovary* eut donc aussi
ses admirateurs passionnés. Peut-être en fut-il ainsi
parce que le livre reflétait merveilleusement les contra-
dictions du caractère même de Flaubert : « Il y avait en
lui, a dit Faguet non sans humour, un romantique qui
trouvait la réalité plate, et un réaliste qui trouvait le
romantisme vide, et un artiste qui trouvait les bourgeois
grotesques, et un bourgeois qui trouvait les artistes pré-
tentieux, et le tout était enveloppé d'un misanthrope
qui trouvait tout le monde ridicule. »

Au temps des Sainte-Beuve et des Cuvillier-Fleury, ce
qu'on blâmait dans ce fameux roman, c'était le sujet, la
morale, les idées. En général, on louait le style, d'une
impeccable sobriété. De nos jours, ce qu'on reproche quelquefois à Flaubert c'est d'avoir un langage trop travaillé.

Son style a fait l'objet de nombreuses et savantes
études. On en a étudié la technique, les lois musicales,
les secrètes articulations, on a relevé, classé et compté
toutes ses métaphores. L'auteur de *Madame Bovary* s'est
astreint à une discipline qui surprenait ses confrères,
même ceux qui se piquaient d'être des stylistes, même
les Goncourt, même Théophile Gautier. « *Rythmé comme
le vers, précis comme le langage des sciences, et avec des
ondulations, des renflements de violoncelle, des aigrettes de
feu...* » tel est, d'après lui-même, le style de Flaubert.

Le fond de ce style est oratoire, en raison sans doute
de l'habitude qu'avait l'écrivain de se relire à haute voix.
L'ordonnance de la composition rendait nécessaire un
choix rigoureux des mots, écartant toute imprécision :
les phrases-clichés, les épithètes banales et les pronoms
relatifs (les *qui*, les *que*, etc.) étaient pourchassés, sabrés
sans pitié. Par leur variété, leurs asymétries, leurs brusques

raccourcis, les « coupes » de ses phrases faisaient l'admiration d'Albert Thibaudet, qui considérait Flaubert comme un « maître de la coupe », à l'égal de La Bruyère et de Montesquieu.

Marcel Proust, observateur aigu, a montré toute la valeur que prend, chez Flaubert, l'emplacement d'un verbe, d'un adjectif, d'une conjonction. Spirituel pasticheur du style flaubertien, il n'a pas craint d'affirmer que le solitaire de Croisset avait « renouvelé presque autant notre vision des choses que Kant avec ses catégories », par l'usage qu'il avait su faire du passé défini, du passé indéfini et du participe présent, — et aussi de « l'éternel imparfait » employé pour rapporter, en style indirect, les conversations des personnages. Quant à la conjonction « et », on sait que Flaubert lui retire son rôle traditionnel : elle ne termine pas une énumération, mais devient une pause rythmique par un artifice dont l'écrivain tire de grands effets. Cela dit, Proust estime que la phrase de Flaubert soulève les matériaux et les laisse retomber « avec le bruit intermittent d'un excavateur », ce qui semble un peu dur de la part d'un homme qui doit beaucoup à son illustre devancier.

Au reste, la langue de Flaubert a été véritablement examinée à la loupe, et *Madame Bovary* a bénéficié de travaux d'une importance sans précédent. Non seulement les variantes des éditions, mais les brouillons, les moindres ébauches, tous les passages supprimés par l'auteur dans son manuscrit ont été recherchés, transcrits et publiés. C'est encore à Mlle Leleu qu'on doit ce travail méthodique, réalisé en 1936, qui a mis en lumière les tâtonnements du littérateur et l'ampleur de ses sacrifices. Des pages entières ont été ainsi révélées. Mlle Leleu voulut faire plus encore. Avec le concours de M. Jean Pommier, elle a publié, en 1949, ce qu'on pourrait appeler une « version primitive » de *Madame Bovary*, où les fragments, les membres de phrases, les mots abandonnés par l'écrivain ont été systématiquement repris et substitués au texte définitif. Il y a peut-être là excès d'honneur et il est peu probable que Flaubert eût apprécié une telle initiative; elle permet du moins de suivre le cheminement de la création littéraire et de mesurer toute la distance qui sépare les premiers jets de la version finale.

Ayant, par la profondeur de son analyse et par l'incomparable précision de sa langue, renouvelé un genre qui semblait avoir été porté aux extrêmes limites de sa

puissance dans les récits, fébrilement composés, de Balzac et de Stendhal, Flaubert a véritablement créé le
roman d'analyse psychologique. Un demi-siècle avant
Proust, il procède à de subtiles exhumations du temps.
Tel passage de *Madame Bovary* montre par quel méca-
nisme, qu'on qualifierait volontiers de proustien, une
odeur réveille un souvenir, un point dans l'horizon ressuscite tout un passé.

En outre, Flaubert voulut faire une œuvre critique et
satirique. De là ses audaces, de là son réalisme qui vise
généralement à troubler la quiétude du bourgeois satisfait. S'il n'hésite pas à évoquer le sifflement d'un lacet
ou les ballottements d'un fiacre, à décrire des plaies ou
des vomissements, du moins justifie-t-il toujours ses
hardiesses par la science de sa composition.

De son vivant, il ne connut ni la vraie gloire, ni même
la popularité. Cependant, au soir de sa vie, sa réputation
se mit brusquement à grandir. Une nouvelle génération
d'écrivains se réclamait de lui : Zola, Daudet, Maupassant,
Bourget, tempéraments différents, chefs d'écoles opposées, se retrouvaient unis dans leur ferveur pour Flaubert, et rendaient hommage à son génie.

C'est alors qu'avec une chaleur soudaine, le public
reconnut la splendeur de son œuvre. On admit partout
que *Madame Bovary* avait montré sous une forme définitive la déception de l'amour, le triomphe de la sottise
et la beauté du sacrifice. La critique universitaire sanc-
tionna l'opinion générale. « *On peut croire*, dit Brunetière,
que Madame Bovary *demeurera, dans l'histoire de la
littérature contemporaine, un livre capital.* » Et Gustave
Lanson confirma cet arrêt dans son manuel à l'usage des
écoliers : « Madame Bovary *a chance d'être le chef-d'œuvre
du roman contemporain* ». Un philosophe, Jules de Gaultier, découvrit « le bovarysme », c'est-à-dire la maladie
de l'individu qui se conçoit tout autre qu'il n'est réellement et qui s'imagine, comme Emma, voué à une destinée différente de celle qui lui est assignée par la vie.

Enfin on rangea Flaubert parmi les grands moralistes.
Jules Renard se félicita hautement d'avoir fait lire
Madame Bovary à son fils, âgé de quatorze ans.

Entre tous les romans du XIXe siècle (siècle du roman),
celui-ci est assurément l'expression d'un art accompli.
De nos jours, cet art semble près de disparaître. On se
plaît dans le désordre, on goûte le balbutiement. On
recherche les confessions en vrac.

Flaubert croyait à la décadence de l'art et il approuvait Renan, qui fut son ami, lorsque ce dernier, prévoyant les âges futurs dans ses *Dialogues philosophiques*, écrivait : « *Le temps viendra où l'art sera une chose du passé.* »

Sans plonger dans un si lointain inconnu, on peut affirmer qu'aussi longtemps que durera la langue française, *Madame Bovary* sera lue et admirée.

Elle sera également toujours aimée.

Emma Bovary, figure passionnée, corps lascif, cœur déchiré, vous avez pris place parmi les plus émouvantes héroïnes de l'humanité. Sœur des Phèdre et des Françoise de Rimini, vous demeurez, a dit un poète, « plus vivante que les vivantes, et éternelle comme la vérité et la vie ».

Jacques SUFFEL

BIBLIOGRAPHIE SOMMAIRE

I. — *Principales éditions.*

Madame Bovary, mœurs de province, par Gustave FLAU-BERT. Paris, Michel Lévy, 1857. 2 vol. in-18 jésus. (Il a été tiré 150 exemplaires sur papier vélin, brochés en un seul volume.)

Gustave FLAUBERT. *Madame Bovary, mœurs de province.* Edition définitive suivie des réquisitoire, plaidoirie et jugement du procès intenté à l'auteur... Paris, Char-pentier, 1873. 1 vol. in-18.

Œuvres complètes de Gustave FLAUBERT. *Madame Bo-vary, mœurs de province.* Paris, Louis Conard, 1909. 1 vol. in-8° (avec notes historiques, variantes, opi-nions de la presse, etc.).

Gustave FLAUBERT. Œuvres posthumes. *Madame Bovary.* Ebauches et fragments inédits, recueillis d'après les manuscrits par Mlle Gabrielle Leleu. Paris, Louis Conard, 1936. 2 vol. in-8°.

Gustave FLAUBERT. *Madame Bovary.* Nouvelle version précédée des scénarios inédits. Texte établi sur les manuscrits par Jean Pommier et Gabrielle Leleu. Paris, José Corti, 1949. 1 vol. in-8.

II. — *Ouvrages biographiques et critiques.*

Maxime Du CAMP. — *Souvenirs littéraires.* Paris, 1882. 2 vol.

René DUMESNIL. *Madame Bovary de Gustave Flaubert.* Etude et analyse. Paris, 1958.

René DUMESNIL. *Gustave Flaubert. L'homme et l'œuvre.* Nouv. éd. Paris, 1947.

René DUMESNIL et D. L. DEMOREST. — *Bibliographie de Gustave Flaubert.* Paris, 1939.

Marie-Jeanne DURRY. *Flaubert et ses projets inédits.* Paris, 1950.

Jules de GAULTIER. *Le Bovarysme*, la psychologie dans l'œuvre de Flaubert. Paris, 1902.

Edouard MAYNIAL. *Flaubert.* Paris, 1943.

Jacques SUFFEL. *Flaubert.* Paris, 1958.

H. TALVART et J. PLACE. *Bibliographie des auteurs modernes de langue française*, tome VI (contenant l'importante notice consacrée à Flaubert). Paris, 1937.

Albert THIBAUDET. *Gustave Flaubert.* Nouv. édit. Paris, 1935.

N. B. — Pour la genèse de *Madame Bovary*, la *Correspondance* de Flaubert est capitale (surtout pendant les années 1851 à 1856). — Consulter également le *Catalogue* de l'exposition organisée en 1957 à la Bibliothèque nationale : *Gustave Flaubert et Madame Bovary.*

MADAME BOVARY

A

MARIE-ANTOINE-JULES SÉNARD

MEMBRE DU BARREAU DE PARIS
EX-PRÉSIDENT DE L'ASSEMBLÉE NATIONALE
ET ANCIEN MINISTRE DE L'INTÉRIEUR

Cher et illustre ami,

Permettez-moi d'inscrire votre nom en tête de ce livre et au-dessus de sa dédicace ; car c'est à vous, surtout, que j'en dois la publication. En passant par votre magnifique plaidoirie, mon œuvre a acquis pour moi-même comme une autorité imprévue. Acceptez donc ici l'hommage de ma gratitude, qui, si grande qu'elle puisse être, ne sera jamais à la hauteur de votre éloquence et de votre dévouement.

GUSTAVE FLAUBERT

Paris, le 12 avril 1857.

A LOUIS BOUILHET

PREMIÈRE PARTIE

I

Nous étions à l'étude, quand le Proviseur entra, suivi d'un *nouveau* habillé en bourgeois et d'un garçon de classe qui portait un grand pupitre. Ceux qui dormaient se réveillèrent, et chacun se leva, comme surpris dans son travail.

Le Proviseur nous fit signe de nous rasseoir; puis, se tournant vers le maître d'études :

— Monsieur Roger, lui dit-il à demi-voix, voici un élève que je vous recommande, il entre en cinquième. Si son travail et sa conduite sont méritoires, il passera *dans les grands*, où l'appelle son âge.

Resté dans l'angle, derrière la porte, si bien qu'on l'apercevait à peine, le *nouveau* était un gars de la campagne, d'une quinzaine d'années environ, et plus haut de taille qu'aucun de nous tous. Il avait les cheveux coupés droit sur le front, comme un chantre de village, l'air raisonnable et fort embarrassé. Quoiqu'il ne fût pas large des épaules, son habit-veste de drap vert à boutons noirs devait le gêner aux entournures et laissait voir, par la fente des parements, des poignets rouges habitués à être nus. Ses jambes, en bas bleus, sortaient d'un pantalon jaunâtre très tiré par les bretelles. Il était chaussé de souliers forts, mal cirés, garnis de clous.

On commença la récitation des leçons. Il les écouta de toutes ses oreilles, attentif comme au sermon, n'osant même croiser les cuisses, ni s'appuyer sur le coude, et, à deux heures, quand la cloche sonna, le maître d'études fut obligé de l'avertir, pour qu'il se mît avec nous dans les rangs.

Nous avions l'habitude, en entrant en classe, de jeter nos casquettes par terre, afin d'avoir ensuite nos mains plus libres; il fallait, dès le seuil de la porte, les lancer

sous le banc, de façon à frapper contre la muraille, en
faisant beaucoup de poussière; c'était là le *genre*.

Mais, soit qu'il n'eût pas remarqué cette manœuvre ou
qu'il n'eût osé s'y soumettre, la prière était finie que le
nouveau tenait encore sa casquette sur ses deux genoux.
C'était une de ces coiffures d'ordre composite, où l'on
retrouve les éléments du bonnet à poil, du chapska, du
chapeau rond, de la casquette de loutre et du bonnet de
coton, une de ces pauvres choses, enfin, dont la laideur
muette a des profondeurs d'expression comme le visage
d'un imbécile. Ovoïde et renflée de baleines, elle commençait par trois boudins circulaires; puis s'alternaient,
séparés par une bande rouge, des losanges de velours et
de poil de lapin; venait ensuite une façon de sac qui se
terminait par un polygone cartonné, couvert d'une broderie en soutache compliquée, et d'où pendait, au bout
d'un long cordon trop mince, un petit croisillon de fils
d'or en manière de gland. Elle était neuve; la visière
brillait.

— Levez-vous, dit le professeur.

Il se leva : sa casquette tomba. Toute la classe se mit
à rire.

Il se baissa pour la reprendre. Un voisin la fit tomber
d'un coup de coude; il la ramassa encore une fois.

— Débarrassez-vous donc de votre casque, dit le
professeur qui était un homme d'esprit.

Il y eut un rire éclatant des écoliers qui décontenança
le pauvre garçon, si bien qu'il ne savait s'il fallait garder
sa casquette à la main, la laisser par terre ou la mettre
sur sa tête. Il se rassit et la posa sur ses genoux.

— Levez-vous, dit le professeur, et dites-moi votre
nom.

Le *nouveau* articula, d'une voix bredouillante, un nom
inintelligible.

— Répétez.

Le même bredouillement de syllabes se fit entendre,
couvert par les huées de la classe.

— Plus haut! cria le maître, plus haut!

Le *nouveau*, prenant alors une résolution extrême,
ouvrit une bouche démesurée et lança à pleins poumons,
comme pour appeler quelqu'un, ce mot : *Charbovari*.

Ce fut un vacarme qui s'élança d'un bond, monta en
crescendo, avec des éclats de voix aigus (on hurlait, on
aboyait, on trépignait, on répétait : *Charbovari! Charbovari!*), puis qui roula en notes isolées, se calmant à

grand'peine, et parfois qui reprenait tout à coup sur la ligne d'un banc où saillissait encore çà et là, comme un pétard mal éteint, quelque rire étouffé.

Cependant, sous la pluie des pensums, l'ordre peu à peu se rétablit dans la classe, et le professeur, parvenu à saisir le nom de Charles Bovary, se l'étant fait dicter, épeler et relire, commanda tout de suite au pauvre diable d'aller s'asseoir sur le banc de paresse, au pied de la chaire. Il se mit en mouvement, mais, avant de partir, hésita.

— Que cherchez-vous ? demanda le professeur.

— Ma cas..., fit timidement le *nouveau*, promenant autour de lui des regards inquiets.

— Cinq cents vers à toute la classe! exclamé d'une voix furieuse, arrêta, comme le *Quos ego*, une bourrasque nouvelle. — Restez donc tranquilles! continuait le professeur indigné, et s'essuyant le front avec son mouchoir qu'il venait de prendre dans sa toque. Quant à vous, le *nouveau*, vous me copierez vingt fois le verbe *ridiculus sum*.

Puis d'une voix plus douce :

— Eh! vous la retrouverez, votre casquette, on ne vous l'a pas volée!

Tout reprit son calme. Les têtes se courbèrent sur les cartons, et le *nouveau* resta pendant deux heures dans une tenue exemplaire, quoiqu'il y eût bien, de temps à autre, quelque boulette de papier lancée d'un bec de plume qui vînt s'éclabousser sur sa figure. Mais il s'essuyait avec la main, et demeurait immobile, les yeux baissés.

Le soir, à l'étude, il tira ses bouts de manches de son pupitre, mit en ordre ses petites affaires, régla soigneusement son papier. Nous le vîmes qui travaillait en conscience, cherchant tous les mots dans le dictionnaire et se donnant beaucoup de mal. Grâce, sans doute, à cette bonne volonté dont il fit preuve, il dut de ne pas descendre dans la classe inférieure; car, s'il savait passablement ses règles, il n'avait guère d'élégance dans les tournures. C'était le curé de son village qui lui avait commencé le latin, ses parents, par économie, ne l'ayant envoyé au collège que le plus tard possible.

Son père, M. Charles-Denis-Bartholomé Bovary, ancien aide-chirurgien-major, compromis, vers 1812, dans des affaires de conscription, et forcé vers cette époque de quitter le service, avait alors profité de ses avantages personnels pour saisir au passage une dot de soixante-mille francs qui s'offrait en la fille d'un marchand bonnetier, devenue amoureuse de sa tournure. Bel homme, hâbleur, faisant sonner haut ses éperons, portant des favoris rejoints aux moustaches, les doigts toujours garnis de bagues et habillé de couleurs voyantes, il avait l'aspect d'un brave, avec l'entrain facile d'un commis voyageur. Une fois marié, il vécut deux ou trois ans sur la fortune de sa femme, dînant bien, se levant tard, fumant dans de grandes pipes en porcelaine, ne rentrant le soir qu'après le spectacle et fréquentant les cafés. Le beau-père mourut et laissa peu de chose; il en fut indigné, se lança *dans la fabrique*, y perdit quelque argent, puis se retira dans la campagne, où il voulut *faire valoir*. Mais comme il ne s'entendait guère plus en culture qu'en indienne, qu'il montait ses chevaux au lieu de les envoyer au labour, buvait son cidre en bouteilles au lieu de le vendre en barriques, mangeait les plus belles volailles de sa cour et graissait ses souliers de chasse avec le lard de ses cochons, il ne tarda point à s'apercevoir qu'il valait mieux planter là toute spéculation.

Moyennant deux cents francs par an, il trouva donc à louer dans un village, sur les confins du pays de Caux et de la Picardie, une sorte de logis moitié ferme, moitiée maison de maître; et, chagrin, rongé de regrets, accusant le ciel, jaloux contre tout le monde, il s'enferma, dès l'âge de quarante-cinq ans, dégoûté des hommes, disait-il, et décidé à vivre en paix.

Sa femme avait été folle de lui autrefois; elle l'avait aimé avec mille servilités qui l'avaient détaché d'elle encore davantage. Enjouée jadis, expansive et tout aimante, elle était, en vieillissant, devenue (à la façon du vin éventé qui se tourne en vinaigre) d'humeur difficile, piaillarde, nerveuse. Elle avait tant souffert, sans se plaindre, d'abord, quand elle le voyait courir après toutes les gotons du village et que vingt mauvais lieux le lui renvoyaient le soir, blasé et puant l'ivresse! Puis l'orgueil s'était révolté. Alors elle s'était tue, avalant sa rage dans un stoïcisme muet, qu'elle garda jusqu'à sa mort. Elle était sans cesse en courses, en affaires. Elle allait chez les avoués, chez le président, se rappelait l'échéance des billets, obtenait des retards; et, à la maison, repassait, cousait, blanchissait, surveillait les ouvriers, soldait les mémoires, tandis que, sans s'inquiéter de rien, Monsieur, continuellement engourdi dans une somnolence boudeuse dont il ne se réveillait que pour lui dire des choses désobligeantes, restait à fumer au coin du feu, en crachant dans les cendres.

Quand elle eut un enfant, il le fallut mettre en nourrice. Rentré chez eux, le marmot fut gâté, comme un prince. Sa mère le nourrissait de confitures; son père le laissait courir sans souliers, et, pour faire le philosophe, disait même qu'il pouvait bien aller tout nu, comme les enfants des bêtes. A l'encontre des tendances maternelles, il avait en tête un certain idéal viril de l'enfance, d'après lequel il tâchait de former son fils, voulant qu'on l'élevât durement, à la spartiate, pour lui faire une bonne constitution. Il l'envoyait se coucher sans feu, lui apprenait à boire de grands coups de rhum et à insulter les processions. Mais, naturellement paisible, le petit répondait mal à ses efforts. Sa mère le traînait toujours après elle; elle lui découpait des cartons, lui racontait des histoires, s'entretenait avec lui dans des monologues sans fin, pleins de gaietés mélancoliques et de chatteries babillardes. Dans l'isolement de sa vie, elle reporta sur cette tête d'enfant toutes ses vanités éparses, brisées. Elle rêvait de hautes positions, elle le voyait déjà grand, beau, spirituel, établi dans les ponts et chaussées ou dans la magistrature. Elle lui apprit à lire et même lui enseigna, sur un vieux piano qu'elle avait, à chanter deux ou trois petites romances. Mais, à tout cela, M. Bovary, peu soucieux des lettres, disait que ce *n'était pas la peine!* Auraient-ils jamais de quoi l'entretenir dans les écoles du gouvernement, lui acheter une charge ou un fonds de commerce? D'ailleurs, *avec du toupet, un homme réussit toujours dans le monde.* Mme Bovary se mordait les lèvres et l'enfant vagabondait dans le village.

Il suivait les laboureurs, et chassait, à coups de mottes de terre, les corbeaux qui s'envolaient. Il mangeait des mûres le long des fossés, gardait les dindons avec une gaule, fanait à la moisson, courait dans le bois, jouait à la marelle sous le porche de l'église, les jours de pluie, et, aux grandes fêtes, suppliait le bedeau de lui laisser sonner les cloches, pour se pendre de tout son corps à la grande corde et se sentir emporter par elle dans sa volée.

Aussi poussa-t-il comme un chêne. Il acquit de fortes mains, de belles couleurs.

A douze ans, sa mère obtint que l'on commençât ses études. On en chargea le curé. Mais les leçons étaient si courtes et si mal suivies, qu'elles ne pouvaient servir

à grand'chose. C'était aux moments perdus qu'elles se
donnaient, dans la sacristie, debout, à la hâte, entre un
baptême et un enterrement; ou bien le curé envoyait
chercher son élève après l'*Angélus*, quand il n'avait pas
à sortir. On montait dans sa chambre, on s'installait;
les moucherons et les papillons de nuit tournoyaient
autour de la chandelle. Il faisait chaud, l'enfant s'endormait; et le bonhomme, s'assoupissant les mains sur
son ventre, ne tardait pas à ronfler, la bouche ouverte.
D'autres fois, quand M. le curé, revenant de porter le
viatique à quelque malade des environs, apercevait
Charles qui polissonnait dans la campagne, il l'appelait, le sermonnait un quart d'heure et profitait de l'occasion pour lui faire conjuguer son verbe au pied d'un
arbre. La pluie venait les interrompre, ou une connaissance qui passait. Du reste, il était toujours content de
lui, disait même que le *jeune homme* avait beaucoup de
mémoire.

Charles ne pouvait en rester là. Madame fut énergique.
Honteux, ou fatigué plutôt, Monsieur céda sans résistance, et l'on attendit encore un an que le gamin eût
fait sa première communion.

Six mois se passèrent encore; et, l'année d'après,
Charles fut définitivement envoyé au collège de Rouen,
où son père l'amena lui-même, vers la fin d'octobre, à
l'époque de la foire Saint-Romain.

Il serait maintenant impossible à aucun de nous de
se rien rappeler de lui. C'était un garçon de tempérament modéré, qui jouait aux récréations, travaillait à
l'étude, écoutant en classe, dormant bien au dortoir,
mangeant bien au réfectoire. Il avait pour correspondant un quincaillier en gros de la rue Ganterie, qui le
faisait sortir une fois par mois, le dimanche, après que
sa boutique était fermée, l'envoyait se promener sur le
port à regarder les bateaux, puis le ramenait au collège
dès sept heures, avant le souper. Le soir de chaque
jeudi, il écrivait une longue lettre à sa mère, avec de
l'encre rouge et trois pains à cacheter; puis il repassait
ses cahiers d'histoire ou bien lisait un vieux volume
d'*Anacharsis* qui traînait dans l'étude. En promenade,
il causait avec le domestique, qui était de la campagne
comme lui.

A force de s'appliquer, il se maintint toujours vers le
milieu de la classe; une fois même, il gagna un premier
accessit d'histoire naturelle. Mais, à la fin de sa troisième,

ses parents le retirèrent du collège pour lui faire étudier la médecine, persuadés qu'il pourrait se pousser seul jusqu'au baccalauréat.

Sa mère lui choisit une chambre, au quatrième, sur l'Eau-de-Robec, chez un teinturier de sa connaissance. Elle conclut les arrangements pour sa pension, se procura des meubles, une table et deux chaises, fit venir de chez elle un vieux lit en merisier, et acheta de plus un petit poêle en fonte, avec la provision de bois qui devait chauffer son pauvre enfant. Puis elle partit au bout de la semaine, après mille recommandations de se bien conduire, maintenant qu'il allait être abandonné à lui-même.

Le programme des cours, qu'il lut sur l'affiche, lui fit un effet d'étourdissement; cours d'anatomie, cours de pathologie, cours de physiologie, cours de pharmacie, cours de chimie, et de botanique, et de clinique et de thérapeutique, sans compter l'hygiène ni la matière médicale, tous noms dont il ignorait les étymologies et qui étaient comme autant de portes de sanctuaires pleins d'augustes ténèbres.

Il n'y comprit rien; il avait beau écouter, il ne saisissait pas. Il travaillait pourtant, il avait des cahiers reliés, il suivait tous les cours, il ne perdait pas une seule visite. Il accomplissait sa petite tâche quotidienne à la manière du cheval de manège, qui tourne en place les yeux bandés, ignorant de la besogne qu'il broie.

Pour lui épargner de la dépense, sa mère lui envoyait chaque semaine, par le messager, un morceau de veau cuit au four, avec quoi il déjeunait le matin, quand il était rentré de l'hôpital, tout en battant la semelle contre le mur. Ensuite il fallait courir aux leçons, à l'amphithéâtre, à l'hospice, et revenir chez lui, à travers toutes les rues. Le soir, après le maigre dîner de son propriétaire, il remontait à sa chambre et se remettait au travail, dans ses habits mouillés qui fumaient sur son corps devant le poêle rougi.

Dans les beaux soirs d'été, à l'heure où les rues tièdes sont vides, quand les servantes jouent au volant sur le seuil des portes, il ouvrait sa fenêtre et s'accoudait. La rivière, qui fait de ce quartier de Rouen comme une ignoble petite Venise, coulait en bas, sous lui, jaune, violette ou bleue entre ses ponts et ses grilles. Des ouvriers, accroupis au bord, lavaient leurs bras dans l'eau. Sur des perches partant du haut des greniers, des écheveaux de coton séchaient à l'air. En face, au delà des toits, le grand ciel pur s'étendait, avec le soleil rouge se couchant. Qu'il devait faire bon là-bas! Quelle fraîcheur sous la hêtrée! Et il ouvrait les narines pour aspirer les bonnes odeurs de la campagne, qui ne venaient pas jusqu'à lui.

Il maigrit, sa taille s'allongea, et sa figure prit une sorte d'expression dolente qui la rendit presque intéressante.

Naturellement, par nonchalance, il en vint à se délier de toutes les résolutions qu'il s'était faites. Une fois, il manqua la visite, le lendemain son cours, et, savourant la paresse, peu à peu, n'y retourna plus.

Il prit l'habitude du cabaret, avec la passion des dominos. S'enfermer chaque soir dans un sale appartement public, pour y taper sur des tables de marbre de petits os de mouton marqués de points noirs, lui semblait un acte précieux de sa liberté, qui le rehaussait d'estime vis-à-vis de lui-même. C'était comme l'initiation au monde, l'accès des plaisirs défendus; et, en entrant, il posait la main sur le bouton de la porte avec une joie presque sensuelle. Alors, beaucoup de choses comprimées en lui se dilatèrent; il apprit par cœur des couplets qu'il chantait aux bienvenues, s'enthousiasma pour Béranger, sut faire du punch et connut enfin l'amour.

Grâce à ces travaux préparatoires, il échoua complètement à son examen d'officier de santé. On l'attendait le soir même à la maison pour fêter son succès!

Il partit à pied et s'arrêta vers l'entrée du village, où il fit demander sa mère, lui conta tout. Elle l'excusa, rejetant l'échec sur l'injustice des examinateurs, et le raffermit un peu, se chargeant d'arranger les choses. Cinq ans plus tard seulement, M. Bovary connut la vérité; elle était vieille, il l'accepta, ne pouvant d'ailleurs supposer qu'un homme issu de lui fût un sot.

Charles se remit donc au travail et prépara sans discontinuer les matières de son examen, dont il apprit d'avance toutes les questions par cœur. Il fut reçu avec une assez bonne note. Quel beau jour pour sa mère! On donna un grand dîner.

Où irait-il exercer son art? A Tostes. Il n'y avait là qu'un vieux médecin. Depuis longtemps, Mme Bovary guettait sa mort, et le bonhomme n'avait point encore plié bagage, que Charles était installé en face comme son successeur.

Mais ce n'était pas tout que d'avoir élevé son fils, de lui avoir fait apprendre la médecine et découvert Tostes pour l'exercer : il lui fallait une femme. Elle lui en trouva une : la veuve d'un huissier de Dieppe, qui avait quarante-cinq ans et douze cents livres de rente.

Quoiqu'elle fût laide, sèche comme un cotret, et bourgeonnée comme un printemps, certes Mme Dubuc ne manquait pas de partis à choisir. Pour arriver à ses fins, la mère Bovary fut obligée de les évincer tous, et elle déjoua même fort habilement les intrigues d'un charcutier qui était soutenu par les prêtres.

Charles avait entrevu par le mariage l'avènement d'une condition meilleure, imaginant qu'il serait plus libre et pourrait disposer de sa personne et de son argent. Mais sa femme fut le maître ; il devait devant le monde dire ceci, ne pas dire cela, faire maigre tous les vendredis, s'habiller comme elle l'entendait, harceler par son ordre les clients qui ne payaient pas. Elle décachetait ses lettres, épiait ses démarches, et l'écoutait, à travers la cloison, donner ses consultations, dans son cabinet, quand il y avait des femmes.

Il lui fallait son chocolat tous les matins, des égards à n'en plus finir. Elle se plaignait sans cesse de ses nerfs, de sa poitrine, de ses humeurs. Le bruit des pas lui faisait mal ; on s'en allait, la solitude lui devenait odieuse ; revenait-on près d'elle, c'était pour la voir mourir, sans doute. Le soir, quand Charles rentrait, elle sortait de dessous ses draps ses longs bras maigres, les lui passait autour du cou, et, l'ayant fait asseoir au bord du lit, se mettait à lui parler de ses chagrins : il l'oubliait, il en aimait une autre ! On lui avait bien dit qu'elle serait malheureuse ; et elle finissait en lui demandant quelque sirop pour sa santé et un peu plus d'amour.

II

Une nuit, vers onze heures, ils furent réveillés par le bruit d'un cheval qui s'arrêta juste à la porte. La bonne ouvrit la lucarne du grenier et parlementa quelque temps avec un homme resté en bas, dans la rue. Il venait chercher le médecin; il avait une lettre. Nastasie descendit les marches en grelottant, et alla ouvrir la serrure et les verrous, l'un après l'autre. L'homme laissa son cheval et, suivant la bonne, entra tout à coup derrière elle. Il tira de dedans son bonnet de laine à houppes grises une lettre enveloppée dans un chiffon, et la présenta délicatement à Charles, qui s'accouda sur l'oreiller pour la lire. Nastasie, près du lit, tenait la lumière. Madame, par pudeur, restait tournée vers la ruelle et montrait le dos.

Cette lettre, cachetée d'un petit cachet de cire bleue, suppliait M. Bovary de se rendre immédiatement à la ferme des Bertaux, pour remettre une jambe cassée. Or, il y a, de Tostes aux Bertaux, six bonnes lieues de traverse, en passant par Longueville et Saint-Victor. La nuit était noire. Mme Bovary jeune redoutait les accidents pour son mari. Donc, il fut décidé que le valet d'écurie prendrait les devants. Charles partirait trois heures plus tard, au lever de la lune. On enverrait un gamin à sa rencontre, afin de lui montrer le chemin de la ferme et d'ouvrir les clôtures devant lui.

Vers quatre heures du matin, Charles, bien enveloppé dans son manteau, se mit en route pour les Bertaux. Encore endormi par la chaleur du sommeil, il se laissait bercer au trot pacifique de sa bête. Quand elle s'arrêtait d'elle-même devant ces trous entourés d'épine que l'on creuse au bord des sillons, Charles, se réveillant en sursaut, se rappelait vite la jambe cassée, et il tâchait de se remettre en mémoire toutes les fractures qu'il savait. La pluie ne tombait plus ; le jour commençait à venir, et, sur les branches des pommiers sans feuilles, des oiseaux se tenaient immobiles, hérissant leurs petites plumes au vent froid du matin. La plate campagne s'étalait à perte de vue, et les bouquets d'arbres autour des fermes faisaient, à intervalles éloignés, des taches d'un violet noir sur cette grande surface grise qui se perdait à l'horizon dans le ton morne du ciel. Charles, de temps à autre, ouvrait les yeux ; puis, son esprit se fatiguant et le sommeil revenant de soi-même, bientôt il entrait dans une sorte d'assoupissement où, ses sensations récentes se confondant avec des souvenirs, lui-même se percevait double, à la fois, étudiant et marié, couché dans son lit comme tout à l'heure, traversant une salle d'opérés comme autrefois. L'odeur chaude des cataplasmes se mêlait dans sa tête à la verte odeur de la rosée ; il entendait rouler sur leur tringle les anneaux de fer des lits et sa femme dormir... Comme il passait par Vassonville, il aperçut, au bord d'un fossé, un jeune garçon assis sur l'herbe.

— Etes-vous le médecin ? demanda l'enfant.

Et, sur la réponse de Charles, il prit ses sabots à ses mains et se mit à courir devant lui.

L'officier de santé, chemin faisant, comprit aux discours de son guide que M. Rouault devait être un cultivateur des plus aisés. Il s'était cassé la jambe, la veille au soir, en revenant de *faire les Rois* chez un voisin. La femme était morte depuis deux ans. Il n'avait avec lui que sa *demoiselle*, qui l'aidait à tenir la maison.

Les ornières devinrent plus profondes. On approchait des Bertaux. Le petit gars, se coulant alors par un trou de haie, disparut, puis il revint au bout d'une cour en ouvrir la barrière. Le cheval glissait sur l'herbe mouillée ; Charles se baissait pour passer sous les branches. Les chiens de garde à la niche aboyaient en tirant sur leur chaîne. Quand il entra dans les Bertaux, son cheval eut peur et fit un grand écart.

C'était une ferme de bonne apparence. On voyait dans les écuries, par le dessus des portes ouvertes, de gros chevaux de labour qui mangeaient tranquillement dans des râteliers neufs. Le long des bâtiments s'étendait un large fumier ; de la buée s'en élevait, et, parmi les poules et les dindons, picoraient dessus cinq ou six

paons, luxe des basses-cours cauchoises. La bergerie
était longue, la grange était haute, à murs lisses comme la
main. Il y avait sous le hangar deux grandes charrettes
et quatre charrues, avec leurs fouets, leurs colliers, leurs
équipages complets, dont les toisons de laine bleue se
salissaient à la poussière fine qui tombait des greniers.
La cour allait en montant, plantée d'arbres symétriquement espacés, et le bruit gai d'un troupeau d'oies retentissait près de la mare.

Une jeune femme, en robe de mérinos bleu garnie de
trois volants, vint sur le seuil de la maison pour recevoir
M. Bovary, qu'elle fit entrer dans la cuisine, où flambait
un grand feu. Le déjeuner des gens bouillonnait alentour, dans des petits pots de taille inégale. Des vêtements
humides séchaient dans l'intérieur de la cheminée.
La pelle, les pincettes et le bec du soufflet, tous de proportion colossale, brillaient comme de l'acier poli,
tandis que le long des murs s'étendait une abondante
batterie de cuisine, où miroitait inégalement la flamme
claire du foyer, jointe aux premières lueurs du soleil
arrivant par les carreaux.

Charles monta, au premier, voir le malade. Il le
trouva dans son lit, suant sous ses couvertures et ayant
rejeté bien loin son bonnet de coton. C'était un gros
petit homme de cinquante ans, à la peau blanche,
à l'œil bleu, chauve sur le devant de la tête, et
qui portait des boucles d'oreilles. Il avait à ses côtés,
sur une chaise, une grande carafe d'eau-de-vie, dont il
se versait de temps à autre pour se donner du cœur au
ventre; mais, dès qu'il vit le médecin, son exaltation
tomba, et, au lieu de sacrer comme il faisait depuis
douze heures, il se prit à geindre faiblement.

La fracture était simple, sans complication d'aucune
espèce. Charles n'eût osé en souhaiter de plus facile.
Alors, se rappelant les allures de ses maîtres auprès du
lit des blessés, il réconforta le patient avec toutes sortes
de bons mots, caresses chirurgicales qui sont comme
l'huile dont on graisse les bistouris. Afin d'avoir des
attelles, on alla chercher, sous la charretterie, un paquet de
lattes. Charles en choisit une, la coupa en morceaux
et la polit avec un éclat de vitre, tandis que la servante
déchirait des draps pour faire des bandes, et que
Mlle Emma tâchait de coudre des coussinets. Comme
elle fut longtemps avant de trouver son étui, son père
s'impatienta; elle ne répondit rien; mais, tout en cousant,

elle se piquait les doigts, qu'elle portait ensuite à sa bouche pour les sucer.

Charles fut surpris de la blancheur de ses ongles. Ils étaient brillants, fins du bout, plus nettoyés que les ivoires de Dieppe, et taillés en amande. Sa main pourtant n'était pas belle, point assez pâle, peut-être, et un peu sèche aux phalanges; elle était trop longue aussi et sans molles inflexions de lignes sur les contours. Ce qu'elle avait de beau, c'étaient les yeux : quoiqu'ils fussent bruns, ils semblaient noirs à cause des cils, et son regard arrivait franchement à vous avec une hardiesse candide.

Une fois le pansement fait, le médecin fut invité, par M. Rouault lui-même, à *prendre un morceau*, avant de partir.

Charles descendit dans la salle, au rez-de-chaussée. Deux couverts, avec des timbales d'argent, y étaient mis sur une petite table, au pied d'un grand lit à baldaquin revêtu d'une indienne à personnages représentant des Turcs. On sentait une odeur d'iris et de draps humides qui s'échappait de la haute armoire en bois de chêne faisant face à la fenêtre. Par terre, dans les angles, étaient rangés, debout, des sacs de blé. C'était le trop-plein du grenier proche, où l'on montait par trois marches de pierre. Il y avait, pour décorer l'appartement, accrochée à un clou, au milieu du mur dont la peinture verte s'écaillait sous le salpêtre, une tête de Minerve au crayon noir, encadrée de dorure, et qui portait en bas, écrit en lettres gothiques : « A mon cher papa. »

On parla d'abord du malade, puis du temps qu'il faisait, des grands froids, des loups qui couraient les champs la nuit. Mlle Rouault ne s'amusait guère à la campagne, maintenant surtout qu'elle était chargée presque à elle seule des soins de la ferme. Comme la salle était fraîche, elle grelottait tout en mangeant, ce qui découvrait un peu ses lèvres charnues, qu'elle avait coutume de mordillonner à ses moments de silence.

Son cou sortait d'un col blanc, rabattu. Ses cheveux, dont les deux bandeaux noirs semblaient chacun d'un seul morceau, tant ils étaient lisses, étaient séparés sur le milieu de la tête par une raie fine, qui s'enfonçait légèrement selon la courbe du crâne; et, laissant voir à peine le bout de l'oreille, ils allaient se confondre par derrière en un chignon abondant, avec un mouvement ondé vers les tempes, que le médecin de campagne remarqua là pour la première fois de sa vie. Ses pommettes

étaient roses. Elle portait, comme un homme, passé
entre deux boutons de son corsage, un lorgnon d'écaille.

Quand Charles, après être monté dire adieu au père
Rouault, rentra dans la salle avant de partir, il la trouva
debout, le front contre la fenêtre, et qui regardait dans
le jardin, où les échalas des haricots avaient été renversés
par le vent. Elle se retourna.

— Cherchez-vous quelque chose ? demanda-t-elle.

— Ma cravache, s'il vous plaît, répondit-il.

Et il se mit à fureter sur le lit, derrière les portes, sous
les chaises ; elle était tombée à terre, entre les sacs et la
muraille. Mlle Emma l'aperçut ; elle se pencha sur les
sacs de blé. Charles, par galanterie, se précipita, et,
comme il allongeait aussi son bras dans le même mouvement, il sentit sa poitrine effleurer le dos de la jeune
fille, courbée sous lui. Elle se redressa toute rouge et
le regarda par-dessus l'épaule, en lui tendant son nerf
de bœuf.

Au lieu de revenir au Bertaux trois jours après, comme
il l'avait promis, c'est le lendemain même qu'il y retourna,
puis deux fois la semaine régulièrement, sans compter
les visites inattendues qu'il faisait de temps à autre,
comme par mégarde.

Tout, du reste, alla bien ; la guérison s'établit selon les
règles, et, quand, au bout de quarante-six jours, on vit
le père Rouault qui s'essayait à marcher seul dans sa
masure, on commença à considérer M. Bovary comme
un homme de grande capacité. Le père Rouault disait
qu'il n'aurait pas mieux été guéri par les premiers
médecins d'Yvetot ou même de Rouen.

Quant à Charles, il ne chercha point à se demander
pourquoi il venait aux Bertaux avec plaisir. Y eût-il
songé, qu'il aurait sans doute attribué son zèle à la gravité du cas, ou peut-être au profit qu'il en espérait.
Etait-ce pour cela, cependant, que ses visites à la ferme
faisaient, parmi les pauvres occupations de sa vie, une
exception charmante ? Ces jours-là il se levait de bonne
heure, partait au galop, poussait sa bête ; puis il descendait pour s'essuyer les pieds sur l'herbe, et passait ses
gants noirs avant d'entrer. Il aimait à se voir arriver
dans la cour, à sentir contre son épaule la barrière qui
tournait, et le coq qui chantait sur le mur, les garçons
qui venaient à sa rencontre. Il aimait la grange et les
écuries ; il aimait le père Rouault, qui lui tapait dans la
main en l'appelant son sauveur ; il aimait les petits

sabots de Mlle Emma sur les dalles lavées de la cuisine ; ses talons hauts la grandissaient un peu, et, quand elle marchait devant lui, les semelles de bois, se relevant vite, claquaient avec un bruit sec contre le cuir de la bottine.

Elle le reconduisait toujours jusqu'à la première marche du perron. Lorsqu'on n'avait pas encore amené son cheval, elle restait là. On s'était dit adieu, on ne parlait plus ; le grand air l'entourait, levant pêle-mêle les petits cheveux follets de sa nuque, ou secouant sur sa hanche les cordons de son tablier, qui se tortillaient comme des banderoles. Une fois, par un temps de dégel, l'écorce des arbres suintait dans la cour, la neige sur les couvertures des bâtiments se fondait. Elle était sur le seuil ; elle alla chercher son ombrelle ; elle l'ouvrit. L'ombrelle, de soie gorge-de-pigeon, que traversait le soleil, éclairait de reflets mobiles la peau blanche de sa figure. Elle souriait là-dessous à la chaleur tiède ; et on entendait les gouttes d'eau, une à une, tomber sur la moire tendue.

Dans les premiers temps que Charles fréquentait les Bertaux, Mme Bovary jeune ne manquait pas de s'informer du malade, et même, sur le livre qu'elle tenait en partie double, elle avait choisi pour M. Rouault une belle page blanche. Mais quand elle sut qu'il avait une fille, elle alla aux informations ; et elle apprit que Mlle Rouault, élevée au couvent, chez les Ursulines, avait reçu, comme on dit, *une belle éducation*, qu'elle savait, en conséquence, la danse, la géographie, le dessin, faire de la tapisserie et toucher du piano. Ce fut le comble !

— C'est donc pour cela, se disait-elle, qu'il a la figure si épanouie quand il va la voir, et qu'il met son gilet neuf, au risque de l'abîmer à la pluie ? Ah ! cette femme ! cette femme !...

Et elle la détesta, d'instinct. D'abord, elle se soulagea par des allusions. Charles ne les comprit pas ; ensuite, par des réflexions incidentes qu'il laissait passer de peur de l'orage ; enfin, par des apostrophes à brûle-pourpoint auxquelles il ne savait que répondre. — D'où vient qu'il retournait aux Bertaux, puisque M. Rouault était guéri et que ces gens-là n'avaient pas encore payé ? Ah ! c'est qu'il y avait là-bas *une personne*, quelqu'un qui savait causer, une brodeuse, un bel esprit. C'était là ce qu'il aimait : il lui fallait des demoiselles de ville ! Et elle reprenait :

— La fille au père Rouault, une demoiselle de ville !

Allons donc! leur grand-père était berger, et ils ont un cousin qui a failli passer par les assises pour un mauvais coup, dans une dispute. Ce n'est pas la peine de faire tant de fla-fla, ni de se montrer le dimanche à l'église avec une robe de soie, comme une comtesse. Pauvre bonhomme d'ailleurs, qui, sans les colzas de l'an passé, eût été bien embarrassé de payer ses arrérages!

Par lassitude, Charles cessa de retourner aux Bertaux. Héloïse lui avait fait jurer qu'il n'irait plus, la main sur son livre de messe, après beaucoup de sanglots et de baisers, dans une grande explosion d'amour. Il obéit donc; mais la hardiesse de son désir protesta contre la servilité de sa conduite et, par une sorte d'hypocrisie naïve, il estima que cette défense de la voir était pour lui comme un droit de l'aimer. Et puis la veuve était maigre; elle avait les dents longues; elle portait en toute saison un petit châle noir dont la pointe lui descendait entre les omoplates; sa taille dure était engainée dans des robes en façon de fourreau, trop courtes, qui découvraient ses chevilles avec les rubans de ses souliers larges s'entre-croisant sur des bas gris.

La mère de Charles venait les voir de temps à autre; mais, au bout de quelques jours, la bru semblait l'aiguiser à son fil; et alors, comme deux couteaux, elles étaient à le sacrifier par leurs réflexions et leurs observations. Il avait tort de tant manger! Pourquoi toujours offrir la goutte au premier venu? Quel entêtement que de ne pas vouloir porter de flanelle!

Il arriva qu'au commencement du printemps, un notaire d'Ingouville, détenteur de fonds à la veuve Dubuc, s'embarqua par une belle marée, emportant avec lui tout l'argent de son étude. Héloïse, il est vrai, possédait encore, outre une part de bateau évaluée six mille francs, sa maison de la rue Saint-François; et cependant, de toute cette fortune que l'on avait fait sonner si haut, rien, si ce n'est un peu de mobilier et quelques nippes, n'avait paru dans le ménage. Il fallut tirer la chose au clair. La maison de Dieppe se trouva vermoulue d'hypothèques jusque dans ses pilotis; ce qu'elle avait mis chez le notaire, Dieu seul le savait, et la part de barque n'excéda point mille écus. Elle avait donc menti, la bonne dame! Dans son exaspération, M. Bovary père, brisant une chaise contre les pavés, accusa sa femme d'avoir fait le malheur de leur fils en l'attelant à une haridelle semblable, dont les harnais ne valaient pas la peau. Ils vinrent à Tostes. On s'expliqua. Il y eut des scènes. Héloïse, en pleurs, se jetant dans les bras de son mari, le conjura de la défendre de ses parents. Charles voulut parler pour elle. Ceux-ci se fâchèrent, et ils partirent.

Mais *le coup était porté*. Huit jours après, comme elle étendait du linge dans sa cour, elle fut prise d'un crachement de sang, et le lendemain, tandis que Charles avait le dos tourné pour fermer le rideau de la fenêtre, elle dit : « Ah! mon Dieu! » poussa un soupir et s'évanouit. Elle était morte! Quel étonnement!

Quand tout fut fini au cimetière, Charles rentra chez lui. Il ne trouva personne en bas; il monta au premier, dans la chambre, vit sa robe encore accrochée au pied de l'alcôve; alors, s'appuyant contre le secrétaire, il resta jusqu'au soir perdu dans une rêverie douloureuse. Elle l'avait aimé, après tout.

III

Un matin, le père Rouault vint apporter à Charles le payement de sa jambe remise : soixante et quinze francs en pièce de quarante sous, et une dinde. Il avait appris son malheur et l'en consola tant qu'il put.

— Je sais ce que c'est! disait-il en lui frappant sur l'épaule; j'ai été comme vous, moi aussi! Quand j'ai eu perdu ma pauvre défunte, j'allais dans les champs pour être tout seul; je tombais au pied d'un arbre, je pleurais, j'appelais le bon Dieu, je lui disais des sottises; j'aurais voulu être comme les taupes que je voyais aux branches qui avaient des vers leur grouillant dans le ventre, crevé, enfin. Et quand je pensais que d'autres, à ce moment-là, étaient avec leurs bonnes petites femmes à les tenir embrassées contre eux, je tapais de grands coups par terre avec mon bâton; j'étais quasiment fou, que je ne mangeais plus; l'idée d'aller seulement au café me dégoûtait, vous ne croiriez pas. Eh bien, tout doucement, un jour chassant l'autre, un printemps sur un hiver et un automne par-dessus un été, ça a coulé brin à brin, miette à miette; ça s'en est allé, c'est parti, c'est descendu, je veux dire, car il vous reste toujours quelque chose au fond, comme qui dirait... un poids, là, sur la poitrine! Mais puisque c'est notre sort à tous, on ne doit pas non plus se laisser dépérir, et, parce que d'autres sont morts, vouloir mourir... Il faut vous secouer, monsieur Bovary; ça se passera! Venez nous voir; ma fille pense à vous de temps à autre, savez-vous bien, et elle dit comme ça que vous l'oubliez. Voilà le printemps bientôt; nous vous ferons tirer un lapin dans la garenne, pour vous dissiper un peu.

Charles suivit son conseil. Il retourna aux Bertaux.

Il retrouva tout comme la veille, comme il y avait cinq mois, c'est-à-dire. Les poiriers déjà étaient en fleur, et le bonhomme Rouault, debout maintenant, allait et venait, ce qui rendait la ferme plus animée.

Croyant qu'il était de son devoir de prodiguer au médecin le plus de politesses possible, à cause de sa position douloureuse, il le pria de ne point se découvrir la tête, lui parla à voix basse, comme s'il eût été malade, et même fit semblant de se mettre en colère de ce que l'on n'avait pas apprêté à son intention quelque chose d'un peu plus léger que tout le reste, tels que des petits pots de crème ou des poires cuites. Il conta des histoires. Charles se surprit à rire; mais le souvenir de sa femme, lui revenant tout à coup, l'assombrit. On apporta le café; il n'y pensa plus.

Il y pensa moins, à mesure qu'il s'habituait à vivre seul. L'agrément nouveau de l'indépendance lui rendit bientôt la solitude plus supportable. Il pouvait changer maintenant les heures de ses repas, rentrer ou sortir sans donner de raisons, et, lorsqu'il était bien fatigué, s'étendre de ses quatre membres, tout en large dans son lit. Donc, il se choya, se dorlota et accepta les consolations qu'on lui donnait. D'autre part, la mort de sa femme ne l'avait pas mal servi dans son métier, car on avait répété durant un mois : « Ce pauvre jeune homme! quel malheur! » Son nom s'était répandu, sa clientèle s'était accrue; et puis il allait aux Bertaux tout à son aise. Il avait un espoir sans but, un bonheur vague; il se trouvait la figure plus agréable en brossant ses favoris devant son miroir.

Il arriva un jour vers trois heures; tout le monde était aux champs; il entra dans la cuisine, mais n'aperçut point d'abord Emma; les auvents étaient fermés. Par les fentes du bois, le soleil allongeait sur les pavés de grandes raies minces, qui se brisaient à l'angle des meubles et tremblaient au plafond. Des mouches, sur la table, montaient le long des verres qui avaient servi, et bourdonnaient en se noyant au fond, dans le cidre resté. Le jour qui descendait par la cheminée, veloutant la suie de la plaque, bleuissait un peu les cendres froides. Entre la fenêtre et le foyer, Emma cousait; elle n'avait point de fichu, on voyait sur ses épaules nues de petites gouttes de sueur.

Selon la mode de la campagne, elle lui proposa de boire quelque chose. Il refusa, elle insista, et enfin lui

offrit, en riant, de prendre un verre de liqueur avec
elle. Elle alla donc chercher dans l'armoire une bouteille
de curaçao, atteignit deux petits verres, emplit l'un
jusqu'au bord, versa à peine dans l'autre et, après avoir
trinqué, le porta à sa bouche. Comme il était presque
vide, elle se renversait pour boire; et la tête en arrière,
les lèvres avancées, le cou tendu, elle riait de ne rien
sentir, tandis que le bout de sa langue, passant entre
ses dents fines, léchait à petits coups le fond du verre.

Elle se rassit et elle reprit son ouvrage, qui était un
bas de coton blanc où elle faisait des reprises; elle travaillait le front baissé; elle ne parlait pas. Charles non
plus. L'air, passant par le dessous de la porte, poussait
un peu de poussière sur les dalles; il la regardait se traîner, et il entendait seulement le battement intérieur de sa
tête, avec le cri d'une poule, au loin, qui pondait dans les
cours. Emma, de temps à autre, se rafraîchissait les joues
en y appliquant la paume de ses mains, qu'elle refroi-
dissait après cela sur la pomme de fer des grands chenets.

Elle se plaignait d'éprouver, depuis le commencement
de la saison, des étourdissements; elle demanda si les
bains de mer lui seraient utiles; elle se mit à causer du
couvent, Charles de son collège, les phrases leur vinrent.
Ils montèrent dans sa chambre. Elle lui fit voir ses anciens
cahiers de musique, les petits livres qu'on lui avait donnés
en prix et les couronnes en feuilles de chêne, abandonnées
dans un bas d'armoire. Elle lui parla encore de sa mère,
du cimetière, et même lui montra dans le jardin la plate-
bande dont elle cueillait les fleurs, tous les premiers vendredis de chaque mois, pour les aller mettre sur sa tombe.
Mais le jardinier qu'ils avaient n'y entendait rien; on
était si mal servi! Elle eût bien voulu, ne fût-ce au moins
que pendant l'hiver, habiter la ville, quoique la longueur
des beaux jours rendît peut-être la campagne plus
ennuyeuse encore durant l'été; — et, selon ce qu'elle
disait, sa voix était claire, aiguë, ou, se couvrant de langueur tout à coup, traînait des modulations qui finissaient presque en murmures, quand elle se parlait à
elle-même, — tantôt joyeuse ouvrant des yeux naïfs,
puis les paupières à demi closes, le regard noyé d'ennui,
la pensée vagabondant.

Le soir, en s'en retournant, Charles reprit une à une
les phrases qu'elle avait dites, tâchant de se les rappeler,
d'en compléter le sens, afin de se faire la portion d'exis-

tence qu'elle avait vécu dans le temps qu'il ne la connaissait pas encore. Mais jamais il ne put la voir en sa pensée,
différemment qu'il ne l'avait vue la première fois, ou telle
qu'il venait de la quitter tout à l'heure. Puis il se demanda
ce qu'elle deviendrait, si elle se marierait, et à qui ?
Hélas ! le père Rouault était bien riche, et elle !... si belle !
Mais la figure d'Emma revenait toujours se placer devant
ses yeux, et quelque chose de monotone comme le ronflement d'une toupie bourdonnait à ses oreilles : « Si tu
te mariais, pourtant ! si tu te mariais ! » La nuit, il ne
dormit pas, sa gorge était serrée, il avait soif ; il se leva
pour aller boire à son pot à l'eau et il ouvrit la fenêtre ;
le ciel était couvert d'étoiles, un vent chaud passait ;
au loin des chiens aboyaient. Il tourna la tête du côté
des Bertaux.

Pensant qu'après tout l'on ne risquait rien, Charles se
promit de faire la demande quand l'occasion s'en offri-
rait ; mais, chaque fois qu'elle s'offrit, la peur de ne point
trouver les mots convenables lui collait les lèvres.

Le père Rouault n'eût pas été fâché qu'on le débarras-
sât de sa fille, qui ne lui servait guère dans sa maison.
Il l'excusait intérieurement, trouvant qu'elle avait trop
d'esprit pour la culture, métier maudit du ciel, puisqu'on
n'y voyait jamais de millionnaire. Loin d'y avoir fait
fortune, le bonhomme y perdait tous les ans : car, s'il
excellait dans les marchés, où il se plaisait aux ruses du
métier, en revanche la culture proprement dite, avec le
gouvernement intérieur de la ferme, lui convenait moins
qu'à personne. Il ne retirait pas volontiers ses mains de
dedans ses poches, et n'épargnait point la dépense pour
tout ce qui regardait sa vie, voulant être bien nourri,
bien chauffé, bien couché. Il aimait le gros cidre, les
gigots saignants, les *glorias* longuement battus. Il prenait
ses repas dans la cuisine, seul, en face du feu, sur une
petite table qu'on lui apportait toute servie comme au
théâtre.

Lorsqu'il s'aperçut donc que Charles avait les pommettes rouges près de sa fille, ce qui signifiait qu'un de
ces jours on la lui demanderait en mariage, il rumina
d'avance toute l'affaire. Il le trouvait bien un peu grin-
galet, et ce n'était pas là un gendre comme il l'eût
souhaité ; mais on le disait de bonne conduite, économe,
fort instruit, et sans doute qu'il ne chicanerait pas trop
sur la dot. Or, comme le père Rouault allait être forcé de
vendre vingt-deux acres de *son bien*, qu'il devait beau-

coup au maçon, beaucoup au bourrelier, que l'arbre du pressoir était à remettre :

— S'il me la demande, se dit-il, je la lui donne.

A l'époque de la Saint-Michel, Charles était venu passer trois jours aux Bertaux. La dernière journée s'était écoulée comme les précédentes, à reculer de quart d'heure en quart d'heure. Le père Rouault lui fit la conduite; ils marchaient dans un chemin creux, ils s'allaient quitter; c'était le moment. Charles se donna jusqu'au coin de la haie, et enfin, quand on l'eut dépassée :

— Maître Rouault, murmura-t-il, je voudrais bien vous dire quelque chose.

Ils s'arrêtèrent. Charles se taisait.

— Mais contez-moi votre histoire! Est-ce que je ne sais pas tout! dit le père Rouault, en riant doucement.

— Père Rouault... père Rouault, balbutia Charles.

— Moi, je ne demande pas mieux, continua le fermier. Quoique sans doute la petite soit de mon idée, il faut pourtant lui demander son avis. Allez-vous-en donc; je m'en vais retourner chez nous. Si c'est oui, entendez-moi bien, vous n'aurez pas besoin de revenir, à cause du monde, et, d'ailleurs, ça la saisirait trop. Mais pour que vous ne vous mangiez pas le sang, je pousserai tout grand l'auvent de la fenêtre contre le mur : vous pourrez le voir par derrière, en vous penchant sur la haie.

Et il s'éloigna.

Charles attacha son cheval à un arbre. Il courut se mettre dans le sentier; il attendit. Une demi-heure se passa, puis il compta dix-neuf minutes à sa montre. Tout à coup un bruit se fit contre le mur; l'auvent s'était rabattu, la cliquette tremblait encore.

Le lendemain, dès neuf heures, il était à la ferme. Emma rougit quand il entra, tout en s'efforçant de rire un peu, par contenance. Le père Rouault embrassa son futur gendre. On remit à causer des arrangements d'intérêt; on avait, d'ailleurs, du temps devant soi, puisque le mariage ne pouvait décemment avoir lieu avant la fin du deuil de Charles, c'est-à-dire vers le printemps de l'année prochaine.

L'hiver se passa dans cette attente. Mlle Rouault s'occupa de son trousseau. Une partie en fut commandée à Rouen, et elle se confectionna des chemises et des bonnets de nuit, d'après des dessins de modes qu'elle emprunta. Dans les visites que Charles faisait à la ferme, on causait des préparatifs de la noce, on se demandait dans quel appartement se donnerait le dîner; on rêvait à la quantité de plats qu'il faudrait et quelles seraient les entrées.

Emma eût, au contraire, désiré se marier à minuit, aux flambeaux; mais le père Rouault ne comprit rien à cette idée. Il y eut donc une noce, où vinrent quarante-trois personnes, où l'on resta seize heures à table, qui recommença le lendemain et quelque peu les jours suivants.

IV

Les conviés arrivèrent de bonne heure dans des voitures, carrioles à un cheval, chars à bancs à deux roues, vieux cabriolets sans capote, tapissières à rideaux de cuir, et les jeunes gens des villages les plus voisins dans des charrettes où ils se tenaient debout, en rang, les mains appuyées sur les ridelles pour ne pas tomber, allant au trot et secoués dur. Il en vint de dix lieues loin, de Goderville, de Normanville et de Cany. On avait invité tous les parents des deux familles ; on s'était raccommodé avec les amis brouillés ; on avait écrit à des connaissances perdues de vue depuis longtemps.

De temps à autre, on entendait des coups de fouet derrière la haie ; bientôt la barrière s'ouvrait : c'était une carriole qui entrait. Galopant jusqu'à la première marche du perron, elle s'y arrêtait court, et vidait son monde, qui sortait par tous les côtés en se frottant les genoux et en s'étirant les bras. Les dames, en bonnet, avaient des robes à la façon de la ville, des chaînes de montre en or, des pèlerines à bouts croisés dans la ceinture, ou de petits fichus de couleur attachés dans le dos avec une épingle, et qui leur découvraient le cou par derrière. Les gamins, vêtus pareillement à leurs papas, semblaient incommodés par leurs habits neufs (beaucoup même étrennèrent ce jour-là la première paire de bottes de leur existence), et l'on voyait à côté d'eux, ne soufflant mot, dans la robe blanche de sa première communion rallongée pour la circonstance, quelque grande fillette de quatorze ou seize ans, leur cousine ou leur sœur aînée sans doute, rougeaude, ahurie, les cheveux gras de pommade à la rose, et ayant bien peur de salir ses gants. Comme il n'y avait point assez de valets d'écurie pour dételer toutes les voitures, les messieurs retroussaient leurs manches et s'y

mettaient eux-mêmes. Suivant leur position sociale différente, ils avaient des habits, des redingotes, des vestes,
des habits-vestes; — bons habits, entourés de toute la
considération d'une famille, et qui ne sortaient de l'armoire que pour les solennités; redingotes à grandes
basques flottant au vent, à collet cylindrique, à poches
larges comme des sacs; vestes de gros drap, qui accom-
pagnaient ordinairement quelque casquette cerclée de
cuivre à sa visière; habits-vestes très courts, ayant dans
le dos deux boutons rapprochés comme une paire
d'yeux, et dont les pans semblaient avoir été coupés à
même un seul bloc par la hache du charpentier.
Quelques-uns encore (mais ceux-là, bien sûr, devaient
dîner au bas bout de la table) portaient des blouses de
cérémonie, c'est-à-dire dont le col était rabattu sur les
épaules, le dos froncé à petits plis et la taille attachée très
bas par une ceinture cousue.

Et les chemises sur les poitrines bombaient comme
des cuirasses! Tout le monde était tondu à neuf, les
oreilles s'écartaient des têtes, on était rasé de près;
quelques-uns même, qui s'étaient levés dès avant l'aube,
n'ayant pas vu clair à se faire la barbe, avaient des balafres
en diagonale sous le nez, ou, le long des mâchoires, des
pelures d'épiderme larges comme des écus de trois francs,
et qu'avait enflammées le grand air pendant la route, ce
qui marbrait un peu de plaques roses toutes ces grosses
faces blanches épanouies.

La mairie se trouvant à une demi-lieue de la ferme, on
s'y rendit à pied, et l'on revint de même, une fois la cérémonie faite à l'église. Le cortège d'abord uni comme une
seule écharpe de couleur, qui ondulait dans la campagne,
le long de l'étroit sentier serpentant entre les blés verts,
s'allongea bientôt et se coupa en groupes différents, qui
s'attardaient à causer. Le ménétrier allait en avant avec
son violon empanaché de rubans à la coquille; les mariés
venaient ensuite, les parents, les amis tout au hasard;
et les enfants restaient derrière, s'amusant à arracher les
clochettes des brins d'avoine, ou à se jouer entre eux, sans
qu'on les vît. La robe d'Emma, trop longue, traînait un
peu par le bas; de temps à autre, elle s'arrêtait pour la
tirer, et alors, délicatement, de ses doigts gantés, elle
enlevait les herbes rudes avec les petits dards des char-
dons, pendant que Charles, les mains vides, attendait
qu'elle eût fini. Le père Rouault, un chapeau de soie neuf
sur la tête et les parements de son habit noir lui cou-

vrant les mains jusqu'aux ongles, donnait le bras à
Mme Bovary mère. Quant à M. Bovary père, qui, méprisant au fond tout ce monde-là, était venu simplement
avec une redingote à un rang de boutons d'une coupe
militaire, il débitait des galanteries d'estaminet à une
jeune paysanne blonde. Elle saluait, rougissait, ne savait
que répondre. Les autres gens de la noce causaient de
leurs affaires ou se faisaient des niches dans le dos,
s'excitant d'avance à la gaieté; et, en y prêtant l'oreille,
on entendait toujours le crin-crin du ménétrier qui
continuait à jouer dans la campagne. Quand il s'apercevait qu'on était loin derrière lui, il s'arrêtait à reprendre
haleine, cirait longuement de colophane son archet, afin
que les cordes grinçassent mieux, et puis il se remettait à
marcher, abaissant et levant tour à tour le manche de son
violon, pour se bien marquer la mesure à lui-même. Le
bruit de l'instrument faisait partir de loin les petits oiseaux.

C'était sous le hangar de la charretterie que la table
était dressée. Il y avait dessus quatre aloyaux, six fri-
cassées de poulets, du veau à la casserole, trois gigots et,
au milieu, un joli cochon de lait rôti, flanqué de quatre
andouilles à l'oseille. Aux angles, se dressait l'eau-de-vie,
dans des carafes. Le cidre doux en bouteilles poussait sa
mousse épaisse autour des bouchons et tous les verres,
d'avance, avaient été remplis de vin jusqu'au bord. De
grands plats de crème jaune, qui flottaient d'eux-mêmes
au moindre choc de la table, présentaient, dessinés sur
leur surface unie, les chiffres des nouveaux époux en
arabesques de nonpareille. On avait été chercher un
pâtissier à Yvetot pour les tourtes et les nougats. Comme
il débutait dans le pays, il avait soigné les choses; et il
apporta, lui-même, au dessert, une pièce montée qui fit
pousser des cris. A la base, d'abord, c'était un carré de
carton bleu figurant un temple avec portiques, colon-
nades et statuettes de stuc tout autour, dans des niches
constellées d'étoiles en papier doré; puis se tenait au
second étage un donjon en gâteau de Savoie, entouré
de menues fortifications en angélique, amandes, raisins
secs, quartiers d'oranges; et enfin, sur la plate-forme
supérieure, qui était une prairie verte où il y avait des
rochers avec des lacs de confiture et des bateaux en écales
de noisettes, on voyait un petit Amour, se balançant à
une escarpolette de chocolat, dont les deux poteaux
étaient terminés par deux boutons de rose naturelle,
en guise de boules, au sommet.

Jusqu'au soir, on mangea. Quand on était trop fatigué d'être assis, on allait se promener dans les cours ou jouer une partie de bouchon dans la grange, puis on revenait à table. Quelques-uns, vers la fin, s'y endormirent et ronflèrent. Mais, au café, tout se ranima; alors on entonna des chansons, on fit des tours de force, on portait des poids, on passait sous son pouce, on essayait à soulever les charrettes sur ses épaules, on disait des gaudrioles, on embrassait les dames. Le soir, pour partir, les chevaux gorgés d'avoine jusqu'aux naseaux eurent du mal à entrer dans les brancards; ils ruaient, se cabraient, les harnais se cassaient, leurs maîtres juraient ou riaient; et toute la nuit, au clair de la lune, par les routes du pays, il y eut des carrioles emportées qui couraient au grand galop, bondissant dans les saignées, sautant par-dessus les mètres de cailloux, s'accrochant aux talus, avec des femmes qui se penchaient en dehors de la portière pour saisir les guides.

Ceux qui restèrent aux Bertaux passèrent la nuit à boire dans la cuisine. Les enfants s'étaient endormis sous les bancs.

La mariée avait supplié son père qu'on lui épargnât les plaisanteries d'usage. Cependant, un mareyeur de leurs cousins (qui même avait apporté, comme présent de noces, une paire de soles) commençait à souffler de l'eau avec sa bouche par le trou de la serrure, quand le père Rouault arriva juste à temps pour l'en empêcher, et lui expliqua que la position grave de son gendre ne permettait pas de telles inconvenances. Le cousin, toutefois, céda difficilement à ces raisons. En dedans de lui-même, il accusa le père Rouault d'être fier, et il alla se joindre dans un coin à quatre ou cinq autres des invités qui, ayant eu par hasard plusieurs fois de suite à table les bas morceaux des viandes, trouvaient aussi qu'on les avait mal reçus, chuchotaient sur le compte de leur hôte et souhaitaient sa ruine à mots couverts.

Mme Bovary mère n'avait pas desserré les dents de la journée. On ne l'avait consultée ni sur la toilette de la bru, ni sur l'ordonnance du festin; elle se retira de bonne heure. Son époux, au lieu de la suivre, envoya chercher des cigares à Saint-Victor et fuma jusqu'au jour, tout en buvant des grogs au kirsch, mélange inconnu à la compagnie, et qui fut pour lui comme la source d'une considération plus grande encore.

Charles n'était point de complexion facétieuse, il

n'avait pas brillé pendant la noce. Il répondit médiocrement aux pointes, calembours, mots à double entente,
compliments et gaillardises que l'on se fit un devoir de
lui décocher dès le potage.

Le lendemain, en revanche, il semblait un autre
homme. C'était lui plutôt que l'on eût pris pour la
vierge de la veille, tandis que la mariée ne laissait rien
découvrir où l'on pût deviner quelque chose. Les plus
malins ne savaient que répondre, et ils la considéraient,
quand elle passait près d'eux, avec des tensions d'esprit
démesurées. Mais Charles ne dissimulait rien. Il l'appelait ma femme, la tutoyait, s'informait d'elle à chacun, la
cherchait partout, et souvent il l'entraînait dans les cours,
où on l'apercevait de loin, entre les arbres, qui lui passait
le bras sous la taille et continuait à marcher à demi
penché sur elle, en lui chiffonnant avec sa tête la guimpe
de son corsage.

Deux jours après la noce, les époux s'en allèrent: Charles,
à cause de ses malades, ne pouvait s'absenter plus longtemps. Le père Rouault les fit reconduire dans sa carriole
et les accompagna lui-même jusqu'à Vassonville. Là, il
embrassa sa fille une dernière fois, mit pied à terre et
reprit sa route. Lorsqu'il eut fait cent pas environ, il
s'arrêta, et, comme il vit la carriole s'éloignant, dont les
roues tournaient dans la poussière, il poussa un gros
soupir. Puis il se rappela ses noces, son temps d'autrefois, la première grossesse de sa femme; il était bien
joyeux, lui aussi, le jour qu'il l'avait emmenée de chez
son père dans sa maison, quand il la portait en croupe en
trottant sur la neige; car on était aux environs de Noël
et la campagne était toute blanche; elle le tenait par un
bras; à l'autre était accroché son panier; le vent agitait
les longues dentelles de sa coiffure cauchoise qui lui
passaient quelquefois sur la bouche, et, lorsqu'il tournait
la tête, il voyait près de lui, sur son épaule, sa petite mine
rosée qui souriait silencieusement, sous la plaque d'or
de son bonnet. Pour se réchauffer les doigts, elle les lui
mettait de temps en temps dans la poitrine. Comme
c'était vieux, tout cela! Leur fils, à présent, aurait trente
ans! Alors il regarda derrière lui, il n'aperçut rien sur la
route. Il se sentit triste comme une maison démeublée;
et les souvenirs tendres se mêlant aux pensées noires
dans sa cervelle obscurcie par les vapeurs de la bom-
bance, il eut bien envie un moment d'aller faire un tour
du côté de l'église. Comme il eut peur, cependant, que

cette vue ne le rendît plus triste encore, il s'en revint tout droit chez lui.

M. et Mme Charles arrivèrent à Tostes vers six heures. Les voisins se mirent aux fenêtres pour voir la nouvelle femme de leur médecin.

La vieille bonne se présenta, lui fit ses salutations, s'excusa de ce que le dîner n'était pas prêt, et engagea Madame, en attendant, à prendre connaissance de sa maison.

V

La façade de briques était juste à l'alignement de la rue, ou de la route plutôt. Derrière la porte se trouvaient accrochés un manteau à petit collet, une bride, une casquette de cuir noir, et, dans un coin, à terre, une paire de houseaux encore couverts de boue sèche. A droite était la salle, c'est-à-dire l'appartement où l'on mangeait et où l'on se tenait. Un papier jaune serin, relevé dans le haut par une guirlande de fleurs pâles, tremblait tout entier sur sa toile mal tendue; des rideaux de calicot blanc, bordés d'un galon rouge, s'entre-croisaient le long des fenêtres, et sur l'étroit chambranle de la cheminée resplendissait une pendule à tête d'Hippocrate, entre deux flambeaux d'argent plaqué, sous des globes de forme ovale. De l'autre côté du corridor était le cabinet de Charles, petite pièce de six pas de large environ, avec une table, trois chaises et un fauteuil de bureau. Les tomes du *Dictionnaire des sciences médicales*, non coupés, mais dont la brochure avait souffert dans toutes les ventes successives par où ils avaient passé, garnissaient presque à eux seuls les six rayons d'une bibliothèque en bois de sapin. L'odeur des roux pénétrait à travers la muraille, pendant les consultations, de même que l'on entendait de la cuisine les malades tousser dans le cabinet et débiter toute leur histoire. Venait ensuite, s'ouvrant immédiatement sur la cour, où se trouvait l'écurie, une grande pièce délabrée qui avait un four, et qui servait maintenant de bûcher, de cellier, de garde-magasin, pleine de vieilles ferrailles, de tonneaux vides, d'instruments de culture hors de service, avec quantité d'autres choses poussiéreuses dont il était impossible de deviner l'usage.

Le jardin, plus long que large, allait, entre deux murs

de bauge couverts d'abricots en espalier, jusqu'à une
haie d'épine qui le séparait des champs. Il y avait, au
milieu, un cadran solaire en ardoise, sur un piédestal
de maçonnerie; quatre plates-bandes garnies d'églantiers maigres entouraient symétriquement le carré plus
utile des végétations sérieuses. Tout au fond, sous les
sapinettes, un curé de plâtre lisait son bréviaire.

Emma monta dans les chambres. La première n'était
point meublée; mais la seconde, qui était la chambre
conjugale, avait un lit d'acajou dans une alcôve à dra-
perie rouge. Une boîte en coquillages décorait la commode; et, sur le secrétaire, près de la fenêtre, il y avait,
dans une carafe, un bouquet de fleurs d'oranger, noué
par des rubans de satin blanc. C'était un bouquet de
mariée, le bouquet de l'autre! Elle le regarda. Charles
s'en aperçut, il le prit et l'alla porter au grenier, tandis
qu'assise dans un fauteuil (on disposait ses affaires
autour d'elle), Emma songeait à son bouquet de mariage,
qui était emballé dans un carton, et se demandait, en
rêvant, ce qu'on en ferait, si par hasard elle venait à
mourir.

Elle s'occupa, les premiers jours, à méditer des chan-
gements dans sa maison. Elle retira les globes des flambeaux, fit coller des papiers neufs, repeindre l'escalier et
faire des bancs dans le jardin, tout autour du cadran
solaire; elle demanda même comment s'y prendre pour
avoir un bassin à jet d'eau avec des poissons. Enfin son
mari, sachant qu'elle aimait à se promener en voiture,
trouva un *boc* d'occasion, qui, ayant une fois des lanternes neuves et des garde-crotte en cuir piqué, ressembla
presque à un tilbury.

Il était donc heureux et sans souci de rien au monde.
Un repas en tête-à-tête, une promenade le soir sur la
grande route, un geste de sa main sur ses bandeaux, la
vue de son chapeau de paille accroché à l'espagnolette
d'une fenêtre, et bien d'autres choses encore où Charles
n'avait jamais soupçonné de plaisir, composaient maintenant la continuité de son bonheur. Au lit, le matin, et
côte à côte sur l'oreiller, il regardait la lumière du soleil
passer parmi le duvet de ses joues blondes, que couvraient à demi les pattes escalopées de son bonnet. Vus
de si près, ses yeux lui paraissaient agrandis, surtout
quand elle ouvrait plusieurs fois de suite ses paupières
en s'éveillant; noirs à l'ombre et bleu foncé au grand
jour, ils avaient comme des couches de couleurs succes-

sives, et qui, plus épaisses dans le fond, allaient en
s'éclaircissant vers la surface de l'émail. Son œil, à lui,
se perdait dans ces profondeurs, et il s'y voyait en petit
jusqu'aux épaules, avec le foulard qui le coiffait et le
haut de sa chemise entr'ouvert. Il se levait. Elle se
mettait à la fenêtre pour le voir partir; et elle restait
accoudée sur le bord, entre deux pots de géraniums,
vêtue de son peignoir, qui était lâche autour d'elle.
Charles, dans la rue, boucclait ses éperons sur la borne;
et elle continuait à lui parler d'en haut, tout en arrachant
avec sa bouche quelque bribe de fleur ou de verdure
qu'elle soufflait vers lui et qui, voltigeant, se soutenant,
faisant dans l'air des demi-cercles comme un oiseau,
allait, avant de tomber, s'accrocher aux crins mal peignés
de la vieille jument blanche, immobile à la porte. Charles,
à cheval, lui envoyait un baiser; elle répondait par un
signe, elle refermait la fenêtre, il partait. Et alors, sur la
grande route qui étendait sans en finir son long ruban
de poussière, par les chemins creux où les arbres se
courbaient en berceaux, dans les sentiers dont les blés
lui montaient jusqu'aux genoux, avec le soleil sur ses
épaules et l'air du matin à ses narines, le cœur plein des
félicités de la nuit, l'esprit tranquille, la chair contente,
il s'en allait ruminant son bonheur, comme ceux qui
mâchent encore, après dîner, le goût des truffes qu'ils
digèrent.

Jusqu'à présent, qu'avait-il eu de bon dans l'existence ?
Etait-ce son temps de collège, où il restait enfermé entre
ces hauts murs, seul au milieu de ses camarades plus
riches ou plus forts que lui dans leurs classes, qu'il faisait
rire par son accent, qui se moquaient de ses habits, et
dont les mères venaient au parloir avec des pâtisseries
dans leur manchon ? Etait-ce plus tard, lorsqu'il étudiait
la médecine et n'avait jamais la bourse assez ronde pour
payer la contredanse à quelque petite ouvrière qui fût
devenue sa maîtresse ? Ensuite il avait vécu pendant
quatorze mois avec la veuve, dont les pieds, dans le lit,
étaient froids comme des glaçons. Mais, à présent, il
possédait pour la vie cette jolie femme qu'il adorait.
L'univers, pour lui, n'excédait pas le tour soyeux de
son jupon; et il se reprochait de ne pas l'aimer, il avait
envie de la revoir; il s'en revenait vite, montait l'escalier,
le cœur battant. Emma, dans sa chambre, était à faire sa
toilette; il arrivait à pas muets, il la baisait dans le dos,
elle poussait un cri.

Il ne pouvait se retenir de toucher continuellement à son peigne, à ses bagues, à son fichu; quelquefois, il lui donnait sur les joues de gros baisers à pleine bouche, ou c'étaient de petits baisers à la file tout le long de son bras nu, depuis le bout des doigts jusqu'à l'épaule; et elle le repoussait, à demi souriante et ennuyée, comme on fait à un enfant qui se pend après vous.

Avant qu'elle se mariât, elle avait cru avoir de l'amour; mais le bonheur qui aurait dû résulter de cet amour n'étant pas venu, il fallait qu'elle se fût trompée, songeait-elle. Et Emma cherchait à savoir ce que l'on entendait au juste dans la vie par les mots de *félicité*, de *passion* et d'*ivresse*, qui lui avaient paru si beaux dans les livres.

VI

Elle avait lu *Paul et Virginie* et elle avait rêvé la maisonnette de bambous, le nègre Domingo, le chien Fidèle, mais surtout l'amitié douce de quelque bon petit frère, qui va chercher pour vous des fruits rouges dans des grands arbres plus hauts que des clochers, ou qui court pieds nus sur le sable, vous apportant un nid d'oiseau.

Lorsqu'elle eut treize ans, son père l'amena lui-même à la ville, pour la mettre au couvent. Ils descendirent dans une auberge du quartier Saint-Gervais, où ils eurent à leur souper des assiettes peintes qui représentaient l'histoire de Mlle de La Vallière. Les explications légendaires, coupées çà et là par l'égratignure des couteaux, glorifiaient toutes la religion, les délicatesses de cœur et les pompes de la Cour.

Loin de s'ennuyer au couvent les premiers temps, elle se plut dans la société des bonnes sœurs, qui, pour l'amuser, la conduisaient dans la chapelle, où l'on pénétrait du réfectoire par un long corridor. Elle jouait fort peu durant les récréations, comprenait bien le catéchisme, et c'est elle qui répondait toujours à M. le vicaire, dans les questions difficiles. Vivant donc sans jamais sortir de la tiède atmosphère des classes et parmi ces femmes au teint blanc portant des chapelets à croix de cuivre, elle s'assoupit doucement à la langueur mystique qui s'exhale des parfums de l'autel, de la fraîcheur des bénitiers et du rayonnement des cierges. Au lieu de suivre la messe, elle regardait dans son livre les vignettes pieuses bordées d'azur, et elle aimait la brebis malade, le sacré cœur percé de flèches aiguës, ou le pauvre Jésus qui tombe en marchant sur sa croix. Elle essaya, par mortification, de rester tout un jour sans manger. Elle cherchait dans sa tête quelque vœu à accomplir.

Quand elle allait à confesse, elle inventait de petits péchés, afin de rester là plus longtemps, à genoux dans l'ombre, les mains jointes, le visage à la grille sous le chuchotement du prêtre. Les comparaisons de fiancé, d'époux, d'amant céleste et de mariage éternel qui reviennent dans les sermons lui soulevaient au fond de l'âme des douceurs inattendues.

Le soir, avant la prière, on faisait dans l'étude une lecture religieuse. C'était, pendant la semaine, quelque résumé d'Histoire sainte ou les *Conférences* de l'abbé Frayssinous, et, le dimanche, des passages du *Génie du Christianisme*, par récréation. Comme elle écouta, les premières fois, la lamentation sonore des mélancolies romantiques se répétant à tous les échos de la terre et de l'éternité! Si son enfance se fût écoulée dans l'arrière-boutique d'un quartier marchand, elle se serait peut-être ouverte alors aux envahissements lyriques de la nature, qui, d'ordinaire, ne nous arrivent que par la traduction des écrivains. Mais elle connaissait trop la campagne; elle savait le bêlement des troupeaux, les laitages, les charrues. Habituée aux aspects calmes, elle se tournait au contraire vers les accidentés. Elle n'aimait la mer qu'à cause de ses tempêtes, et la verdure seulement lorsqu'elle était clairsemée parmi les ruines. Il fallait qu'elle pût retirer des choses une sorte de profit personnel; et elle rejetait comme inutile tout ce qui ne contribuait pas à la consommation immédiate de son cœur, — étant de tempérament plus sentimentale qu'artiste, cherchant des émotions et non des paysages.

Il y avait au couvent une vieille fille qui venait tous les mois, pendant huit jours, travailler à la lingerie. Protégée par l'archevêché comme appartenant à une ancienne famille de gentilshommes ruinés sous la Révolution, elle mangeait au réfectoire à la table des bonnes sœurs, et faisait avec elles, après le repas, un petit bout de causette avant de remonter à son ouvrage. Souvent les pensionnaires s'échappaient de l'étude pour l'aller voir. Elle savait par cœur des chansons galantes du siècle passé, qu'elle chantait à demi-voix, tout en poussant son aiguille. Elle contait des histoires, vous apprenait des nouvelles, faisait en ville vos commissions, et prêtait aux grandes, en cachette, quelque roman qu'elle avait toujours dans les poches de son tablier, et dont la bonne demoiselle elle-même avalait de longs chapitres, dans les intervalles de sa besogne. Ce n'étaient qu'amours, amants, amantes,

dames persécutées s'évanouissant dans des pavillons
solitaires, postillons qu'on tue à tous les relais, chevaux
qu'on crève à toutes les pages, forêts sombres, troubles
du cœur, serments, sanglots, larmes et baisers, nacelles
au clair de lune, rossignols dans les bosquets, *messieurs*
braves comme des lions, doux comme des agneaux,
vertueux comme on ne l'est pas, toujours bien mis,
et qui pleurent comme des urnes. Pendant six mois, à
quinze ans, Emma se graissa donc les mains à cette
poussière des vieux cabinets de lecture. Avec Walter Scott, plus tard, elle s'éprit de choses historiques,
rêva bahuts, salle des gardes et ménestrels. Elle aurait
voulu vivre dans quelque vieux manoir, comme ces
châtelaines au long corsage qui, sous le trèfle des ogives,
passaient leurs jours, le coude sur la pierre et le menton
dans la main, à regarder venir du fond de la campagne un
cavalier à plume blanche qui galope sur un cheval noir.
Elle eut dans ce temps-là le culte de Marie Stuart et des
vénérations enthousiastes à l'endroit des femmes illustres
ou infortunées. Jeanne d'Arc, Héloïse, Agnès Sorel, la
belle Ferronnière et Clémence Isaure, pour elle, se déta-
chaient comme des comètes sur l'immensité ténébreuse
de l'histoire, où saillissaient encore çà et là, mais plus
perdus dans l'ombre et sans aucun rapport entre eux,
saint Louis avec son chêne, Bayard mourant, quelques
férocités de Louis XI, un peu de Saint-Barthélemy, le
panache du Béarnais, et toujours le souvenir des assiettes
peintes où Louis XIV était vanté.

A la classe de musique, dans les romances qu'elle chantait, il n'était question que de petits anges aux ailes d'or,
de madones, de lagunes, de gondoliers, pacifiques compositions qui lui laissaient entrevoir, à travers la niaiserie
du style et les imprudences de la note, l'attirante fantasmagorie des réalités sentimentales. Quelques-unes de
ses camarades apportaient au couvent les keepsakes
qu'elles avaient reçus en étrennes. Il les fallait cacher;
c'était une affaire; on les lisait au dortoir. Maniant délicatement leurs belles reliures de satin, Emma fixait ses
regards éblouis sur le nom des auteurs inconnus qui
avaient signé, le plus souvent, comtes ou vicomtes, au
bas de leurs pièces.

Elle frémissait, en soulevant de son haleine le papier
de soie des gravures, qui se levait à demi plié et retombait doucement contre la page. C'était, derrière la balustrade d'un balcon, un jeune homme en court manteau

qui serrait dans ses bras une jeune fille en robe blanche,
portant une aumônière à sa ceinture ; ou bien les portraits
anonymes des ladies anglaises à boucles blondes qui,
sous leur chapeau de paille rond, vous regardent avec
leurs grands yeux clairs. On en voyait d'étalées dans des
voitures, glissant au milieu des parcs, où un lévrier sau-
tait devant l'attelage que conduisaient au trot deux
petits postillons en culotte blanche. D'autres, rêvant
sur des sofas près d'un billet décacheté, contemplaient
la lune, par la fenêtre entr'ouverte, à demi drapée d'un
rideau noir. Les naïves, une larme sur la joue, becque-
taient une tourterelle à travers les barreaux d'une cage
gothique, ou, souriant, la tête sur l'épaule, effeuillaient
une marguerite de leurs doigts pointus, retroussés comme
des souliers à la poulaine. Et vous y étiez aussi, sultans à
longues pipes, pâmés sous les tonnelles aux bras des
bayadères, djiaours, sabres turcs, bonnets grecs, et vous
surtout, paysages blafards des contrées dithyrambiques,
qui souvent nous montrez à la fois des palmiers, des
sapins, des tigres à droite, un lion à gauche, des minarets
tartares à l'horizon, au premier plan des ruines romaines,
puis des chameaux accroupis ; — le tout encadré d'une
forêt vierge bien nettoyée, et avec un grand rayon de
soleil perpendiculaire tremblotant dans l'eau, où se
détachent en écorchures blanches, sur un fond d'acier
gris, de loin en loin, des cygnes qui nagent.
     Et l'abat-jour du quinquet, accroché dans la muraille
au-dessus de la tête d'Emma, éclairait tous ces tableaux
du monde, qui passaient devant elle les uns après les
autres, dans le silence du dortoir et au bruit lointain
de quelque fiacre attardé qui roulait encore sur les boulevards.
     Quand sa mère mourut, elle pleura beaucoup les pre-
miers jours. Elle se fit faire un tableau funèbre avec les
cheveux de la défunte, et, dans une lettre qu'elle envoyait
aux Bertaux, toute pleine de réflexions tristes sur la vie,
elle demandait qu'on l'ensevelît plus tard dans le même
tombeau. Le bonhomme la crut malade et vint la voir.
Emma fut intérieurement satisfaite de se sentir arrivée
du premier coup à ce rare idéal des existences pâles, où
ne parviennent jamais les cœurs médiocres. Elle se laissa
donc glisser dans les méandres lamartiniens, écouta les
harpes sur les lacs, tous les chants des cygnes mourants, toutes les chutes de feuilles, les vierges pures qui
montent au ciel, et la voix de l'Eternel discourant dans

les vallons. Elle s'en ennuya, n'en voulut point convenir, continua par habitude, ensuite par vanité, et fut enfin surprise de se sentir apaisée, et sans plus de tristesse au cœur que de rides sur son front.

Les bonnes religieuses, qui avaient si bien présumé de sa vocation, s'aperçurent avec de grands étonnements que Mlle Rouault semblait échapper à leur soin. Elles lui avaient, en effet, tant prodigué les offices, les retraites, les neuvaines, les sermons, si bien prêché le respect que l'on doit aux saints et aux martyrs, et donné tant de bons conseils pour la modestie du corps et le salut de son âme, qu'elle fit comme les chevaux que l'on tire par la bride : elle s'arrêta court et le mors lui sortit des dents. Cet esprit, positif au milieu de ses enthousiasmes, qui avait aimé l'église pour ses fleurs, la musique pour les paroles de romances, et la littérature pour ses excitations passionnelles, s'insurgeait devant les mystères de la foi, de même qu'elle s'irritait davantage contre la discipline, qui était quelque chose d'antipathique à sa constitution. Quand son père la retira de pension, on ne fut point fâché de la voir partir. La supérieure trouvait même qu'elle était devenue, dans les derniers temps, peu révérencieuse envers la communauté.

Emma, rentrée chez elle, se plut d'abord au commandement des domestiques, prit ensuite la campagne en dégoût et regretta son couvent. Quand Charles vint aux Bertaux pour la première fois, elle se considérait comme fort désillusionnée, n'ayant plus rien à apprendre, ne devant plus rien sentir.

Mais l'anxiété d'un état nouveau, ou peut-être l'irritation causée par la présence de cet homme, avait suffi à lui faire croire qu'elle possédait enfin cette passion merveilleuse qui jusqu'alors s'était tenue comme un grand oiseau au plumage rose planant dans la splendeur des ciels poétiques ; — et elle ne pouvait s'imaginer à présent que ce calme où elle vivait fût le bonheur qu'elle avait rêvé.

VII

Elle songeait quelquefois que c'étaient là pourtant les plus beaux jours de sa vie, la lune de miel, comme on disait. Pour en goûter la douceur, il eût fallu, sans doute, s'en aller vers ces pays à noms sonores où les lendemains de mariage ont de plus suaves paresses! Dans des chaises de poste, sous des stores de soie bleue, on monte au pas des routes escarpées, écoutant la chanson du postillon, qui se répète dans la montagne avec les clochettes des chèvres et le bruit sourd de la cascade. Quand le soleil se couche, on respire au bord des golfes le parfum des citronniers; puis, le soir, sur la terrasse des villas, seuls et les doigts confondus, on regarde les étoiles en faisant des projets. Il lui semblait que certains lieux sur la terre devaient produire du bonheur, comme une plante particulière au sol et qui pousse mal tout autre part. Que ne pouvait-elle s'accouder sur le balcon des chalets suisses ou enfermer sa tristesse dans un cottage écossais, avec un mari vêtu d'un habit de velours noir à longues basques, et qui porte des bottes molles, un chapeau pointu et des manchettes!

Peut-être aurait-elle souhaité faire à quelqu'un la confidence de toutes ces choses. Mais comment dire un insaisissable malaise, qui change d'aspect comme les nuées, qui tourbillonne comme le vent? Les mots lui manquaient donc, l'occasion, la hardiesse.

Si Charles l'avait voulu, cependant, s'il s'en fût douté, si son regard, une seule fois, fût venu à la rencontre de sa pensée, il lui semblait qu'une abondance subite se serait détachée de son cœur, comme tombe la récolte d'un espalier, quand on y porte la main. Mais, à mesure que se serrait davantage l'intimité de leur vie, un détachement intérieur se faisait qui la déliait de lui.

La conversation de Charles était plate comme un trottoir de rue, et les idées de tout le monde y défilaient, dans leur costume ordinaire, sans exciter d'émotion, de rire ou de rêverie. Il n'avait jamais été curieux, disait-il, pendant qu'il habitait Rouen, d'aller voir au théâtre les acteurs de Paris. Il ne savait ni nager, ni faire des armes, ni tirer le pistolet, et il ne put, un jour, lui expliquer un terme d'équitation qu'elle avait rencontré dans un roman.

Un homme, au contraire, ne devait-il pas tout connaître, exceller en des activités multiples, vous initier aux énergies de la passion, aux raffinements de la vie, à tous les mystères ? Mais il n'enseignait rien, celui-là, ne savait rien, ne souhaitait rien. Il la croyait heureuse ; et elle lui en voulait de ce calme si bien assis, de cette pesanteur sereine, du bonheur même qu'elle lui donnait.

Elle dessinait quelquefois ; et c'était pour Charles un grand amusement que de rester là, tout debout, à la regarder penchée sur son carton, clignant des yeux, afin de mieux voir son ouvrage, ou arrondissant, sur son pouce, des boulettes de mie de pain. Quant au piano, plus ses doigts y couraient vite, plus il s'émerveillait. Elle frappait sur les touches avec aplomb, et parcourait du haut en bas tout le clavier sans s'interrompre. Ainsi secoué par elle, le vieil instrument, dont les cordes frisaient, s'entendait jusqu'au bout du village si la fenêtre était ouverte, et souvent le clerc de l'huissier qui passait sur la grande route, nu-tête et en chaussons, s'arrêtait à l'écouter, sa feuille de papier à la main.

Emma, d'autre part, savait conduire sa maison. Elle envoyait aux malades le compte des visites, dans des lettres bien tournées qui ne sentaient pas la facture. Quand ils avaient, le dimanche, quelque voisin à dîner, elle trouvait le moyen d'offrir un plat coquet, s'entendait à poser sur des feuilles de vigne les pyramides de reines-Claude, servait renversés les pots de confitures dans une assiette, et même elle parlait d'acheter des rince-bouche pour le dessert. Il rejaillissait de tout cela beaucoup de considération sur Bovary.

Charles finissait par s'estimer davantage de ce qu'il possédait une pareille femme. Il montrait avec orgueil, dans la salle, deux petits croquis d'elle à la mine de plomb, qu'il avait fait encadrer de cadres très larges et suspendus contre le papier de la muraille à de longs cordons verts.

Au sortir de la messe, on le voyait sur sa porte avec de belles pantoufles en tapisserie.

Il rentrait tard, à dix heures, minuit quelquefois. Alors il demandait à manger, et, comme la bonne était couchée, c'était Emma qui le servait. Il retirait sa redingote pour dîner plus à son aise. Il disait les uns après les autres tous les gens qu'il avait rencontrés, les villages où il avait été, les ordonnances qu'il avait écrites et, satisfait de lui-même, il mangeait le reste du miroton, épluchait son fromage, croquait une pomme, vidait sa carafe, puis s'allait mettre au lit, se couchait sur le dos et ronflait.

Comme il avait eu longtemps l'habitude du bonnet de coton, son foulard ne lui tenait pas aux oreilles; aussi ses cheveux, le matin, étaient rabattus pêle-mêle sur sa figure et blanchis par le duvet de son oreiller, dont les cordons se dénouaient pendant la nuit. Il portait toujours de fortes bottes, qui avaient au cou-de-pied deux plis épais obliquant vers les chevilles, tandis que le reste de l'empeigne se continuait en ligne droite, tendu comme par un pied de bois. Il disait que *c'était bien assez bon pour la campagne.*

Sa mère l'approuvait en cette économie; car elle le venait voir comme autrefois, lorsqu'il y avait eu chez elle quelque bourrasque un peu violente; et cependant Mme Bovary mère semblait prévenue contre sa bru. Elle lui trouvait *un genre trop relevé pour leur position de fortune ;* le bois, le sucre et la chandelle *filaient comme dans une grande maison,* et la quantité de braise qui se brûlait à la cuisine aurait suffi pour vingt-cinq plats! Elle rangeait son linge dans ses armoires et lui apprenait à surveiller le boucher quand il apportait la viande. Emma recevait ces leçons; Mme Bovary les prodiguait; et les mots de *ma fille* et de *ma mère* s'échangeaient tout le long du jour, accompagnés d'un petit frémissement des lèvres, chacune lançant des paroles douces d'une voix tremblante de colère.

Du temps de Mme Dubuc, la vieille femme se sentait encore la préférée; mais, à présent, l'amour de Charles pour Emma lui semblait une désertion de sa tendresse, un envahissement sur ce qui lui appartenait; et elle observait le bonheur de son fils avec un silence triste, comme quelqu'un de ruiné qui regarde à travers les carreaux des gens attablés dans son ancienne maison. Elle lui rappelait, en manière de souvenirs, ses peines et ses sacrifices, et, les comparant aux négligences d'Emma, concluait qu'il n'était point raisonnable de l'adorer d'une façon si exclusive.

Charles ne savait que répondre; il respectait sa mère, et il aimait infiniment sa femme; il considérait le jugement de l'une comme infaillible, et cependant il trouvait l'autre irréprochable. Quand Mme Bovary était partie il essayait de hasarder timidement, et dans les mêmes termes, une ou deux des plus anodines observations qu'il avait entendu faire à sa maman; Emma, lui prouvant d'un mot qu'il se trompait, le renvoyait à ses malades.

Cependant, d'après les théories qu'elle croyait bonnes, elle voulut se donner de l'amour. Au clair de lune, dans le jardin, elle récitait tout ce qu'elle savait par cœur de rimes passionnées et lui chantait en soupirant des adagios mélancoliques; mais elle se trouvait ensuite aussi calme qu'auparavant, et Charles n'en paraissait ni plus amoureux, ni plus remué.

Quand elle eut ainsi un peu battu le briquet sur son cœur sans en faire jaillir une étincelle, incapable, du reste, de comprendre ce qu'elle n'éprouvait pas, comme de croire à tout ce qui ne se manifestait point par des formes convenues, elle se persuada sans peine que la passion de Charles n'avait plus rien d'exorbitant. Ses expansions étaient devenues régulières; il l'embrassait à de certaines heures. C'était une habitude parmi les autres, et comme un dessert prévu d'avance, après la monotonie du dîner.

Un garde-chasse, guéri par Monsieur d'une fluxion de poitrine, avait donné à Madame une petite levrette d'Italie; elle la prenait pour se promener, car elle sortait quelquefois, afin d'être seule un instant et de n'avoir plus sous les yeux l'éternel jardin avec la route poudreuse.

Elle allait jusqu'à la hêtrée de Banneville, près du pavillon abandonné qui fait l'angle du mur, du côté des champs. Il y a dans le saut-de-loup, parmi les herbes, de longs roseaux à feuilles coupantes.

Elle commençait par regarder tout alentour, pour voir si rien n'avait changé depuis la dernière fois qu'elle était venue. Elle retrouvait aux mêmes places les digitales et les ravenelles, les bouquets d'orties entourant les gros cailloux, et les plaques de lichen le long des trois fenêtres dont les volets toujours clos s'égrenaient de pourriture, sur leurs barres de fer rouillées. Sa pensée, sans but d'abord, vagabondait au hasard, comme sa levrette, qui faisait des cercles dans la campagne, jappait après les papillons jaunes, donnait la chasse aux musaraignes en mordillant les coquelicots sur le bord d'une pièce de blé. Puis ses idées peu à peu se fixaient et, assise sur le gazon, qu'elle fouillait à petits coups avec le bout de son ombrelle, Emma se répétait :

— Pourquoi, mon Dieu, me suis-je mariée ?

Elle se demandait s'il n'y aurait pas eu moyen, par d'autres combinaisons du hasard, de rencontrer un autre homme; et elle cherchait à imaginer quels eussent été ces événements non survenus, cette vie différente, ce mari qu'elle ne connaissait pas. Tous, en effet, ne ressemblaient pas à celui-là. Il aurait pu être beau, spirituel, distingué, attirant, tels qu'ils étaient sans doute, ceux qu'avaient épousés ses anciennes camarades du couvent. Que faisaient-elles maintenant ? A la ville, avec le bruit des rues, le bourdonnement des théâtres et les clartés du bal, elles avaient des existences où le cœur se dilate, où les sens s'épanouissent. Mais elle, sa vie était froide comme un grenier dont la lucarne est au nord, et l'ennui, araignée silencieuse, filait sa toile dans l'ombre, à tous les coins de son cœur. Elle se rappelait les jours de distribution de prix, où elle montait sur l'estrade pour aller chercher ses petites couronnes. Avec ses cheveux en tresse, sa robe blanche et ses souliers de prunelle découverts, elle avait une façon gentille, et les messieurs, quand elle regagnait sa place, se penchaient pour lui faire des compliments; la cour était pleine de calèches, on lui disait adieu par les portières, le maître de musique passait en saluant, avec sa boîte à violon. Comme c'était loin, tout cela! comme c'était loin!

Elle appelait Djali, la prenait entre ses genoux, passait ses doigts sur sa longue tête fine et lui disait :

— Allons, baisez maîtresse, vous qui n'avez pas de chagrins.

Puis, considérant la mine mélancolique du svelte animal qui bâillait avec lenteur, elle s'attendrissait, et, le comparant à elle-même, lui parlait tout haut, comme à quelqu'un d'affligé que l'on console.

Il arrivait parfois des rafales de vent, brises de la mer qui, roulant d'un bond sur tout le plateau du pays de Caux, apportaient, jusqu'au loin dans les champs, une fraîcheur salée. Les joncs sifflaient à ras de terre et les feuilles des hêtres bruissaient en un frisson rapide, tandis que les cimes, se balançant toujours, continuaient leur grand murmure. Emma serrait son châle contre ses épaules et se levait.

Dans l'avenue, un jour vert, rabattu par le feuillage, éclairait la mousse rase qui craquait doucement sous ses pieds. Le soleil se couchait ; le ciel était rouge entre les branches, et les troncs pareils des arbres plantés en ligne droite semblaient une colonnade brune se détachant sur un fond d'or ; une peur la prenait, elle appelait Djali, s'en retournait vite à Tostes par la grande route, s'affaissait dans un fauteuil, et de toute la soirée ne parlait pas.

Mais, vers la fin de septembre, quelque chose d'extraordinaire tomba dans sa vie ; elle fut invitée à la Vaubyessard, chez le marquis d'Andervilliers.

Secrétaire d'État sous la Restauration, le marquis, cherchant à rentrer dans la vie politique, préparait de longue main sa candidature à la Chambre des députés. Il faisait, l'hiver, de nombreuses distributions de fagots, et, au Conseil général, réclamait avec exaltation toujours des routes pour son arrondissement. Il avait eu, lors des grandes chaleurs, un abcès dans la bouche, dont Charles l'avait soulagé comme par miracle, en y donnant à point un coup de lancette. L'homme d'affaires, envoyé à Tostes pour payer l'opération, conta, le soir, qu'il avait vu dans le jardinet du médecin des cerises superbes. Or, les cerisiers poussaient mal à la Vaubyessard, M. le marquis demanda quelques boutures à Bovary, se fit un devoir de l'en remercier lui-même, aperçut Emma, trouva qu'elle avait une jolie taille et qu'elle ne saluait point en paysanne ; si bien qu'on ne crut pas au château outrepasser les bornes de la condescendance ni, d'autre part, commettre une maladresse, en invitant le jeune ménage.

Un mercredi, à trois heures, M. et Mme Bovary, montés dans leur *boc*, partirent pour la Vaubyessard, avec une grande malle attachée par derrière et une boîte à chapeau qui était posée devant le tablier. Charles avait, de plus, un carton entre les jambes.

Ils arrivèrent à la nuit tombante, comme on commençait à allumer les lampions dans le parc, afin d'éclairer les voitures.

VIII

Le château, de construction moderne, à l'italienne,
avec deux ailes avançant et trois perrons, se déployait
au bas d'une immense pelouse où paissaient quelques
vaches, entre des bouquets de grands arbres espacés,
tandis que des bannettes d'arbustes, rhododendrons,
seringas et boules-de-neige bombaient leurs touffes de
verdure inégales sur la ligne courbe du chemin sablé.
Une rivière passait sous un pont; à travers la brume on
distinguait des bâtiments à toit de chaume, éparpillés
dans la prairie, que bordaient en pente douce deux
coteaux couverts de bois, et par derrière, dans les massifs,
se tenaient, sur deux lignes parallèles, les remises et
les écuries, restes conservés de l'ancien château démoli.

Le *boc* de Charles s'arrêta devant le perron du milieu;
des domestiques parurent; le marquis s'avança et,
offrant son bras à la femme du médecin, l'introduisit
dans le vestibule.

Il était pavé de dalles en marbre, très haut, et le bruit
des pas avec celui des voix y retentissait comme dans une
église. En face montait un escalier droit, et à gauche une
galerie donnant sur le jardin conduisait à la salle de
billard, dont on entendait, dès la porte, caramboler les
boules d'ivoire. Comme elle la traversait pour aller au
salon, Emma vit autour du jeu des hommes à figure grave
le menton posé sur de hautes cravates, décorés tous, et
qui souriaient silencieusement en poussant leur queue.
Sur la boiserie sombre du lambris, de grands cadres dorés
portaient, au bas de leur bordure, des noms écrits en
lettres noires. Elle lut : « Jean-Antoine d'Andervilliers
d'Yverbonville, comte de la Vaubyessard et baron de la
Fresnaye, tué à la bataille de Coutras le 20 octobre 1587. »
Et sur un autre : « Jean-Antoine-Henry-Guy d'Ander-

villiers de la Vaubyessard, amiral de France et chevalier
de l'ordre de Saint-Michel, blessé au combat de la
Hougue-Saint-Vaast le 29 mai 1692, mort à la Vaubyessard le 23 janvier 1693. » Puis on distinguait à peine
ceux qui suivaient, car la lumière des lampes, rabattue
sur le tapis vert du billard, laissait flotter une ombre
dans l'appartement. Brunissant les toiles horizontales,
elle se brisait contre elles en arêtes fines, selon les cra-
quelures du vernis ; et de tous ces grands carrés noirs
bordés d'or sortaient, çà et là, quelque portion plus claire
de la peinture, un front pâle, deux yeux qui vous regardaient, des perruques se déroulant sur l'épaule poudrée
des habits rouges, ou bien la boucle d'une jarretière en
haut d'un mollet rebondi.

Le marquis ouvrit la porte du salon ; une des dames se
leva (la marquise elle-même), vint à la rencontre d'Emma
et la fit asseoir près d'elle, sur une causeuse, où elle se
mit à lui parler amicalement, comme si elle la connaissait depuis longtemps. C'était une femme de la quarantaine environ, à belles épaules, à nez busqué, à la voix
traînante, et portant, ce soir-là, sur ses cheveux châtains,
un simple fichu de guipure qui retombait par derrière
en triangle. Une jeune personne blonde se tenait à côté,
dans une chaise à dossier long ; et des messieurs, qui
avaient une petite fleur à la boutonnière de leur habit,
causaient avec les dames, tout autour de la cheminée.

A sept heures, on servit le dîner. Les hommes, plus
nombreux, s'assirent à la première table dans le vestibule, et les dames à la seconde, dans la salle à manger,
avec le marquis et la marquise.

Emma se sentit, en entrant, enveloppée par un air
chaud, mélange du parfum des fleurs et du beau linge, du
fumet des viandes et de l'odeur des truffes. Les bougies
des candélabres allongeaient des flammes sur les cloches
d'argent ; les cristaux à facettes, couverts d'une buée mate,
se renvoyaient des rayons pâles ; des bouquets étaient en
ligne sur toute la longueur de la table, et, dans les
assiettes à large bordure, les serviettes, arrangées en
manière de bonnet d'évêque, tenaient entre le bâillement de leurs deux plis chacune un petit pain de forme
ovale. Les pattes rouges des homards dépassaient les
plats ; de gros fruits dans des corbeilles à jour s'étageaient
sur la mousse ; les cailles avaient leurs plumes, des fumées
montaient ; et, en bas de soie, en culotte courte, en cravate blanche, en jabot, grave comme un juge, le maître

d'hôtel, passant entre les épaules des convives les plats tout découpés, faisait d'un coup de sa cuiller sauter pour vous le morceau qu'on choisissait. Sur le grand poêle de porcelaine à baguettes de cuivre, une statue de femme drapée jusqu'au menton regardait immobile la salle pleine de monde.

Mme Bovary remarqua que plusieurs dames n'avaient pas mis leurs gants dans leur verre.

Cependant, au haut bout de la table, seul parmi toutes ces femmes, courbé sur son assiette remplie et la serviette nouée dans le dos comme un enfant, un vieillard mangeait, laissant tomber de sa bouche des gouttes de sauce. Il avait les yeux éraillés et portait une petite queue enroulée d'un ruban noir. C'était le beau-père du marquis, le vieux duc de Laverdière, l'ancien favori du comte d'Artois, dans le temps des parties de chasse au Vaudreuil, chez le marquis de Conflans, et qui avait été, disait-on, l'amant de la reine Marie-Antoinette entre MM. de Coigny et de Lauzun. Il avait mené une vie bruyante de débauches, pleine de duels, de paris, de femmes enlevées, avait dévoré sa fortune et effrayé toute sa famille. Un domestique, derrière sa chaise, lui nommait tout haut, dans l'oreille, les plats qu'il désignait du doigt en bégayant; et sans cesse les yeux d'Emma revenaient d'eux-mêmes sur ce vieil homme à lèvres pendantes, comme sur quelque chose d'extraordinaire et d'auguste. Il avait vécu à la Cour et couché dans le lit des reines!

On versa du vin de Champagne à la glace. Emma frissonna de toute sa peau en sentant ce froid dans sa bouche. Elle n'avait jamais vu de grenades ni mangé d'ananas. Le sucre en poudre même lui parut plus blanc et plus fin qu'ailleurs.

Les dames, ensuite, montèrent dans leurs chambres s'apprêter pour le bal.

Emma fit sa toilette avec la conscience méticuleuse d'une actrice à son début. Elle disposa ses cheveux d'après les recommandations du coiffeur, et elle entra dans sa robe de barège, étalée sur le lit. Le pantalon de Charles le serrait au ventre.

— Les sous-pieds vont me gêner pour danser, dit-il.

— Danser ? reprit Emma.

— Oui!

— Mais tu as perdu la tête! on se moquerait de toi, reste à ta place. D'ailleurs, c'est plus convenable pour un médecin, ajouta-t-elle.

Charles se tut. Il marchait de long en large, attendant qu'Emma fût habillée.

Il la voyait par derrière, dans la glace, entre deux flambeaux. Ses yeux noirs semblaient plus noirs. Ses bandeaux, doucement bombés vers les oreilles, luisaient d'un éclat bleu; une rose à son chignon tremblait sur une tige mobile, avec des gouttes d'eau factices au bout de ses feuilles. Elle avait une robe de safran pâle, relevée par trois bouquets de roses pompon mêlées de verdure.

Charles vint l'embrasser sur l'épaule.

— Laisse-moi! dit-elle, tu me chiffonnes.

On entendit une ritournelle de violon et les sons d'un cor. Elle descendit l'escalier, se retenant de courir.

Les quadrilles étaient commencés. Il arrivait du monde. On se poussait. Elle se plaça près de la porte, sur une banquette.

Quand la contredanse fut finie, le parquet resta libre pour les groupes d'hommes causant debout et les domestiques en livrée qui apportaient de grands plateaux. Sur la ligne des femmes assises, les éventails peints s'agitaient, les bouquets cachaient à demi le sourire des visages et les flacons à bouchon d'or tournaient dans des mains entr'ouvertes dont les gants blancs marquaient la forme des ongles et serraient la chair au poignet. Les garnitures de dentelles, les broches de diamants, les bracelets à médaillon frissonnaient aux corsages, scintillaient aux poitrines, bruissaient sur les bras nus. Les chevelures, bien collées sur les fronts et tordues à la nuque, avaient, en couronnes, en grappes ou en rameaux, des myosotis, du jasmin, des fleurs de grenadier, des épis ou des bluets. Pacifiques à leurs places, des mères à figure renfrognée portaient des turbans rouges.

Le cœur d'Emma lui battit un peu lorsque, son cavalier la tenant par le bout des doigts, elle vint se mettre en ligne et attendit le coup d'archet pour partir. Mais bientôt l'émotion disparut; et, se balançant au rythme de l'orchestre, elle glissait en avant, avec des mouvements légers du cou. Un sourire lui montait aux lèvres à certaines délicatesses du violon, qui jouait seul, quelquefois, quand les autres instruments se taisaient; on entendait le bruit clair des louis d'or qui se versaient à côté, sur le tapis des tables; puis tout reprenait à la fois, le cornet à piston lançant un éclat sonore. Les pieds retombaient en mesure, les jupes se bouffaient et frôlaient, les mains se donnaient, se quittaient; les mêmes yeux, s'abaissant devant vous, revenaient se fixer sur les vôtres.

Quelques hommes (une quinzaine) de vingt-cinq à quarante ans, disséminés parmi les danseurs ou causant à l'entrée des portes, se distinguaient de la foule par un air de famille, quelles que fussent leurs différences d'âge, de toilette ou de figure.

Leurs habits, mieux faits, semblaient d'un drap plus souple, et leurs cheveux, ramenés en boucles vers les tempes, lustrés par des pommades plus fines. Ils avaient le teint de la richesse, ce teint blanc que rehaussent la pâleur des porcelaines, les moires du satin, le vernis des beaux meubles, et qu'entretient dans sa santé un régime discret de nourritures exquises. Leur cou tournait à l'aise sur des cravates basses; leurs favoris longs tombaient sur des cols rabattus; ils s'essuyaient les lèvres à des mouchoirs brodés d'un large chiffre, d'où sortait une odeur suave. Ceux qui commençaient à vieillir avaient l'air jeune, tandis que quelque chose de mûr s'étendait sur le visage des jeunes. Dans leurs regards indifférents flottait la quiétude de passions journellement assouvies; et, à travers leurs manières douces, perçait cette brutalité particulière que communique la domination de choses à demi faciles, dans lesquelles la force s'exerce et où la vanité s'amuse, le maniement des chevaux de race et la société des femmes perdues.

A trois pas d'Emma, un cavalier en habit bleu causait Italie avec une jeune femme pâle, portant une parure de perles. Ils vantaient la grosseur des piliers de Saint-Pierre, Tivoli, le Vésuve, Castellamare et les Cassines, les roses de Gênes, le Colisée au clair de lune. Emma écoutait de son autre oreille une conversation pleine de mots qu'elle ne comprenait pas. On entourait un tout jeune homme qui avait battu, la semaine d'avant, *Miss Arabelle* et *Romulus*, et gagné deux mille louis à sauter un fossé, en Angleterre. L'un se plaignait de ses coureurs qui engraissaient; un autre, des fautes d'impression qui avaient dénaturé le nom de son cheval.

L'air du bal était lourd; les lampes pâlissaient. On refluait dans la salle de billard. Un domestique monta sur une chaise et cassa deux vitres; au bruit des éclats de verre, Mme Bovary tourna la tête et aperçut dans le jardin, contre les barreaux, des faces de paysans qui regardaient. Alors le souvenir des Bertaux lui arriva. Elle revit la ferme, la mare bourbeuse, son père en blouse sous les pommiers, et elle se revit elle-même, comme autrefois, écrémant avec son doigt les terrines de lait dans la laiterie. Mais, aux fulgurations de l'heure présente, sa vie passée, si nette jusqu'alors, s'évanouissait tout entière, et elle doutait presque de l'avoir vécue. Elle était là; puis, autour du bal, il n'y avait plus que de l'ombre, étalée sur tout le reste. Elle mangeait alors une glace au marasquin, qu'elle tenait de la main gauche dans une coquille de vermeil, et fermait à demi les yeux, la cuiller entre les dents.

Une dame, près d'elle, laissa tomber son éventail. Un danseur passait.

— Que vous seriez bon, monsieur, dit la dame, de vouloir bien ramasser mon éventail, qui est derrière ce canapé!

Le monsieur s'inclina, et, pendant qu'il faisait le mouvement d'étendre son bras, Emma vit la main de la jeune dame qui jetait dans son chapeau quelque chose de blanc, plié en triangle. Le monsieur ramenant l'éventail, l'offrit à la dame, respectueusement; elle le remercia d'un signe de tête et se mit à respirer son bouquet.

Après le souper, où il y eut beaucoup de vins d'Espagne et de vins du Rhin, des potages à la bisque et au lait d'amandes, des puddings à la Trafalgar et toutes sortes de viandes froides avec des gelées alentour qui tremblaient dans les plats, les voitures, les unes après les autres, commencèrent à s'en aller. En écartant du coin le rideau de mousseline, on voyait glisser dans l'ombre la lumière de leurs lanternes. Les banquettes s'éclaircirent; quelques joueurs restaient encore; les musiciens rafraîchissaient, sur leur langue, le bout de leurs doigts; Charles dormait à demi, le dos appuyé contre une porte.

A trois heures du matin, le cotillon commença. Emma ne savait pas valser. Tout le monde valsait, Mlle d'Andervilliers elle-même et la marquise; il n'y avait plus que les hôtes du château, une douzaine de personnes à peu près.

Cependant, un des valseurs qu'on appelait familièrement *Vicomte*, dont le gilet très ouvert semblait moulé sur la poitrine, vint une seconde fois encore inviter Mme Bovary, l'assurant qu'il la guiderait et qu'elle s'en tirerait bien.

Ils commencèrent lentement, puis allèrent plus vite. Ils tournaient : tout tournait autour d'eux, les lampes, les meubles, les lambris, et le parquet, comme un disque sur un pivot. En passant auprès des portes, la robe d'Emma, par le bas, s'ériflait au pantalon; leurs jambes entraient l'une dans l'autre; il baissait ses regards vers elle, elle levait les siens vers lui; une torpeur la prenait, elle s'arrêta. Ils repartirent; et, d'un mouvement plus rapide, le vicomte, l'entraînant, disparut avec elle jusqu'au bout de la galerie, où, haletante, elle faillit tomber, et, un instant, s'appuya la tête sur sa poitrine. Et puis, tournant toujours, mais plus doucement, il la reconduisit à sa place; elle se renversa contre la muraille et mit la main devant ses yeux.

Quand elle les rouvrit, au milieu du salon, une dame assise sur un tabouret avait devant elle trois valseurs agenouillés. Elle choisit le vicomte, et le violon recommença.

On les regardait. Ils passaient et revenaient, elle immobile du corps et le menton baissé, et lui toujours dans sa même pose, la taille cambrée, le coude arrondi, la bouche en avant. Elle savait valser, celle-là! Ils continuèrent longtemps et fatiguèrent tous les autres.

On causa quelques minutes encore, et, après les adieux, ou plutôt le bonjour, les hôtes du château s'allèrent coucher.

Charles se traînait à la rampe, les genoux *lui rentraient dans le corps*. Il avait passé cinq heures de suite, tout debout devant les tables, à regarder jouer au whist, sans y rien comprendre. Aussi poussa-t-il un grand soupir de satisfaction lorsqu'il eut retiré ses bottes.

Emma mit un châle sur ses épaules, ouvrit la fenêtre et s'accouda.

La nuit était noire. Quelques gouttes de pluie tombaient. Elle aspira le vent humide qui lui rafraîchissait les paupières. La musique du bal bourdonnait encore à ses oreilles, et elle faisait des efforts pour se tenir éveillée, afin de prolonger l'illusion de cette vie luxueuse qu'il lui faudrait tout à l'heure abandonner.

Le petit jour parut. Elle regarda les fenêtres du château, longuement, tâchant de deviner quelles étaient les chambres de tous ceux qu'elle avait remarqués la veille. Elle aurait voulu savoir leurs existences, y pénétrer, s'y confondre.

Mais elle grelottait de froid. Elle se déshabilla et se blottit entre les draps, contre Charles qui dormait.

Il y eut beaucoup de monde au déjeuner. Le repas dura dix minutes; on ne servit aucune liqueur, ce qui étonna le médecin. Ensuite Mlle d'Andervilliers ramassa

des morceaux de brioche dans une bannette, pour les
porter aux cygnes sur la pièce d'eau, et on s'alla promener dans la serre chaude, où les plantes bizarres,
hérissées de poils, s'étageaient en pyramides sous des
vases suspendus, qui, pareils à des nids de serpents trop
pleins, laissaient retomber de leurs bords, de longs cordons verts entrelacés. L'orangerie, que l'on trouvait
au bout, menait à couvert jusqu'aux communs du château. Le marquis, pour amuser la jeune femme, la mena
voir les écuries. Au-dessus des râteliers en forme de corbeille, des plaques de porcelaine portaient en noir le
nom des chevaux. Chaque bête s'agitait dans sa stalle
quand on passait près d'elle en claquant de la langue. Le
plancher de la sellerie luisait à l'œil comme le parquet
d'un salon. Des harnais de voiture étaient dressés dans
le milieu sur deux colonnes tournantes, et les mors, les
fouets, les étriers, les gourmettes, rangés en ligne tout
le long de la muraille.

Charles, cependant, alla prier un domestique d'atteler
son *boc*. On l'amena devant le perron, et, tous les paquets
y étant fourrés, les époux Bovary firent leurs politesses
au marquis et à la marquise, et repartirent pour Tostes.

Emma, silencieuse, regardait tourner les roues. Charles,
posé sur le bord extrême de la banquette, conduisait
les deux bras écartés, et le petit cheval trottait l'amble
dans les brancards, qui étaient trop larges pour lui.
Les guides molles battaient sur sa croupe en s'y trempant d'écume, et la boîte ficelée derrière le *boc* donnait
contre la caisse de grands coups réguliers.

Ils étaient sur les hauteurs de Thibourville, lorsque
devant eux, tout à coup, des cavaliers passèrent en
riant, avec des cigares à la bouche. Emma crut reconnaître
le vicomte; elle se détourna, et n'aperçut à l'horizon que
le mouvement des têtes s'abaissant et montant, selon la
cadence inégale du trot ou du galop.

Un quart de lieue plus loin, il fallut s'arrêter pour raccommoder, avec de la corde, le reculement qui était
rompu.

Mais Charles, donnant au harnais un dernier coup
d'œil, vit quelque chose par terre, entre les jambes de
son cheval; et il ramassa un porte-cigares tout bordé de
soie verte et blasonné à son milieu, comme la portière
d'un carrosse.

— Il y a même deux cigares dedans, dit-il; ce sera
pour ce soir après dîner.

— Tu fumes donc ? demanda-t-elle.

— Quelquefois, quand l'occasion se présente.

Il mit sa trouvaille dans sa poche et fouetta le bidet.

Quand ils arrivèrent chez eux, le dîner n'était point prêt. Madame s'emporta. Nastasie répondit insolemment.

— Partez! dit Emma. C'est se moquer, je vous chasse.

Il y avait pour dîner de la soupe à l'oignon, avec un morceau de veau à l'oseille. Charles, assis devant Emma, dit en se frottant les mains d'un air heureux :

— Cela fait plaisir de se retrouver chez soi!

On entendait Nastasie qui pleurait. Il aimait un peu cette pauvre fille. Elle lui avait, autrefois, tenu société pendant bien des soirs, dans les désœuvrements de son veuvage. C'était sa première pratique, sa plus ancienne connaissance du pays.

— Est-ce que tu l'as renvoyée pour tout de bon ? dit-il enfin.

— Oui. Qui m'en empêche ? répondit-elle.

Puis ils se chauffèrent dans la cuisine, pendant qu'on apprêtait leur chambre. Charles se mit à fumer. Il fumait en avançant les lèvres, crachant à toute minute, se reculant à chaque bouffée.

— Tu vas te faire mal, dit-elle dédaigneusement.

Il déposa son cigare, et courut avaler à la pompe un verre d'eau froide. Emma, saisissant le porte-cigares, le jeta vivement au fond de l'armoire.

La journée fut longue, le lendemain. Elle se promena dans son jardinet, passant et revenant par les mêmes allées, s'arrêtant devant les plates-bandes, devant l'espalier, devant le curé de plâtre, considérant avec ébahissement toutes ces choses d'autrefois qu'elle connaissait si bien. Comme le bal déjà lui semblait loin! Qui donc écartait, à tant de distance, le matin d'avant-hier et le soir d'aujourd'hui ? Son voyage à la Vaubyessard avait fait un trou dans sa vie, à la manière de ces grandes crevasses qu'un orage, en une seule nuit, creuse quelquefois dans les montagnes. Elle se résigna pourtant : elle serra pieusement dans la commode sa belle toilette et jusqu'à ses souliers de satin, dont la semelle s'était jaunie à la cire glissante du parquet. Son cœur était comme eux : au frottement de la richesse, il s'était placé dessus quelque chose qui ne s'effacerait pas.

Ce fut donc une occupation pour Emma que le souvenir de ce bal. Toutes les fois que revenait le mercredi,

elle se disait en s'éveillant : « Ah! il y a huit jours... il
y a quinze jours... il y a trois semaines, j'y étais! » Et peu
à peu, les physionomies se confondirent dans sa mémoire;
elle oublia l'air des contredanses; elle ne vit plus si nettement les livrées et les appartements; quelques détails
s'en allèrent, mais le regret lui resta.

IX

Souvent, lorsque Charles était sorti, elle allait prendre dans l'armoire, entre les plis du linge où elle l'avait laissé, le porte-cigares en soie verte.

Elle le regardait, l'ouvrait, et même elle flairait l'odeur de sa doublure, mêlée de verveine et de tabac. A qui appartenait-il ?... Au vicomte. C'était peut-être un cadeau de sa maîtresse. On avait brodé cela sur quelque métier de palissandre, meuble mignon que l'on cachait à tous les yeux, qui avait occupé bien des heures et où s'étaient penchées les boucles molles de la travailleuse pensive. Un souffle d'amour avait passé parmi les mailles du canevas; chaque coup d'aiguille avait fixé là une espérance ou un souvenir, et tous ces fils de soie entrelacés n'étaient que la continuité de la même passion silencieuse. Et puis le vicomte, un matin, l'avait emporté avec lui. De quoi avait-on parlé, lorsqu'il restait sur les cheminées à large chambranle, entre les vases de fleurs et les pendules Pompadour ? Elle était à Tostes. Lui, il était à Paris, maintenant; là-bas! Comment était ce Paris ? Quel nom démesuré! Elle se le répétait à demi-voix, pour se faire plaisir; il sonnait à ses oreilles comme un bourdon de cathédrale; il flamboyait à ses yeux jusque sur l'étiquette de ses pots de pommade.

La nuit, quand les mareyeurs, dans leurs charrettes, passaient sous ses fenêtres en chantant la *Marjolaine*, elle s'éveillait; et, écoutant le bruit des roues ferrées qui, à la sortie du pays, s'amortissait vite sur la terre :

— Ils y seront demain! se disait-elle.

Et elle les suivait dans sa pensée, montant et descendant les côtes, traversant les villages, filant sur la grande route à la clarté des étoiles. Au bout d'une distance indéterminée, il se trouvait toujours une place confuse où expirait son rêve.

Elle s'acheta un plan de Paris, et, du bout de son doigt, sur la carte, elle faisait des courses dans la capitale. Elle remontait les boulevards, s'arrêtant à chaque angle, entre les lignes des rues, devant les carrés blancs qui figurent les maisons. Les yeux fatigués, à la fin, elle fermait ses paupières, et elle voyait dans les ténèbres se tordre au vent des becs de gaz, avec des marchepieds de calèches, qui se déployaient à grand fracas devant le péristyle des théâtres.

Elle s'abonna à la *Corbeille*, journal des femmes, et au *Sylphe des Salons*. Elle dévorait, sans en rien passer, tous les comptes rendus de premières représentations, de courses et de soirées, s'intéressait au début d'une chanteuse, à l'ouverture d'un magasin. Elle savait les modes nouvelles, l'adresse des bons tailleurs, les jours de Bois ou d'Opéra. Elle étudia, dans Eugène Suë, des descriptions d'ameublements ; elle lut Balzac et George Sand, y cherchant des assouvissements imaginaires pour ses convoitises personnelles. A table même, elle apportait son livre, et elle tournait les feuillets, pendant que Charles mangeait en lui parlant. Le souvenir du vicomte revenait toujours dans ses lectures. Entre lui et les personnages inventés, elle établissait des rapprochements. Mais le cercle dont il était le centre peu à peu s'élargit autour de lui, et cette auréole qu'il avait, s'écartant de sa figure, s'étala plus au loin, pour illuminer d'autres rêves.

Paris, plus vaste que l'Océan, miroitait donc aux yeux d'Emma dans une atmosphère vermeille. La vie nombreuse qui s'agitait en ce tumulte y était cependant divisée par parties, classée en tableaux distincts. Emma n'en apercevait que deux ou trois, qui lui cachaient tous les autres et représentaient à eux seuls l'humanité complète. Le monde des ambassadeurs marchait sur des parquets luisants, dans des salons lambrissés de miroirs, autour de tables ovales couvertes d'un tapis de velours à crépines d'or. Il y avait là des robes à queue, de grands mystères, des angoisses dissimulées sous des sourires. Venait ensuite la société des duchesses : on y était pâle ; on se levait à quatre heures ; les femmes, pauvres anges ! portaient du point d'Angleterre au bas de leur jupon, et les hommes, capacités méconnues sous des dehors futiles, crevaient leurs chevaux par partie de plaisir, allaient passer à Bade la saison d'été, et, vers la quarantaine enfin, épousaient des héritières. Dans les cabinets de restaurants où l'on soupe après minuit riait, à la clarté des bougies, la foule bigarrée des gens de lettres et des actrices. Ils étaient, ceux-là, prodigues comme des rois, pleins d'ambitions idéales et de délires fantastiques. C'était une existence au-dessus des autres, entre ciel et terre, dans les orages, quelque chose de sublime. Quant au reste du monde, il était perdu, sans place précise et comme n'existant pas. Plus les choses, d'ailleurs, étaient voisines, plus sa pensée s'en détournait. Tout ce qui l'entourait immédiatement, campagne ennuyeuse, petits bourgeois imbéciles, médiocrité de l'existence, lui semblait une exception dans le monde, un hasard particulier où elle se trouvait prise, tandis qu'au delà s'étendait à perte de vue l'immense pays des félicités et des passions. Elle confondait, dans son désir, les sensualités du luxe avec les joies du cœur, l'élégance des habitudes et les délicatesses du sentiment. Ne fallait-il pas à l'amour, comme aux plantes indiennes, des terrains préparés, une température particulière ? Les soupirs au clair de lune, les longues étreintes, les larmes qui coulent sur les mains qu'on abandonne, toutes les fièvres de la chair et les langueurs de la tendresse ne se séparaient donc pas du balcon des grands châteaux qui sont pleins de loisirs, d'un boudoir à stores de soie, avec un tapis bien épais, des jardinières remplies, un lit monté sur une estrade, ni du scintillement des pierres précieuses et des aiguillettes de la livrée.

Le garçon de la poste, qui, chaque matin, venait panser la jument, traversait le corridor avec ses gros sabots; sa blouse avait des trous, ses pieds étaient nus dans des chaussons. C'était là le groom en culotte courte dont il fallait se contenter! Quand son ouvrage était fini, il ne revenait plus de la journée; car Charles, en rentrant, mettait lui-même son cheval à l'écurie, retirait la selle et passait le licou, pendant que la bonne apportait une botte de paille et la jetait, comme elle le pouvait, dans la mangeoire.

Pour remplacer Nastasie (qui, enfin, partit de Tostes en versant des ruisseaux de larmes), Emma prit à son service une jeune fille de quatorze ans, orpheline et de physionomie douce. Elle lui interdit les bonnets de coton, lui apprit qu'il fallait vous parler à la troisième personne, apporter un verre d'eau dans une assiette, frapper aux portes avant d'entrer, et à repasser, à empeser, à l'habiller, voulut en faire sa femme de chambre. La nouvelle bonne obéissait sans murmure pour n'être point ren-

voyée; et, comme Madame, d'habitude, laissait la clef
au buffet, Félicité, chaque soir, prenait une petite provision de sucre qu'elle mangeait toute seule, dans son
lit, après avoir fait sa prière.

L'après-midi, quelquefois, elle allait causer en face
avec les postillons. Madame se tenait en haut, dans son
appartement.

Elle portait une robe de chambre tout ouverte, qui
laissait voir, entre les revers à châle du corsage, une che-
misette plissée avec trois boutons d'or. Sa ceinture était
une cordelière à gros glands, et ses petites pantoufles de
couleur grenat avaient une touffe de rubans larges, qui
s'étalait sur le cou-de-pied. Elle s'était acheté un buvard,
une papeterie, un porte-plume et des enveloppes, quoiqu'elle n'eût personne à qui écrire; elle époussetait son
étagère, se regardait dans la glace, prenait un livre,
puis, rêvant entre les lignes, le laissait tomber sur ses
genoux. Elle avait envie de faire des voyages ou de retourner vivre à son couvent. Elle souhaitait à la fois mourir
et habiter Paris.

Charles, à la neige, à la pluie, chevauchait par les
chemins de traverse. Il mangeait des omelettes sur la
table des fermes, entrait son bras dans des lits humides,
recevait au visage le jet tiède des saignées, écoutait des
râles, examinait des cuvettes, retroussait bien du linge
sale; mais il trouvait, tous les soirs, un feu flambant, la
table servie, des meubles souples, et une femme en toilette fine, charmante et sentant frais, à ne savoir même
d'où venait cette odeur, ou si ce n'était pas sa peau qui
parfumait sa chemise.

Elle le charmait par quantité de délicatesses; c'était
tantôt une manière nouvelle de façonner pour les bougies
des bobèches de papier, un volant qu'elle changeait à
sa robe, ou le nom extraordinaire d'un mets bien simple
et que la bonne avait manqué, mais que Charles, jusqu'au
bout, avalait avec plaisir. Elle vit à Rouen des dames
qui portaient à leur montre un paquet de breloques; elle
acheta des breloques. Elle voulut sur sa cheminée deux
grands vases de verre bleu, et, quelque temps après,
un nécessaire d'ivoire, avec un dé de vermeil. Moins
Charles comprenait ces élégances, plus il en subissait la
séduction. Elles ajoutaient quelque chose au plaisir de
ses sens et à la douceur de son foyer. C'était comme une
poussière d'or qui sablait tout du long le petit sentier de
sa vie.

Il se portait bien, il avait bonne mine; sa réputation était établie tout à fait. Les campagnards le chérissaient parce qu'il n'était pas fier. Il caressait les enfants, n'entrait jamais au cabaret, et, d'ailleurs, inspirait de la confiance par sa moralité. Il réussissait particulièrement dans les catarrhes et maladies de poitrine. Craignant beaucoup de tuer son monde, Charles, en effet, n'ordonnait guère que des potions calmantes, de temps à autre de l'émétique, un bain de pieds ou des sangsues. Ce n'est pas que la chirurgie lui fît peur; il vous saignait les gens largement, comme des chevaux, et il avait pour l'extraction des dents une *poigne d'enfer*.

Enfin, *pour se tenir au courant*, il prit un abonnement à la *Ruche médicale*, journal nouveau dont il avait reçu le prospectus. Il en lisait un peu après son dîner, mais la chaleur de l'appartement, jointe à la digestion, faisait qu'au bout de cinq minutes il s'endormait; et il restait là, le menton sur ses deux mains, et les cheveux étalés comme une crinière jusqu'au pied de la lampe. Emma le regardait en haussant les épaules. Que n'avait-elle, au moins, pour mari un de ces hommes d'ardeurs taciturnes qui travaillent la nuit dans des livres, et portent enfin, à soixante ans, quand vient l'âge des rhumatismes, une brochette en croix, sur leur habit noir, mal fait. Elle aurait voulu que ce nom de Bovary, qui était le sien, fût illustre, le voir étalé chez des libraires, répété dans les journaux, connu par toute la France. Mais Charles n'avait point d'ambition! Un médecin d'Yvetot, avec qui dernièrement il s'était trouvé en consultation, l'avait humilié quelque peu, au lit même du malade, devant les parents assemblés. Quand Charles lui raconta, le soir, cette anecdote, Emma s'emporta bien haut contre le confrère. Charles en fut attendri. Il la baisa au front avec une larme. Mais elle était exaspérée de honte; elle avait envie de le battre, elle alla dans le corridor ouvrir la fenêtre et huma l'air frais pour se calmer.

— Quel pauvre homme! quel pauvre homme! disait-elle tout bas, en se mordant les lèvres.

Elle se sentait, d'ailleurs, plus irritée de lui. Il prenait, avec l'âge, des allures épaisses; il coupait, au dessert, le bouchon des bouteilles vides; il se passait, après manger, la langue sur les dents; il faisait, en avalant sa soupe, un gloussement à chaque gorgée, et, comme il commençait d'engraisser, ses yeux, déjà petits, semblaient remonter vers les tempes par la bouffissure de ses pommettes.

Emma, quelquefois, lui rentrait dans son gilet la bordure rouge de ses tricots, rajustait sa cravate, ou jetait à l'écart les gants déteints qu'il se disposait à passer; et ce n'était pas, comme il croyait, pour lui; c'était pour elle-même, par expansion d'égoïsme, agacement nerveux. Quelquefois aussi, elle lui parlait des choses qu'elle avait lues, comme d'un passage de roman, d'une pièce nouvelle ou de l'anecdote du *grand monde* que l'on racontait dans le feuilleton; car, enfin, Charles était quelqu'un, une oreille toujours ouverte, une approbation toujours prête. Elle faisait bien des confidences à sa levrette! Elle en eût fait aux bûches de la cheminée et au balancier de la pendule.

Au fond de son âme, cependant, elle attendait un événement. Comme les matelots en détresse, elle promenait sur la solitude de sa vie des yeux désespérés, cherchant au loin quelque voile blanche dans les brumes de l'horizon. Elle ne savait pas quel serait ce hasard, le vent qui le pousserait jusqu'à elle, vers quel rivage il la mènerait, s'il était chaloupe ou vaisseau à trois ponts, chargé d'angoisses ou plein de félicités jusqu'aux sabords. Mais, chaque matin, à son réveil, elle l'espérait pour la journée, et elle écoutait tous les bruits, se levait en sursaut, s'étonnait qu'il ne vînt pas; puis, au coucher du soleil, toujours plus triste, désirait être au lendemain.

Le printemps reparut. Elle eut des étouffements aux premières chaleurs, quand les poiriers fleurirent.

Dès le commencement de juillet, elle compta sur ses doigts combien de semaines lui restaient pour arriver au mois d'octobre, pensant que le marquis d'Andervilliers, peut-être, donnerait encore un bal à la Vaubyessard. Mais tout septembre s'écoula sans lettres ni visites.

Après l'ennui de cette déception, son cœur, de nouveau, resta vide, et alors la série des mêmes journées recommença.

Elles allaient donc maintenant se suivre ainsi à la file, toujours pareilles, innombrables, et n'apportant rien! Les autres existences, si plates qu'elles fussent, avaient du moins la chance d'un événement. Une aventure amenait parfois des péripéties à l'infini, et le décor changeait. Mais, pour elle, rien n'arrivait, Dieu l'avait voulu! L'avenir était un corridor tout noir, et qui avait au fond sa porte bien fermée.

Elle abandonna la musique. Pourquoi jouer? Qui l'entendrait? Puisqu'elle ne pourrait jamais, en robe de velours à manches courtes, sur un piano d'Erard, dans un concert, battant de ses doigts légers les touches d'ivoire, sentir, comme une brise, circuler autour d'elle un murmure d'extase, ce n'était pas la peine de s'ennuyer à étudier. Elle laissa dans l'armoire ses cartons à dessin et la tapisserie. A quoi bon ? A quoi bon ? La couture l'irritait.

— J'ai tout lu, se disait-elle.

Et elle restait à faire rougir les pincettes, ou regardant la pluie tomber.

Comme elle était triste, le dimanche, quand on sonnait les vêpres ! Elle écoutait, dans un hébétement attentif, tinter un à un les coups fêlés de la cloche. Quelque chat sur les toits, marchant lentement, bombait son dos aux rayons pâles du soleil. Le vent, sur la grande route, soufflait des traînées de poussière. Au loin, parfois, un chien hurlait; et la cloche, à temps égaux, continuait sa sonnerie monotone qui se perdait dans la campagne.

Cependant on sortait de l'église. Les femmes en sabots cirés, les paysans en blouse neuve, les petits enfants qui sautillaient nu-tête devant eux, tout rentrait chez soi. Et jusqu'à la nuit, cinq ou six hommes, toujours les mêmes, restaient à jouer au bouchon, devant la grande porte de l'auberge.

L'hiver fut froid. Les carreaux, chaque matin, étaient chargés de givre, et la lumière, blanchâtre à travers eux, comme par des verres dépolis, quelquefois ne variait pas de la journée. Dès quatre heures du soir, il fallait allumer la lampe.

Les jours qu'il faisait beau, elle descendait dans le jardin. La rosée avait laissé sur les choux des guipures d'argent avec de longs fils clairs qui s'étendaient de l'un à l'autre. On n'entendait pas d'oiseaux, tout semblait dormir, l'espalier couvert de paille et la vigne comme un grand serpent malade sous le chaperon du mur, où l'on voyait, en s'approchant, se traîner des cloportes à pattes nombreuses. Dans les sapinettes, près de la haie, le curé en tricorne qui lisait son bréviaire avait perdu le pied droit, et même le plâtre, s'écaillant à la gelée, avait fait des gales blanches sur sa figure.

Puis elle remontait, fermait la porte, étalait les charbons, et, défaillant à la chaleur du foyer, sentait l'ennui plus lourd qui retombait sur elle. Elle serait bien descendue causer avec la bonne, mais une pudeur la retenait.

Tous les jours, à la même heure, le maître d'école, en

bonnet de soie noire, ouvrait les auvents de sa maison,
et le garde champêtre passait, portant son sabre sur sa
blouse. Soir et matin, les chevaux de la poste, trois par
trois, traversaient la rue pour aller boire à la mare. De
temps à autre, la porte d'un cabaret faisait tinter sa
sonnette; et, quand il y avait du vent, l'on entendait
grincer sur les deux tringles les petites cuvettes en cuivre
du perruquier, qui servaient d'enseigne à sa boutique.
Elle avait pour décoration une vieille gravure de modes
collée contre un carreau et un buste de femme en cire,
dont les cheveux étaient jaunes. Lui aussi, le perruquier,
il se lamentait de sa vocation arrêtée, de son avenir
perdu, et, rêvant quelque boutique dans une grande
ville, comme à Rouen, par exemple, sur le port, près du
théâtre, il restait toute la journée à se promener en long,
depuis la mairie jusqu'à l'église, sombre, et attendant la
clientèle. Lorsque Mme Bovary levait les yeux, elle le
voyait toujours là, comme une sentinelle en faction, avec
son bonnet grec sur l'oreille et sa veste de lasting.

Dans l'après-midi, quelquefois, une tête d'homme
apparaissait derrière les vitres de la salle, tête hâlée, à
favoris noirs, et qui souriait lentement, d'un large sourire
doux à dents blanches. Une valse aussitôt commençait,
et, sur l'orgue, dans un petit salon, des danseurs hauts
comme le doigt, femmes en turban rose, Tyroliens en
jaquette, singes en habit noir, messieurs en culotte courte,
tournaient, tournaient entre les fauteuils, les canapés,
les consoles, se répétant dans les morceaux de miroir
que raccordait à leurs angles un filet de papier doré.
L'homme faisait aller sa manivelle, regardant à droite,
à gauche, et vers les fenêtres. De temps à autre, tout en
lançant contre la borne un long jet de salive brune, il
soulevait du genou son instrument, dont la bretelle dure
lui fatiguait l'épaule; et, tantôt dolente et traînarde, ou
joyeuse et précipitée, la musique de la boîte s'échappait
en bourdonnant à travers un rideau de taffetas rose,
sous une griffe de cuivre en arabesque. C'étaient des airs
que l'on jouait ailleurs, sur les théâtres, que l'on chantait
dans les salons, que l'on dansait le soir sous des lustres
éclairés, échos du monde qui arrivaient jusqu'à Emma.
Des sarabandes à n'en plus finir se déroulaient dans sa
tête, et, comme une bayadère sur les fleurs d'un tapis,
sa pensée bondissait avec les notes, se balançait de rêve
en rêve, de tristesse en tristesse. Quand l'homme avait
reçu l'aumône dans sa casquette, il rabattait une vieille

couverture de laine bleue, passait son orgue sur son dos et s'éloignait d'un pas lourd. Elle le regardait partir.

Mais c'était surtout aux heures des repas qu'elle n'en pouvait plus, dans cette petite salle au rez-de-chaussée, avec le poêle qui fumait, la porte qui criait, les murs qui suintaient, les pavés humides ; toute l'amertume de l'existence lui semblait servie sur son assiette, et, à la fumée du bouilli, il montait du fond de son âme comme d'autres bouffées d'affadissement. Charles était long à manger ; elle grignotait quelques noisettes, ou bien, appuyée du coude, s'amusait, avec la pointe de son couteau, à faire des raies sur la toile cirée.

Elle laissait maintenant tout aller dans son ménage, et Mme Bovary mère, lorsqu'elle vint passer à Tostes une partie du carême, s'étonna fort de ce changement. Elle, en effet, si soigneuse autrefois et délicate, elle restait à présent des journées entières sans s'habiller, portait des bas de coton gris, s'éclairait à la chandelle. Elle répétait qu'il fallait économiser, puisqu'ils n'étaient pas riches, ajoutant qu'elle était très contente, très heureuse, que Tostes lui plaisait beaucoup, et autres discours nouveaux qui fermaient la bouche à la belle-mère. Du reste, Emma ne semblait plus disposée à suivre ses conseils ; une fois même, Mme Bovary s'étant avisée de prétendre que les maîtres devaient surveiller la religion de leurs domestiques, elle lui avait répondu d'un œil si colère et avec un sourire tellement froid, que la bonne femme ne s'y frotta plus.

Emma devenait difficile, capricieuse. Elle se commandait des plats pour elle, n'y touchait point, un jour ne buvait que du lait pur, et, le lendemain, des tasses de thé à la douzaine. Souvent, elle s'obstinait à ne pas sortir, puis elle suffoquait, ouvrait les fenêtres, s'habillait en robe légère. Lorsqu'elle avait bien rudoyé sa servante, elle lui faisait des cadeaux ou l'envoyait se promener chez les voisines, de même qu'elle jetait parfois aux pauvres toutes les pièces blanches de sa bourse, quoiqu'elle ne fût guère tendre cependant, ni facilement accessible à l'émotion d'autrui, comme la plupart des gens issus de campagnards, qui gardent toujours à l'âme quelque chose de la callosité des mains paternelles.

Vers la fin de février, le père Rouault, en souvenir de sa guérison, apporta lui-même à son gendre une dinde superbe, et il resta trois jours à Tostes. Charles étant à ses malades, Emma lui tint compagnie. Il fuma dans la chambre, cracha sur les chenets, causa culture, veaux, vaches, volailles et conseil municipal; si bien qu'elle referma la porte, quand il fut parti, avec un sentiment de satisfaction qui la surprit elle-même. D'ailleurs, elle ne cachait plus son mépris pour rien, ni pour personne; et elle se mettait quelquefois à exprimer des opinions singulières, blâmant ce que l'on approuvait, et approuvant des choses perverses ou immorales : ce qui faisait ouvrir de grands yeux à son mari.

Est-ce que cette misère durerait toujours ? Est-ce qu'elle n'en sortirait pas ? Elle valait bien, cependant, toutes celles qui vivaient heureuses! Elle avait vu des duchesses à la Vaubyessard qui avaient la taille plus lourde et les façons plus communes, et elle exécrait l'injustice de Dieu; elle s'appuyait la tête aux murs pour pleurer; elle enviait les existences tumultueuses, les nuits masquées, les insolents plaisirs avec tous les éperduments qu'elle ne connaissait pas et qu'ils devaient donner.

Elle pâlissait et avait des battements de cœur. Charles lui administra de la valériane et des bains de camphre. Tout ce que l'on essayait semblait l'irriter davantage.

En de certains jours, elle bavardait avec une abondance fébrile; à ces exaltations succédaient tout à coup des torpeurs où elle restait sans parler, sans bouger. Ce qui la ranimait alors, c'était de se répandre sur les bras un flacon d'eau de Cologne.

Comme elle se plaignait de Tostes continuellement, Charles imagina que la cause de sa maladie était sans doute dans quelque influence locale, et, s'arrêtant à cette idée, il songea sérieusement à aller s'établir ailleurs.

Dès lors, elle but du vinaigre pour se faire maigrir, contracta une petite toux sèche et perdit complètement l'appétit.

Il en coûtait à Charles d'abandonner Tostes, après quatre ans de séjour et au moment *ou il commençait à s'y poser*. S'il le fallait, cependant! Il la conduisit à Rouen, voir son ancien maître. C'était une maladie nerveuse : on devait la changer d'air.

Après s'être tourné de côté et d'autre, Charles apprit qu'il y avait, dans l'arrondissement de Neufchâtel, un fort bourg, nommé Yonville-l'Abbaye, dont le médecin, qui était un réfugié polonais, venait de décamper la semaine précédente. Alors, il écrivit au pharmacien de l'endroit pour savoir quel était le chiffre de la population, la distance où se trouvait le confrère le plus voisin, combien par année gagnait son prédécesseur, etc.; et, les réponses ayant été satisfaisantes, il se résolut à déménager vers le printemps, si la santé d'Emma ne s'améliorait pas.

Un jour qu'en prévision de son départ elle faisait des rangements dans un tiroir, elle se piqua les doigts à quelque chose. C'était un fil de fer de son bouquet de mariage. Les boutons d'oranger étaient jaunes de poussière, et les rubans de satin, à liseré d'argent, s'effiloquaient par le bord. Elle le jeta dans le feu. Il s'enflamma plus vite qu'une paille sèche. Puis ce fut comme un buisson rouge sur les cendres, et qui se rongeait lentement. Elle le regarda brûler. Les petites baies de carton éclataient, les fils d'archal se tordaient, le galon se fondait; et les corolles de papier, racornies, se balançant le long de la plaque comme des papillons noirs, enfin s'envolèrent par la cheminée.

Quand on partit de Tostes, au mois de mars, Mme Bovary était enceinte.

DEUXIÈME PARTIE

I

Yonville-l'Abbaye (ainsi nommé à cause d'une ancienne abbaye de Capucins dont les ruines n'existent même plus) est un bourg à huit lieues de Rouen, entre la route d'Abbeville et celle de Beauvais, au fond d'une vallée qu'arrose la Rieule, petite rivière qui se jette dans l'Andelle, après avoir fait tourner trois moulins vers son embouchure, et où il y a quelques truites, que les garçons, le dimanche, s'amusent à pêcher à la ligne.

On quitte la grande route à la Boissière et l'on continue à plat jusqu'au haut de la côte des Leux, d'où l'on découvre la vallée. La rivière qui la traverse en fait comme deux régions de physionomie distincte : tout ce qui est à gauche est en herbage, tout ce qui est à droite est en labour. La prairie s'allonge sous un bourrelet de collines basses pour se rattacher par derrière aux pâturages du pays de Bray, tandis que, du côté de l'est, la plaine, montant doucement, va s'élargissant et étale à perte de vue ses blondes pièces de blé. L'eau qui court au bord de l'herbe sépare d'une raie blanche la couleur des prés et celle des sillons, et la campagne ainsi ressemble à un grand manteau déplié qui a un collet de velours bordé d'un galon d'argent.

Au bout de l'horizon, lorsqu'on arrive, on a devant soi les chênes de la forêt d'Arguei, avec les escarpements de la côte Saint-Jean, rayés du haut en bas par de longues traînées rouges, inégales; ce sont les traces des pluies, et ces tons de brique, tranchant en filets minces sur la couleur grise de la montagne, viennent de la quantité de sources ferrugineuses qui coulent au delà dans le pays d'alentour.

On est ici sur les confins de la Normandie, de la Picardie et de l'Ile-de-France, contrée bâtarde où le

langage est sans accentuation, comme le paysage sans
caractère. C'est là que l'on fait les pires fromages de
Neufchâtel de tout l'arrondissement, et, d'autre part, la
culture y est coûteuse, parce qu'il faut beaucoup de
fumier pour engraisser ces terres friables pleines de
sable et de cailloux.

Jusqu'en 1835, il n'y avait point de route praticable
pour arriver à Yonville; mais on a établi vers cette époque
un chemin de *grande vicinalité* qui relie la route d'Abbeville à celle d'Amiens, et sert quelquefois aux rouliers
allant de Rouen dans les Flandres. Cependant, Yonville-
l'Abbaye est demeuré stationnaire, malgré ses *débouchés
nouveaux*. Au lieu d'améliorer les cultures, on s'y obstine
encore aux herbages, quelque dépréciés qu'ils soient, et
le bourg paresseux, s'écartant de la plaine, a continué
naturellement à s'agrandir vers la rivière. On l'aperçoit
de loin, tout couché en long sur la rive, comme un gardeur de vaches qui fait la sieste au bord de l'eau.

Au bas de la côte, après le pont, commence une chaussée plantée de jeunes trembles, qui vous mène en droite
ligne jusqu'aux premières maisons du pays. Elles sont
encloses de haies, au milieu de cours pleines de bâtiments épars, pressoirs, charretteries et bouilleries disséminés sous les arbres touffus portant des échelles, des
gaules ou des faux accrochées dans leur branchage. Les
toits de chaume, comme des bonnets de fourrure rabattus
sur des yeux, descendent jusqu'au tiers à peu près des
fenêtres basses, dont les gros verres bombés sont garnis
d'un nœud dans le milieu, à la façon des culs de bouteilles. Sur le mur de plâtre, que traversent en diagonale
des lambourdes noires, s'accroche parfois quelque
maigre poirier, et les rez-de-chaussée ont à leur porte
une petite barrière tournante pour les défendre des
poussins, qui viennent picorer, sur le seuil, des miettes
de pain bis trempé de cidre. Cependant les cours se font
plus étroites, les habitations se rapprochent, les haies
disparaissent; un fagot de fougères se balance sous une
fenêtre au bout d'un manche à balai; il y a la forge d'un
maréchal et ensuite un charron avec deux ou trois
charrettes neuves, en dehors, qui empiètent sur la route.
Puis, à travers une claire-voie, apparaît une maison
blanche au delà d'un rond de gazon que décore un Amour,
le doigt posé sur la bouche; deux vases en fonte sont à
chaque bout du perron; des panonceaux brillent à la
porte; c'est la maison du notaire, et la plus belle du pays.

L'église est de l'autre côté de la rue, vingt pas plus loin, à l'entrée de la place. Le petit cimetière qui l'entoure, clos d'un mur à hauteur d'appui, est si bien rempli de tombeaux, que les vieilles pierres à ras du sol font un dallage continu, où l'herbe a dessiné de soi-même des carrés verts réguliers. L'église a été rebâtie à neuf dans les dernières années du règne de Charles X. La voûte en bois commence à pourrir par le haut et, de place en place, a des enfonçures noires dans sa couleur bleue. Au-dessus de la porte où seraient les orgues, se tient un jubé pour les hommes, avec un escalier tournant qui retentit sous les sabots.

Le grand jour, arrivant par les vitraux tout unis, éclaire obliquement les bancs rangés en travers de la muraille, que tapisse çà et là quelque paillasson cloué, ayant au-dessous de lui ces mots en grosses lettres : « Banc de M. un tel. » Plus loin, à l'endroit où le vaisseau se rétrécit, le confessionnal fait pendant à une statuette de la Vierge, vêtue d'une robe de satin, coiffée d'un voile de tulle semé d'étoiles d'argent, et tout empourprée aux pommettes comme une idole des îles Sandwich; enfin une copie de la *Sainte Famille, envoi du ministre de l'Intérieur*, dominant le maître-autel entre quatre chandeliers, termine au fond la perspective. Les stalles du chœur, en bois de sapin, sont restées sans être peintes.

Les halles, c'est-à-dire un toit de tuiles supporté par une vingtaine de poteaux, occupent à elles seules la moitié environ de la grande place d'Yonville. La mairie, construite *sur les dessins d'un architecte de Paris*, est une manière de temple grec qui fait l'angle, à côté de la maison du pharmacien. Elle a, au rez-de-chaussée, trois colonnes ioniques et, au premier étage, une galerie à plein cintre, tandis que le tympan qui la termine est rempli par un coq gaulois, appuyé d'une patte sur la Charte et tenant de l'autre les balances de la justice.

Mais ce qui attire le plus les yeux, c'est, en face de l'auberge du *Lion d'or*, la pharmacie de M. Homais! Le soir, principalement, quand son quinquet est allumé et que les bocaux rouges et verts qui embellissent sa devanture allongent au loin, sur le sol, leurs deux clartés de couleur, alors, à travers elles, comme dans des feux de Bengale, s'entrevoit l'ombre du pharmacien accoudé sur son pupitre. Sa maison, du haut en bas, est placardée d'inscriptions écrites en anglaise, en ronde, en moulée : « Eaux de Vichy, de Seltz et de Barèges, robs dépuratifs, médecine Raspail, racahout des Arabes, pastilles Darcet, pâte Regnault, bandages, bains, chocolats de santé, etc. » Et l'enseigne, qui tient toute la largeur de la boutique, porte en lettres d'or : *Homais, pharmacien*. Puis, au fond de la boutique, derrière les grandes balances scellées sur le comptoir, le mot *laboratoire* se déroule au-dessus d'une porte vitrée qui, à moitié de sa hauteur, répète encore une fois *Homais*, en lettres d'or, sur un fond noir.

Il n'y a plus ensuite rien à voir dans Yonville. La rue (la seule), longue d'une portée de fusil et bordée de quelques boutiques, s'arrête court au tournant de la route. Si on la laisse sur la droite et que l'on suive le bas de la côte Saint-Jean, bientôt on arrive au cimetière.

Lors du choléra, pour l'agrandir, on a abattu un pan de mur et acheté trois acres de terre à côté; mais toute cette portion nouvelle est presque inhabitée, les tombes, comme autrefois, continuant à s'entasser vers la porte. Le gardien, qui est en même temps fossoyeur et bedeau à l'église (tirant ainsi des cadavres de la paroisse un double bénéfice), a profité du terrain vide pour y semer des pommes de terre. D'année en année, cependant, son petit champ se rétrécit, et, lorsqu'il survient une épidémie, il ne sait pas s'il doit se réjouir des décès ou s'affliger des sépultures.

— Vous vous nourrissez des morts, Lestiboudois! lui dit enfin, un jour, M. le curé.

Cette parole sombre le fit réfléchir; elle l'arrêta pour quelque temps; mais, aujourd'hui encore, il continue la culture de ses tubercules, et même soutient avec aplomb qu'ils poussent naturellement.

Depuis les événements que l'on va raconter, rien, en effet, n'a changé à Yonville. Le drapeau tricolore de fer-blanc tourne toujours au haut du clocher de l'église; la boutique du marchand de nouveautés agite encore au vent ses deux banderoles d'indienne; les fœtus du pharmacien, comme des paquets d'amadou blanc, se pourrissent de plus en plus dans leur alcool bourbeux, et, au-dessus de la grande porte de l'auberge, le vieux lion d'or, déteint par les pluies, montre toujours aux passants sa frisure de caniche.

Le soir que les époux Bovary devaient arriver à Yonville, Mme veuve Lefrançois, la maîtresse de cette auberge, était si fort affairée, qu'elle suait à grosses gouttes en remuant ses casseroles. C'était, le lendemain, jour de marché dans le bourg. Il fallait d'avance tailler

les viandes, vider les poulets, faire de la soupe et du café.
Elle avait, de plus, le repas de ses pensionnaires, celui
du médecin, de sa femme et de leur bonne; le billard
retentissait d'éclats de rire; trois meuniers, dans la petite
salle, appelaient pour qu'on leur apportât de l'eau-de-vie;
le bois flambait, la braise craquait, et, sur la longue table
de la cuisine, parmi les quartiers de mouton cru, s'éle-
vaient des piles d'assiettes qui tremblaient aux secousses
du billot où l'on hachait des épinards. On entendait,
dans la basse-cour, crier les volailles que la servante
poursuivait pour leur couper le cou.

Un homme en pantoufles de peau verte, quelque peu
marqué de petite vérole et coiffé d'un bonnet de velours
à gland d'or, se chauffait le dos contre la cheminée. Sa
figure n'exprimait rien que la satisfaction de soi-même,
et il avait l'air aussi calme dans la vie que le chardonneret
suspendu au-dessus de sa tête, dans une cage d'osier :
c'était le pharmacien.

— Artémise! criait la maîtresse d'auberge, casse de la
bourrée, emplis les carafes, apporte de l'eau-de-vie,
dépêche-toi! Au moins, si je savais quel dessert offrir
à la société que vous attendez! Bonté divine! les commis
du déménagement recommencent leur tintamarre dans
le billard! Et leur charrette qui est restée sous la grande
porte! L'*Hirondelle* est capable de la défoncer en arrivant! Appelle Polyte pour qu'il la remise!... Dire que,
depuis le matin, monsieur Homais, ils ont peut-être
fait quinze parties et bu huit pots de cidre!... Mais ils
vont me déchirer le tapis, continuait-elle en les regardant
de loin, son écumoire à la main.

— Le mal ne serait pas grand, répondit M. Homais,
vous en achèteriez un autre!

— Un autre billard! exclama la veuve.

— Puisque celui-là ne tient plus, madame Lefrançois;
je vous le répète, vous vous faites tort! vous vous faites
grand tort! Et puis les amateurs, à présent, veulent des
blouses étroites et des queues lourdes. On ne joue plus la
bille; tout est changé! Il faut marcher avec son siècle!
Regardez Tellier, plutôt...

L'hôtesse devint rouge de dépit. Le pharmacien
ajouta :

— Son billard, vous avez beau dire, est plus mignon
que le vôtre; et qu'on ait l'idée, par exemple, de monter
une poule patriotique pour la Pologne ou les inondés de
Lyon...

— Ce ne sont pas des gueux comme lui qui nous font peur! interrompit l'hôtesse, en haussant ses grosses épaules. Allez! allez! monsieur Homais, tant que le *Lion d'or* vivra, on y viendra. Nous avons du foin dans nos bottes, nous autres! Au lieu qu'un de ces matins vous verrez le *Café français* fermé, et avec une belle affiche sur les auvents!.. Changer mon billard, continuait-elle en se parlant à elle-même, lui qui m'est si commode pour ranger ma lessive, et sur lequel, dans le temps de la chasse, j'ai mis coucher jusqu'à six voyageurs!... Mais ce lambin d'Hivert qui n'arrive pas!

— L'attendez-vous pour le dîner de vos messieurs? demanda le pharmacien.

— L'attendre? Et M. Binet donc! A six heures battant vous allez le voir entrer, car son pareil n'existe pas sur la terre pour l'exactitude. Il lui faut toujours sa place dans la petite salle! On le tuerait plutôt que de le faire dîner ailleurs! et dégoûté qu'il est! et si difficile pour le cidre! Ce n'est pas comme M. Léon; lui, il arrive quelquefois à sept heures, sept heures et demie même; il ne regarde seulement pas à ce qu'il mange. Quel bon jeune homme! Jamais un mot plus haut que l'autre.

— C'est qu'il y a bien de la différence, voyez-vous, entre quelqu'un qui a reçu de l'éducation et un ancien carabinier qui est percepteur.

Six heures sonnèrent. Binet entra.

Il était vêtu d'une redingote bleue, tombant droit d'elle-même tout autour de son corps maigre, et sa casquette de cuir, à pattes nouées par des cordons sur le sommet de sa tête, laissait voir, sous la visière relevée, un front chauve, qu'avait déprimé l'habitude du casque. Il portait un gilet de drap noir, un col de crin, un pantalon gris, et, en toute saison, des bottes bien cirées qui avaient deux renflements parallèles, à cause de la saillie de ses orteils. Pas un poil ne dépassait la ligne de son collier blond, qui, contournant la mâchoire, encadrait comme la bordure d'une plate-bande sa longue figure terne, dont les yeux étaient petits et le nez busqué. Fort à tous les jeux de cartes, bon chasseur et possédant une belle écriture, il avait chez lui un tour, où il s'amusait à tourner des ronds de serviette dont il encombrait sa maison, avec la jalousie d'un artiste et l'égoïsme d'un bourgeois.

Il se dirigea vers la petite salle; mais il fallut d'abord

en faire sortir les trois meuniers; et, pendant tout le temps que l'on fut à mettre son couvert, Binet resta silencieux à sa place, auprès du poêle; puis il ferma la porte et retira sa casquette, comme d'usage.

— Ce ne sont pas les civilités qui lui useront la langue! dit le pharmacien, dès qu'il fut seul avec l'hôtesse.

— Jamais il ne cause davantage, répondit-elle; il est venu ici, la semaine dernière, deux voyageurs en draps, des garçons pleins d'esprit qui contaient, le soir, un tas de farces que j'en pleurais de rire : eh bien! il restait là, comme une alose, sans dire un mot.

— Oui, fit le pharmacien, pas d'imagination, pas de saillies, rien de ce qui constitue l'homme de société!

— On dit pourtant qu'il a des moyens, objecta l'hôtesse.

— Des moyens! répliqua M. Homais; lui! des moyens? Dans sa partie, c'est possible, ajouta-t-il d'un ton plus calme.

Et il reprit :

— Ah! qu'un négociant qui a des relations considérables, qu'un jurisconsulte, un médecin, un pharmacien soient tellement absorbés qu'ils en deviennent fantasques et bourrus même, je le comprends; on en cite des traits dans l'histoire! Mais, au moins, c'est qu'ils pensent à quelque chose. Moi, par exemple, combien de fois m'est-il arrivé de chercher ma plume sur mon bureau pour écrire une étiquette, et de trouver, en définitive, que je l'avais placée à mon oreille!

Cependant, Mme Lefrançois alla sur le seuil regarder si l'*Hirondelle* n'arrivait pas. Elle tressaillit. Un homme vêtu de noir entra tout à coup dans la cuisine. On distinguait, aux dernières lueurs du crépuscule, qu'il avait une figure rubiconde et le corps athlétique.

— Qu'y a-t-il pour votre service, monsieur le curé? demanda la maîtresse d'auberge, tout en atteignant sur la cheminée un des flambeaux de cuivre qui s'y trouvaient rangés en colonnade avec leurs chandelles; voulez-vous prendre quelque chose? Un doigt de cassis, un verre de vin?

L'ecclésiastique refusa fort civilement. Il venait chercher son parapluie, qu'il avait oublié l'autre jour au couvent d'Ernemont; et, après avoir prié Mme Lefrançois de le lui faire remettre au presbytère dans la soirée, il sortit pour se rendre à l'église, où sonnait l'*Angelus*.

Quand le pharmacien n'entendit plus sur la place le

bruit de ses souliers, il trouva fort inconvenante sa conduite de tout à l'heure. Ce refus d'accepter un rafraîchissement lui semblait une hypocrisie des plus odieuses; les prêtres godaillaient tous sans qu'on les vît, et cherchaient à ramener le temps de la dîme.

L'hôtesse prit la défense de son curé :

— D'ailleurs, il en plierait quatre comme vous sur son genou. Il a, l'année dernière, aidé nos gens à rentrer la paille; il en portait jusqu'à six bottes à la fois tant il est fort!

— Bravo! dit le pharmacien. Envoyez donc vos filles à confesse à des gaillards d'un tempérament pareil! Moi, si j'étais le gouvernement, je voudrais qu'on saignât les prêtres une fois par mois. Oui, madame Lefrançois, tous les mois, une large phlébotomie, dans l'intérêt de la police et des mœurs!

— Taisez-vous donc, monsieur Homais! vous êtes un impie! vous n'avez pas de religion!

Le pharmacien répondit :

— J'ai une religion, ma religion, et même j'en ai plus qu'eux tous, avec leurs mômeries et leurs jongleries! J'adore Dieu, au contraire! Je crois en l'Etre suprême, à un Créateur, quel qu'il soit, peu m'importe, qui nous a placés ici-bas pour y remplir nos devoirs de citoyen et de père de famille; mais je n'ai pas besoin d'aller, dans une église, baiser des plats d'argent et engraisser de ma poche un tas de farceurs qui se nourrissent mieux que nous! Car on peut l'honorer aussi bien dans un bois, dans un champ, ou même en contemplant la voûte éthérée, comme les anciens. Mon Dieu, à moi, c'est le Dieu de Socrate, de Franklin, de Voltaire et de Béranger! Je suis pour la *Profession de foi du vicaire savoyard* et les immortels principes de 89! Aussi je n'admets pas un bonhomme de bon Dieu qui se promène dans son parterre la canne à la main, loge ses amis dans le ventre des baleines, meurt en poussant un cri et ressuscite au bout de trois jours : choses absurdes en elles-mêmes et complètement opposées, d'ailleurs, à toutes les lois de la physique; ce qui nous démontre, en passant, que les prêtres ont toujours croupi dans une ignorance turpide, où ils s'efforcent d'engloutir avec eux les populations.

Il se tut, cherchant des yeux un public autour de lui, car, dans son effervescence, le pharmacien, un moment, s'était cru en plein conseil municipal. Mais la maîtresse d'auberge ne l'écoutait plus : elle tendait son oreille à un roulement éloigné. On distingua le bruit d'une voiture mêlé à un claquement de fers lâches qui battaient la terre, et l'*Hirondelle*, enfin, s'arrêta devant la porte.

C'était un coffre jaune porté par deux grandes roues qui, montant jusqu'à la hauteur de la bâche, empêchaient les voyageurs de voir la route et leur salissaient les épaules. Les petits carreaux de ses vasistas étroits tremblaient dans leur châssis quand la voiture était fermée, et gardaient des taches de boue, çà et là, parmi leur vieille couche de poussière, que les pluies d'orage même ne lavaient pas tout à fait. Elle était attelée de trois chevaux, dont le premier en arbalète, et, lorsqu'on descendait les côtes, elle touchait du fond en cahotant.

Quelques bourgeois d'Yonville arrivèrent sur la place; ils parlaient tous à la fois, demandant des nouvelles, des explications et des bourriches : Hivert ne savait auquel répondre. C'était lui qui faisait à la ville les commissions du pays. Il allait dans les boutiques, rapportait des rouleaux de cuir au cordonnier, de la ferraille au maréchal, un baril de harengs pour sa maîtresse, des bonnets de chez la modiste, des toupets de chez le coiffeur; et, le long de la route, en s'en revenant, il distribuait ses paquets, qu'il jetait par-dessus les clôtures des cours, debout sur son siège, et criant à pleine poitrine, pendant que ses chevaux allaient tout seuls.

Un accident l'avait retardé; la levrette de Mme Bovary s'était enfuie à travers champs. On l'avait sifflée un grand quart d'heure. Hivert même était retourné d'une demi-lieue en arrière, croyant l'apercevoir à chaque minute; mais il avait fallu continuer la route. Emma avait pleuré, s'était emportée; elle avait accusé Charles de ce malheur. M. Lheureux, marchand d'étoffes, qui se trouvait avec elle dans la voiture, avait essayé de la consoler par quantité d'exemples de chiens perdus, reconnaissant leur maître au bout de longues années. On en citait un, disait-il, qui était revenu de Constantinople à Paris. Un autre avait fait cinquante lieues en ligne droite et passé quatre rivières à la nage; et son père à lui-même avait possédé un caniche qui, après douze ans d'absence, lui avait tout à coup sauté sur le dos, un soir, dans la rue, comme il allait dîner en ville.

II

Emma descendit la première, puis Félicité, M. Lheureux, une nourrice, et l'on fut obligé de réveiller Charles dans son coin, où il s'était endormi complètement, dès que la nuit était venue.

Homais se présenta ; il offrit ses hommages à Madame, ses civilités à Monsieur, dit qu'il était charmé d'avoir pu leur rendre quelque service, et ajouta d'un air cordial qu'il avait osé s'inviter lui-même, sa femme, d'ailleurs, étant absente.

Mme Bovary, quand elle fut dans la cuisine, s'approcha de la cheminée. Du bout de ses deux doigts elle prit sa robe à la hauteur du genou, et, l'ayant ainsi remontée jusqu'aux chevilles, elle tendit à la flamme, par-dessus le gigot qui tournait, son pied chaussé d'une bottine noire. Le feu l'éclairait en entier, pénétrant d'une lumière crue la trame de sa robe, les pores égaux de sa peau blanche et même les paupières de ses yeux qu'elle clignait de temps à autre. Une grande couleur rouge passait sur elle, selon le souffle du vent qui venait par la porte entr'ouverte.

De l'autre côté de la cheminée, un jeune homme à chevelure blonde la regardait silencieusement.

Comme il s'ennuyait beaucoup à Yonville, où il était clerc chez maître Guillaumin, souvent M. Léon Dupuis (c'était lui, le second habitué du *Lion d'or*) reculait l'instant de son repas, espérant qu'il viendrait quelque voyageur à l'auberge avec qui causer dans la soirée. Les jours que sa besogne était finie, il lui fallait bien, faute de savoir que faire, arriver à l'heure exacte, et subir depuis la soupe jusqu'au fromage le tête-à-tête de Binet. Ce fut donc avec joie qu'il accepta la proposition de l'hôtesse de dîner en la compagnie des nouveaux venus, et l'on passa dans la grande salle où Mme Lefrançois, par pompe, avait fait dresser les quatre couverts.

Homais demanda la permission de garder son bonnet grec, de peur des coryzas.

Puis, se tournant vers sa voisine :

— Madame, sans doute, est un peu lasse ? On est si épouvantablement cahoté dans notre *Hirondelle* !

— Il est vrai, répondit Emma ; mais le dérangement m'amuse toujours ; j'aime à changer de place.

— C'est une chose si maussade, soupira le clerc, que de vivre cloué aux mêmes endroits !

— Si vous étiez comme moi, dit Charles, sans cesse obligé d'être à cheval...

— Mais, reprit Léon, s'adressant à Mme Bovary, rien n'est plus agréable, il me semble ; quand on le peut, ajouta-t-il.

— Du reste, disait l'apothicaire, l'exercice de la médecine n'est pas fort pénible en nos contrées ; car l'état de nos routes permet l'usage du cabriolet, et, généralement, l'on paye assez bien, les cultivateurs étant aisés. Nous avons, sous le rapport médical, à part les cas ordinaires d'entérite, bronchite, affections bilieuses, etc., de temps à autre quelques fièvres intermittentes à la moisson ; mais, en somme, peu de choses graves, rien de spécial à noter, si ce n'est beaucoup d'humeurs froides, et qui tiennent sans doute aux déplorables conditions hygiéniques de nos logements de paysans. Ah ! vous trouverez bien des préjugés à combattre, monsieur Bovary ; bien des entêtements de routine, où se heurteront quotidiennement tous les efforts de votre science ; car on a recours encore aux neuvaines, aux reliques, au curé, plutôt que de venir naturellement chez le médecin ou chez le pharmacien. Le climat, pourtant, n'est point, à vrai dire, mauvais, et même nous comptons dans la commune quelques nonagénaires. Le thermomètre (j'en ai fait les observations) descend en hiver jusqu'à quatre degrés et, dans la forte saison, touche vingt-cinq, trente centigrades tout au plus, ce qui nous donne vingt-quatre Réaumur au maximum, ou autrement cinquante-quatre Fahrenheit (mesure anglaise), pas davantage ! — et, en effet, nous sommes abrités des vents du nord par la forêt d'Argueil d'une part ; des vents d'ouest par la côte Saint-Jean de l'autre ; et cette chaleur, cependant, qui à cause de la vapeur d'eau dégagée par la rivière et la présence considérable de bestiaux dans les prairies, lesquels exhalent, comme vous savez, beaucoup d'ammoniaque, c'est-à-dire azote, hydrogène et oxygène (non, azote et hydrogène seulement), et qui, pompant à elle l'humus de la terre, confondant toutes ces émanations différentes, les réunissant en un faisceau, pour ainsi dire, et se combinant de soi-même avec l'électricité répandue dans l'atmosphère, lorsqu'il y.en a, pourrait à la longue, comme dans les pays tropicaux, engendrer des miasmes insalubres ; — cette chaleur, dis-je, se trouve justement tempérée du côté d'où elle vient, ou plutôt d'où elle viendrait, c'est-à-dire du côté sud, par les vents de sud-est, lesquels, s'étant rafraîchis d'eux-mêmes en passant sur la Seine, nous arrivent quelquefois tout d'un coup, comme des brises de Russie !

— Avez-vous du moins quelques promenades dans les environs ? continuait Mme Bovary, parlant au jeune homme.

— Oh ! fort peu, répondit-il. Il y a un endroit que l'on nomme la Pâture, sur le haut de la côte, à la lisière de la forêt. Quelquefois, le dimanche, je vais là, et j'y reste avec un livre, à regarder le soleil couchant.

— Je ne trouve rien d'admirable comme les soleils couchants, reprit-elle, mais au bord de la mer, surtout.

— Oh ! j'adore la mer, dit M. Léon.

— Et puis, ne vous semble-t-il pas, répliqua Mme Bovary, que l'esprit vogue plus librement sur cette étendue sans limites, dont la contemplation vous élève l'âme et donne des idées d'infini, d'idéal ?

— Il en est de même des paysages de montagnes, reprit Léon. J'ai un cousin qui a voyagé en Suisse l'année dernière, et qui me disait qu'on ne.peut se figurer la poésie des lacs, le charme des cascades, l'effet gigantesque des glaciers. On voit des pins d'une grandeur incroyable, en travers des torrents, des cabanes suspendues sur des précipices, et, à mille pieds sous vous, des vallées entières quand les nuages s'entr'ouvrent. Ces spectacles doivent enthousiasmer, disposer à la prière, à l'extase ! Aussi je ne m'étonne plus de ce musicien célèbre qui, pour exciter mieux son imagination, avait coutume d'aller jouer du piano devant quelque site imposant.

— Vous faites de la musique ? demanda-t-elle.

— Non, mais je l'aime beaucoup, répondit-il.

— Ah ! ne l'écoutez pas, madame Bovary, interrompit Homais en se penchant sur son assiette, c'est modestie pure. — Comment, mon cher ! Eh ! l'autre

jour, dans votre chambre, vous chantiez l'*Ange gardien*
à ravir. Je vous entendais du laboratoire; vous détachiez
cela comme un acteur.

Léon, en effet, logeait chez le pharmacien, où il avait
une petite pièce au second étage, sur la place. Il rougit
à ce compliment de son propriétaire, qui déjà s'était
tourné vers le médecin et lui énumérait les uns après les
autres les principaux habitants d'Yonville. Il racontait
des anecdotes, donnait des renseignements. On ne
savait pas au juste la fortune du notaire, et *il y avait la
maison Tuvache* qui faisait beaucoup d'embarras.

Emma reprit :

— Et quelle musique préférez-vous ?

— Oh ! la musique allemande, celle qui porte à rêver.

— Connaissez-vous les Italiens ?

— Pas encore; mais je les verrai l'année prochaine,
quand j'irai habiter Paris, pour finir mon droit.

— C'est comme j'avais l'honneur, dit le pharmacien,
de l'exprimer à monsieur votre époux, à propos de ce
pauvre Yanoda qui s'est enfui; vous vous trouverez,
grâce aux folies qu'il a faites, jouir d'une des maisons
les plus confortables d'Yonville. Ce qu'elle a principalement de commode pour un médecin, c'est une porte sur
l'*Allée,* qui permet d'entrer et de sortir sans être vu.
D'ailleurs, elle est fournie de tout ce qui est agréable
à un ménage : buanderie, cuisine avec office, salon de
famille, fruitier, etc. C'était un gaillard qui n'y regardait pas ! Il s'était fait construire, au bout du jardin, à
côté de l'eau, une tonnelle tout exprès pour boire de la
bière en été, et si Madame aime le jardinage, elle pourra...

— Ma femme ne s'en occupe guère, dit Charles; elle
aime mieux, quoiqu'on lui recommande l'exercice, toujours rester dans sa chambre, à lire.

— C'est comme moi, répliqua Léon; quelle meilleure
chose, en effet, que d'être le soir au coin du feu avec un
livre, pendant que le vent bat les carreaux, que la lampe
brûle ?...

— N'est-ce pas ? dit-elle, en fixant sur lui ses grands
yeux noirs tout ouverts.

— On ne songe à rien, continuait-il, les heures passent. On se promène immobile dans des pays que l'on
croit voir, et votre pensée, s'enlaçant à la fiction, se joue
dans les détails ou poursuit le contour des aventures.
Elle se mêle aux personnages; il semble que c'est vous
qui palpitez sous leurs costumes.

— C'est vrai! c'est vrai! disait-elle.

— Vous est-il arrivé parfois, reprit Léon, de rencontrer dans un livre une idée vague que l'on a eue, quelque image obscurcie qui revient de loin, et comme l'exposition entière de votre sentiment le plus délié?

— J'ai éprouvé cela, répondit-elle.

— C'est pourquoi, dit-il, j'aime surtout les poètes. Je trouve les vers plus tendres que la prose, et qu'ils font bien mieux pleurer.

— Cependant ils fatiguent à la longue, reprit Emma; et maintenant, au contraire, j'adore les histoires qui se suivent tout d'une haleine, où l'on a peur. Je déteste les héros communs et les sentiments tempérés, comme il y en a dans la nature.

— En effet, observa le clerc, ces ouvrages ne touchant pas le cœur, s'écartent, il me semble, du vrai but de l'Art. Il est si doux, parmi les désenchantements de la vie, de pouvoir se reporter en idée sur de nobles caractères, des affections pures et des tableaux de bonheur. Quant à moi, vivant ici, loin du monde, c'est ma seule distraction; mais Yonville offre si peu de ressources!

— Comme Tostes, sans doute, reprit Emma; aussi j'étais toujours abonnée à un cabinet de lecture.

— Si Madame veut me faire l'honneur d'en user, dit le pharmacien, qui venait d'entendre ces derniers mots, j'ai moi-même à sa disposition une bibliothèque composée des meilleurs auteurs : Voltaire, Rousseau, Delille, Walter Scott, l'*Echo des feuilletons*, etc., et je reçois, de plus, différentes feuilles périodiques, parmi lesquelles le *Fanal de Rouen*, quotidiennement, ayant l'avantage d'en être le correspondant pour les circonscriptions de Buchy, Forges, Neufchâtel, Yonville et les alentours.

Depuis deux heures et demie, on était à table; car la servante Artémise, traînant nonchalamment sur les carreaux ses savates de lisière, apportait les assiettes les unes après les autres, oubliait tout, n'entendait à rien et sans cesse laissait entre-bâillée la porte du billard, qui battait contre le mur du bout de sa clenche.

Sans qu'il s'en aperçût, tout en causant, Léon avait posé son pied sur un des barreaux de la chaise où Mme Bovary était assise. Elle portait une petite cravate de soie bleue, qui tenait droit comme une fraise un col de batiste tuyauté; et, selon les mouvements de tête qu'elle faisait, le bas de son visage s'enfonçait dans le linge ou en sortait avec douceur. C'est ainsi, l'un près de l'autre, pendant que Charles et le pharmacien devisaient, qu'ils entrèrent dans une de ces vagues conversations où le hasard des phrases vous ramène toujours au centre fixe d'une sympathie commune. Spectacles de Paris, titres de romans, quadrilles nouveaux, et le monde qu'ils ne connaissaient pas, Tostes, où elle avait vécu, Yonville où ils étaient, ils examinèrent tout, parlèrent de tout, jusqu'à la fin du dîner.

Quand le café fut servi, Félicité s'en alla préparer la chambre dans la nouvelle maison, et les convives bientôt levèrent le siège. Mme Lefrançois dormait auprès des cendres, tandis que le garçon d'écurie, une lanterne à la main, attendait M. et Mme Bovary pour les conduire chez eux. Sa chevelure rouge était entremêlée de brins de paille, et il boitait de la jambe gauche. Lorsqu'il eut pris de son autre main le parapluie de M. le curé, l'on se mit en marche.

Le bourg était endormi. Les piliers des halles allongeaient de grandes ombres. La terre était toute grise, comme par une nuit d'été.

Mais, la maison du médecin se trouvant à cinquante pas de l'auberge, il fallut presque aussitôt se souhaiter le bonsoir, et la compagnie se dispersa.

Emma, dès le vestibule, sentit tomber sur ses épaules, comme un linge humide, le froid du plâtre. Les murs étaient neufs, et les marches de bois craquèrent. Dans la chambre, au premier, un jour blanchâtre passait par les fenêtres sans rideaux. On entrevoyait des cimes d'arbres, et, plus loin, la prairie, à demi noyée dans le brouillard, qui fumait au clair de lune, selon le cours de la rivière. Au milieu de l'appartement, pêle-mêle, il y avait des tiroirs de commode, des bouteilles, des tringles, des bâtons dorés avec des matelas sur des chaises et des cuvettes sur le parquet, — les deux hommes qui avaient apporté les meubles ayant tout laissé là, négligemment.

C'était la quatrième fois qu'elle couchait dans un endroit inconnu. La première avait été le jour de son entrée au couvent, la seconde celle de son arrivée à Tostes, la troisième à la Vaubyessard, la quatrième était celle-ci; et chacune s'était trouvée faire dans sa vie comme l'inauguration d'une phase nouvelle. Elle ne croyait pas que les choses pussent se représenter les mêmes à des places différentes, et, puisque la portion vécue avait été mauvaise, sans doute ce qui restait à consommer serait meilleur.

III

Le lendemain, à son réveil, elle aperçut le clerc sur la place. Elle était en peignoir. Il leva la tête et la salua. Elle fit une inclination rapide et referma la fenêtre.

Léon attendit pendant tout le jour que six heures du soir fussent arrivées : mais, en entrant à l'auberge, il ne trouva que M. Binet, attablé.

Ce dîner de la veille était pour lui un événement considérable ; jamais, jusqu'alors, il n'avait causé pendant deux heures de suite avec une *dame*. Comment donc avoir pu lui exposer, et en un tel langage, quantité de choses qu'il n'aurait pas si bien dites auparavant ? Il était timide d'habitude et gardait cette réserve qui participe à la fois de la pudeur et de la dissimulation. On trouvait à Yonville qu'il avait des manières *comme il faut*. Il écoutait raisonner les gens mûrs et ne paraissait point exalté en politique, chose remarquable pour un jeune homme. Puis il possédait des talents, il peignait à l'aquarelle, savait lire la clef de sol, et s'occupait volontiers de littérature après son dîner, quand il ne jouait pas aux cartes. M. Homais le considérait pour son instruction ; Mme Homais l'affectionnait pour sa complaisance ; car souvent il accompagnait au jardin les petits Homais, marmots toujours barbouillés, fort mal élevés et quelque peu lymphatiques, comme leur mère. Ils avaient, pour les soigner, outre la bonne, Justin, l'élève en pharmacie, un arrière-cousin de M. Homais que l'on avait pris dans la maison par charité, et qui servait en même temps de domestique.

L'apothicaire se montra le meilleur des voisins. Il renseigna Mme Bovary sur les fournisseurs, fit venir son marchand de cidre tout exprès, goûta la boisson lui-même, et veilla dans la cave à ce que la futaille fût bien placée; il indiqua encore la façon de s'y prendre pour avoir une provision de beurre à bon marché, et conclut un arrangement avec Lestiboudois, le sacristain, qui, outre ses fonctions sacerdotales et mortuaires, soignait les principaux jardins d'Yonville à l'heure ou à l'année, selon le goût des personnes.

Le besoin de s'occuper d'autrui ne poussait pas seul le pharmacien à tant de cordialité obséquieuse, et il y avait là-dessous un plan.

Il avait enfreint la loi du 19 ventôse an XI, article 1er, qui défend à tout individu non porteur de diplôme l'exercice de la médecine; si bien que, sur des dénonciations ténébreuses, Homais avait été mandé à Rouen, près M. le procureur du roi, en son cabinet particulier. Le magistrat l'avait reçu debout, dans sa robe, hermine à l'épaule et toque en tête. C'était le matin, avant l'audience. On entendait dans le corridor passer les fortes bottes des gendarmes, et comme un bruit lointain de grosses serrures qui se fermaient. Les oreilles du pharmacien lui tintèrent à croire qu'il allait tomber d'un coup de sang; il entrevit des culs de basse-fosse, sa famille en pleurs, la pharmacie vendue, tous les bocaux disséminés; et il fut obligé d'entrer dans un café prendre un verre de rhum avec de l'eau de Seltz, pour se remettre les esprits.

Peu à peu, le souvenir de cette admonition s'affaiblit, et il continuait, comme autrefois, à donner des consultations anodines dans son arrière-boutique. Mais le maire lui en voulait, des confrères étaient jaloux, il fallait tout craindre; en s'attachant M. Bovary par des politesses, c'était gagner sa gratitude et empêcher qu'il ne parlât plus tard, s'il s'apercevait de quelque chose. Aussi, tous les matins, Homais lui apportait *le journal*, et souvent, dans l'après-midi, quittait un instant la pharmacie pour aller chez l'officier de santé faire la conversation.

Charles était triste : la clientèle n'arrivait pas. Il demeurait assis pendant de longues heures, sans parler, allait dormir dans son cabinet ou regardait coudre sa femme. Pour se distraire, il s'employa chez lui comme homme de peine, et même il essaya de peindre le grenier avec un reste de couleur que les peintres avaient laissé. Mais les affaires d'argent le préoccupaient. Il en avait tant dépensé pour les réparations de Tostes, pour les toilettes de Madame et pour le déménagement, que toute la dot, plus

de trois mille écus, s'était écoulée en deux ans. Puis, que
de choses endommagées ou perdues dans le transport
de Tostes à Yonville, sans compter le curé de plâtre,
qui, tombant de la charrette à un cahot trop fort, s'était
écrasé en mille morceaux sur le pavé de Quincampoix!

Un souci meilleur vint le distraire, à savoir la grossesse
de sa femme. A mesure que le terme en approchait, il
la chérissait davantage. C'était un autre lien de la chair
s'établissant, et comme le sentiment continu d'une
union plus complexe. Quand il voyait de loin sa démarche
paresseuse et sa taille tourner mollement sur ses hanches
sans corset, quand, vis-à-vis l'un de l'autre, il la contemplait tout à l'aise et qu'elle prenait, assise, des poses
fatiguées dans son fauteuil, alors son bonheur ne se
tenait plus; il se levait, il l'embrassait, passait ses mains
sur sa figure, l'appelait petite maman, voulait la faire
danser, et débitait, moitié riant, moitié pleurant, toutes
sortes de plaisanteries caressantes qui lui venaient à
l'esprit. L'idée d'avoir engendré le délectait. Rien ne lui
manquait à présent. Il connaissait l'existence humaine
tout du long, et il s'y attablait sur les deux coudes avec
sérénité.

Emma, d'abord, sentit un grand étonnement, puis eut
envie d'être délivrée, pour savoir quelle chose c'était
que d'être mère. Mais, ne pouvant faire les dépenses
qu'elle voulait, avoir un berceau en nacelle avec des
rideaux de soie rose et des béguins brodés, elle renonça
au trousseau, dans un accès d'amertume, et le commanda
d'un seul coup à une ouvrière du village, sans rien choisir ni discuter. Elle ne s'amusa donc pas à ces préparatifs où la tendresse des mères se met en appétit, et son
affection, dès l'origine, en fut peut-être atténuée de
quelque chose.

Cependant, comme Charles, à tous les repas, parlait du
marmot, bientôt elle y songea d'une façon plus continue.

Elle souhaitait un fils; il serait fort et brun; elle l'appel-
lerait Georges, et cette idée d'avoir pour enfant un mâle
était comme la revanche en espoir de toutes ses impuis-
sances passées. Un homme, au moins, est libre; il peut
parcourir les passions et les pays, traverser les obstacles,
mordre aux bonheurs les plus lointains. Mais une femme
est empêchée continuellement. Inerte et flexible à la fois,
elle a contre elle les mollesses de la chair avec les dépen-
dances de la loi. Sa volonté, comme le voile de son chapeau retenu par un cordon, palpite à tous les vents; il

y a toujours quelque désir qui entraîne, quelque convenance qui retient.

Elle accoucha un dimanche, vers six heures, au soleil
levant.

— C'est une fille! dit Charles.

Elle tourna la tête et s'évanouit.

Presque aussitôt, Mme Homais accourut et l'embrassa,
ainsi que la mère Lefrançois du *Lion d'or*. Le pharmacien,
en homme discret, lui adressa seulement quelques félicitations provisoires, par la porte entre-bâillée. Il voulut
voir l'enfant et le trouva bien conformé.

Pendant sa convalescence, elle s'occupa beaucoup à
chercher un nom pour sa fille. D'abord elle passa en
revue tous ceux qui avaient des terminaisons italiennes,
tels que Clara, Louisa, Amanda, Atala; elle aimait
assez Galsuinde, plus encore Yseult ou Léocadie. Charles
désirait qu'on appelât l'enfant comme sa mère; Emma
s'y opposait. On parcourut le calendrier d'un bout à
l'autre, et l'on consulta les étrangers.

— M. Léon, disait le pharmacien, avec qui j'en cau-
sais l'autre jour, s'étonne que vous ne choisissiez point
Madeleine, qui est excessivement à la mode maintenant.

Mais la mère Bovary se récria bien fort sur ce nom de
pécheresse. M. Homais, quant à lui, avait en prédilec-
tion tous ceux qui rappelaient un grand homme, un
fait illustre ou une conception généreuse, et c'est dans
ce système-là qu'il avait baptisé ses quatre enfants.
Ainsi Napoléon représentait la gloire et Franklin la
liberté; Irma, peut-être, était une concession au romantisme; mais Athalie un hommage au plus immortel chef-
d'œuvre de la scène française. Car ses convictions philosophiques n'empêchaient pas ses admirations artistiques;
le penseur, chez lui, n'étouffait point l'homme sensible;
il savait établir les différences, faire la part de l'imagination et celle du fanatisme. De cette tragédie, par exemple,
il blâmait les idées, mais il admirait le style; il maudis-
sait la conception, mais il applaudissait à tous les détails,
et s'exaspérait contre les personnages, en s'enthousias-
mant de leurs discours. Lorsqu'il lisait les grands morceaux, il était transporté; mais, quand il songeait que les
calotins en tiraient avantage pour leur boutique, il était
désolé, et, dans cette confusion de sentiments où il s'embarrassait, il aurait voulu tout à la fois pouvoir couronner
Racine de ses deux mains et discuter avec lui pendant un
bon quart d'heure.

Enfin, Emma se souvint qu'au château de la Vaubyessard elle avait entendu la marquise appeler Berthe
une jeune femme; dès lors ce nom-là fut choisi, et, comme
le père Rouault ne pouvait venir, on pria M. Homais
d'être parrain. Il donna, pour cadeaux, tous produits
de son établissement, à savoir : six boîtes de jujubes,
un bocal entier de racahout, trois coffins de pâte à la
guimauve, et, de plus, six bâtons de sucre candi qu'il
avait retrouvés dans un placard. Le soir de la cérémonie,
il y eut un grand dîner; le curé s'y trouvait; on s'échauffa.
M. Homais, vers les liqueurs, entonna *le Dieu des bonnes
gens*, M. Léon chanta une barcarole, et Mme Bovary
mère, qui était la marraine, une romance du temps de
l'Empire; enfin M. Bovary père exigea que l'on descen-
dît l'enfant, et se mit à le baptiser avec un verre de champagne qu'il lui versait de haut sur la tête. Cette dérision
du premier des sacrements indigna l'abbé Bournisien;
le père Bovary répondit par une citation de *la Guerre des
dieux ;* le curé voulut partir; les dames suppliaient;
Homais s'interposa, et l'on parvint à faire rasseoir
l'ecclésiastique, qui reprit tranquillement, dans sa sou-
coupe, sa demi-tasse de café à moitié bue.

M. Bovary père resta encore un mois à Yonville, dont
il éblouit les habitants par un superbe bonnet de police
à galons d'argent, qu'il portait le matin, pour fumer sa
pipe sur la place. Ayant aussi l'habitude de boire beaucoup d'eau-de-vie, souvent il envoyait la servante au
Lion d'or lui en acheter une bouteille, que l'on inscri-
vait au compte de son fils; et il usa, pour parfumer ses
foulards, toute la provision d'eau de Cologne qu'avait
sa bru.

Celle-ci ne se déplaisait point dans sa compagnie. Il
avait couru le monde : il parlait de Berlin, de Vienne,
de Strasbourg, de son temps d'officier, des maîtresses
qu'il avait eues, des grands déjeuners qu'il avait faits;
puis il se montrait aimable, et parfois même, soit dans
l'escalier ou au jardin, il lui saisissait la taille en s'écriant :

— Charles, prends garde à toi!

Alors la mère Bovary s'effraya pour le bonheur de son
fils, et, craignant que son époux, à la longue, n'eût une
influence immorale sur les idées de la jeune femme, elle
se hâta de presser le départ. Peut-être avait-elle des
inquiétudes plus sérieuses. M. Bovary était homme à ne
rien respecter.

Un jour, Emma fut prise tout à coup du besoin de

voir sa petite fille, qui avait été mise en nourrice chez
la femme du menuisier; et, sans regarder à l'almanach
si les six semaines de la Vierge duraient encore, elle
s'achemina vers la demeure de Rollet, qui se trouvait
à l'extrémité du village, au bas de la côte, entre la grande
route et les prairies.

Il était midi : les maisons avaient leurs volets fermés,
et les toits d'ardoises, qui reluisaient sous la lumière âpre
du ciel bleu, semblaient à la crête de leurs pignons faire
pétiller des étincelles. Un vent lourd soufflait. Emma se
sentait faible en marchant; les cailloux du trottoir la
blessaient; elle hésita si elle ne s'en retournerait pas chez
elle ou entrerait quelque part pour s'asseoir.

A ce moment, M. Léon sortit d'une porte voisine, avec
une liasse de papiers sous son bras. Il vint la saluer et se
mit à l'ombre devant la boutique de Lheureux, sous la
tente grise qui avançait.

Mme Bovary dit qu'elle allait voir son enfant, mais
qu'elle commençait à être lasse.

— Si..., reprit Léon, n'osant poursuivre.

— Avez-vous affaire quelque part ? demanda-t-elle.

Et, sur la réponse du clerc, elle le pria de l'accompa-
gner. Dès le soir, cela fut connu dans Yonville, et Mme
Tuvache, la femme du maire, déclara devant sa servante que *Mme Bovary se compromettait*.

Pour arriver chez la nourrice, il fallait, après la rue,
tourner à gauche, comme pour gagner le cimetière, et
suivre, entre des maisonnettes et des cours, un petit sentier que bordaient des troènes. Ils étaient en fleur et les
véroniques aussi, les églantiers, les orties et les ronces
légères qui s'élançaient des buissons. Par le trou des
haies, on apercevait, dans les *masures*, quelque pourceau
sur un fumier, ou des vaches embricolées, frottant
leurs cornes contre le tronc des arbres. Tous les deux,
côte à côte, ils marchaient doucement, elle s'appuyant
sur lui, et lui retenant son pas qu'il mesurait sur les
siens; devant eux, un essaim de mouches voltigeait, en
bourdonnant dans l'air chaud.

Ils reconnurent la maison à un vieux noyer qui l'ombrageait. Basse et couverte de tuiles brunes, elle avait
en dehors, sous la lucarne de son grenier, un chapelet
d'oignons suspendu. Des bourrées, debout contre la clô-
ture d'épines, entouraient un carré de laitues, quelques
pieds de lavande et des pois à fleurs montés sur des rames.
De l'eau sale coulait en s'éparpillant sur l'herbe, et il y

avait tout autour plusieurs guenilles indistinctes, des bas
de tricot, une camisole d'indienne rouge et un grand drap
de toile épaisse étalé en long sur la haie. Au bruit de la
barrière, la nourrice parut, tenant sur son bras un enfant
qui tétait. Elle tirait de l'autre main un pauvre marmot
chétif, couvert de scrofules au visage, le fils d'un bonnetier de Rouen, que ses parents, trop occupés de leur
négoce, laissaient à la campagne.

— Entrez, dit-elle; votre petite est là qui dort.

La chambre, au rez-de-chaussée, la seule du logis,
avait au fond, contre la muraille, un large lit sans rideaux,
tandis que le pétrin occupait le côté de la fenêtre, dont
une vitre était raccommodée avec un soleil de papier
bleu. Dans l'angle, derrière la porte, les brodequins à
clous luisants étaient rangés sous la dalle du lavoir,
près d'une bouteille pleine d'huile qui portait une plume
à son goulot; un *Mathieu Laensberg* traînait sur la cheminée poudreuse, parmi des pierres à fusil, des bouts de
chandelle et des morceaux d'amadou. Enfin, la dernière
superfluité de cet appartement était une Renommée
soufflant dans des trompettes, image découpée sans doute
à même quelque prospectus de parfumerie et que six
pointes à sabot clouaient au mur.

L'enfant d'Emma dormait à terre, dans un berceau
d'osier. Elle la prit avec la couverture qui l'enveloppait,
et se mit à chanter doucement en se dandinant.

Léon se promenait dans la chambre; il lui semblait
étrange de voir cette belle dame en robe de nankin tout
au milieu de cette misère. Mme Bovary devint rouge;
il se détourna, croyant que ses yeux peut-être avaient eu
quelque impertinence. Puis elle recoucha la petite qui
venait de vomir sur sa collerette. La nourrice aussitôt
vint l'essuyer, protestant qu'il n'y paraîtrait pas.

— Elle m'en fait bien d'autres, disait-elle, et je ne
suis occupée qu'à la rincer continuellement! Si vous
aviez donc la complaisance de commander à Camus,
l'épicier, qu'il me laisse prendre un peu de savon lorsqu'il m'en faut? ce serait même plus commode pour
vous, que je ne dérangerais pas.

— C'est bien, c'est bien! dit Emma. Au revoir, mère
Rollet!

Et elle sortit en essuyant ses pieds sur le seuil.

La bonne femme l'accompagna jusqu'au bout de la
cour, tout en parlant du mal qu'elle avait à se relever la
nuit.

— J'en suis si rompue quelquefois que je m'endors sur ma chaise; aussi, vous devriez pour le moins me donner une petite livre de café moulu qui me ferait un mois et que je prendrais le matin avec du lait.

Après avoir subi ses remerciements, Mme Bovary s'en alla; et elle était quelque peu avancée dans le sentier, lorsqu'à un bruit de sabots elle tourna la tête : c'était la nourrice.

— Qu'y a-t-il ?

Alors la paysanne, la tirant à l'écart derrière un orme, se mit à lui parler de son mari, qui, avec son métier et six francs par an que le capitaine...

— Achevez plus vite, dit Emma.

— Eh bien! reprit la nourrice poussant des soupirs entre chaque mot, j'ai peur qu'il ne se fasse une tristesse de me voir prendre du café toute seule; vous savez, les hommes...

— Puisque vous en aurez, répétait Emma, je vous en donnerai!... Vous m'ennuyez!

— Hélas! ma pauvre chère dame, c'est qu'il a, par suite de ses blessures, des crampes terribles à la poitrine. Il dit même que le cidre l'affaiblit.

— Mais dépêchez-vous, mère Rollet!

— Donc, reprit celle-ci faisant une révérence, si ce n'était pas vous demander trop..., elle salua encore une fois — quand vous voudrez, — et son regard suppliait, — un cruchon d'eau-de-vie, dit-elle enfin, et j'en frotterai les pieds de votre petite, qui les a tendres comme la langue.

Débarrassée de la nourrice, Emma reprit le bras de M. Léon. Elle marcha rapidement pendant quelque temps; puis elle se ralentit, et son regard, qu'elle promenait devant elle, rencontra l'épaule du jeune homme, dont la redingote avait un collet de velours noir. Ses cheveux châtains tombaient dessus, plats et bien peignés. Elle remarqua ses ongles, qui étaient plus longs qu'on ne les portait à Yonville. C'était une des grandes occupations du clerc que de les entretenir; et il gardait, à cet usage, un canif tout particulier dans son écritoire.

Ils s'en revinrent à Yonville en suivant le bord de l'eau. Dans la saison chaude, la berge plus élargie découvrait jusqu'à leur base les murs des jardins, qui avaient un escalier de quelques marches descendant à la rivière. Elle coulait sans bruit, rapide et froide à l'œil; de grandes herbes minces s'y courbaient ensemble, selon le courant qui les poussait, et comme des chevelures vertes abandonnées s'étalaient dans sa limpidité. Quelquefois, à la pointe des joncs ou sur la feuille des nénufars, un insecte à pattes fines marchait ou se posait. Le soleil traversait d'un rayon les petits globules bleus des ondes qui se succédaient en se crevant; les vieux saules ébranchés miraient dans l'eau leur écorce grise; au-delà, tout alentour, la prairie semblait vide. C'était l'heure du dîner dans les fermes, et la jeune femme et son compagnon n'entendaient en marchant que la cadence de leurs pas sur la terre du sentier, les paroles qu'ils se disaient, et le frôlement de la robe d'Emma qui bruissait tout autour d'elle.

Les murs des jardins, garnis à leur chaperon de morceaux de bouteilles, étaient chauds comme le vitrage d'une serre. Dans les briques, des ravenelles avaient poussé, et, du bord de son ombrelle déployée, Mme Bovary, tout en passant, faisait s'égrener en poussière jaune un peu de leurs fleurs flétries; ou bien quelque branche des chèvrefeuilles et des clématites qui pendaient au dehors traînait un moment sur la soie, en s'accrochant aux effilés.

Ils causaient d'une troupe de danseurs espagnols, que l'on attendait bientôt sur le théâtre de Rouen.

— Vous irez ? demanda-t-elle.

— Si je le peux, répondit-il.

N'avaient-ils rien autre chose à se dire ? Leurs yeux pourtant étaient pleins d'une causerie plus sérieuse; et, tandis qu'ils s'efforçaient à trouver des phrases banales, ils sentaient une même langueur les envahir tous les deux; c'était comme un murmure de l'âme, profond, continu, qui dominait celui des voix. Surpris d'étonnement à cette suavité nouvelle, ils ne songeaient pas à s'en raconter la sensation ou à en découvrir la cause. Les bonheurs futurs, comme les rivages des tropiques, projettent sur l'immensité qui les précède leurs mollesses natales, une brise parfumée, et l'on s'assoupit dans cet enivrement, sans même s'inquiéter de l'horizon que l'on n'aperçoit pas.

La terre, à un endroit, se trouvait effondrée par le pas des bestiaux; il fallut marcher sur de grosses pierres vertes, espacées dans la boue. Souvent, elle s'arrêtait une minute à regarder où poser sa bottine, — et, chancelant sur le caillou qui tremblait, les coudes en l'air, la taille penchée, l'œil indécis, elle riait alors, de peur de tomber dans les flaques d'eau.

Quand ils furent arrivés devant son jardin, Mme Bovary

poussa la petite barrière, monta les marches en courant et disparut.

Léon rentra à son étude. Le patron était absent; il jeta un coup d'œil sur les dossiers, puis se tailla une plume, prit enfin son chapeau et s'en alla.

Il alla sur la Pâture, au haut de la côte d'Argueil, à l'entrée de la forêt; il se coucha par terre sous les sapins et regarda le ciel à travers ses doigts.

— Comme je m'ennuie! se disait-il, comme je m'ennuie!

Il se trouvait à plaindre de vivre dans ce village, avec Homais pour ami et M. Guillaumin pour maître. Ce dernier, tout occupé d'affaires, portant des lunettes à branches d'or et favoris rouges, sur cravate blanche, n'entendait rien aux délicatesses de l'esprit, quoiqu'il affectât un genre raide et anglais, qui avait ébloui le clerc dans les premiers temps. Quant à la femme du pharmacien, c'était la meilleure épouse de Normandie, douce comme un mouton, chérissant ses enfants, son père, sa mère, ses cousins, pleurant aux maux d'autrui, laissant tout aller dans son ménage, et détestant les corsets; — mais si lente à se mouvoir, si ennuyeuse à écouter, d'un aspect si commun et d'une conversation si restreinte, qu'il n'avait jamais songé, quoiqu'elle eût trente ans, qu'il en eût vingt, qu'ils couchassent porte à porte, et qu'il lui parlât chaque jour, qu'elle pût être une femme pour quelqu'un, ni qu'elle possédât de son sexe autre chose que la robe.

Et ensuite, qu'y avait-il? Binet, quelques marchands, deux ou trois cabaretiers, le curé, et enfin M. Tuvache, le maire, avec ses deux fils, gens cossus, bourrus, obtus, cultivant leurs terres eux-mêmes, faisant des ripailles en famille, dévots d'ailleurs, et d'une société tout à fait insupportable.

Mais, sur le fond commun de tous ces visages humains, la figure d'Emma se détachait isolée et plus lointaine cependant; car il sentait entre elle et lui comme de vagues abîmes.

Au commencement, il était venu chez elle plusieurs fois dans la compagnie du pharmacien. Charles n'avait point paru extrêmement curieux de le recevoir; et Léon ne savait comment s'y prendre entre la peur d'être indiscret et le désir d'une intimité qu'il estimait presque impossible.

IV

Dès les premiers froids, Emma quitta sa chambre pour habiter la salle, longue pièce à plafond bas où il y avait, sur la cheminée, un polypier touffu s'étalant contre la glace. Assise dans son fauteuil, près de la fenêtre, elle voyait passer les gens du village sur le trottoir.

Léon, deux fois par jour, allait de son étude au *Lion d'or*. Emma, de loin, l'entendait venir ; elle se penchait en écoutant ; et le jeune homme glissait derrière le rideau, toujours vêtu de même façon et sans détourner la tête. Mais, au crépuscule, lorsque, le menton dans sa main gauche, elle avait abandonné sur ses genoux sa tapisserie commencée, souvent elle tressaillait à l'apparition de cette ombre glissant tout à coup. Elle se levait et commandait qu'on mît le couvert.

M. Homais arrivait pendant le dîner. Bonnet grec à la main, il entrait à pas muets pour ne déranger personne et toujours en répétant la même phrase : « Bonsoir la compagnie ! » Puis, quand il s'était posé à sa place, contre la table, entre les deux époux, il demandait au médecin des nouvelles de ses malades, et celui-ci le consultait sur la probabilité des honoraires. Ensuite, on causait de ce qu'il y avait *dans le journal*. Homais, à cette heure-là, le savait presque par cœur ; et il le rapportait intégralement, avec les réflexions du journaliste et toutes les histoires des catastrophes individuelles arrivées en France ou à l'étranger. Mais, le sujet se tarissant, il ne tardait pas à lancer quelques observations sur les mets qu'il voyait. Parfois même, se levant à demi, il indiquait délicatement à Madame le morceau le plus tendre, ou, se tournant vers la bonne, lui adressait des conseils pour la manipulation des ragoûts et l'hygiène des assaisonnements ; il parlait arome, osmazôme, suc et gélatine d'une façon à éblouir. La tête, d'ailleurs, plus remplie de recettes que sa pharmacie ne l'était de bocaux, Homais excellait à faire quantité de confitures, vinaigres et liqueurs douces, et il connaissait aussi toutes les inventions nouvelles de caléfacteurs économiques, avec l'art de conserver les fromages et de soigner les vins malades.

À huit heures, Justin venait le chercher pour fermer la pharmacie. Alors M. Homais le regardait d'un œil narquois, surtout si Félicité se trouvait là, s'étant aperçu que son élève affectionnait la maison du médecin.

— Mon gaillard, disait-il, commence à avoir des idées, et je crois, diable m'emporte, qu'il est amoureux de votre bonne!

Mais un défaut plus grave, et qu'il lui reprochait, c'était d'écouter continuellement les conversations. Le dimanche, par exemple, on ne pouvait le faire sortir du salon, où Mme Homais l'avait appelé pour prendre les enfants, qui s'endormaient dans les fauteuils, en tirant avec leurs dos les housses de calicot, trop larges.

Il ne venait pas grand monde à ces soirées du pharmacien, sa médisance et ses opinions politiques ayant écarté de lui successivement différentes personnes respectables. Le clerc ne manquait pas de s'y trouver. Dès qu'il entendait la sonnette, il courait au-devant de Mme Bovary, prenait son châle, et posait à l'écart, sous le bureau de la pharmacie, les grosses pantoufles de lisière qu'elle portait sur sa chaussure, quand il y avait de la neige.

On faisait d'abord quelques parties de trente-et-un, ensuite M. Homais jouait à l'écarté avec Emma; Léon, derrière elle, lui donnait des avis. Debout et les mains sur le dossier de sa chaise, il regardait les dents de son peigne qui mordaient son chignon. À chaque mouvement qu'elle faisait pour jeter les cartes, sa robe du côté droit remontait. De ses cheveux retroussés, il descendait une couleur brune sur son dos, et qui, s'apâlissant graduellement, peu à peu se perdait dans l'ombre. Son vêtement, ensuite, retombait des deux côtés sur le siège, en bouffant, plein de plis, et s'étalait jusqu'à terre. Quand Léon, parfois, sentait la semelle de sa botte poser dessus, il s'écartait comme s'il eût marché sur quelqu'un.

Lorsque la partie de cartes était finie, l'apothicaire et le médecin jouaient aux dominos, et Emma, changeant de place, s'accoudait sur la table à feuilleter l'*Illustration*. Elle avait apporté son journal de modes. Léon se mettait près d'elle; ils regardaient ensemble les gravures et s'attendaient au bas des pages. Souvent elle le priait de lui dire des vers; Léon les déclamait d'une voix traînante et qu'il faisait expirer soigneusement aux passages d'amour. Mais le bruit des dominos le contrariait; M. Homais y était fort, il battait Charles à plein double-six. Puis les trois centaines terminées, ils s'allongeaient tous les deux devant le foyer et ne tardaient pas à s'endormir. Le feu se mourait dans les cendres; la théière était vide; Léon lisait encore, Emma l'écoutait, en faisant tourner machinalement l'abat-jour de la lampe, où étaient peints sur la gaze des pierrots dans des voitures et des danseuses de corde, avec leurs balanciers. Léon s'arrêtait, désignant d'un geste son auditoire endormi; alors ils se parlaient à voix basse, et la conversation qu'ils avaient leur semblait plus douce parce qu'elle n'était pas entendue.

Ainsi s'établit entre eux une sorte d'association, un commerce continuel de livres et de romances; M. Bovary, peu jaloux, ne s'en étonnait pas.

Il reçut pour sa fête une belle tête phrénologique, toute marquetée de chiffres jusqu'au thorax et peinte en bleu. C'était une attention du clerc. Il en avait bien d'autres, jusqu'à lui faire, à Rouen, ses commissions; et le livre d'un romancier ayant mis à la mode la manie des plantes grasses, Léon en achetait pour Madame, qu'il rapportait sur ses genoux, dans l'*Hirondelle*, tout en se piquant les doigts à leurs poils durs.

Elle fit ajuster, contre sa croisée, une planchette à balustrade pour tenir ses potiches. Le clerc eut aussi son jardinet suspendu; ils s'apercevaient soignant leurs fleurs à leur fenêtre.

Parmi les fenêtres du village, il y en avait une encore plus souvent occupée : car, le dimanche, depuis le matin jusqu'à la nuit, et chaque après-midi, si le temps était clair, on voyait à la lucarne d'un grenier le profil maigre de M. Binet penché sur son tour, dont le ronflement monotone s'étendait jusqu'au *Lion d'or*.

Un soir, en rentrant, Léon trouva dans sa chambre un tapis de velours et de laine avec des feuillages sur fond pâle. Il appela Mme Homais, M. Homais, Justin, les enfants, la cuisinière; il en parla à son patron; tout le monde désira connaître ce tapis; pourquoi la femme du médecin faisait-elle au clerc des *générosités?* Cela parut drôle, et l'on pensa définitivement qu'elle devait être *sa bonne amie*.

Il le donnait à croire, tant il vous entretenait sans cesse de ses charmes et de son esprit, si bien que Binet lui répondit une fois brutalement :

— Que m'importe à moi, puisque je ne suis pas de sa société !

Il se torturait à découvrir par quel moyen lui *faire sa déclaration;* et, toujours hésitant entre la crainte de lui déplaire et la honte d'être si pusillanime, il en pleurait de découragement et de désirs. Puis il prenait des décisions énergiques; il écrivait des lettres qu'il déchirait, s'ajournait à des époques qu'il reculait. Souvent il se mettait en marche, dans le projet de tout oser; mais cette résolution l'abandonnait bien vite en la présence d'Emma, et quand Charles, survenant, l'invitait à monter dans son *boc*, pour aller voir ensemble quelque malade aux environs, il acceptait aussitôt, saluait Madame et s'en allait. Son mari, n'était-ce pas quelque chose d'elle ?

Quant à Emma, elle ne s'interrogea point pour savoir si elle l'aimait. L'amour, croyait-elle, devait arriver tout à coup, avec de grands éclats et des fulgurations, — ouragan des cieux qui tombe sur la vie, la bouleverse, arrache les volontés comme des feuilles et emporte à l'abîme le cœur entier. Elle ne savait pas que, sur la terrasse des maisons, la pluie fait des lacs quand les gouttières sont bouchées, et elle fût ainsi demeurée en sa sécurité, lorsqu'elle découvrit subitement une lézarde dans le mur.

V

Ce fut un dimanche de février, une après-midi qu'il neigeait.

Ils étaient tous, M. et Mme Bovary, Homais et M. Léon, partis voir, à une demi-lieue d'Yonville, dans la vallée, une filature de lin que l'on établissait. L'apothicaire avait emmené avec lui Napoléon et Athalie, pour leur faire faire de l'exercice, et Justin les accompagnait, portant des parapluies sur son épaule.

Rien pourtant n'était moins curieux que cette curiosité. Un grand espace de terrain vide, où se trouvaient pêle-mêle, entre des tas de sable et de cailloux, quelques roues d'engrenage déjà rouillées, entourait un long bâtiment quadrangulaire que perçaient quantité de petites fenêtres. Il n'était pas achevé d'être bâti et l'on voyait le ciel à travers les lambourdes de la toiture. Attaché à la poutrelle du pignon, un bouquet de paille entremêlé d'épis faisait claquer au vent ses rubans tricolores.

Homais parlait. Il expliquait à *la compagnie* l'importance future de cet établissement, supputait la force des planchers, l'épaisseur des murailles, et regrettait beaucoup de n'avoir pas de canne métrique, comme M. Binet en possédait une pour son usage particulier.

Emma, qui lui donnait le bras, s'appuyait un peu sur son épaule, et elle regardait le disque du soleil irradiant au loin, dans la brume, sa pâleur éblouissante; mais elle tourna la tête : Charles était là. Il avait sa casquette enfoncée sur les sourcils, et ses deux grosses lèvres tremblotaient, ce qui ajoutait à son visage quelque chose de stupide; son dos même, son dos tranquille était irritant à voir, et elle y trouvait étalée sur la redingote toute la platitude du personnage.

Pendant qu'elle le considérait, goûtant ainsi dans son

irritation une sorte de volupté dépravée, Léon s'avança
d'un pas. Le froid qui le pâlissait semblait déposer sur
sa figure une langueur plus douce; entre sa cravate et
son cou, le col de sa chemise, un peu lâche, laissait voir
la peau; un bout d'oreille dépassait sous une mèche de
cheveux, et son grand œil bleu, levé vers les nuages,
parut à Emma plus limpide et plus beau que ces lacs des
montagnes où le ciel se mire.

— Malheureux! s'écria tout à coup l'apothicaire.

Et il courut à son fils, qui venait de se précipiter dans
un tas de chaux pour peindre ses souliers en blanc. Aux
reproches dont on l'accablait, Napoléon se prit à pousser
des hurlements, tandis que Justin lui essuyait ses chaus-
sures avec un torchis de paille. Mais il eût fallu un couteau; Charles lui offrit le sien.

— Ah! se dit-elle, il porte un couteau dans sa poche,
comme un paysan!

Le givre tombait, et l'on s'en retourna vers Yonville.

Mme Bovary, le soir, n'alla pas chez ses voisins, et,
quand Charles fut parti, lorsqu'elle se sentit seule, le
parallèle recommença dans la netteté d'une sensation
presque immédiate et avec cet allongement de perspective
que le souvenir donne aux objets. Regardant de son lit
le feu clair qui brûlait, elle voyait encore, comme là-bas,
Léon debout, faisant plier d'une main sa badine et tenant
de l'autre Athalie, qui suçait tranquillement un morceau
de glace. Elle le trouvait charmant; elle ne pouvait s'en
détacher; elle se rappela ses autres attitudes en d'autres
jours, des phrases qu'il avait dites, le son de sa voix,
toute sa personne; et elle répétait, en avançant ses lèvres
comme pour un baiser :

— Oui, charmant! charmant!... N'aime-t-il pas ? se
demanda-t-elle. Qui donc ?... mais c'est moi!

Toutes les preuves à la fois s'en étalèrent, son cœur
bondit. La flamme de la cheminée faisait trembler au
plafond une clarté joyeuse; elle se tourna sur le dos en
s'étirant les bras.

Alors commença l'éternelle lamentation : « Oh! si le
ciel l'avait voulu! Pourquoi n'est-ce pas ? Qui empêchait donc ?... »

Quand Charles, à minuit, rentra, elle eut l'air de s'éveiller, et, comme il fit du bruit en se déshabillant, elle
se plaignit de la migraine; puis demanda nonchalamment ce qui s'était passé dans la soirée.

— M. Léon, dit-il, est remonté de bonne heure.

Elle ne put s'empêcher de sourire, et elle s'endormit, l'âme remplie d'un enchantement nouveau.

Le lendemain, à la nuit tombante, elle reçut la visite du sieur Lheureux, marchand de nouveautés. C'était un homme habile que ce boutiquier.

Né Gascon, mais devenu Normand, il doublait sa faconde méridionale de cautèle cauchoise. Sa figure grasse, molle et sans barbe, semblait teinte par une décoction de réglisse claire, et sa chevelure blanche rendait plus vif encore l'éclat rude de ses petits yeux noirs. On ignorait ce qu'il avait été jadis : portebale, disaient les uns, banquier à Routot, selon les autres. Ce qu'il y a de sûr, c'est qu'il faisait, de tête, des calculs compliqués, à effrayer Binet lui-même. Poli jusqu'à l'obséquiosité, il se tenait toujours les reins à demi courbés, dans la position de quelqu'un qui salue ou qui invite.

Après avoir laissé à la porte son chapeau garni d'un crêpe, il posa sur la table un carton vert et commença par se plaindre à Madame, avec force civilités, d'être resté jusqu'à ce jour sans obtenir sa confiance. Une pauvre boutique comme la sienne n'était pas faite pour attirer une *élégante ;* il appuya sur le mot. Elle n'avait pourtant qu'à commander, et il se chargerait de lui fournir ce qu'elle voudrait, tant en mercerie que lingerie, bonneterie ou nouveautés; car il allait à la ville quatre fois par mois régulièrement. Il était en relation avec les plus fortes maisons. On pouvait parler de lui aux *Trois Frères*, à la *Barbe d'or* ou au *Grana Sauvage ;* tous ces messieurs le connaissaient comme leurs poches! Aujourd'hui, donc, il venait montrer à Madame, en passant, différents articles qu'il se trouvait avoir, grâce à une occasion des plus rares. Et il retira de la boîte une demi-douzaine de cols brodés.

Mme Bovary les examina.

— Je n'ai besoin de rien, dit-elle.

Alors M. Lheureux exhiba délicatement trois écharpes algériennes, plusieurs paquets d'aiguilles anglaises, une paire de pantoufles en paille et, enfin, quatre coquetiers en coco, ciselés à jour par des forçats. Puis, les deux mains sur la table, le cou tendu, la taille penchée, il suivait, bouche béante, le regard d'Emma, qui se promenait indécis parmi ces marchandises. De temps à autre, comme pour en chasser la poussière, il donnait un coup d'ongle sur la soie des écharpes, dépliées dans toute leur longueur; et elles frémissaient avec un bruit léger en faisant, à la lumière verdâtre du crépuscule, scintiller, comme de petites étoiles, les paillettes d'or de leur tissu.

— Combien coûtent-elles ?

— Une misère, répondit-il, une misère; mais rien ne presse; quand vous voudrez; nous ne sommes pas des Juifs!

Elle réfléchit quelques instants, et finit encore par remercier M. Lheureux, qui répliqua sans s'émouvoir :

— Eh bien! nous nous entendrons plus tard; avec les dames je me suis toujours arrangé, si ce n'est avec la mienne, cependant!

Emma sourit.

— C'était pour vous dire, reprit-il d'un air bonhomme, après sa plaisanterie, que ce n'est pas l'argent qui m'inquiète... Je vous en donnerais, s'il le fallait.

Elle eut un geste de surprise.

— Ah! fit-il vivement et à voix basse, je n'aurais pas besoin d'aller loin pour vous en trouver; comptez-y!

Et il se mit à demander des nouvelles du père Tellier, le maître du *Café Français*, que M. Bovary soignait alors.

— Qu'est-ce qu'il a donc, le père Tellier?... Il tousse qu'il en secoue toute sa maison, et j'ai bien peur que, prochainement, il ne lui faille plutôt un patelot de sapin qu'une camisole de flanelle! Il a fait tant de bamboches quand il était jeune! Ces gens-là, madame, n'avaient pas le moindre ordre! Il s'est calciné avec de l'eau-de-vie! Mais c'est fâcheux, tout de même, de voir une connaissance s'en aller.

Et, tandis qu'il rebouclait son carton, il discourait ainsi sur la clientèle du médecin.

— C'est le temps, sans doute, dit-il en regardant les carreaux avec une figure rechignée, qui est la cause de ces maladies-là! Moi aussi, je ne me sens pas en mon assiette; il faudra même un de ces jours que je vienne consulter Monsieur, pour une douleur que j'ai dans le dos. Enfin, au revoir, Madame Bovary; à votre disposition; serviteur très humble!

Et il referma la porte doucement.

Emma se fit servir à dîner dans sa chambre, au coin de feu, sur un plateau; elle fut longue à manger; tout lui sembla bon.

— Comme j'ai été sage! se disait-elle en songeant aux écharpes.

Elle entendit des pas dans l'escalier : c'était Léon. Elle
se leva, et prit sur la commode, parmi des torchons à
ourler, le premier de la pile. Elle semblait fort occupée
quand il parut.

La conversation fut languissante, Mme Bovary l'abandonnant à chaque minute, tandis qu'il demeurait lui-
même comme tout embarrassé. Assis sur une chaise
basse, près de la cheminée, il faisait tourner dans ses
doigts l'étui d'ivoire; elle poussait son aiguille, ou, de
temps à autre, avec son ongle, fronçait les plis de la toile.
Elle ne parlait pas; il se taisait, captivé par son silence,
comme il l'eût été par ses paroles.

— Pauvre garçon! pensait-elle.

— En quoi lui déplais-je ? se demandait-il.

Léon, cependant, finit par dire qu'il devait, un de ces
jours, aller à Rouen, pour une affaire de son étude.

— Votre abonnement de musique est terminé, dois-
je le reprendre ?

— Non, répondit-elle.

— Pourquoi ?

— Parce que...

Et, pinçant ses lèvres, elle tira lentement une longue
aiguillée de fil gris.

Cet ouvrage irritait Léon. Les doigts d'Emma semblaient s'y écorcher par le bout; il lui vint en tête une
phrase galante, mais qu'il ne risqua pas.

— Vous l'abandonnez donc ? reprit-il.

— Quoi ? dit-elle vivement, la musique ? Ah! mon
Dieu, oui! N'ai-je pas ma maison à tenir, mon mari à
soigner, mille choses enfin, bien des devoirs qui passent
auparavant ?

Elle regarda la pendule. Charles était en retard. Alors
elle fit la soucieuse. Deux ou trois fois elle répéta :

— Il est si bon!

Le clerc affectionnait M. Bovary. Mais cette tendresse
à son endroit l'étonna d'une façon désagréable; néanmoins il continua son éloge, qu'il entendait faire à chacun, disait-il, et surtout au pharmacien.

— Ah! c'est un brave homme, reprit Emma.

— Certes, reprit le clerc.

Et il se mit à parler de Mme Homais, dont la tenue
fort négligée leur prêtait à rire ordinairement.

— Qu'est-ce que cela fait ? interrompit Emma. Une
bonne mère de famille ne s'inquiète pas de sa toilette.

Puis elle retomba dans son silence.

Il en fut de même les jours suivants; ses discours, ses manières, tout changea. On la vit prendre à cœur son ménage, retourner à l'église régulièrement et tenir sa servante avec plus de sévérité.

Elle retira Berthe de nourrice. Félicité l'amenait quand il venait des visites, et Mme Bovary la déshabillait afin de faire voir ses membres. Elle déclarait adorer les enfants; c'était sa consolation, sa joie, sa folie, et elle accompagnait ses caresses d'expansions lyriques, qui, à d'autres qu'à des Yonvillais, eussent rappelé la Sachette de *Notre-Dame de Paris*.

Quand Charles rentrait, il trouvait auprès des cendres ses pantoufles à chauffer. Ses gilets maintenant ne manquaient plus de doublure, ni ses chemises de boutons, et même il y avait plaisir à considérer dans l'armoire tous les bonnets de coton rangés par piles égales. Elle ne rechignait plus, comme autrefois, à faire des tours dans le jardin; ce qu'il proposait était toujours consenti, bien qu'elle ne devinât pas les volontés auxquelles elle se soumettait sans un murmure; — et lorsque Léon le voyait au coin du feu, après le dîner, les deux mains sur son ventre, les deux pieds sur les chenets, la joue rougie par la digestion, les yeux humides de bonheur, avec l'enfant qui se traînait sur le tapis, et cette femme à taille mince qui, par-dessus le dossier du fauteuil, venait le baiser au front:

— Quelle folie! se disait-il, et comment arriver jusqu'à elle?

Elle lui parut donc si vertueuse et inaccessible que toute espérance, même la plus vague, l'abandonna.

Mais, par ce renoncement, il la plaçait en des conditions extraordinaires. Elle se dégagea, pour lui, des qualités charnelles dont il n'avait rien à obtenir; et elle alla, dans son cœur, montant toujours et s'en détachant à la manière magnifique d'une apothéose qui s'envole. C'était un de ces sentiments purs qui n'embarrassent pas l'exercice de la vie, que l'on cultive parce qu'ils sont rares, et dont la perte affligerait plus que la possession n'est réjouissante.

Emma maigrit, ses joues pâlirent, sa figure s'allongea. Avec ses bandeaux noirs, ses grands yeux, son nez droit, sa démarche d'oiseau, et toujours silencieuse maintenant, ne semblait-elle pas traverser l'existence en y touchant à peine, et porter au front la vague empreinte de quelque prédestination sublime? Elle était si triste et si calme,

si douce à la fois et si réservée, que l'on se sentait près
d'elle pris par un charme glacial, comme l'on frissonne
dans les églises sous le parfum des fleurs mêlé au froid
des marbres. Les autres même n'échappaient point à
cette séduction. Le pharmacien disait :

— C'est une femme de grands moyens et qui ne serait
pas déplacée dans une sous-préfecture.

Les bourgeoises admiraient son économie, les clients
sa politesse, les pauvres sa charité.

Mais elle était pleine de convoitises, de rage, de haine.
Cette robe aux plis droits cachait un cœur bouleversé,
et ces lèvres si pudiques n'en racontaient pas la tourmente.
Elle était amoureuse de Léon, et elle recherchait la solitude, afin de pouvoir plus à l'aise se délecter en son image.
La vue de sa personne troublait la volupté de cette méditation. Emma palpitait au bruit de ses pas : puis, en sa
présence, l'émotion tombait, et il ne lui restait ensuite
qu'un immense étonnement qui se finissait en tristesse.

Léon ne savait pas, lorsqu'il sortait de chez elle désespéré, qu'elle se levait derrière lui, afin de le voir dans la
rue. Elle s'inquiétait de ses démarches ; elle épiait son
visage ; elle inventa toute une histoire pour trouver
prétexte à visiter sa chambre. La femme du pharmacien
lui semblait bien heureuse de dormir sous le même toit ;
et ses pensées continuellement s'abattaient sur cette
maison, comme les pigeons du *Lion d'or* qui venaient
tremper là, dans les gouttières, leurs pattes roses et
leurs ailes blanches. Mais plus Emma s'apercevait de
son amour, plus elle le refoulait, afin qu'il ne parût pas,
et pour le diminuer. Elle aurait voulu que Léon s'en
doutât ; et elle imaginait des hasards, des catastrophes
qui l'eussent facilité. Ce qui la retenait, sans doute, c'était
la paresse ou l'épouvante, et la pudeur aussi. Elle songeait qu'elle l'avait repoussé trop loin, qu'il n'était plus
temps, que tout était perdu. Puis l'orgueil, la joie de se
dire : « Je suis vertueuse », et de se regarder dans la glace
en prenant des poses résignées, la consolait un peu du
sacrifice qu'elle croyait faire.

Alors, les appétits de la chair, les convoitises d'argent
et les mélancolies de la passion, tout se confondit dans
une même souffrance ; — et au lieu d'en détourner sa
pensée, elle l'y attachait davantage, s'excitant à la douleur et en cherchant partout les occasions. Elle s'irritait d'un plat mal servi ou d'une porte entre-bâillée,
gémissait du velours qu'elle n'avait pas, du bonheur

qui lui manquait, de ses rêves trop hauts, de sa maison trop étroite.

Ce qui l'exaspérait, c'est que Charles n'avait pas l'air de se douter de son supplice. La conviction où il était de la rendre heureuse lui semblait une insulte imbécile et sa sécurité là-dessus, de l'ingratitude. Pour qui donc était-elle sage ? N'était-il pas, lui, l'obstacle à toute félicité, la cause de toute misère, et comme l'ardillon pointu de cette courroie complexe qui la bouclait de tous côtés ?

Donc, elle reporta sur lui seul la haine nombreuse qui résultait de ses ennuis, et chaque effort pour l'amoindrir ne servait qu'à l'augmenter ; car cette peine inutile s'ajoutait aux autres motifs de désespoir et contribuait encore plus à l'écartement. Sa propre douceur à elle-même lui donnait des rébellions. La médiocrité domestique la poussait à des fantaisies luxueuses, la tendresse matrimoniale en des désirs adultères. Elle aurait voulu que Charles la battît, pour pouvoir plus justement le détester, s'en venger. Elle s'étonnait parfois des conjectures atroces qui lui arrivaient à la pensée ; et il fallait continuer à sourire, s'entendre répéter qu'elle était heureuse, faire semblant de l'être, le laisser croire ?

Elle avait des dégoûts, cependant, de cette hypocrisie. Des tentations la prenaient de s'enfuir avec Léon, quelque part, bien loin, pour essayer une destinée nouvelle ; mais aussitôt il s'ouvrait dans son âme un gouffre vague, plein d'obscurité.

— D'ailleurs, il ne m'aime plus, pensait-elle ; que devenir ? quel secours attendre, quelle consolation, quel allégement ?

Elle restait brisée, haletante, inerte, sanglotant à voix basse et avec des larmes qui coulaient.

— Pourquoi ne point le dire à Monsieur ? lui demandait la domestique, lorsqu'elle entrait pendant ces crises.

— Ce sont les nerfs, répondait Emma ; ne lui en parle pas, tu l'affligerais.

— Ah ! oui, reprenait Félicité, vous êtes justement comme la Guérine, la fille au père Guérin, le pêcheur du Pollet, que j'ai connue à Dieppe, avant de venir chez vous. Elle était si triste, si triste, qu'à la voir debout sur le seuil de sa maison, elle vous faisait l'effet d'un drap d'enterrement tendu devant la porte. Son mal, à ce qu'il paraît, était une manière de brouillard qu'elle avait dans la tête, et les médecins n'y pouvaient rien, ni le curé non plus. Quand ça la prenait trop fort, elle s'en allait toute seule sur le bord de la mer, si bien que le lieutenant de la douane, en faisant sa tournée, souvent la trouvait étendue à plat ventre et pleurant sur les galets. Puis, après son mariage, ça lui a passé, dit-on.

— Mais moi, reprenait Emma, c'est après le mariage que ça m'est venu.

VI

Un soir que la fenêtre était ouverte, et que, assise au bord, elle venait de regarder Lestiboudois, le bedeau, qui taillait le buis, elle entendit tout à coup sonner l'*Angelus*.

On était au commencement d'avril, quand les primevères sont écloses; un vent tiède se roule sur les plates-bandes labourées, et les jardins, comme des femmes, semblent faire leur toilette pour les fêtes de l'été. Par les barreaux de la tonnelle et au delà tout alentour, on voyait la rivière dans la prairie, où elle dessinait sur l'herbe des sinuosités vagabondes. La vapeur du soir passait entre les peupliers sans feuilles, estompant leurs contours d'une teinte violette, plus pâle et plus transparente qu'une gaze subtile arrêtée sur leurs branchages. Au loin, des bestiaux marchaient; on n'entendait ni leurs pas, ni leurs mugissements; et la cloche, sonnant toujours, continuait dans les airs sa lamentation pacifique.

A ce tintement répété, la pensée de la jeune femme s'égarait dans ses vieux souvenirs de jeunesse et de pension. Elle se rappela les grands chandeliers, qui dépassaient sur l'autel les vases pleins de fleurs et le tabernacle à colonnettes. Elle aurait voulu, comme autrefois, être encore confondue dans la longue ligne des voiles blancs, que marquaient de noir çà et là les capuchons raides des bonnes sœurs inclinées sur leur prie-Dieu; le dimanche, à la messe, quand elle relevait sa tête, elle apercevait le doux visage de la Vierge, parmi les tourbillons bleuâtres de l'encens qui montait. Alors un attendrissement la saisit : elle se sentit molle et tout abandonnée comme un duvet d'oiseau qui tournoie dans la tempête; et ce fut sans en avoir conscience qu'elle s'achemina vers l'église, disposée à n'importe quelle dévotion, pourvu qu'elle y courbât son âme et que l'existence entière y disparût.

Elle rencontra, sur la place, Lestiboudois, qui s'en revenait; car, pour ne pas rogner la journée, il préférait interrompre sa besogne, puis la reprendre, si bien qu'il tintait l'*Angelus* selon sa commodité. D'ailleurs, la sonnerie, faite plus tôt, avertissait les gamins de l'heure du catéchisme.

Déjà quelques-uns, qui se trouvaient arrivés, jouaient aux billes sur les dalles du cimetière. D'autres, à califourchon sur le mur, agitaient leurs jambes, en fauchant avec leurs sabots les grandes orties poussées entre la petite enceinte et les dernières tombes. C'était la seule place qui fût verte; tout le reste n'était que pierres, et couvert continuellement d'une poudre fine, malgré le balai de la sacristie.

Les enfants en chaussons couraient là comme sur un parquet fait pour eux, et on entendait les éclats de leurs voix à travers le bourdonnement de la cloche. Il diminuait avec les oscillations de la grosse corde qui, tombant des hauteurs du clocher, traînait à terre par le bout. Des hirondelles passaient en poussant de petits cris, coupaient l'air au tranchant de leur envol, et rentraient vite dans leurs nids jaunes sous les tuiles du larmier. Au fond de l'église, une lampe brûlait, c'est-à-dire une mèche de veilleuse dans un verre suspendu. Sa lumière, de loin, semblait une tache blanchâtre qui tremblait sur l'huile. Un long rayon de soleil traversait toute la nef et rendait plus sombres encore les bas-côtés et les angles.

— Où est le curé ? demanda Mme Bovary à un jeune garçon qui s'amusait à secouer le tourniquet dans son trou trop lâche.

— Il va venir, répondit-il.

En effet, la porte du presbytère grinça, l'abbé Bournisien parut; les enfants, pêle-mêle, s'enfuirent dans l'église.

— Ces polissons-là! murmura l'ecclésiastique, toujours les mêmes!

Et, ramassant un catéchisme en lambeaux qu'il venait de heurter avec son pied :

— Ça ne respecte rien!

Mais, dès qu'il aperçut Mme Bovary :

— Excusez-moi, dit-il, je ne vous remettais pas.

Il fourra le catéchisme dans sa poche et s'arrêta, continuant à balancer entre deux doigts la lourde clef de la sacristie.

La lueur du soleil couchant, qui frappait en plein son visage, pâlissait le lasting de sa soutane, luisante sous les coudes, effiloquée par le bas. Des taches de graisse et de tabac suivaient sur sa poitrine large la ligne des petits boutons, et elles devenaient plus nombreuses en s'écartant de son rabat, où reposaient les plis abondants de sa peau rouge; elle était semée de macules jaunes qui disparaissaient dans les poils rudes de sa barbe grisonnante. Il venait de dîner et respirait bruyamment.

— Comment vous portez-vous ? ajouta-t-il.

— Mal, répondit Emma; je souffre.

— Eh bien! moi aussi, reprit l'ecclésiastique. Ces premières chaleurs, n'est-ce pas, vous amollissent étonnamment ? Enfin, que voulez-vous! nous sommes nés pour souffrir, comme dit saint Paul. Mais M. Bovary, qu'est-ce qu'il en pense ?

— Lui! fit-elle avec un geste de dédain.

— Quoi! répliqua le bonhomme tout étonné, il ne vous ordonne pas quelque chose ?

— Ah! dit Emma, ce ne sont pas les remèdes de la terre qu'il me faudrait.

Mais le curé, de temps à autre, regardait dans l'église, où tous les gamins agenouillés se poussaient de l'épaule, et tombaient comme des capucins de cartes.

— Je voudrais savoir..., reprit-elle.

— Attends, attends, Riboudet, cria l'ecclésiastique d'une voix colère, je m'en vas aller te chauffer les oreilles, mauvais galopin!

Puis se tournant vers Emma :

— C'est le fils de Boudet le charpentier; ses parents sont à leur aise et lui laissent faire ses fantaisies. Pourtant il apprendrait vite, s'il le voulait, car il est plein d'esprit. Et moi, quelquefois, par plaisanterie, je l'appelle donc Riboudet (comme la côte que l'on prend pour aller à Maromme), et je dis même : mon Riboudet. Ah! ah! Mont-Riboudet! L'autre jour, j'ai rapporté ce mot-là à Monseigneur, qui en a ri... il a daigné en rire. — Et M. Bovary, comment va-t-il ?

Elle semblait ne pas entendre. Il continua :

— Toujours fort occupé, sans doute ? Car nous sommes certainement, lui et moi, les deux personnes de la paroisse qui avons le plus à faire. Mais lui, il est le médecin des corps, ajouta-t-il avec un rire épais, et moi, je le suis des âmes!

Elle fixa sur le prêtre des yeux suppliants :

— Oui..., dit-elle, vous soulagez toutes les misères.

— Ah! ne m'en parlez pas, madame Bovary! Ce matin
même, il a fallu que j'aille dans le Bas-Diauville pour
une vache qui avait l'*enfle ;* ils croyaient que c'était un
sort. Toutes leurs vaches, je ne sais comment... Mais,
pardon! Longuemarre et Boudet! sac à papier! voulez-
vous bien finir!

Et, d'un bond, il s'élança dans l'église.

Les gamins, alors, se pressaient autour du grand pupitre, grimpaient sur le tabouret du chantre, ouvraient le
missel; et d'autres, à pas de loup, allaient se hasarder
bientôt jusque dans le confessionnal. Mais le curé, soudain, distribua sur tous une grêle de soufflets. Les prenant par le collet de la veste, il les enlevait de terre et
les reposait à deux genoux sur les pavés du chœur, fortement, comme s'il eût voulu les y planter.

— Allez, dit-il quand il fut revenu près d'Emma, et
en déployant son large mouchoir d'indienne, dont il
mit un angle entre ses dents, les cultivateurs sont bien à
plaindre!

— Il y en a d'autres, répondit-elle.

— Assurément! les ouvriers des villes, par exemple.

— Ce ne sont pas eux...

— Pardonnez-moi! j'ai connu là de pauvres mères de
famille, des femmes vertueuses, je vous assure, de véri-
tables saintes, qui manquaient même de pain.

— Mais celles, reprit Emma (et les coins de sa bouche
se tordaient en parlant), celles, monsieur le curé, qui ont
du pain, et qui n'ont pas...

— De feu l'hiver, dit le prêtre.

— Eh! qu'importe ?

— Comment! qu'importe ? Il me semble, à moi,
que lorsqu'on est bien chauffé, bien nourri..., car,
enfin...

— Mon Dieu! mon Dieu! soupirait-elle.

— Vous vous trouvez gênée ? fit-il, en s'avançant
d'un air inquiet; c'est la digestion, sans doute ? il faut
rentrer chez vous, madame Bovary, boire un peu de thé;
ça vous fortifiera; ou bien un verre d'eau fraîche avec
de la cassonade.

— Pourquoi?

Et elle avait l'air de quelqu'un qui se réveille d'un
songe.

— C'est que vous passiez la main sur votre front. J'ai
cru qu'un étourdissement vous prenait.

Puis se ravisant :

— Mais vous me demandiez quelque chose ? Qu'est-ce donc ? Je ne sais plus.

— Moi ? Rien..., rien..., répétait Emma.

Et son regard, qu'elle promenait autour d'elle, s'abaissa lentement sur le vieillard à soutane. Ils se considéraient tous les deux, face à face, sans parler.

— Alors, madame Bovary, dit-il enfin, faites excuse, mais le devoir avant tout, vous savez; il faut que j'expédie mes garnements. Voilà les premières communions qui vont venir. Nous serons encore surpris, j'en ai peur! Aussi, à partir de l'Ascension, je les tiens *recta* tous les mercredis une heure de plus. Ces pauvres enfants! on ne saurait les diriger trop tôt dans la voie du Seigneur, comme, du reste, il nous l'a recommandé lui-même par la bouche de son divin Fils... Bonne santé, madame; mes respects à monsieur votre mari.

Et il entra dans l'église, en faisant, dès la porte, une génuflexion.

Emma le vit qui disparaissait entre la double ligne de bancs, marchant à pas lourds, la tête un peu penchée sur l'épaule, et avec ses deux mains entr'ouvertes, qu'il portait en dehors.

Puis elle tourna sur ses talons, tout d'un bloc, comme une statue sur un pivot, et prit le chemin de sa maison. Mais la grosse voix du curé, la voix claire des gamins arrivaient encore à son oreille et continuaient derrière elle :

— Etes-vous chrétien ?

— Oui, je suis chrétien.

— Qu'est-ce qu'un chrétien ?

— C'est celui qui, étant baptisé..., baptisé..., baptisé.

Elle monta les marches de son escalier en se tenant à la rampe, et, quand elle fut dans sa chambre, se laissa tomber dans un fauteuil.

Le jour blanchâtre des carreaux s'abaissait doucement avec des ondulations. Les meubles à leur place semblaient devenus plus immobiles et se perdre dans l'ombre comme dans un océan ténébreux. La cheminée était éteinte, la pendule battait toujours, et Emma vaguement s'ébahissait à ce calme des choses, tandis qu'il y avait en elle-même tant de bouleversements. Mais, entre la fenêtre et la table à ouvrage, la petite Berthe était là, qui chancelait sur ses bottines de tricot et essayait de se rapprocher de sa mère pour lui saisir, par le bout, les rubans de son tablier.

— Laisse-moi! dit celle-ci en l'écartant avec la main.

La petite fille bientôt revint plus près encore contre ses genoux; et, s'y appuyant des bras, elle levait vers elle son gros œil bleu, pendant qu'un filet de salive pure découlait de sa lèvre sur la soie du tablier.

— Laisse-moi! répéta la jeune femme tout irritée.

Sa figure épouvanta l'enfant, qui se mit à crier.

— Eh! laisse-moi donc! fit-elle en la repoussant du coude.

Berthe alla tomber au pied de la commode, contre la patère de cuivre; elle s'y coupa la joue, le sang sortit. Mme Bovary se précipita pour la relever, cassa le cordon de la sonnette, appela la servante de toutes ses forces, et elle allait commencer à se maudire, lorsque Charles parut. C'était l'heure du dîner, il rentrait.

— Regarde donc, cher ami, lui dit Emma d'une voix tranquille : voilà la petite qui, en jouant, vient de se blesser par terre.

Charles la rassura, le cas n'était point grave, et il alla chercher du diachylum.

Mme Bovary ne descendit pas dans la salle; elle voulut demeurer seule à garder son enfant. Alors, en la contemplant dormir, ce qu'elle conservait d'inquiétude se dissipa par degrés, et elle se parut à elle-même bien sotte et bien bonne de s'être troublée tout à l'heure pour si peu de chose. Berthe, en effet, ne sanglotait plus. Sa respiration, maintenant, soulevait insensiblement la couverture de coton. De grosses larmes s'arrêtaient au coin de ses paupières à demi-closes, qui laissaient voir entre les cils deux prunelles pâles, enfoncées; le sparadrap, collé sur sa joue, en tirait obliquement la peau tendue.

— C'est une chose étrange, pensait Emma, comme cette enfant est laide!

Quand Charles, à onze heures du soir, revint de la pharmacie (où il avait été remettre, après le dîner, ce qui lui restait du diachylum), il trouva sa femme debout auprès du berceau.

— Puisque je t'assure que ce ne sera rien, dit-il en la baisant au front; ne te tourmente pas, pauvre chérie, tu te rendras malade!

Il était resté longtemps chez l'apothicaire. Bien qu'il ne s'y fût pas montré fort ému, M. Homais, néanmoins, s'était efforcé de le raffermir, de lui *remonter le moral*. Alors on avait causé des dangers divers qui menaçaient l'enfance et de l'étourderie des domestiques.

Mme Homais en savait quelque chose, ayant encore sur
la poitrine les marques d'une écuellée de braise qu'une
cuisinière, autrefois, avait laissée tomber dans son sarrau.
Aussi ses bons parents prenaient-ils quantité de précautions. Les couteaux jamais n'étaient affilés, ni les appartements cirés. Il y avait aux fenêtres des grilles en fer
et aux chambranles de fortes barres. Les petits Homais,
malgré leur indépendance, ne pouvaient remuer sans un
surveillant derrière eux; au moindre rhume, leur père
les bourrait de pectoraux, et jusqu'à plus de quatre ans
ils portaient tous, impitoyablement, des bourrelets mate-
lassés. C'était, il est vrai, une manie de Mme Homais;
son époux en était intérieurement affligé, redoutant
pour les organes de l'intellect les résultats possibles
d'une pareille compression, et il s'échappait jusqu'à lui
dire :

— Tu prétends donc en faire des Caraïbes ou des
Botocudos ?

Charles, cependant, avait essayé plusieurs fois d'interrompre la conversation.

— J'aurais à vous entretenir, avait-il soufflé bas à
l'oreille du clerc, qui se mit à marcher devant lui dans
l'escalier.

— Se douterait-il de quelque chose ? se demandait
Léon. Il avait des battements de cœur et se perdait en
conjectures.

Enfin Charles, ayant fermé la porte, le pria de voir
lui-même à Rouen quels pouvaient être les prix d'un
beau daguerréotype; c'était une surprise sentimentale
qu'il réservait à sa femme, une attention fine, son portrait
en habit noir. Mais il voulait auparavant *savoir à quoi
s'en tenir ;* ces démarches ne devaient pas embarrasser
M. Léon, puisqu'il allait à la ville toutes les semaines,
à peu près.

Dans quel but ? Homais soupçonnait là-dessous
quelque *histoire de jeune homme*, une intrigue. Mais il se
trompait; Léon ne poursuivait aucune amourette. Plus
que jamais il était triste, et Mme Lefrançois s'en apercevait bien à la quantité de nourriture qu'il laissait maintenant sur son assiette. Pour en savoir plus long, elle
interrogea le percepteur; Binet répliqua, d'un ton rogue,
qu'il n'était *point payé par la police*.

Son camarade, toutefois, lui paraissait fort singulier;
car souvent Léon se renversait sur sa chaise en écartant
les bras et se plaignait vaguement de l'existence.

— C'est que vous ne prenez point assez de distractions, disait le percepteur.

— Lesquelles ?

— Moi, à votre place, j'aurais un tour!

— Mais je ne sais pas tourner, répondit le clerc.

— Oh! c'est vrai! faisait l'autre en caressant sa
mâchoire, avec un air de dédain mêlé de satisfaction.

Léon était las d'aimer sans résultat; puis il commençait à sentir cet accablement que vous cause la répétition
de la même vie, lorsque aucun intérêt ne la dirige et
qu'aucune espérance ne la soutient. Il était si ennuyé
d'Yonville et des Yonvillais, que la vue de certaines gens,
de certaines maisons l'irritait à n'y pouvoir tenir; et le
pharmacien, tout bonhomme qu'il était, lui devenait
complètement insupportable. Cependant, la perspective
d'une situation nouvelle l'effrayait autant qu'elle le
séduisait.

Cette appréhension se tourna vite en impatience, et
Paris alors agita pour lui, dans le lointain, la fanfare
de ses bals masqués avec le rire de ses grisettes. Puisqu'il devait y terminer son droit, pourquoi ne partait-il
pas ? Qui l'empêchait ? Et il se mit à faire des préparatifs
intérieurs; il arrangea d'avance ses occupations. Il se
meubla, dans sa tête, un appartement. Il y mènerait une
vie d'artiste! Il y prendrait des leçons de guitare! Il
aurait une robe de chambre, un béret basque, des pantoufles de velours bleu! Et même il admirait déjà sur sa
cheminée deux fleurets en sautoir, avec une tête de mort
et la guitare au-dessus.

La chose difficile était le consentement de sa mère;
rien pourtant ne paraissait plus raisonnable. Son patron
même l'engageait à visiter une autre étude, où il pût
se développer davantage. Prenant donc un parti moyen,
Léon chercha quelque place de second clerc à Rouen,
n'en trouva pas; il écrivit enfin à sa mère une longue
lettre détaillée, où il exposait les raisons d'aller habiter
Paris immédiatement. Elle y consentit.

Il ne se hâta point. Chaque jour, durant tout un mois,
Hivert transporta pour lui d'Yonville à Rouen, de Rouen
à Yonville, des coffres, des valises, des paquets; et, quand
Léon eut remonté sa garde-robe, fait rembourrer ses
trois fauteuils, acheté une provision de foulards, pris, en
un mot, plus de dispositions que pour un voyage autour
du monde, il ajourna de semaine en semaine, jusqu'à ce
qu'il reçût une seconde lettre maternelle où on le pres-

sait de partir, puisqu'il désirait, avant les vacances, passer son examen.

Lorsque le moment fut venu des embrassades, Mme Homais pleura; Justin sanglotait; Homais, en homme fort, dissimula son émotion; il voulait lui-même porter le paletot de son ami jusqu'à la grille du notaire, qui emmenait Léon à Rouen dans sa voiture. Ce dernier avait juste le temps de faire ses adieux à M. Bovary.

Quand il fut au haut de l'escalier, il s'arrêta, tant il se sentait hors d'haleine. A son entrée, Mme Bovary se leva vivement.

— C'est encore moi! dit Léon.

— J'en étais sûre!

Elle se mordit les lèvres, et un flot de sang lui courut sous la peau, qui se colora tout en rose, depuis la racine des cheveux jusqu'au bord de sa collerette. Elle restait debout, s'appuyant de l'épaule contre la boiserie.

— Monsieur n'est donc pas là ? reprit-il.

— Il est absent.

Elle répéta :

— Il est absent.

Alors il y eut un silence. Ils se regardèrent; et leurs pensées, confondues dans la même angoisse, s'étreignaient étroitement, comme deux poitrines palpitantes.

— Je voudrais bien embrasser Berthe, dit Léon.

Emma descendit quelques marches et elle appela Félicité.

Il jeta vite autour de lui un large coup d'œil qui s'étala sur les murs, les étagères, la cheminée, comme pour pénétrer tout, emporter tout.

Mais elle rentra, et la servante amena Berthe, qui secouait au bout d'une ficelle un moulin à vent, la tête en bas.

Léon la baisa sur le cou à plusieurs reprises.

— Adieu, pauvre enfant! adieu, chère petite, adieu! Et il la remit à sa mère.

— Emmenez-la, dit celle-ci.

Ils restèrent seuls.

Mme Bovary, le dos tourné, avait la figure posée contre un carreau; Léon tenait sa casquette à la main et la battait doucement le long de sa cuisse.

— Il va pleuvoir, dit Emma.

— J'ai un manteau, répondit-il.

— Ah!

Elle se détourna, le menton baissé et le front en avant.

La lumière y glissait comme sur un marbre, jusqu'à la courbe des sourcils, sans que l'on pût savoir ce qu'Emma regardait à l'horizon, ni ce qu'elle pensait au fond d'elle-même.

— Allons, adieu! soupira-t-il.

Elle releva sa tête d'un mouvement brusque :

— Oui, adieu... partez!

Ils s'avancèrent l'un vers l'autre : il tendit la main, elle hésita.

— A l'anglaise donc, fit-elle, abandonnant la sienne, tout en s'efforçant de rire.

Léon la sentit entre ses doigts, et la substance même de tout son être lui semblait descendre dans cette paume humide.

Puis il ouvrit la main; leurs yeux se rencontrèrent encore, et il disparut.

Quand il fut sous les halles, il s'arrêta, et il se cacha derrière un pilier, afin de contempler une dernière fois cette maison blanche avec ses quatre jalousies vertes. Il crut voir une ombre derrière la fenêtre, dans la chambre; mais le rideau, se décrochant de la patère comme si personne n'y touchait, remua lentement ses longs plis obliques, qui d'un seul bond s'étalèrent tous, et il resta droit, plus immobile qu'un mur de plâtre. Léon se mit à courir.

Il aperçut de loin, sur la route, le cabriolet de son patron, et à côté un homme en serpillière qui tenait le cheval. Homais et M. Guillaumin causaient ensemble. On l'attendait.

— Embrassez-moi, dit l'apothicaire, les larmes aux yeux. Voilà votre paletot, mon bon ami, prenez garde au froid! Soignez-vous! ménagez-vous!

— Allons, Léon, en voiture! dit le notaire.

Homais se pencha sur le garde-crotte et, d'une voix entrecoupée par les sanglots, laissa tomber ces deux mots tristes :

— Bon voyage!

— Bonsoir, répondit M. Guillaumin. Lâchez tout!

Ils partirent, et Homais s'en retourna.

Mme Bovary avait ouvert sa fenêtre sur le jardin, et elle regardait les nuages.

Ils s'amoncelaient au couchant, du côté de Rouen, et roulaient vite leurs volutes noires, d'où dépassaient par derrière les grandes lignes du soleil, comme les flèches d'or d'un trophée suspendu, tandis que le reste du ciel vide avait la blancheur d'une porcelaine. Mais une rafale de vent fit se courber les peupliers, et tout à coup la pluie tomba; elle crépitait sur les feuilles vertes. Puis le soleil reparut, les poules chantèrent; des moineaux battaient des ailes dans les buissons humides, et les flaques d'eau sur le sable emportaient en s'écoulant les fleurs roses d'un acacia.

— Ah! qu'il doit être loin déjà! pensa-t-elle.

M. Homais, comme de coutume, vint à six heures et demie, pendant le dîner,

— Eh bien! dit-il en s'asseyant, nous avons donc tantôt embarqué notre jeune homme?

— Il paraît! répondit le médecin.

Puis, se tournant sur sa chaise :

— Et quoi de neuf chez vous?

— Pas grand'chose. Ma femme, seulement, a été cette après-midi un peu émue. Vous savez, les femmes, un rien les trouble! la mienne surtout! Et l'on aurait tort de se révolter là contre, puisque leur organisation nerveuse est beaucoup plus malléable que la nôtre.

— Ce pauvre Léon! disait Charles, comment va-t-il vivre à Paris...! S'y accoutumera-t-il?

Mme Bovary soupira.

— Allons donc! dit le pharmacien en claquant de la langue, les parties fines chez le traiteur! les bals masqués! le champagne! tout cela va rouler, je vous assure.

— Je ne crois pas qu'il se dérange, objecta Bovary.

— Ni moi! reprit M. Homais, quoiqu'il lui faudra pourtant suivre les autres, au risque de passer pour un jésuite. Et vous ne savez pas la vie que mènent ces farceurs-là, dans le quartier Latin, avec les actrices! Du reste, les étudiants sont fort bien vus à Paris. Pour peu qu'ils aient quelque talent d'agrément, on les reçoit dans les meilleures sociétés, et il y a même des dames du faubourg Saint-Germain qui en deviennent amoureuses, ce qui leur fournit, par la suite, les occasions de faire de très beaux mariages.

— Mais, dit le médecin, j'ai peur pour lui que... là-bas...

— Vous avez raison, interrompit l'apothicaire, c'est le revers de la médaille! et l'on y est obligé continuellement d'avoir la main posée sur son gousset. Ainsi, vous êtes dans un jardin public, je suppose; un quidam se présente, bien mis, décoré même, et qu'on prendrait

pour un diplomate; il vous aborde : vous causez; il
s'insinue, vous offre une prise ou vous ramasse votre
chapeau. Puis on se lie davantage; il vous mène au café,
vous invite à venir dans sa maison de campagne, vous
fait faire, entre deux vins, toutes sortes de connaissances,
et, les trois quarts du temps, ce n'est que pour flibuster
votre bourse ou vous entraîner en des démarches perni-
cieuses.

— C'est vrai, répondit Charles; mais je pensais surtout aux maladies, à la fièvre typhoïde, par exemple, qui
attaque les étudiants de la province.

Emma tressaillit.

— A cause du changement de régime, continua le pharmacien, et de la perturbation qui en résulte dans l'économie générale. Et puis, l'eau de Paris, voyez-vous! les
mets des restaurateurs, toutes ces nourritures épicées
finissent par vous échauffer le sang et ne valent pas, quoi
qu'on en dise, un bon pot-au-feu. J'ai toujours, quant à
moi, préféré la cuisine bourgeoise : c'est plus sain!
Aussi, lorsque j'étudiais à Rouen la pharmacie, je m'étais
mis en pension dans une pension; je mangeais avec les
professeurs.

Et il continua donc à exposer ses opinions générales
et ses sympathies personnelles, jusqu'au moment où
Justin vint le chercher pour un lait de poule qu'il fallait
faire.

— Pas un instant de répit! s'écria-t-il, toujours à la
chaîne! Je ne peux sortir une minute! Il faut, comme un
cheval de labour, être à suer sang et eau! Quel collier
de misère!

Puis, quand il fut sur la porte :

— A propos, dit-il, savez-vous la nouvelle?

— Quoi donc?

— C'est qu'il est fort probable, reprit Homais, en
dressant ses sourcils et en prenant une figure des plus
sérieuses, que les comices agricoles de la Seine-Inférieure se tiendront cette année à Yonville-l'Abbaye. Le
bruit, du moins, en circule. Ce matin, le journal en touchait quelque chose. Ce serait, pour notre arrondissement, de la dernière importance! Mais nous en causerons
plus tard. J'y vois, je vous remercie; Justin a la lanterne.

VII

Le lendemain fut, pour Emma, une journée funèbre. Tout lui parut enveloppé par une atmosphère noire qui flottait confusément sur l'extérieur des choses; et le chagrin s'engouffrait dans son âme avec des hurlements doux, comme fait le vent d'hiver dans les châteaux abandonnés. C'était cette rêverie que l'on a sur ce qui ne reviendra plus, la lassitude qui vous prend après chaque fait accompli, cette douleur, enfin, que vous apportent l'interruption de tout mouvement accoutumé, la cessation brusque d'une vibration prolongée.

Comme au retour de la Vaubyessard, quand les quadrilles tourbillonnaient dans sa tête, elle avait une mélancolie morne, un désespoir engourdi. Léon réapparaissait plus grand, plus beau, plus suave, plus vague; quoiqu'il fût séparé d'elle, il ne l'avait pas quittée; il était là, et les murailles de la maison semblaient garder son ombre. Elle ne pouvait détacher sa vue de ce tapis où il avait marché, de ces meubles vides où il s'était assis. La rivière coulait toujours, et poussait lentement ses petits flots le long de la berge glissante. Ils s'y étaient promenés bien des fois, à ce même murmure des ondes, sur les cailloux couverts de mousse. Quels bons soleils ils avaient eus! Quelles bonnes après-midi, seuls, à l'ombre, dans le fond du jardin! Il lisait tout haut, tête nue, posé sur un tabouret de bâtons secs; le vent frais de la prairie faisait trembler les pages du livre et les capucines de la tonnelle... Ah! il était parti, le seul charme de sa vie, le seul espoir possible d'une félicité! Comment n'avait-elle pas saisi ce bonheur-là, quand il se présentait! Pourquoi ne l'avoir pas retenu à deux mains, à deux genoux, quand il voulait s'enfuir? Et elle se maudit de n'avoir pas aimé Léon; elle eut soif de ses lèvres. L'envie la prit de courir le rejoindre, de se jeter dans ses bras, de lui dire : « C'est moi, je suis à toi! » Mais Emma s'embarrassait d'avance aux difficultés de l'entreprise, et ses désirs, s'augmentant d'un regret, n'en devenaient que plus actifs.

Dès lors, ce souvenir de Léon fut comme le centre de son ennui; il y pétillait plus fort que, dans un steppe de Russie, un feu de voyageurs abandonné sur la neige. Elle se précipitait vers lui, elle se blottissait contre, elle remuait délicatement ce foyer près de s'éteindre, elle allait cherchant tout autour d'elle ce qui pouvait l'aviver davantage; et les réminiscences les plus lointaines comme les plus immédiates occasions, ce qu'elle éprouvait avec ce qu'elle imaginait, ses envies de volupté qui se dispersaient, ses projets de bonheur qui craquaient au vent comme des branchages morts, sa vertu stérile, ses espérances tombées, la litière domestique, elle ramassait tout, prenait tout, et faisait servir tout à réchauffer sa tristesse.

Cependant les flammes s'apaisèrent, soit que la provision d'elle-même s'épuisât, ou que l'entassement fût trop considérable. L'amour peu à peu s'éteignit par l'absence, le regret s'étouffa sous l'habitude; et cette lueur d'incendie qui empourprait son ciel pâle se couvrit de plus d'ombre et s'effaça par degrés. Dans l'assoupissement de sa conscience, elle prit même les répugnances du mari pour des aspirations vers l'amant, les brûlures de la haine pour des réchauffements de la tendresse; mais, comme l'ouragan soufflait toujours, et que la passion se consuma jusqu'aux cendres, et qu'aucun secours ne vint, qu'aucun soleil ne parut, il fut de tous côtés nuit complète, et elle demeura perdue dans un froid horrible qui la traversait.

Alors les mauvais jours de Tostes recommencèrent. Elle s'estimait à présent beaucoup plus malheureuse, car elle avait l'expérience du chagrin, avec la certitude qu'il ne finirait pas.

Une femme qui s'était imposé de si grands sacrifices pouvait bien se passer des fantaisies. Elle s'acheta un prie-Dieu gothique, elle dépensa en un mois pour quatorze francs de citrons à se nettoyer les ongles; elle écrivit à Rouen, afin d'avoir une robe en cachemire bleu; elle choisit, chez Lheureux, la plus belle de ses écharpes; elle se la nouait à la taille par-dessus sa robe de chambre; et, les volets fermés, avec un livre à la main, elle restait étendue sur un canapé, dans cet accoutrement.

Souvent, elle variait sa coiffure; elle se mettait à la chinoise, en boucles molles, en nattes tressées; elle se fit une raie sur le côté de la tête et roula ses cheveux en dessous, comme un homme.

Elle voulut apprendre l'italien : elle acheta des dictionnaires, une grammaire, une provision de papier blanc. Elle essaya des lectures sérieuses, de l'histoire et de la philosophie. La nuit, quelquefois, Charles se réveillait en sursaut, croyant qu'on le venait chercher pour un malade :

— J'y vais, balbutiait-il.

Et c'était le bruit d'une allumette qu'Emma frottait afin de rallumer la lampe. Mais il en était de ses lectures comme de ses tapisseries, qui, toutes commencées, encombraient son armoire; elle les prenait, les quittait, passait à d'autres.

Elle avait des accès, où on l'eût poussée facilement à des extravagances. Elle soutint un jour, contre son mari, qu'elle boirait bien un grand demi-verre d'eau-de-vie, et, comme Charles eut la bêtise de l'en défier, elle avala l'eau-de-vie jusqu'au bout.

Malgré ses airs évaporés (c'était le mot des bourgeoises d'Yonville), Emma, pourtant, ne paraissait pas joyeuse, et, d'habitude, elle gardait aux coins de la bouche cette immobile contraction qui plisse la figure des vieilles filles et celle des ambitieux déchus. Elle était pâle partout, blanche comme du linge; la peau du nez se tirait vers les narines, ses yeux vous regardaient d'une manière vague. Pour s'être découvert trois cheveux gris sur les tempes, elle parla de sa vieillesse.

Souvent des défaillances la prenaient. Un jour même elle eut un crachement de sang, et, comme Charles s'empressait, laissant apercevoir son inquiétude :

— Ah bah! répondit-elle, qu'est-ce que cela fait ?

Charles s'alla réfugier dans son cabinet; et il pleura, les deux coudes sur la table, assis dans son fauteuil de bureau, sous la tête phrénologique.

Alors il écrivit à sa mère pour la prier de venir, et ils eurent ensemble de longues conférences au sujet d'Emma. A quoi se résoudre ? Que faire, puisqu'elle se refusait à tout traitement ?

— Sais-tu ce qu'il faudrait à ta femme ? reprenait la mère Bovary. Ce seraient des occupations forcées, des ouvrages manuels! Si elle était, comme tant d'autres, contrainte à gagner son pain, elle n'aurait pas ces vapeurslà, qui lui viennent d'un tas d'idées qu'elle se fourre dans la tête, et du désœuvrement où elle vit.

— Pourtant elle s'occupe, disait Charles.

— Ah! elle s'occupe! A quoi donc ? A lire des romans, de mauvais livres, des ouvrages qui sont contre la religion et dans lesquels on se moque des prêtres par des discours tirés de Voltaire. Mais tout cela va loin, mon pauvre enfant, et quelqu'un qui n'a pas de religion finit toujours par tourner mal.

Donc, il fut résolu que l'on empêcherait Emma de lire des romans. L'entreprise ne semblait point facile. La bonne dame s'en chargea : elle devait, quand elle passerait par Rouen, aller en personne chez le loueur de livres et lui représenter qu'Emma cessait ses abonnements. N'aurait-on pas le droit d'avertir la police, si le libraire persistait quand même dans son métier d'empoisonneur ?

Les adieux de la belle-mère et de la bru furent secs. Pendant les trois semaines qu'elles étaient restées ensemble, elles n'avaient pas échangé quatre paroles, à part les informations et les compliments, quand elles se rencontraient à table, et le soir avant de se mettre au lit.

Mme Bovary mère partit un mercredi, qui était jour de marché à Yonville.

La place, dès le matin, était encombrée par une file de charrettes qui, toutes à cul et les brancards en l'air, s'étendaient le long des maisons depuis l'église jusqu'à l'auberge. De l'autre côté, il y avait des baraques de toile où l'on vendait des cotonnades, des couvertures et des bas de laine, avec des licous pour les chevaux et des paquets de rubans bleus, qui par le bout s'envolaient au vent. De la grosse quincaillerie s'étalait par terre, entre les pyramides d'œufs et les bannettes de fromages, d'où sortaient des pailles gluantes; près des machines à blé, des poules qui gloussaient dans des cages passaient leurs cous par les barreaux. La foule, s'encombrant au même endroit sans en vouloir bouger, menaçait quelquefois de rompre la devanture de la pharmacie. Les mercredis, elle ne désemplissait pas et l'on s'y poussait, moins pour acheter des médicaments que pour prendre des consultations, tant était fameuse la réputation du sieur Homais, dans les villages circonvoisins. Son robuste aplomb avait fasciné les campagnards. Ils le regardaient comme un plus grand médecin que tous les médecins.

Emma était accoudée à sa fenêtre (elle s'y mettait souvent : la fenêtre, en province, remplace les théâtres et la promenade), et elle s'amusait à considérer la cohue des rustres, lorsqu'elle aperçut un monsieur vêtu d'une redingote de velours vert. Il était ganté de gants jaunes, quoiqu'il fût chaussé de fortes guêtres ; et il se dirigeait vers la maison du médecin, suivi d'un paysan marchant la tête basse d'un air tout réfléchi.

— Puis-je voir Monsieur ? demanda-t-il à Justin, qui causait sur le seuil avec Félicité.

Et, le prenant pour le domestique de la maison :

— Dites-lui que M. Rodolphe Boulanger, de la Huchette, est là.

Ce n'était point par vanité territoriale que le nouvel arrivant avait ajouté à son nom la particule, mais afin de se faire mieux connaître. La Huchette, en effet, était un domaine près d'Yonville, dont il venait d'acquérir le château, avec deux fermes qu'il cultivait lui-même, sans trop se gêner cependant. Il vivait en garçon, et passait pour avoir *au moins quinze mille livres de rentes !*

Charles entra dans la salle. M. Boulanger lui présenta son homme, qui voulait être saigné, parce qu'il éprouvait *des fourmis le long du corps.*

— Ça me purgera, objectait-il à tous les raisonnements.

Bovary commença donc d'apporter une bande et une cuvette, et pria Justin de la soutenir. Puis, s'adressant au villageois déjà blême :

— N'ayez point peur, mon brave.

— Non, non, répondit l'autre, marchez toujours !

Et, d'un air fanfaron, il tendit son gros bras. Sous la piqûre de la lancette, le sang jaillit et alla s'éclabousser contre la glace.

— Approche le vase ! exclama Charles.

— *Guête !* disait le paysan, on jurerait une petite fontaine qui coule ! Comme j'ai le sang rouge ! Ce doit être bon signe, n'est-ce pas ?

— Quelquefois, reprit l'officier de santé, l'on n'éprouve rien au commencement, puis la syncope se déclare, et plus particulièrement chez les gens bien constitués comme celui-ci.

Le campagnard, à ces mots, lâcha l'étui qu'il tournait entre ses doigts. Une saccade de ses épaules fit craquer le dossier de sa chaise. Son chapeau tomba.

— Je m'en doutais, dit Bovary en appliquant son doigt sur la veine.

La cuvette commençait à trembler aux mains de Justin; ses genoux chancelèrent, il devint pâle.

— Ma femme! ma femme! appela Charles.

D'un bond, elle descendit l'escalier.

— Du vinaigre! cria-t-il. Ah! mon Dieu, deux à la fois! Et, dans son émotion, il avait peine à poser la compresse.

— Ce n'est rien, disait tout tranquillement M. Boulanger, tandis qu'il prenait Justin entre ses bras.

Et il l'assit sur la table, lui appuyant le dos contre la muraille.

Mme Bovary se mit à lui retirer sa cravate. Il y avait un nœud aux cordons de sa chemise; elle resta quelques minutes à remuer ses doigts légers dans le cou du jeune garçon; ensuite elle versa du vinaigre sur son mouchoir de batiste; elle lui en mouillait les tempes à petits coups et elle soufflait dessus délicatement.

Le charretier se réveilla; mais la syncope de Justin durait encore, et ses prunelles disparaissaient dans leur sclérotique pâle, comme des fleurs bleues dans du lait.

— Il faudrait, dit Charles, lui cacher cela.

Mme Bovary prit la cuvette, pour la mettre sous la table; dans le mouvement qu'elle fit en s'inclinant, sa robe (c'était une robe d'été à quatre volants, de couleur jaune, longue de taille, large de jupe), sa robe s'évasa autour d'elle sur les carreaux de la salle; — et, comme Emma, baissée, chancelait un peu en écartant les bras, le gonflement de l'étoffe se crevait de place en place, selon les inflexions de son corsage. Ensuite, elle alla prendre une carafe d'eau, et elle faisait fondre des morceaux de sucre lorsque le pharmacien arriva. La servante l'avait été chercher dans l'algarade; en apercevant son élève les yeux ouverts, il reprit haleine. Puis, tournant autour de lui, il le regardait de haut en bas.

— Sot! disait-il; petit sot, vraiment! sot en trois lettres! Grand'chose après tout, qu'une phlébotomie! et, un gaillard qui n'a peur de rien! une espèce d'écureuil, tel que vous le voyez, qui monte locher des noix à des hauteurs vertigineuses. Ah! oui, parle, vante-toi! voilà de belles dispositions à exercer plus tard la pharmacie; car tu peux te trouver à être appelé en des circonstances graves, par-devant les tribunaux, afin d'y éclairer la conscience des magistrats; et il faudra pourtant garder son sang-froid, raisonner, se montrer homme, ou bien passer pour un imbécile!

Justin ne répondait pas. L'apothicaire continuait :

— Qui t'a prié de venir? Tu importunes toujours monsieur et madame! Les mercredis, d'ailleurs, ta présence m'est plus indispensable. Il y a maintenant vingt personnes à la maison. J'ai tout quitté, à cause de l'intérêt que je te porte. Allons, va-t'en! cours! attends-moi, et surveille les bocaux!

Quand Justin, qui se rhabillait, fut parti, l'on causa quelque peu des évanouissements. Mme Bovary n'en avait jamais eu.

— C'est extraordinaire pour une dame! dit M. Boulanger. Du reste, il y a des gens bien délicats. Ainsi j'ai vu, dans une rencontre, un témoin perdre connaissance rien qu'au bruit des pistolets que l'on chargeait.

— Moi, dit l'apothicaire, la vue du sang des autres ne me fait rien du tout; mais l'idée seulement du mien qui coule suffirait à me causer des défaillances, si j'y réfléchissais trop.

Cependant M. Boulanger congédia son domestique, en l'engageant à se tranquilliser l'esprit, puisque sa fantaisie était passée.

— Elle m'a procuré l'avantage de votre connaissance, ajouta-t-il.

Et il regardait Emma durant cette phrase.

Puis il déposa trois francs sur le coin de la table, salua négligemment et s'en alla.

Il fut bientôt de l'autre côté de la rivière (c'était son chemin pour s'en retourner à la Huchette); et Emma l'aperçut dans la prairie, qui marchait sous les peupliers, se ralentissant de temps à autre, comme quelqu'un qui réfléchit.

— Elle est fort gentille! se disait-il; elle est fort gentille, cette femme du médecin! De belles dents, les yeux noirs, le pied coquet, et de la tournure comme une Parisienne. D'où diable sort-elle? Où donc l'a-t-il trouvée, ce gros garçon-là?

M. Rodolphe Boulanger avait trente-quatre ans; il était de tempérament brutal et d'intelligence perspicace, ayant d'ailleurs beaucoup fréquenté les femmes et s'y connaissant bien. Celle-là lui avait paru jolie : il y rêvait donc, et à son mari.

— Je le crois très bête. Elle en est fatiguée sans doute. Il porte des ongles sales et une barbe de trois jours. Tandis qu'il trottine à ses malades, elle reste à ravauder des chaussettes. Et on s'ennuie! on voudrait habiter la

ville, danser la polka tous les soirs! Pauvre petite femme!
Ça bâille après l'amour, comme une carpe après l'eau
sur une table de cuisine. Avec trois mots de galanterie,
cela vous adorerait, j'en suis sûr! ce serait tendre! charmant!... Oui, mais comment s'en débarrasser ensuite?

Alors les encombrements du plaisir, entrevus en perspective, le firent, par contraste, songer à sa maîtresse.
C'était une comédienne de Rouen, qu'il entretenait; et,
quand il se fut arrêté sur cette image, dont il avait, en
souvenir même, des rassasiements:

— Ah! Mme Bovary, pensa-t-il, est bien plus jolie
qu'elle, plus fraîche surtout. Virginie, décidément, commence à devenir trop grosse. Elle est si fastidieuse avec
ses joies. Et, d'ailleurs, quelle manie de salicoques!

La campagne était déserte, et Rodolphe n'entendait
autour de lui que le battement régulier des herbes qui
fouettaient sa chaussure, avec le cri des grillons tapis au
loin sous les avoines; il revoyait Emma dans la salle,
habillée comme il l'avait vue, et il la déshabillait.

— Oh! je l'aurai! s'écria-t-il en écrasant, d'un coup
de bâton, une motte de terre devant lui.

Et, aussitôt, il examina la partie politique de l'entreprise. Il se demandait:

— Où se rencontrer? par quel moyen? On aura
continuellement le marmot sur les épaules, et la bonne,
les voisins, le mari, toute sorte de tracasseries considérables.

— Ah bah! dit-il, on y perd trop de temps!

Puis il recommença:

— C'est qu'elle a des yeux qui vous entrent au cœur
comme des vrilles. Et ce teint pâle... Moi, qui adore les
femmes pâles!

Au haut de la côte d'Argueil, sa résolution était prise.

— Il n'y a plus qu'à chercher les occasions. Eh bien!
j'y passerai quelquefois, je leur enverrai du gibier, de
la volaille; je me ferai saigner, s'il le faut; nous devien-
drons amis, je les inviterai chez moi... Ah! parbleu!
ajouta-t-il, voilà les Comices bientôt; elle y sera, je la
verrai. Nous commencerons, et hardiment, car c'est le
plus sûr.

VIII

Ils arrivèrent, en effet, ces fameux Comices! Dès le matin de la solennité, tous les habitants, sur leurs portes, s'entretenaient des préparatifs; on avait enguirlandé de lierre le fronton de la mairie; une tente, dans un pré, était dressée pour le festin, et, au milieu de la place, devant l'église, une espèce de bombarde devait signaler l'arrivée de M. le préfet et le nom des cultivateurs lauréats. La garde nationale de Buchy (il n'y en avait point à Yonville) était venue s'adjoindre au corps des pompiers, dont Binet était le capitaine. Il portait, ce jour-là, un col encore plus haut que de coutume; et, sanglé dans sa tunique, il avait le buste si raide et immobile, que toute la partie vitale de sa personne semblait être descendue dans ses deux jambes, qui se levaient en cadence, à pas marqués, d'un seul mouvement. Comme une rivalité subsistait entre le percepteur et le colonel, l'un et l'autre, pour montrer leurs talents, faisaient à part manœuvrer leurs hommes. On voyait alternativement passer et repasser les épaulettes rouges et les plastrons noirs. Cela ne finissait pas et toujours recommençait! Jamais il n'y avait eu pareil déploiement de pompe! Plusieurs bourgeois, dès la veille, avaient lavé leurs maisons; des drapeaux tricolores pendaient aux fenêtres entr'ouvertes; tous les cabarets étaient pleins; et, par le beau temps qu'il faisait, les bonnets empesés, les croix d'or et les fichus de couleurs paraissaient plus blancs que neige, miroitaient au soleil clair, et relevaient de leur bigarrure éparpillée la sombre monotonie des redingotes et des bourgerons bleus. Les fermières des environs retiraient, en descendant de cheval, la grosse épingle qui leur serrait autour du corps leur robe retroussée de peur des taches; et les maris, au contraire, afin de ménager leurs chapeaux, gar-

daient par-dessus des mouchoirs de poche, dont ils
tenaient un angle entre les dents.

La foule arrivait dans la grande rue par les deux bouts
du village. Il s'en dégorgeait des ruelles, des allées, des
maisons, et l'on entendait de temps à autre retomber le
marteau des portes, derrière les bourgeoises en gants de
fil, qui sortaient pour aller voir la fête. Ce que l'on admirait surtout, c'étaient deux longs ifs couverts de lampions
qui flanquaient une estrade où s'allaient tenir les auto-
rités; et il y avait de plus, contre les quatre colonnes de
la mairie, quatre manières de gaules, portant chacune
un petit étendard de toile verdâtre, enrichi d'inscriptions en lettres d'or. On lisait sur l'un : « Au Commerce »;
sur l'autre : « A l'Agriculture »; sur le troisième : « A
l'Industrie » et, sur le quatrième : « Aux Beaux-Arts. »

Mais la jubilation qui épanouissait tous les visages
paraissait assombrir Mme Lefrançois, l'aubergiste.
Debout sur les marches de sa cuisine, elle murmurait
dans son menton.

— Quelle bêtise! Quelle bêtise avec leur baraque de
toile! Croient-ils que le préfet sera bien aise de dîner là-
bas, sous une tente, comme un saltimbanque? Ils appel-
lent ces embarras-là faire le bien du pays! Ce n'était pas
la peine, alors, d'aller chercher un gargotier à Neufchâtel! Et pour qui? pour des vachers! des va-nu-pieds!...

L'apothicaire passa. Il avait un habit noir, un pantalon
de nankin, des souliers de castor et, par extraordinaire,
un chapeau, — un chapeau bas de forme.

— Serviteur! dit-il; excusez-moi, je suis pressé.

Et comme la grosse veuve lui demanda où il allait :

— Cela vous semble drôle, n'est-ce pas? moi qui
reste toujours plus confiné dans mon laboratoire que le
rat du bonhomme dans son fromage.

— Quel fromage? fit l'aubergiste.

— Non, rien! ce n'est rien! reprit Homais. Je voulais
vous exprimer seulement, madame Lefrançois, que je
demeure d'habitude tout reclus chez moi. Aujourd'hui,
cependant, vu la circonstance, il faut bien que...

— Ah! vous allez là-bas? dit-elle avec un air de dédain.

— Oui, j'y vais, répliqua l'apothicaire étonné; ne
fais-je point partie de la commission consultative?

La mère Lefrançois le considéra quelques minutes,
et finit par répondre en souriant :

— C'est autre chose! Mais qu'est-ce que la culture
vous regarde? Vous vous y entendez donc?

— Certainement, je m'y entends, puisque je suis pharmacien, c'est-à-dire chimiste! Et la chimie, madame Lefrançois, ayant pour objet la connaissance de l'action réciproque et moléculaire de tous les corps de la nature, il s'ensuit que l'agriculture se trouve comprise dans son domaine! Et, en effet, composition des engrais, fermentation des liquides, analyses des gaz et influence des miasmes, qu'est-ce que tout cela, je vous le demande, si ce n'est de la chimie pure et simple?

L'aubergiste ne répondit rien. Homais continua:

— Croyez-vous qu'il faille, pour être agronome, avoir soi-même labouré la terre ou engraissé des volailles? Mais il faut connaître plutôt la constitution des substances dont il s'agit, les gisements géologiques, les actions atmosphériques, la qualité des terrains, des minéraux, des eaux, la densité des différents corps et leur capillarité! Que sais-je? Et il faut posséder à fond tous les principes d'hygiène, pour diriger, critiquer la construction des bâtiments, le régime des animaux, l'alimentation des domestiques! Il faut encore, madame Lefrançois, posséder la botanique; pouvoir discerner les plantes. Entendez-vous? Quelles sont les salutaires d'avec les délétères; quelles les improductives et quelles les nutritives; s'il est bon de les arracher par-ci et de les ressemer par-là, de propager les unes, de détruire les autres; bref, il faut se tenir au courant de la science par les brochures et papiers publics, être toujours en haleine, afin d'indiquer les améliorations...

L'aubergiste ne quittait point des yeux la porte du *Café Français*, et le pharmacien poursuivit:

— Plût à Dieu que nos agriculteurs fussent des chimistes, ou que du moins ils écoutassent davantage les conseils de la science! Ainsi, moi, j'ai dernièrement écrit un fort opuscule, un mémoire de plus de soixante et douze pages, intitulé: *Du cidre, de sa fabrication et de ses effets, suivi de quelques réflexions nouvelles à ce sujet*, que j'ai envoyé à la Société agronomique de Rouen; ce qui m'a même valu l'honneur d'être reçu parmi ses membres, section d'agriculture, classe de pomologie. Eh bien! si mon ouvrage avait été livré à la publicité...

Mais l'apothicaire s'arrêta, tant Mme Lefrançois paraissait préoccupée.

— Voyez-les donc, disait-elle, on n'y comprend rien! une gargote semblable!

Et, avec des haussements d'épaules qui tiraient sur sa

poitrine les mailles de son tricot, elle montrait des deux
mains le cabaret de son rival, d'où sortaient alors des
chansons.

— Du reste, il n'en a pas pour longtemps, ajouta-t-elle ;
avant huit jours, tout est fini.

Homais se recula de stupéfaction. Elle descendit ses
trois marches, et, lui parlant à l'oreille :

— Comment ! vous ne savez pas cela ? On va le saisir cette semaine. C'est Lheureux qui le fait vendre. Il
l'a assassiné de billets.

— Quelle épouvantable catastrophe ! s'écria l'apothicaire, qui avait toujours des expressions congruentes à
toutes les circonstances imaginables.

L'hôtesse donc se mit à lui raconter cette histoire,
qu'elle savait par Théodore, le domestique de M. Guillaumin, et, bien qu'elle exécrât Tellier, elle blâmait
Lheureux. C'était un enjôleur, un rampant.

— Ah ! tenez, dit-elle, le voilà sous les halles : il
salue Mme Bovary, qui a un chapeau vert. Elle est même
au bras de M. Boulanger.

— Mme Bovary ! fit Homais. Je m'empresse d'aller lui
offrir mes hommages. Peut-être qu'elle sera bien aise
d'avoir une place dans l'enceinte, sous le péristyle.

Et, sans écouter la mère Lefrançois, qui le rappelait
pour lui en conter plus long, le pharmacien s'éloigna
d'un pas rapide, sourire aux lèvres et jarret tendu, distri-
buant de droite et de gauche quantité de salutations et
emplissant beaucoup d'espace avec les grandes basques
de son habit noir, qui flottaient au vent derrière lui.

Rodolphe, l'ayant aperçu de loin, avait pris un train
rapide ; mais Mme Bovary s'essouffla ; il se ralentit donc
et lui dit en souriant, d'un ton brutal :

— C'est pour éviter ce gros homme : vous savez,
l'apothicaire.

Elle lui donna un coup de coude.

— Qu'est-ce que cela signifie ? se demanda-t-il.

Et il la considéra du coin de l'œil, tout en continuant
à marcher.

Son profil était si calme, que l'on n'y devinait rien. Il
se détachait en pleine lumière, dans l'ovale de sa capote
qui avait des rubans pâles ressemblant à des feuilles de
roseau. Ses yeux aux longs cils courbes regardaient
devant elle, et, quoique bien ouverts, ils semblaient un
peu bridés par les pommettes, à cause du sang qui battait
doucement sous sa peau fine. Une couleur rose traver-

sait la cloison de son nez. Elle inclinait la tête sur l'épaule, et l'on voyait entre ses lèvres le bout nacré de ses dents blanches.

— Se moque-t-elle de moi ? songeait Rodolphe.

Ce geste d'Emma pourtant n'avait été qu'un avertissement; car M. Lheureux les accompagnait, et il leur parlait de temps à autre, comme pour entrer en conversation.

— Voici une journée superbe! Tout le monde est dehors! Les vents sont à l'est.

Et Mme Bovary, non plus que Rodolphe, ne lui répondait guère, tandis qu'au moindre mouvement qu'ils faisaient, il se rapprochait en disant : « Plaît-il ? » et portait la main à son chapeau.

Quand ils furent devant la maison du maréchal, au lieu de suivre la route jusqu'à la barrière, Rodolphe, brusquement, prit un sentier, entraînant Mme Bovary; il cria :

— Bonsoir, monsieur Lheureux! Au plaisir!

— Comme vous l'avez congédié! dit-elle en riant.

— Pourquoi, reprit-il, se laisser envahir par les autres ? et, puisque, aujourd'hui, j'ai le bonheur d'être avec vous...

Emma rougit. Il n'acheva point sa phrase. Alors il parla du beau temps et du plaisir de marcher sur l'herbe. Quelques marguerites étaient repoussées.

— Voici de gentilles pâquerettes, dit-il, et de quoi fournir bien des oracles à toutes les amoureuses du pays.

Il ajouta :

— Si j'en cueillais. Qu'en pensez-vous ?

— Est-ce que vous êtes amoureux ? fit-elle en toussant un peu.

— Eh! eh! qui sait, répondit Rodolphe.

Le pré commençait à se remplir, et les ménagères vous heurtaient avec leurs grands parapluies, leurs paniers et leurs bambins. Souvent il fallait se déranger devant une longue file de campagnardes, servantes en bas bleus, à souliers plats, à bagues d'argent, et qui sentaient le lait quand on passait près d'elles. Elles marchaient en se tenant par la main, et se répandaient ainsi sur toute la longueur de la prairie, depuis la ligne des trembles jusqu'à la tente du banquet. Mais c'était le moment de l'examen, et les cultivateurs, les uns après les autres, entraient dans une manière d'hippodrome que formait une longue corde portée sur des bâtons.

Les bêtes étaient là, le nez tourné vers la ficelle, et alignant confusément leurs croupes inégales. Les porcs assoupis enfonçaient en terre leur groin; les veaux beuglaient; des brebis bêlaient; les vaches, un jarret replié, étalaient leur ventre sur le gazon et, ruminant lentement, clignaient leurs paupières lourdes sous les moucherons qui bourdonnaient autour d'elles. Des charretiers, les bras nus, retenaient par le licou des étalons cabrés, qui hennissaient à pleins naseaux du côté des juments. Elles restaient paisibles, allongeant la tête et la crinière pendante, tandis que leurs poulains se reposaient à leur ombre, ou venaient les téter quelquefois; et, sur la longue ondulation de tous ces corps tassés, on voyait se lever au vent, comme un flot, quelque crinière blanche, ou bien saillir des cornes aiguës et des têtes d'hommes qui couraient. A l'écart, en dehors des lices, cent pas plus loin, il y avait un grand taureau noir muselé portant un cercle de fer à la narine, et qui ne bougeait pas plus qu'une bête de bronze. Un enfant en haillons le tenait par une corde.

Cependant, entre les deux rangées, des messieurs s'avançaient d'un pas lourd, examinant chaque animal, puis se consultaient à voix basse. L'un d'eux, qui semblait plus considérable, prenait, tout en marchant, quelques notes sur un album. C'était le président du jury : M. Derozerays de la Panville. Sitôt qu'il reconnut Rodolphe, il s'avança vivement, et lui dit en souriant d'un air aimable :

— Comment, monsieur Boulanger, vous nous abandonnez ?

Rodolphe protesta qu'il allait venir. Mais, quand le président eut disparu :

— Ma foi, non, reprit-il, je n'irai pas; votre compagnie vaut bien la sienne.

Et, tout en se moquant des comices, Rodolphe, pour circuler plus à l'aise, montrait au gendarme sa pancarte bleue, et même il s'arrêtait parfois devant quelque beau *sujet* que Mme Bovary n'admirait guère. Il s'en aperçut, et alors se mit à faire des plaisanteries sur les dames d'Yonville, à propos de leur toilette; puis il s'excusa lui-même du négligé de la sienne. Elle avait cette incohérence de choses communes et recherchées, où le vulgaire, d'habitude, croit entrevoir la révélation d'une existence excentrique, les désordres du sentiment, les tyrannies de l'art, et toujours un certain mépris des conventions sociales, ce qui le séduit ou l'exaspère. Ainsi, sa chemise de batiste à manchettes plissées bouffait au hasard du vent, dans l'ouverture de son gilet, qui était de coutil gris, et son pantalon à larges raies découvrait aux chevilles ses bottines de nankin, claquées de cuir verni. Elles étaient si vernies, que l'herbe s'y reflétait. Il foulait avec elles les crottins de cheval, une main dans la poche de sa veste et son chapeau de paille mis de côté.

— D'ailleurs, ajouta-t-il, quand on habite la campagne...

— Tout est peine perdue, dit Emma.

— C'est vrai! répliqua Rodolphe. Songer que pas un seul de ces braves gens n'est capable de comprendre même la tournure d'un habit!

Alors ils parlèrent de la médiocrité provinciale, des existences qu'elle étouffait, des illusions qui s'y perdaient.

— Aussi, disait Rodolphe, je m'enfonce dans une tristesse...

— Vous! fit-elle avec étonnement. Mais je vous croyais très gai?

— Ah! oui, d'apparence, parce qu'au milieu du monde je sais mettre sur mon visage un masque railleur; et, cependant, que de fois, à la vue d'un cimetière, au clair de lune, je me suis demandé si je ne ferais pas mieux d'aller rejoindre ceux qui sont à dormir...

— Oh! Et vos amis? dit-elle. Vous n'y pensez pas.

— Mes amis? Lesquels donc? En ai-je? Qui s'inquiète de moi?

Et il accompagna ces derniers mots d'une sorte de sifflement entre ses lèvres.

Mais ils furent obligés de s'écarter l'un de l'autre à cause d'un grand échafaudage de chaises qu'un homme portait derrière eux. Il en était si surchargé, que l'on apercevait seulement la pointe de ses sabots, avec le bout de ses deux bras, écartés droit. C'était Lestiboudois, le fossoyeur, qui charriait dans la multitude les chaises de l'église. Plein d'imagination pour tout ce qui concernait ses intérêts, il avait découvert ce moyen de tirer parti des comices, et son idée lui réussissait, car il ne savait plus auquel entendre. En effet, les villageois, qui avaient chaud, se disputaient ces sièges dont la paille sentait l'encens, et s'appuyaient contre leurs gros dossiers, salis par la cire des cierges, avec une certaine vénération.

Mme Bovary reprit le bras de Rodolphe; il continua comme se parlant à lui-même :

— Oui! tant de choses m'ont manqué! Toujours seul! Ah! si j'avais eu un but dans la vie, si j'eusse rencontré une affection, si j'avais trouvé quelqu'un... Oh! comme j'aurais dépensé toute l'énergie dont je suis capable, j'aurais surmonté tout, brisé tout!

— Il me semble pourtant, dit Emma, que vous n'êtes guère à plaindre.

— Ah! vous trouvez ? fit Rodolphe.

— Car enfin... reprit-elle, vous êtes libre.

Elle hésita :

— Riche.

— Ne vous moquez pas de moi, répondit-il.

Et elle jurait qu'elle ne se moquait pas, quand un coup de canon retentit; aussitôt, on se poussa pêle-mêle vers le village.

C'était une fausse alerte. M. le préfet n'arrivait pas; et les membres du jury se trouvaient fort embarrassés, ne sachant s'il fallait commencer la séance ou bien attendre encore.

Enfin, au fond de la place, parut un grand landau de louage, traîné par deux chevaux maigres, que fouettait à tour de bras un cocher en chapeau blanc. Binet n'eut que le temps de crier : « Aux armes! » et le colonel de l'imiter. On courut vers les faisceaux. On se précipita. Quelques-uns même oublièrent leur col. Mais l'équipage préfectoral sembla deviner cet embarras, et les deux rosses accouplées, se dandinant sur leur chaînette, arrivèrent au petit trot devant le péristyle de la mairie juste au moment où la garde nationale et les pompiers s'y déployaient, tambour battant, et marquant le pas.

— Balancez! cria Binet.

— Halte! cria le colonel. Par file à gauche!

Et, après un port d'armes où le cliquetis des capucines se déroulant sonna comme un chaudron de cuivre qui dégringole les escaliers, tous les fusils retombèrent.

Alors on vit descendre du carrosse un monsieur vêtu d'un habit court à broderie d'argent, chauve sur le front, portant toupet à l'occiput, ayant le teint blafard et l'apparence des plus bénignes. Ses deux yeux, fort gros et couverts de paupières épaisses, se fermaient à demi pour considérer la multitude, en même temps qu'il levait son nez pointu et faisait sourire sa bouche rentrée. Il reconnut le maire à son écharpe, et lui exposa que M. le préfet n'avait pu venir. Il était, lui, un conseiller de préfecture; puis il ajouta quelques excuses. Tuvache y répondit par des civilités, l'autre s'avoua confus; et ils restaient ainsi, face à face, et leurs fronts se touchant presque, avec les membres du jury tout alentour, le conseil municipal, les notables, la garde nationale et la foule. M. le conseiller, appuyant contre sa poitrine son petit tricorne noir, réitérait ses salutations, tandis que Tuvache, courbé comme un arc, souriait aussi, bégayait, cherchait ses phrases, protestait de son dévouement à la monarchie, et de l'honneur que l'on faisait à Yonville.

Hippolyte, le garçon de l'auberge, vint prendre par la bride les chevaux du cocher, et tout en boitant de son pied bot, il les conduisit sous le porche du *Lion d'or* où beaucoup de paysans s'amassèrent à regarder la voiture. Le tambour battit, l'obusier tonna, et les messieurs à la file montèrent s'asseoir sur l'estrade, dans les fauteuils en utrecht rouge qu'avait prêtés Mme Tuvache.

Tous ces gens-là se ressemblaient. Leurs molles figures blondes, un peu hâlées par le soleil, avaient la couleur du cidre doux, et leurs favoris bouffants s'échappaient de grands cols roides, que maintenaient des cravates blanches à rosette bien étalée. Tous les gilets étaient de velours, à châle; toutes les montres portaient au bout d'un long ruban quelque cachet ovale en cornaline; et l'on appuyait ses deux mains sur ses deux cuisses, en écartant avec soin la fourche du pantalon, dont le drap non décati reluisait plus brillamment que le cuir des fortes bottes.

Les dames de la société se tenaient derrière, sous le vestibule, entre les colonnes, tandis que le commun de la foule était en face, debout, ou bien assis sur des chaises. En effet, Lestiboudois avait apporté là toutes celles qu'il avait déménagées de la prairie, et même il courait à chaque minute en chercher d'autres dans l'église, et causait un tel encombrement par son commerce, que l'on avait grand'peine à parvenir jusqu'au petit escalier de l'estrade.

— Moi, je trouve, dit M. Lheureux (s'adressant au pharmacien, qui passait pour gagner sa place), que l'on aurait dû planter là deux mâts vénitiens : avec quelque chose d'un peu sévère et de riche comme nouveauté, c'eût été un fort joli coup d'œil.

— Certes, répondit Homais. Mais, que voulez-vous !

c'est le maire qui a tout pris sous son bonnet. Il n'a pas grand goût, ce pauvre Tuvache; il est même complètement dénué de ce qui s'appelle le génie des arts.

Cependant Rodolphe, avec Mme Bovary, était monté au premier étage de la mairie, dans la *salle des délibérations*, et, comme elle était vide, il avait déclaré que l'on y serait bien pour jouir du spectacle plus à son aise. Il prit trois tabourets autour de la table ovale, sous le buste du monarque, et, les ayant approchés de l'une des fenêtres, ils s'assirent l'un près de l'autre.

Il y eut une agitation sur l'estrade, de longs chuchotements, des pourparlers. Enfin, M. le Conseiller se leva. On savait maintenant qu'il s'appelait Lieuvain, et l'on se répétait son nom l'un à l'autre, dans la foule. Quand il eut donc collationné quelques feuilles et appliqué dessus son œil pour y mieux voir, il commença :

« Messieurs,

« Qu'il me soit permis d'abord (avant de vous entretenir de l'objet de cette réunion d'aujourd'hui, et ce sentiment, j'en suis sûr, sera partagé par vous tous), qu'il me soit permis, dis-je, de rendre justice à l'administration supérieure, au gouvernement, au monarque, messieurs, à notre souverain, à ce roi bien-aimé à qui aucune branche de la prospérité publique ou particulière n'est indifférente, et qui dirige à la fois d'une main si ferme et si sage le char de l'Etat parmi les périls incessants d'une mer orageuse, sachant d'ailleurs faire respecter la paix comme la guerre, l'industrie, le commerce, l'agriculture et les beaux-arts. »

— Je devrais, dit Rodolphe, me reculer un peu.
— Pourquoi ? dit Emma.

Mais, à ce moment, la voix du Conseiller s'éleva d'un ton extraordinaire. Il déclamait :

« Le temps n'est plus, messieurs, où la discorde civile ensanglantait nos places publiques, où le propriétaire, le négociant, l'ouvrier lui-même, en s'endormant le soir d'un sommeil paisible, tremblaient de se voir réveillés tout à coup au bruit des tocsins incendiaires, où les maximes les plus subversives sapaient audacieusement les bases... »

— C'est qu'on pourrait, reprit Rodolphe, m'apercevoir d'en bas; puis j'en aurais pour quinze jours à
donner des excuses, et, avec ma mauvaise réputation...

— Oh! vous vous calomniez, dit Emma.

— Non, non, elle est exécrable, je vous jure.

« Mais, messieurs, poursuivit le Conseiller, que si,
écartant de mon souvenir ces sombres tableaux, je reporte
mes yeux sur la situation actuelle de notre belle patrie :
qu'y vois-je ? Partout fleurissent le commerce et les arts;
partout des voies nouvelles de communication, comme
autant d'artères nouvelles dans le corps de l'Etat, y
établissent des rapports nouveaux; nos grands centres
manufacturiers ont repris leur activité; la religion, plus
affermie, sourit à tous les cœurs; nos ports sont pleins,
la confiance renaît, et enfin la France respire!... »

— Du reste, ajouta Rodolphe, peut-être, au point
de vue du monde, a-t-on raison ?

— Comment cela ? fit-elle.

— Eh quoi! dit-il, ne savez-vous pas qu'il y a des
âmes sans cesse tourmentées ? Il leur faut tour à tour le
rêve et l'action, les passions les plus pures, les jouissances
les plus furieuses, et l'on se jette ainsi dans toutes sortes
de fantaisies, de folies.

Alors elle le regarda comme on contemple un voyageur
qui a passé par des pays extraordinaires, et elle reprit :

— Nous n'avons pas même cette distraction, nous
autres pauvres femmes!

— Triste distraction, car on n'y trouve pas le bonheur.

— Mais le trouve-t-on jamais ? demanda-t-elle.

— Oui, il se rencontre un jour, répondit-il.

« Et c'est là ce que vous avez compris, disait le Conseiller. Vous, agriculteurs et ouvriers des campagnes;
vous, pionniers pacifiques d'une œuvre toute de civilisation! vous, hommes de progrès et de moralité! vous
avez compris, dis-je, que les orages politiques sont encore
plus redoutables vraiment que les désordres de l'atmosphère... »

— Il se rencontre un jour, répéta Rodolphe, un jour,
tout à coup et quand on en désespérait. Alors des hori-
zons s'entr'ouvrent, c'est comme une voix qui crie :
« Le voilà! » Vous sentez le besoin de faire à cette personne

la confidence de votre vie, de lui donner tout, de lui sacrifier tout! On ne s'explique pas, on se devine. On s'est entrevu dans ses rêves. (Et il la regardait.) Enfin, il est là, ce trésor que l'on a tant cherché, là, devant vous; il brille, il étincelle. Cependant on en doute encore, on n'ose y croire; on en reste ébloui, comme si l'on sortait des ténèbres à la lumière.

Et, en achevant ces mots, Rodolphe ajouta la pantomime à sa phrase. Il se passa la main sur le visage, tel qu'un homme pris d'étourdissement; puis il la laissa retomber sur celle d'Emma. Elle retira la sienne. Mais le Conseiller lisait toujours :

« Et qui s'en étonnerait, messieurs ? Celui-là seul qui serait assez aveugle, assez plongé (je ne crains pas de le dire), assez plongé dans les préjugés d'un autre âge pour méconnaître encore l'esprit des populations agricoles. Où trouver, en effet, plus de patriotisme que dans les campagnes, plus de dévouement à la cause publique, plus d'intelligence en un mot? Et je n'entends pas, messieurs, cette intelligence superficielle, vain ornement des esprits oisifs, mais plus de cette intelligence profonde et modérée qui s'applique par-dessus toute chose à poursuivre des buts utiles, contribuant ainsi au bien de chacun, à l'amélioration commune et au soutien des Etats, fruit du respect des lois et de la pratique des devoirs... »

— Ah! encore, dit Rodolphe. Toujours les devoirs, je suis assommé de ces mots-là. Ils sont un tas de vieilles ganaches en gilet de flanelle, et de bigotes à chaufferette et à chapelet, qui continuellement nous chantent aux oreilles : « Le devoir! le devoir! » Eh! parbleu! le devoir, c'est de sentir ce qui est grand, de chérir ce qui est beau, et non pas d'accepter toutes les conventions de la société, avec les ignominies qu'elle nous impose.

— Cependant..., cependant..., objectait Mme Bovary.

— Eh non! pourquoi déclamer contre les passions ? Ne sont-elles pas la seule belle chose qu'il y ait sur la terre, la source de l'héroïsme, de l'enthousiasme, de la poésie, de la musique, des arts, de tout enfin ?

— Mais il faut bien, dit Emma, suivre un peu l'opinion du monde et obéir à sa morale.

— Ah! c'est qu'il y en a deux, répliqua-t-il. La petite, la convenue, celle des hommes, celle qui varie sans cesse et qui braille si fort, s'agite en bas, terre à terre, comme ce rassemblement d'imbéciles que vous voyez. Mais l'autre, l'éternelle, elle est tout autour et au-dessus, comme le paysage qui nous environne et le ciel bleu qui nous éclaire.

M. Lieuvain venait de s'essuyer la bouche avec son mouchoir de poche. Il reprit :

« Et qu'aurais-je à faire, messieurs, de vous démontrer ici l'utilité de l'agriculture ? Qui donc pourvoit à nos besoins ? Qui donc fournit à notre subsistance ? N'est-ce pas l'agriculture ? L'agriculteur, messieurs, qui ensemençant d'une main laborieuse les sillons féconds des campagnes, fait naître le blé, lequel, broyé, est mis en poudre au moyen d'ingénieux appareils, en sort sous le nom de farine, et, de là, transporté dans les cités, est bientôt rendu chez le boulanger, qui en confectionne un aliment pour le pauvre comme pour le riche. N'est-ce pas l'agriculteur encore qui engraisse, pour nos vêtements, ses abondants troupeaux dans les pâturages ? Car comment nous vêtirions-nous, car comment nous nourririons-nous sans l'agriculteur ? Et même, messieurs, est-il besoin d'aller si loin chercher des exemples. Qui n'a souvent réfléchi à toute l'importance que l'on retire de ce modeste animal, ornement de nos basses-cours, qui fournit à la fois un oreiller moelleux pour nos couches, sa chair succulente pour nos tables, et des œufs ? Mais je n'en finirais pas s'il fallait énumérer les uns après les autres les différents produits que la terre bien cultivée, telle qu'une mère généreuse, prodigue à ses enfants. Ici, c'est la vigne; ailleurs, ce sont les pommiers à cidre; là, le colza; plus loin, les fromages; et le lin; messieurs, n'oublions pas le lin! qui a pris dans ces dernières années un accroissement considérable et sur lequel j'appellerai plus particulièrement votre attention. »

Il n'avait pas besoin de l'appeler : car toutes les bouches de la multitude se tenaient ouvertes, comme pour boire ses paroles. Tuvache, à côté de lui, l'écoutait en écarquillant les yeux; M. Derozerais, de temps à autre, fermait doucement les paupières; et plus loin, le pharmacien, avec son fils Napoléon entre les jambes, bombait sa main contre son oreille pour ne pas perdre une seule syllabe. Les autres membres du jury balançaient

lentement leur menton dans leur gilet, en signe d'approbation. Les pompiers, au bas de l'estrade, se reposaient
sur leurs baïonnettes; et Binet, immobile, restait le
coude en dehors, avec la pointe du sabre en l'air. Il
entendait peut-être, mais il ne devait rien apercevoir à
cause de la visière de son casque qui lui descendait sur
le nez. Son lieutenant, le fils cadet du sieur Tuvache,
avait encore exagéré le sien; car il en portait un énorme et
qui lui vacillait sur la tête, en laissant dépasser un bout
de son foulard d'indienne. Il souriait là-dessous avec
une douceur tout enfantine, et sa petite figure pâle, où
des gouttes ruisselaient, avait une expression de jouissance, d'accablement et de sommeil.

La place jusqu'aux maisons était comble de monde.
On y voyait des gens accoudés à toutes les fenêtres,
d'autres debout sur toutes les portes, et Justin, devant
la devanture de la pharmacie, paraissait tout fixé dans
la contemplation de ce qu'il regardait. Malgré le silence,
la voix de M. Lieuvain se perdait dans l'air. Elle vous
arrivait par lambeaux de phrases, qu'interrompait çà et
là le bruit des chaises dans la foule; puis on entendait,
tout à coup, partir derrière soi un long mugissement de
bœuf, ou bien les bêlements des agneaux qui se répondaient au coin des rues. En effet, les vachers et les ber-
gers avaient poussé leurs bêtes jusque-là, et elles beuglaient de temps à autre, tout en arrachant avec leur
langue quelque bribe de feuillage qui leur pendait sur
le museau.

Rodolphe s'était rapproché d'Emma, et il disait d'une
voix basse, en parlant vite :

— Est-ce que cette conjuration du monde ne vous
révolte pas ? Est-il un seul sentiment qu'il ne condamne ?
Les instincts les plus nobles, les sympathies les plus
pures sont persécutés, calomniés, et, s'il se rencontre
enfin deux pauvres âmes, tout est organisé pour qu'elles
ne puissent se joindre. Elles essayeront cependant, elles
battront des ailes, elles s'appelleront. Oh! n'importe,
tôt ou tard, dans six mois, dix ans, elles se réuniront,
s'aimeront, parce que la fatalité l'exige et qu'elles sont
nées l'une pour l'autre.

Il se tenait les bras croisés sur ses genoux, et, ainsi
levant la figure vers Emma, il la regardait de près, fixement. Elle distinguait dans ses yeux des petits rayons
d'or, s'irradiant tout autour de ses pupilles noires, et
même elle sentait le parfum de la pommade qui lustrait sa

chevelure. Alors une mollesse la saisit, elle se rappela ce vicomte qui l'avait fait valser à la Vaubyessard, et dont la barbe exhalait, comme ces cheveux-là, cette odeur de vanille et de citron; et, machinalement, elle entreferma les paupières pour la mieux respirer. Mais, dans ce geste qu'elle fit en se cambrant sur sa chaise, elle aperçut au loin, tout au fond de l'horizon, la vieille diligence l'*Hirondelle*, qui descendait lentement la côte des Leux, en traînant après soi un long panache de poussière. C'était dans cette voiture jaune que Léon, si souvent, était revenu vers elle; et par cette route là-bas qu'il était parti pour toujours! Elle crut le voir en face, à sa fenêtre, puis tout se confondit, des nuages passèrent; il lui sembla qu'elle tournait encore dans la valse, sous le feu des lustres, au bras du vicomte, et que Léon n'était pas loin, qu'il allait venir... et cependant elle sentait toujours la tête de Rodolphe à côté d'elle. La douceur de cette sensation pénétrait ainsi ses désirs d'autrefois, et comme des grains de sable sous un coup de vent, ils tourbillonnaient dans la bouffée subtile du parfum qui se répandait sur son âme. Elle ouvrit les narines à plusieurs reprises, fortement, pour aspirer la fraîcheur des lierres autour des chapiteaux. Elle retira ses gants, elle s'essuya les mains; puis, avec son mouchoir, elle s'éventait la figure, tandis qu'à travers le battement de ses tempes elle entendait la rumeur de la foule et la voix du Conseiller qui psalmodiait ses phrases.

Il disait :

« Continuez! persévérez! n'écoutez ni les suggestions de la routine, ni les conseils trop hâtifs d'un empirisme téméraire! Appliquez-vous surtout à l'amélioration du sol, aux bons engrais, au développement des races chevalines, bovines, ovines et porcines! Que ces comices soient pour vous comme des arènes pacifiques où le vainqueur, en sortant, tendra la main au vaincu et fraternisera avec lui, dans l'espoir d'un succès meilleur! Et vous, vénérables serviteurs! humbles domestiques, dont aucun gouvernement jusqu'à ce jour n'avait pris en considération les pénibles labeurs, venez recevoir la récompense de vos vertus silencieuses, et soyez convaincus que l'Etat, désormais, a les yeux fixés sur vous, qu'il vous encourage, qu'il vous protège, qu'il fera droit à vos justes réclamations et allégera, autant qu'il est en lui, le fardeau de vos pénibles sacrifices! »

M. Lieuvain se rassit alors; M. Derozerays se leva,
commençant un autre discours. Le sien, peut-être, ne
fut point aussi fleuri que celui du Conseiller; mais il se
recommandait par un caractère de style plus positif,
c'est-à-dire par des connaissances plus spéciales et des
considérations plus relevées. Ainsi, l'éloge du gouvernement y tenait moins de place; la religion et l'agriculture en occupaient davantage. On y voyait le rapport
de l'une et de l'autre, et comment elles avaient concouru
toujours à la civilisation. Rodolphe, avec Mme Bovary,
causait rêves, pressentiments, magnétisme. Remontant
au berceau des sociétés, l'orateur vous dépeignait ces
temps farouches où les hommes vivaient de glands, au
fond des bois. Puis ils avaient quitté la dépouille des
bêtes, endossé le drap, creusé des sillons, planté la vigne.
Etait-ce un bien, et n'y avait-il pas dans cette découverte
plus d'inconvénients que d'avantages? M. Derozerays se posait ce problème. Du magnétisme, peu à peu,
Rodolphe en était venu aux affinités, et, tandis que
M. le Président citait Cincinnatus à sa charrue, Dioclé-
tien plantant ses choux et les empereurs de la Chine
inaugurant l'année par des semailles, le jeune homme
expliquait à la jeune femme que ces attractions irrésis-
tibles tiraient leur cause de quelque existence antérieure.

— Ainsi, nous, disait-il, pourquoi nous sommes-
nous connus? Quel hasard l'a voulu? C'est qu'à travers
l'éloignement, sans doute, comme deux fleuves qui
coulent pour se rejoindre, nos pentes particulières nous
avaient poussés l'un vers l'autre.

Et il saisit sa main; elle ne la retira pas.

« Ensemble de bonnes cultures! cria le président.

— Tantôt, par exemple, quand je suis venu chez vous...

« A M. Bizet, de Quincampoix. »

— Savais-je que je vous accompagnerais?

« Soixante et dix francs! »

— Cent fois même, j'ai voulu partir, et je vous ai
suivie, je suis resté.

« Fumiers. »

— Comme je resterais ce soir, demain, les autres
jours, toute ma vie!

« A M. Caron, d'Argueil, une médaille d'or! »

— Car jamais je n'ai trouvé dans la société de personne
un charme aussi complet.

« A M. Bain, de Givry-Saint-Martin! »

— Aussi, moi, j'emporterai votre souvenir.

« Pour un bélier mérinos... »

— Mais vous m'oublierez, j'aurai passé comme une ombre.

« A M. Belot, de Notre-Dame... »

— Oh! non, n'est-ce pas, je serai quelque chose dans votre pensée, dans votre vie ?

« Race porcine, prix *ex aequo :* à MM. Lehérissé et Cullembourg; soixante francs! »

Rodolphe lui serrait la main, et il la sentait toute chaude et frémissante comme une tourterelle captive qui veut reprendre sa volée; mais, soit qu'elle essayât de la dégager ou bien qu'elle répondît à cette pression, elle fit un mouvement des doigts; il s'écria :

— Oh! merci! Vous ne me repoussez pas! Vous êtes bonne! Vous comprenez que je suis à vous! Laissez que je vous voie, que je vous contemple!

Un coup de vent qui arriva par les fenêtres fronça le tapis de la table, et, sur la place, en bas, tous les grands bonnets des paysannes se soulevèrent, comme des ailes de papillons blancs qui s'agitent.

« Emploi de tourteaux de graines oléagineuses », continua le président.

Il se hâtait :

« Engrais flamand, — culture du lin, — drainage, baux à longs termes, — services de domestiques. »

Rodolphe ne parlait plus. Ils se regardaient. Un désir suprême faisait frissonner leurs lèvres sèches; et mollement, sans efforts, leurs doigts se confondirent.

« Catherine-Nicaise-Elisabeth Leroux, de Sassetot-la-Guerrière, pour cinquante-quatre ans de service dans la même ferme, une médaille d'argent — du prix de vingt-cinq francs! »

« Où est-elle, Catherine Leroux ? » répéta le Conseiller.

Elle ne se présentait pas, et l'on entendait des voix qui chuchotaient :

— Vas-y!

— Non.

— A gauche!

— N'aie pas peur!

— Ah! qu'elle est bête!

— Enfin y est-elle ? s'écria Tuvache.

— Oui! la voilà!

— Qu'elle approche donc!

Alors on vit s'avancer sur l'estrade une petite vieille femme de maintien craintif, et qui paraissait se ratatiner

dans ses pauvres vêtements. Elle avait aux pieds de
grosses galoches de bois, et, le long des hanches, un
grand tablier bleu. Son visage maigre, entouré d'un
béguin sans bordure, était plus plissé de rides qu'une
pomme de reinette flétrie, et des manches de sa camisole rouge dépassaient deux longues mains, à articulations noueuses. La poussière des granges, la potasse
des lessives et le suint des laines les avaient si bien en-
croûtées, éraillées, durcies, qu'elles semblaient sales
quoiqu'elles fussent rincées d'eau claire; et, à force
d'avoir servi, elles restaient entr'ouvertes, comme pour
présenter d'elles-mêmes l'humble témoignage de tant
de souffrances subies. Quelque chose d'une rigidité
monacale relevait l'expression de sa figure. Rien de triste
ou d'attendri n'amollissait ce regard pâle. Dans la fré-
quentation des animaux, elle avait pris leur mutisme et
leur placidité. C'était la première fois qu'elle se voyait
au milieu d'une compagnie si nombreuse; et, intérieurement effarouchée par les drapeaux, par les tambours,
par les messieurs en habit noir et par la croix d'honneur
du Conseiller, elle demeurait tout immobile, ne sachant
s'il fallait s'avancer ou s'enfuir, ni pourquoi la foule la
poussait et pourquoi les examinateurs lui souriaient.
Ainsi se tenait, devant ces bourgeois épanouis, ce demi-
siècle de servitude.

— Approchez, vénérable Catherine-Nicaise-Elisabeth Leroux! dit M. le Conseiller, qui avait pris des
mains du président la liste des lauréats.

Et tour à tour examinant la feuille de papier, puis la
vieille femme, il répétait d'un ton paternel :

— Approchez, approchez!

— Etes-vous sourde ? dit Tuvache, en bondissant sur
son fauteuil.

Et il se mit à lui crier dans l'oreille :

— Cinquante-quatre ans de service! Une médaille
d'argent! Vingt-cinq francs! C'est pour vous.

Puis, quand elle eut sa médaille, elle la considéra.
Alors un sourire de béatitude se répandit sur sa figure et
on l'entendait qui marmottait en s'en allant :

— Je la donnerai au curé de chez nous, pour qu'il me
dise des messes.

— Quel fanatisme! exclama le pharmacien, en se penchant vers le notaire.

La séance était finie; la foule se dispersa; et, maintenant que les discours étaient lus, chacun reprenait son

rang et tout rentrait dans la coutume : les maîtres
rudoyaient les domestiques, et ceux-ci frappaient les animaux, triomphateurs indolents qui s'en retournaient à
l'étable, une couronne verte entre les cornes.

Cependant les gardes nationaux étaient montés au
premier étage de la mairie, avec des brioches embrochées
à leurs baïonnettes, et le tambour du bataillon qui portait un panier de bouteilles. Mme Bovary prit le bras de
Rodolphe; il la reconduisit chez elle; ils se séparèrent
devant sa porte; puis il se promena seul dans la prairie,
tout en attendant l'heure du banquet.

Le festin fut long, bruyant, mal servi; l'on était si
tassé, que l'on avait peine à remuer les coudes, et les
planches étroites qui servaient de bancs faillirent se
rompre sous le poids des convives. Ils mangeaient abondamment. Chacun s'en donnait pour sa quote-part. La
sueur coulait sur tous les fronts; et une vapeur blanchâtre,
comme la buée d'un fleuve par un matin d'automne,
flottait au-dessus de la table, entre les quinquets suspendus. Rodolphe, le dos appuyé contre le calicot de la
tente, pensait si fort à Emma, qu'il n'entendait rien.
Derrière lui, sur le gazon, des domestiques empilaient
des assiettes sales; ses voisins parlaient, il ne leur répondait pas; on lui emplissait son verre, et un silence s'établissait dans sa pensée, malgré les accroissements de la
rumeur. Il rêvait à ce qu'elle avait dit et à la forme de
ses lèvres; sa figure, comme un miroir magique, brillait
sur la plaque des shakos; les plis de sa robe descendaient
le long des murs, et des journées d'amour se déroulaient
à l'infini dans les perspectives de l'avenir.

Il la revit le soir, pendant le feu d'artifice; mais elle
était avec son mari, Mme Homais et le pharmacien, lequel
se tourmentait beaucoup sur le danger des fusées perdues;
et, à chaque moment, il quittait la compagnie pour aller
faire à Binet des recommandations.

Les pièces pyrotechniques envoyées à l'adresse du
sieur Tuvache avaient, par excès de précaution, été enfermées dans sa cave; aussi la poudre humide ne s'enflammait guère et le morceau principal, qui devait figurer
un dragon se mordant la queue, rata complètement.
De temps à autre, il partait une pauvre chandelle romaine;
alors la foule béante poussait une clameur où se mêlait
le cri des femmes à qui l'on chatouillait la taille pendant
l'obscurité. Emma, silencieuse, se blottissait doucement
contre l'épaule de Charles; puis, le menton levé, elle

suivait dans le ciel noir le jet lumineux des fusées.
Rodolphe la contemplait à la lueur des lampions qui brûlaient.

Ils s'éteignirent peu à peu. Les étoiles s'allumèrent.
Quelques gouttes de pluie vinrent à tomber. Elle noua
son fichu sur sa tête nue.

A ce moment, le fiacre du Conseiller sortit de l'auberge. Son cocher, qui était ivre, s'assoupit tout à coup et
l'on apercevait de loin, par-dessus la capote, entre les
deux lanternes, la masse de son corps qui se balançait de
droite et de gauche, selon le tangage des soupentes.

— En vérité, dit l'apothicaire, on devrait bien sévir
contre l'ivresse! Je voudrais que l'on inscrivît, hebdoma-
dairement, à la porte de la mairie, sur un tableau *ad hoc*,
les noms de tous ceux qui, durant la semaine, se seraient
intoxiqués avec des alcools. D'ailleurs, sous le rapport
de la statistique, on aurait là comme des annales patentes
qu'on irait au besoin... Mais excusez.

Et il courut encore vers le capitaine.

Celui-ci rentrait à sa maison. Il allait revoir son tour.

— Peut-être ne feriez-vous pas mal, lui dit Homais,
d'envoyer un de vos hommes ou d'aller vous-même...

— Laissez-moi donc tranquille, répondit le percepteur, puisqu'il n'y a rien!

— Rassurez-vous, dit l'apothicaire, quand il fut revenu
près de ses amis. M. Binet m'a certifié que les mesures
étaient prises. Nulle flammèche ne sera tombée. Les
pompes sont pleines. Allons dormir.

— Ma foi! j'en ai besoin, fit Mme Homais, qui bâillait
considérablement; mais, n'importe, nous avons eu pour
notre fête une bien belle journée.

Rodolphe répéta d'une voix basse et avec un regard
tendre :

— Oh! oui, bien belle!

Et, s'étant salués, on se tourna le dos.

Deux jours après, dans le *Fanal de Rouen*, il y avait
un grand article sur les comices. Homais l'avait composé,
de verve, dès le lendemain :

« Pourquoi ces festons, ces fleurs, ces guirlandes ? Où
courait cette foule, comme les flots d'une mer en furie,
sous les torrents d'un soleil tropical qui répandait sa
chaleur sur nos guérets ? »

Ensuite, il parlait de la condition des paysans. Certes,
le gouvernement faisait beaucoup, mais pas assez! « Du
courage! lui criait-il; mille réformes sont indispensables,

accomplissons-les. » Puis abordant l'entrée du Conseiller, il n'oubliait point « l'air martial de notre milice », ni « nos plus sémillantes villageoises », ni les vieillards à tête chauve, « sorte de patriarches qui étaient là, et dont quelques-uns, débris de nos immortelles phalanges, sentaient encore battre leurs cœurs au son mâle des tambours ». Il se citait des premiers parmi les membres du jury, et même il rappelait, dans une note, que M. Homais, pharmacien, avait envoyé un mémoire sur le cidre à la société d'Agriculture. Quand il arrivait à la distribution des récompenses, il dépeignait la joie des lauréats en traits dithyrambiques. « Le père embrassait son fils, le frère le frère, l'époux l'épouse. Plus d'un montrait avec orgueil son humble médaille, et sans doute, revenu chez lui, près de sa bonne ménagère, il l'aura suspendue en pleurant aux murs discrets de sa chaumine.

« Vers six heures, un banquet, dressé dans l'herbage de M. Liegeard, a réuni les principaux assistants de la fête. La plus grande cordialité n'a cessé d'y régner. Divers toasts ont été portés : M. Lieuvain, au monarque! M. Tuvache, au préfet! M. Derozerays, à l'agriculture! M. Homais, à l'industrie et aux beaux-arts, ces deux sœurs! M. Leplichey, aux améliorations! Le soir, un brillant feu d'artifice a tout à coup illuminé les airs. On eût dit un véritable kaléidoscope, un vrai décor d'opéra et, un moment, notre petite localité a pu se croire transportée au milieu d'un rêve des *Mille et une nuits.*

« Constatons qu'aucun événement fâcheux n'est venu troubler cette réunion de famille. »

Et il ajoutait :

« On y a seulement remarqué l'absence du clergé. Sans doute les sacristies entendent le progrès d'une autre manière. Libre à vous, messieurs de Loyola! »

IX

Six semaines s'écoulèrent. Rodolphe ne revint pas. Un soir, enfin, il parut.

Il s'était dit, le lendemain des comices :

— N'y retournons pas de sitôt, ce serait une faute.

Et, au bout de la semaine, il était parti pour la chasse.

Après la chasse, il avait songé qu'il était trop tard, puis il fit ce raisonnement :

— Mais, si du premier jour elle m'a aimé, elle doit, par l'impatience de me revoir, m'aimer davantage. Continuons donc!

Et il comprit que son calcul avait été bon, lorsque, en entrant dans la salle, il aperçut Emma pâlir.

Elle était seule. Le jour tombait. Les petits rideaux de mousseline, le long des vitres, épaississaient le crépuscule, et la dorure du baromètre, sur qui frappait un rayon de soleil, étalait des feux dans la glace, entre les découpures du polypier.

Rodolphe resta debout; et à peine si Emma répondit à ses premières phrases de politesse.

— Moi, dit-il, j'ai eu des affaires. J'ai été malade.

— Gravement ? s'écria-t-elle.

— Eh bien! fit Rodolphe en s'asseyant à ses côtés sur un tabouret, non!... C'est que je n'ai pas voulu revenir.

— Pourquoi ?

— Vous ne devinez pas ?

Il la regarda encore une fois, mais d'une façon si violente qu'elle baissa la tête en rougissant. Il reprit :

— Emma...

— Monsieur! fit-elle en s'écartant un peu.

— Ah! vous voyez bien, répliqua-t-il d'une voix mélancolique, que j'avais raison de vouloir ne pas revenir; car ce nom, ce nom qui remplit mon âme et qui m'est

échappé, vous me l'interdisez! Madame Bovary!... Eh!
tout le monde vous appelle comme cela!... Ce n'est pas
votre nom, d'ailleurs; c'est le nom d'un autre!

Il répéta :

— D'un autre!

Et il se cacha la figure entre les mains.

— Oui, je pense à vous continuellement!... Votre
souvenir me désespère! Ah! pardon!... Je vous quitte...
Adieu!... J'irai loin... si loin, que vous n'entendrez plus
parler de moi!... Et cependant..., aujourd'hui..., je ne sais
encore quelle force m'a poussé vers vous! Car on ne
lutte pas contre le ciel, on ne résiste point au sourire des
anges! on se laisse entraîner par ce qui est beau, charmant, adorable!

C'était la première fois qu'Emma s'entendait dire ces
choses; et son orgueil, comme quelqu'un qui se délasse
dans une étuve, s'étirait mollement et tout entier à la
chaleur de ce langage.

— Mais, si je ne suis pas venu, continua-t-il, si je n'ai
pu vous voir, ah! du moins j'ai bien contemplé ce qui
vous entoure. La nuit, toutes les nuits, je me relevais,
j'arrivais jusqu'ici, je regardais votre maison, le toit qui
brillait sous la lune, les arbres du jardin qui se balançaient à votre fenêtre, et une petite lampe, une lueur,
qui brillait à travers les carreaux, dans l'ombre. Ah!
vous ne saviez guère qu'il y avait là, si près et si loin,
un pauvre misérable...

Elle se tourna vers lui avec un sanglot.

— Oh! vous êtes bon! dit-elle.

— Non, je vous aime, voilà tout! Vous n'en doutez
pas! Dites-le-moi; un mot! un seul mot!

Et Rodolphe, insensiblement, se laissait glisser du
tabouret jusqu'à terre; mais on entendit un bruit de
sabots dans la cuisine, et la porte de la salle, il s'en aperçut, n'était pas fermée.

— Que vous seriez charitable, poursuivit-il en se relevant, de satisfaire une fantaisie!

C'était de visiter sa maison; il désirait la connaître;
et Mme Bovary n'y voyant point d'inconvénient, ils se
levaient tous deux, quand Charles entra.

— Bonjour, docteur, lui dit Rodolphe.

Le médecin, flatté de ce titre inattendu, se répandit en
obséquiosités, et l'autre en profita pour se remettre un
peu.

— Madame m'entretenait, fit-il donc, de sa santé...

Charles l'interrompit : il avait mille inquiétudes, en effet; les oppressions de sa femme recommençaient. Alors Rodolphe demanda si l'exercice du cheval ne serait pas bon.

— Certes! excellent, parfait!... Voilà une idée! Tu devrais la suivre.

Et, comme elle objectait qu'elle n'avait point de cheval, M. Rodolphe en offrit un; elle refusa ses offres; il n'insista pas; puis, afin de motiver sa visite, il conta que son charretier, l'homme à la saignée, éprouvait toujours des étourdissements.

— J'y passerai, dit Bovary.

— Non, non, je vous l'enverrai; nous viendrons, ce sera plus commode pour vous.

— Ah! fort bien. Je vous remercie.

Et, dès qu'ils furent seuls :

— Pourquoi n'acceptes-tu pas les propositions de M. Boulanger, qui sont si gracieuses ?

Elle prit un air boudeur, chercha mille excuses, et déclara finalement *que cela peut-être semblerait drôle.*

— Ah! je m'en moque pas mal! dit Charles en faisant une pirouette. La santé avant tout! Tu as tort!

— Eh! comment veux-tu que je monte à cheval, puisque je n'ai pas d'amazone ?

— Il faut t'en commander une! répondit-il.

L'amazone la décida.

Quand le costume fut prêt, Charles écrivit à M. Boulanger que sa femme était à sa disposition, et qu'il comptait sur sa complaisance.

Le lendemain, à midi, Rodolphe arriva devant la porte de Charles avec deux chevaux de maître. L'un portait des pompons roses aux oreilles et une selle de femme en peau de daim.

Rodolphe avait mis de longues bottes molles, se disant que sans doute elle n'en avait jamais vu de pareilles; en effet, Emma fut charmée de sa tournure, lorsqu'il apparut sur le palier avec son grand habit de velours et sa culotte de tricot blanc. Elle était prête, elle l'attendait.

Justin s'échappa de la pharmacie pour la voir, et l'apothicaire aussi se dérangea. Il faisait à M. Boulanger des recommandations :

— Un malheur arrive si vite! Prenez garde! Vos chevaux peut-être sont fougueux!

Elle entendit du bruit au-dessus de sa tête : c'était Félicité qui tambourinait contre les carreaux pour diver-

tir la petite Berthe. L'enfant envoya de loin un baiser ;
sa mère lui répondit d'un signe avec le pommeau de sa
cravache.

— Bonne promenade ! cria M. Homais. De la prudence, surtout ! de la prudence !

Et il agita son journal en les regardant s'éloigner.

Dès qu'il sentit la terre, le cheval d'Emma prit le galop.
Rodolphe galopait à côté d'elle. Par moments ils échangeaient une parole. La figure un peu baissée, la main
haute et le bras droit déployé, elle s'abandonnait à la
cadence du mouvement qui la berçait sur la selle.

Au bas de la côte, Rodolphe lâcha les rênes ; ils partirent ensemble d'un seul bond ; puis, en haut, tout à
coup, les chevaux s'arrêtèrent et son grand voile bleu
retomba.

On était aux premiers jours d'octobre. Il y avait du
brouillard sur la campagne. Des vapeurs s'allongeaient
à l'horizon, contre le contour des collines ; et d'autres,
se déchirant, montaient, se perdaient. Quelquefois, dans
un écartement des nuées, sous un rayon de soleil, on
apercevait au loin les toits d'Yonville, avec les jardins
au bord de l'eau, les cours, les murs et le clocher de
l'église. Emma fermait à demi les paupières pour reconnaître sa maison, et jamais ce pauvre village où elle vivait
ne lui avait semblé si petit. De la hauteur où ils étaient,
toute la vallée paraissait un immense lac pâle, s'évaporant
à l'air. Les massifs d'arbres de place en place saillissaient
comme des rochers noirs ; et les hautes lignes des peupliers, qui dépassaient la brume, figuraient des grèves
que le vent remuait.

A côté, sur la pelouse, entre les sapins, une lumière
brune circulait dans l'atmosphère tiède. La terre, rous-
sâtre comme de la poudre de tabac, amortissait le bruit
des pas ; et, du bout de leurs fers, en marchant, les chevaux poussaient devant eux des pommes de pin tombées.

Rodolphe et Emma suivirent ainsi la lisière du bois.
Elle se détournait de temps à autre, afin d'éviter son
regard, et alors, elle ne voyait que les troncs de sapins
alignés, dont la succession continue l'étourdissait un peu.
Les chevaux soufflaient. Le cuir des selles craquait.

Au moment où ils entrèrent dans la forêt, le soleil
parut.

— Dieu nous protège ! dit Rodolphe.

— Vous croyez ? fit-elle.

— Avançons ! Avançons ! reprit-il.

Il claqua de la langue. Les deux bêtes couraient.

De longues fougères, au bord du chemin, se prenaient dans l'étrier d'Emma. Rodolphe, tout en allant, se penchait et il les retirait à mesure. D'autres fois, pour écarter les branches, il passait près d'elle, et Emma sentait son genou lui frôler la jambe. Le ciel était devenu bleu. Les feuilles ne remuaient pas. Il y avait de grands espaces pleins de bruyères tout en fleurs; et des nappes violettes s'alternaient avec le fouillis des arbres, qui étaient gris, fauves ou dorés, selon la diversité des feuillages. Souvent on entendait, sous les buissons, glisser un petit battement d'ailes, ou bien le cri rauque et doux des corbeaux, qui s'envolaient dans les chênes.

Ils descendirent. Rodolphe attacha les chevaux. Elle allait devant, sur la mousse, entre les ornières.

Mais sa robe trop longue l'embarrassait, bien qu'elle la portât relevée par la queue, et Rodolphe, marchant derrière elle, contemplait entre ce drap noir et la bottine noire, la délicatesse de son bas blanc, qui lui semblait quelque chose de sa nudité.

Elle s'arrêta.

— Je suis fatiguée, dit-elle.

— Allons, essayez encore! reprit-il. Du courage!

Puis, cent pas plus loin, elle s'arrêta de nouveau; et, à travers son voile, qui de son chapeau d'homme descendait obliquement sur ses hanches, on distinguait son visage dans une transparence bleuâtre, comme si elle eût nagé sous des flots d'azur.

— Où allons-nous donc ?

Il ne répondit rien. Elle respirait d'une façon saccadée. Rodolphe jetait les yeux autour de lui et il se mordait la moustache.

Ils arrivèrent à un endroit plus large, où l'on avait abattu des baliveaux. Ils s'assirent sur un tronc d'arbre renversé, et Rodolphe se mit à lui parler de son amour.

Il ne l'effraya point d'abord par des compliments. Il fut calme, sérieux, mélancolique.

Emma l'écoutait la tête basse, et tout en remuant avec la pointe de son pied des copeaux par terre.

Mais, à cette phrase :

— Est-ce que nos destinées maintenant ne sont pas communes ?

— Eh non! répondit-elle. Vous le savez bien. C'est impossible.

Elle se leva pour partir. Il la saisit au poignet. Elle

s'arrêta. Puis, l'ayant considéré quelques minutes d'un
œil amoureux et tout humide, elle dit vivement :

— Ah! tenez, n'en parlons plus... Où sont les chevaux ?
Retournons.

Il eut un geste de colère et d'ennui. Elle répéta :

— Où sont les chevaux ? Où sont les chevaux ?

Alors souriant d'un sourire étrange et la prunelle
fixe, les dents serrées, il s'avança en écartant les bras. Elle
se recula tremblante. Elle balbutiait :

— Oh! vous me faites peur! Vous me faites mal!
Partons.

— Puisqu'il le faut, reprit-il en changeant de visage.

Et il redevint aussitôt respectueux, caressant, timide.
Elle lui donna son bras. Ils s'en retournèrent. Il disait :

— Qu'aviez-vous donc ? Pourquoi ? Je n'ai pas compris. Vous vous méprenez, sans doute ? Vous êtes dans
mon âme comme une madone sur un piédestal, à une
place haute, solide et immaculée. Mais j'ai besoin de vous
pour vivre! J'ai besoin de vos yeux, de votre voix, de
votre pensée. Soyez mon amie, ma sœur, mon ange!

Et il allongeait son bras et lui en entourait la taille.
Elle tâchait de se dégager mollement. Il la soutenait ainsi,
en marchant.

Mais ils entendirent les deux chevaux qui broutaient
le feuillage.

— Oh! encore, dit Rodolphe. Ne partons pas! Restez!

Il l'entraîna plus loin, autour d'un petit étang, où des
lentilles d'eau faisaient une verdure sur les ondes. Des
nénufars flétris se tenaient immobiles entre les joncs.
Au bruit de leurs pas dans l'herbe, des grenouilles sau-
taient pour se cacher.

— J'ai tort, j'ai tort, disait-elle. Je suis folle de vous
entendre.

— Pourquoi ?... Emma! Emma!

— Oh! Rodolphe!... fit lentement la jeune femme en
se penchant sur son épaule.

Le drap de sa robe s'accrochait au velours de l'habit,
elle renversa son cou blanc, qui se gonflait d'un soupir;
et, défaillante, tout en pleurs, avec un long frémissement
et se cachant la figure, elle s'abandonna.

Les ombres du soir descendaient; le soleil horizontal,
passant entre les branches, lui éblouissait les yeux. Çà et
là, tout autour d'elle, dans les feuilles ou par terre, des
taches lumineuses tremblaient, comme si des colibris,
en volant, eussent éparpillé leurs plumes. Le silence était

partout; quelque chose de doux semblait sortir des arbres; elle sentait son cœur, dont les battements recommençaient, et le sang circuler dans sa chair comme un fleuve de lait. Alors, elle entendit tout au loin, au delà du bois, sur les autres collines, un cri vague et prolongé, une voix qui se traînait, et elle l'écoutait silencieusement, se mêlant comme une musique aux dernières vibrations de ses nerfs émus. Rodolphe, le cigare aux dents, raccommodait avec son canif une des deux brides cassée.

Ils s'en revinrent à Yonville, par le même chemin. Ils revirent sur la boue les traces de leurs chevaux, côte à côte, et les mêmes buissons, les mêmes cailloux dans l'herbe. Rien autour d'eux n'avait changé; et pour elle, cependant, quelque chose était survenu de plus considérable que si les montagnes se fussent déplacées. Rodolphe, de temps à autre, se penchait et lui prenait sa main pour la baiser.

Elle était charmante, à cheval! Droite, avec sa taille mince, le genou plié sur la crinière de sa bête et un peu colorée par le grand air, dans la rougeur du soir.

En entrant dans Yonville, elle caracola sur les pavés.

On la regardait des fenêtres.

Son mari, au dîner, lui trouva bonne mine; mais elle eut l'air de ne pas l'entendre lorsqu'il s'informa de sa promenade; et elle restait le coude au bord de son assiette, entre les deux bougies qui brûlaient.

— Emma! dit-il.

— Quoi?

— Eh bien, j'ai passé cette après-midi chez M. Alexandre; il a une ancienne pouliche encore fort belle, un peu couronnée seulement, et qu'on aurait, je suis sûr, pour une centaine d'écus...

Il ajouta:

— Pensant même que cela te serait agréable, je l'ai retenue..., je l'ai achetée... Ai-je bien fait? Dis-moi donc.

Elle remua la tête en signe d'assentiment; puis, un quart d'heure après:

— Sors-tu ce soir? demanda-t-elle.

— Oui. Pourquoi?

— Oh! rien, rien, mon ami.

Et, dès qu'elle fut débarrassée de Charles, elle monta s'enfermer dans sa chambre.

D'abord, ce fut comme un étourdissement; elle voyait les arbres, les chemins, les fossés, Rodolphe, et elle sen-

tait encore l'étreinte de ses bras, tandis que le feuillage
frémissait et que les joncs sifflaient.

Mais, en s'apercevant dans la glace, elle s'étonna de
son visage. Jamais elle n'avait eu les yeux si grands, si
noirs, ni d'une telle profondeur. Quelque chose de subtil
épandu sur sa personne la transfigurait.

Elle se répétait : « J'ai un amant! un amant! » se délectant à cette idée comme à celle d'une autre puberté qui
lui serait survenue. Elle allait donc posséder enfin ces joies
de l'amour, cette fièvre du bonheur dont elle avait désespéré. Elle entrait dans quelque chose de merveilleux où
tout serait passion, extase, délire; une immensité bleuâtre
l'entourait, les sommets du sentiment étincelaient sous
sa pensée, l'existence ordinaire n'apparaissait qu'au
loin, tout en bas, dans l'ombre, entre les intervalles de ces
hauteurs.

Alors elle se rappela les héroïnes des livres qu'elle
avait lus, et la légion lyrique de ces femmes adultères
se mit à chanter dans sa mémoire avec des voix de sœurs
qui la charmaient. Elle devenait elle-même comme une
partie véritable de ces imaginations et réalisait la longue
rêverie de sa jeunesse, en se considérant dans ce type
d'amoureuse qu'elle avait tant envié. D'ailleurs, Emma
éprouvait une satisfaction de vengeance. N'avait-elle pas
assez souffert! Mais elle triomphait maintenant, et
l'amour, si longtemps contenu, jaillissait tout entier avec
des bouillonnements joyeux. Elle le savourait sans
remords, sans inquiétude, sans trouble.

La journée du lendemain se passa dans une douceur
nouvelle. Ils se firent des serments. Elle lui raconta ses
tristesses. Rodolphe l'interrompait par ses baisers; et elle
lui demandait, en le contemplant les paupières à demi
closes, de l'appeler encore par son nom et de répéter
qu'il l'aimait. C'était dans la forêt, comme la veille, sous
une hutte de sabotiers. Les murs en étaient de paille et le
toit descendait si bas, qu'il fallait se tenir courbé. Ils
étaient assis l'un contre l'autre, sur un lit de feuilles
sèches.

A partir de ce jour-là, ils s'écrivirent régulièrement
tous les soirs. Emma portait sa lettre au bout du jardin
près de la rivière, dans une fissure de la terrasse. Rodolphe
venait l'y chercher et en plaçait une autre, qu'elle accusait
toujours d'être trop courte.

Un matin que Charles était sorti dès avant l'aube, elle
fut prise par la fantaisie de voir Rodolphe à l'instant.

On pouvait arriver promptement à la Huchette, y rester une heure et être rentré dans Yonville que tout le monde encore serait endormi. Cette idée la fit haleter de convoitise; elle se trouva bientôt au milieu de la prairie, où elle marchait à pas rapides, sans regarder derrière elle.

Le jour commençait à paraître. Emma, de loin, reconnut la maison de son amant, dont les deux girouettes à queue d'aronde se découpaient en noir sur le crépuscule pâle.

Après la cour de la ferme, il y avait un corps de logis qui devait être le château. Elle y entra, comme si les murs, à son approche, se fussent écartés d'eux-mêmes. Un grand escalier droit montait vers le corridor. Emma tourna la clenche d'une porte, et tout à coup, au fond de la chambre, elle aperçut un homme qui dormait. C'était Rodolphe. Elle poussa un cri.

— Te voilà! te voilà! répétait-il. Comment as-tu fait pour venir?... Ah! ta robe est mouillée!

— Je t'aime! répondit-elle en lui passant les bras autour du cou.

Cette première audace lui ayant réussi, chaque fois maintenant que Charles sortait de bonne heure, Emma s'habillait vite et descendait à pas de loup le perron qui conduisait au bord de l'eau.

Mais, quand la planche aux vaches était levée, il fallait suivre les murs qui longeaient la rivière; la berge était glissante; elle s'accrochait de la main, pour ne pas tomber, aux bouquets de ravenelles flétries. Puis elle prenait à travers des champs en labour, où elle enfonçait, trébuchait et empêtrait ses bottines minces. Son foulard, noué sur sa tête, s'agitait au vent dans les herbages; elle avait peur des bœufs, elle se mettait à courir; elle arrivait essoufflée, les joues roses, et exhalant de toute sa personne un frais parfum de sève, de verdure et de grand air. Rodolphe, à cette heure-là, dormait encore. C'était comme une matinée de printemps qui entrait dans sa chambre.

Les rideaux jaunes, le long des fenêtres, laissaient passer doucement une lourde lumière blonde. Emma tâtonnait en clignant des yeux, tandis que les gouttes de rosée suspendues à ses bandeaux faisaient comme une auréole de topaze tout autour de sa figure. Rodolphe, en riant, l'attirait à lui et il la pressait sur son cœur.

Ensuite, elle examinait l'appartement, elle ouvrait les tiroirs des meubles, elle se peignait avec son peigne et se regardait dans le miroir à barbe. Souvent même, elle mettait entre ses dents le tuyau d'une grosse pipe qui était sur la table de nuit, parmi des citrons et des morceaux de sucre, près d'une carafe d'eau.

Il leur fallait un bon quart d'heure pour les adieux. Alors Emma pleurait; elle aurait voulu ne jamais abandonner Rodolphe. Quelque chose de plus fort qu'elle la poussait vers lui, si bien qu'un jour, la voyant survenir, à l'improviste, il fronça le visage, comme quelqu'un de contrarié.

— Qu'as-tu donc ? dit-elle. Souffres-tu ? Parle-moi!

Enfin il déclara, d'un air sérieux, que ses visites devenaient imprudentes et qu'elle se compromettait.

X

Peu à peu, ces craintes de Rodolphe la gagnèrent. L'amour l'avait enivrée d'abord, elle n'avait songé à rien au delà. Mais, à présent qu'il était indispensable à sa vie, elle craignait d'en perdre quelque chose, ou même qu'il ne fût troublé. Quand elle s'en revenait de chez lui, elle jetait tout alentour des regards inquiets, épiant chaque forme qui passait à l'horizon et chaque lucarne du village d'où l'on pouvait l'apercevoir. Elle écoutait les pas, les cris, le bruit des charrues; et elle s'arrêtait plus blême et plus tremblante que les feuilles des peupliers qui se balançaient sur sa tête.

Un matin qu'elle s'en retournait ainsi, elle crut distinguer tout à coup le long canon d'une carabine qui semblait la tenir en joue. Il dépassait obliquement le bord d'un petit tonneau, à demi enfoui entre les herbes, sur la marge d'un fossé. Emma, prête à défaillir de terreur, avança cependant, et un homme sortit du tonneau, comme ces diables à boudin qui se dressent du fond des boîtes. Il avait des guêtres bouclées jusqu'aux genoux, sa casquette enfoncée jusqu'aux yeux, les lèvres grelottantes et le nez rouge. C'était le capitaine Binet, à l'affût des canards sauvages.

— Vous auriez dû parler de loin! s'écria-t-il. Quand on aperçoit un fusil, il faut toujours avertir.

Le percepteur, par là, tâchait de dissimuler la crainte qu'il venait d'avoir; car, un arrêté préfectoral ayant interdit la chasse aux canards autrement qu'en bateau, M. Binet, malgré son respect pour les lois, se trouvait en contravention. Aussi croyait-il à chaque minute entendre arriver le garde champêtre. Mais cette inquiétude irritait son plaisir, et, tout seul dans son tonneau, il s'applaudissait de son bonheur et de sa malice.

A la vue d'Emma, il parut soulagé d'un grand poids, et aussitôt, entamant la conversation :

— Il ne fait pas chaud, *ça pique !*

Emma ne répondit rien. Il poursuivit :

— Et vous voilà sortie de bien bonne heure ?

— Oui, dit-elle en balbutiant ; je viens de chez la nourrice où est mon enfant.

— Ah ! fort bien ! fort bien ! Quant à moi, tel que vous me voyez, dès la pointe du jour, je suis là ; mais le temps est si crassineux, qu'à moins d'avoir la plume juste au bout...

— Bonsoir, monsieur Binet, interrompit-elle en lui tournant les talons.

— Serviteur, madame, reprit-il d'un ton sec.

Et il rentra dans son tonneau.

Emma se repentit d'avoir quitté si brusquement le percepteur. Sans doute, il allait faire des conjectures défavorables. L'histoire de la nourrice était la pire excuse, tout le monde sachant bien à Yonville que la petite Bovary, depuis un an, était revenue chez ses parents. D'ailleurs, personne n'habitait aux environs ; ce chemin ne conduisait qu'à la Huchette ; Binet, donc, avait deviné d'où elle venait, et il ne se tairait pas, il bavarderait, c'était certain ! Elle resta jusqu'au soir à se torturer l'esprit dans tous les projets de mensonges imaginables, et ayant sans cesse devant les yeux cet imbécile à carnassière.

Charles, après le dîner, la voyant soucieuse, voulut, par distraction, la conduire chez le pharmacien ; et la première personne qu'elle aperçut dans la pharmacie ce fut encore lui, le percepteur ! Il était debout devant le comptoir, éclairé par la lumière du bocal rouge, et il disait :

— Donnez-moi, je vous prie, une demi-once de vitriol.

— Justin, cria l'apothicaire, apporte-nous l'acide sulfurique.

Puis, à Emma, qui voulait monter dans l'appartement de Mme Homais :

— Non, restez, ce n'est pas la peine, elle va descendre. Chauffez-vous au poêle en attendant... Excusez-moi... Bonjour, docteur (car le pharmacien se plaisait beaucoup à prononcer ce mot *docteur*, comme si, en l'adressant à un autre, il eût fait rejaillir sur lui-même quelque chose de la pompe qu'il y trouvait)... Mais prends garde de renverser les mortiers ! va plutôt chercher les chaises de la petite salle; tu sais bien qu'on ne dérange pas les fauteuils du salon.

Et, pour remettre en place son fauteuil, Homais se précipitait hors du comptoir, quand Binet lui demanda une demi-once d'acide de sucre.

— Acide de sucre? fit le pharmacien dédaigneusement. Je ne connais pas, j'ignore! Vous voulez peut-être de l'acide oxalique? C'est oxalique, n'est-il pas vrai?

Binet expliqua qu'il avait besoin d'un mordant pour composer lui-même une eau de cuivre avec quoi dérouiller diverses garnitures de chasse. Emma tressaillit. Le pharmacien se mit à dire :

— En effet, le temps n'est pas propice, à cause de l'humidité.

— Cependant, reprit le percepteur d'un air finaud, il y a des personnes qui s'en arrangent.

Elle étouffait :

— Donnez-moi encore...

— Il ne s'en ira donc jamais! pensait-elle.

— Une demi-once d'arcanson et de térébenthine, quatre onces de cire jaune, et trois onces de noir animal, s'il vous plaît, pour nettoyer les cuirs vernis de mon équipement.

L'apothicaire commençait à tailler de la cire, quand Mme Homais parut avec Irma dans ses bras, Napoléon à ses côtés et Athalie qui la suivait. Elle alla s'asseoir sur le banc de velours, contre la fenêtre, et le gamin s'accroupit sur un tabouret, tandis que sa sœur aînée rôdait autour de la boîte de jujube près de son petit papa. Celui-ci emplissait des entonnoirs et bouclait des flacons, il collait des étiquettes, il confectionnait des paquets. On se taisait autour de lui; et l'on entendait seulement de temps à autre tinter les poids dans les balances, avec quelques paroles basses du pharmacien donnant des conseils à son élève.

— Comment va votre jeune personne? demanda tout à coup Mme Homais.

— Silence! exclama son mari, qui écrivait des chiffres sur le cahier de brouillons.

— Pourquoi ne l'avez-vous pas amenée? reprit-elle à demi-voix.

— Chut! chut! fit Emma en désignant du doigt l'apothicaire.

Mais Binet, tout entier à la lecture de l'addition, n'avait

rien entendu probablement. Enfin il sortit. Alors Emma, débarrassée, poussa un grand soupir.

— Comme vous respirez fort! dit Mme Homais.

— Ah! c'est qu'il fait chaud, répondit-elle.

Ils s'avisèrent donc, le lendemain, à organiser leurs rendez-vous; Emma voulait corrompre sa servante par un cadeau; mais il eût mieux valu découvrir à Yonville quelque maison discrète. Rodolphe promit d'en chercher une.

Pendant tout l'hiver, trois ou quatre fois la semaine, à la nuit noire, il arrivait dans le jardin. Emma, tout exprès, avait retiré la clef de la barrière, que Charles crut perdue.

Pour l'avertir, Rodolphe jetait contre les persiennes une poignée de sable. Elle se levait en sursaut; mais quelquefois il lui fallait attendre, car Charles avait la manie de bavarder au coin du feu, et il n'en finissait pas.

Elle se dévorait d'impatience; si ses yeux l'avaient pu ils l'eussent fait sauter par les fenêtres. Enfin, elle commençait sa toilette de nuit; puis elle prenait un livre et continuait à lire fort tranquillement, comme si la lecture l'eût amusée. Mais Charles, qui était au lit, l'appelait pour se coucher.

— Viens, donc, Emma, disait-il, il est temps.

— Oui, j'y vais! répondait-elle.

Cependant, comme les bougies l'éblouissaient, il se tournait vers le mur et s'endormait. Elle s'échappait, en retenant son haleine, souriante, palpitante, déshabillée.

Rodolphe avait un grand manteau; il l'en enveloppait tout entière, et, passant le bras autour de sa taille, il l'entraînait sans parler jusqu'au fond du jardin.

C'était sous la tonnelle, sur ce même banc de bâtons pourris où autrefois Léon la regardait si amoureusement, durant les soirs d'été. Elle ne pensait guère à lui maintenant.

Les étoiles brillaient à travers les branches du jasmin sans feuilles. Ils entendaient derrière eux la rivière qui coulait, et, de temps à autre, sur la berge, le claquement des roseaux secs. Des massifs d'ombre, çà et là, se bombaient dans l'obscurité, et parfois, frissonnant tous d'un seul mouvement, ils se dressaient et se penchaient comme d'immenses vagues noires qui se fussent avancées pour les recouvrir. Le froid de la nuit les faisait s'étreindre davantage; les soupirs de leurs lèvres leur semblaient plus forts; leurs yeux, qu'ils entrevoyaient à peine, leur paraissaient plus grands, et, au milieu du silence, il y avait des paroles dites tout bas qui tombaient sur leur âme avec une sonorité cristalline et qui s'y répercutaient en vibrations multipliées.

Lorsque la nuit était pluvieuse, ils s'allaient réfugier dans le cabinet aux consultations, entre le hangar et l'écurie. Elle allumait un des flambeaux de la cuisine, qu'elle avait caché derrière les livres. Rodolphe s'installait là comme chez lui. La vue de la bibliothèque et du bureau, de tout l'appartement enfin, excitait sa gaieté; et il ne pouvait se retenir de faire sur Charles quantité de plaisanteries qui embarrassaient Emma. Elle eût désiré le voir plus sérieux, et même plus dramatique à l'occasion, comme cette fois où elle crut entendre dans l'allée un bruit de pas qui s'approchaient.

— On vient! dit-elle.

Il souffla la lumière.

— As-tu tes pistolets ?

— Pourquoi ?

— Mais... pour te défendre, reprit Emma.

— Est-ce de ton mari ? Ah! le pauvre garçon!

Et Rodolphe acheva sa phrase avec un geste qui signifiait : « Je l'écraserais d'une chiquenaude. »

Elle fut ébahie de sa bravoure, bien qu'elle y sentît une sorte d'indélicatesse et de grossièreté naïve qui la scandalisa.

Rodolphe réfléchit beaucoup à cette histoire de pistolets. Si elle avait parlé sérieusement, cela était fort ridicule, pensait-il, odieux même, car il n'avait, lui, aucune raison de haïr ce bon Charles, n'étant pas ce qui s'appelle dévoré de jalousie; — et, à propos, Emma lui avait fait un grand serment qu'il ne trouvait pas non plus du meilleur goût.

D'ailleurs, elle devenait bien sentimentale. Il avait fallu échanger des miniatures; on s'était coupé des poignées de cheveux, et elle demandait à présent une bague, un véritable anneau de mariage en signe d'alliance éternelle. Souvent elle lui parlait des cloches du soir ou des *voix de la nature ;* puis elle l'entretenait de sa mère, à elle, et de sa mère, à lui. Rodolphe l'avait perdue depuis vingt ans. Emma, néanmoins, l'en consolait avec des mièvreries de langage, comme on eût fait à un marmot abandonné, et même lui disait quelquefois, en regardant la lune :

— Je suis sûre que là-haut, ensemble, elles approuvent notre amour.

Mais elle était si jolie! Il en avait possédé si peu d'une candeur pareille! Cet amour sans libertinage était pour lui quelque chose de nouveau, et qui, le sortant de ses habitudes faciles, caressait à la fois son orgueil et sa sensualité. L'exaltation d'Emma, que son bon sens bourgeois dédaignait, lui semblait, au fond du cœur, charmante, puisqu'elle s'adressait à sa personne. Alors, sûr d'être aimé, il ne se gêna pas, et insensiblement ses façons changèrent.

Il n'avait plus, comme autrefois, de ces mots si doux qui la faisaient pleurer, ni de ces véhémentes caresses qui la rendaient folle; si bien que leur grand amour, où elle vivait plongée, parut se diminuer sous elle, comme l'eau d'un fleuve qui s'absorberait dans son lit; et elle aperçut la vase. Elle n'y voulait pas croire; elle redoubla de tendresse; et Rodolphe, de moins en moins, cacha son indifférence.

Elle ne savait pas si elle regrettait de lui avoir cédé ou si elle ne souhaitait point, au contraire, le chérir davantage. L'humiliation de se sentir faible se tournait en une rancune que les voluptés tempéraient. Ce n'était pas de l'attachement, c'était comme une séduction permanente. Il la subjuguait. Elle en avait presque peur.

Les apparences, néanmoins, étaient plus calmes que jamais, Rodolphe ayant réussi à conduire l'adultère selon sa fantaisie; et, au bout de six mois, quand le printemps arriva, ils se trouvaient, l'un vis-à-vis de l'autre, comme deux mariés qui entretiennent tranquillement une flamme domestique.

C'était l'époque où le père Rouault envoyait son dinde, en souvenir de sa jambe remise. Le cadeau arrivait toujours avec une lettre. Emma coupa la corde qui la retenait au panier, et lut les lignes suivantes :

« Mes chers enfants,

« J'espère que la présente vous trouvera en bonne santé et que celui-là vaudra bien les autres; car il me semble un peu plus mollet, si j'ose dire, et plus massif. Mais la prochaine fois, par changement, je vous donnerai un coq, à moins que vous ne teniez de préférence aux *picots*, et renvoyez-moi la bourriche, s'il vous plaît, avec les deux anciennes. J'ai eu un malheur à ma charretterie, dont la couverture, une nuit qu'il ventait fort, s'est

envolée dans les arbres. La récolte non plus n'a pas été
trop fameuse. Enfin, je ne sais pas quand j'irai vous voir.
Ça m'est tellement difficile de quitter maintenant la
maison, depuis que je suis seul, ma pauvre Emma! »

Et il y avait ici un intervalle entre les lignes, comme si
le bonhomme eût laissé tomber sa plume pour rêver
quelque temps.

« Quant à moi, je vais bien, sauf un rhume que j'ai
attrapé l'autre jour à la foire d'Yvetot, où j'étais parti
pour retenir un berger, ayant mis le mien dehors, par
suite de sa trop grande délicatesse de bouche. Comme on
est à plaindre avec tous ces brigands-là! Du reste,
c'était aussi un malhonnête.

« J'ai appris d'un colporteur qui, en voyageant cet
hiver par votre pays, s'est fait arracher une dent, que
Bovary travaillait toujours dur. Ça ne m'étonne pas, et
il m'a montré sa dent; nous avons pris un café ensemble.
Je lui ai demandé s'il t'avait vue, il m'a dit que non,
mais qu'il avait vu dans l'écurie deux animaux, d'où
je conclus que le métier roule. Tant mieux, mes chers
enfants, et que le bon Dieu vous envoie tout le bonheur
imaginable.

« Il me fait deuil de ne pas connaître encore ma bien-
aimée petite-fille Berthe Bovary. J'ai planté pour elle,
dans le jardin, sous ta chambre, un prunier de prunes
d'avoine, et je ne veux pas qu'on y touche, si ce n'est
pour lui faire plus tard des compotes, que je garderai
dans l'armoire, à son intention, quand elle viendra.

« Adieu, mes chers enfants. Je t'embrasse, ma fille,
vous aussi mon gendre, et la petite, sur les deux joues.

« Je suis, avec bien des compliments,
« Votre tendre père,

« THÉODORE ROUAULT. »

Elle resta quelques minutes à tenir entre ses doigts ce
gros papier. Les fautes d'orthographe s'y enlaçaient
les unes aux autres, et Emma poursuivait la pensée douce
qui caquetait tout au travers comme une poule à demi
cachée dans une haie d'épines. On avait séché l'écriture
avec les cendres du foyer, car un peu de poussière grise
glissa de la lettre sur sa robe, et elle crut presque apercevoir son père se courbant vers l'âtre pour saisir les pincettes. Comme il y avait longtemps qu'elle n'était plus

auprès de lui, sur l'escabeau dans la cheminée, quand elle faisait brûler le bout d'un bâton à la grande flamme des joncs marins qui pétillaient!... Elle se rappela des soirs d'été tout pleins de soleil. Les poulains hennissaient quand on passait, et galopaient, galopaient... Il y avait sous sa fenêtre une ruche à miel, et quelquefois les abeilles, tournoyant dans la lumière, frappaient contre les carreaux comme des balles d'or rebondissantes. Quel bonheur dans ce temps-là! quelle liberté! quel espoir! quelle abondance d'illusions! Il n'en restait plus maintenant! Elle en avait dépensé à toutes les aventures de son âme, par toutes les conditions successives, dans la virginité, dans le mariage et dans l'amour; — les perdant ainsi continuellement le long de sa vie, comme un voyageur qui laisse quelque chose de sa richesse à toutes les auberges de la route.

Mais qui donc la rendait si malheureuse ? Où était la catastrophe extraordinaire qui l'avait bouleversée ? Et elle releva la tête, regardant autour d'elle, comme pour chercher la cause de ce qui la faisait souffrir.

Un rayon d'avril chatoyait sur les porcelaines de l'étagère; le feu brûlait; elle sentait sous ses pantoufles la douceur du tapis; le jour était blanc, l'atmosphère tiède, et elle entendit son enfant qui poussait des éclats de rire.

En effet, la petite fille se roulait alors sur le gazon, au milieu de l'herbe qu'on fanait. Elle était couchée à plat ventre, au haut d'une meule. Sa bonne la retenait par la jupe. Lestiboudois ratissait à côté et chaque fois qu'il s'approchait, elle se penchait en battant l'air de ses deux bras.

— Amenez-la-moi! dit sa mère, se précipitant pour l'embrasser. Comme je t'aime, ma pauvre enfant! comme je t'aime!

Puis, s'apercevant qu'elle avait le bout des oreilles un peu sale, elle sonna vite pour avoir de l'eau chaude et la nettoya, la changea de linge, de bas, de souliers, fit mille questions sur sa santé, comme au retour d'un voyage, et, enfin, la baisant encore et pleurant un peu, elle la remit aux mains de la domestique, qui restait fort ébahie devant cet excès de tendresse.

Rodolphe, le soir, la trouva plus sérieuse que d'habitude.

— Cela se passera, jugea-t-il; c'est un caprice.

Et il manqua consécutivement à trois rendez-vous.

gneuse.

— Ah! tu perds ton temps, ma mignonne...

Et il eut l'air de ne pas remarquer ses soupirs mélancoliques, ni le mouchoir qu'elle tirait.

C'est alors qu'Emma se repentit!

Elle se demanda même pourquoi donc elle exécrait Charles, et s'il n'eût pas été meilleur de le pouvoir aimer. Mais il n'offrait pas grande prise à ces retours du sentiment, si bien qu'elle demeurait fort embarrassée dans sa velléité de sacrifice, lorsque l'apothicaire vint à propos lui fournir une occasion.

XI

Il avait lu dernièrement l'éloge d'une nouvelle méthode pour la cure des pieds bots; et, comme il était partisan du progrès, il conçut cette idée patriotique que Yonville, pour *se mettre au niveau*, devait avoir des opérations de stréphopodie.

— Car, disait-il à Emma, que risque-t-on ? Examinez (et il énumérait sur ses doigts les avantages de la tentative) : succès presque certain, soulagement et embellissement du malade, célébrité vite acquise à l'opérateur. Pourquoi votre mari, par exemple, ne voudrait-il pas débarrasser ce pauvre Hippolyte, du *Lion d'or?* Notez qu'il ne manquerait pas de raconter sa guérison à tous les voyageurs, et puis (Homais baissait la voix et regardait autour de lui) qui donc m'empêcherait d'envoyer au journal une petite note là-dessus ? Eh! mon Dieu! un article circule..., on en parle..., cela finit par faire la boule de neige! Et qui sait ? qui sait ?

En effet, Bovary pouvait réussir; rien n'affirmait à Emma qu'il ne fût pas habile, et quelle satisfaction pour elle que de l'avoir engagé à une démarche d'où sa réputation et sa fortune se trouveraient accrues ? Elle ne demandait qu'à s'appuyer sur quelque chose de plus solide que l'amour.

Charles, sollicité par l'apothicaire et par elle, se laissa convaincre. Il fit venir de Rouen le volume du docteur Duval, et, tous les soirs, se prenant la tête entre les mains, il s'enfonçait dans cette lecture.

Tandis qu'il étudiait les équins, les varus et les valgus, c'est-à-dire la stréphocatopodie, la stréphendopodie et la stréphexopodie (ou, pour parler mieux, les différentes déviations du pied, soit en bas, en dedans ou en dehors), avec la stréphypopodie et la stréphanopodie (autrement

dit : torsion en dessous et redressement en haut),
M. Homais, par toute sorte de raisonnements, exhortait le garçon d'auberge à se faire opérer.

— A peine sentiras-tu, peut-être, une légère douleur ;
c'est une simple piqûre comme une petite saignée, moins
que l'extirpation de certains cors.

Hippolyte, réfléchissant, roulait des yeux stupides.

— Du reste, reprenait le pharmacien, ça ne me regarde
pas ! c'est pour toi ! par humanité pure ! Je voudrais
te voir, mon ami, débarrassé de ta hideuse claudication,
avec ce balancement de la légion lombaire, qui, bien
que tu prétendes, doit te nuire considérablement dans
l'exercice de ton métier.

Alors Homais lui représentait combien il se sentirait
ensuite plus gaillard et plus ingambe, et même lui donnait à entendre qu'il s'en trouverait mieux pour plaire
aux femmes, et le valet d'écurie se prenait à sourire
lourdement. Puis il l'attaquait par la vanité :

— N'es-tu pas un homme, sapristi ? Que serait-ce
donc, s'il t'avait fallu servir, aller combattre sous les
drapeaux ?... Ah ! Hippolyte !

Et Homais s'éloignait, déclarant qu'il ne comprenait pas cet entêtement, cet aveuglement à se refuser aux
bienfaits de la science.

Le malheureux céda, car ce fut comme une conjuration.
Binet, qui ne se mêlait jamais des affaires d'autrui,
Mme Lefrançois, Artémise, les voisins, et jusqu'au
maire, M. Tuvache, tout le monde l'engagea, le sermonna,
lui faisait honte ; mais, ce qui acheva de le décider, c'est
que ça ne lui coûterait rien. Bovary se chargeait même de
fournir la machine pour l'opération. Emma avait eu
l'idée de cette générosité ; et Charles y consentit, se
disant au fond du cœur que sa femme était un ange.

Avec les conseils du pharmacien, et en recommençant
trois fois, il fit donc construire par le menuisier, aidé
du serrurier, une manière de boîte pesant huit livres
environ, et où le fer, le bois, la tôle, le cuir, les vis et les
écrous ne se trouvaient point épargnés.

Cependant, pour savoir quel tendon couper à Hippolyte, il fallait connaître d'abord quelle espèce de pied
bot il avait.

Il avait un pied faisant avec la jambe une ligne presque droite, ce qui ne l'empêchait pas d'être tourné en
dedans, de sorte que c'était un équin mêlé d'un peu de
varus, ou bien un léger varus fortement accusé d'équin.

Mais, avec cet équin, large en effet comme un pied de cheval, à peau rugueuse, à tendons secs, à gros orteils, et où les ongles noirs figuraient les clous d'un fer, le stréphopode, depuis le matin jusqu'à la nuit, galopait comme un cerf. On le voyait continuellement sur la place, sautiller tout autour des charrettes, en jetant en avant son support inégal. Il semblait même plus vigoureux de cette jambe-là que de l'autre. A force d'avoir servi, elle avait contracté comme des qualités morales de patience et d'énergie; et quand on lui donnait quelque gros ouvrage, il s'écorait dessus, préférablement.

Or, puisque c'était un équin, il fallait couper le tendon d'Achille, quitte à s'en prendre plus tard au muscle tibial antérieur pour se débarrasser du varus : car le médecin n'osait d'un seul coup risquer deux opérations, et même il tremblait déjà, dans la peur d'attaquer quelque région importante qu'il ne connaissait pas.

Ni Ambroise Paré, appliquant pour la première fois depuis Celse, après quinze siècles d'intervalle, la ligature immédiate d'une artère; ni Dupuytren allant ouvrir un abcès à travers une couche épaisse d'encéphale; ni Gensoul, quand il fit la première ablation de maxillaire supérieur, n'avaient certes le cœur si palpitant, la main si frémissante, l'intellect aussi tendu que M. Bovary quand il approcha d'Hippolyte, son *ténotome* entre les doigts. Et, comme dans les hôpitaux, on voyait, à côté, sur une table, un tas de charpie, des fils cirés, beaucoup de bandes, une pyramide de bandes, tout ce qu'il y avait de bandes chez l'apothicaire. C'était M. Homais qui avait organisé dès le matin tous ces préparatifs, autant pour éblouir la multitude que pour s'illusionner lui-même. Charles piqua la peau; on entendit un craquement sec. Le tendon était coupé, l'opération était finie. Hippolyte n'en revenait pas de surprise; il se penchait sur les mains de Bovary pour les couvrir de baisers.

— Allons, calme-toi, disait l'apothicaire, tu témoigneras plus tard ta reconnaissance envers ton bienfaiteur!

Et il descendit conter le résultat à cinq ou six curieux qui stationnaient dans la cour, et qui s'imaginaient qu'Hippolyte allait reparaître marchant droit. Puis Charles, ayant bouclé son malade dans le moteur mécanique, s'en retourna chez lui, où Emma, tout anxieuse, l'attendait sur la porte. Elle lui sauta au cou; ils se mirent à table; il mangea beaucoup, et même il voulut, au dessert, prendre une tasse de café, débauche qu'il ne se permettait que le dimanche lorsqu'il y avait du monde.

La soirée fut charmante, pleine de causeries, de rêves en commun. Ils parlèrent de leur fortune future, d'améliorations à introduire dans leur ménage; il voyait sa considération s'étendant, son bien-être augmentant, sa femme l'aimant toujours; et elle se trouvait heureuse de se rafraîchir dans un sentiment nouveau, plus sain, meilleur, enfin d'éprouver quelque tendresse pour ce pauvre garçon qui la chérissait. L'idée de Rodolphe, un moment, lui passa par la tête; mais ses yeux se reportèrent sur Charles; elle remarqua même avec surprise qu'il n'avait point les dents vilaines.

Ils étaient au lit lorsque M. Homais, malgré la cuisinière, entra tout à coup dans la chambre, en tenant à la main une feuille de papier fraîche écrite. C'était la réclame qu'il destinait au *Fanal de Rouen*. Il la leur apportait à lire.

— Lisez vous-même, dit Bovary.

Il lut :

— Malgré les préjugés qui recouvrent encore une partie de la face de l'Europe comme un réseau, la lumière cependant commence à pénétrer dans nos campagnes. C'est ainsi que, mardi, notre petite cité d'Yonville s'est vu le théâtre d'une expérience chirurgicale qui est en même temps un acte de haute philanthropie. M. Bovary, un de nos praticiens les plus distingués... »

— Ah! c'est trop! c'est trop! disait Charles, que l'émotion suffoquait.

— Mais non, pas du tout! comment donc!... « a opéré d'un pied bot... » Je n'ai pas mis le terme scientifique, parce que, vous savez, dans un journal..., tout le monde peut-être ne comprendrait pas; il faut que les masses...

— En effet, dit Bovary. Continuez.

— Je reprends, dit le pharmacien... « M. Bovary, un de nos praticiens les plus distingués, a opéré d'un pied bot le nommé Hippolyte Tautain, garçon d'écurie depuis vingt-cinq ans à l'hôtel du *Lion d'or*, tenu par Mme veuve Lefrançois, sur la place d'Armes. La nouveauté de la tentative et l'intérêt qui s'attachait au sujet avait attiré un tel concours de population qu'il y avait véritablement encombrement au seuil de l'établissement. L'opération, du reste, s'est pratiquée comme par enchantement et à peine si quelques gouttes de sang sont venues sur la peau, comme pour dire que le tendon rebelle venait enfin de céder sous les efforts de l'art. Le malade, chose étrange (nous l'affirmons *de visu*) n'accusa point de douleur. Son état jusqu'à présent ne laisse rien à désirer. Tout porte à croire que la convalescence sera courte, et qui sait même si, à la prochaine fête villageoise, nous ne verrons pas notre brave Hippolyte figurer dans des danses bachiques, au milieu d'un chœur de joyeux drilles, et ainsi prouver à tous les yeux, par sa verve et ses entrechats, sa complète guérison ? Honneur donc aux savants généreux ! Honneur à ces esprits infatigables qui consacrent leurs veilles à l'amélioration ou bien au soulagement de leur espèce ! Honneur ! trois fois honneur ! N'est-ce pas le cas de s'écrier que les aveugles verront, les sourds entendront et les boiteux marcheront ? Mais ce que le fanatisme autrefois promettait à ses élus, la science maintenant l'accomplit pour tous les hommes ! Nous tiendrons nos lecteurs au courant des phases successives de cette cure remarquable. »

Ce qui n'empêcha pas que, cinq jours après, la mère Lefrançois n'arrivât tout effarée en s'écriant :

— Au secours ! il se meurt !... j'en perds la tête !

Charles se précipita vers le *Lion d'or*, et le pharmacien, qui l'aperçut passant sur la place, sans chapeau, abandonna la pharmacie. Il parut lui-même, haletant, rouge, inquiet, et demandant à tous ceux qui montait l'escalier :

— Qu'a donc notre intéressant stréphopode ?

Il se tordait, le stréphopode, dans des convulsions atroces, si bien que le moteur mécanique où était enfermée sa jambe frappait contre la muraille à la défoncer.

Avec beaucoup de précautions, pour ne pas déranger la position du membre, on retira donc la boîte, et l'on vit un spectacle affreux. Les formes du pied disparaissaient dans une telle bouffissure, que la peau tout entière semblait près de se rompre, et elle était couverte d'ecchymoses occasionnées par la fameuse machine. Hippolyte déjà s'était plaint d'en souffrir ; on n'y avait pris garde ; il fallut reconnaître qu'il n'avait pas eu tort complètement et on le laissa libre quelques heures. Mais à peine l'œdème eut-il un peu disparu, que les deux savants jugèrent à propos de rétablir le membre dans l'appareil, et en l'y serrant davantage, pour accélérer les choses. Enfin, trois jours après, Hippolyte n'y pouvant plus tenir, ils retirèrent encore une fois la mécanique, tout en s'étonnant beaucoup du résultat qu'ils aperçurent. Une tuméfaction livide s'étendait sur la jambe, et avec des phlyctènes de place en place, par où suintait un liquide noir. Cela prenait une tournure sérieuse. Hippolyte commençait à s'ennuyer, et la mère Lefrançois l'installa dans la petite salle, près de la cuisine, pour qu'il eût au moins quelque distraction.

Mais le percepteur, qui tous les jours y dînait, se plaignit avec amertume d'un tel voisinage. Alors on transporta Hippolyte dans la salle du billard.

Il était là, geignant sous ses grosses couvertures, pâle, la barbe longue, les yeux caves, et, de temps à autre, tournant sa tête en sueur sur le sale oreiller où s'abattaient les mouches. Mme Bovary le venait voir. Elle lui apportait des linges pour ses cataplasmes, et le consolait, l'encourageait. Du reste, il ne manquait pas de compagnie, les jours de marché surtout, lorsque les paysans autour de lui poussaient les billes du billard, s'escrimaient avec les queues, fumaient, buvaient, chantaient, braillaient.

— Comment vas-tu? disaient-ils en lui frappant sur l'épaule. Ah! tu n'es pas fier à ce qu'il paraît! Mais c'est ta faute. Il faudrait faire ceci, faire cela.

Et on lui racontait des histoires de gens qui avaient tous été guéris par d'autres remèdes que les siens; puis, en matière de consolation, ils ajoutaient:

— C'est que tu t'écoutes trop! lève-toi donc! tu te dorlotes comme un roi! Ah! n'importe, vieux farceur! tu ne sens pas bon!

La gangrène, en effet, montait de plus en plus. Bovary en était malade lui-même. Il venait à chaque heure, à tout moment. Hippolyte le regardait avec des yeux pleins d'épouvante et balbutiait en sanglotant:

— Quand est-ce que je serai guéri? — Ah! sauvez-moi!... Que je suis malheureux! que je suis malheureux!

Et le médecin s'en allait toujours en lui recommandant la diète.

— Ne l'écoute point, mon garçon, reprenait la mère Lefrançois; ils t'ont déjà assez martyrisé! Tu vas t'affaiblir encore. Tiens, avale!

Et elle lui présentait quelque bon bouillon, quelque tranche de gigot, quelque morceau de lard, et parfois des petits verres d'eau-de-vie, qu'il n'avait pas le courage de porter à ses lèvres.

L'abbé Bournisien, apprenant qu'il empirait, fit demander à le voir. Il commença par le plaindre de son mal, tout en déclarant qu'il fallait s'en réjouir, puisque c'était la volonté du Seigneur, et profiter vite de l'occasion pour se réconcilier avec le ciel.

— Car, disait l'ecclésiastique d'un ton paternel, tu négligeais un peu tes devoirs; on te voyait rarement à l'office divin; combien y a-t-il d'années que tu ne t'es approché de la sainte table? Je comprends que tes occupations, que le tourbillon du monde aient pu t'écarter du soin de ton salut. Mais, à présent, c'est l'heure d'y réfléchir. Ne désespère pas, cependant; j'ai connu de grands coupables qui, près de comparaître devant Dieu (tu n'en es point encore là, je le sais bien), avaient imploré sa miséricorde, et qui certainement sont morts dans les meilleures dispositions. Espérons que, tout comme eux, tu nous donneras de bons exemples! Ainsi par précaution, qui donc t'empêcherait de réciter matin et soir un « Je vous salue, Marie, pleine de grâce », et un « Notre Père qui êtes aux Cieux »! Oui, fais cela! pour moi, pour m'obliger. Qu'est-ce que ça coûte?... Me le promets-tu?

Le pauvre diable promit. Le curé revint les jours suivants. Il causait avec l'aubergiste et même racontait des anecdotes entremêlées de plaisanteries, de calembours qu'Hippolyte ne comprenait pas. Puis, dès que la circonstance le permettait, il retombait sur les matières de religion, en prenant une figure convenable.

Son zèle parut réussir; car bientôt le stréphopode témoigna l'envie d'aller en pèlerinage à Bon-Secours, s'il se guérissait : à quoi M. Bournisien répondit qu'il ne voyait pas d'inconvénient; deux précautions valaient mieux qu'une. *On ne risquait rien.*

L'apothicaire s'indigna contre ce qu'il appelait les *manœuvres du prêtre;* elles nuisaient, prétendait-il, à la convalescence d'Hippolyte, et il répétait à Mme Lefrançois :

— Laissez-le laissez-le! vous lui perturbez le moral avec votre mysticisme!

Mais la bonne femme ne voulait plus l'entendre. Il était *cause de tout.* Par esprit de contradiction, elle accrocha même au chevet du malade un bénitier tout plein, avec une branche de buis.

Cependant la religion, pas plus que la chirurgie, ne paraissait le secourir, et l'invincible pourriture allait montant toujours des extrémités vers le ventre. On avait beau varier les potions et changer les cataplasmes, les muscles, chaque jour, se décollaient davantage, et enfin Charles répondit par un signe de tête affirmatif quand la mère Lefrançois lui demanda si elle ne pourrait point, en désespoir de cause, faire venir M. Canivet, de Neufchâtel, qui était une célébrité.

Docteur en médecine, âgé de cinquante ans, jouissant d'une bonne position, et sûr de lui-même, le confrère ne se gêna pas pour rire dédaigneusement lorsqu'il découvrit cette jambe gangrenée jusqu'au genou. Puis, ayant déclaré net qu'il la fallait amputer, il s'en alla chez le pharmacien déblatérer contre les ânes qui avaient pu réduire un malheureux homme en un tel état. Secouant M. Homais par le bouton de sa redingote, il vociférait dans la pharmacie.

— Ce sont là des inventions de Paris ! Voilà les idées de ces messieurs de la Capitale ! C'est comme le strabisme, le chloroforme et la lithotritie, un tas de monstruosités que le gouvernement devrait défendre ! Mais on veut faire le malin, et l'on vous fourre des remèdes sans s'inquiéter des conséquences. Nous ne sommes pas si forts que cela, nous autres ; nous ne sommes pas des savants, des mirliflores, des jolis cœurs ; nous sommes des praticiens, des guérisseurs, et nous n'imaginerions pas d'opérer quelqu'un qui se porte à merveille ! Redresser des pieds bots ? est-ce qu'on peut redresser les pieds bots ? c'est comme si l'on voulait, par exemple, rendre droit un bossu !

Homais souffrait en écoutant ce discours, et il dissimulait son malaise sous un sourire de courtisan, ayant besoin de ménager M. Canivet, dont les ordonnances quelquefois arrivaient jusqu'à Yonville ; aussi ne prit-il pas la défense de Bovary, ne fit-il même aucune observation, et, abandonnant ses principes, il sacrifia sa dignité aux intérêts plus sérieux de son négoce.

Ce fut dans le village un événement considérable que cette amputation de cuisse par le docteur Canivet ! Tous les habitants, ce jour-là, s'étaient levés de meilleure heure, et la Grande-Rue, bien que pleine de monde, avait quelque chose de lugubre comme s'il se fût agi d'une exécution capitale. On discutait chez l'épicier sur la maladie d'Hippolyte ; les boutiques ne vendaient rien, et Mme Tuvache, la femme du maire, ne bougeait pas de la fenêtre, par l'impatience où elle était de voir venir l'opérateur.

Il arriva dans son cabriolet qu'il conduisait lui-même.

Mais, le ressort du côté droit s'étant à la longue affaissé sous le poids de sa corpulence, il se faisait que la voiture penchait un peu tout en allant, et l'on apercevait sur l'autre coussin, près de lui, une vaste boîte, recouverte de basane rouge, dont les trois fermoirs de cuivre brillaient magistralement.

Quand il fut entré comme un tourbillon sous le porche du *Lion d'or*, le docteur, criant très haut, ordonna de dételer son cheval, puis il alla dans l'écurie voir s'il mangeait bien l'avoine; car, en arrivant chez ses malades, il s'occupait d'abord de sa jument et de son cabriolet. On disait même à ce propos : « Ah! M. Canivet, c'est un original! » Et on l'estimait davantage pour cet inébranlable aplomb. L'univers aurait pu crever jusqu'au dernier homme, qu'il n'eût pas failli à la moindre de ses habitudes.

Homais se présenta.

— Je compte sur vous, fit le docteur. Sommes-nous prêts ? En marche!

Mais l'apothicaire, en rougissant, avoua qu'il était trop sensible pour assister à une pareille opération.

— Quand on est simple spectateur, disait-il, l'imagination, vous savez, se frappe! Et puis j'ai le système nerveux tellement...

— Ah bah! interrompit Canivet, vous me paraissez, au contraire, porté à l'apoplexie. Et, d'ailleurs, cela ne m'étonne pas; car, vous autres, messieurs les pharmaciens, vous êtes continuellement fourrés dans votre cuisine, ce qui doit finir par altérer votre tempérament. Regardez-moi, plutôt : tous les jours, je me lève à quatre heures, je fais ma barbe à l'eau froide (je n'ai jamais froid) et je ne porte pas de flanelle, je n'attrape aucun rhume, le coffre est bon! Je vis tantôt d'une manière, tantôt d'une autre, en philosophe, au hasard de la fourchette. C'est pourquoi je ne suis point délicat comme vous et il m'est aussi parfaitement égal de découper un chrétien que la première volaille venue. Après ça, direz-vous, l'habitude..., l'habitude!...

Alors, sans aucun égard pour Hippolyte, qui suait d'angoisse entre ses draps, ces messieurs engagèrent une conversation où l'apothicaire compara le sang-froid d'un chirurgien à celui d'un général; et ce rapprochement fut agréable à Canivet qui se répandit en paroles sur les exigences de son art. Il le considérait comme un sacerdoce, bien que les officiers de santé le déshonorassent. Enfin,

revenant au malade, il examina les bandes apportées par
Homais, les mêmes qui avaient comparu lors du pied
bot, et demanda quelqu'un pour lui tenir le membre.
On envoya chercher Lestiboudois, et M. Canivet, ayant
retroussé ses manches, passa dans la salle de billard,
tandis que l'apothicaire restait avec Arthémise et l'aubergiste, plus pâles toutes les deux que leur tablier, et
l'oreille tendue contre la porte.

Bovary, pendant ce temps-là, n'osait bouger de sa
maison. Il se tenait en bas, dans la salle, assis au coin de
la cheminée sans feu, le menton sur sa poitrine, les mains
jointes, les yeux fixes. Quelle mésaventure! pensait-il,
quel désappointement! Il avait pris pourtant toutes les
précautions imaginables. La fatalité s'en était mêlée.
N'importe ? Si Hippolyte, plus tard, venait à mourir,
c'est lui qui l'aurait assassiné. Et puis, quelle raison don-
nerait-il dans les visites, quand on l'interrogerait ? Peut-
être, cependant, s'était-il trompé en quelque chose ? Il
cherchait, ne trouvait pas. Mais les plus fameux chirur-
giens se trompaient bien. Voilà ce qu'on ne voudrait
jamais croire! on allait rire, au contraire, clabauder!
Cela se répandrait jusqu'à Forges! jusqu'à Neufchâtel!
jusqu'à Rouen! partout! Qui sait si des confrères n'écri-
raient pas contre lui ? Une polémique s'ensuivrait, il
faudrait répondre dans les journaux. Hippolyte même
pouvait lui faire un procès. Il se voyait déshonoré, ruiné,
perdu! Et son imagination, assaillie par une multitude
d'hypothèses, ballottait au milieu d'elles comme un tonneau vide emporté à la mer et qui roule sur les flots.

Emma, en face de lui, le regardait; elle ne partageait
pas son humiliation, elle en éprouvait une autre : c'était
de s'être imaginé qu'un pareil homme pût valoir quelque chose, comme si vingt fois déjà elle n'avait pas suffisamment aperçu sa médiocrité.

Charles se promenait de long en large, dans sa chambre. Ses bottes craquaient sur le parquet.

— Assieds-toi, dit-elle, tu m'agaces!

Il se rassit.

Comment donc avait-elle fait (elle qui était si intel-
ligente!) pour se méprendre encore une fois ? Du reste,
par quelle déplorable manie avoir ainsi abîmé son existence en sacrifices continuels ? Elle se rappela tous ses
instincts de luxe, toutes les privations de son âme, les
bassesses du mariage, du ménage, ses rêves tombant
dans la boue comme des hirondelles blessées, tout ce

qu'elle avait désiré, tout ce qu'elle s'était refusé, tout ce qu'elle aurait pu avoir! Et pourquoi, pourquoi ?

Au milieu du silence qui emplissait le village, un cri déchirant traversa l'air. Bovary devint pâle à s'évanouir. Elle fronça les sourcils d'un geste nerveux, puis continua. C'était pour lui, cependant, pour cet être, pour cet homme qui ne comprenait rien, qui ne sentait rien! Car il était là, tout tranquillement, et sans même se douter que le ridicule de son nom allait désormais la salir comme lui. Elle avait fait des efforts pour l'aimer, et elle s'était repentie en pleurant d'avoir cédé à un autre.

— Mais c'était peut-être un valgus ? exclama soudain Bovary, qui méditait.

Au choc imprévu de cette phrase tombant sur sa pensée comme une balle de plomb dans un plat d'argent, Emma tressaillant leva la tête pour deviner ce qu'il voulait dire; et ils se regardèrent silencieusement, presque ébahis de se voir, tant ils étaient par leur conscience éloignés l'un de l'autre. Charles la considérait avec le regard trouble d'un homme ivre, tout en écoutant, immobile, les derniers cris de l'amputé qui se suivaient en modulations traînantes, coupées de saccades aiguës, comme le hurlement lointain de quelque bête qu'on égorge. Emma mordait ses lèvres blêmes, et, roulant entre ses doigts un des brins du polypier qu'elle avait cassé, elle fixait sur Charles la pointe ardente de ses prunelles, comme deux flèches de feu prêtes à partir. Tout en lui l'irritait maintenant, sa figure, son costume, ce qu'il ne disait pas, sa personne entière, son existence enfin. Elle se repentait, comme d'un crime, de sa vertu passée, et ce qui en restait encore s'écroulait sous les coups furieux de son orgueil. Elle se délectait dans toutes les ironies mauvaises de l'adultère triomphant. Le souvenir de son amant revenait à elle avec des attractions vertigineuses; elle y jetait son âme, emportée vers cette image par un enthousiasme nouveau; et Charles lui semblait aussi détaché de sa vie, aussi absent pour toujours, aussi impossible et anéanti que s'il allait mourir et qu'il eût agonisé sous ses yeux.

Il se fit un bruit de pas sur le trottoir. Charles regarda; et, à travers la jalousie baissée, il aperçut au bord des halles, en plein soleil, le docteur Canivet qui s'essuyait le front avec son foulard. Homais, derrière lui, portait à la main une grande boîte rouge, et ils se dirigeaient tous les deux du côté de la pharmacie.

Alors, par tendresse subite et découragement, Charles se tourna vers sa femme en lui disant :

— Embrasse-moi donc, ma bonne!

— Laisse-moi! fit-elle, toute rouge de colère.

— Qu'as-tu ? qu'as-tu ? répétait-il stupéfait. Calme-toi! reprends-toi! Tu sais bien que je t'aime... viens!

— Assez! s'écria-t-elle d'un air terrible.

Et, s'échappant de la salle, Emma ferma la porte si fort, que le baromètre bondit de la muraille et s'écrasa par terre.

Charles s'affaissa dans son fauteuil, bouleversé, cherchant ce qu'elle pouvait avoir, imaginant une maladie nerveuse, pleurant, et sentant vaguement circuler autour de lui quelque chose de funeste et d'incompréhensible.

Quand Rodolphe, le soir, arriva dans le jardin il trouva sa maîtresse qui l'attendait au bas du perron, sur la première marche. Ils s'étreignirent, et toute leur rancune se fondit comme une neige sous la chaleur de ce baiser.

XII

Ils recommencèrent à s'aimer. Souvent même, au milieu de la journée, Emma lui écrivait tout à coup ; puis, à travers les carreaux, faisait signe à Justin, qui, dénouant vite sa serpillière, s'envolait à la Huchette. Rodolphe arrivait ; c'était pour lui dire qu'elle s'ennuyait, que son mari était odieux et l'existence affreuse !

— Est-ce que j'y peux quelque chose ? s'écria-t-il un jour, impatienté.

— Ah ! si tu voulais !...

Elle était assise par terre, entre ses genoux, les bandeaux dénoués, le regard perdu.

— Quoi donc ? fit Rodolphe.

Elle soupira :

— Nous irions vivre ailleurs... quelque part...

— Tu es folle, vraiment ! dit-il en riant. Est-ce possible ?

Elle revint là-dessus ; il eut l'air de ne pas comprendre et détourna la conversation. Ce qu'il ne comprenait pas, c'était tout ce trouble dans une chose aussi simple que l'amour. Elle avait un motif, une raison, et comme un auxiliaire à son attachement.

Cette tendresse, en effet, chaque jour s'accroissait davantage sous la répulsion du mari. Plus elle se livrait à l'un, plus elle exécrait l'autre ; jamais Charles ne lui paraissait aussi désagréable, avoir les doigts aussi carrés, l'esprit aussi lourd, les façons si communes qu'après ses rendez-vous avec Rodolphe, quand ils se trouvaient ensemble. Alors, tout en faisant l'épouse et la vertueuse, elle s'enflammait à l'idée de cette tête dont les cheveux noirs se tournaient en une boucle vers le front hâlé, de cette taille à la fois si robuste et si élégante, de cet homme, enfin, qui possédait tant d'expérience dans la raison, tant

d'emportement dans le désir! C'était pour lui qu'elle se
limait les ongles avec un soin de ciseleur, et qu'il n'y
avait jamais assez de *cold-cream* sur sa peau, ni de pat-
chouli dans ses mouchoirs. Elle se chargeait de bracelets,
de bagues, de colliers. Quand il devait venir, elle emplissait de roses ses deux grands vases de verre bleu, et
disposait son appartement et sa personne comme une
courtisane qui attend un prince. Il fallait que la domestique fût sans cesse à blanchir du linge; et, de toute la
journée, Félicité ne bougeait de la cuisine, où le petit
Justin, qui souvent lui tenait compagnie, la regardait
travailler.

Le coude sur la longue planche où elle repassait, il
considérait avidement toutes ces affaires de femmes
étalées autour de lui : les jupons de basin, les fichus, les
collerettes, et les pantalons à coulisse, vastes de hanches
et qui se rétrécissaient par le bas.

— A quoi cela sert-il ? demandait le jeune garçon en
passant sa main sur la crinoline ou les agrafes.

— Tu n'as donc jamais rien vu ? répondait en riant
Félicité; comme si ta patronne, Mme Homais, n'en portait pas de pareils.

— Ah! bien oui! Mme Homais!

Et il ajoutait d'un ton méditatif :

— Est-ce que c'est une dame comme Madame ?

Mais Félicité s'impatientait de le voir tourner ainsi
tout autour d'elle. Elle avait six ans de plus, et Théodore,
le domestique de M. Guillaumin, commençait à lui faire
la cour.

— Laisse-moi tranquille! disait-elle en déplaçant son
pot d'empois. Va-t'en plutôt piler des amandes; tu es
toujours à fourrager du côté des femmes; attends, pour
te mêler de ça, méchant mioche, que tu aies de la barbe
au menton.

— Allons, ne vous fâchez pas, je m'en vais vous *faire
ses bottines.*

Et aussitôt il atteignait sur le chambranle les chaus-
sures d'Emma, tout empâtées de crotte — la crotte des
rendez-vous — qui se détachait en poudre sous ses doigts,
et qu'il regardait monter doucement dans un rayon de
soleil.

— Comme tu as peur de les abîmer! disait la cuisinière, qui n'y mettait pas tant de façons quand elle les
nettoyait elle-même, parce que Madame, dès que l'étoffe
n'était plus fraîche, les lui abandonnait.

Emma en avait une quantité dans son armoire, et qu'elle gaspillait à mesure, sans que jamais Charles se permît la moindre observation.

C'est ainsi qu'il déboursa trois cents francs pour une jambe de bois dont elle jugea convenable de faire cadeau à Hippolyte. Le pilon en était garni de liège, et il avait des articulations à ressort, une mécanique compliquée recouverte d'un pantalon noir, que terminait une botte vernie. Mais Hippolyte, n'osant à tous les jours se servir d'une si belle jambe, supplia Mme Bovary de lui en procurer une autre plus commode. Le médecin, bien entendu, fit encore les frais de cette acquisition.

Donc, le garçon d'écurie peu à peu recommença son métier. On le voyait comme autrefois parcourir le village, et quand Charles entendait de loin, sur les pavés, le bruit sec de son bâton, il prenait bien vite une autre route.

C'était M. Lheureux, le marchand, qui s'était chargé de la commande; cela lui fournit l'occasion de fréquenter Emma. Il causait avec elle des nouveaux déballages de Paris, de mille curiosités féminines, se montrait fort complaisant, et jamais ne réclamait d'argent. Emma s'abandonnait à cette facilité de satisfaire tous ses caprices. Ainsi, elle voulut avoir, pour donner à Rodolphe, une fort belle cravache qui se trouvait à Rouen dans un magasin de parapluies. M. Lheureux, la semaine d'après, la lui posa sur sa table.

Mais le lendemain il se présenta chez elle avec une facture de deux cent soixante et dix francs sans compter les centimes. Emma fut très embarrassée : tous les tiroirs du secrétaire étaient vides; on devait plus de quinze jours à Lestiboudois, deux trimestres à la servante, quantité d'autres choses encore, et Bovary attendait impatiemment l'envoi de M. Derozerays, qui avait coutume, chaque année, de le payer vers la Saint-Pierre.

Elle réussit d'abord à éconduire Lheureux; enfin il perdit patience : on le poursuivait, ses capitaux étaient absents, et, s'il ne rentrait dans quelques-uns, il serait forcé de lui reprendre toutes les marchandises qu'elle avait.

— Eh! reprenez-les! dit Emma.

— Oh! c'est pour rire! répliqua-t-il. Seulement, je ne regrette que la cravache. Ma foi! je la redemanderai à Monsieur.

— Non! non! fit-elle.

— Ah! je te tiens! pensa Lheureux.

Et, sûr de sa découverte, il sortit en répétant à demi-voix et avec son petit sifflement habituel :

— Soit! nous verrons! nous verrons!

Elle rêvait comment se tirer de là, quand la cuisinière entrant déposa sur la cheminée un petit rouleau de papier bleu, *de la part de M. Derozerays*. Emma sauta dessus, l'ouvrit. Il y avait quinze napoléons. C'était le compte. Elle entendit Charles dans l'escalier; elle jeta l'or au fond de son tiroir et prit la clef.

Trois jours après, Lheureux reparut.

— J'ai un arrangement à vous proposer, dit-il; si, au lieu de la somme convenue, vous vouliez prendre...

— La voilà! fit-elle en lui plaçant dans la main quatorze napoléons.

Le marchand fut stupéfait. Alors, pour dissimuler son désappointement, il se répandit en excuses et en offres de service qu'Emma refusa toutes; puis elle resta quelques minutes palpant dans la poche de son tablier les deux pièces de cent sous qu'il lui avait rendues. Elle se promettait d'économiser, afin de rendre plus tard...

— Ah bah! songea-t-elle, il n'y pensera plus.

Outre la cravache à pommeau de vermeil, Rodolphe avait reçu un cachet avec cette devise : *Amor nel cor* ; de plus, une écharpe pour se faire un cache-nez, et enfin un porte-cigares tout pareil à celui du vicomte, que Charles avait autrefois ramassé sur la route et qu'Emma conservait. Cependant ces cadeaux l'humiliaient. Il en refusa plusieurs : elle insista, et Rodolphe finit par obéir, la trouvant tyrannique et trop envahissante.

Puis elle avait d'étranges idées :

— Quand minuit sonnera, disait-elle, tu penseras à moi!

Et, s'il avouait n'y avoir pas songé, c'étaient des reproches en abondance, et qui se terminaient toujours par l'éternel mot :

— M'aimes-tu ?

— Mais oui, je t'aime! répondait-il.

— Beaucoup ?

— Certainement!

— Tu n'en as pas aimé d'autres, hein ?

— Crois-tu m'avoir pris vierge ? exclamait-il en riant.

Emma pleurait, et il s'efforçait de la consoler, enjolivant de calembours ses protestations.

— Oh! c'est que je t'aime! reprenait-elle, je t'aime à ne pouvoir me passer de toi, sais-tu bien ? J'ai quelquefois des envies de te revoir où toutes les colères de l'amour me déchirent. Je me demande : « Où est-il ? Peut-être il parle à d'autres femmes ? Elles lui sourient, il s'approche... » Oh! non, n'est-ce pas, aucune ne te plaît ? Il y en a de plus belles; mais, moi, je sais mieux aimer! Je suis ta servante et ta concubine! tu es mon roi, mon idole! tu es bon! tu es beau! tu es intelligent! tu es fort!

Il s'était tant de fois entendu dire ces choses, qu'elles n'avaient pour lui rien d'original. Emma ressemblait à toutes les maîtresses; et le charme de la nouveauté, peu à peu tombant comme un vêtement, laissait voir à nu l'éternelle monotonie de la passion, qui a toujours les mêmes formes et le même langage. Il ne distinguait pas, cet homme si plein de pratique, la dissemblance des sentiments sous la parité des expressions. Parce que des lèvres libertines ou vénales lui avaient murmuré des phrases pareilles, il ne croyait que faiblement à la candeur de celles-là; on en devait rabattre, pensait-il, les discours exagérés cachant les affections médiocres; comme si la plénitude de l'âme ne débordait pas quelquefois par les métaphores les plus vides, puisque personne, jamais, ne peut donner l'exacte mesure de ses besoins, ni de ses conceptions, ni de ses douleurs, et que la parole humaine est comme un chaudron fêlé où nous battons des mélodies à faire danser les ours, quand on voudrait attendrir les étoiles.

Mais, avec cette supériorité de critique appartenant à celui qui, dans n'importe quel engagement, se tient en arrière, Rodolphe aperçut en cet amour d'autres jouissances à exploiter. Il jugea toute pudeur incommode. Il la traita sans façon. Il en fit quelque chose de souple et de corrompu. C'était une sorte d'attachement idiot plein d'admiration pour lui, de volupté pour elle, une béatitude qui l'engourdissait; et son âme s'enfonçait en cette ivresse et s'y noyait, ratatinée, comme le duc de Clarence dans son tonneau de malvoisie.

Par l'effet seul de ses habitudes amoureuses, Mme Bovary changea d'allures. Ses regards devinrent plus hardis, ses discours plus libres; elle eut même l'inconvenance de se promener avec M. Rodolphe, une cigarette à la bouche, *comme pour narguer le monde ;* enfin, ceux

qui doutaient encore ne doutèrent plus quand on la vit,
un jour, descendre de l'*Hirondelle,* la taille serrée dans un
gilet, à la façon d'un homme; et Mme Bovary mère, qui,
après une épouvantable scène avec son mari, était venue
se réfugier chez son fils, ne fut pas la bourgeoise la moins
scandalisée. Bien d'autres choses lui déplurent : d'abord
Charles n'avait point écouté ses conseils pour l'interdic-
tion des romans; puis, *le genre de la maison* lui déplaisait;
elle se permit des observations et l'on se fâcha, une fois
surtout, à propos de Félicité.

Mme Bovary mère, la veille au soir, en traversant le
corridor, l'avait surprise dans la compagnie d'un homme,
un homme à collier brun, d'environ quarante ans, et qui,
au bruit de ses pas, s'était vite échappé de la cuisine.
Alors Emma se prit à rire; mais la bonne dame s'emporta,
déclarant qu'à moins de se moquer des mœurs, on devait
surveiller celles des domestiques.

— De quel monde êtes-vous ? dit la bru, avec un
regard tellement impertinent que Mme Bovary demanda
si elle ne défendait point sa propre cause.

— Sortez! fit la jeune femme se levant d'un bond.

— Emma!... maman!... s'écriait Charles pour les
rapatrier.

Mais elles s'étaient enfuies toutes les deux, dans leur
exaspération. Emma trépignait en répétant :

— Ah! quel savoir-vivre! quelle paysanne!

Il courut à sa mère; elle était hors des gonds, elle
balbutiait :

— C'est une insolente! une évaporée! pire peut-être!

Et elle voulait partir immédiatement, si l'autre ne
venait lui faire des excuses. Charles retourna vers sa
femme et la conjura de céder : il se mit à genoux; elle
finit par répondre :

— Soit! j'y vais.

En effet, elle tendit la main à sa belle-mère avec une
dignité de marquise, en lui disant :

— Excusez-moi, madame.

Puis, remontée chez elle, Emma se jeta tout à plat
ventre sur son lit, et elle y pleura comme un enfant, la
tête enfoncée dans l'oreiller.

Ils étaient convenus, elle et Rodolphe, qu'en cas d'événement extraordinaire, elle attacherait à la persienne un
petit chiffon de papier blanc, afin que si, par hasard, il
se trouvait à Yonville, il accourût dans la ruelle, derrière
la maison. Emma fit le signal; elle attendait depuis trois

quarts d'heure quand, tout à coup, elle aperçut Rodolphe
au coin des halles. Elle fut tentée d'ouvrir la fenêtre, de
l'appeler; mais déjà il avait disparu. Elle retomba désespérée.

Bientôt, pourtant, il lui sembla que l'on marchait sur
le trottoir. C'était lui, sans doute; elle descendit l'escalier, traversa la cour. Il était là, dehors. Elle se jeta dans
ses bras.

— Prends donc garde, dit-il.

— Ah! si tu savais! reprit-elle.

Et elle se mit à lui raconter tout, à la hâte, sans suite,
exagérant les faits, en inventant plusieurs, et prodiguant
les parenthèses si abondamment qu'il n'y comprenait
rien.

— Allons, mon pauvre ange, du courage, console-toi,
patience!

— Mais voilà quatre ans que je patiente et que je
souffre... ! Un amour comme le nôtre devrait s'avouer à
la face du ciel! Ils sont à me torturer. Je n'y tiens plus!
Sauve-moi!

Elle se serrait contre Rodolphe. Ses yeux, pleins de
larmes, étincelaient comme des flammes sous l'onde;
sa gorge haletait à coups rapides; jamais il ne l'avait tant
aimée; si bien qu'il en perdit la tête et qu'il lui dit :

— Que faut-il faire! Que veux-tu ?

— Emmène-moi! s'écria-t-elle. Enlève-moi!... Oh! je
t'en supplie!

Et elle se précipita sur sa bouche, comme pour y saisir le consentement inattendu qui s'en exhalait dans un
baiser.

— Mais..., reprit Rodolphe.

— Quoi donc ?

— Et ta fille ?

Elle réfléchit quelques minutes, puis répondit :

— Nous la prendrons, tant pis!

— Quelle femme! se dit-il en la regardant s'éloigner.

Car elle venait de s'échapper dans le jardin. On l'appelait.

La mère Bovary, les jours suivants, fut très étonnée de
la métamorphose de sa bru. En effet, Emma se montra
plus docile, et même poussa la déférence jusqu'à lui
demander une recette pour faire mariner des cornichons.

Etait-ce afin de les mieux duper l'un et l'autre ? Ou
bien voulait-elle, par une sorte de stoïcisme voluptueux,
sentir plus profondément l'amertume des choses qu'elle

allait abandonner ? Mais elle n'y prenait garde, au
contraire : elle vivait comme perdue dans la dégustation
anticipée de son bonheur prochain. C'était avec Rodolphe
un éternel sujet de causeries. Elle s'appuyait sur son
épaule, elle murmurait :

— Hein! quand nous serons dans la malle-poste!...
Y songes-tu ? Est-ce possible ? Il me semble qu'au
moment où je sentirai la voiture s'élancer, ce sera comme
si nous montions en ballon, comme si nous partions vers
les nuages. Sais-tu que je compte les jours ?... Et toi ?

Jamais Mme Bovary ne fut aussi belle qu'à cette
époque; elle avait cette indéfinissable beauté qui résulte
de la joie, de l'enthousiasme, du succès, et qui n'est que
l'harmonie du tempérament avec les circonstances. Ses
convoitises, ses chagrins, l'expérience du plaisir et ses
illusions toujours jeunes, comme font aux fleurs le fumier,
la pluie, les vents et le soleil, l'avaient par gradation
développée, et elle s'épanouissait enfin dans la plénitude
de sa nature. Ses paupières semblaient taillées tout
exprès pour ses longs regards amoureux où la prunelle se
perdait, tandis qu'un souffle fort écartait ses narines
minces et relevait le coin charnu de ses lèvres, qu'ombrageait à la lumière un peu de duvet noir. On eût dit
qu'un artiste habile en corruptions avait disposé sur sa
nuque la torsade de ses cheveux : ils s'enroulaient en une
masse lourde, négligemment, et selon les hasards de
l'adultère, qui les dénouait tous les jours. Sa voix, maintenant, prenait des inflexions plus molles, sa taille aussi;
quelque chose de subtil qui vous pénétrait se dégageait
même des draperies de sa robe et de la cambrure de son
pied. Charles, comme aux premiers temps de son mariage,
la trouvait délicieuse et tout irrésistible.

Quand il rentrait au milieu de la nuit, il n'osait pas la
réveiller. La veilleuse de porcelaine arrondissait au plafond une clarté tremblante, et les rideaux fermés du
petit berceau faisaient comme une hutte blanche qui
se bombait dans l'ombre, au bord du lit. Charles les
regardait. Il croyait entendre l'haleine légère de son
enfant. Elle allait grandir maintenant; chaque saison, vite,
amènerait un progrès. Il la voyait déjà revenant de l'école
à la tombée du jour, toute rieuse, avec sa brassière
tachée d'encre, et portant au bras son panier; puis il
faudrait la mettre en pension, cela coûterait beaucoup;
comment faire ? Alors il réfléchissait. Il pensait à louer
une petite ferme aux environs, et qu'il surveillerait lui-

même, tous les matins, en allant voir ses malades. Il
en économiserait le revenu, il le placerait à la caisse
d'épargne; ensuite il achèterait des actions, quelque part,
n'importe où; d'ailleurs la clientèle augmenterait; il y
comptait, car il voulait que Berthe fût bien élevée, qu'elle
eût des talents, qu'elle apprît le piano. Ah! qu'elle serait
jolie, plus tard, à quinze ans, quand, ressemblant à sa
mère, elle porterait, comme elle, dans l'été, de grands
chapeaux de paille! On les prendrait de loin pour les
deux sœurs. Il se la figurait travaillant le soir auprès
d'eux sous la lumière de la lampe; elle lui broderait des
pantoufles; elle s'occuperait du ménage; elle emplirait
toute la maison de sa gentillesse et de sa gaîté. Enfin,
ils songeraient à son établissement : on lui trouverait
quelque brave garçon ayant un état solide; il la rendrait
heureuse; cela durerait toujours.

Emma ne dormait pas, elle faisait semblant d'être
endormie; et, tandis qu'il s'assoupissait à ses côtés, elle
se réveillait en d'autres rêves.

Au galop de quatre chevaux, elle était emportée depuis
huit jours vers un pays nouveau, d'où ils ne revien-
draient plus. Ils allaient, ils allaient, les bras enlacés, sans
parler. Souvent, du haut d'une montagne, ils apercevaient
tout à coup quelque cité splendide avec des dômes, des
ponts, des navires, des forêts de citronniers et des cathé-
drales de marbre blanc, dont les clochers aigus portaient
des nids de cigognes. On marchait au pas à cause des
grandes dalles, et il y avait par terre des bouquets de
fleurs que vous offraient des femmes habillées en corset
rouge. On entendait sonner des cloches, hennir des
mulets, avec le murmure des guitares et le bruit des
fontaines, dont la vapeur s'envolant rafraîchissait des tas
de fruits, disposés en pyramides au pied des statues
pâles, qui souriaient sous les jets d'eau. Et puis ils arrivaient, un soir, dans un village de pêcheurs, où des filets
bruns séchaient au vent, le long de la falaise et des cabanes.
C'est là qu'ils s'arrêtaient pour vivre : ils habiteraient une
maison basse à toit plat, ombragée d'un palmier, au fond
d'un golfe, au bord de la mer. Ils se promèneraient
en gondole, ils se balanceraient en hamac; et leur existence serait facile et large comme leurs vêtements de soie,
toute chaude et étoilée comme les nuits douces qu'ils
contempleraient. Cependant, sur l'immensité de cet avenir qu'elle se faisait apparaître, rien de particulier ne sur-
gissait : les jours, tous magnifiques, se ressemblaient

comme des flots; et cela se balançait à l'horizon infini,
harmonieux, bleuâtre et couvert de soleil. Mais l'enfant
se mettait à tousser dans son berceau, ou bien Bovary
ronflait plus fort, et Emma ne s'endormait que le matin,
quand l'aube blanchissait les carreaux et que déjà le petit
Justin, sur la place, ouvrait les auvents de la pharmacie.

Elle avait fait venir M. Lheureux et lui avait dit :

— J'aurais besoin d'un manteau, un grand manteau, à
long collet, doublé.

— Vous partez en voyage ? demanda-t-il.

— Non! mais..., qu'importe, je compte sur vous,
n'est-ce pas ? et vivement!

Il s'inclina.

— Il me faudrait encore, reprit-elle, une caisse..., pas
trop lourde..., commode.

— Oui, oui, j'entends, de quatre-vingt-douze centi-
mètres environ, sur cinquante, comme on les fait à présent.

— Avec un sac de nuit.

— Décidément, pensa Lheureux, il y a du grabuge
là-dessous.

— Et tenez, dit Mme Bovary en tirant sa montre de sa
ceinture, prenez cela : vous vous paierez dessus.

Mais le marchand s'écria qu'elle avait tort; ils se
connaissaient; est-ce qu'il doutait d'elle ? Quel enfantil-
lage! Elle insista cependant pour qu'il prît au moins la
chaîne, et déjà Lheureux l'avait mise dans sa poche et
s'en allait, quand elle le rappela.

— Vous laisserez tout chez vous. Quant au manteau
— elle eut l'air de réfléchir — ne l'apportez pas non plus;
seulement, vous me donnerez l'adresse de l'ouvrier et
avertirez qu'on le tienne à ma disposition.

C'était le mois prochain qu'ils devaient s'enfuir. Elle
partirait d'Yonville comme pour aller faire des commissions à Rouen. Rodolphe aurait retenu des places, pris
des passeports, et même écrit à Paris, afin d'avoir la
malle entière jusqu'à Marseille, où ils achèteraient une
calèche et, de là, continueraient sans s'arrêter, par la
route de Gênes. Elle aurait eu soin d'envoyer chez Lheureux son bagage, qui serait directement porté à l'*Hirondelle*, de manière que personne ainsi n'aurait de soupçons; et, dans tout cela, jamais il n'était question de son
enfant. Rodolphe évitait d'en parler; peut-être qu'elle
n'y pensait pas.

Il voulut avoir encore deux semaines devant lui, pour

terminer quelques dispositions; puis, au bout de huit
jours, il en demanda quinze autres, puis il se dit malade;
ensuite il fit un voyage; le mois d'août se passa, et, après
tous ces retards, ils arrêtèrent que ce serait irrévocable-
ment pour le 4 septembre, un lundi.

Enfin le samedi, l'avant-veille, arriva.

Rodolphe vint le soir, plus tôt que de coutume.

— Tout est-il prêt ? lui demanda-t-elle.

— Oui.

Alors ils firent le tour d'une plate-bande, et allèrent
s'asseoir près de la terrasse, sur la margelle du mur.

— Tu es triste, dit Emma.

— Non, pourquoi ?

Et cependant il la regardait singulièrement, d'une
façon tendre.

— Est-ce de t'en aller ? reprit-elle, de quitter tes affections, ta vie ? Ah! je comprends... Mais, moi, je n'ai
rien au monde! tu es tout pour moi. Aussi je serai tout
pour toi, je te serai une famille, une patrie : je te soigne-
rai, je t'aimerai.

— Que tu es charmante! dit-il en la saisissant dans ses
bras.

— Vrai ? fit-elle avec un rire de volupté. M'aimes-tu ?
Jure-le donc!

— Si je t'aime! si je t'aime! mais je t'adore, mon
amour!

La lune, toute ronde et couleur de pourpre, se levait
à ras de terre, au fond de la prairie. Elle montait vite entre
les branches des peupliers, qui la cachaient de place en
place, comme un rideau noir, troué. Puis elle parut, écla-
tante de blancheur, dans le ciel vide qu'elle éclairait; et
alors, se ralentissant, elle laissa tomber sur la rivière une
grande tache, qui faisait une infinité d'étoiles, et cette
lueur d'argent semblait s'y tordre jusqu'au fond à la
manière d'un serpent sans tête couvert d'écailles lumineuses. Cela ressemblait aussi à quelque monstrueux can-
délabre, d'où ruisselaient, tout du long, des gouttes de
diamant en fusion. La nuit douce s'étalait autour d'eux;
des nappes d'ombre emplissaient les feuillages. Emma, les
yeux à demi clos, aspirait avec de grands soupirs le vent
frais qui soufflait. Ils ne se parlaient pas, trop perdus
qu'ils étaient dans l'envahissement de leur rêverie. La
tendresse des anciens jours leur revenait au cœur, abondante et silencieuse comme la rivière qui coulait, avec
autant de mollesse qu'en apportait le parfum des seringas,

et projetait dans leurs souvenirs des ombres plus démesurées et plus mélancoliques que celles des saules immobiles qui s'allongeaient sur l'herbe. Souvent quelque
bête nocturne, hérisson ou belette, se mettant en chasse,
dérangeait les feuilles, ou bien on entendait par moments
une pêche mûre qui tombait toute seule de l'espalier.

— Ah! la belle nuit! dit Rodolphe.

— Nous en aurons d'autres! reprit Emma.

Et, comme se parlant à elle-même :

— Oui, il fera bon voyager... Pourquoi ai-je le cœur
triste, cependant ? Est-ce l'appréhension de l'inconnu...,
l'effet des habitudes quittées..., ou plutôt ? Non, c'est
l'excès du bonheur! Que je suis faible, n'est-ce pas ?
Pardonne-moi!

— Il est encore temps! s'écria-t-il. Réfléchis, tu t'en
repentiras peut-être.

— Jamais! fit-elle impétueusement.

Et, en se rapprochant de lui :

— Quel malheur donc peut-il me survenir ? Il n'y a
pas de désert, pas de précipice ni d'océan que je ne tra-
verserais avec toi. A mesure que nous vivrons ensemble
ce sera comme une étreinte chaque jour plus serrée,
plus complète! Nous n'aurons rien qui nous trouble,
pas de soucis, nul obstacle! Nous serons seuls, tout à
nous, éternellement... Parle donc, réponds-moi.

Il répondait à intervalles réguliers : « Oui... Oui!... »
Elle lui avait passé les mains dans ses cheveux, et elle
répétait d'une voix enfantine, malgré de grosses larmes
qui coulaient :

— Rodolphe! Rodolphe!... Ah! Rodolphe, cher petit
Rodolphe!

Minuit sonna.

— Minuit! dit-elle. Allons, c'est demain! encore un
jour!

Il se leva pour partir; et, comme si ce geste qu'il faisait eût été le signal de leur fuite, Emma, tout à coup,
prenant un air gai :

— Tu as les passeports ?

— Oui.

— Tu n'oublies rien ?

— Non.

— Tu en es sûr ?

— Certainement.

— C'est à l'hôtel *de Provence*, n'est-ce pas, que tu
m'attendras ?... à midi ?

Il fit un signe de tête.

— A demain, donc, dit Emma dans une dernière caresse.

Et elle le regarda s'éloigner.

Il ne se détournait pas. Elle courut après lui, et, se penchant au bord de l'eau entre des broussailles :

— A demain! cria-t-elle.

Il était déjà de l'autre côté de la rivière et marchait vite dans la prairie.

Au bout de quelques minutes, Rodolphe s'arrêta; et, quand il la vit avec son vêtement blanc peu à peu s'évanouir dans l'ombre comme un fantôme, il fut pris d'un tel battement de cœur, qu'il s'appuya contre un arbre pour ne pas tomber.

— Quel imbécile je suis! fit-il en jurant épouvantablement. N'importe, c'était une jolie maîtresse!

Et, aussitôt, la beauté d'Emma, avec tous les plaisirs de cet amour, lui réapparurent. D'abord il s'attendrit, puis il se révolta contre elle.

— Car enfin, exclamait-il en gesticulant, je ne peux pas m'expatrier, avoir la charge d'une enfant.

Il se disait ces choses pour s'affermir davantage.

— Et, d'ailleurs, les embarras, la dépense... Ah! non, non, mille fois non! cela eût été trop bête!

XIII

A peine arrivé chez lui, Rodolphe s'assit brusquement à son bureau, sous la tête de cerf faisant trophée contre la muraille. Mais, quand il eut la plume entre les doigts, il ne sut rien trouver, si bien que, s'appuyant sur les deux coudes, il se mit à réfléchir. Emma lui semblait être reculée dans un passé lointain, comme si la résolution qu'il avait prise venait de placer entre eux, tout à coup, un immense intervalle.

Afin de ressaisir quelque chose d'elle, il alla chercher dans l'armoire, au chevet de son lit, une vieille boîte à biscuits de Reims où il enfermait d'habitude ses lettres de femmes, et il s'en échappa une odeur de poussière humide et de roses flétries. D'abord il aperçut un mouchoir de poche, couvert de gouttelettes pâles. C'était un mouchoir à elle, une fois qu'elle avait saigné du nez, en promenade; il ne s'en souvenait plus. Il y avait auprès, se cognant à tous les angles, la miniature donnée par Emma; sa toilette lui parut prétentieuse et son regard *en coulisse* du plus pitoyable effet; puis, à force de considérer cette image et d'évoquer le souvenir du modèle, les traits d'Emma peu à peu se confondirent en sa mémoire, comme si la figure vivante et la figure peinte, se frottant l'une contre l'autre, se fussent réciproquement effacées. Enfin il lut de ses lettres; elles étaient pleines d'explications relatives à leur voyage, courtes, techniques et pressantes comme des billets d'affaires. Il voulut revoir les longues, celles d'autrefois; pour les trouver au fond de la boîte, Rodolphe dérangea toutes les autres; et machinalement il se mit à fouiller dans ce tas de papiers et de choses, y retrouvant pêle-mêle des bouquets, une jarretière, un masque noir, des épingles et des cheveux — des cheveux! de bruns, de blonds; quelques-uns, même, s'accrochant à la ferrure de la boîte, se cassaient quand on l'ouvrait.

Ainsi flânant parmi ses souvenirs, il examinait les écritures et le style des lettres, aussi variés que leurs orthographes. Elles étaient tendres ou joviales, facétieuses, mélancoliques; il y en avait qui demandaient de l'amour et d'autres qui demandaient de l'argent. A propos d'un mot, il se rappelait des visages, de certains gestes, un son de voix; quelquefois, pourtant, il ne se rappelait rien.

En effet, ces femmes, accourant à la fois dans sa pensée, s'y gênaient les unes les autres et s'y rapetissaient, comme sous un même niveau d'amour qui les égalisait. Prenant donc à poignée les lettres confondues, il s'amusa pendant quelques minutes à les faire tomber en cascades de sa main droite dans sa main gauche. Enfin, ennuyé, assoupi, Rodolphe alla reporter la boîte dans l'armoire en se disant :

— Quel tas de blagues!...

Ce qui résumait son opinion; car les plaisirs, comme des écoliers dans la cour d'un collège, avaient tellement piétiné sur son cœur, que rien de vert n'y poussait, et ce qui passait par là, plus étourdi que les enfants, n'y laissait pas même, comme eux, son nom gravé sur la muraille.

— Allons, se dit-il, commençons!

Il écrivit :

« Du courage, Emma! du courage! Je ne veux pas faire le malheur de votre existence... »

— Après tout, c'est vrai, pensa Rodolphe; j'agis dans son intérêt; je suis honnête.

« Avez-vous mûrement pesé votre détermination ? Savez-vous l'abîme où je vous entraînais, pauvre ange ? Non, n'est-ce pas ? Vous alliez confiante et folle, croyant au bonheur, à l'avenir... Ah! malheureux que nous sommes! insensés! »

Rodolphe s'arrêta pour trouver ici quelque bonne excuse.

— Si je lui disais que toute ma fortune est perdue ?... Ah! non, et, d'ailleurs, cela n'empêcherait rien. Ce serait à recommencer plus tard. Est-ce qu'on peut faire entendre raison à des femmes pareilles ?

Il réfléchit, puis ajouta :

« Je ne vous oublierai pas, croyez-le bien, et j'aurai continuellement pour vous un dévouement profond; mais, un jour, tôt ou tard, cette ardeur (c'est là le sort des choses humaines) se fût diminuée, sans doute! Il nous

serait venu des lassitudes, et qui sait même si je n'aurais
pas eu l'atroce douleur d'assister à vos remords et d'y
participer moi-même, puisque je les aurais causés.
L'idée seule des chagrins qui vous arrivent me torture,
Emma! Oubliez-moi! Pourquoi faut-il que je vous aie
connue ? Pourquoi étiez-vous si belle ? Est-ce ma faute ?
O mon Dieu! non, non, n'en accusez que la fatalité! »

— Voilà un mot qui fait toujours de l'effet, se dit-il.

« Ah! si vous eussiez été une de ces femmes au cœur
frivole comme on en voit, certes, j'aurais pu, par égoïsme,
tenter une expérience alors sans danger pour vous. Mais
cette exaltation délicieuse, qui fait à la fois votre charme
et votre tourment, vous a empêchée de comprendre, adorable femme que vous êtes, la fausseté de notre position
future. Moi non plus, je n'y avais pas réfléchi d'abord, et
je me reposais à l'ombre de ce bonheur idéal comme à celle
du mancenillier, sans prévoir les conséquences. »

Elle va peut-être croire que c'est par avarice que j'y
renonce... Ah! n'importe! tant pis, il faut en finir!

« Le monde est cruel, Emma. Partout où nous eussions
été, il nous aurait poursuivis. Il vous aurait fallu subir
les questions indiscrètes, la calomnie, le dédain, l'outrage
peut-être. L'outrage à vous! Oh!... Et moi qui voudrais
vous faire asseoir sur un trône! Moi qui emporte votre
pensée comme un talisman! Car je me punis par l'exil
de tout le mal que je vous ai fait. Je pars. Où ? Je n'en
sais rien, je suis fou! Adieu! Soyez toujours bonne!
Conservez le souvenir du malheureux qui vous a perdue.
Apprenez mon nom à votre enfant, qu'il le redise dans
ses prières. »

La mèche des deux bougies tremblait. Rodolphe se
leva pour aller fermer la fenêtre, et, quand il se fut rassis :

— Il me semble que c'est tout. Ah! encore ceci, de
peur qu'elle ne vienne *à me relancer :*

« Je serai loin quand vous lirez ces tristes lignes; car
j'ai voulu m'enfuir au plus vite afin d'éviter la tentation
de vous revoir. Pas de faiblesse! Je reviendrai; et peut-
être que, plus tard, nous causerons ensemble très froi-
dement de nos anciennes amours. Adieu! »

Et il y avait un dernier adieu, séparé en deux mots :
A Dieu ! ce qu'il jugeait d'un excellent goût.

— Comment vais-je signer, maintenant ? se dit-il.
Votre tout dévoué... Non. Votre ami ?... Oui, c'est cela.

                                          « Votre ami. »

Il relut la lettre. Elle lui parut bonne.

— Pauvre petite femme! pensa-t-il avec attendrissement. Elle va me croire plus insensible qu'un roc; il eût
fallu quelques larmes là-dessus; mais, moi, je ne peux pas
pleurer; ce n'est pas ma faute. Alors, s'étant versé de
l'eau dans un verre, Rodolphe y trempa son doigt et il
laissa tomber de haut une grosse goutte, qui fit une tache
pâle sur l'encre; puis, cherchant à cacheter la lettre, le
cachet *Amor nel cor* se rencontra.

— Cela ne va guère à la circonstance... Ah! bah!
qu'importe!

Après quoi, il fuma trois pipes, et alla se coucher.

Le lendemain, quand il fut debout (vers deux heures
environ, il avait dormi tard), Rodolphe se fit cueillir une
corbeille d'abricots. Il disposa la lettre dans le fond, sous
des feuilles de vigne, et ordonna tout de suite, à Girard,
son valet de charrue, de porter cela délicatement chez
Mme Bovary. Il se servait de ce moyen pour corres-
pondre avec elle, lui envoyant, selon la saison, des fruits
ou du gibier.

— Si elle demande de mes nouvelles, dit-il, tu répon-
dras que je suis parti en voyage. Il faut remettre le panier
à elle-même, en mains propres... Va, et prends garde!

Girard passa sa blouse neuve, noua son mouchoir
autour des abricots, et, marchant à grands pas lourds dans
ses grosses galoches ferrées, prit tranquillement le
chemin d'Yonville.

Mme Bovary, quand il arriva chez elle, arrangeait
avec Félicité, sur la table de cuisine, un paquet de
linge.

— Voilà, dit le valet, ce que notre maître vous envoie.

Elle fut saisie d'une appréhension, et, tout en cherchant
quelque monnaie dans sa poche, elle considérait le paysan
d'un œil hagard, tandis qu'il la regardait lui-même avec
ébahissement, ne comprenant pas qu'un pareil cadeau pût
tant émouvoir quelqu'un. Enfin il sortit. Félicité restait.
Elle n'y tenait plus; elle courut dans la salle comme pour
y porter les abricots, renversa le panier, arracha les
feuilles, trouva la lettre, l'ouvrit, et, comme s'il y avait
eu derrière elle un effroyable incendie, Emma se mit à
fuir vers sa chambre, tout épouvantée.

Charles y était, elle l'aperçut; il lui parla, elle n'entendit
rien, et elle continua vivement à monter les marches,
haletante, éperdue, ivre, et toujours tenant cette horrible
feuille de papier, qui lui claquait dans les doigts comme

une plaque de tôle. Au second étage, elle s'arrêta devant
la porte du grenier, qui était fermée.

Alors elle voulut se calmer; elle se rappela la lettre;
il fallait la finir, elle n'osait pas. D'ailleurs, où ? comment ?
On la verrait.

— Ah! non, ici, pensa-t-elle, je serai bien.

Emma poussa la porte et entra.

Les ardoises laissaient tomber d'aplomb une chaleur
lourde, qui lui serrait les tempes et l'étouffait; elle se
traîna jusqu'à la mansarde close, dont elle tira le verrou,
et la lumière éblouissante jaillit d'un bond.

En face, par-dessus les toits, la pleine campagne s'étalait à perte de vue. En bas, sous elle, la place du village
était vide, les cailloux du trottoir scintillaient, les
girouettes des maisons se tenaient immobiles; au coin
de la rue, il partit d'un étage inférieur une sorte de
ronflement à modulations stridentes. C'était Binet qui
tournait.

Elle s'était appuyée contre l'embrasure de la mansarde
et elle relisait la lettre avec des ricanements de colère.
Mais plus elle y fixait d'attention, plus ses idées se confondaient. Elle le revoyait, elle l'entendait, elle l'entourait
de ses deux bras; et des battements de cœur, qui la frappaient sous la poitrine comme à grands coups de bélier,
s'accéléraient l'un après l'autre, à intermittences inégales. Elle jetait les yeux autour d'elle avec l'envie que la
terre croulât. Pourquoi n'en pas finir ? Qui la retenait
donc ? Elle était libre. Et elle s'avança, elle regarda les
pavés en se disant :

— Allons! allons!

Le rayon lumineux qui montait d'en bas directement
tirait vers l'abîme le poids de son corps. Il lui semblait
que le sol de la place oscillant s'élevait le long des murs,
et que le plancher s'inclinait par le bout, à la manière d'un
vaisseau qui tangue. Elle se tenait tout au bord, presque
suspendue, entourée d'un grand espace. Le bleu du ciel
l'envahissait, l'air circulait dans sa tête creuse, elle n'avait
qu'à céder, qu'à se laisser prendre; et le ronflement du
tour ne discontinuait pas, comme une voix furieuse qui
l'appelait.

— Ma femme! ma femme! cria Charles.

Elle s'arrêta.

— Où es-tu donc ? arrive!

L'idée qu'elle venait d'échapper à la mort faillit la
faire s'évanouir de terreur; elle ferma les yeux; puis elle

tressaillit au contact d'une main sur sa manche; c'était
Félicité.

— Monsieur vous attend, madame; la soupe est servie.

Et il fallut descendre! il fallut se mettre à table!

Elle essaya de manger. Les morceaux l'étouffaient.
Alors elle déplia sa serviette comme pour en examiner
les reprises et voulut réellement s'appliquer à ce travail,
compter les fils de la toile. Tout à coup, le souvenir de
la lettre lui revint. L'avait-elle donc perdue? Où la
retrouver? Mais elle éprouvait une telle lassitude dans
l'esprit, que jamais elle ne put inventer un prétexte à
sortir de table. Puis elle était devenue lâche; elle avait
peur de Charles; il savait tout, c'était sûr! En effet, il
prononça ces mots singulièrement :

— Nous ne sommes pas près, à ce qu'il paraît, de
voir M. Rodolphe.

— Qui te l'a dit? fit-elle en tressaillant.

— Qui me l'a dit? répliqua-t-il un peu surpris de ce
ton brusque; c'est Girard, que j'ai rencontré tout à
l'heure à la porte du *Café Français*. Il est parti en voyage,
ou il doit partir.

Elle eut un sanglot.

— Quoi donc t'étonne? Il s'absente ainsi de temps à
autre pour se distraire, et, ma foi! je l'approuve. Quand on
a de la fortune et que l'on est garçon! — Du reste, il
s'amuse joliment, notre ami! c'est un farceur. M. Langlois m'a conté...

Il se tut, par convenance, à cause de la domestique qui
entrait.

Celle-ci replaça dans la corbeille les abricots répandus
sur l'étagère; Charles, sans remarquer la rougeur de
sa femme, se les fit apporter, en prit un et mordit à
même.

— Oh! parfait! disait-il. Tiens, goûte.

Et il tendit la corbeille, qu'elle repoussa doucement.

— Sens donc : quelle odeur! fit-il en la lui passant
sous le nez à plusieurs reprises.

— J'étouffe! s'écria-t-elle en se levant d'un bond.

Mais, par un effort de volonté, ce spasme disparut;
puis :

— Ce n'est rien! dit-elle, ce n'est rien! c'est nerveux!
Assieds-toi, mange!

Car elle redoutait qu'on ne fût à la questionner, à la
soigner, qu'on ne la quittât plus.

Charles, pour lui obéir, s'était rassis, et il crachait dans

sa main les noyaux des abricots, qu'il déposait ensuite
dans son assiette.

Tout à coup, un tilbury bleu passa au grand galop sur
la place. Emma poussa un cri et tomba roide par terre, à
la renverse.

En effet, Rodolphe, après bien des réflexions, s'était
décidé à partir pour Rouen. Or, comme il n'y a, de la
Huchette à Buchy, pas d'autre chemin que celui d'Yonville, il lui avait fallu traverser le village, et Emma
l'avait reconnu à la lueur des lanternes qui coupaient
comme un éclair le crépuscule.

Le pharmacien, au tumulte qui se faisait dans la
maison, s'y précipita. La table, avec toutes les assiettes,
était renversée; de la sauce, de la viande, les couteaux,
la salière et l'huilier jonchaient l'appartement; Charles
appelait au secours; Berthe, effarée, criait : et Félicité,
dont les mains tremblaient, délaçait Madame, qui avait
le long du corps des mouvements convulsifs.

— Je cours, dit l'apothicaire, chercher dans mon laboratoire un peu de vinaigre aromatique.

Puis, comme elle rouvrait les yeux en respirant le
flacon :

— J'en étais sûr, fit-il; cela vous réveillerait un mort.

— Parle-nous! disait Charles, parle-nous! Remets-toi!
C'est moi, ton Charles qui t'aime! Me reconnais-tu ?
Tiens, voilà ta petite fille; embrasse-la donc!

L'enfant avançait les bras vers sa mère pour se pendre
à son cou. Mais, détournant la tête, Emma dit d'une
voix saccadée :

— Non, non... personne!

Elle s'évanouit encore. On la porta sur son lit.

Elle restait étendue, la bouche ouverte, les paupières
fermées, les mains à plat, immobile, et blanche comme
une statue de cire. Il sortait de ses yeux deux ruisseaux
de larmes qui coulaient lentement sur l'oreiller.

Charles, debout, se tenait au fond de l'alcôve, et le
pharmacien, près de lui, gardait ce silence méditatif
qu'il est convenable d'avoir dans les occasions sérieuses
de la vie.

— Rassurez-vous, dit-il en lui poussant le coude, je
crois que le paroxysme est passé.

— Oui, elle repose un peu maintenant! répondit
Charles, qui la regardait dormir. Pauvre femme!... pauvre
femme!... la voilà retombée!

Alors Homais demanda comment cet accident était

survenu. Charles répondit que cela l'avait saisie tout à coup pendant qu'elle mangeait des abricots.

— Extraordinaire!... reprit le pharmacien. Mais il se pourrait que les abricots eussent occasionné la syncope! Il y a des natures si impressionnables à l'encontre de certaines odeurs! et ce serait même une belle question à étudier, tant sous le rapport pathologique que sous le rapport physiologique. Les prêtres en connaissaient l'importance, eux qui ont toujours mêlé des aromates à leurs cérémonies. C'est pour vous stupéfier l'entendement et provoquer des extases, chose d'ailleurs facile à obtenir chez les personnes du sexe, qui sont plus délicates que les autres. On en cite qui s'évanouissent à l'odeur de la corne brûlée, du pain tendre...

— Prenez garde de l'éveiller! dit à voix basse Bovary.

— Et non seulement, continua l'apothicaire, les humains sont en butte à ces anomalies, mais encore les animaux. Ainsi, vous n'êtes pas sans savoir l'effet singulièrement aphrodisiaque que produit le *nepeta cataria*, vulgairement appelé herbe-au-chat, sur la gent féline; et, d'autre part, pour citer un exemple que je garantis authentique, Bridoux (un de mes anciens camarades, actuellement établi rue Malpalu) possède un chien qui tombe en convulsions dès qu'on lui présente une tabatière. Souvent même il en fait l'expérience devant ses amis, à son pavillon du bois Guillaume. Croirait-on qu'un simple sternutatoire pût exercer de tels ravages dans l'organisme d'un quadrupède? C'est extrêmement curieux, n'est-il pas vrai ?

— Oui, dit Charles, qui n'écoutait pas.

— Cela nous prouve, reprit l'autre en souriant avec un air de suffisance bénigne, les irrégularités sans nombre du système nerveux. Pour ce qui est de Madame, elle m'a toujours paru, je l'avoue, une vraie sensitive. Aussi ne vous conseillerai-je point, mon bon ami, aucun de ces prétendus remèdes qui, sous prétexte d'attaquer les symptômes, attaquent le tempérament. Non, pas de médicamentation oiseuse! du régime, voilà tout! des sédatifs, des émollients, des dulcifiants. Puis, ne pensez-vous pas qu'il faudrait peut-être frapper l'imagination ?

— En quoi ? comment ? dit Bovary.

— Ah! c'est là la question! Telle est effectivement la question : *That is the question !* comme je lisais dernièrement dans le journal.

Mais Emma, se réveillant, s'écria :

— Et la lettre ? Et la lettre ?

On crut qu'elle avait le délire; elle l'eut à partir de minuit : une fièvre cérébrale s'était déclarée.

Pendant quarante-trois jours Charles ne la quitta pas. Il abandonna tous ses malades; il ne se couchait plus, il était continuellement à lui tâter le pouls, à lui poser des sinapismes, des compresses d'eau froide. Il envoyait Justin jusqu'à Neufchâtel chercher de la glace; la glace se fondait en route; il le renvoyait. Il appela M. Canivet en consultation; il fit venir de Rouen le docteur Larivière, son ancien maître; il était désespéré. Ce qui l'effrayait le plus, c'était l'abattement d'Emma; car elle ne parlait pas, n'entendait rien et même semblait ne point souffrir, — comme si son corps et son âme se fussent ensemble reposés de toutes leurs agitations.

Vers le milieu d'octobre, elle put se tenir assise dans son lit, avec des oreillers derrière elle. Charles pleura quand il la vit manger sa première tartine de confitures. Les forces lui revinrent; elle se levait quelques heures pendant l'après-midi, et, un jour qu'elle se sentait mieux, il essaya de lui faire faire, à son bras, un tour de promenade dans le jardin. Le sable des allées disparaissait sous les feuilles mortes; elle marchait pas à pas, en traînant ses pantoufles, et, s'appuyant de l'épaule contre Charles, elle continuait à sourire.

Ils allèrent ainsi jusqu'au fond, près de la terrasse. Elle se redressa lentement, se mit la main devant ses yeux, pour regarder : elle regarda au loin, tout au loin; mais il n'y avait à l'horizon que de grands feux d'herbe, qui fumaient sur les collines.

— Tu vas te fatiguer, ma chérie, dit Bovary.

Et, la poussant doucement pour la faire entrer sous la tonnelle :

— Assieds-toi donc sur ce banc : tu seras bien.

— Oh! non, pas là, pas là! fit-elle d'une voix défaillante.

Elle eut un étourdissement, et, dès le soir, sa maladie recommença avec une allure plus incertaine, il est vrai, et des caractères plus complexes. Tantôt elle souffrait au cœur, puis dans la poitrine, dans le cerveau, dans les membres; il lui survint des vomissements où Charles crut apercevoir les premiers symptômes d'un cancer.

Et le pauvre garçon, par là-dessus, avait des inquiétudes d'argent!

XIV

D'abord, il ne savait comment faire pour dédommager
M. Homais de tous les médicaments pris chez lui; et,
quoiqu'il eût pu, comme médecin, ne pas les payer,
néanmoins il rougissait un peu de cette obligation. Puis
la dépense du ménage, à présent que la cuisinière était
maîtresse, devenait effrayante; les notes pleuvaient dans
la maison; les fournisseurs murmuraient; M. Lheureux
surtout le harcelait. En effet, au plus fort de la maladie
d'Emma, celui-ci, profitant de la circonstance pour exagérer sa facture, avait vite apporté le manteau, le sac de
nuit, deux caisses au lieu d'une, quantité d'autres choses
encore. Charles eut beau dire qu'il n'en avait pas besoin,
le marchand répondit arrogamment qu'on lui avait commandé tous ces articles et qu'il ne les reprendrait pas;
d'ailleurs, ce serait contrarier Madame dans sa convalescence; Monsieur réfléchirait; bref, il était résolu à
le poursuivre en justice plutôt que d'abandonner ses
droits et que d'emporter ses marchandises. Charles
ordonna par la suite de les renvoyer à son magasin;
Félicité oublia; il avait d'autres soucis; on n'y pensa
plus; M. Lheureux revint à la charge, et, tour à tour
menaçant et gémissant, manœuvra de telle façon que
Bovary finit par souscrire un billet à six mois d'échéance.
Mais à peine eut-il signé ce billet, qu'une idée auda-
cieuse lui surgit : c'était d'emprunter mille francs à
M. Lheureux. Donc, il demanda, d'un air embarrassé,
s'il n'y avait pas moyen de les avoir, ajoutant que ce
serait pour un an et au taux que l'on voudrait. Lheureux
courut à sa boutique, en rapporta les écus et dicta un
autre billet, par lequel Bovary déclarait devoir payer à
son ordre, le 1er septembre prochain, la somme de
mille soixante et dix francs; ce qui, avec les cent quatre-

vingts déjà stipulés, faisait juste douze cent cinquante.
Ainsi, prêtant à six pour cent, augmenté d'un quart de
commission, et les fournitures lui rapportant un bon tiers
pour le moins, cela devait, en douze mois, donner cent
trente francs de bénéfice; et il espérait que l'affaire ne
s'arrêterait pas là, qu'on ne pourrait payer les billets,
qu'on les renouvellerait, et que son pauvre argent, s'étant
nourri chez le médecin comme dans une maison de
santé, lui reviendrait, un jour, considérablement plus
dodu, et gros à faire craquer le sac.

Tout, d'ailleurs, lui réussissait. Il était adjudicataire
d'une fourniture de cidre pour l'hôpital de Neufchâtel;
M. Guillaumin lui promettait des actions dans les tourbières de Grumesnil, et il rêvait d'établir un nouveau
service de diligences entre Argueil et Rouen, qui ne
tarderait pas, sans doute, à ruiner la guimbarde du
Lion d'or, et qui, marchant plus vite, étant à prix plus
bas et portant plus de bagages, lui mettrait ainsi dans
les mains tout le commerce d'Yonville.

Charles se demanda plusieurs fois par quel moyen,
l'année prochaine, pouvoir rembourser tant d'argent; et
il cherchait, imaginait des expédients, comme de recourir
à son père ou de vendre quelque chose. Mais son père
serait sourd, et il n'avait, lui, rien à vendre. Alors il
découvrait de tels embarras, qu'il écartait vite de sa
conscience un sujet de méditation aussi désagréable. Il
se reprochait d'en oublier Emma; comme si, toutes ses
pensées appartenant à cette femme, c'eût été lui dérober
quelque chose que de n'y pas continuellement réfléchir.

L'hiver fut rude. La convalescence de Madame fut
longue. Quand il faisait beau, on la poussait dans son
fauteuil, auprès de la fenêtre, celle qui regardait la
Place, car elle avait maintenant le jardin en antipathie,
et la persienne de ce côté restait constamment fermée.
Elle voulut que l'on vendît le cheval; ce qu'elle aimait
autrefois, à présent lui déplaisait. Toutes ses idées paraissaient se borner au soin d'elle-même. Elle restait dans
son lit à faire de petites collations, sonnait sa domestique pour s'informer de ses tisanes ou pour causer avec
elle. Cependant, la neige sur le toit des halles jetait dans
la chambre un reflet blanc, immobile; ensuite, ce fut
la pluie qui tombait. Et Emma quotidiennement attendait,
avec une sorte d'anxiété, l'infaillible retour d'événements
minimes, qui pourtant ne lui importaient guère. Le plus
considérable était, le soir, l'arrivée de l'*Hirondelle*. Alors

l'aubergiste criait et d'autres voix répondaient, tandis que le falot d'Hippolyte, qui cherchait des coffres sur la bâche, faisait comme une étoile dans l'obscurité. A midi, Charles rentrait; ensuite il sortait; puis elle prenait un bouillon, et, vers cinq heures, à la tombée du jour, les enfants qui s'en revenaient de la classe, traînant leurs sabots sur le trottoir, frappaient tous avec leurs règles la cliquette des auvents, les uns après les autres.

C'était à cette heure-là que M. Bournisien venait la voir. Il s'enquérait de sa santé, lui apportait des nouvelles et l'exhortait à la religion dans un petit bavardage câlin qui ne manquait pas d'agrément. La vue seule de sa soutane la réconfortait.

Un jour qu'au plus fort de sa maladie elle s'était crue agonisante, elle avait demandé la communion; et, à mesure que l'on faisait dans sa chambre les préparatifs pour le sacrement, que l'on disposait en autel la commode encombrée de sirops et que Félicité semait par terre des fleurs de dahlia, Emma sentait quelque chose de fort passant sur elle, qui la débarrassait de ses douleurs, de toute perception, de tout sentiment. Sa chair allégée ne pensait plus, une autre vie commençait; il lui sembla que son être, montant vers Dieu, allait s'anéantir dans cet amour comme un encens allumé qui se dissipe en vapeur. On aspergea d'eau bénite les draps du lit; le prêtre retira du saint ciboire la blanche hostie; et ce fut en défaillant d'une joie céleste qu'elle avança les lèvres pour accepter le corps du Sauveur qui se présentait. Les rideaux de son alcôve se gonflaient mollement, autour d'elle, en façon de nuées, et les rayons des deux cierges brûlant sur la commode lui parurent être des gloires éblouissantes. Alors elle laissa retomber sa tête, croyant entendre dans les espaces le chant des harpes séraphiques et apercevoir en un ciel d'azur, sur un trône d'or, au milieu des saints tenant des palmes vertes, Dieu le Père tout éclatant de majesté, et qui d'un signe faisait descendre vers la terre des anges aux ailes de flamme pour l'emporter dans leurs bras.

Cette vision splendide demeura dans sa mémoire comme la chose la plus belle qu'il fût possible de rêver; si bien qu'à présent elle s'efforçait d'en ressaisir la sensation, qui continuait cependant, mais d'une manière moins exclusive et avec une douceur aussi profonde. Son âme, courbatue d'orgueil, se reposait enfin dans l'humilité chrétienne; et, savourant le plaisir d'être faible, Emma contemplait

en elle-même la destruction de sa volonté, qui devait
faire aux envahissements de la grâce une large entrée.
Il existait donc à la place du bonheur des félicités plus
grandes, un autre amour au-dessus de tous les autres
amours, sans intermittence ni fin, et qui s'accroîtrait
éternellement! Elle entrevit, parmi les illusions de son
espoir, un état de pureté flottant au-dessus de la terre,
se confondant avec le ciel, et où elle aspira d'être. Elle
voulut devenir une sainte. Elle acheta des chapelets,
elle porta des amulettes; elle souhaitait avoir dans sa
chambre, au chevet de sa couche, un reliquaire enchâssé
d'émeraudes pour le baiser tous les soirs.

Le curé s'émerveillait de ces dispositions, bien que la
religion d'Emma, trouvait-il, pût, à force de ferveur,
finir par friser l'hérésie et même l'extravagance. Mais,
n'étant pas très versé dans ces matières, sitôt qu'elles
dépassaient une certaine mesure, il écrivit à M. Boulard,
libraire de Monseigneur, de lui envoyer *quelque chose de
fameux pour une personne du sexe, qui était pleine d'esprit.* Le libraire, avec autant d'indifférence que s'il
eût expédié de la quincaillerie à des nègres, vous emballa
pêle-mêle tout ce qui avait cours pour lors dans le négoce
des livres pieux. C'étaient de petits manuels par demandes
et par réponses, des pamphlets d'un ton rogue dans la
manière de M. de Maistre, et des espèces de romans à
cartonnage rose et à style douceâtre, fabriqués par des
séminaristes troubadours ou des bas-bleus repenties. Il
y avait le *Pensez-y bien ; l'Homme du monde aux pieds de
Marie, par M. de ***, décoré de plusieurs ordres ; Des
Erreurs de Voltaire, à l'usage des jeunes gens,* etc.

Mme Bovary n'avait pas encore l'intelligence assez
nette pour s'appliquer sérieusement à n'importe quoi;
d'ailleurs elle entreprit ces lectures avec trop de précipitation. Elle s'irrita contre les prescriptions du culte;
l'arrogance des écrits polémiques lui déplut par leur
acharnement à poursuivre des gens qu'elle ne connaissait
pas; et les contes profanes relevés de religion lui parurent écrits dans une telle ignorance du monde, qu'ils
l'écartèrent insensiblement des vérités dont elle attendait
la preuve. Elle persista pourtant, et, lorsque le volume
lui tombait des mains, elle se croyait prise par la plus
fine mélancolie catholique qu'une âme éthérée pût con-
cevoir.

Quant au souvenir de Rodolphe, elle l'avait descendu
tout au fond de son cœur; et il restait là, plus solennel

et plus immobile qu'une momie de roi dans un souter-
rain. Une exhalaison s'échappait de ce grand amour em-
baumé et qui, passant à travers tout, parfumait de tendresse l'atmosphère d'immaculation où elle voulait
vivre. Quand elle se mettait à genoux sur son prie-Dieu
gothique, elle adressait au Seigneur les mêmes paroles de
suavité qu'elle murmurait jadis à son amant, dans les
épanchements de l'adultère. C'était pour faire venir la
croyance; mais aucune délectation ne descendait des
cieux; et elle se relevait, les membres fatigués, avec le
sentiment vague d'une immense duperie. Cette recherche, pensait-elle, n'était qu'un mérite de plus; et, dans
l'orgueil de sa dévotion, Emma se comparait à ces grandes dames d'autrefois, dont elle avait rêvé la gloire sur
un portrait de La Vallière, et qui, traînant avec tant de
majesté la queue chamarrée de leurs longues robes, se
retiraient en des solitudes pour y répandre aux pieds du
Christ toutes les larmes d'un cœur que l'existence bles-
sait.

Alors, elle se livra à des charités excessives. Elle cousait
des habits pour les pauvres; elle envoyait du bois aux
femmes en couches; et Charles, un jour, en rentrant,
trouva dans la cuisine trois vauriens attablés qui mangeaient un potage. Elle fit revenir à la maison sa petite
fille, que son mari, durant sa maladie, avait renvoyée chez
la nourrice. Elle voulut lui apprendre à lire; Berthe avait
beau pleurer, elle ne s'irritait plus. C'était un parti pris
de résignation, une indulgence universelle. Son langage,
à propos de tout, était plein d'expressions idéales. Elle
disait à son enfant :

— Ta colique est-elle passée, mon ange ?

Mme Bovary mère ne trouvait rien à blâmer, sauf
peut-être cette manie de tricoter des camisoles pour les
orphelins, au lieu de raccommoder ses torchons. Mais,
harassée de querelles domestiques, la bonne femme se
plaisait en cette maison tranquille, et même elle y demeura
jusques après Pâques, afin d'éviter les sarcasmes du père
Bovary, qui ne manquait pas, tous les vendredis saints,
de se commander une andouille.

Outre la compagnie de sa belle-mère, qui la raffer-
missait un peu par sa rectitude de jugement et ses façons
graves, Emma, presque tous les jours, avait encore d'autres sociétés. C'était Mme Langlois, Mme Caron,
Mme Dubreuil, Mme Tuvache et, régulièrement de
deux à cinq heures, l'excellente Mme Homais, qui

n'avait jamais voulu croire, celle-là, à aucun des cancans
que l'on débitait sur sa voisine. Les petits Homais aussi
venaient la voir; Justin les accompagnait. Il montait
avec eux dans la chambre, et il restait debout près de
la porte, immobile, sans parler. Souvent même Mme
Bovary, n'y prenant garde, se mettait à sa toilette. Elle
commençait par retirer son peigne, en secouant sa tête
d'un mouvement brusque; et, quand il aperçut la première fois cette chevelure entière qui descendait jusqu'aux jarrets en déroulant ses anneaux noirs, ce fut
pour lui, le pauvre enfant, comme l'entrée subite dans
quelque chose d'extraordinaire et de nouveau dont la
splendeur l'effraya.

Emma, sans doute, ne remarquait pas ses empresse-
ments silencieux ni ses timidités. Elle ne se doutait point
que l'amour, disparu de sa vie, palpitait là, près d'elle,
sous cette chemise de grosse toile, dans ce cœur d'adolescent ouvert aux émanations de sa beauté. Du reste,
elle enveloppait tout maintenant d'une telle indifférence,
elle avait des paroles si affectueuses et des regards si
hautains, des façons si diverses, que l'on ne distinguait
plus l'égoïsme de la charité, ni la corruption de la vertu.
Un soir, par exemple, elle s'emporta contre sa domestique, qui lui demandait à sortir et balbutiait en cherchant un prétexte, puis tout à coup :

— Tu l'aimes donc ? dit-elle.

Et, sans attendre la réponse de Félicité, qui rougissait,
elle ajouta d'un air triste :

— Allons, cours-y! amuse-toi!

Elle fit, au commencement du printemps, bouleverser
le jardin d'un bout à l'autre, malgré les observations de
Bovary; il fut heureux, cependant, de lui voir enfin
manifester une volonté quelconque. Elle en témoigna
davantage à mesure qu'elle se rétablissait. D'abord, elle
trouva moyen d'expulser la mère Rollet, la nourrice, qui
avait pris l'habitude, pendant sa convalescence, de venir
trop souvent à la cuisine avec ses deux nourrissons et
son pensionnaire, plus endenté qu'un cannibale. Puis
elle se dégagea de la famille Homais, congédia successivement toutes les autres visites et même fréquenta
l'église avec moins d'assiduité, à la grande approbation
de l'apothicaire, qui lui dit alors amicalement :

— Vous donniez un peu dans la calotte!

M. Bournisien, comme autrefois, survenait tous les
jours, en sortant du catéchisme. Il préférait rester dehors

à prendre l'air *au milieu du bocage;* il appelait ainsi la tonnelle. C'était l'heure où Charles rentrait. Ils avaient chaud; on apportait du cidre doux, et ils buvaient ensemble au complet rétablissement de Madame.

Binet se trouvait là, c'est-à-dire un peu plus bas, contre le mur de la terrasse, à pêcher des écrevisses. Bovary l'invitait à se rafraîchir, et il s'entendait parfaitement à déboucher les cruchons.

— Il faut, disait-il, en promenant autour de lui et jusqu'aux extrémités du paysage un regard satisfait, tenir ainsi la bouteille, d'aplomb sur la table, et, après que les ficelles sont coupées, pousser le liège à petits coups, doucement, doucement, comme on fait, d'ailleurs, à l'eau de Seltz, dans les restaurants.

Mais le cidre, pendant sa démonstration, souvent leur jaillissait en plein visage, et alors l'ecclésiastique, avec un rire opaque, ne manquait jamais cette plaisanterie :

— Sa bonté saute aux yeux!

Il était brave homme, en effet, et même, un jour, ne fut point scandalisé du pharmacien, qui conseillait à Charles, pour distraire Madame, de la mener au théâtre de Rouen voir l'illustre ténor Lagardy. Homais, s'étonnant de ce silence, voulut savoir son opinion, et le prêtre déclara qu'il regardait la musique comme moins dangereuse pour les mœurs que la littérature.

Mais le pharmacien prit la défense des lettres. Le théâtre, prétendait-il, servait à fronder les préjugés, et, sous le masque du plaisir, enseignait la vertu.

— *Castigat ridendo mores,* monsieur Bournisien! Ainsi, regardez la plupart des tragédies de Voltaire; elles sont semées habilement de réflexions philosophiques qui en font pour le peuple une véritable école de morale et de diplomatie.

— Moi, dit Binet, j'ai vu autrefois une pièce intitulée *le Gamin de Paris,* où l'on remarque le caractère d'un vieux général qui est vraiment tapé! Il rembarre un fils de famille qui avait séduit une ouvrière, qui à la fin...

— Certainement, continuait Homais, il y a la mauvaise littérature comme il y a la mauvaise pharmacie; mais condamner en bloc le plus important des beaux-arts me paraît une balourdise, une idée gothique, digne de ces temps abominables où l'on enfermait Galilée.

— Je sais bien, objecta le curé, qu'il existe de bons ouvrages, de bons auteurs; cependant, ne serait-ce que ces personnes de sexe différent réunies dans un appar-

tement enchanteur, orné de pompes mondaines, et puis
ces déguisements païens, ce fard, ces flambeaux, ces
voix efféminées, tout cela doit finir par engendrer un
certain libertinage d'esprit et vous donner des pensées
déshonnêtes, des tentations impures. Telle est du moins
l'opinion de tous les Pères. Enfin, ajouta-t-il en prenant
subitement un ton de voix mystique, tandis qu'il roulait sur son pouce une prise de tabac, si l'Eglise a condamné les spectacles, c'est qu'elle avait raison; il faut
nous soumettre à ses décrets.

— Pourquoi, demanda l'apothicaire, excommunie-
t-elle les comédiens ? car, autrefois, ils concouraient
ouvertement aux cérémonies du culte. Oui, on jouait, on
représentait au milieu du chœur des espèces de farces
appelées mystères, dans lesquelles les lois de la décence
souvent se trouvaient offensées.

L'ecclésiastique se contenta de pousser un gémissement et le pharmacien poursuivit :

— C'est comme dans la Bible; il y a..., savez-vous...,
plus d'un détail... piquant, des choses... vraiment...
gaillardes !

Et, sur un geste d'irritation que faisait M. Bournisien :

— Ah! vous conviendrez que ce n'est pas un livre à
mettre entre les mains d'une jeune personne, et je serais
fâché qu'Athalie...

— Mais ce sont les protestants, et non pas nous, s'écria
l'autre impatienté, qui recommandent la Bible !

— N'importe, dit Homais, je m'étonne que, de nos
jours, en un siècle de lumières, on s'obstine encore à
proscrire un délassement intellectuel qui est inoffensif,
moralisant et même hygiénique quelquefois, n'est-ce
pas, docteur ?

— Sans doute, répondit le médecin nonchalamment,
soit que, ayant les mêmes idées, il voulût n'offenser personne, ou bien qu'il n'eût pas d'idées.

La conversation semblait finie, quand le pharmacien
jugea convenable de pousser une dernière botte.

— J'en ai connu, des prêtres, qui s'habillaient en
bourgeois pour aller voir gigoter des danseuses.

— Allons donc! fit le curé.

— Ah! j'en ai connu!

Et, séparant les syllabes de sa phrase, Homais répéta :

— J'en — ai — connu.

— Eh bien! ils avaient tort, dit Bournisien résigné
à tout entendre.

— Parbleu! ils en font bien d'autres! exclama l'apothicaire.

— Monsieur!... reprit l'ecclésiastique avec des yeux si farouches, que le pharmacien en fut intimidé.

— Je veux seulement dire, répliqua-t-il alors d'un ton moins brutal, que la tolérance est le plus sûr moyen d'attirer les âmes à la religion.

— C'est vrai! c'est vrai! concéda le bonhomme en se rasseyant sur sa chaise.

Mais il n'y resta que deux minutes. Puis, dès qu'il fut parti, M. Homais dit au médecin :

— Voilà ce qui s'appelle une prise de bec! Je l'ai roulé, vous avez vu, d'une manière!... Enfin, croyez-moi, conduisez Madame au spectacle, ne serait-ce que pour faire une fois dans votre vie enrager un de ces corbeaux-là, saprelotte! Si quelqu'un pouvait me remplacer, je vous accompagnerais moi-même. Dépêchez-vous! Lagardy ne donnera qu'une seule représentation; il est engagé en Angleterre à des appointements considérables. C'est, à ce qu'on assure, un fameux lapin! Il roule sur l'or! il mène avec lui trois maîtresses et son cuisinier! Tous ces grands artistes brûlent la chandelle par les deux bouts; il leur faut une existence dévergondée qui excite un peu l'imagination. Mais ils meurent à l'hôpital, parce qu'ils n'ont pas eu l'esprit, étant jeunes, de faire des économies. Allons, bon appétit; à demain!

Cette idée de spectacle germa vite dans la tête de Bovary; car aussitôt il en fit part à sa femme, qui refusa tout d'abord, alléguant la fatigue, le dérangement, la dépense; mais, par extraordinaire, Charles ne céda pas, tant il jugeait cette récréation lui devoir être profitable. Il n'y voyait aucun empêchement; sa mère leur avait expédié trois cents francs sur lesquels il ne comptait plus, les dettes courantes n'avaient rien d'énorme, et l'échéance des billets à payer au sieur Lheureux était encore si longue, qu'il n'y fallait pas songer. D'ailleurs, imaginant qu'elle y mettait de la délicatesse, Charles insista davantage; si bien qu'elle finit, à force d'obsessions, par se décider. Et, le lendemain, à huit heures, ils s'emballèrent dans l'*Hirondelle*.

L'apothicaire, que rien ne retenait à Yonville, mais qui se croyait contraint de n'en pas bouger, soupira en les voyant partir.

— Allons, bon voyage! leur dit-il, heureux mortels que vous êtes!

Puis, s'adressant à Emma, qui portait une robe de soie bleue à quatre falbalas :

— Je vous trouve jolie comme un Amour! Vous allez *faire florès* à Rouen.

La diligence descendait à l'hôtel de la *Croix-Rouge*, sur la place Beauvoisine. C'était une de ces auberges comme il y en a dans tous les faubourgs de province, avec de grandes écuries et de petites chambres à coucher, où l'on voit au milieu de la cour des poules picorant l'avoine sous les cabriolets crottés des commis-voyageurs; — bons vieux gîtes à balcon de bois vermoulu qui craquent au vent dans les nuits d'hiver, continuellement pleins de monde, de vacarme et de mangeaille, dont les tables noires sont poissées par les *glorias,* les vitres épaisses jaunies par les mouches, les serviettes humides tachées par le vin bleu; et qui, sentant toujours le village, comme des valets de ferme habillés en bourgeois, ont un café sur la rue, et du côté de la campagne un jardin à légumes. Charles, immédiatement, se mit en courses. Il confondit l'avant-scène avec les galeries, le *parquet* avec les loges, demanda des explications, ne les comprit pas, fut renvoyé du contrôleur au directeur, revint à l'auberge, retourna au bureau, et, plusieurs fois ainsi, arpenta toute la longueur de la ville, depuis le théâtre jusqu'au boulevard.

Madame s'acheta un chapeau, des gants, un bouquet. Monsieur craignait beaucoup de manquer le commencement; et, sans avoir eu le temps d'avaler un bouillon, ils se présentèrent devant les portes du théâtre, qui étaient encore fermées.

XV

La foule stationnait contre le mur, parquée symétriquement entre des balustrades. A l'angle des rues voisines, de gigantesques affiches répétaient en caractères baroques : « *Lucie de Lammermoor*... Lagardy... Opéra... etc. » Il faisait beau; on avait chaud; la sueur coulait dans les frisures, tous les mouchoirs tirés épongeaient des fronts rouges; et parfois un vent tiède, qui soufflait de la rivière, agitait mollement la bordure des tentes en coutil suspendues à la porte des estaminets. Un peu plus bas, cependant, on était rafraîchi par un courant d'air glacial qui sentait le suif, le cuir et l'huile. C'était l'exhalaison de la rue des Charrettes, pleine de grands magasins noirs où l'on roule des barriques.

De peur de paraître ridicule, Emma voulut, avant d'entrer, faire un tour de promenade sur le port, et Bovary, par prudence, garda les billets à sa main, dans la poche de son pantalon, qu'il appuyait contre son ventre.

Un battement de cœur la prit dès le vestibule. Elle sourit involontairement de vanité, en voyant la foule qui se précipitait à droite par l'autre corridor, tandis qu'elle montait l'escalier des *premières*. Elle eut plaisir, comme un enfant, à pousser de son doigt les larges portes tapissées; elle aspira de toute sa poitrine l'odeur poussiéreuse des couloirs, et, quand elle fut assise dans sa loge, elle se cambra la taille avec une désinvolture de duchesse.

La salle commençait à se remplir, on tirait les lorgnettes de leurs étuis, et les abonnés, s'apercevant de loin, se faisaient des salutations. Ils venaient se délasser dans les beaux-arts des inquiétudes de la vente; mais n'oubliant point *les affaires*, ils causaient encore cotons, trois-six ou indigo. On voyait là des têtes de vieux, inexpressives et pacifiques, et qui, blanchâtres de chevelure et de teint, ressemblaient à des médailles d'argent ternies par une vapeur de plomb. Les jeunes beaux se pavanaient au *parquet*, étalant, dans l'ouverture de leur gilet, leur cravate rose ou vert-pomme; et Mme Bovary les admirait d'en haut appuyant sur des badines à pommes d'or la paume tendue de leurs gants jaunes.

Cependant, les bougies de l'orchestre s'allumèrent; le lustre descendit du plafond, versant, avec le rayonnement de ses facettes, une gaieté subite dans la salle; puis les musiciens entrèrent les uns après les autres, et ce fut d'abord un long charivari de basses ronflant, de violons grinçant, de pistons trompettant, de flûtes et de flageolets qui piaulaient. Mais on entendit trois coups sur la scène; un roulement de timbales commença, les instruments de cuivre plaquèrent des accords, et le rideau, se levant, découvrit un paysage.

C'était le carrefour d'un bois, avec une fontaine, à gauche, ombragée par un chêne. Des paysans et des seigneurs, le plaid sur l'épaule, chantaient tous ensemble une chanson de chasse; puis il survint un capitaine qui invoquait l'ange du mal en levant au ciel ses deux bras; un autre parut; ils s'en allèrent, et les chasseurs reprirent.

Elle se retrouvait dans les lectures de la jeunesse, en plein Walter Scott. Il lui semblait entendre, à travers le brouillard, le son des cornemuses écossaises se répéter sur les bruyères. D'ailleurs, le souvenir du roman facilitant l'intelligence du libretto, elle suivait l'intrigue phrase à phrase, tandis que d'insaisissables pensées qui lui revenaient se dispersaient aussitôt sous les rafales de la musique. Elle se laissait aller au bercement des mélodies et se sentait elle-même vibrer de tout son être comme si les archets des violons se fussent promenés sur ses nerfs. Elle n'avait pas assez d'yeux pour contempler les costumes, les décors, les personnages, les arbres peints qui tremblaient quand on marchait, et les toques de velours, les manteaux, les épées, toutes ces imaginations qui s'agitaient dans l'harmonie comme dans l'atmosphère d'un autre monde. Mais une jeune femme s'avança en jetant une bourse à un écuyer vert. Elle resta seule, et alors on entendit une flûte qui faisait comme un murmure de fontaine ou comme des gazouillements d'oiseau. Lucie entama d'un air brave sa cavatine en *sol* majeur; elle se plaignait d'amour, elle demandait des

ailes. Emma, de même, aurait voulu, fuyant la vie, s'en-
voler dans une étreinte. Tout à coup, Edgar Lagardy
parut.

Il avait une de ces pâleurs splendides qui donnent
quelque chose de la majesté des marbres aux races ar-
dentes du Midi. Sa taille vigoureuse était prise dans un
pourpoint de couleur brune; un petit poignard ciselé
lui battait sur la cuisse gauche, et il roulait des regards
langoureusement en découvrant ses dents blanches. On
disait qu'une princesse polonaise, l'écoutant un soir
chanter sur la plage de Biarritz, où il radoubait des cha-
loupes, en était devenue amoureuse. Elle s'était ruinée à
cause de lui. Il l'avait plantée là pour d'autres femmes,
et cette célébrité sentimentale ne laissait pas que de
servir à sa réputation artistique. Le cabotin diplomate
avait même soin de faire toujours glisser dans les récla-
mes une phrase poétique sur la fascination de sa personne
et la sensibilité de son âme. Un bel organe, un imper-
turbable aplomb, plus de tempérament que d'intelligence et plus d'emphase que de lyrisme, achevaient de
rehausser cette admirable nature de charlatan, où il y
avait du coiffeur et du toréador.

Dès la première scène, il enthousiasma. Il pressait
Lucie dans ses bras, il la quittait, il revenait, il semblait
désespéré; il avait des éclats de colère, puis des râles
élégiaques d'une douceur infinie, et les notes s'échappaient de son cou nu, pleines de sanglots et de baisers.
Emma se penchait pour le voir, égratignant avec ses
ongles le velours de sa loge. Elle s'emplissait le cœur de
ces lamentations mélodieuses qui se traînaient à l'accom-
pagnement des contrebasses, comme des cris de nau-
fragés dans le tumulte d'une tempête. Elle reconnaissait
tous les enivrements et les angoisses dont elle avait
manqué mourir. La voix de la chanteuse ne lui semblait
être que le retentissement de sa conscience, et cette illusion qui la charmait quelque chose même de sa vie. Mais
personne sur la terre ne l'avait aimée d'un pareil amour.
Il ne pleurait pas comme Edgar, le dernier soir, au clair
de lune, lorsqu'ils se disaient : « A demain; à demain!... »
La salle craquait sous les bravos; on recommença la
strette entière; les amoureux parlaient des fleurs de leur
tombe, de serments, d'exil, de fatalité, d'espérances, et,
quand ils poussèrent l'adieu final, Emma jeta un cri
aigu, qui se confondit avec la vibration des derniers
accords.

— Pourquoi donc, demanda Bovary, ce seigneur est-il à la persécuter ?

— Mais non, répondit-elle; c'est son amant.

— Pourtant il jure de se venger sur sa famille, tandis que l'autre, celui qui est venu tout à l'heure, disait : « J'aime Lucie et je m'en crois aimé. » D'ailleurs, il est parti avec son père, bras dessus, bras dessous. Car c'est bien son père, n'est-ce pas, le petit laid qui porte une plume de coq à son chapeau ?

Malgré les explications d'Emma, dès le duo récitatif où Gilbert expose à son maître Ashton ses abominables manœuvres, Charles, en voyant le faux anneau de fiançailles qui doit abuser Lucie, crut que c'était un souvenir d'amour envoyé par Edgar. Il avouait, du reste, ne pas comprendre l'histoire, — à cause de la musique, qui nuisait beaucoup aux paroles.

— Qu'importe ? dit Emma; tais-toi!

— C'est que j'aime, reprit-il en se penchant sur son épaule, à me rendre compte, tu sais bien.

— Tais-toi! tais-toi! fit-elle impatientée.

Lucie s'avançait, à demi soutenue par ses femmes, une couronne d'oranger dans les cheveux, et plus pâle que le satin blanc de sa robe. Emma rêvait au jour de son mariage; et elle se revoyait là-bas, au milieu des blés, sur le petit sentier, quand on marchait vers l'église. Pourquoi donc n'avait-elle pas, comme celle-là, résisté, supplié ? Elle était joyeuse, au contraire, sans s'apercevoir de l'abîme où elle se précipitait... Ah! si, dans la fraîcheur de sa beauté, avant les souillures du mariage et la désillusion de l'adultère, elle avait pu placer sa vie sur quelque grand cœur solide, alors la vertu, la tendresse, les voluptés et le devoir se confondant, jamais elle ne serait descendue d'une félicité si haute. Mais ce bonheur-là, sans doute, était un mensonge imaginé pour le désespoir de tout désir. Elle connaissait à présent la petitesse des passions que l'art exagérait. S'efforçant donc d'en détourner sa pensée, Emma voulait ne plus voir dans cette reproduction de ses douleurs qu'une fantaisie plastique bonne à amuser les yeux, et même elle souriait intérieurement d'une pitié dédaigneuse quand, au fond du théâtre, sous la portière de velours, un homme apparut en manteau noir.

Son grand chapeau à l'espagnole tomba dans un geste qu'il fit; et aussitôt les instruments et les chanteurs entonnèrent le sextuor. Edgar, étincelant de furie, domi-

nait tous les autres de sa voix plus claire; Ashton lui
lançait en notes graves des provocations homicides;
Lucie poussait sa plainte aiguë; Arthur modulait à
l'écart des sons moyens, et la basse-taille du ministre
ronflait comme un orgue, tandis que les voix de femmes,
répétant ses paroles, reprenaient en chœur, délicieuse-
ment. Ils étaient tous sur la même ligne à gesticuler;
et la colère, la vengeance, la jalousie, la terreur, la miséricorde et la stupéfaction s'exhalaient à la fois de leurs
bouches entr'ouvertes. L'amoureux outragé brandissait
son épée nue; sa collerette de guipure se levait par saccа-
des, selon les mouvements de sa poitrine, et il allait de
droite et de gauche, à grands pas, faisant sonner contre
les planches les éperons vermeils de ses bottes molles,
qui s'évasaient à la cheville. Il devait avoir, pensait-elle,
un intarissable amour, pour en déverser sur la foule à
si larges effluves. Toutes ses velléités de dénigrement
s'évanouissaient sous la poésie du rôle qui l'envahissait,
et, entraînée vers l'homme par l'illusion du personnage,
elle tâcha de se figurer sa vie, cette vie retentissante,
extraordinaire, splendide, et qu'elle aurait pu mener,
cependant, si le hasard l'avait voulu. Ils se seraient connus,
ils se seraient aimés! Avec lui, par tous les royaumes de
l'Europe, elle aurait voyagé de capitale en capitale, par-
tageant ses fatigues et son orgueil, ramassant les fleurs
qu'on lui jetait, brodant elle-même ses costumes; puis,
chaque soir, au fond d'une loge, derrière la grille à
treillis d'or, elle eût recueilli, béante, les expansions de
cette âme qui n'aurait chanté que pour elle seule; de la
scène, tout en jouant, il l'aurait regardée. Mais une folie
la saisit : il la regardait, c'est sûr! Elle eut envie de
courir dans ses bras pour se réfugier en sa force, comme
dans l'incarnation de l'amour même, et de lui dire, de
s'écrier : « Enlève-moi, emmène-moi, partons! A toi,
à toi! toutes mes ardeurs et tous mes rêves! »

Le rideau se baissa.

L'odeur du gaz se mêlait aux haleines; le vent des
éventails rendait l'atmosphère plus étouffante. Emma
voulut sortir; la foule encombrait les corridors, et elle
retomba dans son fauteuil avec des palpitations qui la
suffoquaient. Charles, ayant peur de la voir s'évanouir,
courut à la buvette lui chercher un verre d'orgeat.

Il eut grand'peine à regagner sa place; car on lui heurtait les coudes à tous les pas, à cause du verre qu'il
tenait entre ses mains, et même il en versa les trois

quarts sur les épaules d'une Rouennaise en manches
courtes, qui, sentant le liquide froid lui couler dans les
reins, jeta des cris de paon, comme si on l'eût assassinée.
Son mari, qui était un filateur, s'emporta contre le maladroit; et, tandis qu'avec son mouchoir elle épongeait les
taches sur sa belle robe de taffetas cerise, il murmurait
d'un ton bourru les mots d'indemnité, de frais, de
remboursement. Enfin, Charles arriva près de sa femme,
et lui disant tout essoufflé :

— J'ai cru, ma foi, que j'y resterais ! Il y a un monde !...
un monde !...

Il ajouta :

— Devine un peu qui j'ai rencontré là-haut ? M. Léon !

— Léon ?

— Lui-même ! il va venir te présenter ses civilités.

Et, comme il achevait ces mots, l'ancien clerc d'Yonville entra dans la loge.

Il tendit sa main avec un sans-façon de gentilhomme :
et Mme Bovary, machinalement, avança la sienne, sans
doute obéissant à l'attraction d'une volonté plus forte.
Elle ne l'avait pas sentie depuis ce soir de printemps
où il pleuvait sur les feuilles vertes, quand ils se dirent
adieu, debout au bord de la fenêtre. Mais, vite, se rappelant à la convenance de la situation, elle secoua dans un
effort cette torpeur de ses souvenirs et se mit à balbutier
des phrases rapides.

— Ah ! bonjour... Comment ! vous voilà ?

— Silence ! cria une voix du parterre, car le troisième
acte commençait.

— Vous êtes donc à Rouen ?

— Oui.

— Et depuis quand ?

— A la porte ! à la porte !

On se tournait vers eux ; ils se turent.

Mais, à partir de ce moment, elle n'écouta plus ; et le
chœur des conviés, la scène d'Asthon et de son valet,
grand duo en *ré* majeur, tout passa pour elle dans l'éloignement, comme si les instruments fussent devenus
moins sonores et les personnages plus reculés ; elle se
rappelait les parties de cartes chez le pharmacien et la
promenade chez la nourrice, les lectures sous la tonnelle,
les tête-à-tête au coin du feu, tout ce pauvre amour si
calme et si long, si discret, si tendre, et qu'elle avait
oublié cependant. Pourquoi donc revenait-il ? Quelle
combinaison d'aventures le replaçait dans sa vie ? Il se

tenait derrière elle, s'appuyant de l'épaule contre la cloison; et, de temps à autre, elle se sentait frissonner sous le souffle tiède de ses narines qui lui descendait dans la chevelure.

— Est-ce que cela vous amuse ? dit-il en se penchant sur elle de si près, que la pointe de sa moustache lui effleura la joue.

Elle répondit nonchalamment :

— Oh! mon Dieu, non! pas beaucoup.

Alors il fit la proposition de sortir du théâtre pour aller prendre des glaces quelque part.

— Ah! pas encore! restons! dit Bovary. Elle a les cheveux dénoués : cela promet d'être tragique.

Mais la scène de la folie n'intéressait point Emma, et le jeu de la chanteuse lui parut exagéré.

— Elle crie trop fort, dit-elle en se tournant vers Charles, qui écoutait.

— Oui... peut-être... un peu, répliqua-t-il, indécis entre la franchise de son plaisir et le respect qu'il portait aux opinions de sa femme.

Puis Léon dit en soupirant :

— Il fait une chaleur...

— Insupportable! c'est vrai.

— Es-tu gênée ? demanda Bovary.

— Oui, j'étouffe, partons.

M. Léon posa délicatement sur ses épaules son long châle de dentelle, et ils allèrent tous les trois s'asseoir sur le port, en plein air, devant le vitrage d'un café. Il fut d'abord question de sa maladie, bien qu'Emma interrompît Charles de temps à autre, par crainte, disait-elle, d'ennuyer M. Léon; et celui-ci leur raconta qu'il venait à Rouen passer deux ans dans une forte étude, afin de se rompre aux affaires, qui étaient différentes en Normandie de celles que l'on traitait à Paris. Puis il s'informa de Berthe, de la famille Homais, de la mère Lefrançois; et, comme ils n'avaient, en présence du mari, rien de plus à se dire, bientôt la conversation s'arrêta.

Des gens qui sortaient du spectacle passèrent sur le trottoir, tout en fredonnant ou braillant à plein gosier : *O bel ange, ma Lucie !* Alors Léon, pour faire le dilettante, se mit à parler musique. Il avait vu Tamburini, Rubini, Persiani, Grisi; et à côté d'eux, Lagardy, malgré ses grands éclats, ne valait rien.

— Pourtant, interrompit Charles qui mordait à petits

coups son sorbet au rhum, on prétend qu'au dernier
acte il est admirable tout à fait; je regrette d'être parti
avant la fin, car ça commençait à m'amuser.

— Au reste, reprit le clerc, il donnera bientôt une
autre représentation.

Mais Charles répondit qu'ils s'en allaient dès le lendemain.

— A moins, ajouta-t-il en se tournant vers sa femme,
que tu ne veuilles rester seule, mon petit chat ?

Et, changeant de manœuvre devant cette occasion
inattendue qui s'offrait à son espoir, le jeune homme
entama l'éloge de Lagardy dans le morceau final. C'était
quelque chose de superbe, de sublime! Alors Charles
insista :

— Tu reviendras dimanche. Voyons, décide-toi! Tu
as tort, si tu sens le moins du monde que cela te fait
du bien.

Cependant les tables, alentour, se dégarnissaient; un
garçon vint discrètement se poster près d'eux; Charles,
qui comprit, tira sa bourse; le clerc le retint par le bras,
et même n'oublia point de laisser, en plus, deux pièces
blanches qu'il fit sonner contre le marbre.

— Je suis fâché, vraiment, murmura Bovary, de l'argent que vous...

L'autre eut un geste dédaigneux plein de cordialité, et,
prenant son chapeau :

— C'est convenu, n'est-ce pas, demain à six heures ?

Charles se récria encore une fois qu'il ne pouvait s'absenter plus longtemps; mais rien n'empêchait Emma...

— C'est que..., balbutia-t-elle avec un singulier sourire, je ne sais pas trop...

— Eh bien! tu réfléchiras, nous verrons, la nuit
porte conseil...

Puis à Léon, qui les accompagnait :

— Maintenant que vous voilà dans nos contrées,
vous viendrez, j'espère, de temps à autre, nous demander
à dîner ?

Le clerc affirma qu'il n'y manquerait pas, ayant d'ailleurs besoin de se rendre à Yonville pour une affaire de
son étude. Et l'on se sépara devant le passage Saint-
Herbland, au moment où onze heures et demie sonnaient
à la cathédrale.

TROISIÈME PARTIE

I

M. Léon, tout en étudiant son droit, avait passablement
fréquenté la *Chaumière*, où il obtint même de fort jolis
succès près des grisettes qui lui trouvaient l'*air distingué*.
C'était le plus convenable des étudiants : il ne portait
les cheveux ni trop longs ni trop courts, ne mangeait
pas le 1er du mois l'argent de son trimestre, et se main-
tenait en de bons termes avec ses professeurs. Quant à
faire des excès, il s'en était toujours abstenu autant par
pusillanimité que par délicatesse.

Souvent, lorsqu'il restait à lire dans sa chambre ou
bien assis le soir sous les tilleuls du Luxembourg, il
laissait tomber son Code par terre, et le souvenir d'Emma
lui revenait. Mais, peu à peu, ce sentiment s'affaiblit,
et d'autres convoitises s'accumulèrent par-dessus, bien
qu'il persistât cependant à travers elles; car Léon ne
perdait pas toute espérance, et il y avait pour lui comme
une promesse incertaine, qui se balançait dans l'avenir, tel
un fruit d'or, suspendu à quelque feuillage fantastique.

Puis, en la revoyant après trois années d'absence, sa
passion se réveilla. Il fallait, pensait-il, se résoudre enfin
à la vouloir posséder. D'ailleurs, sa timidité s'était usée
au contact des compagnies folâtres, et il revenait en province, méprisant tout ce qui ne foulait pas d'un pied
verni l'asphalte du boulevard. Auprès d'une Parisienne
en dentelles, dans le salon de quelque docteur illustre,
personnage à décorations et à voiture, le pauvre clerc,
sans doute, eût tremblé comme un enfant; mais ici, à
Rouen, sur le port, devant la femme de ce petit médecin,
il se sentait à l'aise, sûr d'avance qu'il éblouirait. L'aplomb
dépend des milieux où il se pose : on ne parle pas à
l'entresol comme au quatrième étage, et la femme riche
semble avoir autour d'elle, pour garder sa vertu, tous

ses billets de banque, comme une cuirasse, dans la doublure de son corset.

En quittant, la veille au soir, M. et Mme Bovary,
Léon, de loin, les avait suivis dans la rue; puis les ayant
vus s'arrêter à la *Croix-Rouge*, il avait tourné les talons
et passé toute la nuit à méditer un plan.

Le lendemain donc, vers cinq heures, il entra dans la
cuisine de l'auberge, la gorge serrée, les joues pâles, et
avec cette résolution des poltrons que rien n'arrête.

— Monsieur n'y est point, répondit un domestique.

Cela lui parut de bon augure. Il monta.

Elle ne fut pas troublée à son abord; elle lui fit, au
contraire, des excuses pour avoir oublié de lui dire où
ils étaient descendus.

— Oh! je l'ai deviné, reprit Léon.

— Comment?

Il prétendit avoir été guidé vers elle au hasard, par
un instinct. Elle se mit à sourire, et aussitôt, pour réparer
sa sottise, Léon raconta qu'il avait passé sa matinée à
la chercher successivement dans tous les hôtels de la
ville.

— Vous vous êtes donc décidée à rester? ajouta-t-il.

— Oui, dit-elle, et j'ai eu tort. Il ne faut pas s'accoutumer à des plaisirs impraticables, quand on a autour de
soi mille exigences...

— Oh! je m'imagine...

— Eh! non, car vous n'êtes pas une femme, vous.

Mais les hommes avaient aussi leurs chagrins, et la
conversation s'engagea par quelques réflexions philosophiques. Emma s'étendit beaucoup sur la misère des
affections terrestres et l'éternel isolement où le cœur
reste enseveli.

Pour se faire valoir, ou par une imitation naïve de
cette mélancolie qui provoquait la sienne, le jeune
homme déclara s'être ennuyé prodigieusement tout le
temps de ses études. La procédure l'irritait, d'autres
vocations l'attiraient et sa mère ne cessait, dans chaque
lettre, de le tourmenter. Car ils précisaient de plus en
plus les motifs de leur douleur, chacun, à mesure qu'il
parlait, s'exaltant un peu dans cette confidence progres-
sive. Mais ils s'arrêtaient quelquefois devant l'exposition
complète de leur idée, et cherchaient alors à imaginer une
phrase qui pût la traduire cependant. Elle ne confessa
point sa passion pour un autre; il ne dit pas qu'il l'avait
oubliée.

Peut-être ne se rappelait-il plus ses soupers après le
bal avec des débardeuses; et elle ne se souvenait pas sans
doute des rendez-vous d'autrefois, quand elle courait
le matin dans les herbes vers le château de son amant.
Les bruits de la ville arrivaient à peine jusqu'à eux; et
la chambre semblait·petite, tout exprès pour resserrer
davantage leur solitude. Emma, vêtue d'un peignoir en
basin, appuyait son chignon contre le dossier du vieux
fauteuil; le papier jaune de la muraille faisait comme un
fond d'or derrière elle : et sa tête nue se répétait dans la
glace avec la raie blanche au milieu, et le bout de ses
oreilles dépassant sous ses bandeaux.

— Mais, pardon, dit-elle, j'ai tort! je vous ennuie
avec mes éternelles plaintes!

— Non, jamais! jamais!

— Si vous saviez, reprit-elle, en levant au plafond
ses beaux yeux qui roulaient une larme, tout ce que
j'avais rêvé!

— Et moi, donc! Oh! j'ai bien souffert! Souvent je
sortais, je m'en allais, je me traînais le long des quais,
m'étourdissant au bruit de la foule sans pouvoir bannir
l'obsession qui me poursuivait. Il y a sur le boulevard,
chez un marchand d'estampes, une gravure italienne qui
représente une Muse. Elle est drapée d'une tunique et
elle regarde la lune, avec des myosotis sur sa chevelure
dénouée. Quelque chose incessamment me poussait là;
j'y suis resté des heures entières.

Puis, d'une voix tremblante :

— Elle vous ressemblait un peu.

Mme Bovary détourna la tête, pour qu'il ne vît pas
sur ses lèvres l'irrésistible sourire qu'elle y sentait monter.

— Souvent, reprit-il, je vous écrivais des lettres qu'ensuite je déchirais.

Elle ne répondait pas. Il continua :

— Je m'imaginais quelquefois qu'un hasard vous
amènerait. J'ai cru vous reconnaître au coin des rues :
et je courais après tous les fiacres où flottait à la portière
un châle, un voile pareil au vôtre...

Elle semblait déterminée à le laisser parler sans l'interrompre. Croisant les bras et baissant la figure, elle
considérait la rosette de ses pantoufles, et elle faisait
dans leur satin de petits mouvements, par intervalles,
avec les doigts de son pied.

Cependant, elle soupira :

— Ce qu'il y a de plus lamentable, n'est-ce pas, c'est
de traîner, comme moi, une existence inutile ? Si nos
douleurs pouvaient servir à quelqu'un, on se consolerait
dans la pensée du sacrifice !

Il se mit à vanter la vertu, le devoir et les immolations
silencieuses, ayant lui-même un incroyable besoin de
dévouement qu'il ne pouvait assouvir.

— J'aimerais beaucoup, dit-elle, à être une religieuse
d'hôpital !

— Hélas ! répliqua-t-il, les hommes n'ont point de
ces missions saintes, et je ne vois nulle part aucun métier...,
à moins peut-être que celui de médecin...

Avec un haussement léger de ses épaules, Emma l'interrompit pour se plaindre de sa maladie où elle avait
manqué mourir ; quel dommage ! elle ne souffrirait plus
maintenant. Léon tout de suite envia *le calme du tombeau*,
et même, un soir, il avait écrit son testament en recommandant qu'on l'ensevelît dans ce beau couvre-pied, à
bandes de velours, qu'il tenait d'elle ; car c'est ainsi
qu'ils auraient voulu avoir été, l'un et l'autre se faisant
un idéal sur lequel ils ajustaient à présent leur vie passée.
D'ailleurs, la parole est un laminoir qui allonge toujours
les sentiments.

Mais à cette invention du couvre-pied :

— Pourquoi donc ? demanda-t-elle.

— Pourquoi ?

Il hésitait.

— Parce que je vous ai bien aimée !

Et, s'applaudissant d'avoir franchi la difficulté, Léon,
du coin de l'œil, épia sa physionomie.

Ce fut comme le ciel, quand un coup de vent chasse
les nuages. L'amas des pensées tristes qui les assom-
brissaient parut se retirer de ses yeux bleus ; tout son
visage rayonna.

Il attendait. Enfin elle répondit :

— Je m'en étais toujours doutée...

Alors, ils se racontèrent les petits événements de cette
existence lointaine, dont ils venaient de résumer, par
un seul mot, les plaisirs et les mélancolies. Il se rappelait
le berceau de clématite, les robes qu'elle avait portées,
les meubles de sa chambre, toute sa maison.

— Et nos pauvres cactus, où sont-ils ?

— Le froid les a tués cet hiver.

— Ah ! que j'ai pensé à eux, savez-vous ? Souvent je
les revoyais comme autrefois, quand, par les matins

d'été, le soleil frappait sur les jalousies... et j'apercevais vos deux bras nus qui passaient entre les fleurs.

— Pauvre ami! fit-elle en lui tendant la main.

Léon, bien vite, y colla ses lèvres. Puis, quand il eut largement respiré :

— Vous étiez, dans ce temps-là, pour moi, je ne sais quelle force incompréhensible qui captivait ma vie. Une fois, par exemple, je suis venu chez vous; mais vous ne vous en souvenez pas, sans doute ?

— Si, dit-elle. Continuez.

— Vous étiez en bas, dans l'antichambre, prête à sortir, sur la dernière marche; — vous aviez même un chapeau à petites fleurs bleues; et, sans nulle invitation de votre part, malgré moi, je vous ai accompagnée. A chaque minute, cependant, j'avais de plus en plus conscience de ma sottise, et je continuais à marcher près de vous, n'osant vous suivre tout à fait, et ne voulant pas vous quitter. Quand vous entriez dans une boutique, je restais dans la rue, je vous regardais par le carreau défaire vos gants et compter la monnaie sur le comptoir. Ensuite vous avez sonné chez Mme Tuvache, on vous a ouvert, et je suis resté comme un idiot devant la grande porte lourde qui était retombée sur vous.

Mme Bovary, en l'écoutant, s'étonnait d'être si vieille; toutes ces choses qui réapparaissaient lui semblaient élargir son existence; cela faisait comme des immensités sentimentales où elle se reportait; et elle disait de temps à autre, à voix basse et les paupières à demi fermées :

— Oui, c'est vrai!... c'est vrai!... c'est vrai...

Ils entendirent huit heures sonner aux différentes horloges du quartier Beauvoisine, qui est plein de pensionnats, d'églises et de grands hôtels abandonnés. Ils ne se parlaient plus; mais ils sentaient, en se regardant, un bruissement dans leurs têtes, comme si quelque chose de sonore se fût réciproquement échappé de leurs prunelles fixes. Ils venaient de se joindre les mains; et le passé, l'avenir, les réminiscences et les rêves, tout se trouvait confondu dans la douceur de cette extase. La nuit s'épaississait sur les murs, où brillaient encore, à demi perdues dans l'ombre, les grosses couleurs de quatre estampes représentant quatre scènes de la *Tour de Nesle*, avec une légende au bas, en espagnol et en français. Par la fenêtre à guillotine, on voyait un coin de ciel noir, entre des toits pointus.

Elle se leva pour allumer deux bougies sur la commode, puis elle vint se rasseoir.

— Eh bien ?... fit Léon.

— Eh bien ? répondit-elle.

Et il cherchait comment renouer le dialogue interrompu, quand elle lui dit :

— D'où vient que personne, jusqu'à présent, ne m'a jamais exprimé des sentiments pareils ?

Le clerc se récria que les natures idéales étaient difficiles à comprendre. Lui, du premier coup d'œil, il l'avait aimée; et il se désespérait en pensant au bonheur qu'ils auraient eu si, par une grâce du hasard, se rencontrant plus tôt, ils se fussent attachés l'un à l'autre d'une manière indissoluble.

— J'y ai songé quelquefois, reprit-elle.

— Quel rêve! murmura Léon.

Et, maniant délicatement le liséré bleu de sa longue ceinture blanche, il ajouta :

— Qui nous empêche donc de recommencer ?...

— Non, mon ami, répondit-elle. Je suis trop vieille... vous êtes trop jeune..., oubliez-moi! D'autres vous aimeront... vous les aimerez.

— Pas comme vous! s'écria-t-il.

— Enfant que vous êtes! Allons, soyons sage! je le veux!

Elle lui représenta les impossibilités de leur amour, et qu'ils devaient se tenir, comme autrefois, dans les simples termes d'une amitié fraternelle.

Etait-ce sérieusement qu'elle parlait ainsi ? Sans doute qu'Emma n'en savait rien elle-même, tout occupée par le charme de la séduction et la nécessité de s'en défendre; et, contemplant le jeune homme d'un regard attendri, elle repoussait doucement les timides caresses que ses mains frémissantes essayaient.

— Ah! pardon, dit-il en se reculant.

Et Emma fut prise d'un vague effroi, devant cette timidité, plus dangereuse pour elle que la hardiesse de Rodolphe quand il s'avançait les bras ouverts. Jamais aucun homme ne lui avait paru si beau. Une exquise candeur s'échappait de son maintien. Il baissait ses longs cils fins qui se recourbaient. Sa joue à l'épiderme suave rougissait — pensait-elle — du désir de sa personne, et Emma sentait une invincible envie d'y porter ses lèvres. Alors se penchant vers la pendule comme pour regarder l'heure :

— Qu'il est tard, mon Dieu! fit-elle; que nous bavardons!

Il comprit l'allusion et chercha son chapeau.

— J'en ai même oublié le spectacle! ce pauvre Bovary qui m'avait laissée tout exprès! M. Lormeaux, de la rue Grand-Pont, devait m'y conduire avec sa femme.

Et l'occasion était perdue, car elle partait dès le lendemain.

— Vrai? fit Léon.

— Oui.

— Il faut pourtant que je vous voie encore, reprit-il, j'avais à vous dire...

— Quoi?

— Une chose... grave, sérieuse. Eh! non, d'ailleurs, vous ne partirez pas, c'est impossible! Si vous saviez... Ecoutez-moi... Vous ne m'avez donc pas compris? Vous n'avez donc pas deviné?...

— Cependant vous parlez bien, dit Emma.

— Ah! des plaisanteries! Assez, assez! Faites, par pitié, que je vous revoie..., une fois..., une seule.

— Eh bien!...

Elle s'arrêta; puis, comme se ravisant :

— Oh! pas ici!

— Où vous voudrez.

— Voulez-vous...

Elle parut réfléchir, et, d'un ton bref :

— Demain, à onze heures, dans la cathédrale.

— J'y serai! s'écria-t-il en saisissant ses mains qu'elle dégagea.

Et, comme ils se trouvaient debout tous les deux, lui placé derrière elle et Emma baissant la tête, il se pencha vers son cou et la baisa longuement à la nuque.

— Mais vous êtes fou! Ah! vous êtes fou! disait-elle avec de petits rires sonores, tandis que les baisers se multipliaient.

Alors, avançant la tête par-dessus son épaule, il sembla chercher le consentement de ses yeux. Ils tombèrent sur lui, pleins d'une majesté glaciale.

Léon fit trois pas en arrière, pour sortir. Il resta sur le seuil. Puis il chuchota d'une voix tremblante :

— A demain.

Elle répondit par un signe de tête, et disparut comme un oiseau dans la pièce à côté.

Emma, le soir, écrivit au clerc une interminable lettre où elle se dégageait du rendez-vous; tout maintenant

était fini, et ils ne devaient plus, pour leur bonheur, se
rencontrer. Mais, quand la lettre fut close, comme elle
ne savait pas l'adresse de Léon, elle se trouva fort embarrassée.

— Je la lui donnerai moi-même, se dit-elle; il viendra.

Léon, le lendemain, fenêtre ouverte et chantonnant sur
le balcon, vernit lui-même ses escarpins, et à plusieurs
couches. Il passa un pantalon blanc, des chaussettes
fines, un habit vert, répandit dans son mouchoir tout ce
qu'il possédait de senteurs, puis, s'étant fait friser, se
défrisa, pour donner à sa chevelure plus d'élégance naturelle.

— Il est encore trop tôt! pensa-t-il en regardant le
coucou du perruquier, qui marquait neuf heures.

Il lut un vieux journal de modes, sortit, fuma un cigare,
remonta trois rues, songea qu'il était temps et se dirigea
lentement vers le parvis Notre-Dame.

C'était par un beau matin d'été. Des argenteries reluisaient aux boutiques des orfèvres, et la lumière qui arrivait obliquement sur la cathédrale posait des miroite-
ments à la cassure des pierres grises; une compagnie
d'oiseaux tourbillonnaient dans le ciel bleu, autour des
clochetons à trèfles; la place, retentissante de cris, sentait des fleurs qui bordaient son pavé, roses, jasmins,
œillets, narcisses et tubéreuses, espacés inégalement par
des verdures humides, de l'herbe-au-chat et du mouron
pour les oiseaux; la fontaine, au milieu, gargouillait, et
sous de larges parapluies, parmi des cantaloups s'étageant
en pyramides, des marchandes, nu-tête, tournaient dans
du papier des bouquets de violettes.

Le jeune homme en prit un. C'était la première fois
qu'il achetait des fleurs pour une femme; et sa poitrine, en les respirant, se gonfla d'orgueil, comme si cet
hommage qu'il destinait à une autre se fût retourné vers
lui.

Cependant il avait peur d'être aperçu; il entra résolument dans l'église.

Le suisse, alors, se tenait sur le seuil, au milieu du
portail à gauche, au-dessous de la *Marianne dansant*,
plumet en tête, rapière au mollet, canne au poing, plus
majestueux qu'un cardinal et reluisant comme un saint
ciboire.

Il s'avança vers Léon, et, avec ce sourire de bénignité
pateline que prennent les ecclésiastiques lorsqu'ils inter-
rogent les enfants :

— Monsieur, sans doute, n'est pas d'ici ? Monsieur désire voir les curiosités de l'église ?

— Non dit l'autre.

Et il fit d'abord le tour des bas-côtés. Puis il vint regarder sur la place. Emma n'arrivait pas. Il remonta jusqu'au chœur.

La nef se mirait dans les bénitiers pleins, avec le commencement des ogives et quelques portions de vitrail. Mais le reflet des peintures, se brisant au bord du marbre, continuait plus loin, sur les dalles, comme un tapis bariolé. Le grand jour du dehors s'allongeait dans l'église en trois rayons énormes, par les trois portails ouverts. De temps à autre, au fond, un sacristain passait en faisant devant l'autel l'oblique génuflexion des dévots pressés. Les lustres de cristal pendaient immobiles. Dans le chœur, une lampe d'argent brûlait; et, des chapelles latérales, des parties sombres de l'église, il s'échappait quelquefois comme des exhalaisons de soupirs, avec le son d'une grille qui retombait, en répercutant son écho sous les hautes voûtes.

Léon, à pas sérieux, marchait auprès des murs. Jamais la vie ne lui avait paru si bonne. Elle allait venir tout à l'heure, charmante, agitée, épiant derrière elle les regards qui la suivaient, — et avec sa robe à volants, son lorgnon d'or, ses bottines minces, dans toutes sortes d'élégances dont il n'avait pas goûté, et dans l'ineffable séduction de la vertu qui succombe. L'église, comme un boudoir gigantesque, se disposait autour d'elle; les voûtes s'inclinaient pour recueillir dans l'ombre la confession de son amour; les vitraux resplendissaient pour illuminer son visage, et les encensoirs allaient brûler pour qu'elle apparût comme un ange, dans la fumée des parfums.

Cependant elle ne venait pas. Il se plaça sur une chaise et ses yeux rencontrèrent un vitrage bleu où l'on voit des bateliers qui portent des corbeilles. Il le regarda longtemps, attentivement et il comptait les écailles des poissons et les boutonnières des pourpoints, tandis que sa pensée vagabondait à la recherche d'Emma.

Le suisse, à l'écart, s'indignait intérieurement contre cet individu, qui se permettait d'admirer seul la cathédrale. Il lui semblait se conduire d'une façon monstrueuse, le voler en quelque sorte, et presque commettre un sacrilège.

Mais un froufrou de soie sur les dalles, la bordure d'un

chapeau, un camail noir... C'était elle! Léon se leva et
courut à sa rencontre.

Emma était pâle. Elle marchait vite.

— Lisez! dit-elle en lui tendant un papier... Oh! non!

Et brusquement elle retira sa main, pour entrer dans
la chapelle de la Vierge, où s'agenouillant contre une
chaise, elle se mit en prière.

Le jeune homme fut irrité de cette fantaisie bigote;
puis il éprouva pourtant un certain charme à la voir, au
milieu du rendez-vous, ainsi perdue dans les oraisons
comme une marquise andalouse; puis il ne tarda pas à
s'ennuyer, car elle n'en finissait pas.

Emma priait, ou plutôt s'efforçait de prier, espérant
qu'il allait lui descendre du ciel quelque résolution subite;
et pour attirer le secours divin, elle s'emplissait les yeux
des splendeurs du tabernacle, elle aspirait le parfum des
juliennes blanches épanouies dans les grands vases, et
prêtait l'oreille au silence de l'église, qui ne faisait qu'ac-
croître le tumulte de son cœur.

Elle se relevait, et ils allaient partir, quand le suisse
s'approcha vivement, en disant :

— Madame, sans doute, n'est pas d'ici? Madame
désire voir les curiosités de l'église?

— Eh non! s'écria le clerc.

— Pourquoi pas? reprit-elle.

Car elle se raccrochait de sa vertu chancelante à la
Vierge, aux sculptures, aux tombeaux, à toutes les occasions.

Alors, afin de procéder *dans l'ordre*, le suisse les conduisit jusqu'à l'entrée, près de la place, où, leur montrant
avec sa canne un grand cercle de pavés noirs, sans inscriptions ni ciselures :

— Voilà, fit-il majestueusement, la circonférence de la
belle cloche d'Amboise. Elle pesait quarante mille livres.
Il n'y avait pas sa pareille dans toute l'Europe. L'ouvrier
qui l'a fondue en est mort de joie...

— Partons, dit Léon.

Le bonhomme se remit en marche; puis, revenu à la
chapelle de la Vierge, il étendit les bras dans un geste syn-
thétique de démonstration, et, plus orgueilleux qu'un
propriétaire campagnard vous montrant ses espaliers :

— Cette simple dalle recouvre Pierre de Brézé, seigneur de la Varenne et de Brissac, grand maréchal de
Poitou et gouverneur de Normandie, mort à la bataille
de Montlhéry, le 16 juillet 1465.

Léon, se mordant les lèvres, trépignait.

— Et à droite, ce gentilhomme tout bardé de fer, sur un cheval qui se cabre, est son petit-fils Louis de Brézé, seigneur de Bréval et de Montchauvet, comte de Maulevrier, baron de Mauny, chambellan du roi, chevalier de l'ordre et pareillement gouverneur de Normandie, mort le 23 juillet 1531, un dimanche, comme l'inscription porte; et au-dessous, cet homme prêt à descendre au tombeau vous figure exactement le même. Il n'est point possible, n'est-ce pas, de voir une plus parfaite représentation du néant?

Mme Bovary prit son lorgnon. Léon, immobile, la regardait, n'essayant même plus de dire un seul mot, de faire un seul geste, tant il se sentait découragé devant ce double parti pris de bavardage et d'indifférence.

L'éternel guide continuait :

— Près de lui, cette femme à genoux qui pleure est son épouse, Diane de Poitiers, comtesse de Brézé, duchesse de Valentinois, née en 1499, morte en 1566; et, à gauche, celle qui porte un enfant, la sainte Vierge. Maintenant, tournez-vous de ce côté : voici les tombeaux d'Amboise. Ils ont été tous les deux cardinaux et archevêques de Rouen. Celui-là était un ministre du roi Louis XII. Il a fait beaucoup de bien à la cathédrale. On a trouvé dans son testament trente mille écus d'or pour les pauvres.

Et, sans s'arrêter, tout en parlant, il les poussa dans une chapelle encombrée par des balustrades, en dérangea quelques-unes, et découvrit une sorte de bloc, qui pouvait bien avoir été une statue mal faite.

— Elle décorait autrefois, dit-il avec un long gémissement, la tombe de Richard Cœur de Lion, roi d'Angleterre et duc de Normandie. Ce sont les calvinistes, monsieur, qui vous l'ont réduite en cet état. Ils l'avaient, par méchanceté, ensevelie dans la terre, sous le siège épiscopal de Monseigneur. Tenez, voici la porte par où il se rend à son habitation, Monseigneur. Passons voir les vitraux de la Gargouille.

Mais Léon tira vivement une pièce blanche de sa poche et saisit Emma par le bras. Le suisse demeura tout stupéfait, ne comprenant point cette munificence intempestive, lorsqu'il restait encore à l'étranger tant de choses à voir. Aussi le rappelant :

— Eh! monsieur. La flèche! la flèche!...

— Merci, fit Léon.

— Monsieur a tort! Elle aura quatre cent quarante pieds, neuf de moins que la grande pyramide d'Egypte. Elle est toute en fonte, elle...

Léon fuyait; car il lui semblait que son amour, qui, depuis deux heures bientôt, s'était immobilisé dans l'église comme les pierres, allait maintenant s'évaporer telle qu'une fumée, par cette espèce de tuyau tronqué, de cage oblongue, de cheminée à jour, qui se hasarde si grotesquement sur la cathédrale, comme la tentative extravagante de quelque chaudronnier fantaisiste.

— Où allons-nous donc ? disait-elle.

Sans répondre, il continuait à marcher d'un pas rapide, et déjà Mme Bovary trempait son doigt dans l'eau bénite, quand ils entendirent derrière eux un grand souffle haletant, entrecoupé régulièrement par le rebondissement d'une canne. Léon se détourna.

— Monsieur!

— Quoi ?

Et il reconnut le suisse, portant sous son bras et maintenant en équilibre contre son ventre une vingtaine environ de forts volumes brochés. C'étaient les ouvrages *qui traitaient de la cathédrale.*

— Imbécile! grommela Léon, s'élançant hors de l'église.

Un gamin polissonnait sur le parvis :

— Va me chercher un fiacre!

L'enfant partit comme une balle, par la rue des Quatre-Vents; alors ils restèrent seuls quelques minutes face à face et un peu embarrassés.

— Ah! Léon!... Vraiment... je ne sais... si je dois...!

Elle minaudait. Puis, d'un air sérieux :

— C'est très inconvenant, savez-vous ?

— En quoi ? répliqua le clerc. Cela se fait à Paris!

Et cette parole, comme un irrésistible argument, la détermina.

Cependant le fiacre n'arrivait pas. Léon avait peur qu'elle ne rentrât dans l'église. Enfin le fiacre parut.

— Sortez du moins par le portail du nord! leur cria le suisse, qui était resté sur le seuil, pour voir la *Résurrection*, le *Jugement dernier*, le *Paradis*, le *Roi David* et les *Réprouvés* dans les flammes d'enfer.

— Où Monsieur va-t-il ? demanda le cocher.

— Où vous voudrez! dit Léon poussant Emma dans la voiture.

Et la lourde machine se mit en route.

Elle descendit la rue Grand-Pont, traversa la place des Arts, le quai Napoléon, le pont Neuf et s'arrêta court devant la statue de Pierre Corneille.

— Continuez! fit une voix qui sortait de l'intérieur.

La voiture repartit, et, se laissant, dès le carrefour La Fayette, emporter vers la descente, elle entra au grand galop dans la gare du chemin de fer.

— Non, tout droit! cria la même voix.

Le fiacre sortit des grilles, et bientôt, arrivé sur le cours, trotta doucement, au milieu des grands ormes. Le cocher s'essuya le front, mit son chapeau de cuir entre ses jambes et poussa la voiture en dehors des contre-allées, au bord de l'eau, près du gazon.

Elle alla le long de la rivière, sur le chemin de halage pavé de cailloux secs, et, longtemps, du côté d'Oyssel, au delà des îles.

Mais, tout à coup, elle s'élança d'un bond à travers Quatremares, Sotteville, la Grande-Chaussée, la rue d'Elbeuf, et fit sa troisième halte devant le Jardin des Plantes.

— Marchez donc! s'écria la voix plus furieusement.

Et aussitôt, reprenant sa course, elle passa par Saint-Sever, par le quai des Curandiers, par le quai aux Meules, encore une fois par le pont, par la place du Champ-de-Mars et derrière les jardins de l'hôpital, où des vieillards en veste noire se promènent au soleil, le long d'une terrasse toute verdie par des lierres. Elle remonta le boulevard Bouvreuil, parcourut le boulevard Cauchoise, puis tout le Mont-Riboudet jusqu'à la côte de Deville.

Elle revint; et alors, sans parti pris ni direction, au hasard, elle vagabonda. On la vit à Saint-Pol, à Lescure, au mont Gargan, à la Rouge-Mare et place du Gaillard-bois; rue Maladrerie, rue Dinanderie, devant Saint-Romain, Saint-Vivien, Saint-Maclou, Saint-Nicaise, — devant la Douane, — à la Basse-Vieille-Tour, aux Trois-Pipes et au Cimetière Monumental. De temps à autre, le cocher, sur son siège, jetait aux cabarets des regards désespérés. Il ne comprenait pas quelle fureur de la locomotion poussait ces individus à ne vouloir point s'arrêter. Il essayait quelquefois, et aussitôt il entendait derrière lui partir des exclamations de colère. Alors il cinglait de plus belle ses deux rosses tout en sueur, mais sans prendre garde aux cahots, accrochant par-ci, par-là, ne s'en souciant, démoralisé, et presque pleurant de soif, de fatigue et de tristesse.

Et sur le port, au milieu des camions et des barriques, et dans les rues, au coin des bornes, les bourgeois ouvraient de grands yeux ébahis devant cette chose si extraordinaire en province, une voiture à stores tendus, et qui apparaissait ainsi continuellement, plus close qu'un tombeau et ballottée comme un navire.

Une fois, au milieu du jour, en pleine campagne, au moment où le soleil dardait le plus fort contre les vieilles lanternes argentées, une main nue passa sous les petits rideaux de toile jaune et jeta des déchirures de papier, qui se dispersèrent au vent et s'abattirent plus loin, comme des papillons blancs, sur un champ de trèfles rouges tout en fleur.

Puis vers six heures, la voiture s'arrêta dans une ruelle du quartier Beauvoisine, et une femme en descendit qui marchait le voile baissé, sans détourner la tête.

II

En arrivant à l'auberge, Mme Bovary fut étonnée de
ne pas apercevoir la diligence. Hivert, qui l'avait attendue
cinquante-trois minutes, avait fini par s'en aller.

Rien pourtant ne la forçait à partir; mais elle avait
donné sa parole qu'elle reviendrait le soir même. D'ailleurs, Charles l'attendait; et déjà elle se sentait au cœur
cette lâche docilité qui est, pour bien des femmes, comme
le châtiment tout à la fois et la rançon de l'adultère.

Vivement elle fit sa malle, paya la note, prit dans la
cour un cabriolet, et, pressant le palefrenier, l'encoura-
geant, s'informant à toute minute de l'heure et des kilo-
mètres parcourus, parvint à rattraper l'*Hirondelle* vers
les premières maisons de Quincampoix.

A peine assise dans son coin, elle ferma les yeux et les
rouvrit au bas de la côte, où elle reconnut de loin Félicité, qui se tenait en vedette devant la maison du maréchal.
Hivert retint ses chevaux, et la cuisinière, se haussant
jusqu'au vasistas, dit mystérieusement :

— Madame, il faut que vous alliez tout de suite chez
M. Homais. C'est pour quelque chose de pressé.

Le village était silencieux comme d'habitude. Au coin
des rues, il y avait de petits tas roses qui fumaient à l'air,
car c'était le moment des confitures, et tout le monde,
à Yonville, confectionnait sa provision le même jour.
Mais on admirait, devant la boutique du pharmacien,
un tas beaucoup plus large, et qui dépassait les autres
de la supériorité qu'une officine doit avoir sur les fourneaux bourgeois, un besoin général sur des fantaisies
individuelles.

Elle entra. Le grand fauteuil était renversé, et même
le *Fanal de Rouen* gisait par terre, étendu entre les deux
pilons. Elle poussa la porte du couloir; et, au milieu de

la cuisine, parmi les jarres brunes pleines de groseilles
égrenées, du sucre râpé, du sucre en morceaux, des
balances sur la table, des bassines sur le feu, elle aperçut
tous les Homais, grands et petits, avec des tabliers qui
leur montaient jusqu'au menton et tenant des fourchettes
à la main. Justin, debout, baissait la tête, et le pharmacien
criait :

— Qui t'avait dit de l'aller chercher dans le capharnaüm ?

— Qu'est-ce donc ? Qu'y a-t-il ?

— Ce qu'il y a ? répondit l'apothicaire. On fait des
confitures : elles cuisent; mais elles allaient déborder à
cause du bouillon trop fort, et je commande une autre
bassine. Alors, lui, par mollesse, par paresse, a été
prendre, suspendue à son clou, dans mon laboratoire,
la clef du capharnaüm !

L'apothicaire appelait ainsi un cabinet, sous les toits,
plein des ustensiles et des marchandises de sa profession.
Souvent il y passait seul de longues heures à étiqueter, à
transvaser, à reficeler; et il le considérait non comme un
simple magasin, mais comme un véritable sanctuaire,
d'où s'échappaient ensuite, élaborés par ses mains,
toutes sortes de pilules, bols, tisanes, lotions et potions,
qui allaient répandre aux alentours sa célébrité. Personne
au monde n'y mettait les pieds; et il le respectait si fort,
qu'il le balayait lui-même. Enfin, si la pharmacie, ouverte
à tout venant, était l'endroit où il étalait son orgueil, le
capharnaüm était le refuge où, se concentrant égoïstement,
Homais se délectait dans l'exercice de ses prédilections;
aussi l'étourderie de Justin lui paraissait-elle monstrueuse
d'irrévérence; et, plus rubicond que les groseilles, il
répétait :

— Oui, du capharnaüm ! la clef qui enferme les acides
avec les alcalis caustiques ! Avoir été prendre une bassine de réserve ! une bassine à couvercle ! et dont jamais
peut-être je ne me servirai ! Tout a son importance dans
les opérations délicates de notre art ! Mais, que diable !
il faut établir des distinctions et ne pas employer à des
usages presque domestiques ce qui est destiné pour les
pharmaceutiques ! C'est comme si on découpait une pou-
larde avec un scalpel, comme si un magistrat...

— Mais calme-toi ! disait Mme Homais.

Et Athalie, le tirant par sa redingote :

— Papa ! papa !

— Non, laissez-moi ! reprenait l'apothicaire, laissez-moi! fichtre! autant s'établir épicier, ma parole d'honneur! Allons, va! ne respecte rien! casse! brise! lâche les sangsues! brûle la guimauve! marine des cornichons dans les bocaux, lacère les bandages!

— Vous aviez pourtant..., dit Emma.

— Tout à l'heure! — Sais-tu à quoi tu t'exposais?... N'as-tu rien vu, dans le coin, à gauche, sur la troisième tablette? Parle, réponds, articule quelque chose!

— Je ne ... sais pas, balbutia le jeune garçon.

— Ah! tu ne sais pas! Eh bien! je sais, moi! Tu as vu une bouteille, en verre bleu, cachetée avec de la cire jaune, qui contient une poudre blanche, sur laquelle même j'avais écrit : *Dangereux!* Et sais-tu ce qu'il y avait dedans? De l'arsenic! Et tu vas toucher à cela! prendre une bassine qui est à côté!

— A côté! s'écria Mme Homais en joignant les mains. De l'arsenic? Tu pouvais nous empoisonner tous!

Et les enfants se mirent à pousser des cris, comme s'ils avaient déjà senti dans leurs entrailles d'atroces douleurs.

— Ou bien empoisonner un malade! continua l'apothicaire. Tu voudrais donc que j'allasse sur le banc des criminels, en cour d'assises? me voir traîner à l'échafaud? Ignores-tu le soin que j'observe dans les manutentions, quoique j'en aie cependant une furieuse habitude. Souvent je m'épouvante moi-même, lorsque je pense à ma responsabilité! Car le gouvernement nous persécute, et l'absurde législation qui nous régit est comme une véritable épée de Damoclès suspendue sur notre tête!

Emma ne songeait plus à demander ce qu'on lui voulait, et le pharmacien poursuivait en phrases haletantes :

— Voilà comme tu reconnais les bontés qu'on a pour toi! voilà comme tu me récompenses des soins tout paternels que je te prodigue! Car, sans moi, où serais-tu? Que ferais-tu? Qui te fournit la nourriture, l'éducation, l'habillement, et tous les moyens de figurer un jour, avec honneur, dans les rangs de la société? Mais il faut pour cela suer ferme sur l'aviron, et acquérir, comme on dit, du cal aux mains. *Fabricando fit faber, age quod agis.*

Il citait du latin, tant il était exaspéré. Il eût cité du chinois et du groenlandais, s'il eût connu ces deux langues; car il se trouvait dans une de ces crises où l'âme entière montre indistinctement ce qu'elle enferme, comme l'Océan, qui, dans les tempêtes, s'entr'ouvre depuis les fucus de son rivage jusqu'au sable de ses abîmes.

Et il reprit :

— Je commence à terriblement me repentir de m'être chargé de ta personne! J'aurais certes mieux fait de te laisser autrefois croupir dans ta misère et dans la crasse où tu es né! Tu ne seras jamais bon qu'à être un gardeur de bêtes à cornes! Tu n'as nulle aptitude pour les sciences! A peine si tu sais coller une étiquette! Et tu vis là, chez moi, comme un chanoine, comme un coq en pâte, à te goberger!

Mais Emma, se tournant vers Mme Homais :

— On m'avait fait venir...

— Ah! mon Dieu, interrompit d'un air triste la bonne dame, comment vous dirai-je bien ?... C'est un malheur!

Elle n'acheva pas. L'apothicaire tonnait :

— Vide-la! écure-la! reporte-la! dépêche-toi donc! Et, secouant Justin par le collet de son bourgeron, il fit tomber un livre de sa poche.

L'enfant se baissa. Homais fut plus prompt, et, ayant ramassé le volume, il le contemplait, les yeux écarquillés, la mâchoire ouverte.

— *L'amour... conjugal!* dit-il en séparant lentement ces deux mots. Ah! très bien! très bien! très joli! Et des gravures!... Ah! c'est trop fort!

Mme Homais s'avança.

— Non, n'y touche pas!

Les enfants voulurent voir les images.

— Sortez! fit-il impérieusement.

Et ils sortirent.

Il marcha d'abord de long en large, à grands pas, gardant le volume ouvert entre ses doigts, roulant les yeux, suffoqué, tuméfié, apoplectique. Puis il vint droit à son élève, et, se plantant devant lui les bras croisés :

— Mais tu as donc tous les vices, petit malheureux ?... Prends garde, tu es sur une pente!... Tu n'as donc pas réfléchi qu'il pouvait, ce livre infâme, tomber entre les mains de mes enfants, mettre l'étincelle dans leur cerveau, ternir la pureté d'Athalie, corrompre Napoléon! Il est déjà formé comme un homme. Es-tu bien sûr, au moins, qu'ils ne l'aient pas lu ? Peux-tu me certifier... ?

— Mais, enfin, monsieur, fit Emma, vous aviez à me dire... ?

— C'est vrai, madame... Votre beau-père est mort!

En effet le sieur Bovary père venait de décéder l'avant-veille, tout à coup, d'une attaque d'apoplexie, au sor-

tir de table; et, par excès de précaution pour la sensibilité
d'Emma, Charles avait prié M. Homais de lui apprendre
avec ménagement cette horrible nouvelle.

Il avait médité sa phrase, il l'avait arrondie, polie,
rythmée; c'était un chef-d'œuvre de prudence et de transition, de tournures fines et de délicatesse; mais la colère
avait emporté la rhétorique.

Emma, renonçant à avoir aucun détail, quitta donc la
pharmacie; car M. Homais avait repris le cours de ses
vitupérations. Il se calmait, cependant, et, à présent, il
grommelait d'un ton paterne, tout en s'éventant avec
son bonnet grec :

— Ce n'est pas que je désapprouve entièrement l'ouvrage! L'auteur était médecin. Il y a là dedans certains
côtés scientifiques qu'il n'est pas mal à un homme de
connaître et, j'oserais dire, qu'il faut qu'un homme
connaisse. Mais plus tard, plus tard! Attends du moins
que tu sois homme toi-même et que ton tempérament
soit fait.

Au coup de marteau d'Emma, Charles, qui l'attendait,
s'avança les bras ouverts et lui dit avec des larmes dans
la voix :

— Ah! ma chère amie...

Et il s'inclina doucement pour l'embrasser. Mais, au
contact de ses lèvres, le souvenir de l'autre la saisit, et
elle se passa la main sur son visage en frissonnant.

Cependant elle répondit :

— Oui, je sais..., je sais...

Il lui montra la lettre où sa mère narrait l'événement,
sans aucune hypocrisie sentimentale. Seulement, elle
regrettait que son mari n'eût pas reçu les secours de
la religion, étant mort à Doudeville, dans la rue, sur le
seuil d'un café, après un repas patriotique avec d'anciens
officiers.

Emma rendit la lettre; puis, au dîner, par savoir-vivre,
elle affecta quelque répugnance. Mais, comme il la refor-
çait, elle se mit résolument à manger, tandis que
Charles, en face d'elle, demeurait immobile, dans une
posture accablée.

De temps à autre, relevant la tête, il lui envoyait un
long regard tout plein de détresse. Une fois il soupira :

— J'aurais voulu le revoir encore!

Elle se taisait. Enfin, comprenant qu'il fallait parler :

— Quel âge avait-il, ton père ?

— Cinquante-huit ans!

— Ah!

Et ce fut tout.

Un quart d'heure après il ajouta :

— Ma pauvre mère ?... que va-t-elle devenir, à présent ?

Elle fit un geste d'ignorance.

A la voir si taciturne, Charles la supposait affligée et il se contraignait à ne rien dire, pour ne pas aviver cette douleur qui l'attendrissait. Cependant, secouant la sienne :

— T'es-tu bien amusée, hier ? demanda-t-il.

— Oui.

Quand la nappe fut ôtée, Bovary ne se leva pas. Emma non plus ; et, à mesure qu'elle l'envisageait, la monotonie de ce spectacle bannissait peu à peu tout apitoiement de son cœur. Il lui semblait chétif, faible, nul, enfin être un pauvre homme, de toutes les façons. Comment se débarrasser de lui ? Quelle interminable soirée ! Quelque chose de stupéfiant comme une vapeur d'opium l'engourdissait.

Ils entendirent dans le vestibule le bruit sec d'un bâton sur les planches. C'était Hippolyte qui apportait les bagages de Madame.

Pour les déposer, il décrivit péniblement un quart de cercle avec son pilon.

— Il n'y pense même plus ! se disait-elle en regardant le pauvre diable, dont la grosse chevelure rouge dégouttait de sueur.

Bovary cherchait un patard au fond de sa bourse ; et, sans paraître comprendre tout ce qu'il y avait pour lui d'humiliation dans la seule présence de cet homme qui se tenait là, comme le reproche personnifié de son incurable ineptie :

— Tiens, tu as un joli bouquet ! dit-il en remarquant sur la cheminée les violettes de Léon.

— Oui, fit-elle avec indifférence ; c'est un bouquet que j'ai acheté tantôt... à une mendiante.

Charles prit les violettes, et, rafraîchissant dessus ses yeux tout rouges de larmes, il les humait délicatement. Elle les retira vite de sa main, et alla les porter dans un verre d'eau.

Le lendemain, Mme Bovary mère arriva. Elle et son fils pleurèrent beaucoup. Emma, sous prétexte d'ordres à donner, disparut.

Le jour d'après, il fallut aviser ensemble aux affaires

de deuil. On alla s'asseoir, avec les boîtes à ouvrage, au bord de l'eau, sous la tonnelle.

Charles pensait à son père, et il s'étonnait de sentir tant d'affection pour cet homme qu'il avait cru jusqu'alors n'aimer que très médiocrement. Mme Bovary mère pensait à son mari. Les pires jours d'autrefois lui réapparaissaient enviables. Tout s'effaçait sous le regret instinctif d'une si longue habitude; et, de temps à autre, tandis qu'elle poussait son aiguille, une grosse larme descendait le long de son nez et s'y tenait un moment suspendue.

Emma pensait qu'il y avait quarante-huit heures à peine, ils étaient ensemble, loin du monde, tout en ivresse, et n'ayant pas assez d'yeux pour se contempler. Elle tâchait de ressaisir les plus imperceptibles détails de cette journée disparue. Mais la présence de la belle-mère et du mari la gênait. Elle aurait voulu ne rien entendre, ne rien voir, afin de ne pas déranger le recueillement de son amour qui allait se perdant, quoi qu'elle fît, sous les sensations extérieures.

Elle décousait la doublure d'une robe, dont les bribes s'éparpillaient autour d'elle; la mère Bovary, sans lever les yeux, faisait crier ses ciseaux, et Charles, avec ses pantoufles de lisière et sa vieille redingote brune qui lui servait de robe de chambre, restait les deux mains dans ses poches et ne parlait pas non plus; près d'eux, Berthe, en petit tablier blanc, raclait avec sa pelle le sable des allées.

Tout à coup, ils virent entrer par la barrière M. Lheureux, le marchand d'étoffes.

Il venait offrir ses services, *eu égard à la fatale circonstance.* Emma répondit qu'elle croyait pouvoir s'en passer. Le marchand ne se tint pas pour battu.

— Mille excuses, dit-il; je désirerais avoir un entretien particulier.

Puis, d'une voix basse :

— C'est relativement à cette affaire..., vous savez ? Charles devint cramoisi jusqu'aux oreilles.

— Ah! oui..., effectivement.

Et, dans son trouble, se tournant vers sa femme :

— Ne pourrais-tu pas..., ma chérie ?...

Elle parut le comprendre, car elle se leva, et Charles dit à sa mère :

— Ce n'est rien! sans doute quelque bagatelle de ménage.

Il ne voulait point qu'elle connût l'histoire du billet, redoutant ses observations.

Dès qu'ils furent seuls, M. Lheureux se mit, en termes assez nets, à féliciter Emma sur la succession, puis à causer de choses indifférentes, des espaliers, de la récolte et de sa santé à lui, qui allait toujours *couci-couci, entre le zist et le zest.* En effet, il se donnait un mal de cinq cents diables, bien qu'il ne fît pas, malgré les propos du monde, de quoi avoir seulement du beurre sur son pain.

Emma le laissait parler. Elle s'ennuyait si prodigieusement depuis deux jours !

— Et vous voilà tout à fait rétablie ? continuait-il. Ma foi, j'ai vu votre pauvre mari dans de beaux états ! C'est un brave garçon, quoique nous ayons eu ensemble des difficultés.

Elle demanda lesquelles, car Charles lui avait caché la contestation des fournitures.

— Vous le savez bien ! fit Lheureux. C'était pour vos fantaisies, les boîtes de voyage.

Il avait baissé son chapeau sur ses yeux, et les deux mains derrière le dos, souriant et sifflotant, il la regardait en face, d'une manière insupportable. Soupçonnait-il quelque chose ? Elle demeurait perdue dans toutes sortes d'appréhensions. A la fin, pourtant, il reprit :

— Nous nous sommes rapatriés, et je venais encore lui proposer un arrangement.

C'était de renouveler le billet signé par Bovary. Monsieur, du reste, agirait à sa guise ; il ne devait point se tourmenter, maintenant surtout qu'il allait avoir une foule d'embarras.

— Et même il ferait mieux de s'en décharger sur quelqu'un, sur vous, par exemple ; avec une procuration, ce serait commode, et alors nous aurions ensemble de petites affaires...

Elle ne comprenait pas. Il se tut. Ensuite, passant à son négoce, Lheureux déclara que Madame ne pouvait se dispenser de lui prendre quelque chose. Il lui enverrait un barège noir, douze mètres, de quoi faire une robe.

— Celle que vous avez là est bonne pour la maison. Il vous en faut une autre pour les visites. J'ai vu ça, moi, du premier coup, en entrant. J'ai l'œil américain.

Il n'envoya point l'étoffe, il l'apporta. Puis, il revint pour l'aunage ; il revint sous d'autres prétextes, tâchant chaque fois de se rendre aimable, serviable, s'inféodant, comme eût dit Homais, et toujours glissant à Emma quelques conseils sur la procuration. Il ne parlait point du billet. Elle n'y songeait pas; Charles, au début de sa convalescence, lui en avait bien conté quelque chose; mais tant d'agitations avaient passé dans sa tête, qu'elle ne s'en souvenait plus. D'ailleurs, elle se garda d'ouvrir aucune discussion d'intérêt; la mère Bovary en fut surprise, et attribua son changement d'humeur aux sentiments religieux qu'elle avait contractés étant malade.

Mais, dès qu'elle fut partie, Emma ne tarda pas à émerveiller Bovary par son bon sens pratique. Il allait falloir prendre des informations, vérifier les hypothèques, voir s'il y avait lieu à une licitation ou à une liquidation.

Elle citait des termes techniques, au hasard, prononçait les grands mots d'ordre, d'avenir, de prévoyance, et continuellement exagérait les embarras de la succession : si bien qu'un jour elle lui montra le modèle d'une autorisation générale pour « gérer et administrer ses affaires, faire tous emprunts, signer et endosser tous billets, payer toutes sommes, etc. » Elle avait profité des leçons de Lheureux.

Charles, naïvement, lui demanda d'où venait ce papier.

— De M. Guillaumin.

Et, avec le plus grand sang-froid du monde, elle ajouta :

— Je ne m'y fie pas trop. Les notaires ont si mauvaise réputation! Il faudrait peut-être consulter... Nous ne connaissons que... Oh! personne.

— A moins que Léon..., répliqua Charles, qui réfléchissait.

Mais il était difficile de s'entendre par correspondance. Alors elle s'offrit à faire ce voyage. Il la remercia. Elle insista. Ce fut un assaut de prévenances. Enfin, elle s'écria d'un ton de mutinerie factice :

— Non, je t'en prie, j'irai.

— Comme tu es bonne! dit-il en la baisant au front.

Dès le lendemain, elle s'embarqua dans l'*Hirondelle* pour aller à Rouen consulter M. Léon; et elle y resta trois jours.

III

Ce furent trois jours pleins, exquis, splendides, une vraie lune de miel.

Ils étaient à l'*Hôtel de Boulogne*, sur le port. Et ils vivaient là, volets fermés, portes closes, avec des fleurs par terre et des sirops à la glace, qu'on leur apportait dès le matin.

Vers le soir, ils prenaient une barque couverte et allaient dîner dans une île.

C'était l'heure où l'on entend, au bord des chantiers, retentir le maillet des calfats contre la coque des vaisseaux. La fumée du goudron s'échappait d'entre les arbres, et l'on voyait sur la rivière de larges gouttes grasses, ondulant inégalement sous la couleur pourpre du soleil, comme des plaques de bronze florentin, qui flottaient.

Ils descendaient au milieu des barques amarrées, dont les longs câbles obliques frôlaient un peu le dessus de la barque.

Les bruits de la ville insensiblement s'éloignaient, le roulement des charrettes, le tumulte des voix, le jappement des chiens sur le pont des navires. Elle dénouait son chapeau et ils abordaient à leur île.

Ils se plaçaient dans la salle basse d'un cabaret, qui avait à sa porte des filets noirs suspendus. Ils mangeaient de la friture d'éperlans, de la crème et des cerises. Ils se couchaient sur l'herbe; ils s'embrassaient à l'écart sous les peupliers; et ils auraient voulu, comme deux Robinsons, vivre perpétuellement dans ce petit endroit, qui leur semblait, en leur béatitude, le plus magnifique de la terre. Ce n'était pas la première fois qu'ils apercevaient des arbres, du ciel bleu, du gazon, qu'ils entendaient l'eau couler et la brise soufflant dans le feuillage;

mais ils n'avaient sans doute jamais admiré tout cela, comme si la nature n'existait pas auparavant, ou qu'elle n'eût commencé à être belle que depuis l'assouvissance de leurs désirs.

A la nuit, ils repartaient. La barque suivait le bord des îles. Ils restaient au fond, tous les deux cachés par l'ombre, sans parler. Les avirons carrés sonnaient entre les tolets de fer; et cela marquait dans le silence comme un battement de métronome, tandis qu'à l'arrière la bauce qui traînait ne discontinuait pas son petit clapotement doux dans l'eau.

Une fois, la lune parut; alors ils ne manquèrent pas à faire des phrases, trouvant l'astre mélancolique et plein de poésie; même elle se mit à chanter :

> *Un soir, t'en souvient-il? nous voguions,* etc.

Sa voix harmonieuse et faible se perdait sur les flots; et le vent emportait les roulades que Léon écoutait passer, comme des battements d'ailes, autour de lui.

Elle se tenait en face, appuyée contre la cloison de la chaloupe, où la lune entrait par un des volets ouverts. Sa robe noire, dont les draperies s'élargissaient en éventail, l'amincissait, la rendait plus grande. Elle avait la tête levée, les mains jointes, et les deux yeux vers le ciel. Parfois l'ombre des saules la cachait en entier, puis elle réapparaissait tout à coup, comme une vision, dans la lumière de la lune.

Léon, par terre, à côté d'elle, rencontra sous sa main un ruban de soie ponceau.

Le batelier l'examina et finit par dire :

— Ah! c'est peut-être à une compagnie que j'ai promenée l'autre jour. Ils sont venus un tas de farceurs, messieurs et dames, avec des gâteaux, du champagne, des cornets à pistons, tout le tremblement! Il y en avait un surtout, un grand bel homme, à petites moustaches, qui était joliment amusant! et ils disaient comme ça :
« Allons, conte-nous quelque chose..., Adolphe... Dodolphe..., je crois. »

Elle frissonna.

— Tu souffres ? fit Léon en se rapprochant d'elle.

— Oh! ce n'est rien. Sans doute la fraîcheur de la nuit.

— Et qui ne doit pas manquer de femmes, non plus, ajouta doucement le vieux matelot, croyant dire une politesse à l'étranger.

Puis, crachant dans ses mains, il reprit ses avirons.

Il fallut pourtant se séparer! Les adieux furent tristes. C'était chez la mère Rolet qu'il devait envoyer ses lettres; et elle lui fit des recommandations si précises à propos de la double enveloppe, qu'il admira grandement son astuce amoureuse.

— Ainsi, tu m'affirmes que tout est bien? dit-elle dans le dernier baiser.

— Oui, certes! — Mais pourquoi donc, songea-t-il après, en s'en revenant seul par les rues, tient-elle si fort à cette procuration?

IV

Léon, bientôt, prit devant ses camarades un air de supériorité, s'abstint de leur compagnie, et négligea complètement les dossiers.

Il attendait ses lettres; il les relisait. Il lui écrivait. Il l'évoquait de toute la force de son désir et de ses souvenirs. Au lieu de diminuer par l'absence, cette envie de la revoir s'accrut, si bien qu'un samedi matin il s'échappa de son étude.

Lorsque, du haut de la côte, il aperçut dans la vallée le clocher de l'église avec son drapeau de fer-blanc qui tournait au vent, il sentit cette délectation mêlée de vanité triomphante et d'attendrissement égoïste que doivent avoir les millionnaires, quand ils reviennent visiter leur village.

Il alla rôder autour de sa maison. Une lumière brillait dans la cuisine. Il guetta son ombre derrière les rideaux. Rien ne parut.

La mère Lefrançois, en le voyant, fit de grandes exclamations, et elle le trouva « grandi et minci », tandis qu'Artémise, au contraire, le trouva « forci et bruni ».

Il dîna dans la petite salle, comme autrefois, mais seul, sans le percepteur; car Binet, *fatigué* d'attendre l'*Hirondelle*, avait définitivement avancé son repas d'une heure, et, maintenant, il dînait à cinq heures juste, encore prétendait-il le plus souvent que la *vieille patraque retardait*.

Léon pourtant se décida; il alla frapper à la porte du médecin. Madame était dans sa chambre, d'où elle ne descendit qu'un quart d'heure après. Monsieur parut enchanté de le revoir; mais il ne bougea de la soirée, ni de tout le jour suivant.

Il la vit seule, le soir, très tard, derrière le jardin, dans la ruelle; — dans la ruelle, comme avec l'autre! Il faisait de l'orage, et ils causaient sous un parapluie, à la lueur des éclairs.

Leur séparation devenait intolérable.

— Plutôt mourir! disait Emma.

Elle se tordait sur son bras, tout en pleurant.

— Adieu!... adieu!... Quand te reverrai-je ?

Ils revinrent sur leurs pas pour s'embrasser encore; et ce fut là qu'elle lui fit la promesse de trouver bientôt, par n'importe quel moyen, l'occasion permanente de se voir en liberté, au moins une fois par semaine, Emma n'en doutait pas. Elle était, d'ailleurs, pleine d'espoir. Il allait lui venir de l'argent.

Aussi, elle acheta pour sa chambre une paire de rideaux jaunes à larges raies, dont M. Lheureux lui avait vanté le bon marché; elle rêva un tapis, et Lheureux, affirmant « que ce n'était pas la mer à boire », s'engagea poliment à lui en fournir un. Elle ne pouvait plus se passer de ses services. Vingt fois dans la journée, elle l'envoyait chercher, et aussitôt il plantait là ses affaires, sans se permettre un murmure. On ne comprenait point davantage pourquoi la mère Rolet déjeunait chez elle tous les jours, et même lui faisait des visites en particulier.

Ce fut vers cette époque, c'est-à-dire vers le commencement de l'hiver, qu'elle parut prise d'une grande ardeur musicale.

Un soir que Charles l'écoutait, elle recommença quatre fois de suite le même morceau, et toujours en se dépitant, tandis que, sans y remarquer la différence, il s'écriait :

— Bravo!... très bien!... Tu as tort! va donc!

— Eh! non! c'est exécrable! j'ai les doigts rouillés.

Le lendemain, il la pria *de lui jouer encore quelque chose.*

— Soit, pour te faire plaisir!

Et Charles avoua qu'elle avait un peu perdu. Elle se trompait de portée, barbouillait; puis, s'arrêtant court :

— Ah! c'est fini! il faudrait que je prisse des leçons; mais...

Elle se mordit les lèvres, et ajouta :

— Vingt francs par cachet, c'est trop cher!

— Oui, en effet... un peu..., dit Charles tout en ricanant niaisement. Pourtant, il me semble que l'on pourrait peut-être à moins; car il y a des artistes sans réputation qui souvent valent mieux que les célébrités.

— Cherche-les, dit Emma.

Le lendemain, en rentrant, il la contempla d'un œil finaud, et ne put à la fin retenir cette phrase :

— Quel entêtement tu as quelquefois ! J'ai été à Bar-feuchères aujourd'hui. Eh bien ! Mme Liégeard m'a certifié que ses trois demoiselles, qui sont à la Miséricorde, prenaient des leçons moyennant cinquante sous la séance, et d'une fameuse maîtresse encore !

Elle haussa les épaules, et ne rouvrit plus son instrument.

Mais lorsqu'elle passait auprès (si Bovary se trouvait là), elle soupirait :

— Ah ! mon pauvre piano !

Et quand on venait la voir, elle ne manquait pas de vous apprendre qu'elle avait abandonné la musique et ne pouvait maintenant s'y remettre, pour des raisons majeures. Alors on la plaignait. C'était dommage ! elle qui avait un si beau talent ! On en parla même à Bovary. On lui faisait honte, et surtout le pharmacien :

— Vous avez tort ! Il ne faut jamais laisser en friche les facultés de la nature. D'ailleurs, songez, mon bon ami, qu'en engageant Madame à étudier, vous économisez pour plus tard sur l'éducation musicale de votre enfant ! Moi, je trouve que les mères doivent instruire elles-mêmes leurs enfants. C'est une idée de Rousseau, peut-être un peu neuve encore, mais qui finira par triompher, j'en suis sûr, comme l'allaitement maternel et la vaccination.

Charles revint donc encore une fois sur cette question de piano. Emma répondit avec aigreur qu'il valait mieux le vendre. Ce pauvre piano, qui lui avait causé tant de vaniteuses satisfactions, le voir s'en aller, c'était pour Bovary comme l'indéfinissable suicide d'une partie d'elle-même.

— Si tu voulais..., disait-il, de temps à autre, une leçon, cela ne serait pas, après tout, extrêmement ruineux.

— Mais les leçons, répliquait-elle, ne sont profitables que suivies.

Et voilà comme elle s'y prit pour obtenir de son époux la permission d'aller à la ville, une fois la semaine, voir son amant. On trouva même, au bout d'un mois, qu'elle avait fait des progrès considérables.

V

C'était le jeudi. Elle se levait, et elle s'habillait silencieusement pour ne point éveiller Charles, qui lui aurait fait des observations sur ce qu'elle s'apprêtait de trop bonne heure. Ensuite elle marchait de long en large; elle se mettait devant les fenêtres et regardait la Place. Le petit jour circulait entre les piliers des halles, et la maison du pharmacien, dont les volets étaient fermés, laissait apercevoir dans la couleur pâle de l'aurore les majuscules de son enseigne.

Quand la pendule marquait sept heures et un quart, elle s'en allait au *Lion d'or*, dont Artémise, en bâillant, venait lui ouvrir la porte. Celle-ci déterrait pour Madame les charbons enfouis sous les cendres. Emma restait seule dans la cuisine. De temps à autre, elle sortait. Hivert attelait sans se dépêcher, et en écoutant, d'ailleurs, la mère Lefrançois, qui, passant par un guichet sa tête en bonnet de coton, le chargeait de commissions et lui donnait des explications à troubler un tout autre homme. Emma battait la semelle de ses bottines contre les pavés de la cour.

Enfin, lorsqu'il avait mangé sa soupe, endossé sa limousine, allumé sa pipe et empoigné son fouet, il s'installait tranquillement sur le siège.

L'*Hirondelle* partait au petit trot, et, durant trois quarts de lieue, s'arrêtait de place en place pour prendre des voyageurs, qui la guettaient debout, au bord du chemin, devant la barrière des cours. Ceux qui avaient prévenu la veille se faisaient attendre; quelques-uns même étaient encore au lit dans leur maison; Hivert appelait, criait, sacrait, puis il descendait de son siège et allait frapper de grands coups contre les portes. Le vent soufflait par les vasistas fêlés.

Cependant les quatre banquettes se garnissaient, la voiture roulait, les pommiers à la file se succédaient; et la route, entre ses deux longs fossés pleins d'eau jaune, allait continuellement se rétrécissant vers l'horizon.

Emma la connaissait d'un bout à l'autre; elle savait qu'après un herbage il y avait un poteau, ensuite un orme, une grange ou une cahute de cantonnier; quelquefois même, afin de se faire des surprises, elle fermait les yeux. Mais elle ne perdait jamais le sentiment net de la distance à parcourir.

Enfin, les maisons de briques se rapprochaient, la terre résonnait sous les roues, l'*Hirondelle* glissait entre des jardins, où l'on apercevait, par une claire-voie, des statues, un vignot, des ifs taillés et une escarpolette. Puis, d'un seul coup d'œil, la ville apparaissait.

Descendant tout en amphithéâtre et noyée dans le brouillard, elle s'élargissait au delà des ponts, confusément. La pleine campagne remontait ensuite d'un mouvement monotone, jusqu'à toucher au loin la base indécise du ciel pâle. Ainsi vu d'en haut, le paysage tout entier avait l'air immobile comme une peinture; les navires à l'ancre se tassaient dans un coin; le fleuve arrondissait sa courbe au pied des collines vertes, et les îles, de forme oblongue, semblaient sur l'eau de grands poissons noirs arrêtés. Les cheminées des usines poussaient d'immenses panaches bruns qui s'envolaient par le bout. On entendait le ronflement des fonderies avec le carillon clair des églises qui se dressaient dans la brume. Les arbres des boulevards, sans feuilles, faisaient des broussailles violettes au milieu des maisons, et les toits, tout reluisants de pluie, miroitaient inégalement, selon la hauteur des quartiers. Parfois un coup de vent emportait les nuages vers la côte Sainte-Catherine, comme des flots aériens qui se brisaient en silence contre une falaise.

Quelque chose de vertigineux se dégageait pour elle de ces existences amassées, et son cœur s'en gonflait abondamment, comme si les cent vingt mille âmes qui palpitaient là eussent envoyé toutes à la fois la vapeur des passions qu'elle leur supposait. Son amour s'agrandissait devant l'espace, et s'emplissait de tumulte aux bourdonnements vagues qui montaient. Elle le reversait au dehors, sur les places, sur les promenades, sur les rues, et la vieille cité normande s'étalait à ses yeux comme une capitale démesurée, comme une Babylone où elle entrait. Elle se penchait des deux mains par le vasistas, en humant la brise; les trois chevaux galopaient. Les pierres grinçaient dans la boue, la diligence se balançait, et Hivert, de loin, hélait les carrioles sur la route, tandis que les bourgeois qui avaient passé la nuit au Bois-Guillaume descendaient la côte tranquillement dans leur petite voiture de famille.

On s'arrêtait à la barrière; Emma débouclait ses socques, mettait d'autres gants, rajustait son châle, et, vingt pas plus loin, elle sortait de l'*Hirondelle*.

La ville alors s'éveillait. Des commis, en bonnet grec, frottaient la devanture des boutiques, et des femmes qui tenaient des paniers sur la hanche poussaient par intervalles un cri sonore, au coin des rues. Elle marchait les yeux à terre, frôlant les murs, et souriant de plaisir sous son voile noir baissé.

Par peur d'être vue, elle ne prenait pas ordinairement le chemin le plus court. Elle s'engouffrait dans les ruelles sombres, et elle arrivait tout en sueur vers le bas de la rue Nationale, près de la fontaine qui est là. C'est le quartier du théâtre, des estaminets et des filles. Souvent une charrette passait près d'elle, portant quelque décor qui tremblait. Des garçons en tablier versaient du sable sur des dalles, entre des arbustes verts. On sentait l'absinthe, le cigare et les huîtres.

Elle tournait une rue; elle le reconnaissait à sa chevelure frisée qui s'échappait de son chapeau.

Léon, sur le trottoir, continuait à marcher. Elle le suivait jusqu'à l'hôtel; il montait, il ouvrait la porte, il entrait... Quelle étreinte!

Puis les paroles, après les baisers, se précipitaient. On se racontait les chagrins de la semaine, les pressentiments, les inquiétudes pour les lettres; mais à présent tout s'oubliait, et ils se regardaient face à face, avec des rires de volupté et des appellations de tendresse.

Le lit était un grand lit d'acajou en forme de nacelle. Les rideaux de levantine rouge, qui descendaient du plafond, se cintraient trop bas près du chevet évasé; — et rien au monde n'était beau comme sa tête brune et sa peau blanche se détachant sur cette couleur pourpre, quand, par un geste de pudeur, elle fermait ses deux bras nus, en se cachant la figure dans les mains.

Le tiède appartement, avec son tapis discret, ses ornements folâtres et sa lumière tranquille, semblait tout

commode pour les intimités de la passion. Les bâtons se
terminant en flèche, les patères de cuivre et les grosses
boules de chenets reluisaient tout à coup, si le soleil
entrait. Il y avait sur la cheminée, entre les candélabres,
deux de ces grandes coquilles roses où l'on entend le
bruit de la mer quand on les applique à son oreille.

Comme ils aimaient cette bonne chambre pleine de
gaîté, malgré sa splendeur un peu fanée! Ils retrouvaient
toujours les meubles à leur place, et parfois des épingles
à cheveux qu'elle avait oubliées, l'autre jeudi, sous le
socle de la pendule. Ils déjeunaient au coin du feu, sur
un petit guéridon incrusté de palissandre. Emma découpait, lui mettait les morceaux dans son assiette en débitant toutes sortes de chatteries; et elle riait d'un rire
sonore et libertin quand la mousse du vin de Champagne
débordait du verre léger sur les bagues de ses doigts.
Ils étaient si complètement perdus en la possession
d'eux-mêmes, qu'ils se croyaient là dans leur maison
particulière, et devant y vivre jusqu'à la mort, comme
deux éternels jeunes époux. Ils disaient notre chambre,
notre tapis, nos fauteuils, même elle disait mes pantoufles,
un cadeau de Léon, une fantaisie qu'elle avait eue.
C'étaient des pantoufles en satin rose, bordées de cygne.
Quand elle s'asseyait sur ses genoux, sa jambe, alors
trop courte, pendait en l'air; et la mignarde chaussure,
qui n'avait pas de quartier, tenait seulement par les
orteils à son pied nu.

Il savourait pour la première fois l'inexprimable
délicatesse des élégances féminines. Jamais il n'avait
rencontré cette grâce de langage, cette réserve du vêtement, ces poses de colombe assoupie. Il admirait l'exaltation de son âme et les dentelles de sa jupe. D'ailleurs,
n'était-ce pas *une femme du monde*, et une femme mariée!
une vraie maîtresse enfin?

Par la diversité de son humeur, tour à tour mystique
ou joyeuse, babillarde, taciturne, emportée, nonchalante,
elle allait rappelant en lui mille désirs, évoquant des
instincts ou des réminiscences. Elle était l'amoureuse de
tous les romans, l'héroïne de tous les drames, le vague
elle de tous les volumes de vers. Il retrouvait sur ses
épaules la couleur ambrée de l'*Odalisque au bain ;* elle
avait le corsage long des châtelaines féodales ; elle ressemblait aussi à la *Femme pâle de Barcelone*, mais elle était
par-dessus tout Ange!

Souvent, en la regardant, il lui semblait que son âme,

s'échappant vers elle, se répandait comme une onde sur le contour de sa tête, et descendait entraînée dans la blancheur de sa poitrine.

Il se mettait par terre, devant elle; et, les deux coudes sur les genoux, il la considérait avec un sourire, et le front tendu.

Elle se penchait vers lui et murmurait, comme suffoquée d'enivrement :

— Oh! ne bouge pas! ne parle pas! regarde-moi! Il sort de tes yeux quelque chose de si doux, qui me fait tant de bien!

Elle l'appelait enfant :

— Enfant, m'aimes-tu ?

Et elle n'entendait guère sa réponse, dans la précipitation de ses lèvres qui lui montaient à la bouche.

Il y avait sur la pendule un petit Cupidon de bronze, qui minaudait en arrondissant les bras sous une guirlande dorée. Ils en rirent bien des fois; mais, quand il fallait se séparer, tout leur semblait sérieux.

Immobiles l'un devant l'autre, ils se répétaient :

— A jeudi!... A jeudi!...

Tout à coup elle lui prenait la tête dans les deux mains, le baisait vite au front en s'écriant : « Adieu! » et s'élançait dans l'escalier.

Elle allait rue de la Comédie, chez un coiffeur, se faire arranger ses bandeaux. La nuit tombait; on allumait le gaz dans la boutique.

Elle entendait la clochette du théâtre qui appelait les cabotins à la représentation; et elle voyait, en face, passer des hommes à figure blanche et des femmes en toilette fanée, qui entraient par la porte des coulisses.

Il faisait chaud dans ce petit appartement trop bas, où le poêle bourdonnait au milieu des perruques et des pommades. L'odeur des fers, avec ces mains grasses qui lui maniaient la tête, ne tardait pas à l'étourdir, et elle s'endormait un peu sous son peignoir. Souvent le garçon, en la coiffant, lui proposait des billets pour le bal masqué.

Puis elle s'en allait! Elle remontait les rues; elle arrivait à la Croix-Rouge ; elle reprenait ses socques, qu'elle avait cachés le matin sous une banquette, et se tassait à sa place, parmi les voyageurs impatientés. Quelques-uns descendaient au bas de la côte. Elle restait seule dans la voiture.

A chaque tournant, on apercevait de plus en plus tous

les éclairages de la ville qui faisaient une large vapeur
lumineuse au-dessus des maisons confondues. Emma se
mettait à genoux sur les coussins, et elle égarait ses yeux
dans cet éblouissement. Elle sanglotait, appelait Léon,
et lui envoyait des paroles tendres, et des baisers qui se
perdaient au vent.

Il y avait dans la côte un pauvre diable vagabondant
avec son bâton, tout au milieu des diligences. Un amas
de guenilles lui recouvrait les épaules, et un vieux castor
défoncé, s'arrondissant en cuvette, lui cachait la figure;
mais, quand il le retirait, il découvrait à la place des
paupières, deux orbites béantes tout ensanglantées. La
chair s'effiloquait par lambeaux rouges; et il en coulait
des liquides qui se figeaient en gales vertes jusqu'au
nez, dont les narines noires reniflaient convulsivement.
Pour vous parler, il se renversait la tête avec un rire
idiot; — alors ses prunelles bleuâtres, roulant d'un mouvement continu, allaient se cogner, vers les tempes, sur
le bord de la plaie vive.

Il chantait une petite chanson en suivant les voitures :

> *Souvent la chaleur d'un beau jour*
> *Fait rêver fillette à l'amour.*

Et il y avait dans tout le reste des oiseaux, du soleil
et du feuillage.

Quelquefois, il apparaissait tout à coup derrière Emma,
tête nue. Elle se retirait avec un cri. Hivert venait le
plaisanter. Il l'engageait à prendre une baraque à la
foire Saint-Romain, ou bien lui demandait, en riant,
comment se portait sa bonne amie.

Souvent, on était en marche, lorsque son chapeau,
d'un mouvement brusque, entrait dans la diligence par
le vasistas, tandis qu'il se cramponnait, de l'autre bras,
sur le marchepied, entre l'éclaboussure des roues. Sa
voix, faible d'abord et vagissante, devenait aiguë. Elle
se traînait dans la nuit, comme l'indistincte lamentation
d'une vague détresse; et, à travers la sonnerie des gre-
lots, le murmure des arbres et le ronflement de la boîte
creuse, elle avait quelque chose de lointain qui boule-
versait Emma. Cela lui descendait au fond de l'âme comme
un tourbillon dans un abîme, et l'emportait parmi les
espaces d'une mélancolie sans bornes. Mais Hivert, qui
s'apercevait d'un contre-poids, allongeait à l'aveugle de

grands coups avec son fouet. La mèche le cinglait sur ses plaies et il tombait dans la boue en poussant un hurlement.

Puis les voyageurs de l'*Hirondelle* finissaient par s'endormir, les uns la bouche ouverte, les autres le menton baissé, s'appuyant sur l'épaule de leur voisin, ou bien le bras passé dans la courroie, tout en oscillant régulièrement au branle de la voiture ; et le reflet de la lanterne qui se balançait en dehors, sur la croupe des limoniers, pénétrant dans l'intérieur par les rideaux de calicot chocolat, posait des ombres sanguinolentes sur tous ces individus immobiles. Emma, ivre de tristesse, grelottait sous ses vêtements et se sentait de plus en plus froid aux pieds, avec la mort dans l'âme.

Charles, à la maison, l'attendait ; l'*Hirondelle* était toujours en retard le jeudi. Madame arrivait enfin ! A peine si elle embrassait la petite. Le dîner n'était pas prêt, n'importe ! Elle excusait la cuisinière. Tout maintenant semblait permis à cette fille.

Souvent son mari, remarquant sa pâleur, lui demandait si elle ne se trouvait point malade.

— Non, disait Emma.

— Mais, répliquait-il, tu es toute drôle ce soir ?

— Eh ! ce n'est rien ! ce n'est rien !

Il y avait même des jours où, à peine rentrée, elle montait dans sa chambre ; et Justin, qui se trouvait là, circulait à pas muets, plus ingénieux à la servir qu'une excellente camériste. Il plaçait les allumettes, le bougeoir, un livre, disposait sa camisole, ouvrait les draps.

— Allons, disait-elle, c'est bien, va-t'en !

Car il restait debout, les mains pendantes et les yeux ouverts, comme enlacé dans les fils innombrables d'une rêverie soudaine.

La journée du lendemain était affreuse, et les suivantes étaient plus intolérables encore par l'impatience qu'avait Emma de ressaisir son bonheur, — convoitise âpre enflammée d'images connues, et qui, le septième jour, éclatait tout à l'aise dans les caresses de Léon. Ses ardeurs, à lui, se cachaient sous des expansions d'émerveillement et de reconnaissance. Emma goûtait cet amour d'une façon discrète et absorbée, l'entretenait par tous les artifices de sa tendresse, et tremblait un peu qu'il ne se perdît plus tard.

Souvent elle lui disait, avec des douceurs de voix mélancolique :

— Ah! tu me quitteras, toi!... tu te marieras!... tu seras comme les autres.

Il demandait :

— Quels autres ?

— Mais les hommes, enfin, répondait-elle.

Puis elle ajoutait, en le repoussant d'un geste langoureux :

— Vous êtes tous des infâmes!

Un jour qu'ils causaient philosophiquement des désillusions terrestres, elle vint à dire (pour expérimenter sa jalousie ou cédant peut-être à un besoin d'épanchement trop fort) qu'autrefois, avant lui, elle avait aimé quelqu'un, « pas comme toi! » reprit-elle vite, protestant sur la tête de sa fille *qu'il ne s'était rien passé.*

Le jeune homme la crut, et néanmoins la questionna pour savoir ce qu'il faisait.

— Il était capitaine de vaisseau, mon ami.

N'était-ce pas prévenir toute recherche, et en même temps se poser très haut par cette prétendue fascination exercée sur un homme qui devait être de nature belliqueuse et accoutumé à des hommages ?

Le clerc sentit alors l'infimité de sa position; il envia des épaulettes, des croix, des titres. Tout cela devait lui plaire; il s'en doutait à ses habitudes dispendieuses.

Cependant Emma taisait quantité de ses extravagances, telle que l'envie d'avoir, pour l'amener à Rouen, un tilbury bleu, attelé d'un cheval anglais, et conduit par un groom en bottes à revers. C'était Justin qui lui en avait inspiré le caprice, en la suppliant de le prendre chez elle comme valet de chambre; et, si cette privation n'atténuait pas à chaque rendez-vous le plaisir de l'arrivée, elle augmentait certainement l'amertume du retour.

Souvent, lorsqu'ils parlaient ensemble de Paris, elle finissait par murmurer :

— Ah! que nous serions bien là pour vivre!

— Ne sommes-nous pas heureux ? reprenait doucement le jeune homme, en lui passant la main sur ses bandeaux.

— Oui, c'est vrai, disait-elle, je suis folle : embrasse-moi!

Elle était pour son mari plus charmante que jamais, lui faisait des crèmes à la pistache et jouait des valses après dîner. Il se trouvait donc le plus fortuné des mortels, et Emma vivait sans inquiétude, lorsqu'un soir, tout à coup :

— C'est Mlle Lempereur, n'est-ce pas, qui te donne des leçons ?

— Oui.

— Eh bien! je l'ai vue tantôt, reprit Charles, chez Mme Liégeard. Je lui ai parlé de toi : elle ne te connaît pas.

Ce fut comme un coup de foudre. Cependant elle répliqua d'un air naturel :

— Ah! sans doute, elle aura oublié mon nom!

— Mais il y a peut-être à Rouen, dit le médecin, plusieurs demoiselles Lempereur qui sont maîtresses de piano ?

— C'est possible!

Puis vivement :

— J'ai pourtant ses reçus, tiens! regarde.

Et elle alla au secrétaire, fouilla tous les tiroirs, confondit les papiers et finit si bien par perdre la tête, que Charles l'engagea fort à ne point se donner tant de mal pour ces misérables quittances.

— Oh! je les trouverai, dit-elle.

En effet, dès le vendredi suivant, Charles, en passant une de ses bottes dans le cabinet noir où l'on serrait ses habits, sentit une feuille de papier entre le cuir et sa chaussette, il la prit et lut :

« Reçu pour trois mois de leçons, plus diverses fournitures, la somme de soixante-cinq francs. Félicie Lempereur, professeur de musique. »

— Comment diable est-ce dans mes bottes ?

— Ce sera, sans doute, répondit-elle, tombé du vieux carton aux factures, qui est sur le bord de la planche.

A partir de ce moment, son existence ne fut plus qu'un assemblage de mensonges, où elle enveloppait son amour comme dans des voiles, pour le cacher.

C'était un besoin, une manie, un plaisir, au point que, si elle disait avoir passé, hier, par le côté droit d'une rue, il fallait croire qu'elle avait pris par le côté gauche.

Un matin qu'elle venait de partir, selon sa coutume, assez légèrement vêtue, il tomba de la neige tout à coup; et comme Charles regardait le temps à la fenêtre, il aperçut M. Bournisien dans le boc du sieur Tuvache qui le conduisait à Rouen. Alors il descendit confier à l'ecclésiastique un gros châle pour qu'il le remît à Madame, sitôt qu'il arriverait à la *Croix-Rouge*. A peine fut-il à l'auberge que Bournisien demanda où était la femme du médecin d'Yonville. L'hôtelière répondit qu'elle fréquentait fort peu son établissement. Aussi, le soir, en reconnaissant Mme Bovary dans l'*Hirondelle*, le curé lui conta son embarras, sans paraître, du reste, y attacher de l'importance ; car il entama l'éloge d'un prédicateur qui pour lors faisait merveilles à la cathédrale, et que toutes les dames couraient entendre.

N'importe, s'il n'avait point demandé d'explications, d'autres, plus tard, pourraient se montrer moins discrets. Aussi jugea-t-elle utile de descendre chaque fois à la *Croix-Rouge*, de sorte que les bonnes gens de son village qui la voyaient dans l'escalier ne se doutaient de rien.

Un jour, pourtant, M. Lheureux la rencontra qui sortait de l'*Hôtel de Boulogne* au bras de Léon ; et elle eut peur, s'imaginant qu'il bavarderait. Il n'était pas si bête.

Mais, trois jours après, il entra dans sa chambre, ferma la porte et dit :

— J'aurais besoin d'argent.

Elle déclara ne pouvoir lui en donner. Lheureux se répandit en gémissements, et rappela toutes les complaisances qu'il avait eues.

En effet, des deux billets souscrits par Charles, Emma jusqu'à présent n'en avait payé qu'un seul. Quant au second, le marchand, sur sa prière, avait consenti à le remplacer par deux autres, qui même avaient été renouvelés à une fort longue échéance. Puis il tira de sa poche une liste de fournitures non soldées, à savoir : les rideaux, le tapis, l'étoffe pour les fauteuils, plusieurs robes et divers articles de toilette, dont la valeur se montait à la somme de deux mille francs environ.

Elle baissa la tête ; il reprit :

— Mais, si vous n'avez pas d'espèces, vous avez *du bien*.

Et il indiqua une méchante masure sise à Barneville, près d'Aumale, qui ne rapportait pas grand'chose. Cela dépendait autrefois d'une petite ferme vendue par M. Bovary père, car Lheureux savait tout, jusqu'à la contenance d'hectares, avec le nom des voisins.

— Moi, à votre place, disait-il, je me libérerais, et j'aurais encore le surplus de l'argent.

Elle objecta la difficulté d'un acquéreur ; il donna l'espoir d'en trouver ; mais elle demanda comment faire pour qu'elle pût vendre.

— N'avez-vous pas la procuration ? répondit-il.

Ce mot lui arriva comme une bouffée d'air frais.

— Laissez-moi la note, dit Emma.

— Oh! ce n'est pas la peine! reprit Lheureux.

Il revint la semaine suivante, et se vanta d'avoir, après force démarches, fini par découvrir un certain Langlois qui, depuis longtemps, guignait la propriété sans faire connaître son prix.

— N'importe le prix! s'écria-t-elle.

Il fallait attendre, au contraire, tâter ce gaillard-là. La chose valait la peine d'un voyage, et, comme elle ne pouvait faire ce voyage, il offrit de se rendre sur les lieux, pour s'aboucher avec Langlois. Une fois revenu, il annonça que l'acquéreur proposait quatre mille francs.

Emma s'épanouit à cette nouvelle.

— Franchement, ajouta-t-il, c'est bien payé.

Elle toucha la moitié de la somme immédiatement, et, quand elle fut pour solder son mémoire, le marchand lui dit :

— Cela me fait de la peine, parole d'honneur, de vous voir vous dessaisir tout d'un coup d'une somme aussi *conséquente* que celle-là.

Alors elle regarda les billets de banque; et, rêvant au nombre illimité de rendez-vous que ces deux mille francs représentaient :

— Comment! comment! balbutia-t-elle.

— Oh! reprit-il en riant d'un air bonhomme, on met tout ce que l'on veut sur les factures. Est-ce que je ne connais pas les ménages?

Et il la considérait fixement, tout en tenant à sa main deux longs papiers qu'il faisait glisser entre ses ongles. Enfin, ouvrant son portefeuille, il étala sur la table quatre billets à ordre, de mille francs chacun.

— Signez-moi cela, et gardez tout.

Elle se récria, scandalisée.

— Mais, si je vous donne le surplus, répondit effrontément M. Lheureux, n'est-ce pas vous rendre service, à vous?

Et, prenant une plume, il écrivit au bas du mémoire « Reçu de Mme Bovary quatre mille francs. »

— Qui vous inquiète, puisque vous toucherez dans six mois l'arriéré de votre baraque, et que je vous place l'échéance du dernier billet pour après le payement?

Emma s'embarrassait un peu dans ses calculs, et les oreilles lui tintaient comme si des pièces d'or, s'éventrant de leurs sacs, eussent sonné tout autour d'elle sur le parquet. Enfin Lheureux expliqua qu'il avait un sien

ami Vinçart, banquier à Rouen, lequel allait escompter
ces quatre billets, puis il remettrait lui-même à Madame
le surplus de la dette réelle.

Mais, au lieu de deux mille francs, il n'en apporta
que dix-huit cents, car l'ami Vinçart (comme *de juste*) en
avait prélevé deux cents, pour frais de commission et
d'escompte.

Puis il réclama négligemment une quittance.

— Vous comprenez..., dans le commerce..., quelquefois... Et avec la date, s'il vous plaît, la date.

Un horizon de fantaisies réalisables s'ouvrit alors
devant Emma. Elle eut assez de prudence pour mettre
en réserve mille écus, avec quoi furent payés, lorsqu'ils
échurent, les trois premiers billets; mais le quatrième,
par hasard, tomba dans la maison un jeudi, et Charles,
bouleversé, attendit patiemment le retour de sa femme
pour avoir des explications.

Si elle ne l'avait point instruit de ce billet, c'était afin
de lui épargner des tracas domestiques; elle s'assit sur
ses genoux, le caressa, roucoula, fit une longue énumération de toutes les choses indispensables prises à crédit.

— Enfin, tu conviendras que, vu la quantité, ce n'est
pas trop cher.

Charles, à bout d'idées, bientôt eut recours à l'éternel Lheureux, qui jura de calmer les choses, si Monsieur lui signait deux billets, dont l'un de sept cents
francs, payable dans trois mois. Pour se mettre en mesure,
il écrivit à sa mère une lettre pathétique. Au lieu d'envoyer la réponse, elle vint elle-même; et, quand Emma
voulut savoir s'il en avait tiré quelque chose :

— Oui, répondit-il. Mais elle demande à connaître la
facture.

Le lendemain, au point du jour, Emma courut chez
M. Lheureux le prier de refaire une autre note, qui ne
dépassât point mille francs; car, pour montrer celle de
quatre mille, il eût fallu dire qu'elle en avait payé les
deux tiers, avouer conséquemment la vente de l'immeuble,
négociation bien conduite par le marchand, et qui ne
fut effectivement connue que plus tard.

Malgré le prix très bas de chaque article, Mme Bovary
mère ne manqua point de trouver la dépense exagérée.

— Ne pouvait-on se passer d'un tapis ? Pourquoi
avoir renouvelé l'étoffe des fauteuils ? De mon temps,
on avait dans une maison un seul fauteuil, pour les personnes âgées, — du moins, c'était comme cela chez ma

mère, qui était une honnête femme, je vous assure. —
Tout le monde ne peut être riche! Aucune fortune ne
tient contre le coulage! Je rougirais de me dorloter comme
vous faites! et pourtant, moi, je suis vieille, j'ai besoin de
soins... En voilà! en voilà, des ajustements! des flaflas!
Comment! de la soie pour doublure à deux francs!...
tandis qu'on trouve du jaconas à dix sous, et même à huit
sous, qui fait parfaitement l'affaire!

Emma, renversée sur la causeuse, répliquait le plus
tranquillement possible :

— Eh! madame, assez! assez!...

L'autre continuait à la sermonner, prédisant qu'ils
finiraient à l'hôpital. D'ailleurs, c'était la faute de Bovary.
Heureusement qu'il avait promis d'anéantir cette procuration...

— Comment ?

— Ah! il me l'a juré, reprit la bonne femme.

Emma ouvrit la fenêtre, appela Charles, et le pauvre
garçon fut contraint d'avouer la parole arrachée par sa
mère.

Emma disparut, puis rentra vite et lui tendant majestueusement une grosse feuille de papier.

— Je vous remercie, dit la vieille femme.

Et elle jeta dans le feu la procuration.

Emma se mit à rire d'un rire strident, éclatant, continu :
elle avait une attaque de nerfs.

— Ah! mon Dieu! s'écria Charles. Eh! tu as tort aussi,
toi! tu viens lui faire des scènes!...

Sa mère, en haussant les épaules, prétendait que *tout
cela c'étaient des gestes*.

Mais Charles, pour la première fois se révoltant, prit
la défense de sa femme, si bien que Mme Bovary mère
voulut s'en aller. Elle partit dès le lendemain, et, sur
le seuil, comme il essayait à la retenir, elle répliqua :

— Non, non! Tu l'aimes mieux que moi, et tu as
raison, c'est dans l'ordre. Au reste, tant pis! tu verras!...
Bonne santé!... car je ne suis pas près, comme tu dis, de
venir lui faire des scènes.

Charles n'en resta pas moins fort penaud vis-à-vis
d'Emma, celle-ci ne cachant point la rancune qu'elle lui
gardait pour avoir manqué de confiance; il fallut bien des
prières avant qu'elle consentît à reprendre sa procuration, et même il l'accompagna chez M. Guillaumin pour
lui en faire faire une seconde, toute pareille.

— Je comprends cela, dit le notaire, un homme de

science ne peut s'embarrasser aux détails pratiques de la vie.

Et Charles se sentit soulagé par cette réflexion pateline, qui donnait à sa faiblesse les apparences flatteuses d'une préoccupation supérieure.

Quel débordement, le jeudi d'après, à l'hôtel, dans leur chambre, avec Léon! Elle rit, pleura, chanta, dansa, fit monter des sorbets, voulut fumer des cigarettes, lui parut extravagante, mais adorable, superbe.

Il ne savait pas quelle réaction de tout son être la poussait davantage à se précipiter sur les jouissances de la vie. Elle devenait irritable, gourmande et voluptueuse; et elle se promenait avec lui dans les rues, tête haute, sans peur, disait-elle, de se compromettre. Parfois, cependant, Emma tressaillit à l'idée soudaine de rencontrer Rodolphe; car il lui semblait, bien qu'ils fussent séparés pour toujours, qu'elle n'était pas complètement affranchie de sa dépendance.

Un soir, elle ne rentra point à Yonville. Charles en perdait la tête, et la petite Berthe, ne voulant pas se coucher sans sa maman, sanglotait à se rompre la poitrine. Justin était parti au hasard sur la route. M. Homais en avait quitté sa pharmacie.

Enfin, à onze heures, n'y tenant plus, Charles attela son boc, sauta dedans, fouetta sa bête et arriva vers deux heures du matin à la *Croix-Rouge*. Personne. Il pensa que le clerc peut-être l'avait vue; mais où demeurait-il? Charles, heureusement, se rappela l'adresse de son patron. Il y courut.

Le jour commençait à paraître. Il distingua des panonceaux au-dessus d'une porte; il frappa. Quelqu'un, sans ouvrir, lui cria le renseignement demandé, tout en ajoutant force injures contre ceux qui dérangeaient le monde pendant la nuit.

La maison que le clerc habitait n'avait ni sonnette, ni marteau, ni portier. Charles donna de grands coups de poing contre les auvents. Un agent de police vint à passer; alors il eut peur et s'en alla.

— Je suis fou, se disait-il; sans doute on l'aura retenue à dîner chez M. Lormeaux.

La famille Lormeaux n'habitait plus Rouen.

— Elle sera restée à soigner Mme Dubreuil. Eh! Mme Dubreuil est morte depuis dix mois!... Où est-elle donc!

Une idée lui vint. Il demanda, dans un café, l'*Annuaire*,

et chercha vite le nom de Mlle Lempereur, qui demeurait rue de la Renelle-des-Maroquiniers, n° 74.

Comme il entrait dans cette rue, Emma parut elle-même à l'autre bout; il se jeta sur elle plutôt qu'il ne l'embrassa, en s'écriant :

— Qui t'a retenue, hier ?

— J'ai été malade.

— Et de quoi ?... Où ?.... Comment ?...

Elle se passa la main sur le front, et répondit.

— Chez Mlle Lempereur.

— J'en étais sûr! J'y allais.

— Oh! ce n'est pas la peine, dit Emma. Elle vient de sortir tout à l'heure; mais, à l'avenir, tranquillise-toi. Je ne suis pas libre, tu comprends, si je sais que le moindre retard te bouleverse ainsi.

C'était une manière de permission qu'elle se donnait de ne point se gêner dans ses escapades. Aussi en profita-t-elle tout à son aise, largement. Lorsque l'envie la prenait de voir Léon, elle partait sous n'importe quel prétexte, et, comme il ne l'attendait pas ce jour-là, elle allait le chercher à son étude.

Ce fut un grand bonheur, les premières fois; mais bientôt il ne cacha plus la vérité, à savoir : que son patron se plaignait fort de ces dérangements.

— Ah bah! viens donc, disait-elle.

Et il s'esquivait.

Elle voulut qu'il se vêtît tout en noir et se laissât pousser une pointe au menton, pour ressembler aux portraits de Louis XIII. Elle désira connaître son logement, le trouva médiocre; il en rougit, elle n'y prit garde, puis lui conseilla d'acheter des rideaux pareils aux siens, et, comme il objectait la dépense :

— Ah! ah! tu tiens à tes petits écus! dit-elle en riant.

Il fallait que Léon, chaque fois, lui racontât toute sa conduite, depuis le dernier rendez-vous. Elle demanda des vers, des vers pour elle, *une pièce d'amour* en son honneur; jamais il ne put parvenir à trouver la rime du second vers, et il finit par copier un sonnet dans un keepsake.

Ce fut moins par vanité que dans le seul but de lui complaire. Il ne discutait pas ses idées; il acceptait tous ses goûts; il devenait sa maîtresse plutôt qu'elle n'était la sienne. Elle avait des paroles tendres avec des baisers qui lui emportaient l'âme. Où donc avait-elle appris cette corruption, presque immatérielle à force d'être profonde et dissimulée ?

VI

Dans les voyages qu'il faisait pour la voir, Léon souvent avait dîné chez le pharmacien, et s'était cru contraint, par politesse, de l'inviter à son tour.

— Volontiers! avait répondu M. Homais; il faut, d'ailleurs, que je me retrempe un peu, car je m'encroûte ici. Nous irons au spectacle, au restaurant, nous ferons des folies!

— Ah! bon ami! murmura tendrement Mme Homais, effrayée des périls vagues qu'il se disposait à courir.

— Eh bien, quoi? tu trouves que je ne ruine pas assez ma santé à vivre parmi les émanations continuelles de la pharmacie! Voilà, du reste, le caractère des femmes : elles sont jalouses de la Science, puis s'opposent à ce que l'on prenne les plus légitimes distractions. N'importe, comptez sur moi, un de ces jours, je tombe à Rouen et nous ferons sauter ensemble les *monacos*.

L'apothicaire, autrefois, se fût bien gardé d'une telle expression; mais il donnait maintenant dans un genre folâtre et parisien qu'il trouvait du meilleur goût, et comme Mme Bovary, sa voisine, il interrogeait le clerc curieusement sur les mœurs de la capitale, même il parlait argot afin d'éblouir... les bourgeois, disant *turne*, *bazar*, *chicard*, *chicandard*, *Breda-street*, et *Je me la casse*, pour : Je m'en vais.

Donc, un jeudi, Emma fut surprise de rencontrer, dans la cuisine du *Lion d'or*, M. Homais en costume de voyageur, c'est-à-dire couvert d'un vieux manteau qu'on ne lui connaissait pas, tandis qu'il portait d'une main une valise et, de l'autre, la chancelière de son établissement. Il n'avait confié son projet à personne, dans la crainte d'inquiéter le public par son absence.

L'idée de revoir les lieux où s'était passée sa jeunesse

l'exaltait sans doute, car tout le long du chemin il n'arrêta pas de discourir; puis, à peine arrivé, il sauta vivement de la voiture pour se mettre en quête de Léon; et le clerc eut beau se débattre, M. Homais l'entraîna vers le grand café de *Normandie*, où il entra majestueusement, sans retirer son chapeau, estimant fort provincial de se découvrir dans un endroit public.

Emma attendit Léon trois quarts d'heure. Enfin elle courut à son étude et, perdue dans toute sorte de conjectures, l'accusant d'indifférence et se reprochant à elle-même sa faiblesse, elle passa l'après-midi le front collé contre les carreaux.

Ils étaient encore, à deux heures, attablés l'un devant l'autre. La grande salle se vidait; le tuyau de poêle, en forme de palmier, arrondissait au plafond blanc sa gerbe dorée; et près d'eux, derrière le vitrage, en plein soleil, un petit jet d'eau gargouillait dans un bassin de marbre où, parmi du cresson et des asperges, trois homards engourdis s'allongeaient jusqu'à des cailles, toutes couchées en pile, sur le flanc.

Homais se délectait. Quoiqu'il se grisât de luxe encore plus que de bonne chère, le vin de Pomard, cependant, lui excitait un peu les facultés, et lorsque apparut l'omelette au rhum, il exposa sur les femmes des théories immorales. Ce qui le séduisait par-dessus tout, c'était le *chic*. Il adorait une toilette élégante dans un appartement bien meublé, et, quant aux qualités corporelles, ne détestait pas le *morceau*.

Léon contemplait la pendule avec désespoir. L'apothicaire buvait, mangeait, parlait.

— Vous devez être, dit-il tout à coup, bien privé à Rouen. Du reste, vos amours ne logent pas loin.

Et, comme l'autre rougissait :

— Allons, soyez franc! Nierez-vous qu'à Yonville... ?

Le jeune homme balbutia.

— Chez Mme Bovary, vous ne courtisiez point... ?

— Et qui donc ?

— La bonne!

Il ne plaisantait pas; mais, la vanité l'emportant sur toute prudence, Léon, malgré lui, se récria. D'ailleurs il n'aimait que les femmes brunes.

— Je vous approuve, dit le pharmacien : elles ont plus de tempérament.

Et, se penchant à l'oreille de son ami, il indiqua les symptômes auxquels on reconnaissait qu'une femme avait du tempérament. Il se lança même dans une digression ethnographique : l'Allemande était vaporeuse, la Française libertine, l'Italienne passionnée.

— Et les négresses ? demanda le clerc.

— C'est un goût d'artiste, dit Homais. — Garçon ! deux demi-tasses !

— Partons-nous ? reprit à la fin Léon s'impatientant.

— *Yes.*

Mais il voulut, avant de s'en aller, voir le maître de l'établissement et lui adressa quelques félicitations.

Alors le jeune homme, pour être seul, allégua qu'il avait affaire.

— Ah ! je vous escorte ! dit Homais.

Et, tout en descendant les rues avec lui, il parlait de sa femme, de ses enfants, de leur avenir et de sa pharmacie, racontait en quelle décadence elle était autrefois, et le point de perfection où il l'avait montée.

Arrivé devant l'*Hôtel de Boulogne*, Léon le quitta brusquement, escalada l'escalier, et trouva sa maîtresse en grand émoi.

Au nom du pharmacien, elle s'emporta. Cependant, il accumulait de bonnes raisons ; ce n'était pas sa faute, ne connaissait-elle pas M. Homais ? Pouvait-elle croire qu'il préférât sa compagnie ? Mais elle se détournait ; il la retint ; et, s'affaissant sur les genoux, il lui entoura la taille de ses deux bras, dans une pose langoureuse toute pleine de concupiscence et de supplication.

Elle était debout ; ses grands yeux enflammés le regardaient sérieusement et presque d'une façon terrible. Puis des larmes les obscurcirent, ses paupières roses s'abaissèrent, elle abandonna ses mains, et Léon les portait à sa bouche lorsque parut un domestique, avertissant Monsieur qu'on le demandait.

— Tu vas revenir ? dit-elle.

— Oui.

— Mais quand ?

— Tout à l'heure.

— C'est un *truc*, dit le pharmacien en apercevant Léon. J'ai voulu interrompre cette visite qui me paraissait vous contrarier. Allons chez Bridoux prendre un verre de garus.

Léon jura qu'il lui fallait retourner à son étude. Alors l'apothicaire fit des plaisanteries sur les paperasses, la procédure.

— Laissez donc un peu Cujas et Barthole, que diable !

Qui vous empêche ? Soyez un brave! Allons chez Bridoux; vous verrez son chien. C'est très curieux!

Et comme le clerc s'obstinait toujours :

— J'y vais aussi. Je lirai un journal en vous attendant, ou je feuilletterai un Code.

Léon, étourdi par la colère d'Emma, le bavardage de M. Homais et peut-être les pesanteurs du déjeuner, restait indécis et comme sous la fascination du pharmacien qui répétait :

— Allons chez Bridoux! c'est à deux pas, rue Malpalu.

Alors, par lâcheté, par bêtise, par cet inqualifiable sentiment qui nous entraîne aux actions les plus antipathiques, il se laissa conduire chez Bridoux; et ils le trouvèrent dans sa petite cour, surveillant trois garçons qui haletaient à tourner la grande roue d'une machine pour faire de l'eau de Seltz. Homais leur donna des conseils; il embrassa Bridoux; on prit le garus. Vingt fois Léon voulut s'en aller; mais l'autre l'arrêtait par le bras en lui disant :

— Tout à l'heure! je sors. Nous irons au *Fanal de Rouen*, voir ces messieurs. Je vous présenterai à Thomassin.

Il s'en débarrassa pourtant et courut d'un bond jusqu'à l'hôtel. Emma n'y était plus.

Elle venait de partir, exaspérée. Elle le détestait maintenant. Ce manque de parole au rendez-vous lui semblait un outrage, et elle cherchait encore d'autres raisons pour s'en détacher : il était incapable d'héroïsme, faible, banal, plus mou qu'une femme, avare, d'ailleurs, et pusillanime.

Puis, se calmant, elle finit par découvrir qu'elle l'avait sans doute calomnié. Mais le dénigrement de ceux que nous aimons, toujours nous en détache quelque peu. Il ne faut pas toucher aux idoles : la dorure en reste aux mains.

Ils en vinrent à parler plus souvent de choses indifférentes à leur amour; et, dans les lettres qu'Emma lui envoyait, il était question de fleurs, de vers, de la lune et des étoiles, ressources naïves d'une passion affaiblie, qui essayait de s'aviver à tous les secours extérieurs. Elle se promettait continuellement, pour son prochain voyage, une félicité profonde; puis elle s'avouait ne rien sentir d'extraordinaire. Cette déception s'effaçait vite sous un espoir nouveau, et Emma revenait à lui plus enflammée,

plus avide. Elle se déshabillait brutalement, arrachant
le lacet mince de son corset, qui sifflait autour de ses
hanches comme une couleuvre qui glisse. Elle allait sur
la pointe de ses pieds nus regarder encore une fois si la
porte était fermée, puis elle faisait d'un seul geste tomber ensemble tous ses vêtements; — et, pâle, sans parler, sérieuse, elle s'abattait contre sa poitrine, avec un
long frisson.

Cependant, il y avait sur ce front couvert de gouttes
froides, sur ces lèvres balbutiantes, dans ces prunelles
égarées, dans l'étreinte de ces bras, quelque chose d'extrême, de vague et de lugubre, qui semblait à Léon se
glisser entre eux, subtilement, comme pour les séparer.

Il n'osait lui faire des questions; mais, la discernant
si expérimentée, elle avait dû passer, se disait-il, par toutes
les épreuves de la souffrance et du plaisir. Ce qui le
charmait autrefois l'effrayait un peu maintenant. D'ailleurs, il se révoltait contre l'absorption, chaque jour plus
grande, de sa personnalité. Il en voulait à Emma de cette
victoire permanente. Il s'efforçait même à ne pas la
chérir; puis, au craquement de ses bottines, il se sentait
lâche, comme les ivrognes à la vue des liqueurs fortes.

Elle ne manquait point, il est vrai, de lui prodiguer
toutes sortes d'attentions, depuis les recherches de table
jusqu'aux coquetteries du costume et aux langueurs du
regard. Elle apportait d'Yonville des roses dans son sein,
qu'elle lui jetait à la figure, montrait des inquiétudes
pour sa santé, lui donnait des conseils sur sa conduite,
et, afin de le retenir davantage, espérant que le ciel peut-
être s'en mêlerait, elle lui passa autour du cou une
médaille de la Vierge. Elle s'informait, comme une mère
vertueuse, de ses camarades. Elle lui disait :

— Ne les vois pas, ne sors pas, ne pense qu'à nous;
aime-moi!

Elle aurait voulu pouvoir surveiller sa vie, et l'idée
lui vint de le faire suivre dans les rues. Il y avait toujours,
près de l'hôtel, une sorte de vagabond qui accostait les
voyageurs et qui ne refuserait pas... Mais sa fierté se
révolta.

— Eh! tant pis! qu'il me trompe, que m'importe!
Est-ce que j'y tiens ?

Un jour qu'ils s'étaient quittés de bonne heure, et
qu'elle s'en revenait seule par le boulevard, elle aperçut
les murs de son couvent; alors elle s'assit sur un banc, à
l'ombre des ormes. Quel calme dans ce temps-là! Comme

elle enviait les ineffables sentiments d'amour qu'elle
tâchait, d'après des livres, de se figurer.

Les premiers mois de son mariage, ses promenades à
cheval dans la forêt, le vicomte qui valsait, et Lagardy
chantant, tout repassa devant ses yeux... Et Léon lui
parut soudain dans le même éloignement que les autres.

— Je l'aime pourtant! se disait-elle.

N'importe! elle n'était pas heureuse, ne l'avait jamais
été. D'où venait donc cette insuffisance de la vie, cette
pourriture instantanée des choses où elle s'appuyait?...
Mais, s'il y avait quelque part un être fort et beau, une
nature valeureuse, pleine à la fois d'exaltation et de raffinements, un cœur de poète sous une forme d'ange, lyre
aux cordes d'airain, sonnant vers le ciel des épithalames
élégiaques, pourquoi, par hasard, ne le trouverait-elle
pas? Oh! quelle impossibilité! Rien, d'ailleurs, ne valait
la peine d'une recherche; tout mentait! Chaque sourire
cachait un bâillement d'ennui, chaque joie une malédiction, tout plaisir son dégoût, et les meilleurs baisers ne
vous laissaient sur la lèvre qu'une irréalisable envie
d'une volupté plus haute.

Un râle métallique se traîna dans les airs et quatre
coups se firent entendre à la cloche du couvent. Quatre
heures! et il lui semblait qu'elle était là, sur ce banc,
depuis l'éternité. Mais un infini de passions peut tenir
dans une minute, comme une foule dans un petit espace.

Emma vivait tout occupée des siennes, et ne s'inquiétait pas plus de l'argent qu'une archiduchesse.

Une fois, pourtant, un homme d'allure chétive, rubicond et chauve, entra chez elle, se déclarant envoyé par
M. Vinçart, de Rouen. Il retira les épingles qui fermaient la poche latérale de sa longue redingote verte,
les piqua sur sa manche et tendit poliment un papier.

C'était un billet de sept cent francs, souscrit par
elle, et que Lheureux, malgré toutes ses protestations,
avait passé à l'ordre de Vinçart.

Elle expédia chez lui sa domestique. Il ne pouvait
venir.

Alors, l'inconnu, qui était resté debout, lançant de
droite et de gauche des regards curieux que dissimu-
laient ses gros sourcils blonds, demanda d'un air naïf:

— Quelle réponse apporter à M. Vinçart?

— Eh bien! répondit Emma, dites-lui... que je n'en
ai pas... Ce sera la semaine prochaine... Qu'il attende...
oui, la semaine prochaine.

Et le bonhomme s'en alla sans souffler mot.

Mais, le lendemain, à midi, elle reçut un protêt; et la vue du papier timbré, où s'étalait à plusieurs reprises et en gros caractères : « Maître Hareng, huissier à Buchy », l'effraya si fort, qu'elle courut en toute hâte chez le marchand d'étoffes.

Elle le trouva dans sa boutique, en train de ficeler un paquet.

— Serviteur! dit-il, je suis à vous.

Lheureux n'en continua pas moins sa besogne, aidé par une jeune fille de treize ans environ, un peu bossue, et qui lui servait à la fois de commis et de cuisinière.

Puis, faisant claquer ses sabots sur les planches de la boutique, il monta devant Madame au premier étage, et l'introduisit dans un étroit cabinet, où un gros bureau en bois de sape supportait quelques registres, défendus transversalement par une barre de fer cadenassée. Contre le mur, sous des coupons d'indienne, on entrevoyait un coffre-fort, mais d'une telle dimension, qu'il devait contenir autre chose que des billets et de l'argent. M. Lheureux, en effet, prêtait sur gages, et c'est là qu'il avait mis la chaîne en or de Mme Bovary, avec les boucles d'oreilles du pauvre père Tellier, qui, enfin contraint de vendre, avait acheté à Quincampoix un maigre fonds d'épicerie, où il se mourait de son catarrhe, au milieu de ses chandelles moins jaunes que sa figure.

Lheureux s'assit dans son large fauteuil de paille, en disant :

— Quoi de neuf?

— Tenez.

Et elle lui montra le papier.

— Eh bien! qu'y puis-je?

Alors, elle s'emporta, rappelant la parole qu'il avait donnée de ne pas faire circuler ses billets; il en convenait.

— Mais, j'ai été forcé moi-même, j'avais le couteau sur la gorge.

— Et que va-t-il arriver, maintenant? dit-elle.

— Oh! c'est bien simple : un jugement du tribunal, et puis la saisie …; *bernique!*

Emma se retenait pour ne pas le battre. Elle lui demanda doucement s'il n'y avait pas moyen de calmer M. Vinçart.

— Ah bien, oui! calmer Vinçart; vous ne le connaissez guère; il est plus féroce qu'un Arabe.

Pourtant il fallait que M. Lheureux s'en mêlât.

— Ecoutez donc! il me semble que, jusqu'à présent, j'ai été assez bon pour vous.

Et, déployant un de ses registres :

— Tenez!

Puis remontant la page avec son doigt :

— Voyons... voyons... Le 3 août, deux cents francs... Au 17 juin, cent cinquante... 23 mars, quarante-six... En avril...

Il s'arrêta, comme craignant de faire quelque sottise.

— Et je ne dis rien des billets souscrits par Monsieur, un de sept cents francs, un autre de trois cents! Quant à vos petits acomptes, aux intérêts, ça n'en finit pas, on s'y embrouille. Je ne m'en mêle plus!

Elle pleurait, elle l'appela même « son bon monsieur Lheureux ». Mais il se rejetait toujours sur ce « mâtin de Vinçart ». D'ailleurs, il n'avait pas un centime, personne à présent ne le payait, on lui mangeait la laine sur le dos, un pauvre boutiquier comme lui ne pouvait faire d'avances.

Emma se taisait; et M. Lheureux, qui mordillonnait les barbes d'une plume, sans doute s'inquiéta de son silence, car il reprit :

— Au moins, si un de ces jours j'avais quelques rentrées... je pourrais...

— Du reste, dit-elle, dès que l'arriéré de Barneville...

— Comment ?...

Et, en apprenant que Langlois n'avait pas encore payé, il parut fort surpris. Puis, d'une voix mielleuse :

— Et nous convenons, dites-vous... ?

— Oh! de ce que vous voudrez!

Alors, il ferma les yeux pour réfléchir, écrivit quelques chiffres, et, déclarant qu'il aurait grand mal, que la chose était scabreuse et qu'il se *saignait*, il dicta quatre billets de deux cent cinquante francs chacun, espacés les uns des autres à un mois d'échéance.

— Pourvu que Vinçart veuille m'entendre! Du reste, c'est convenu, je ne lanterne pas, je suis rond comme une pomme.

Ensuite, il lui montra négligemment plusieurs marchandises nouvelles, mais dont pas une, dans son opinion, n'était digne de Madame.

— Quand je pense que voilà une robe à sept sous le mètre, et certifiée bon teint! Ils gobent cela pourtant! On ne leur conte pas ce qui en est, vous pensez bien, voulant, par cet aveu de coquinerie envers les autres, la convaincre tout à fait de sa probité.

Puis il la rappela, pour lui montrer trois aunes de guipure qu'il avait trouvées dernièrement « dans une *vendue* ».

— Est-ce beau! disait Lheureux : on s'en sert beaucoup maintenant, comme tête de fauteuils, c'est le genre.

Et, plus prompt qu'un escamoteur, il enveloppa la guipure de papier bleu et la mit dans les mains d'Emma.

— Au moins, que je sache... ?

— Ah! plus tard, reprit-il en lui tournant les talons.

Dès le soir, elle pressa Bovary d'écrire à sa mère pour qu'elle leur envoyât bien vite tout l'arriéré de l'héritage. La belle-mère répondit n'avoir plus rien : la liquidation était close, et il leur restait, outre Barneville, six cents livres de rente, qu'elle leur servirait exactement.

Alors Madame expédia des factures chez deux ou trois clients, et bientôt usa largement de ce moyen, qui lui réussissait. Elle avait toujours soin d'ajouter en post-scriptum : « N'en parlez pas à mon mari, vous savez comme il est fier... Excusez-moi... Votre servante... » Il y eut quelques réclamations; elle les intercepta.

Pour se faire de l'argent, elle se mit à vendre ses vieux gants, ses vieux chapeaux, la vieille ferraille; et elle marchandait avec rapacité, — son sang de paysanne la poussant au gain. Puis, dans ses voyages à la ville, elle brocanterait des babioles, que M. Lheureux, à défaut d'autres, lui prendrait certainement. Elle s'acheta des plumes d'autruche, de la porcelaine chinoise et des bahuts; elle empruntait à Félicité, à Mme Lefrançois, à l'hôtelière de la *Croix-Rouge*, à tout le monde, n'importe où. Avec l'argent qu'elle reçut enfin de Barneville, elle paya deux billets, les quinze cents autres francs s'écoulèrent. Elle s'engagea de nouveau, et toujours ainsi!

Parfois, il est vrai, elle tâchait de faire des calculs, mais elle découvrait des choses si exorbitantes, qu'elle n'y pouvait croire. Alors elle recommençait, s'embrouillait vite, plantait tout là et n'y pensait plus.

La maison était bien triste, maintenant! On en voyait sortir les fournisseurs avec des figures furieuses. Il y avait des mouchoirs traînant sur les fourneaux; et la petite Berthe, au grand scandale de Mme Homais, portait des bas percés. Si Charles, timidement, hasardait une observation, elle répondait avec brutalité que ce n'était point sa faute!

Pourquoi ces emportements ? Il expliquait tout par
son ancienne maladie nerveuse; et, se reprochant d'avoir
pris pour des défauts ses infirmités, il s'accusait d'égoïsme,
avait envie de courir l'embrasser.

— Oh! non, se disait-il, je l'ennuierais!

Et il restait.

Après le dîner, il se promenait seul dans le jardin; il
prenait la petite Berthe sur ses genoux et, déployant
son journal de médecine, essayait de lui apprendre à
lire. L'enfant, qui n'étudiait jamais, ne tardait pas à
ouvrir de grands yeux tristes et se mettait à pleurer.
Alors il la consolait; il allait lui chercher de l'eau dans
l'arrosoir pour faire des rivières sur le sable, ou cassait
les branches des troènes pour planter des arbres dans
les plates-bandes, ce qui gâtait peu le jardin, tout encom-
bré de longues herbes; on devait tant de journées à
Lestiboudois! Puis l'enfant avait froid et demandait sa
mère.

— Appelle ta bonne, disait Charles. Tu sais bien,
ma petite, que ta maman ne veut pas qu'on la dérange.

L'automne commençait et déjà les feuilles tombaient,
— comme il y a deux ans, lorsqu'elle était malade! —
Quand donc tout cela finira-t-il!... Et il continuait à
marcher, les deux mains derrière le dos.

Madame était dans sa chambre. On n'y montait pas.
Elle restait là tout le long du jour, engourdie, à peine
vêtue, et, de temps à autre, faisant fumer des pastilles
du sérail qu'elle avait achetées à Rouen, dans la boutique d'un Algérien. Pour ne pas avoir, la nuit, auprès
d'elle cet homme étendu qui dormait, elle finit, à force
de grimaces, par le reléguer au second étage; et elle
lisait jusqu'au matin des livres extravagants où il y avait
des tableaux orgiaques avec des situations sanglantes.
Souvent une terreur la prenait, elle poussait un cri.
Charles accourait.

— Ah! va-t'en! disait-elle.

Ou, d'autres fois, brûlée plus fort par cette flamme
intime que l'adultère avivait, haletante, émue, tout en
désir, elle ouvrait sa fenêtre, aspirait l'air froid, éparpillait au vent sa chevelure trop lourde, et, regardant
les étoiles, souhaitait des amours de prince. Elle pensait
à lui, à Léon. Elle eût alors tout donné pour un seul de
ces rendez-vous, qui la rassasiaient.

C'était ses jours de gala. Elle les voulait splendides!
et, lorsqu'il ne pouvait payer seul la dépense, elle com-

plétait le surplus libéralement, ce qui arrivait à peu près toutes les fois. Il essaya de lui faire comprendre qu'ils seraient aussi bien ailleurs, dans quelque hôtel plus modeste ; mais elle trouva des objections.

Un jour, elle tira de son sac six petites cuillers en vermeil (c'était le cadeau de noces du père Rouault), en le priant d'aller immédiatement porter cela, pour elle, au mont-de-piété ; et Léon obéit, bien que cette démarche lui déplût. Il avait peur de se compromettre.

Puis, en y réfléchissant, il trouva que sa maîtresse prenait des allures étranges, et qu'on n'avait peut-être pas tort de vouloir l'en détacher.

En effet, quelqu'un avait envoyé à sa mère une longue lettre anonyme, pour la prévenir qu'il *se perdait avec une femme mariée* ; et aussitôt la bonne dame, entrevoyant l'éternel épouvantail des familles, c'est-à-dire la vague créature pernicieuse, la sirène, le monstre, qui habite fantastiquement les profondeurs de l'amour, écrivit à maître Dubocage, son patron, lequel fut parfait dans cette affaire. Il le tint durant trois quarts d'heure, voulant lui dessiller les yeux, l'avertir du gouffre. Une telle intrigue nuirait plus tard à son établissement. Il le supplia de rompre, et, s'il ne faisait ce sacrifice dans son propre intérêt, qu'il le fît au moins pour lui, Dubocage !

Léon enfin avait juré de ne plus revoir Emma ; et il se reprochait de n'avoir pas tenu sa parole, considérant tout ce que cette femme pourrait encore lui attirer d'embarras et de discours, sans compter les plaisanteries de ses camarades, qui se débitaient le matin, autour du poêle. D'ailleurs, il allait devenir premier clerc : c'était le moment d'être sérieux. Aussi renonçait-il à la flûte, aux sentiments exaltés, à l'imagination : — car tout bourgeois, dans l'échauffement de sa jeunesse, ne fût-ce qu'un jour, une minute, s'est cru capable d'immenses passions, de hautes entreprises. Le plus médiocre libertin a rêvé des sultanes ; chaque notaire porte en soi les débris d'un poète.

Il s'ennuyait maintenant lorsque Emma, tout à coup, sanglotait sur sa poitrine ; et son cœur, comme les gens qui ne peuvent endurer qu'une certaine dose de musique, s'assoupissait d'indifférence au vacarme d'un amour dont il ne distinguait plus les délicatesses.

Ils se connaissaient trop pour avoir ces ébahissements de la possession qui en centuplent la joie. Elle était aussi dégoûtée de lui qu'il était fatigué d'elle. Emma retrouvait dans l'adultère toutes les platitudes du mariage.

Mais comment pouvoir s'en débarrasser ? Puis, elle avait beau se sentir humiliée de la bassesse d'un tel bonheur, elle y tenait par habitude ou par corruption ; et, chaque jour, elle s'y acharnait davantage, tarissant toute félicité à la vouloir trop grande. Elle accusait Léon de ses espoirs déçus, comme s'il l'avait trahie ; et même elle souhaitait une catastrophe qui amenât leur séparation, puisqu'elle n'avait pas le courage de s'y décider.

Elle n'en continuait pas moins à lui écrire des lettres amoureuses, en vertu de cette idée, qu'une femme doit toujours écrire à son amant.

Mais, en écrivant, elle percevait un autre homme, un fantôme fait de ses plus ardents souvenirs, de ses lectures les plus belles, de ses convoitises les plus fortes ; et il devenait à la fin si véritable, et accessible, qu'elle en palpitait émerveillée, sans pouvoir néanmoins le nettement imaginer, tant il se perdait, comme un dieu, sous l'abondance de ses attributs. Il habitait la contrée bleuâtre où les échelles de soie se balancent à des balcons, sous le souffle des fleurs, dans la clarté de la lune. Elle le sentait près d'elle, il allait venir et l'enlèverait tout entière dans un baiser. Ensuite elle retombait à plat, brisée ; car ces élans d'amour vague la fatiguaient plus que de grandes débauches.

Elle éprouvait maintenant une courbature incessante et universelle. Souvent même, Emma recevait des assignations, du papier timbré qu'elle regardait à peine. Elle aurait voulu ne plus vivre, ou continuellement dormir.

Le jour de la mi-carême, elle ne rentra pas à Yonville ; elle alla le soir au bal masqué. Elle mit un pantalon de velours et des bas rouges, avec une perruque à catogan et un lampion sur l'oreille. Elle sauta toute la nuit, au son furieux des trombones ; on faisait cercle autour d'elle ; et elle se trouva le matin sur le péristyle du théâtre parmi cinq ou six masques, débardeuses ou matelots, des camarades de Léon, qui parlaient d'aller souper.

Les cafés d'alentour étaient pleins. Ils avisèrent sur le port un restaurant des plus médiocres, dont le maître leur ouvrit, au quatrième étage, une petite chambre.

Les hommes chuchotèrent dans un coin, sans doute se consultant sur la dépense. Il y avait un clerc, deux carabins et un commis : quelle société pour elle ! Quant

aux femmes, Emma s'aperçut vite, au timbre de leurs
voix, qu'elles devaient être, presque toutes, du dernier
rang. Elle eut peur alors, recula sa chaise et baissa les
yeux.

Les autres se mirent à manger. Elle ne mangea pas;
elle avait le front en feu, des picotements aux paupières
et un froid de glace à la peau. Elle sentait dans sa tête
le plancher du bal, rebondissant encore sous la pulsation
rythmique des mille pieds qui dansaient. Puis, l'odeur
du punch avec la fumée des cigares l'étourdit. Elle s'évanouissait : on la porta devant la fenêtre.

Le jour commençait à se lever, et une grande tache
de couleur pourpre s'élargissait dans le ciel pâle du côté
de Sainte-Catherine. La rivière livide frissonnait au
vent; il n'y avait personne sur les ponts; les réverbères
s'éteignaient.

Elle se ranima cependant, et vint à penser à Berthe,
qui dormait là-bas, dans la chambre de sa bonne. Mais
une charrette pleine de longs rubans de fer passa, en
jetant contre le mur des maisons une vibration métallique assourdissante.

Elle s'esquiva brusquement, se débarrassa de son costume, dit à Léon qu'il lui fallait s'en retourner, et enfin
resta seule à l'*Hôtel de Boulogne*. Tout et elle-même lui
étaient insupportables. Elle aurait voulu, s'échappant
comme un oiseau, aller se rajeunir quelque part, bien
loin, dans les espaces immaculés.

Elle sortit, elle traversa le boulevard, la place Cauchoise et le faubourg, jusqu'à une rue découverte qui
dominait les jardins. Elle marchait vite, le grand air la
calmait : et peu à peu les figures de la foule, les masques,
les quadrilles, les lustres, le souper, ces femmes, tout disparaissait comme des brumes emportées. Puis, revenue à
la *Croix-Rouge*, elle se jeta sur son lit, dans la petite chambre du second, où il y avait des images de la *Tour de
Nesle*. A quatre heures du soir, Hivert la réveilla.

En rentrant chez elle, Félicité lui montra derrière la
pendule un papier gris. Elle lut :

« En vertu de la grosse, en forme exécutoire d'un
jugement... »

Quel jugement ? La veille, en effet, on avait apporté
un autre papier qu'elle ne connaissait pas; aussi fut-elle
stupéfaite de ces mots :

« Commandement, de par le roi, la loi et justice, à
madame Bovary... »

Alors, sautant plusieurs lignes, elle aperçut :

« Dans vingt-quatre heures pour tout délai. » — Quoi donc ? « Payer la somme totale de huit mille francs. » Et même, il y avait plus bas : « Elle y sera contrainte par toute voie de droit, et notamment par la saisie exécutoire de ses meubles et effets. »

Que faire ?... C'était dans vingt-quatre heures ; demain ! Lheureux, pensa-t-elle, voulait sans doute l'effrayer encore ; car elle devina du coup toutes ses manœuvres, le but de ses complaisances. Ce qui la rassurait, c'était l'exagération de la somme.

Cependant, à force d'acheter, de ne pas payer, d'emprunter, de souscrire des billets, puis de renouveler ces billets, qui s'enflaient à chaque échéance nouvelle, elle avait fini par préparer au sieur Lheureux un capital, qu'il attendait impatiemment pour ses spéculations.

Elle se présenta chez lui d'un air dégagé.

— Vous savez ce qui m'arrive ? C'est une plaisanterie, sans doute !

— Non.

— Comment cela ?

Il se détourna lentement, et lui dit en se croisant les bras :

— Pensiez-vous, ma petite dame, que j'allais, jusqu'à la consommation des siècles, être votre fournisseur et banquier pour l'amour de Dieu ? Il faut bien que je rentre dans mes déboursés, soyons justes !

Elle se récria sur la dette.

— Ah ! tant pis ! le tribunal l'a reconnue ! Il y a jugement ! On vous l'a signifié ! D'ailleurs, ce n'est pas moi, c'est Vinçart.

— Est-ce que vous ne pourriez... ?

— Oh ! rien du tout.

— Mais..., cependant..., raisonnons.

Et elle battit la campagne ; elle n'avait rien su... c'était une surprise...

— A qui la faute ? dit Lheureux en saluant ironiquement. Tandis que je suis, moi, à bûcher comme un nègre, vous vous repassez du bon temps.

— Ah ! pas de morale !

— Ça ne nuit jamais, répliqua-t-il.

Elle fut lâche, elle le supplia ; et même elle appuya sa jolie main blanche et longue sur les genoux du marchand.

— Laissez-moi donc ! On dirait que vous voulez me séduire !

— Vous êtes un misérable! s'écria-t-elle.

— Oh! oh! comme vous y allez! reprit-il en riant.

— Je ferai savoir qui vous êtes. Je dirai à mon mari...

— Eh bien! moi, je lui montrerai quelque chose à votre mari!

Et Lheureux tira de son coffre-fort un reçu de dix-huit cents francs, qu'elle lui avait donné lors de l'escompte Vinçart.

— Croyez-vous, ajouta-t-il, qu'il ne comprenne pas votre petit vol, ce pauvre cher homme?

Elle s'affaissa, plus assommée qu'elle n'eût été par un coup de massue. Il se promenait depuis la fenêtre jusqu'au bureau, tout en répétant :

— Ah! je lui montrerai bien... je lui montrerai bien...

Ensuite il se rapprocha d'elle, et, d'une voix douce :

— Ce n'est pas amusant, je le sais; personne, après tout, n'en est mort, et, puisque c'est le seul moyen qui vous reste de me rendre mon argent...

— Mais où en trouverai-je? dit Emma en se tordant les bras.

— Ah! bah! quand on a comme vous des amis!

Et il la regardait d'une façon si perspicace et si terrible, qu'elle en frissonna jusqu'aux entrailles.

— Je vous promets, dit-elle, je signerai...

— J'en ai assez, de vos signatures!

— Je vendrai encore...

— Allons donc! fit-il en haussant les épaules, vous n'avez plus rien.

Et il cria dans le judas qui s'ouvrait sur la boutique :

— Annette! n'oublie pas les trois coupons du n° 14.

La servante parut; Emma comprit et demanda « ce qu'il faudrait d'argent pour arrêter toutes les poursuites ».

— Il est trop tard!

— Mais si je vous apportais plusieurs mille francs, le quart de la somme, le tiers, presque tout?

— Eh! non, c'est inutile!

Il la poussait doucement vers l'escalier.

— Je vous en conjure, monsieur Lheureux, quelques jours encore!

Elle sanglotait.

— Allons, bon! des larmes!

— Vous me désespérez!

— Je m'en moque pas mal! dit-il en refermant la porte.

VII

Elle fut stoïque, le lendemain, lorsque maître Hareng, l'huissier, avec deux témoins, se présenta chez elle pour faire le procès-verbal de la saisie.

Ils commencèrent par le cabinet de Bovary et n'inscrivirent point la tête phrénologique, qui fut considérée comme *instrument de sa profession ;* mais ils comptèrent dans la cuisine les plats, les marmites, les chaises, les flambeaux, et, dans sa chambre à coucher, toutes les babioles de l'étagère. Ils examinèrent ses robes, le linge, le cabinet de toilette; et son existence, jusque dans ses recoins les plus intimes, fut, comme un cadavre que l'on autopsie, étalée tout du long aux regards de ces trois hommes.

Maître Hareng, boutonné dans un mince habit noir, en cravate blanche, et portant des sous-pieds fort tendus, répétait de temps à autre :

— Vous permettez, madame ? vous permettez ?

Souvent, il faisait des exclamations :

— Charmant !... fort joli !

Puis il se remettait à écrire, trempant sa plume dans l'encrier de corne qu'il tenait de la main gauche.

Quand ils en eurent fini avec les appartements, ils montèrent au grenier.

Elle y gardait un pupitre où étaient enfermées les lettres de Rodolphe. Il fallut l'ouvrir.

— Ah ! une correspondance ! dit maître Hareng avec un sourire discret. Mais, permettez ! car je dois m'assurer si la boîte ne contient pas autre chose.

Et il inclina les papiers, légèrement, comme pour en faire tomber les napoléons. Alors l'indignation la prit, à voir cette grosse main, aux doigts rouges et mous comme des limaces, qui se posait sur ces pages où son cœur avait battu.

Ils partirent enfin! Félicité rentra. Elle l'avait envoyée aux aguets pour détourner Bovary; et elles installèrent vivement sous les toits le gardien de la saisie, qui jura de s'y tenir.

Charles, pendant la soirée, lui parut soucieux. Emma l'épiait d'un regard plein d'angoisse, croyant apercevoir dans les rides de son visage des accusations. Puis, quand ses yeux se reportaient sur la cheminée garnie d'écrans chinois, sur les larges rideaux, sur les fauteuils, sur toutes ces choses enfin qui avaient adouci l'amertume de sa vie, un remords la prenait, ou plutôt un regret immense et qui irritait la passion, loin de l'anéantir. Charles tisonnait avec placidité, les deux pieds sur les chenets.

Il y eut un moment où le gardien, sans doute s'ennuyant dans sa cachette, fit un peu de bruit.

— On marche là-haut? dit Charles.

— Non! reprit-elle, c'est une lucarne restée ouverte que le vent remue.

Elle partit pour Rouen, le lendemain dimanche, afin d'aller chez tous les banquiers dont elle connaissait le nom. Ils étaient à la campagne ou en voyage. Elle ne se rebuta pas, et ceux qu'elle put rencontrer, elle leur demandait de l'argent, protestant qu'il lui en fallait, qu'elle le rendrait. Quelques-uns lui rirent au nez; tous refusèrent.

A deux heures, elle courut chez Léon, frappa contre sa porte. On n'ouvrit pas. Enfin il parut.

— Qui t'amène?

— Cela te dérange!

— Non..., mais...

Et il avoua que le propriétaire n'aimait point que l'on reçût « des femmes ».

— J'ai à te parler, reprit-elle.

Alors il atteignit sa clef. Elle l'arrêta.

— Oh! non, là-bas, chez nous.

Et ils allèrent dans leur chambre, à l'*Hôtel de Boulogne*.

Elle but en arrivant un grand verre d'eau. Elle était très pâle. Elle lui dit:

— Léon, tu vas me rendre un service.

Et, le secouant par ses deux mains, qu'elle serrait étroitement, elle ajouta:

— Ecoute, j'ai besoin de huit mille francs!

— Mais tu es folle!

— Pas encore!

Et, aussitôt, racontant l'histoire de la saisie, elle lui

exposa sa détresse; car Charles ignorait tout : sa belle-
mère la détestait, le père Rouault ne pouvait rien; mais
lui, Léon, il allait se mettre en course pour trouver cette
indispensable somme...

— Comment veux-tu... ?

— Quel lâche tu fais! s'écria-t-elle.

Alors il dit bêtement :

— Tu t'exagères le mal. Peut-être qu'avec un millier
d'écus ton bonhomme se calmerait.

Raison de plus pour tenter quelque démarche; il
n'était pas possible que l'on ne découvrît point trois
mille francs. D'ailleurs, Léon pouvait s'engager à sa
place.

— Va! essaye! il le faut! cours!... Oh! tâche! tâche!
je t'aimerai bien!

Il sortit, revint au bout d'une heure, et dit avec une
figure solennelle :

— J'ai été chez trois personnes... inutilement!

Puis il restèrent assis l'un en face de l'autre, aux deux
coins de la cheminée, immobiles, sans parler. Emma
haussait les épaules tout en trépignant. Il l'entendit qui
murmurait :

— Si j'étais à ta place, moi, j'en trouverais bien!

— Où donc?

— A ton étude!

Et elle le regarda.

Une hardiesse infernale s'échappait de ses prunelles
enflammées, et les paupières se rapprochaient d'une
façon lascive et encourageante; — si bien que le jeune
homme se sentit faiblir sous la muette volonté de cette
femme qui lui conseillait un crime. Alors il eut peur, et,
pour éviter tout éclaircissement, il se frappa le front en
s'écriant :

— Morel doit revenir cette nuit! Il ne me refusera
pas, j'espère (c'était un de ses amis, le fils d'un négociant
fort riche), et je t'apporterai cela demain, ajouta-t-il.

Emma n'eut point l'air d'accueillir cet espoir avec
autant de joie qu'il l'avait imaginé. Soupçonnait-elle le
mensonge? Il reprit en rougissant :

— Pourtant, si tu ne me voyais pas à trois heures, ne
m'attends plus, ma chérie. Il faut que je m'en aille,
excuse-moi. Adieu!

Il serra sa main, mais il la sentit tout inerte. Emma
n'avait plus la force d'aucun sentiment.

Quatre heures sonnèrent; et elle se leva pour s'en

retourner à Yonville, obéissant comme un automate à l'impulsion des habitudes.

Il faisait beau; c'était un de ces jours du mois de mars clairs et âpres, où le soleil reluit dans un ciel tout blanc. Des Rouennais endimanchés se promenaient d'un air heureux. Elle arriva sur la place du Parvis. On sortait des vêpres; la foule s'écoulait par les trois portails, comme un fleuve par les trois arches d'un pont, et, au milieu, plus immobile qu'un roc, se tenait le suisse.

Alors elle se rappela ce jour où, tout anxieuse et pleine d'espérance, elle était entrée sous cette grande nef qui s'étendait devant elle moins profonde que son amour; et elle continua de marcher, en pleurant sous son voile, étourdie, chancelante, près de défaillir.

— Gare! cria une voix sortant d'une porte cochère qui s'ouvrait.

Elle s'arrêta pour laisser passer un cheval noir, piaffant dans les brancards d'un tilbury que conduisait un gentleman en fourrure de zibeline. Qui était-ce donc? Elle le connaissait... La voiture s'élança et disparut.

Mais c'était lui, le vicomte! Elle se détourna; la rue était déserte. Et elle fut si accablée, si triste, qu'elle s'appuya contre un mur pour ne pas tomber.

Puis elle pensa qu'elle s'était trompée. Au reste, elle n'en savait rien. Tout, en elle-même et au dehors, l'abandonnait. Elle se sentait perdue, roulant au hasard dans les abîmes indéfinissables; et ce fut presque avec joie qu'elle aperçut, en arrivant à la *Croix-Rouge*, ce bon Homais qui regardait charger sur l'*Hirondelle* une grande boîte pleine de provisions pharmaceutiques; il tenait à sa main, dans un foulard, six *cheminots* pour son épouse.

Mme Homais aimait beaucoup ces petits pains lourds, en forme de turban, que l'on mange dans le carême avec du beurre salé : dernier échantillon des nourritures gothiques, qui remonte peut-être au siècle des croisades, et dont les robustes Normands s'emplissaient autrefois, croyant voir sur la table, à la lueur des torches jaunes, entre les brocs d'hypocras et les gigantesques charcuteries, des têtes de Sarrasins à dévorer. La femme de l'apothicaire les croquait comme eux, héroïquement, malgré sa détestable dentition; aussi, toutes les fois que M. Homais faisait un voyage à la ville, il ne manquait pas de lui en rapporter, qu'il prenait toujours chez le grand faiseur, rue Massacre.

— Charmé de vous voir! dit-il en offrant la main à
Emma pour l'aider à monter dans l'*Hirondelle*.

Puis il suspendit les *cheminots* aux lanières du filet, et
resta nu-tête et les bras croisés, dans une attitude pensive et napoléonienne.

Mais, quand l'aveugle, comme d'habitude, apparut au
bas de la côte, il s'écria :

— Je ne comprends pas que l'autorité tolère encore
de si coupables industries! On devrait enfermer ces malheureux, que l'on forcerait à quelque travail. Le Progrès, ma parole d'honneur, marche à pas de tortue!
Nous pataugeons en pleine barbarie!

L'aveugle tendait son chapeau, qui ballottait au bord
de la portière, comme une poche de la tapisserie déclouée.

— Voilà, dit le pharmacien, une affection scrofu-
leuse!

Et, bien qu'il connût ce pauvre diable, il feignit de le
voir pour la première fois, murmura les mots de *cornée,
cornée opaque, sclérotique, facies*, puis lui demanda d'un
ton paterne :

— Y a-t-il longtemps, mon ami, que tu as cette
épouvantable infirmité ? Au lieu de t'enivrer au cabaret,
tu ferais mieux de suivre un régime.

Il l'engageait à prendre de bon vin, de bonne bière,
de bons rôtis. L'aveugle continuait sa chanson; il paraissait, d'ailleurs, presque idiot. Enfin, M. Homais ouvrit
sa bourse.

— Tiens, voilà un sou, rends-moi deux liards : et
n'oublie pas mes recommandations, tu t'en trouveras bien.

Hivert se permit tout haut quelque doute sur leur
efficacité. Mais l'apothicaire certifia qu'il le guérirait lui-
même, avec une pommade antiphlogistique de sa composition, et il donna son adresse :

— M. Homais, près des halles, suffisamment connu.

— Eh bien! pour la peine, dit Hivert, tu vas nous
montrer la comédie.

L'aveugle s'affaissa sur ses jarrets, et, la tête renversée,
tout en roulant ses yeux verdâtres et tirant la langue, il
se frottait l'estomac à deux mains, tandis qu'il poussait une
sorte de hurlement sourd, comme un chien affamé.
Emma, prise de dégoût, lui envoya, par-dessus l'épaule,
une pièce de cinq francs. C'était toute sa fortune. Il lui
semblait beau de la jeter ainsi.

La voiture était repartie, quand, soudain, M. Homais
se pencha en dehors du vasistas et cria :

— Pas de farineux ni de laitage! Porter de la laine sur la peau et exposer les parties malades à la fumée de baies de genièvre!

Le spectacle des objets connus qui défilaient devant ses yeux peu à peu détournait Emma de sa douleur présente. Une intolérable fatigue l'accablait, et elle arriva chez elle hébétée, découragée, presque endormie.

— Advienne que pourra! se disait-elle.

Et puis, qui sait? pourquoi, d'un moment à l'autre, ne surgirait-il pas un événement extraordinaire? Lheureux même pouvait mourir.

Elle fut, à neuf heures du matin, réveillée par un bruit de voix sur la place. Il y avait un attroupement autour des halles pour lire une grande affiche collée contre un des poteaux, et elle vit Justin qui montait sur une borne et qui déchirait l'affiche. Mais à ce moment, le garde champêtre lui posa la main sur le collet. M. Homais sortit de la pharmacie, et la mère Lefrançois, au milieu de la foule, avait l'air de pérorer.

— Madame! madame! s'écria Félicité en entrant, c'est une abomination!

Et la pauvre fille, émue, lui tendit un papier jaune qu'elle venait d'arracher à la porte. Emma lut d'un clin d'œil que tout son mobilier était à vendre.

Alors elles se considérèrent silencieusement. Elles n'avaient, la servante et la maîtresse, aucun secret l'une pour l'autre. Enfin Félicité soupira :

— Si j'étais de vous, madame, j'irais chez M. Guillaumin.

— Tu crois?

Et cette interrogation voulait dire :

— Toi qui connais la maison par le domestique, est-ce que le maître quelquefois aurait parlé de moi?

— Oui, allez-y, vous ferez bien.

Elle s'habilla, mit sa robe noire avec sa capote à grains de jais; et, pour qu'on ne la vît pas (il y avait toujours beaucoup de monde sur la place), elle prit en dehors du village, par le sentier au bord de l'eau.

Elle arriva tout essoufflée devant la grille du notaire; le ciel était sombre et un peu de neige tombait.

Au bruit de la sonnette, Théodore, en gilet rouge, parut sur le perron; il vint lui ouvrir presque familièrement, comme à une connaissance, et l'introduisit dans la salle à manger.

Un large poêle de porcelaine bourdonnait sous un cactus qui emplissait la niche, et, dans les cadres de bois noir, contre la tenture de papier de chêne, il y avait la *Esméralda* de Steuben, avec la *Putiphar* de Schopin. La table servie, deux réchauds d'argent, le bouton des portes en cristal, le parquet et les meubles, tout reluisait d'une propreté méticuleuse, anglaise; les carreaux étaient décorés, à chaque angle, par des verres de couleur.

— Voilà une salle à manger, pensait Emma, comme il m'en faudrait une.

Le notaire entra, serrant du bras gauche contre son corps sa robe de chambre à palmes, tandis qu'il ôtait et remettait vite de l'autre main sa toque de velours marron, prétentieusement posée sur le côté droit, où retombaient les bouts de trois mèches blondes qui, prises à l'occiput, contournaient son crâne chauve.

Après qu'il eut offert un siège, il s'assit pour déjeuner, tout en s'excusant beaucoup de l'impolitesse.

— Monsieur, dit-elle, je vous prierais...

— De quoi, madame ? J'écoute.

Elle se mit à lui exposer sa situation.

Maître Guillaumin la connaissait, étant lié secrètement avec le marchand d'étoffes, chez lequel il trouvait toujours des capitaux pour les prêts hypothécaires qu'on lui demandait à contracter.

Donc, il savait (et mieux qu'elle) la longue histoire de ces billets, minimes d'abord, portant comme endosseurs des noms divers, espacés à de longues échéances et renouvelés continuellement, jusqu'au jour où, ramassant tous les protêts, le marchand avait chargé son ami Vinçart de faire en son nom propre les poursuites qu'il fallait, ne voulant point passer pour un tigre parmi ses concitoyens.

Elle entremêla son récit de récriminations contre Lheureux, récriminations auxquelles le notaire répondait de temps à autre par une parole insignifiante. Mangeant sa côtelette et buvant son thé, il baissait le menton dans sa cravate bleu de ciel, piquée par deux épingles de diamants que rattachait une chaînette d'or, et il souriait d'un singulier sourire, d'une façon douceâtre et ambiguë. Mais, s'apercevant qu'elle avait les pieds humides :

— Approchez-vous donc du poêle... plus haut..., contre la porcelaine.

Elle avait peur de la salir. Le notaire reprit d'un ton galant :

— Les belles choses ne gâtent rien.

Alors elle tâcha de l'émouvoir, et, s'émotionnant elle-même, elle vint à lui conter l'étroitesse de son ménage, ses tiraillements, ses besoins. Il comprenait cela : une femme élégante ! et, sans s'interrompre de manger, il s'était tourné vers elle complètement, si bien qu'il frôlait du genou sa bottine, dont la semelle se recourbait tout en fumant contre le poêle.

Mais, lorsqu'elle lui demanda mille écus, il serra les lèvres, puis se déclara très peiné de n'avoir pas eu autrefois la direction de sa fortune, car il y avait cent moyens fort commodes, même pour une dame, de faire valoir son argent. On aurait pu, soit dans les tourbières de Grumesnil ou les terrains du Havre, hasarder presque à coup sûr d'excellentes spéculations ; et il la laissa se dévorer de rage à l'idée des sommes fantastiques qu'elle aurait certainement gagnées.

— D'où vient, reprit-il, que vous n'êtes pas venue chez moi ?

— Je ne sais trop, dit-elle.

— Pourquoi, hein ? Je vous faisais donc bien peur ? C'est moi, au contraire, qui devrais me plaindre ! A peine si nous nous connaissons ! Je vous suis pourtant très dévoué : vous n'en doutez plus, j'espère ?

Il tendit sa main, prit la sienne, la couvrit d'un baiser vorace, puis la garda sur son genou ; et il jouait avec ses doigts délicatement, tout en lui contant mille douceurs.

Sa voix fade susurrait, comme un ruisseau qui coule ; une étincelle jaillissait de sa pupille à travers le miroitement de ses lunettes, et ses mains s'avançaient dans la manche d'Emma, pour lui palper le bras. Elle sentait contre sa joue le souffle d'une respiration haletante. Cet homme la gênait horriblement.

Elle se leva d'un bond et lui dit :

— Monsieur, j'attends !

— Quoi donc ! fit le notaire, qui devint tout à coup extrêmement pâle.

— Cet argent.

— Mais...

Puis, cédant à l'irruption d'un désir trop fort :

— Eh bien, oui !...

Il se traînait à genoux vers elle, sans égard pour sa robe de chambre.

— De grâce, restez! je vous aime!

Il la saisit par la taille.

Un flot de pourpre monta vite au visage de Mme Bovary. Elle se recula d'un air terrible, en s'écriant :

— Vous profitez impudemment de ma détresse, monsieur! Je suis à plaindre, mais pas à vendre!

Et elle sortit.

Le notaire resta fort stupéfait, les yeux fixés sur ses belles pantoufles en tapisserie. C'était un présent de l'amour. Cette vue à la fin le consola. D'ailleurs, il songeait qu'une aventure pareille l'aurait entraîné trop loin.

— Quel misérable! quel goujat!... quelle infamie! se disait-elle, en fuyant d'un pied nerveux sous les trembles de la route. Le désappointement de l'insuccès renforçait l'indignation de sa pudeur outragée; il lui semblait que la Providence s'acharnait à la poursuivre, et, s'en rehaussant d'orgueil, jamais elle n'avait eu tant d'estime pour elle-même ni tant de mépris pour les autres. Quelque chose de belliqueux la transportait. Elle aurait voulu battre les hommes, leur cracher au visage, les broyer tous; et elle continuait à marcher, rapidement devant elle, pâle, frémissante, enragée, furetant d'un œil en pleurs l'horizon vide, et comme se délectant à la haine qui l'étouffait.

Quand elle aperçut sa maison, un engourdissement la saisit. Elle ne pouvait plus avancer; il le fallait, cependant; d'ailleurs, où fuir ?

Félicité l'attendait sur la porte.

— Eh bien ?

— Non! dit Emma.

Et, pendant un quart d'heure, toutes les deux, elles avisèrent les différentes personnes d'Yonville disposées peut-être à la secourir. Mais, chaque fois que Félicité nommait quelqu'un, Emma répliquait :

— Est-ce possible! Ils ne voudront pas!

— Et monsieur qui va rentrer!

— Je le sais bien... Laisse-moi seule.

Elle avait tout tenté. Il n'y avait plus rien à faire maintenant; et quand Charles paraîtrait, elle allait donc lui dire :

— Retire-toi. Ce tapis où tu marches n'est plus à nous. De ta maison, tu n'as pas un meuble, une épingle, une paille, et c'est moi qui t'ai ruiné, pauvre homme!

Alors ce serait un grand sanglot, puis il pleurerait

abondamment, et enfin, la surprise passée, il pardon-
nerait.

— Oui, murmurait-elle en grinçant des dents, il me
pardonnera, lui qui n'aurait pas assez d'un million à
m'offrir pour que je l'excuse de m'avoir connue...
Jamais! jamais!

Cette idée de la supériorité de Bovary sur elle l'exaspérait. Puis, qu'elle avouât ou n'avouât pas, tout à
l'heure, tantôt, demain, il n'en saurait pas moins la
catastrophe; donc il fallait attendre cette horrible scène
et subir le poids de sa magnanimité. L'envie lui vint de
retourner chez Lheureux : à quoi bon ? d'écrire à son
père : il était trop tard; et peut-être qu'elle se repentait
maintenant de n'avoir pas cédé à l'autre, lorsqu'elle
entendit le trot d'un cheval dans l'allée. C'était lui, il
ouvrait la barrière, il était plus blême que le mur de
plâtre. Bondissant dans l'escalier, elle s'échappa vivement par la place; et la femme du maire, qui causait
devant l'église avec Lestiboudois, la vit entrer chez le
percepteur.

Elle courut le dire à Mme Caron. Ces deux dames
montèrent dans le grenier; et, cachées par du linge
étendu sur des perches, se postèrent commodément pour
apercevoir tout l'intérieur de Binet.

Il était seul, dans sa mansarde, en train d'imiter, avec
du bois, une de ces ivoireries indescriptibles, composées
de croissants, de sphères creusées les unes dans les autres,
le tout droit comme un obélisque et ne servant à rien;
et il entamait la dernière pièce, il touchait au but! Dans
le clair-obscur de l'atelier, la poussière blonde s'envolait
de son outil, comme une aigrette d'étincelles sous les
fers d'un cheval au galop; les deux roues tournaient, ron-
flaient; Binet souriait, le menton baissé, les narines
ouvertes et semblait enfin perdu dans un de ces bonheurs
complets, n'appartenant sans doute qu'aux occupations
médiocres, qui amusent l'intelligence par des difficultés
faciles, et l'assoupissent en une réalisation au delà de
laquelle il n'y a pas à rêver.

— Ah! la voici! fit Mme Tuvache.

Mais il n'était guère possible, à cause du tour, d'entendre ce qu'elle disait.

Enfin, ces dames crurent distinguer le mot *francs*, et
la mère Tuvache souffla tout bas :

— Elle le prie, pour obtenir un retard à ses contri-
butions.

— D'apparence! reprit l'autre.

Elles la virent qui marchait de long en large, examinant contre les murs les ronds de serviette, les chandeliers,
les pommes de rampe, tandis que Binet se caressait la
barbe avec satisfaction.

— Viendrait-elle lui commander quelque chose? dit
Mme Tuvache.

— Mais il ne vend rien! objecta sa voisine.

Le percepteur avait l'air d'écouter, tout en écarquillant les yeux, comme s'il ne comprenait pas. Elle continuait d'une manière tendre, suppliante. Elle se rapprocha; son sein haletait; ils ne parlaient plus.

— Est-ce qu'elle lui fait des avances? dit Mme Tuvache.

Binet était rouge jusqu'aux oreilles. Elle lui prit les
mains.

— Ah! c'est trop fort!

Et sans doute qu'elle lui proposait une abomination;
car le percepteur, — il était brave, pourtant, il avait
combattu à Bautzen et à Lutzen, fait la campagne de
France, et même été *porté pour la croix*, — tout à coup,
comme à la vue d'un serpent, se recula bien loin en s'é-
criant :

— Madame! y pensez-vous?...

— On devrait fouetter ces femmes-là! dit Mme Tuvache.

— Où est-elle donc? reprit Mme Caron.

Car elle avait disparu durant ces mots; puis, l'apercevant qui enfilait la Grande-Rue et tournait à droite
comme pour gagner le cimetière, elles se perdirent en
conjectures.

— Mère Rolet, dit-elle en arrivant chez la nourrice,
j'étouffe! délacez-moi.

Elle tomba sur le lit; elle sanglotait. La mère Rolet la
couvrit d'un jupon et resta debout près d'elle. Puis,
comme elle ne répondait pas, la bonne femme s'éloigna,
prit son rouet et se mit à filer du lin.

— Oh! finissez! murmura-t-elle, croyant entendre le
tour de Binet.

— Qui la gêne? se demandait la nourrice. Pourquoi
vient-elle ici?

Elle y était accourue, poussée par une sorte d'épouvante, qui la chassait de sa maison.

Couchée sur le dos, immobile et les yeux fixes, elle
discernait vaguement les objets, bien qu'elle y appli-

quât son attention avec une persistance idiote. Elle
contemplait les écaillures de la muraille, deux tisons
fumant bout à bout, et une longue araignée qui marchait
au-dessus de sa tête dans la fente de la poutrelle. Enfin,
elle rassembla ses idées. Elle se souvenait... Un jour,
avec Léon... Oh! comme c'était loin... Le soleil brillait
sur la rivière et les clématites embaumaient... Alors,
emportée dans ses souvenirs, comme dans un torrent
qui bouillonne, elle arriva bientôt à se rappeler la journée de la veille.

— Quelle heure est-il ? demanda-t-elle.

La mère Rolet sortit, leva les doigts de sa main droite
du côté que le ciel était le plus clair, et rentra lentement
en disant :

— Trois heures, bientôt.

— Ah! merci! merci!

Car il allait venir. C'était sûr! Il aurait trouvé de l'argent. Mais il irait peut-être là-bas, sans se douter qu'elle
fût là; et elle commanda à la nourrice de courir chez elle
pour l'amener.

— Dépêchez-vous!

— Mais, ma chère dame, j'y vais! j'y vais!

Elle s'étonnait, à présent, de n'avoir pas songé à lui
tout d'abord; hier, il avait donné sa parole, il n'y manquerait pas; et elle se voyait déjà chez Lheureux, étalant
sur son bureau les trois billets de banque. Puis il faudrait inventer une histoire qui expliquât les choses à
Bovary. Laquelle ?

Cependant la nourrice était bien longue à revenir.
Mais, comme il n'y avait point d'horloge dans la chaumière, Emma craignait de s'exagérer peut-être la longueur du temps. Elle se mit à faire des tours de promenade dans le jardin, pas à pas; elle alla dans le sentier
le long de la haie, et s'en retourna vivement, espérant
que la bonne femme serait rentrée par une autre route.
Enfin, lasse d'attendre, assaillie de soupçons qu'elle
repoussait, ne sachant plus si elle était là depuis un siècle ou une minute, elle s'assit dans un coin et ferma les
yeux, se boucha les oreilles. La barrière grinça : elle fit
un bond; avant qu'elle eût parlé, la mère Rolet lui avait
dit :

— Il n'y a personne chez vous!

— Comment ?

— Oh! personne! Et monsieur pleure. Il vous appelle.
On vous cherche.

Emma ne répondit rien. Elle haletait, tout en roulant les yeux autour d'elle, tandis que la paysanne, effrayée de son visage, se reculait instinctivement, la croyant folle. Tout à coup elle se frappa le front, poussa un cri, car le souvenir de Rodolphe, comme un grand éclair dans une nuit sombre, lui avait passé dans l'âme. Il était si bon, si délicat, si généreux! Et, d'ailleurs, s'il hésitait à lui rendre ce service, elle saurait bien l'y contraindre en rappelant d'un seul clin d'œil leur amour perdu. Elle partit donc vers la Huchette, sans s'apercevoir qu'elle courait s'offrir à ce qui l'avait tantôt si fort exaspérée, ni se douter le moins du monde de cette prostitution.

VIII

Elle se demandait tout en marchant : « Que vais-je dire ? Par où commencerai-je ? » Et, à mesure qu'elle avançait, elle reconnaissait les buissons, les arbres, les joncs marins sur la colline, le château là-bas. Elle se retrouvait dans les sensations de sa première tendresse, et son pauvre cœur comprimé s'y dilatait amoureusement. Un vent tiède lui soufflait au visage; la neige, se fondant, tombait goutte à goutte des bourgeons sur l'herbe.

Elle entra, comme autrefois, par la petite porte du parc, puis arriva à la cour d'honneur, que bordait un double rang de tilleuls touffus. Ils balançaient, en sifflant, leurs longues branches. Les chiens au chenil aboyèrent tous, et l'éclat de leurs voix retentissait sans qu'il parût personne.

Elle monta le large escalier droit, à balustrades de bois, qui conduisait au corridor pavé de dalles poudreuses où s'ouvraient plusieurs chambres à la file, comme dans les monastères ou les auberges. La sienne était au bout, tout au fond, à gauche. Quand elle vint à poser les doigts sur la serrure, ses forces subitement l'abandonnèrent. Elle avait peur qu'il ne fût pas là, le souhaitait presque, et c'était pourtant son seul espoir, la dernière chance du salut. Elle se recueillit une minute, et, retrempant son courage au sentiment de la nécessité présente, elle entra.

Il était devant le feu, les deux pieds sur le chambranle, en train de fumer une pipe.

— Tiens! c'est vous! dit-il en se levant brusquement.

— Oui, c'est moi!... je voudrais, Rodolphe, vous demander un conseil.

Et, malgré tous ses efforts, il lui était impossible de desserrer la bouche.

— Vous n'avez pas changé, vous êtes toujours charmante!

— Oh! reprit-elle amèrement, ce sont de tristes charmes, mon ami, puisque vous les avez dédaignés.

Alors il entama une explication de sa conduite, s'excusant en termes vagues, faute de pouvoir inventer mieux.

Elle se laissa prendre à ses paroles, plus encore à sa voix et par le spectacle de sa personne; si bien qu'elle fit semblant de croire, ou crut-elle peut-être, au prétexte de leur rupture; c'était un secret d'où dépendaient l'honneur et même la vie d'une troisième personne.

— N'importe! fit-elle en le regardant tristement, j'ai bien souffert!

Il répondit d'un ton philosophique :

— L'existence est ainsi!

— A-t-elle du moins, reprit Emma, été bonne pour vous depuis notre séparation ?

— Oh! ni bonne... ni mauvaise.

— Il aurait peut-être mieux valu ne jamais nous quitter.

— Oui..., peut-être!

— Tu crois ? dit-elle en se rapprochant.

Et elle soupira :

— O Rodolphe! si tu savais!..., je t'ai bien aimé!

Ce fut alors qu'elle prit sa main, et ils restèrent quelque temps les doigts entrelacés, — comme le premier jour, aux Comices! Par un geste d'orgueil, il se débattait sous l'attendrissement. Mais, s'affaissant contre sa poitrine, elle lui dit :

— Comment voulais-tu que je vécusse sans toi ? On ne peut pas se déshabituer du bonheur! J'étais désespérée! j'ai cru mourir! Je te conterai tout cela, tu verras. Et toi, tu m'as fuie!...

Car, depuis trois ans, il l'avait soigneusement évitée, par suite de cette lâcheté naturelle qui caractérise le sexe fort; et Emma continuait avec des gestes mignons de tête, plus câline qu'une chatte amoureuse :

— Tu en aimes d'autres, avoue-le. Oh! je les comprends, va! je les excuse; tu les auras séduites, comme tu m'avais séduite. Tu es un homme, toi! tu as tout ce qu'il faut pour te faire chérir. Mais nous recommencerons, n'est-ce pas ? Nous nous aimerons! Tiens, je ris, je suis heureuse!... parle donc!

Et elle était ravissante à voir, avec son regard où tremblait une larme, comme l'eau d'un orage dans un calice bleu.

Il l'attira sur ses genoux, et il caressait du revers de la main ses bandeaux lisses, où, dans la clarté du crépuscule, miroitait comme une flèche d'or un dernier rayon du soleil. Elle penchait le front; il finit par la baiser sur les paupières, tout doucement, du bout de ses lèvres.

— Mais tu as pleuré! dit-il. Pourquoi?

Elle éclata en sanglots. Rodolphe crut que c'était l'explosion de son amour; comme elle se taisait, il prit ce silence pour une dernière pudeur, et alors il s'écria :

— Ah! pardonne-moi! tu es la seule qui me plaise. J'ai été imbécile et méchant! Je t'aime, je t'aimerai toujours! Qu'as-tu? dis-le donc!

Il s'agenouillait.

— Eh bien!... je suis ruinée, Rodolphe! Tu vas me prêter trois mille francs!

— Mais... mais..., dit-il en se relevant peu à peu, tandis que sa physionomie prenait une expression grave.

— Tu sais, continuait-elle vite, que mon mari avait placé toute sa fortune chez un notaire; il s'est enfui. Nous avons emprunté; les clients ne payaient pas. Du reste la liquidation n'est pas finie; nous en aurons plus tard. Mais, aujourd'hui, faute de trois mille francs, on va nous saisir; c'est à présent, à l'instant même; et comptant sur ton amitié, je suis venue.

— Ah! pensa Rodolphe, qui devint très pâle tout à coup, c'est pour cela qu'elle est venue!

Enfin il dit d'un air très calme :

— Je ne les ai pas, chère madame.

Il ne mentait point. Il les eût eus qu'il les aurait donnés, sans doute, bien qu'il soit généralement désagréable de faire de si belles actions; une demande pécuniaire, de toutes les bourrasques qui tombent sur l'amour, étant la plus froide et la plus déracinante.

Elle resta d'abord quelques minutes à le regarder.

— Tu ne les as pas!

Elle répéta plusieurs fois :

— Tu ne les as pas!... J'aurais dû m'épargner cette dernière honte. Tu ne m'as jamais aimée! tu ne vaux pas mieux que les autres!

Elle se trahissait, elle se perdait.

Rodolphe l'interrompit, affirmant qu'il se trouvait « gêné » lui-même.

— Ah! je te plains! dit Emma. Oui, considérablement!...

Et, arrêtant ses yeux sur une carabine damasquinée
qui brillait dans la panoplie :

— Mais, lorsqu'on est si pauvre, on ne met pas d'argent à la crosse de son fusil! On n'achète pas une pendule
avec des incrustations d'écailles! continuait-elle en montrant l'horloge de Boulle; ni des sifflets de vermeil pour
ses fouets — elle les touchait! — ni des breloques pour
sa montre! Oh! rien ne lui manque! jusqu'à un porte-
liqueurs dans sa chambre; car tu t'aimes, tu vis bien,
tu as un château, des fermes, des bois; tu chasses à
courre, tu voyages à Paris... Eh! quand ce ne serait que
cela, s'écria-t-elle en prenant sur la cheminée ses boutons
de manchettes, que la moindre de ces niaiseries! on en
peut faire de l'argent!... Oh! je n'en veux pas! garde-les.

Et elle lança bien loin les deux boutons, dont la chaîne
d'or se rompit en cognant contre la muraille.

— Mais, moi, je t'aurais tout donné, j'aurais tout
vendu, j'aurais travaillé de mes mains, j'aurais mendié
sur les routes, pour un sourire, pour un regard, pour
t'entendre dire : « Merci! » Et tu restes là tranquillement
dans ton fauteuil, comme si déjà tu ne m'avais pas fait
assez souffrir? Sans toi, sais-tu bien, j'aurais pu vivre
heureuse! Qui t'y forçait? Etait-ce une gageure? Tu
m'aimais cependant, tu le disais... Et tout à l'heure
encore... Ah! il eût mieux valu me chasser! J'ai les mains
chaudes de tes baisers, et voilà la place, sur le tapis, où
tu jurais à mes genoux une éternité d'amour. Tu m'y
as fait croire : tu m'as, pendant deux ans, traînée dans le
rêve le plus magnifique et le plus suave!... Hein? nos
projets de voyage, tu te rappelles? Oh! ta lettre, ta lettre!
elle m'a déchiré le cœur! Et puis, quand je reviens vers
lui, vers lui, qui est riche, heureux, libre! pour implorer
un secours que le premier venu rendrait, suppliante et
lui rapportant toute ma tendresse, il me repousse, parce
que ça lui coûterait trois mille francs!

— Je ne les ai pas! répondit Rodolphe avec ce calme
parfait dont se recouvrent, comme d'un bouclier, les
colères résignées.

Elle sortit. Les murs tremblaient, le plafond l'écrasait;
et elle repassa par la longue allée, en trébuchant contre
les tas de feuilles mortes que le vent dispersait. Enfin
elle arriva au saut-du-loup devant la grille; elle se cassa
les ongles contre la serrure, tant elle se dépêchait pour

l'ouvrir. Puis, cent pas plus loin, essoufflée, près de tomber, elle s'arrêta. Et alors, se détournant, elle aperçut encore une fois l'impassible château, avec le parc, les jardins, les trois cours, et toutes les fenêtres de la façade.

Elle resta perdue de stupeur, et n'ayant plus conscience d'elle-même que par le battement de ses artères, qu'elle croyait entendre s'échapper comme une assourdissante musique qui emplissait la campagne. Le sol, sous ses pieds, était plus mou qu'une onde, et les sillons lui parurent d'immenses vagues brunes, qui déferlaient. Tout ce qu'il y avait dans sa tête de réminiscences, d'idées, s'échappait à la fois, d'un seul bond, comme les mille pièces d'un feu d'artifice. Elle vit son père, le cabinet de Lheureux, leur chambre là-bas, un autre paysage. La folie la prenait, elle eut peur, et parvint à se ressaisir, d'une manière confuse, il est vrai; car elle ne se rappelait point la cause de son horrible état, c'est-à-dire la question d'argent. Elle ne souffrait que de son amour, et sentait son âme l'abandonner par ce souvenir, comme les blessés, en agonisant, sentent l'existence qui s'en va par leur plaie qui saigne.

La nuit tombait, des corneilles volaient.

Il lui sembla tout à coup que des globules couleur de feu éclataient dans l'air comme des balles fulminantes en s'aplatissant, et tournaient, tournaient, pour aller se fondre dans la neige, entre les branches des arbres. Au milieu de chacun d'eux, la figure de Rodolphe apparaissait. Ils se multiplièrent, et ils se rapprochaient, la pénétraient; tout disparut. Elle reconnut les lumières des maisons, qui rayonnaient de loin dans le brouillard.

Alors sa situation, telle qu'un abîme, se présenta. Elle haletait à se rompre la poitrine. Puis, dans un transport d'héroïsme qui la rendait presque joyeuse, elle descendit la côte en courant, traversa la planche aux vaches, le sentier, l'allée, les halles, et arriva devant la boutique du pharmacien.

Il n'y avait personne. Elle allait entrer; mais, au bruit de la sonnette, on pouvait venir; et, se glissant par la barrière, retenant son haleine, tâtant les murs, elle s'avança jusqu'au seuil de la cuisine, où brûlait une chandelle posée sur le fourneau. Justin, en manches de chemise, emportait un plat.

— Ah! ils dînent. Attendons.

Il revint. Elle frappa contre la vitre. Il sortit.

— La clef! celle d'en haut, où sont les...

— Comment!

Et il la regardait, tout étonné par la pâleur de son visage, qui tranchait en blanc sur le fond noir de la nuit. Elle lui apparut extraordinairement belle, et majestueuse comme un fantôme; sans comprendre ce qu'elle voulait, il pressentait quelque chose de terrible.

Mais elle reprit vivement, à voix basse, d'une voix douce, dissolvante :

— Je la veux! Donnez-la-moi.

Comme la cloison était mince, on entendait le cliquetis des fourchettes sur les assiettes dans la salle à manger.

Elle prétendit avoir besoin de tuer les rats qui l'empêchaient de dormir.

— Il faudrait que j'avertisse monsieur.

— Non! reste!

Puis, d'un air indifférent :

— Eh! ce n'est pas la peine, je lui dirai tantôt. Allons, éclaire-moi!

Elle entra dans le corridor où s'ouvrait la porte du laboratoire. Il y avait contre la muraille une clef étiquetée *Capharnaüm*.

— Justin! cria l'apothicaire, qui s'impatientait.

— Montons!

Et il la suivit.

La clef tourna dans la serrure, et elle alla droit vers la troisième tablette, tant son souvenir la guidait bien, saisit le bocal bleu, en arracha le bouchon, y fourra sa main, et, la retirant pleine d'une poudre blanche, elle se mit à manger à même.

— Arrêtez! s'écria-t-il en se jetant sur elle.

— Tais-toi! on viendrait...

Il se désespérait, voulait appeler.

— N'en dis rien, tout retomberait sur ton maître!

Puis elle s'en retourna subitement apaisée, et presque dans la sérénité d'un devoir accompli.

Quand Charles, bouleversé par la nouvelle de la saisie, était rentré à la maison, Emma venait d'en sortir. Il cria, pleura, s'évanouit, mais elle ne revint pas. Où pouvait-elle être? Il envoya Félicité chez Homais, chez M. Tuvache, chez Lheureux, au *Lion d'or*, partout; et, dans les intermittences de son angoisse, il voyait sa considération anéantie, leur fortune perdue, l'avenir de

Berthe brisé! Par quelle cause!... pas un mot! Il attendit
jusqu'à six heures du soir. Enfin, n'y pouvant plus tenir,
et imaginant qu'elle était partie pour Rouen, il alla sur
la grande route, fit une demi-lieue, ne rencontra personne,
attendit encore et s'en revint.

Elle était rentrée.

— Qu'y avait-il ?... Pourquoi ?... Explique-moi ?...

Elle s'assit à son secrétaire, et écrivit une lettre qu'elle
cacheta lentement, ajoutant la date du jour et l'heure.

Puis elle dit d'un ton solennel :

— Tu la liras demain; d'ici là, je t'en prie, ne m'adresse
pas une seule question!... Non, pas une!

— Mais...

— Oh! laisse-moi!

Et elle se coucha tout du long sur son lit.

Une saveur âcre qu'elle sentait dans sa bouche la
réveilla. Elle entrevit Charles et referma les yeux.

Elle s'épiait curieusement, pour discerner si elle ne
souffrait pas. Mais non! rien encore. Elle entendait le
battement de la pendule, le bruit du feu, et Charles,
debout près de sa couche, qui respirait.

— Ah! c'est bien peu de chose, la mort! pensait-elle :
je vais dormir, et tout sera fini.

Elle but une gorgée d'eau et se tourna vers la muraille.

Cet affreux goût d'encre continuait.

— J'ai soif!... oh! j'ai bien soif! soupira-t-elle.

— Qu'as-tu donc ? dit Charles, qui lui tendait un verre.

— Ce n'est rien!... Ouvre la fenêtre... j'étouffe!

Et elle fut prise d'une nausée si soudaine, qu'elle eut
à peine le temps de saisir son mouchoir sous l'oreiller.

— Enlève-le! dit-elle vivement; jette-le!

Il la questionna; elle ne répondit pas. Elle se tenait
immobile, de peur que la moindre émotion ne la fît
vomir. Cependant, elle sentait un froid de glace qui lui
montait des pieds jusqu'au cœur.

— Ah! voilà que ça commence! murmura-t-elle.

— Que dis-tu ?

Elle roulait sa tête avec un geste doux, plein d'angoisse, et tout en ouvrant continuellement les mâchoires,
comme si elle eût porté sur sa langue quelque chose de
très lourd. A huit heures, les vomissements reparurent.

Charles observa qu'il y avait au fond de la cuvette
une sorte de gravier blanc, attaché aux parois de la porcelaine.

— C'est extraordinaire! c'est singulier! répéta-t-il.

Mais elle dit d'une voix forte :

— Non, tu te trompes!

Alors, délicatement et presque en la caressant, il lui passa la main sur l'estomac. Elle jeta un cri aigu. Il se recula tout effrayé.

Puis elle se mit à geindre, faiblement d'abord. Un grand frisson lui secouait les épaules, et elle devenait plus pâle que le drap où s'enfonçaient ses doigts crispés. Son pouls, inégal, était presque insensible maintenant.

Des gouttes suintaient sur sa figure bleuâtre, qui semblait comme figée dans l'exhalaison d'une vapeur métallique. Ses dents claquaient, ses yeux agrandis regardaient vaguement autour d'elle, et à toutes les questions elle ne répondait qu'en hochant la tête; même elle sourit deux ou trois fois. Peu à peu, ses gémissements furent plus forts. Un hurlement sourd lui échappa; elle prétendit qu'elle allait mieux et qu'elle se lèverait tout à l'heure. Mais les convulsions la saisirent; elle s'écria :

— Ah! c'est atroce, mon Dieu!

Il se jeta à genoux contre son lit.

— Parle! qu'as-tu mangé ? Réponds, au nom du ciel!

Et il la regardait avec des yeux d'une tendresse comme elle n'en avait jamais vu.

— Eh bien, là..., là!... dit-elle d'une voix défaillante.

Il bondit au secrétaire, brisa le cachet et lut tout haut *Qu'on n'accuse personne*... Il s'arrêta, se passa la main sur les yeux, et relut encore.

— Comment! Au secours! A moi!

Et il ne pouvait que répéter ce mot : « Empoisonnée! empoisonnée! » Félicité courut chez Homais, qui l'exclama sur la place; Mme Lefrançois l'entendit au *Lion d'or ;* quelques-uns se levèrent pour l'apprendre à leurs voisins, et toute la nuit le village fut en éveil.

Eperdu, balbutiant, près de tomber, Charles tournait dans la chambre. Il se heurtait aux meubles, s'arrachait les cheveux, et jamais le pharmacien n'avait cru qu'il pût y avoir de si épouvantable spectacle.

Il revint chez lui pour écrire à M. Canivet et au docteur Larivière. Il perdait la tête; il fit plus de quinze brouillons. Hippolyte partit à Neufchâtel, et Justin talonna si fort le cheval de Bovary, qu'il le laissa dans la côte du Bois-Guillaume, fourbu et aux trois quarts crevé.

Charles voulut feuilleter son dictionnaire de médecine; il n'y voyait pas, les lignes dansaient.

— Du calme! dit l'apothicaire. Il s'agit seulement d'administrer quelque puissant antidote. Quel est le poison ?

Charles montra la lettre. C'était de l'arsenic.

— Eh bien! reprit Homais, il faudrait en faire l'analyse.

Car il savait qu'il faut, dans tous les empoisonnements, faire une analyse; et l'autre, qui ne comprenait pas, répondit :

— Ah! faites! faites! sauvez-la...

Puis, revenu près d'elle, il s'affaissa par terre sur le tapis, et il restait la tête appuyée contre le bord de sa couche à sangloter.

— Ne pleure pas! lui dit-elle. Bientôt je ne te tourmenterai plus!

— Pourquoi ? Qui t'a forcée ?

Elle répliqua :

— Il le fallait, mon ami.

— N'étais-tu pas heureuse ? Est-ce ma faute ? J'ai fait tout ce que j'ai pu, pourtant!

— Oui..., c'est vrai..., tu es bon, toi!

Et elle lui passait la main dans les cheveux, lentement. La douceur de cette sensation surchargeait sa tristesse; il sentait tout son être s'écrouler de désespoir à l'idée qu'il fallait la perdre, quand, au contraire, elle avouait pour lui plus d'amour que jamais; et il ne trouvait rien; il ne savait pas, il n'osait, l'urgence d'une résolution immédiate achevant de le bouleverser.

Elle en avait fini, songeait-elle, avec toutes les trahisons, les bassesses et les innombrables convoitises qui la torturaient. Elle ne haïssait personne, maintenant; une confusion de crépuscule s'abattait en sa pensée, et de tous les bruits de la terre Emma n'entendait plus que l'intermittente lamentation de ce pauvre cœur, douce et indistincte, comme le dernier écho d'une symphonie qui s'éloigne.

— Amenez-moi la petite, dit-elle en se soulevant du coude.

— Tu n'es pas plus mal, n'est-ce pas ? demanda Charles.

— Non! non!

L'enfant arriva sur le bras de sa bonne, dans sa longue chemise de nuit, d'où sortaient ses pieds nus, sérieuse et presque rêvant encore. Elle considérait avec étonnement la chambre tout en désordre, et clignait des yeux,

éblouie par les flambeaux qui brûlaient sur les meubles.
Ils lui rappelaient sans doute les matins du jour de l'an
ou de la mi-carême, quand, ainsi réveillée de bonne heure
à la clarté des bougies, elle venait dans le lit de sa mère
pour y recevoir ses étrennes, car elle se mit à dire :

— Où est-ce donc, maman ?

Et, comme tout le monde se taisait :

— Mais je ne vois pas mon petit soulier !

Félicité la penchait vers le lit, tandis qu'elle regardait
toujours du côté de la cheminée.

— Est-ce nourrice qui l'aurait pris ? demanda-t-elle.

Et, à ce nom, qui la reportait dans le souvenir de ses
adultères et de ses calamités, Mme Bovary détourna sa
tête, comme au dégoût d'un autre poison plus fort qui
lui remontait à la bouche. Berthe, cependant, restait
posée sur le lit.

— Oh ! comme tu as de grands yeux, maman ! comme
tu es pâle ! comme tu sues !...

Sa mère la regardait.

— J'ai peur ! dit la petite en se reculant.

Emma prit sa main pour la baiser ; elle se débattait.

— Assez ! qu'on l'emmène ! s'écria Charles, qui sanglotait dans l'alcôve.

Puis les symptômes s'arrêtèrent un moment ; elle
paraissait moins agitée ; et, à chaque parole insignifiante, à chaque souffle de sa poitrine un peu plus calme,
il reprenait espoir. Enfin, lorsque Canivet entra, il se
jeta dans ses bras en pleurant.

— Ah ! c'est vous ! merci ! vous êtes bon ! Mais tout
va mieux. Tenez, regardez-la...

Le confrère ne fut nullement de cette opinion, et, n'y
allant pas, comme il le disait lui-même, *par quatre chemins*, il prescrivit de l'émétique, afin de dégager complètement l'estomac.

Elle ne tarda pas à vomir du sang. Ses lèvres se serrèrent
davantage. Elle avait les membres crispés, le corps
couvert de taches brunes, et son pouls glissait sous les
doigts comme un fil tendu, comme une corde de harpe
près de se rompre.

Puis elle se mettait à crier, horriblement. Elle maudis-
sait le poison, l'invectivait, le suppliait de se hâter, et
repoussait de ses bras raidis tout ce que Charles, plus
agonisant qu'elle, s'efforçait de lui faire boire. Il était
debout, son mouchoir sur les lèvres, râlant, pleurant,
suffoqué par des sanglots qui le secouaient jusqu'aux

talons; Félicité courait çà et là dans la chambre; Homais, immobile, poussait de gros soupirs, et M. Canivet, gardant toujours son aplomb, commençait néanmoins à se sentir troublé.

— Diable!... cependant... elle est purgée, et, du moment que la cause cesse...

— L'effet doit cesser, dit Homais; c'est évident.

— Mais sauvez-la! exclamait Bovary.

Aussi, sans écouter le pharmacien qui hasardait encore cette hypothèse : « C'est peut-être un paroxysme salutaire », Canivet allait administrer de la thériaque, lorsqu'on entendit le claquement d'un fouet; toutes les vitres frémirent, et une berline de poste, qu'enlevaient à plein poitrail trois chevaux crottés jusqu'aux oreilles, débusqua d'un bond au coin des halles. C'était le docteur Larivière.

L'apparition d'un dieu n'eût pas causé plus d'émoi. Bovary leva les mains, Canivet s'arrêta court, et Homais retira son bonnet grec bien avant que le docteur fût entré.

Il appartenait à la grande école chirurgicale sortie du tablier de Bichat, à cette génération, maintenant disparue, de praticiens philosophes qui, chérissant leur art d'un amour fanatique, l'exerçaient avec exaltation et sagacité! Tout tremblait dans son hôpital quand il se mettait en colère, et ses élèves le vénéraient si bien, qu'ils s'efforçaient, à peine établis, de l'imiter le plus possible; de sorte que l'on retrouvait sur eux, par les villes d'alentour, sa longue douillette de mérinos et son large habit noir, dont les parements déboutonnés couvraient un peu ses mains charnues, de fort belles mains, et qui n'avaient jamais de gants, comme pour être plus promptes à plonger dans les misères. Dédaigneux des croix, des titres et des académies, hospitalier, libéral, paternel avec les pauvres et pratiquant la vertu sans y croire, il eût presque passé pour un saint si la finesse de son esprit ne l'eût fait craindre comme un démon. Son regard, plus tranchant que ses bistouris, vous descendait droit dans l'âme et désarticulait tout mensonge à travers les allégations et les pudeurs. Et il allait ainsi, plein de cette majesté débonnaire que donnent la conscience d'un grand talent, de la fortune, et quarante ans d'une existence laborieuse et irréprochable.

Il fronça les sourcils dès la porte, en apercevant la face cadavéreuse d'Emma étendue sur le dos, la bouche

ouverte. Puis, tout en ayant l'air d'écouter Canivet, il
se passait l'index sous les narines et répétait :

— C'est bien, c'est bien.

Mais il fit un geste lent des épaules. Bovary l'observa :
ils se regardèrent; et cet homme, si habitué pourtant à
l'aspect des douleurs, ne put retenir une larme qui tomba
sur son jabot.

Il voulut emmener Canivet dans la pièce voisine.
Charles le suivit.

— Elle est bien mal, n'est-ce pas ? Si l'on posait des
sinapismes ? je ne sais quoi! Trouvez donc quelque chose,
vous qui en avez tant sauvé!

Charles lui entourait le corps de ses deux bras, et il le
contemplait d'une manière effarée, suppliante, à demi
pâmé contre sa poitrine.

— Allons, mon pauvre garçon, du courage! Il n'y a
plus rien à faire.

Et le docteur Larivière se détourna.

— Vous partez ?

— Je vais revenir.

Il sortit, comme pour donner un ordre au postillon,
avec le sieur Canivet, qui ne se souciait pas non plus de
voir Emma mourir entre ses mains.

Le pharmacien les rejoignit sur la place. Il ne pouvait,
par tempérament, se séparer des gens célèbres. Aussi
conjura-t-il M. Larivière de lui faire cet insigne honneur
d'accepter à déjeuner.

On envoya bien vite prendre des pigeons au *Lion d'or*,
tout ce qu'il y avait de côtelettes à la boucherie, de la
crème chez Tuvache, des œufs chez Lestiboudois, et
l'apothicaire aidait lui-même aux préparatifs, tandis que
Mme Homais disait, en tirant les cordons de sa camisole :

— Vous ferez excuse, monsieur; car, dans notre
malheureux pays, du moment qu'on n'est pas prévenu la
veille...

— Les verres à pattes!!! souffla Homais.

— Au moins, si nous étions à la ville, nous aurions
la ressource des pieds farcis.

— Tais-toi!... A table, docteur,

Il jugea bon, après les premiers morceaux, de fournir
quelques détails sur la catastrophe :

— Nous avons eu d'abord un sentiment de siccité au
pharynx, puis des douleurs intolérables à l'épigastre,
superpurgation, coma.

— Comment s'est-elle donc empoisonnée ?

— Je l'ignore, docteur, et même je ne sais pas trop où elle a pu se procurer cet acide arsénieux.

Justin, qui apportait alors une pile d'assiettes, fut saisi d'un tremblement.

— Qu'as-tu ? dit le pharmacien.

Le jeune homme, à cette question, laissa tout tomber par terre, avec un grand fracas.

— Imbécile! s'écria Homais, maladroit! lourdaud! fichu âne!

Mais, soudain, se maîtrisant :

— J'ai voulu, docteur, tenter une analyse, et *primo*, j'ai délicatement introduit dans un tube...

— Il aurait mieux valu, dit le chirurgien, lui introduire vos doigts dans la gorge.

Son confrère se taisait, ayant tout à l'heure reçu confidentiellement une forte semonce à propos de son émétique, de sorte que ce bon Canivet, si arrogant et verbeux lors du pied bot, était très modeste aujourd'hui; il souriait sans discontinuer, d'une manière approbative.

Homais s'épanouissait dans son orgueil d'amphitryon, et l'affligeante idée de Bovary contribuait vaguement à son plaisir, par un retour égoïste qu'il faisait sur lui-même. Puis la présence du Docteur le transportait. Il étalait son érudition, il citait pêle-mêle les cantharides, l'upas, le mancenillier, la vipère...

— Et même j'ai lu que différentes personnes s'étaient trouvées intoxiquées, docteur, et comme foudroyées par des boudins qui avaient subi une trop véhémente fumigation! Du moins, c'était dans un fort beau rapport, composé par une de nos sommités pharmaceutiques, un de nos maîtres, l'illustre Cadet de Gassicourt!

Mme Homais réapparut, portant une de ces vacillantes machines que l'on chauffe avec de l'esprit-de-vin; car Homais tenait à faire son café sur la table, l'ayant, d'ailleurs, torréfié lui-même, porphyrisé lui-même, mixtionné lui-même.

— *Saccharum*, docteur, dit-il en offrant du sucre.

Puis il fit descendre tous ses enfants, curieux d'avoir l'avis du chirurgien sur leur constitution.

Enfin, M. Larivière allait partir, quand Mme Homais lui demanda une consultation pour son mari. Il s'épaississait le sang à s'endormir chaque soir après le dîner.

— Oh! ce n'est pas le *sens* qui le gêne.

Et, souriant un peu de ce calembour inaperçu, le docteur ouvrit la porte. Mais la pharmacie regorgeait de monde, et il eut grand'peine à pouvoir se débarrasser du sieur Tuvache, qui redoutait pour son épouse une fluxion de poitrine, parce qu'elle avait coutume de cracher dans les cendres; puis de M. Binet, qui éprouvait parfois des fringales, et de Mme Caron, qui avait des picotements; de Lheureux, qui avait des vertiges; de Lestiboudois, qui avait un rhumatisme; de Mme Lefrançois, qui avait des aigreurs. Enfin les trois chevaux détalèrent et l'on trouva généralement qu'il n'avait point montré de complaisance.

L'attention publique fut distraite par l'apparition de M. Bournisien, qui passait sous les halles avec les saintes huiles.

Homais, comme il le devait à ses principes, compara les prêtres à des corbeaux qu'attire l'odeur des morts; la vue d'un ecclésiastique lui était personnellement désagréable, car la soutane le faisait rêver au linceul, et il exécrait l'une un peu par épouvante de l'autre.

Néanmoins, ne reculant pas devant ce qu'il appelait *sa mission*, il retourna chez Bovary en compagnie de Canivet, que M. Larivière, avant de partir, avait engagé fortement à cette démarche; et même, sans les représentations de sa femme, il eût emmené avec lui ses deux fils, afin de les accoutumer aux fortes circonstances, pour que ce fût une leçon, un exemple, un tableau solennel qui leur restât plus tard dans la tête.

La chambre, quand ils entrèrent, était toute pleine d'une solennité lugubre. Il y avait sur la table à ouvrage, recouverte d'une serviette blanche, cinq ou six petites boules de coton dans un plat d'argent, près d'un gros crucifix, entre deux chandeliers qui brûlaient. Emma, le menton contre sa poitrine, ouvrait démesurément les paupières, et ses pauvres mains se traînaient sur les draps, avec ce geste hideux et doux des agonisants qui semblent vouloir déjà se recouvrir du suaire. Pâle comme une statue, et les yeux rouges comme des charbons, Charles, sans pleurer, se tenait en face d'elle au pied du lit, tandis que le prêtre, appuyé sur un genou, marmottait des paroles basses.

Elle tourna sa figure lentement, et parut saisie de joie à voir tout à coup l'étole violette, sans doute retrouvant au milieu d'un apaisement extraordinaire la volupté perdue de ses premiers élancements mystiques, avec des visions de béatitude éternelle qui commençaient.

Le prêtre se releva pour prendre le crucifix; alors elle

allongea le cou comme quelqu'un qui a soif, et, collant ses lèvres sur le corps de l'Homme-Dieu, elle y déposa de toute sa force expirante le plus grand baiser d'amour qu'elle eût jamais donné. Ensuite il récita le *Misereatur* et l'*Indulgentiam*, trempa son pouce droit dans l'huile et commença les onctions : d'abord sur les yeux, qui avaient tant convoité toutes les somptuosités terrestres; puis sur les narines, friandes de brises tièdes et de senteurs amoureuses; puis sur la bouche, qui s'était ouverte pour le mensonge, qui avait gémi d'orgueil et crié dans la luxure; puis sur les mains, qui se délectaient aux contacts suaves, et enfin sur la plante des pieds, si rapides autrefois quand elle courait à l'assouvissance de ses désirs, et qui maintenant ne marcheraient plus.

Le curé s'essuya les doigts, jeta dans le feu les brins de coton trempés d'huile, et revint s'asseoir près de la moribonde pour lui dire qu'elle devait à présent joindre ses souffrances à celles de Jésus-Christ et s'abandonner à la miséricorde divine.

En finissant ses exhortations, il essaya de lui mettre dans la main un cierge bénit, symbole des gloires célestes dont elle allait tout à l'heure être environnée. Emma, trop faible, ne put fermer les doigts, et le cierge, sans M. Bournisien, serait tombé à terre.

Cependant elle n'était pas aussi pâle, et son visage avait une expression de sérénité, comme si le sacrement l'eût guérie.

Le prêtre ne manqua point d'en faire l'observation, il expliqua même à Bovary que le Seigneur, quelquefois, prolongeait l'existence des personnes lorsqu'il le jugeait convenable pour le salut; et Charles se rappela un jour où, ainsi près de mourir, elle avait reçu la communion.

— Il ne fallait peut-être pas se désespérer, pensa-t-il.

En effet, elle regarda tout autour d'elle, lentement, comme quelqu'un qui se réveille d'un songe, puis, d'une voix distincte, elle demanda son miroir, et elle resta penchée dessus quelque temps; jusqu'au moment où de grosses larmes lui découlèrent des yeux. Alors elle se renversa la tête en poussant un soupir et retomba sur l'oreiller.

Sa poitrine se mit aussitôt à haleter rapidement. La langue tout entière lui sortit hors de la bouche; ses yeux, en roulant, pâlissaient comme deux globes de lampe qui s'éteignent, à la croire déjà morte, sans l'effrayante accélération de ses côtes, secouées par un souffle furieux, comme si l'âme eût fait des bonds pour se détacher. Félicité s'agenouilla devant le crucifix, et le pharmacien lui-même fléchit un peu les jarrets, tandis que M. Canivet regardait vaguement sur la place. Bournisien s'était remis en prière, la figure inclinée contre le bord de la couche, avec sa longue soutane noire qui traînait derrière lui dans l'appartement. Charles était de l'autre côté, à genoux, les bras étendus vers Emma. Il avait pris ses mains et il les serrait, tressaillant à chaque battement de son cœur, comme au contre-coup d'une ruine qui tombe. A mesure que le râle devenait plus fort, l'ecclésiastique précipitait ses oraisons : elles se mêlaient aux sanglots étouffés de Bovary, et quelquefois tout semblait disparaître dans le sourd murmure des syllabes latines, qui tintaient comme un glas de cloche.

Tout à coup, on entendit sur le trottoir un bruit de gros sabots, avec le frôlement d'un bâton; et une voix s'éleva, une voix rauque, qui chantait :

> *Souvent la chaleur d'un beau jour*
> *Fait rêver fillette à l'amour.*

Emma se releva comme un cadavre que l'on galvanise, les cheveux dénoués, la prunelle fixe, béante.

> *Pour amasser diligemment*
> *Les épis que la faux moissonne,*
> *Ma Nanette va s'inclinant*
> *Vers le sillon qui nous les donne.*

— L'aveugle! s'écria-t-elle.

Et Emma se mit à rire, d'un rire atroce, frénétique, désespéré, croyant voir la face hideuse du misérable, qui se dressait dans les ténèbres éternelles comme un épouvantement.

> *Il souffla bien fort ce jour-là,*
> *Et le jupon court s'envola!*

Une convulsion la rabattit sur le matelas. Tous s'approchèrent. Elle n'existait plus.

IX

Il y a toujours, après la mort de quelqu'un, comme une stupéfaction qui se dégage, tant il est difficile de comprendre cette survenue du néant et de se résigner à croire. Mais, quand il s'aperçut pourtant de son immobilité, Charles se jeta sur elle en criant :

— Adieu ! adieu !

Homais et Canivet l'entraînèrent hors de la chambre.

— Modérez-vous !

— Oui, disait-il en se débattant, je serai raisonnable, je ne ferai pas de mal. Mais laissez-moi ! je veux la voir ! c'est ma femme !

Et il pleurait.

— Pleurez, reprit le pharmacien, donnez cours à la nature, cela vous soulagera.

Devenu plus faible qu'un enfant, Charles se laissa conduire en bas, dans la salle, et M. Homais, bientôt, s'en retourna chez lui.

Il fut, sur la place, accosté par l'aveugle, qui, s'étant traîné jusqu'à Yonville, dans l'espoir de la pommade antiphlogistique, demandait à chaque passant où demeurait l'apothicaire.

— Allons, bon ! comme si je n'avais pas d'autres chiens à fouetter ! Ah ! tant pis, reviens plus tard !

Et il entra précipitamment dans la pharmacie.

Il avait à écrire deux lettres, à faire une potion calmante pour Bovary, à trouver un mensonge qui pût cacher l'empoisonnement et à le rédiger en article pour le *Fanal*, sans compter les personnes qui l'attendaient, afin d'avoir des informations ; et, quand les Yonvillais eurent tous entendu son histoire d'arsenic qu'elle avait pris pour du sucre, en faisant une crème à la vanille, Homais, encore une fois, retourna chez Bovary.

Il le trouva seul (M. Canivet venait de partir), assis dans le fauteuil, près de la fenêtre, et contemplant d'un regard idiot les pavés de la salle.

— Il faudrait à présent, dit le pharmacien, fixer vous-même l'heure de la cérémonie.

— Pourquoi ? Quelle cérémonie ?

Puis, d'une voix balbutiante et effrayée :

— Oh! non, n'est-ce pas ? non, je veux la garder.

Homais, par contenance, prit une carafe sur l'étagère pour arroser les géraniums.

— Ah! merci, dit Charles, vous êtes bon!

Et il n'acheva pas, suffoquant sous une abondance de souvenirs que ce geste du pharmacien lui rappelait.

Alors pour le distraire, Homais jugea convenable de causer un peu horticulture; les plantes avaient besoin d'humidité. Charles baissa la tête en signe d'approbation.

— Du reste, les beaux jours maintenant vont revenir.

— Ah! fit Bovary.

L'apothicaire, à bout d'idées, se mit à écarter douce-ment les petits rideaux du vitrage.

— Tiens, voilà M. Tuvache qui passe.

Charles répéta comme une machine.

— M. Tuvache qui passe.

Homais n'osa lui reparler des dispositions funèbres; ce fut l'ecclésiastique qui parvint à l'y résoudre.

Il s'enferma dans son cabinet, prit une plume, et, après avoir sangloté quelque temps, il écrivit :

Je veux qu'on l'enterre dans sa robe de noces, avec des souliers blancs, une couronne. On lui étalera ses cheveux sur les épaules ; trois cercueils, un de chêne, un d'acajou, un de plomb. Qu'on ne me dise rien, j'aurai de la force. On lui mettra par-dessus toute une grande pièce de velours vert. Je le veux. Faites-le.

Ces messieurs s'étonnèrent beaucoup des idées roma-nesques de Bovary, et aussitôt le pharmacien alla lui dire :

— Ce velours me paraît une superfétation. La dépense, d'ailleurs...

— Est-ce que cela vous regarde ? s'écria Charles. Laissez-moi! vous ne l'aimiez pas! Allez-vous-en!

L'ecclésiastique le prit par-dessous le bras pour lui faire faire un tour de promenade dans le jardin. Il dis-

courait sur la vanité des choses terrestres. Dieu était
bien grand, bien bon; on devait sans murmure se soumettre à ses décrets, même le remercier.

Charles éclata en blasphèmes.

— Je l'exècre, votre Dieu!

— L'esprit de la révolte est encore en vous, soupira
l'ecclésiastique.

Bovary était loin. Il marchait à grands pas, le long du
mur, près de l'espalier, et il grinçait des dents, il levait
au ciel des regards de malédiction; mais pas une feuille
seulement n'en bougea.

Une petite pluie tombait. Charles, qui avait la poitrine nue, finit par grelotter; il rentra s'asseoir dans la
cuisine.

A six heures, on entendit un bruit de ferraille sur la
place: c'était l'*Hirondelle* qui arrivait; et il resta le front
contre les carreaux, à voir descendre les uns après les
autres tous les voyageurs. Félicité lui étendit un matelas
dans le salon; il se jeta dessus et s'endormit.

Bien que philosophe, M. Homais respectait les morts.
Aussi, sans garder rancune au pauvre Charles, il revint
le soir pour faire la veillée du cadavre, apportant avec
lui trois volumes, et un portefeuille, afin de prendre
des notes.

M. Bournisien s'y trouvait, et deux grands cierges
brûlaient au chevet du lit, que l'on avait tiré hors de
l'alcôve.

L'apothicaire, à qui le silence pesait, ne tarda pas à
formuler quelques plaintes sur cette « infortunée jeune
femme »; et le prêtre répondit qu'il ne restait plus maintenant qu'à prier pour elle.

— Cependant, reprit Homais, de deux choses l'une:
ou elle est morte en état de grâce (comme s'exprime
l'Église), et alors elle n'a nul besoin de nos prières; ou
bien elle est décédée impénitente (c'est, je crois, l'expression ecclésiastique), et alors...

Bournisien l'interrompit, répliquant d'un ton bourru
qu'il n'en fallait pas moins prier.

— Mais, objecta le pharmacien, puisque Dieu connaît
tous nos besoins, à quoi peut servir la prière?

— Comment! fit l'ecclésiastique, la prière! Vous
n'êtes donc pas chrétien?

— Pardonnez! dit Homais. J'admire le christianisme.

Il a d'abord affranchi les esclaves, introduit dans le monde une morale...

— Il ne s'agit pas de cela! Tous les textes...

— Oh! oh! quant aux textes, ouvrez l'histoire; on sait qu'ils ont été falsifiés par les Jésuites.

Charles entra, et, s'avançant vers le lit, il tira lentement les rideaux.

Emma avait la tête penchée sur l'épaule droite. Le coin de sa bouche, qui se tenait ouverte, faisait comme un trou noir au bas de son visage, les deux pouces restaient infléchis dans la paume des mains; une sorte de poussière blanche lui parsemait les cils, et ses yeux commençaient à disparaître dans une pâleur visqueuse qui ressemblait à une toile mince, comme si des araignées avaient filé dessus. Le drap se creusait depuis ses seins jusqu'à ses genoux, se relevant ensuite à la pointe des orteils; et il semblait à Charles que des masses infinies, qu'un poids énorme pesait sur elle.

L'horloge de l'église sonna deux heures. On entendait le gros murmure de la rivière qui coulait dans les ténèbres, au pied de la terrasse, M. Bournisien, de temps à autre, se mouchait bruyamment, et Homais faisait grincer sa plume sur le papier.

— Allons, mon bon ami, dit-il, retirez-vous, ce spectacle vous déchire!

Charles une fois parti, le pharmacien et le curé recommencèrent leurs discussions.

— Lisez Voltaire! disait l'un; lisez d'Holbach, lisez l'*Encyclopédie!*

— Lisez les *Lettres de quelques juifs portugais!* disait l'autre; lisez la *Raison du christianisme*, par Nicolas, ancien magistrat!

Ils s'échauffaient, ils étaient rouges, ils parlaient à la fois, sans s'écouter; Bournisien se scandalisait d'une telle audace; Homais s'émerveillait d'une telle bêtise; et ils n'étaient pas loin de s'adresser des injures, quand Charles, tout à coup, reparut. Une fascination l'attirait. Il remontait continuellement l'escalier.

Il se posait en face d'elle pour la mieux voir, et il se perdait en cette contemplation, qui n'était plus douloureuse à force d'être profonde.

Il se rappelait des histoires de catalepsie, les miracles du magnétisme; et il se disait qu'en le voulant extrêmement, il parviendrait peut-être à la ressusciter. Une fois même il se pencha vers elle, et il cria tout bas : « Emma!

Emma ! » Son haleine, fortement poussée, fit trembler la flamme des cierges contre le mur.

Au petit jour, Mme Bovary mère arriva ; Charles, en l'embrassant, eut un nouveau débordement de pleurs. Elle essaya, comme avait tenté le pharmacien, de lui faire quelques observations sur les dépenses de l'enterrement. Il s'emporta si fort qu'elle se tut, et même il la chargea de se rendre immédiatement à la ville pour acheter ce qu'il fallait.

Charles resta seul toute l'après-midi ; on avait conduit Berthe chez Mme Homais ; Félicité se tenait en haut, dans la chambre, avec la mère Lefrançois.

Le soir, il reçut des visites. Il se levait, vous serrait les mains sans pouvoir parler, puis on s'asseyait auprès des autres, qui faisaient devant la cheminée un grand demi-cercle. La figure basse et le jarret sur le genou, ils dandinaient leur jambe, tout en poussant par intervalles un gros soupir ; et chacun s'ennuyait d'une façon démesurée ; c'était pourtant à qui ne partirait pas.

Homais, quand il revint à neuf heures (on ne voyait que lui sur la place, depuis deux jours), était chargé d'une provision de camphre, de benjoin et d'herbes aromatiques. Il portait aussi un vase plein de chlore, pour bannir les miasmes. A ce moment, la domestique, Mme Lefrançois et la mère Bovary tournaient autour d'Emma, en achevant de l'habiller ; et elles abaissèrent le long voile raide, qui la recouvrit jusqu'à ses souliers de satin.

Félicité sanglotait :

— Ah ! ma pauvre maîtresse ! ma pauvre maîtresse !

— Regardez-la, disait en soupirant l'aubergiste, comme elle est mignonne encore ! Si l'on ne jurerait pas qu'elle va se lever tout à l'heure.

Puis elles se penchèrent pour lui mettre sa couronne.

Il fallut soulever un peu la tête, et alors un flot de liquides noirs sortit, comme un vomissement, de sa bouche.

— Ah ! mon Dieu ! la robe, prenez garde ! s'écria Mme Lefrançois. Aidez-nous donc ! disait-elle au pharmacien. Est-ce que vous avez peur, par hasard ?

— Moi, peur ? répliqua-t-il en haussant les épaules. Ah bien, oui ! J'en ai vu d'autres à l'Hôtel-Dieu, quand j'étudiais la pharmacie ! Nous faisions du punch dans l'amphithéâtre aux dissections ! Le néant n'épouvante pas un philosophe ; et même, je le dis souvent, j'ai l'intention de léguer mon corps aux hôpitaux, afin de servir plus tard à la Science.

En arrivant, le curé demanda comment se portait Monsieur; et, sur la réponse de l'apothicaire, il reprit :

— Le coup, vous comprenez, est encore trop récent!

Alors Homais le félicita de n'être pas exposé, comme tout le monde, à perdre une compagne chérie; d'où s'ensuivit une discussion sur le célibat des prêtres.

— Car, disait le pharmacien, il n'est pas naturel qu'un homme se passe de femmes! On a vu des crimes...

— Mais, sabre de bois! s'écria l'ecclésiastique, comment voulez-vous qu'un individu pris dans le mariage puisse garder, par exemple, le secret de la confession ?

Homais attaqua la confession. Bournisien la défendit; il s'étendit sur les restitutions qu'elle faisait opérer. Il cita différentes anecdotes de voleurs devenus honnêtes tout à coup. Des militaires, s'étant approchés du tribunal de la pénitence, avaient senti les écailles leur tomber des yeux. Il y avait à Fribourg un ministre...

Son compagnon dormait. Puis, comme il étouffait un peu dans l'atmosphère trop lourde de la chambre, il ouvrit la fenêtre, ce qui réveilla le pharmacien.

— Allons, une prise! lui dit-il. Acceptez, cela dissipe.

Des aboiements continus se traînaient au loin, quelque part.

— Entendez-vous, un chien qui hurle ? dit le pharmacien.

— On prétend qu'ils sentent les morts, répondit l'ecclésiastique. C'est comme les abeilles; elles s'envolent de la ruche au décès des personnes. — Homais ne releva pas ces préjugés, car il s'était rendormi.

M. Bournisien, plus robuste, continua quelque temps à remuer tout bas les lèvres; puis, insensiblement, il baissa le menton, lâcha son gros livre noir et se mit à ronfler.

Ils étaient en face l'un de l'autre, le ventre en avant, la figure bouffie, l'air renfrogné, après tant de désaccord se rencontrant enfin dans la même faiblesse humaine; et ils ne bougeaient pas plus que le cadavre à côté d'eux qui avait l'air de dormir.

Charles, en entrant, ne les réveilla point. C'était la dernière fois. Il venait lui faire ses adieux.

Les herbes aromatiques fumaient encore, et des tourbillons de vapeur bleuâtre se confondaient au bord de la croisée avec le brouillard qui entrait. Il y avait quelques étoiles, et la nuit était douce.

La cire des cierges tombait par grosses larmes sur les draps du lit. Charles les regardait brûler, fatiguant ses yeux contre le rayonnement de leur flamme jaune.

Des moires frissonnaient sur la robe de satin, blanche comme un clair de lune. Emma disparaissait dessous; et il lui semblait que, s'épandant au dehors d'elle-même, elle se perdait confusément dans l'entourage des choses, dans le silence, dans la nuit, dans le vent qui passait, dans les senteurs humides qui montaient.

Puis, tout à coup, il la voyait dans le jardin de Tostes, sur le banc, contre la haie d'épines, ou bien à Rouen, dans les rues, sur le seuil de leur maison, dans la cour des Berteaux. Il entendait encore le rire des garçons en gaieté qui dansaient sous les pommiers; la chambre était pleine du parfum de sa chevelure et sa robe lui frissonnait dans les bras avec un bruit d'étincelles. C'était la même, celle-là!

Il fut longtemps à se rappeler ainsi toutes les félicités disparues, ses attitudes, ses gestes, le timbre de sa voix. Après un désespoir, il en venait un autre et toujours, intarissablement, comme les flots d'une marée qui déborde.

Il eut une curiosité terrible: lentement, du bout des doigts, en palpitant, il releva son voile. Mais il poussa un cri d'horreur qui réveilla les deux autres. Ils l'entraînèrent en bas, dans la salle.

Puis Félicité vint dire qu'il demandait des cheveux.

— Coupez-en! répliqua l'apothicaire.

Et, comme elle n'osait, il s'avança lui-même, les ciseaux à la main. Il tremblait si fort, qu'il piqua la peau des tempes en plusieurs places. Enfin, se raidissant contre l'émotion, Homais donna deux ou trois grands coups au hasard, ce qui fit des marques blanches dans cette belle chevelure noire.

Le pharmacien et le curé se replongèrent dans leurs occupations, non sans dormir de temps à autre, ce dont ils s'accusaient réciproquement à chaque réveil nouveau. Alors M. Bournisien aspergeait la chambre d'eau bénite et Homais jetait un peu de chlore par terre.

Félicité avait soin de mettre pour eux, sur la commode, une bouteille d'eau-de-vie, un fromage et une grosse brioche. Aussi l'apothicaire, qui n'en pouvait plus, soupira, vers quatre heures du matin:

— Ma foi, je me sustenterais avec plaisir!

L'ecclésiastique ne se fit point prier; il sortit pour

aller dire sa messe, revint; puis ils mangèrent et trin-
quèrent, tout en ricanant un peu, sans savoir pourquoi,
excités par cette gaieté vague qui nous prend après des
séances de tristesse; et, au dernier petit verre, le prêtre
dit au pharmacien, tout en lui frappant sur l'épaule :

— Nous finirons par nous entendre!

Ils rencontrèrent en bas, dans le vestibule, les ouvriers
qui arrivaient. Alors, Charles, pendant deux heures, eut
à subir le supplice du marteau qui résonnait sur les
planches. Puis on la descendit dans son cercueil de chêne
que l'on emboîta dans les deux autres; mais, comme la
bière était trop large, il fallut boucher les interstices
avec la laine d'un matelas. Enfin, quand les trois couver-
cles furent rabotés, cloués, soudés, on l'exposa devant
la porte; on ouvrit toute grande la maison, et les gens
d'Yonville commencèrent à affluer.

Le père Rouault arriva. Il s'évanouit sur la place en
apercevant le drap noir.

X

Il n'avait reçu la lettre du pharmacien que trente-six heures après l'événement; et, par égard pour sa sensibilité, M. Homais l'avait rédigée de telle façon qu'il était impossible de savoir à quoi s'en tenir.

Le bonhomme tomba d'abord comme frappé d'apoplexie. Ensuite il comprit qu'elle n'était pas morte. Mais elle pouvait l'être... Enfin il avait passé sa blouse, pris son chapeau, accroché un éperon à son soulier et était parti ventre à terre; et, tout le long de la route, le père Rouault, haletant, se dévora d'angoisses. Une fois même, il fut obligé de descendre. Il n'y voyait plus, il entendait des voix autour de lui, il se sentait devenir fou.

Le jour se leva. Il aperçut trois poules noires qui dormaient dans un arbre; il tressaillit, épouvanté de ce présage. Alors il promit à la sainte Vierge trois chasubles pour l'église, et qu'il irait pieds nus depuis le cimetière des Berteaux jusqu'à la chapelle de Vassonville.

Il entra dans Maromme en hélant les gens de l'auberge, enfonça la porte d'un coup d'épaule, bondit au sac d'avoine, versa dans la mangeoire une bouteille de cidre doux, et renfourcha son bidet, qui faisait feu des quatre fers.

Il se disait qu'on la sauverait sans doute; les médecins découvriraient un remède, c'était sûr. Il se rappelait toutes les guérisons miraculeuses qu'on lui avait contées.

Puis elle lui apparaissait morte. Elle était là, devant lui, étendue sur le dos, au milieu de la route. Il tirait la bride et l'hallucination disparaissait.

A Quincampoix, pour se donner du cœur, il but trois cafés l'un sur l'autre.

Il songea qu'on s'était trompé de nom en écrivant. Il chercha la lettre dans sa poche, l'y sentit, mais n'osa pas l'ouvrir.

Il en vint à supposer que c'était peut-être une *farce*,
une vengeance de quelqu'un, une fantaisie d'homme en
goguette; et, d'ailleurs, si elle était morte, on le saurait ? Mais non! la campagne n'avait rien d'extraordinaire : le ciel était bleu, les arbres se balançaient; un
troupeau de moutons passa. Il aperçut le village; on le
vit accourant tout penché sur son cheval, qu'il bâtonnait
à grands coups, et dont les sangles dégouttelaient de
sang.

Quand il eut repris connaissance, il tomba tout en
pleurs dans les bras de Bovary :

— Ma fille! Emma! mon enfant! expliquez-moi... ?

Et l'autre répondit avec des sanglots :

— Je ne sais pas, je ne sais pas! c'est une malédiction!

L'apothicaire les sépara.

— Ces horribles détails sont inutiles. J'en instruirai
monsieur. Voici le monde qui vient. De la dignité,
fichtre! de la philosophie!

Le pauvre garçon voulut paraître fort, et il répéta
plusieurs fois :

— Oui..., du courage.

— Eh bien! s'écria le bonhomme, j'en aurai, nom d'un
tonnerre de Dieu! Je m'en vas la conduire jusqu'au
bout.

La cloche tintait. Tout était prêt. Il fallut se mettre
en marche.

Et, assis dans une stalle du chœur, l'un près de l'autre,
ils virent passer devant eux et repasser continuellement
les trois chantres qui psalmodiaient. Le serpent soufflait à pleine poitrine. M. Bournisien, en grand appareil,
chantait d'une voix aiguë; il saluait le tabernacle, élevait
les mains, étendait les bras. Lestiboudois circulait dans
l'église avec sa latte de baleine; près du lutrin, la bière
reposait entre quatre rangs de cierges. Charles avait envie
de se lever pour les éteindre.

Il tâchait cependant de s'exciter à la dévotion, de s'é-
lancer dans l'espoir d'une vie future, où il la reverrait. Il
imaginait qu'elle était partie en voyage, bien loin, depuis
longtemps. Mais, quand il pensait qu'elle se trouvait là-
dessous, et que tout était fini, qu'on l'emportait dans la
terre, il se prenait d'une rage farouche, noire, désespérée.
Parfois, il croyait ne plus rien sentir; et il savourait cet
adoucissement de sa douleur, tout en se reprochant d'être
un misérable.

On entendit sur les dalles comme le bruit sec d'un

bâton ferré qui les frappait à temps égaux. Cela venait du fond, et s'arrêta court dans les bas-côtés de l'église. Un homme en grosse veste brune s'agenouilla péniblement. C'était Hippolyte, le garçon du *Lion d'or*. Il avait mis sa jambe neuve.

L'un des chantres vint faire le tour de la nef pour quêter, et les gros sous, les uns après les autres, sonnaient dans le plat d'argent.

— Dépêchez-vous donc! je souffre, moi! s'écria Bovary, tout en lui jetant avec colère une pièce de cinq francs.

L'homme d'église le remercia par une longue révérence.

On chantait, on s'agenouillait, on se relevait, cela n'en finissait pas! Il se rappela qu'une fois, dans les premiers temps, ils avaient ensemble assisté à la messe, et ils s'étaient mis de l'autre côté, à droite, contre le mur. La cloche recommença. Il y eut un grand mouvement de chaises. Les porteurs glissèrent leurs trois bâtons sous la bière, et l'on sortit de l'église.

Justin alors parut sur le seuil de la pharmacie. Il y rentra tout à coup, pâle, chancelant.

On se tenait aux fenêtres pour voir passer le cortège, Charles, en avant, se cambrait la taille. Il affectait un air brave et saluait d'un signe ceux qui, débouchant des ruelles ou des portes, se rangeaient dans la foule. Les six hommes, trois de chaque côté, marchaient au petit pas et en haletant un peu. Les prêtres, les chantres et les deux enfants de chœur récitaient le *De Profundis ;* et leurs voix s'en allaient sur la campagne, montant et s'abaissant avec des ondulations. Parfois ils disparaissaient aux détours du sentier; mais la grande croix d'argent se dressait toujours entre les arbres.

Les femmes suivaient, couvertes de mantes noires à capuchon rabattu; elles portaient à la main un gros cierge qui brûlait, et Charles se sentait défaillir à cette continuelle répétition de prières et de flambeaux, sous ces odeurs affadissantes de cire et de soutane. Une brise fraîche soufflait, les seigles et les colzas verdoyaient, des gouttelettes de rosée tremblaient au bord du chemin, sur les haies d'épines. Toutes sortes de bruits joyeux emplissaient l'horizon : le claquement d'une charrette roulant au loin dans les ornières, le cri d'un coq qui se répétait ou la galopade d'un poulain que l'on voyait s'enfuir sous les pommiers. Le ciel pur était tacheté de nuages roses; des lumignons bleuâtres se rabattaient sur les

chaumières couvertes d'iris; Charles, en passant, reconnaissait les cours. Il se souvenait de matins comme
celui-ci, où, après avoir visité quelque malade, il en sortait, et retournait vers elle.

Le drap noir, semé de larmes blanches, se levait de
temps à autre en découvrant la bière. Les porteurs
fatigués se ralentissaient; et elle avançait par saccades
continues, comme une chaloupe qui tangue à chaque
flot.

On arriva.

Les hommes continuèrent jusqu'en bas, à une place
dans le gazon où la fosse était creusée.

On se rangea tout autour; et tandis que le prêtre parlait, la terre rouge, rejetée sur les bords, coulait, par les
coins, sans bruit, continuellement.

Puis, quand les quatre cordes furent disposées, on
poussa la bière dessus. Il la regarda descendre. Elle descendait toujours.

Enfin on entendit un choc; les cordes en grinçant
remontèrent. Alors Bournisien prit la bêche que lui tendait Lestiboudois; de sa main gauche, tout en asper-
geant de la droite, il poussa vigoureusement une large
pelletée; et le bois du cercueil, heurté par les cailloux,
fit ce bruit formidable qui nous semble être le retentissement de l'éternité.

L'ecclésiastique passa le goupillon à son voisin. C'é-
tait M. Homais. Il le secoua gravement, puis le tendit
à Charles, qui s'affaissa jusqu'aux genoux dans la terre, et
il en jetait à pleines mains tout en criant : « Adieu! » Il
lui envoyait des baisers; il se traînait vers la fosse pour
s'y engloutir avec elle.

On l'emmena; et il ne tarda pas à s'apaiser, éprouvant
peut-être, comme tous les autres, la vague satisfaction
d'en avoir fini.

Le père Rouault, en revenant, se mit tranquillement à
fumer une pipe; ce que Homais, dans son for intérieur,
jugea peu convenable. Il remarqua de même que M. Binet s'était abstenu de paraître, que Tuvache « avait filé »
après la messe, et que Théodore, le domestique du notaire, portait un habit bleu, « comme si l'on ne pouvait
pas trouver un habit noir, puisque c'est l'usage, que
diable! » Et, pour communiquer ses observations, il
allait d'un groupe à l'autre. On y déplorait la mort d'Emma, et surtout Lheureux, qui n'avait pas manqué de
venir à l'enterrement.

— Cette pauvre petite dame! quelle douleur pour son mari!

L'apothicaire reprenait :

— Sans moi, savez-vous bien, il se serait porté sur lui-même à quelque attentat funeste!

— Une si bonne personne! Dire pourtant que je l'ai encore vue samedi dernier dans ma boutique!

— Je n'ai pas eu le loisir, dit Homais, de préparer quelques paroles que j'aurais jetées sur sa tombe.

En rentrant, Charles se déshabilla, et le père Rouault repassa sa blouse bleue. Elle était neuve, et, comme il s'était, pendant la route, souvent essuyé les yeux avec les manches elle avait déteint sur sa figure; et la trace des pleurs y faisait des lignes dans la couche de poussière qui la salissait.

Mme Bovary mère était avec eux. Ils se taisaient tous les trois. Enfin le bonhomme soupira :

— Vous rappelez-vous, mon ami, que je suis venu à Tostes, une fois quand vous veniez de perdre votre première défunte. Je vous consolais dans ce temps-là! Je trouvais quoi dire; mais à présent...

Puis avec un long gémissement qui souleva toute sa poitrine :

— Ah! c'est la fin pour moi, voyez-vous! J'ai vu partir ma femme..., mon fils après..., et voilà ma fille, aujourd'hui!

Il voulut s'en retourner tout de suite aux Bertaux, disant qu'il ne pourrait pas dormir dans cette maison-là. Il refusa même de voir sa petite-fille.

— Non! non! ça me ferait trop de deuil. Seulement vous l'embrasserez bien! Adieu!... vous êtes un bon garçon! Et puis, jamais je n'oublierai ça, dit-il en se frappant la cuisse, n'ayez peur! vous recevrez toujours votre dinde.

Mais, quand il fut au haut de la côte, il se détourna, comme autrefois il s'était détourné sur le chemin de Saint-Victor en se séparant d'elle. Les fenêtres du village étaient tout en feu sous les rayons obliques du soleil qui se couchait dans la prairie. Il mit sa main devant ses yeux, et il aperçut à l'horizon un enclos de murs où des arbres, çà et là, faisaient des bouquets noirs entre des pierres blanches, puis il continua sa route, au petit trot, car son bidet boitait.

Charles et sa mère restèrent le soir, malgré leur fatigue, fort longtemps à causer ensemble. Ils parlèrent des jours

d'autrefois et de l'avenir. Elle viendrait habiter Yonville, elle tiendrait son ménage, ils ne se quitteraient
plus. Elle fut ingénieuse et caressante, se réjouissait
intérieurement à ressaisir une affection qui depuis tant
d'années lui échappait. Minuit sonna. Le village, comme
d'habitude, était silencieux, et Charles, éveillé, pensait
toujours à elle.

Rodolphe, qui, pour se distraire, avait battu le bois
toute la journée, dormait tranquillement dans son château ; et Léon, là-bas, dormait aussi.

Il y en avait un autre qui, à cette heure-là, ne dormait
pas.

Sur la fosse, entre les sapins, un enfant pleurait
agenouillé, et sa poitrine, brisée par les sanglots, haletait
dans l'ombre, sous la pression d'un regret immense,
plus doux que la lune et plus insondable que la nuit.

La grille tout à coup craqua. C'était Lestiboudois ; il
venait chercher sa bêche qu'il avait oubliée tantôt. Il
reconnut Justin escaladant le mur, et sut alors à quoi s'en
tenir sur le malfaiteur qui lui dérobait ses pommes de
terre.

XI

Charles, le lendemain, fit revenir la petite. Elle demanda sa maman. On lui répondit qu'elle était absente, qu'elle lui rapporterait des joujoux. Berthe en reparla plusieurs fois; puis, à la longue, elle n'y pensa plus. La gaieté de cette enfant navrait Bovary, et il avait à subir les intolérables consolations du pharmacien.

Les affaires d'argent bientôt recommencèrent, M. Lheureux excitant de nouveau son ami Vinçart, et Charles s'engagea pour des sommes exorbitantes; car jamais il ne voulut consentir à laisser vendre le moindre des meubles qui *lui* avaient appartenu. Sa mère en fut exaspérée. Il s'indigna plus fort qu'elle. Il avait changé tout à fait. Elle abandonna la maison.

Alors chacun se mit à *profiter*. Mlle Lempereur réclama six mois de leçons, bien qu'Emma n'en eût jamais pris une seule (malgré cette facture acquittée qu'elle avait fait voir à Bovary); c'était une convention entre elles deux; le loueur de livres réclama trois ans d'abonnement; la mère Rolet réclama le port d'une vingtaine de lettres; et, comme Charles demandait des explications, elle eut la délicatesse de répondre :

— Ah! je ne sais rien! c'était pour ses affaires.

A chaque dette qu'il payait, Charles croyait en avoir fini. Il en survenait d'autres continuellement.

Il exigea l'arriéré d'anciennes visites. On lui montra les lettres que sa femme avait envoyées. Alors il fallut faire des excuses.

Félicité portait maintenant les robes de Madame; non pas toutes, car il en avait gardé quelques-unes, et il les allait voir dans son cabinet de toilette où il s'enfermait; elle était à peu près de sa taille, souvent Charles, en l'apercevant par derrière, était saisi d'une illusion, et s'écriait :

— Oh! reste! reste!

Mais, à la Pentecôte, elle décampa d'Yonville, enlevée par Théodore, et en volant tout ce qui restait de la garde-robe.

Ce fut vers cette époque que Mme veuve Dupuis eut l'honneur de lui faire part du « mariage de M. Léon Dupuis, son fils, notaire à Yvetot, avec mademoiselle Léocadie Lebœuf, de Bondeville ». Charles, parmi les félicitations qu'il lui adressa, écrivit cette phrase :

« Comme ma pauvre femme aurait été heureuse! »

Un jour qu'errant sans but dans la maison, il était monté jusqu'au grenier, il sentit sous sa pantoufle une boulette de papier fin. Il l'ouvrit et il lut : « Du courage, Emma! du courage! Je ne veux pas faire le malheur de votre existence. » C'était la lettre de Rodolphe tombée à terre entre des caisses, qui était restée là, et que le vent de la lucarne venait de pousser vers la porte. Et Charles demeura tout immobile et béant à cette même place où jadis, encore plus pâle que lui, Emma, désespérée, avait voulu mourir. Enfin, il découvrit un petit R. au bas de la seconde page. Qu'était-ce ? Il se rappela les assiduités de Rodolphe, sa disparition soudaine et l'air contraint qu'il avait eu en le rencontrant depuis, deux ou trois fois. Mais le ton respectueux de la lettre l'illusionna.

— Ils se sont peut-être aimés platoniquement, se dit-il.

D'ailleurs, Charles n'était pas de ceux qui descendent au fond des choses; il recula devant les preuves, et sa jalousie incertaine se perdit dans l'immensité de son chagrin.

On avait dû, pensait-il, l'adorer. Tous les hommes, à coup sûr, l'avaient convoitée. Elle lui en parut plus belle; et il en conçut un désir permanent, furieux, qui enflammait son désespoir et qui n'avait pas de limites, parce qu'il était maintenant irréalisable.

Pour lui plaire, comme si elle vivait encore, il adopta ses prédilections, ses idées; il acheta des bottes vernies, il prit l'usage des cravates blanches. Il mettait du cosmétique à ses moustaches, il souscrivit comme elle des billets à ordre. Elle le corrompait par delà le tombeau.

Il fut obligé de vendre l'argenterie pièce à pièce, ensuite il vendit les meubles du salon. Tous les appartements se dégarnirent; mais la chambre, sa chambre à elle, était restée comme autrefois. Après son dîner, Charles montait là. Il poussait devant le feu la table ronde, et il

approchait *son* fauteuil. Il s'asseyait en face. Une chandelle brûlait dans un des flambeaux dorés. Berthe, près
de lui, enluminait des estampes.

Il souffrait, le pauvre homme, à la voir si mal vêtue,
avec ses brodequins sans lacet et l'emmanchure de ses
blouses déchirée jusqu'aux hanches, car la femme de
ménage n'en prenait guère de souci. Mais elle était si
douce, si gentille, et sa petite tête se penchait si gracieu-
sement en laissant retomber sur ses joues roses sa bonne
chevelure blonde, qu'une délectation infinie l'envahissait, plaisir tout mêlé d'amertume comme ces vins mal
faits qui sentent la résine. Il raccommodait ses joujoux,
lui fabriquait des pantins avec du carton, ou recousait
le ventre déchiré de ses poupées. Puis, s'il rencontrait
des yeux la boîte à ouvrage, un ruban qui traînait ou
même une épingle restée dans une fente de la table, il
se prenait à rêver, et il avait l'air si triste, qu'elle devenait triste comme lui.

Personne à présent ne venait les voir; car Justin s'était
enfui à Rouen, où il est devenu garçon épicier, et les
enfants de l'apothicaire fréquentaient de moins en moins
la petite, M. Homais ne se souciant pas, vu la différence
de leurs conditions sociales, que l'intimité se prolongeât.

L'aveugle, qu'il n'avait pu guérir avec sa pommade,
était retourné dans la côte du Bois-Guillaume, où il narrait aux voyageurs la vaine tentative du pharmacien, à tel
point que Homais, lorsqu'il allait à la ville, se dissimulait derrière les rideaux de l'*Hirondelle*, afin d'éviter sa
rencontre. Il l'exécrait; et, dans l'intérêt de sa propre
réputation, voulant s'en débarrasser à toute force, il
dressa contre lui une batterie cachée, qui décelait la profondeur de son intelligence et la scélératesse de sa vanité.
Durant six mois consécutifs, on put donc lire dans le
Fanal de Rouen des entrefilets ainsi conçus :

« Toutes les personnes qui se dirigent vers les fertiles
contrées de la Picardie auront remarqué, sans doute, dans
la côte du Bois-Guillaume, un misérable atteint d'une
horrible plaie faciale. Il vous importune, vous persécute
et prélève un véritable impôt sur les voyageurs. Sommes-
nous encore à ces temps monstrueux du moyen âge, où
il était permis aux vagabonds d'étaler par nos places
publiques la lèpre et les scrofules qu'ils avaient rapportées
de la croisade ? »

Ou bien :

« Malgré les lois contre le vagabondage, les abords

de nos grandes villes continuent à être infestés par des
bandes de pauvres. On en voit qui circulent isolément,
et qui, peut-être, ne sont pas les moins dangereux. A
quoi songent nos édiles ? »

Puis Homais inventait des anecdotes :

« Hier, dans la côte du Bois-Guillaume, un cheval
ombrageux... » Et suivait le récit d'un accident occasionné
par la présence de l'aveugle.

Il fit si bien qu'on l'incarcéra. Mais on le relâcha.
Il recommença et Homais aussi recommença. C'était une
lutte. Il eut la victoire; car son ennemi fut condamné
à une réclusion perpétuelle dans un hospice.

Ce succès l'enhardit; et dès lors il n'y eut plus dans
l'arrondissement un chien écrasé, une grange incendiée,
une femme battue, dont aussitôt il ne fît part au public,
toujours guidé par l'amour du progrès et la haine des
prêtres. Il établissait des comparaisons entre les écoles
primaires et les frères ignorantins, au détriment de ces
derniers, rappelait la Saint-Barthélemy à propos d'une
allocation de cent francs faite à l'église, et dénonçait des
abus, lançait des boutades. C'était son mot. Homais
sapait; il devenait dangereux.

Cependant il étouffait dans les limites étroites du jour-
nalisme, et bientôt il lui fallut le livre, l'ouvrage! Alors il
composa une *Statistique générale du canton d'Yonville,
suivie d'observations climatologiques*, et la statistique le
poussa vers la philosophie. Il se préoccupa des grandes
questions : problème social, moralisation des classes
pauvres, pisciculture, caoutchouc, chemin de fer, etc.
Il en vint à rougir d'être un bourgeois. Il affectait
le *genre artiste*, il fumait! Il s'acheta deux statuettes
chic Pompadour, pour décorer son salon.

Il n'abandonnait point la pharmacie; au contraire! il
se tenait au courant des découvertes. Il suivait le grand
mouvement des chocolats. C'est le premier qui ait fait
venir dans la Seine-Inférieure du *cho-ca* et de la *revalentia*.
Il s'éprit d'enthousiasme pour les chaînes hydro-élec-
triques Pulvermacher; il en portait une lui-même; et,
le soir, quand il retirait son gilet de flanelle, Mme Homais
restait tout éblouie devant la spirale d'or sous laquelle
il disparaissait, et sentait redoubler ses ardeurs pour
cet homme plus garrotté qu'un Scythe et splendide
comme un mage.

Il eut de belles idées à propos du tombeau d'Emma.
Il proposa d'abord un tronçon de colonne avec une dra-

perie, ensuite une pyramide, puis un temple de Vesta, une manière de rotonde... ou bien « un amas de ruines ». Et, dans tous les plans, Homais ne démordait point du saule pleureur, qu'il considérait comme le symbole obligé de la tristesse.

Charles et lui firent ensemble un voyage à Rouen, pour voir des tombeaux, chez un entrepreneur de sépultures — accompagnés d'un artiste peintre, un nommé Vaufrylard, ami de Bridoux, et qui, tout le temps, débita des calembours. Enfin, après avoir examiné une centaine de dessins, s'être commandé un devis et avoir fait un second voyage à Rouen, Charles se décida pour un mausolée qui devait porter sur ses deux faces principales « un génie tenant une torche éteinte ».

Quant à l'inscription, Homais ne trouvait rien de beau comme : *Sta viator*, et il en restait là ; il se creusait l'imagination ; il répétait continuellement : *Sta viator...* Enfin, il découvrit : *amabilem conjugem calcas !* qui fut adopté.

Une chose étrange, c'est que Bovary, tout en pensant à Emma continuellement, l'oubliait ; et il se désespérait à sentir cette image lui échapper de la mémoire au milieu des efforts qu'il faisait pour la retenir. Chaque nuit, pourtant, il la rêvait ; c'était toujours le même rêve : il s'approchait d'elle ; mais, quand il venait à l'étreindre, elle tombait en pourriture dans ses bras.

On le vit pendant une semaine entrer le soir à l'église. M. Bournisien lui fit même deux ou trois visites, puis l'abandonna. D'ailleurs, le bonhomme tournait à l'intolérance, au fanatisme, disait Homais ; il fulminait contre l'esprit du siècle et ne manquait pas, tous les quinze jours, au sermon, de raconter l'agonie de Voltaire, lequel mourut en dévorant ses excréments, comme chacun sait.

Malgré l'épargne où vivait Bovary, il était loin de pouvoir amortir ses anciennes dettes. Lheureux refusa de renouveler aucun billet. La saisie devint imminente. Alors il eut recours à sa mère, qui consentit à lui laisser prendre une hypothèque sur ses biens, mais en lui envoyant force récriminations contre Emma ; et elle demandait, en retour de son sacrifice, un châle échappé aux ravages de Félicité. Charles le lui refusa. Ils se brouillèrent.

Elle fit les premières ouvertures de raccommodement, en lui proposant de prendre chez elle la petite, qui la soulagerait dans sa maison. Charles y consentit. Mais, au moment du départ, tout courage l'abandonna. Alors ce fut une rupture définitive, complète.

A mesure que ses affections disparaissaient, il se resserrait plus étroitement à l'amour de son enfant. Elle l'inquiétait cependant; car elle toussait quelquefois, et avait des plaques rouges aux pommettes.

En face de lui s'étalait, florissante et hilare, la famille du pharmacien, que tout au monde contribuait à satisfaire. Napoléon l'aidait au laboratoire, Athalie lui brodait un bonnet grec, Irma découpait des rondelles de papier pour couvrir les confitures, et Franklin récitait tout d'une haleine la table de Pythagore. Il était le plus heureux des pères, le plus fortuné des hommes.

Erreur! une ambition sourde le rongeait : Homais désirait la croix. Les titres ne lui manquaient point :

1º S'être, lors du choléra, signalé par un dévouement sans bornes; 2º avoir publié, et à mes frais, différents ouvrages d'utilité publique, tels que... (et il rappelait son mémoire intitulé : *Du cidre, de sa fabrication et de ses effets ;* plus, des observations sur le puceron laniger, envoyées à l'Académie; son volume de statistique, et jusqu'à sa thèse de pharmacien); sans compter que je suis membre de plusieurs sociétés savantes (il l'était d'une seule).

— Enfin, s'écriait-il, en faisant une pirouette, quand ce ne serait que de me signaler aux incendies!

Alors Homais inclinait vers le Pouvoir. Il rendit secrètement à M. le Préfet de grands services dans les élections. Il se vendit enfin, il se prostitua. Il adressa même au souverain une pétition où il le suppliait de *lui faire justice ;* il l'appelait *notre bon roi* et le comparait à Henri IV.

Et, chaque matin, l'apothicaire se précipitait sur le journal pour y découvrir sa nomination : elle ne venait pas. Enfin, n'y tenant plus, il fit dessiner dans son jardin un gazon figurant l'étoile de l'honneur, avec deux petits tortillons d'herbe qui partaient du sommet pour imiter le ruban. Il se promenait autour, les bras croisés, en méditant sur l'ineptie du gouvernement et l'ingratitude des hommes.

Par respect, ou par une sorte de sensualité qui lui faisait mettre de la lenteur dans ses investigations, Charles n'avait pas encore ouvert le compartiment secret d'un bureau de palissandre dont Emma se servait habituellement. Un jour, enfin, il s'assit devant, tourna la clef et

poussa le ressort. Toutes les lettres de Léon s'y trouvaient.
Plus de doute, cette fois! Il dévora jusqu'à la dernière,
fouilla dans tous les coins, tous les meubles, tous les
tiroirs, derrière les murs, sanglotant, hurlant, éperdu,
fou. Il découvrit une boîte, la défonça d'un coup de
pied. Le portrait de Rodolphe lui sauta en plein visage,
au milieu des billets doux bouleversés.

On s'étonna de son découragement. Il ne sortait plus,
ne recevait personne, refusait même d'aller voir ses
malades. Alors on prétendit qu'il *s'enfermait pour boire*.

Quelquefois, pourtant, un curieux se haussait par-
dessus la haie du jardin, et apercevait avec ébahissement
cet homme à barbe longue, couvert d'habits sordides,
farouche, et qui pleurait tout haut en marchant.

Le soir, dans l'été, il prenait avec lui sa petite fille et
la conduisait au cimetière. Ils s'en revenaient à la nuit
close, quand il n'y avait plus d'éclairé sur la place que
la lucarne de Binet.

Cependant la volupté de sa douleur était incomplète,
car il n'avait autour de lui personne qui la partageât;
et il faisait des visites à la mère Lefrançois afin de pouvoir parler d'*elle*. Mais l'aubergiste ne l'écoutait que
d'une oreille, ayant comme lui des chagrins, car M. Lheureux venait enfin d'établir les *Favorites du Commerce*,
et Hivert, qui jouissait d'une grande réputation pour les
commissions, exigeait un surcroît d'appointements et
menaçait de s'engager « à la Concurrence ».

Un jour qu'il était allé au marché d'Argueil pour y
vendre son cheval, — dernière ressource, — il rencontra
Rodolphe.

Ils pâlirent en s'apercevant. Rodolphe, qui avait seulement envoyé sa carte, balbutia d'abord quelques excuses,
puis s'enhardit et même poussa l'aplomb (il faisait très
chaud, on était au mois d'août) jusqu'à l'inviter à prendre
une bouteille de bière au cabaret.

Accoudé en face de lui, il mâchait son cigare tout en
causant, et Charles se perdait en rêveries devant cette
figure qu'elle avait aimée. Il lui semblait revoir quelque
chose d'elle. C'était un émerveillement. Il aurait voulu
être cet homme.

L'autre continuait à parler culture, bestiaux, engrais,
bouchant avec des phrases banales tous les interstices où
pouvait se glisser une allusion. Charles ne l'écoutait pas;
Rodolphe s'en apercevait, et il suivait sur la mobilité
de sa figure le passage des souvenirs. Elle s'empourprait

peu à peu, les narines battaient vite, les lèvres frémissaient; il y eut même un instant où Charles, plein d'une
fureur sombre, fixa ses yeux contre Rodolphe qui, dans
une sorte d'effroi, s'interrompit. Mais bientôt la même
lassitude funèbre réapparut sur son visage.

— Je ne vous en veux pas, dit-il.

Rodolphe était resté muet. Et Charles, la tête dans
ses deux mains, reprit d'une voix éteinte et avec l'accent
résigné des douleurs infinies :

— Non, je ne vous en veux plus!

Il ajouta même un grand mot, le seul qu'il ait jamais
dit :

— C'est la faute de la fatalité !

Rodolphe, qui avait conduit cette fatalité, le trouva
bien débonnaire pour un homme dans sa situation,
comique même, et un peu vil.

Le lendemain, Charles alla s'asseoir sur le banc, dans
la tonnelle. Des jours passaient par le treillis; les feuilles
de vigne dessinaient leurs ombres sur le sable, le jasmin
embaumait, le ciel était bleu, des cantharides bourdonnaient autour des lis en fleur, et Charles suffoquait
comme un adolescent sous les vagues effluves amoureux
qui gonflaient son cœur chagrin.

A sept heures, la petite Berthe, qui ne l'avait pas vu
de toute l'après-midi, vint le chercher pour dîner.

Il avait la tête renversée contre le mur, les yeux clos,
la bouche ouverte, et tenait dans ses mains une longue
mèche de cheveux noirs.

— Papa, viens donc! dit-elle.

Et, croyant qu'il voulait jouer, elle le poussa doucement. Il tomba par terre. Il était mort.

Trente-six heures après, sur la demande de l'apothicaire, M. Canivet accourut. Il l'ouvrit et ne trouva rien.

Quand tout fut vendu, il resta douze francs soixante
et quinze centimes qui servirent à payer le voyage de
Mlle Bovary chez sa grand'mère. La bonne femme
mourut dans l'année même; le père Rouault étant para-
lysé, ce fut une tante qui s'en chargea. Elle est pauvre et
l'envoie, pour gagner sa vie, dans une filature de coton.

Depuis la mort de Bovary, trois médecins se sont suc-
cédé à Yonville sans pouvoir y réussir, tant M. Homais
les a tout de suite battus en brèche. Il fait une clientèle
d'enfer; l'autorité le ménage et l'opinion publique le
protège.

Il vient de recevoir la croix d'honneur.

RÉQUISITOIRE, PLAIDOIRIE
ET JUGEMENT

DU

PROCÈS INTENTÉ A L'AUTEUR

DEVANT LE

TRIBUNAL CORRECTIONNEL DE PARIS

(6e Chambre)

PRÉSIDENCE DE M. DUBARLE

Audiences des 31 janvier et 7 février 1857.

MINISTÈRE PUBLIC

CONTRE M. GUSTAVE FLAUBERT

RÉQUISITOIRE

DE M. L'AVOCAT IMPÉRIAL

M. ERNEST PINARD

MESSIEURS, en abordant ce débat, le ministère public est en présence d'une difficulté qu'il ne peut pas se dissimuler. Elle n'est pas dans la nature même de la prévention : offenses à la morale publique et à la religion, ce sont là sans doute des expressions un peu vagues, un peu élastiques, qu'il est nécessaire de préciser. Mais, enfin, quand on parle à des esprits droits et pratiques, il est facile de s'entendre à cet égard, de distinguer si telle page d'un livre porte atteinte à la religion ou à la morale. La difficulté n'est pas dans notre prévention, elle est plutôt, elle est davantage dans l'étendue de l'œuvre que vous avez à juger. Il s'agit d'un roman tout entier. Quand on soumet à votre appréciation un article de journal, on voit tout de suite où le délit commence et où il finit ; le ministère public lit l'article et le soumet à votre appréciation. Ici il ne s'agit pas d'un article de journal, mais d'un roman tout entier qui commence le 1er octobre, finit le 15 décembre, et se compose de six livraisons, dans la *Revue de Paris*, 1856. Que faire dans cette situation ? Quel est le rôle du ministère public ? Lire tout le roman ? C'est impossible. D'un autre côté, ne lire que les textes incriminés, c'est s'exposer à un reproche très fondé. On pourrait nous dire : si vous n'exposez pas le procès dans toutes ses parties, si vous passez ce qui précède et ce qui suit les passages incriminés, il est évident que vous étouffez le débat en restreignant le terrain de la discussion. Pour éviter ce double inconvénient, il n'y a qu'une marche à suivre, et la voici, c'est de vous raconter d'abord tout le roman sans en lire, sans en incriminer aucun passage, et puis de lire, d'incriminer en citant le texte, et enfin de répondre aux objections qui pourraient s'élever contre le système général de la prévention.

Quel est le titre du roman ? *Madame Bovary*. C'est un titre qui ne dit rien par lui-même. Il en a un second entre parenthèses : *Mœurs de province*. C'est encore là un titre qui n'explique pas la pensée de l'auteur, mais qui la fait

pressentir. L'auteur n'a pas voulu suivre tel ou tel système philosophique vrai ou faux, il a voulu faire des tableaux
de genre, et vous allez voir quels tableaux!!! Sans doute
c'est le mari qui commence et qui termine le livre, mais
le portrait le plus sérieux de l'œuvre, qui illumine les
autres peintures, c'est évidemment celui de Mme Bovary.

Ici je raconte, je ne cite pas. On prend le mari au collège,
et, il faut le dire, l'enfant annonce déjà ce que sera le mari.
Il est excessivement lourd et timide, si timide que lorsqu'il arrive au collège et qu'on lui demande son nom, il
commence par répondre *Charbovari*. Il est si lourd qu'il
travaille sans avancer. Il n'est jamais le premier, il n'est
jamais le dernier non plus de sa classe; c'est le type, sinon
de la nullité, au moins de celui du ridicule au collège.
Après les études du collège, il vint étudier la médecine à
Rouen, dans une chambre au quatrième, donnant sur la
Seine, que sa mère lui avait louée chez un teinturier de
sa connaissance. C'est là qu'il fait ses études médicales et
qu'il arrive petit à petit à conquérir, non pas le grade de
docteur en médecine, mais celui d'officier de santé. Il
fréquentait les cabarets, il manquait les cours, mais il
n'avait au demeurant d'autre passion que celle de jouer
aux dominos. Voilà M. Bovary.

Il va se marier. Sa mère lui trouve une femme : la veuve
d'un huissier de Dieppe; elle est vertueuse et laide, elle
a quarante-cinq ans et 1200 livres de rente. Seulement le
notaire qui avait le capital de la rente partit un beau matin
pour l'Amérique, et Mme Bovary jeune fut tellement
frappée, tellement impressionnée par ce coup inattendu,
qu'elle en mourut. Voilà le premier mariage, voilà la première scène.

M. Bovary, devenu veuf, songea à se remarier. Il inter-
roge ses souvenirs; il n'a pas besoin d'aller bien loin, il
lui vient tout de suite à l'esprit la fille d'un fermier du
voisinage qui avait singulièrement excité les soupçons de
Mme Bovary, Mlle Emma Rouault. Le fermier Rouault
n'avait qu'une fille, élevée aux Ursulines de Rouen. Elle
s'occupait peu de la ferme; son père désirait la marier.
L'officier de santé se présente, il n'est pas difficile sur la
dot, et vous comprenez qu'avec de telles dispositions de
part et d'autre les choses vont vite. Le mariage est accompli. M. Bovary est aux genoux de sa femme, il est le plus
heureux des hommes, le plus aveugle des maris; sa seule
préoccupation est de prévenir les désirs de sa femme.

Ici le rôle de M. Bovary s'efface; celui de Mme Bovary
devient l'œuvre sérieuse du livre.

Messieurs, Mme Bovary a-t-elle aimé son mari ou cherché à l'aimer ? Non, et dès le commencement il y eut ce
qu'on peut appeler la scène de l'initiation. A partir de ce
moment, un autre horizon s'étale devant elle, une vie
nouvelle lui apparaît. Le propriétaire du château de la

Vaubyessard avait donné une grande fête. On avait invité l'officier de santé, on avait invité sa femme, et là il y eut pour elle comme une initiation à toutes les ardeurs de la volupté! Elle avait aperçu le duc de Laverdière, qui avait eu des succès à la cour; elle avait valsé avec un vicomte et éprouvé un trouble inconnu. A partir de ce moment, elle avait vécu d'une vie nouvelle; son mari, tout ce qui l'entourait, lui était devenu insupportable. Un jour, en cherchant dans un meuble, elle avait rencontré un fil de fer qui lui avait déchiré le doigt; c'était le fil de son bouquet de mariage. Pour essayer de l'arracher à l'ennui qui la consumait, M. Bovary fit le sacrifice de sa clientèle, et vint s'installer à Yonville. C'est ici que vient la scène de la première chute. Nous sommes à la seconde livraison. Mme Bovary arrive à Yonville, et là, première personne qu'elle rencontre, sur laquelle elle fixe ses regards, ce n'est pas le notaire de l'endroit, c'est l'unique clerc de ce notaire, Léon Dupuis. C'est un tout jeune homme qui fait son droit et qui va partir pour la capitale. Tout autre que M. Bovary aurait été inquiété des visites du jeune clerc, mais M. Bovary est si naïf qu'il croit à la vertu de sa femme; Léon, inexpérimenté, éprouvait le même sentiment. Il est parti, l'occasion est perdue, mais les occasions se retrouvent facilement. Il y avait dans le voisinage d'Yonville un M. Rodolphe Boulanger (vous voyez que je raconte). C'était un homme de trente-quatre ans, d'un tempérament brutal; il avait eu beaucoup de succès auprès des conquêtes faciles; il avait alors pour maîtresse une actrice; il aperçut Mme Bovary, elle était jeune, charmante; il résolut d'en faire sa maîtresse. La chose était facile, il lui suffit de trois occasions. La première fois il était venu aux Comices agricoles, la seconde fois il lui avait rendu une visite, la troisième fois il lui avait fait faire une promenade à cheval que le mari avait jugée nécessaire à la santé de sa femme; et c'est alors, dans une première visite de la forêt, que la chute a lieu. Les rendez-vous se multiplieront au château de Rodolphe, surtout dans le jardin de l'officier de santé. Les amants arrivent jusqu'aux limites extrêmes de la volupté! Mme Bovary veut se faire enlever par Rodolphe, Rodolphe n'ose pas dire non, mais il lui écrit une lettre où il cherche à lui prouver, par beaucoup de raisons, qu'il ne peut pas l'enlever. Foudroyée à la réception de cette lettre, Mme Bovary a une fièvre cérébrale, à la suite de laquelle une fièvre typhoïde se déclare. La fièvre tua l'amour, mais resta la malade. Voilà la deuxième scène.

J'arrive à la troisième. La chute avec Rodolphe avait été suivie d'une réaction religieuse, mais elle avait été courte; Mme Bovary va tomber, de nouveau. Le mari avait jugé le spectacle utile à la convalescence de sa femme, et il l'avait conduite à Rouen. Dans une loge, en face de

celle qu'occupaient M. et Mme Bovary, se trouvait Léon
Dupuis, ce jeune clerc de notaire qui fait son droit à
Paris, et qui en est revenu singulièrement instruit, singulièrement expérimenté. Il va voir Mme Bovary; il lui
propose un rendez-vous. Mme Bovary lui indique la
cathédrale. Au sortir de la cathédrale, Léon lui propose
de monter dans un fiacre. Elle résiste d'abord, mais Léon
lui dit que cela se fait ainsi à Paris, et alors, plus d'obstacle.
La chute a lieu dans le fiacre! Les rendez-vous se multi-
plient pour Léon comme pour Rodolphe, chez l'officier
de santé et puis dans une chambre qu'on avait louée à
Rouen. Enfin elle arriva jusqu'à la fatigue même de ce
second amour, et c'est ici que commence la scène de
détresse, c'est la dernière du roman.

Mme Bovary avait prodigué, jeté les cadeaux à la tête de
Rodolphe et de Léon, elle avait mené une vie de luxe, et,
pour faire face à tant de dépenses, elle avait souscrit de
nombreux billets à ordre. Elle avait obtenu de son mari
une procuration générale pour gérer le patrimoine commun; elle avait rencontré un usurier qui se faisait souscrire des billets, lesquels n'étant pas payés à l'échéance,
étaient renouvelés, sous le nom d'un compère. Puis étaient
venus le papier timbré, les protêts, les jugements, la saisie, et enfin l'affiche de la vente du mobilier de M. Bovary
qui ignorait tout. Réduite aux plus cruelles extrémités,
Mme Bovary demande de l'argent à tout le monde et
n'en obtient de personne. Léon n'en a pas, et il recule
épouvanté à l'idée d'un crime qu'on lui suggère pour
s'en procurer. Parcourant tous les degrés de l'humiliation, Mme Bovary va chez Rodolphe; elle ne réussit pas,
Rodolphe n'a pas trois mille francs. Il ne lui reste plus
qu'une issue. De s'excuser auprès de son mari? Non; de
s'expliquer avec lui? Mais ce mari aurait la générosité
de lui pardonner, et c'est là une humiliation qu'elle ne
peut pas accepter: elle s'empoisonne. Viennent alors des
scènes douloureuses. Le mari est là, à côté du corps glacé
de sa femme. Il fait apporter sa robe de noces, il ordonne
qu'on l'en enveloppe et qu'on enferme sa dépouille dans
un triple cercueil.

Un jour, il ouvre le secrétaire et il y trouve le portrait
de Rodolphe, ses lettres et celles de Léon. Vous croyez
que l'amour va tomber alors? Non, non, il s'excite, au
contraire, il s'exalte pour cette femme que d'autres ont
possédée, en raison de ces souvenirs de volupté qu'elle
lui a laissés; et dès ce moment il néglige sa clientèle, sa
famille, il laisse aller au vent les dernières parcelles de son
patrimoine, et un jour on le trouve mort dans la tonnelle
de son jardin, tenant dans ses mains une longue mèche
de cheveux noirs.

Voilà le roman; je l'ai raconté tout entier en n'en sup-
primant aucune scène. On l'appelle *Madame Bovary*;

vous pouvez lui donner un autre titre, et l'appeler avec justesse : *Histoire des adultères d'une femme de province*.

Messieurs, la première partie de ma tâche est remplie; j'ai raconté, je vais citer, et après les citations viendra l'incrimination qui porte sur deux délits : offense à la morale publique, offense à la morale religieuse. L'offense à la morale publique est dans les tableaux lascifs que je mettrai sous vos yeux, l'offense à la morale religieuse dans des images voluptueuses mêlées aux choses sacrées. J'arrive aux citations. Je serai court, car vous lirez le roman tout entier. Je me bornerai à vous citer quatre scènes, ou plutôt quatre tableaux. La première, ce sera celle des amours et de la chute avec Rodolphe; la seconde, la transition religieuse entre les deux adultères; la troisième, ce sera la chute avec Léon, c'est le deuxième adultère, et, enfin, la quatrième, que je veux citer, c'est la mort de Mme Bovary.

Avant de soulever ces quatre coins du tableau, permettez-moi de me demander quelle est la couleur, le coup de pinceau de M. Flaubert, car, enfin, son roman est un tableau, et il faut savoir à quelle école il appartient, quelle est la couleur qu'il emploie, et quel est le portrait de son héroïne.

La couleur générale de l'auteur, permettez-moi de vous le dire, c'est la couleur lascive, avant, pendant et après ces chutes! Elle est enfant, elle a dix ou douze ans, elle est au couvent des Ursulines. A cet âge où la jeune fille n'est pas formée, où la femme ne peut pas sentir ces émotions premières qui lui révèlent un monde nouveau, elle se confesse.

« Quand elle allait à confesse (cette première citation « de la première livraison est à la page 30 du numéro du « 1er octobre), quand elle allait à confesse, elle inventait « de petits péchés afin de rester là plus longtemps, à genoux « dans l'ombre, les mains jointes, le visage à la grille sous « le chuchotement du prêtre. Les comparaisons de fiancé, « d'époux, d'amant céleste et de mariage éternel qui « reviennent dans les sermons lui soulevaient au fond de « l'âme des douceurs inattendues. »

Est-ce qu'il est naturel qu'une petite fille invente de petits péchés, quand on sait que, pour un enfant, ce sont les plus petits qu'on a le plus de peine à dire ? Et puis, à cet âge-là, quand une petite fille n'est pas formée, la montrer inventant de petits péchés dans l'ombre, sous le chuchotement du prêtre, en se rappelant ces comparaisons de fiancé, d'époux, d'amant céleste et de mariage éternel, qui lui faisaient éprouver comme un frisson de volupté, n'est-ce pas faire ce que j'ai appelé une peinture lascive ?

Voulez-vous Mme Bovary dans ses moindres actes, à l'état libre, sans l'amant, sans la faute. Je passe sur ce mot du *lendemain*, et sur cette mariée qui ne laissait rien découvrir où l'on pût deviner quelque chose, il y a là déjà un tour de phrase plus qu'équivoque, mais voulez-vous savoir comment était le mari ?

Ce mari du lendemain « que l'on eût pris pour la vierge « de la veille », et cette mariée « qui ne laissait rien décou-« vrir où l'on pût deviner quelque chose ». Ce mari (p. 29) qui se lève et part « le cœur plein des félicités de la nuit, « l'esprit tranquille, la chair contente », s'en allant « rumi-« nant son bonheur comme ceux qui mâchent encore après « dîner le goût des truffes qu'ils digèrent ».

Je tiens, messieurs, à vous préciser le cachet de l'œuvre littéraire de M. Flaubert et ses coups de pinceau. Il a quelquefois des traits qui veulent beaucoup dire, et ces traits ne lui coûtent rien.

Et puis, au château de la Vaubyessard, savez-vous ce qui attire les regards de cette jeune femme, ce qui la frappe le plus ? C'est toujours la même chose, c'est le duc de Laverdière, amant, « disait-on, de Marie-Antoinette, entre « MM. de Coigny et de Lauzun », et sur lequel « les yeux « d'Emma revenaient d'eux-mêmes, comme sur quelque « chose d'extraordinaire et d'auguste ; il avait vécu à la « cour et couché dans le lit des reines ! »

Ce n'est là qu'une parenthèse historique, dira-t-on ? Triste et inutile parenthèse ! L'histoire a pu autoriser des soupçons, mais non le droit de les ériger en certitude. L'histoire a parlé du collier dans tous les romans, l'his-toire a parlé de mille choses, mais ce ne sont là que des soupçons, et, je le répète, je ne sache pas qu'elle ait auto-risé à transformer ces soupçons en certitude. Et quand Marie-Antoinette est morte avec la dignité d'une souve-raine et le calme d'une chrétienne, ce sang versé pourrait effacer des fautes, à plus forte raison des soupçons. Mon Dieu, M. Flaubert a eu besoin d'une image frappante pour peindre son héroïne, et il a pris celle-là pour expri-mer tout à la fois et les instincts pervers et l'ambition de Mme Bovary !

Mme Bovary doit très bien valser, et la voici valsant : « Ils commencèrent lentement, puis allèrent plus vite. Ils « tournaient ; tout tournait autour d'eux, les lampes, les « meubles, les lambris et le parquet, comme un disque sur « un pivot. En passant auprès des portes, la robe d'Emma « par le bas s'ériflait au pantalon ; leurs jambes entraient « l'une dans l'autre, il baissait ses regards vers elle, elle « levait les siens vers lui ; une torpeur la prenait, elle s'ar-« rêta. Ils repartirent, et, d'un mouvement plus rapide, le « vicomte l'entraînant, disparut avec elle, jusqu'au bout « de la galerie où, haletante, elle faillit tomber et, un ins-« tant, s'appuya la tête sur sa poitrine. Et puis, tournant « toujours, mais plus doucement, il la reconduisit à sa « place ; elle se renversa contre la muraille et mit la main « devant ses yeux. »

Je sais bien qu'on valse un peu de cette manière, mais cela n'en est pas plus moral!

Prenez Mme Bovary dans les actes les plus simples, c'est toujours le même coup de pinceau, il est à toutes les pages. Aussi Justin, le domestique du pharmacien voisin, a-t-il des émerveillements subits quand il est initié dans le secret du cabinet de toilette de cette femme. Il poursuit sa voluptueuse admiration jusqu'à la cuisine.

« Le coude sur la longue planche où elle (Félicité, la « femme de chambre) repassait, il considérait avidement « toutes ces affaires de femme étalées autour de lui, les « jupons de basin, les fichus, les collerettes et les pantalons « à coulisse, vastes de hanches et qui se rétrécissaient « par le bas.

« — A quoi cela sert-il ? demandait le jeune garçon, en « passant sa main sur la crinoline ou les agrafes.

« — Tu n'as donc jamais rien vu ? » répondait en riant « Félicité. »

Aussi le mari se demande-t-il, en présence de cette femme sentant frais, si l'odeur vient de la peau ou de la chemise.

« Il trouvait tous les soirs des meubles souples et une « femme en toilette fine, charmante et sentant frais, à ne « savoir même d'où venait cette odeur, ou si ce n'était pas « la femme qui parfumait la chemise. »

Assez de citations de détail! Vous connaissez maintenant la physionomie de Mme Bovary au repos, quand elle ne provoque personne, quand elle ne pèche pas, quand elle est encore complètement innocente, quand, au retour d'un rendez-vous, elle n'est pas encore à côté d'un mari qu'elle déteste; vous connaissez maintenant la couleur générale du tableau, la physionomie générale de Mme Bovary. L'auteur a mis le plus grand soin, employé tous les prestiges de son style pour peindre cette femme. A-t-il essayé de la montrer du côté de l'intelligence ? Jamais. Du côté du cœur ? Pas davantage. Du côté de l'esprit ? Non. Du côté de la beauté physique ? Pas même. Oh! je sais bien qu'il y a un portrait de Mme Bovary après l'adultère des plus étincelants; mais le tableau est avant tout lascif, les poses sont voluptueuses; la beauté de Mme Bovary est une beauté de provocation.

J'arrive maintenant aux quatre citations importantes; je n'en ferai que quatre; je tiens à restreindre mon cadre. J'ai dit que la première serait sur les amours de Rodolphe, la seconde sur la transition religieuse, la troisième sur les amours de Léon, la quatrième sur la mort.

Voyons la première. Mme Bovary est près de la chute, près de succomber.

« La médiocrité domestique la poussait à des fantaisies « luxueuses, les tendresses matrimoniales en des désirs « adultères, »... « elle se maudit de n'avoir pas aimé Léon, « elle eut soif de ses lèvres. »

Qu'est-ce qui a séduit Rodolphe et l'a préparé ? Le gonflement de l'étoffe de la robe de Mme Bovary qui s'est crevée de place en place selon les inflexions du corsage ! Rodolphe a amené son domestique chez Bovary pour le faire saigner. Le domestique va se trouver mal, Mme Bovary tient la cuvette.

« Pour la mettre sous la table, dans le mouvement qu'elle fit en s'inclinant, sa robe s'évasa autour d'elle sur les carreaux de la salle : et comme Emma, baissée, chancelait un peu en écartant les bras, le gonflement de l'étoffe se crevait de place en place selon les inflexions du corsage. » Aussi voici la réflexion de Rodolphe :

« Il revoyait Emma dans la salle, habillée comme il l'avait vue, et il la déshabillait. »

P. 417. C'est le premier jour où ils se parlent. « Ils « se regardaient, un désir suprême faisait frissonner leurs « lèvres sèches, et mollement, sans effort, leurs doigts se « confondirent. »

Ce sont là les préliminaires de la chute. Il faut lire la chute elle-même.

« Quand le costume fut prêt, Charles écrivit à M. Bou-« langer que sa femme était à sa disposition et qu'ils comp-« taient sur sa complaisance.

« Le lendemain à midi, Rodolphe arriva devant la porte « de Charles avec deux chevaux de maître ; l'un portait « des pompons roses aux oreilles et une selle de femme « en peau de daim.

« Il avait mis de longues bottes molles, se disant que « sans doute elle n'en avait jamais vu de pareilles ; en effet, « Emma fut charmée de sa tournure, lorsqu'il apparut avec « son grand habit de velours marron et sa culotte de tricot « blanc...

. . . .

« Dès qu'il sentit la terre, le cheval d'Emma prit le « galop. Rodolphe galopait à côté d'elle. »

Les voilà dans la forêt.

« Il l'entraîna plus loin autour d'un petit étang où des « lentilles d'eau faisaient une verdure sur les ondes...

. . . .

« — J'ai tort, j'ai tort, disait-elle, je suis folle de vous « entendre.

« — Pourquoi ? Emma ! Emma !

« — O Rodolphe !... fit lentement la jeune femme, en se « penchant sur son épaule.

« Le drap de sa robe s'accrochait au velours de l'habit. « Elle renversa son cou blanc, qui se gonflait d'un soupir ; « et défaillante, tout en pleurs, avec un long frémissement « et se cachant la figure, elle s'abandonna. »

Lorsqu'elle se fut relevée, lorsque après avoir secoué les fatigues de la volupté, elle rentra au foyer domestique, à ce foyer où elle devait trouver un mari qui l'adorait, après sa première faute, après ce premier adultère, après cette première chute, est-ce le remords, le sentiment du remords qu'elle éprouva, au regard de ce mari trompé qui l'adorait ? Non; le front haut, elle rentra en glorifiant l'adultère.

« En s'apercevant dans la glace, elle s'étonna de son « visage. Jamais elle n'avait eu les yeux si grands, si noirs, « ni d'une telle profondeur. Quelque chose de subtil « épandu sur sa personne la transfigurait.

« Elle se répétait : J'ai un amant! un amant! se délec-« tant à cette idée comme à celle d'une autre puberté qui « lui serait survenue. Elle allait donc enfin posséder ces « plaisirs de l'amour, cette fièvre de bonheur dont elle « avait désespéré. Elle entrait dans quelque chose de mer-« veilleux, où tout serait passion, extase, délire... »

Ainsi, dès cette première faute, dès cette première chute, elle fait glorification de l'adultère, elle chante le cantique de l'adultère, sa poésie, ses voluptés. Voilà, messieurs, qui pour moi est bien plus dangereux, bien plus immoral que la chute elle-même!

Messieurs, tout est pâle devant cette glorification de l'adultère, même les rendez-vous de nuit, quelques jours après.

« Pour l'avertir, Rodolphe jetait contre les persiennes « une poignée de sable. Elle se levait en sursaut; mais « quelquefois il lui fallait attendre, car Charles avait la « manie de bavarder au coin du feu, et il n'en finissait « pas. Elle se dévorait d'impatience; si ses yeux l'avaient « pu, ils l'eussent fait sauter par les fenêtres. Enfin elle « commençait sa toilette de nuit, puis elle prenait un livre « et continuait à lire tranquillement comme si la lecture « l'eût amusée. Mais Charles, qui était au lit, l'appelait « pour se coucher.

« — Viens donc, Emma, disait-il, il est temps.

« — Oui, j'y vais! répondait-elle.

« Cependant, comme les bougies l'éblouissaient, il se « tournait vers le mur et s'endormait. Elle s'échappait « en retenant son haleine, souriante, palpitante, désha-« billée.

« Rodolphe avait un grand manteau; il l'en enveloppait « tout entière, et, passant le bras autour de sa taille, il « l'entraînait sans parler jusqu'au fond du jardin.

« C'était sous la tonnelle, sur ce même banc de bâtons « pourris où autrefois Léon la regardait si amoureusement « durant les soirées d'été! Elle ne pensait guère à lui, « maintenant.

« Le froid de la nuit les faisait s'étreindre davantage, « les soupirs de leurs lèvres leur semblaient plus forts, « leurs yeux, qu'ils entrevoyaient à peine, leur parais-« saient plus grands, et au milieu du silence il y avait des « paroles dites tout bas qui tombaient sur leur âme avec

« une sonorité cristalline et qui s'y répercutaient en vibra-
« tions multipliées. »

Connaissez-vous au monde, messieurs, un langage plus
expressif ? Avez-vous jamais vu un tableau plus lascif ?
Ecoutez encore :

« Jamais Mme Bovary ne fut aussi belle qu'à cette
« époque ; elle avait cette indéfinissable beauté qui résulte
« de la joie, de l'enthousiasme, du succès, et qui n'est que
« l'harmonie du tempérament avec les circonstances. Ses
« convoitises, ses chagrins, l'expérience du plaisir et ses
« illusions toujours jeunes, comme font aux fleurs le
« fumier, la pluie, les vents et le soleil, l'avaient par grada-
« tions développée, et elle s'épanouissait enfin dans la
« plénitude de sa nature. Ses paupières semblaient taillées
« tout exprès pour ses longs regards amoureux où la pru-
« nelle se perdait, tandis qu'un souffle fort écartait ses
« narines minces et relevait le coin charnu de ses lèvres,
« qu'ombrageait à la lumière un peu de duvet noir. On
« eût dit qu'un artiste habile en corruptions avait disposé
« sur sa nuque la torsade de ses cheveux. Ils s'enroulaient
« en une masse lourde, négligemment, et selon les hasards
« de l'adultère qui les dénouait tous les jours. Sa voix
« maintenant prenait des inflexions plus molles, sa taille
« aussi ; quelque chose de subtil qui vous pénétrait se
« dégageait même des draperies de sa robe et de la cam-
« brure de son pied. Charles, comme au premier temps
« de leur mariage, la trouvait délicieuse et tout irrésistible. »

Jusqu'ici la beauté de cette femme avait consisté dans
sa grâce, dans sa tournure, dans ses vêtements ; enfin elle
vient de vous être montrée sans voile, et vous pouvez dire
si l'adultère ne l'a pas embellie :

« — Emmène-moi ! s'écria-t-elle. Enlève-moi !... oh ! je
« t'en supplie !

« Et elle se précipita sur sa bouche, comme pour y sai-
« sir le consentement inattendu qui s'exhalait dans un
« baiser. »

Voilà un portrait, messieurs, comme sait le faire M.
Flaubert. Comme les yeux de cette femme s'élargissent !
Comme quelque chose de ravissant est épandu sur elle,
depuis sa chute. Sa beauté a-t-elle jamais été aussi écla-
tante que le lendemain de sa chute, que dans les jours
qui ont suivi sa chute ? Ce que l'auteur vous montre, c'est
la poésie de l'adultère, et je vous demande encore une fois
si ces pages lascives ne sont pas d'une immoralité profonde !

J'arrive à la seconde citation. La seconde citation est
une transition religieuse. Mme Bovary avait été très malade,
aux portes du tombeau. Elle revient à la vie, sa convalescence est signalée par une petite transition religieuse.

« M. Bournisien (c'était le curé) venait la voir. Il s'en-
« quérait de sa santé, lui apportait des nouvelles et l'exhor-
« tait à la religion dans un petit bavardage câlin, qui ne

« manquait pas d'agrément. La vue seule de sa soutane la
« réconfortait. »

Enfin elle va faire la communion. Je n'aime pas beaucoup
à rencontrer des choses saintes dans un roman, mais au
moins, quand on en parle, faudrait-il ne pas les travestir
par le langage. Y a-t-il dans cette femme adultère qui va
à la communion quelque chose de la foi de la Madeleine
repentante ? Non, non, c'est toujours la femme passionnée
qui cherche des illusions, et qui les cherche dans les choses
les plus saintes, les plus augustes.

« Un jour qu'au plus fort de sa maladie elle s'était crue
« agonisante, elle avait demandé la communion ; et à mesure
« que l'on faisait dans sa chambre les préparatifs pour le
« sacrement, que l'on disposait en autel la commode en-
« combrée de sirops, et que Félicité semait par terre des
« fleurs de dahlia, Emma sentait quelque chose de fort
« passant sur elle, qui la débarrassait de ses douleurs, de
« toute perception, de tout sentiment. Sa chair allégée ne
« pesait plus, une autre vie commençait ; il lui sembla que
« son être montant vers Dieu allait s'anéantir dans cet
« amour, comme un encens allumé qui se dissipe en vapeur. »

Dans quelle langue prie-t-on Dieu avec les paroles
adressées à l'amant dans les épanchements de l'adultère ?
Sans doute on parlera de la couleur locale, et on s'excusera
en disant qu'une femme vaporeuse, romanesque, ne fait
pas, même en religion, les choses comme tout le monde.
Il n'y a pas de couleur locale qui excuse ce mélange!
Voluptueuse un jour, religieuse le lendemain, nulle femme,
même dans d'autres régions, même sous le ciel d'Espagne ou d'Italie, ne murmure à Dieu les caresses adultères qu'elle donnait à l'amant. Vous apprécierez ce langage, messieurs, et vous n'excuserez pas ces paroles de
l'adultère introduites, en quelque sorte, dans le sanctuaire
de la divinité! Voilà la seconde citation ; j'arrive à la troisième, c'est la série des adultères.

Après la transition religieuse, Mme Bovary est encore
prête à tomber. Elle va au spectacle à Rouen. On jouait
Lucie de Lammermoor. Emma fit un retour sur elle-même.

« Ah! si dans la fraîcheur de sa beauté, avant les souil-
« lures du mariage et les désillusions de l'adultère (il y en
« a qui auraient dit : les désillusions du mariage et les souil-
« lures de l'adultère), avant les souillures du mariage et les
« désillusions de l'adultère, elle avait pu placer sa vie sur
« quelque grand cœur solide, alors la vertu, la tendresse,
« les voluptés et le devoir se confondant, jamais elle ne
« serait descendue d'une félicité si haute. »

En voyant Lagardy sur la scène, elle eut envie de courir
dans ses « bras pour se réfugier en sa force, comme dans
« l'incarnation de l'amour même, et de lui dire, de s'écrier :
« Enlève-moi, emmène-moi, partons! à toi! toutes mes
« ardeurs et tous mes rêves! »

Léon était derrière elle.

« Il se tenait derrière elle, s'appuyant de l'épaule contre
« la cloison; et de temps à autre elle se sentait frissonner
« sous le souffle tiède de ses narines qui lui descendait
« dans la chevelure. »

On vous a parlé tout à l'heure des souillures du mariage; on va vous montrer encore l'adultère dans toute sa
poésie, dans ses ineffables séductions. J'ai dit qu'on aurait
dû au moins modifier les expressions et dire : les désillusions du mariage et les souillures de l'adultère. Bien souvent, quand on s'est marié, au lieu du bonheur sans nuages
qu'on s'était promis, on rencontre les sacrifices, les amertumes. Le mot désillusion peut donc être justifié, celui
de souillure ne saurait l'être.

Léon et Emma se sont donné rendez-vous à la cathédrale. Ils la visitent, ou ils ne la visitent pas. Ils sortent.

« Un gamin polissonnait sur le parvis.

« — Va me chercher un fiacre! lui crie Léon. L'enfant
« partit comme une balle...

« — Ah! Léon!... vraiment... je ne sais... si je dois!...
« et elle minaudait. Puis, d'un air sérieux : C'est très
« inconvenant, savez-vous ?

« — En quoi ? répliqua le clerc, cela se fait à Paris.

« Et cette parole, comme un irrésistible argument, la
« détermina. »

Nous savons maintenant, messieurs, que la chute n'a pas
lieu dans le fiacre. Par un scrupule qui l'honore, le rédac-
teur de la *Revue* a supprimé le passage de la chute dans le
fiacre. Mais si la *Revue de Paris* baisse les stores du fiacre,
elle nous laisse pénétrer dans la chambre où se donnent
les rendez-vous.

Emma veut partir, car elle avait donné sa parole qu'elle
reviendrait le soir même. « D'ailleurs, Charles l'attendait;
« et déjà elle se sentait au cœur cette lâche docilité qui est
« pour bien des femmes comme le châtiment tout à la fois
« et la rançon de l'adultère... »

« Léon, sur le trottoir, continuait à marcher, elle le
« suivait jusqu'à l'hôtel; il montait, il ouvrait la porte,
« entrait. Quelle étreinte!

« Puis les paroles après les baisers se précipitaient. On
« se racontait les chagrins de la semaine, les pressenti-
« ments, les inquiétudes pour les lettres; mais à présent
« tout s'oubliait, et ils se regardaient face à face, avec des
« rires de volupté et des appellations de tendresse.

« Le lit était un grand lit d'acajou en forme de nacelle.
« Les rideaux de levantine rouge, qui descendaient du
« plafond, se cintraient trop bas vers le chevet évasé, et
« rien au monde n'était beau comme sa tête brune et sa
« peau blanche, se détachant sur cette couleur pourpre,
« quand, par un geste de pudeur, elle fermait ses deux
« bras nus, en se cachant la figure dans les mains.

« Le tiède appartement, avec son tapis discret, ses orne-
« ments folâtres et sa lumière tranquille, semblait tout
« commode pour les intimités de la passions. »
Voilà ce qui se passe dans cette chambre. Voici encore
un passage très important — comme peinture lascive!
« Comme ils aimaient cette bonne chambre pleine de
« gaieté malgré sa splendeur un peu fanée! Ils trouvaient
« toujours les meubles à leur place, et parfois des épingles
« à cheveux qu'elle avait oubliées, l'autre jeudi, sous le
« socle de la pendule. Ils déjeunaient au coin du feu,
« sur un petit guéridon incrusté de palissandre. Emma
« découpait, lui mettait les morceaux dans son assiette
« en débitant toutes sortes de chatteries, et elle riait d'un
« rire sonore et libertin, quand la mousse du vin de Cham-
« pagne débordait du verre léger sur les bagues de ses
« doigts. Ils étaient si complètement perdus en la posses-
« sion d'eux-mêmes, qu'ils se croyaient là dans leur mai-
« son particulière, et devant y vivre jusqu'à la mort,
« comme deux éternels jeunes époux. Ils disaient notre
« chambre, nos tapis, nos fauteuils, même elle disait mes
« pantoufles, un cadeau de Léon, une fantaisie qu'elle
« avait eue. C'étaient des pantoufles en satin rose, bor-
« dées de cygne. Quand elle s'asseyait, sur ses genoux, sa
« jambe, alors trop courte, pendait en l'air, et la mignarde
« chaussure, qui n'avait pas de quartier, tenait seule-
« ment par les orteils à son pied nu.
« Il savourait pour la première fois, et dans l'exercice de
« l'amour, l'inexprimable délicatesse des élégances fémi-
« nines. Jamais il n'avait rencontré cette grâce de lan-
« gage, cette réserve du vêtement, ces poses de colombe
« assoupie. Il admirait l'exaltation de son âme et les den-
« telles de sa jupe. D'ailleurs, n'était-ce pas une femme
« du monde, et une femme mariée? une vraie maîtresse,
« enfin? »
Voilà, messieurs, une description qui ne laissera rien
à désirer, j'espère, au point de vue de la prévention? En
voici une autre ou, plutôt, voici la continuation de la
même scène :
« Elle avait des paroles qui l'enflammaient avec des
« baisers qui lui emportaient l'âme. Où donc avait-elle
« appris ces caresses presque immatérielles, à force d'être
« profondes et dissimulées? »
Oh! je comprends bien, messieurs, le dégoût que lui inspirait ce mari qui voulait l'embrasser à son retour; je
comprends à merveille que lorsque les rendez-vous de
cette espèce avaient lieu, elle sentît avec horreur, la nuit,
« contre sa chair, cet homme étendu qui dormait ».
Ce n'est pas tout, à la page 73, il est un dernier tableau
que je ne peux pas omettre; elle était arrivée jusqu'à la
fatigue de la volupté.
« Elle se promettait continuellement pour son prochain

« voyage une félicité profonde; puis elle s'avouait ne rien
« sentir d'extraordinaire. Mais cette déception s'effaçait
« vite sous un espoir nouveau, et Emma revenait à lui
« plus enflammée, plus haletante, plus avide. Elle se dés-
« habillait brutalement, arrachant le lacet mince de son
« corset qui sifflait autour de ses hanches comme une cou-
« leuvre qui glisse. Elle allait sur la pointe de ses pieds
« nus regarder encore une fois si la porte était fermée,
« puis elle faisait d'un seul geste tomber ensemble tous
« ses vêtements; — et pâle, sans parler, sérieuse, elle
« s'abattait contre sa poitrine, avec un long frisson. »

Je signale ici deux choses, messieurs, une peinture
admirable sous le rapport du talent, mais une peinture
exécrable au point de vue de la morale. Oui, M. Flaubert
sait embellir ses peintures avec toutes les ressources de
l'art, mais sans les ménagements de l'art. Chez lui point
de gaze, point de voiles, c'est la nature dans toute sa
nudité, dans toute sa crudité!

Encore une citation de la page 78.

« Ils se connaissaient trop pour avoir ces ébahissements
« de possession qui en centuplent la joie. Elle était aussi
« dégoûtée de lui qu'il était fatigué d'elle. Emma retrou-
« vait dans l'adultère toutes les platitudes du mariage. »

Platitudes du mariage, poésie de l'adultère! Tantôt c'est
la souillure du mariage, tantôt ce sont ses platitudes, mais
c'est toujours la poésie de l'adultère. Voilà, messieurs, les
situations que M. Flaubert aime à peindre, et malheureusement il ne les peint que trop bien.

J'ai raconté trois scènes : la scène avec Rodolphe, et
vous y avez vu la chute dans la forêt, la glorification de
l'adultère, et cette femme dont la beauté devient plus grande
avec cette poésie. J'ai parlé de la transition religieuse, et
vous y avez vu la prière emprunter à l'adultère son langage. J'ai parlé de la seconde chute, je vous ai déroulé
les scènes qui se passent avec Léon. Je vous ai montré la
scène du fiacre — supprimée — mais je vous ai montré
le tableau de la chambre et du lit. Maintenant que nous
croyons nos convictions faites, arrivons à la dernière
scène, à celle du supplice.

Des coupures nombreuses y ont été faites, à ce qu'il
paraît, par la *Revue de Paris*. Voici en quels termes M. Flaubert s'en plaint :

« Des considérations que je n'ai pas à apprécier ont
« contraint la *Revue de Paris* à faire une suppression dans
« le numéro du 1er décembre. Ses scrupules s'étant renou-
« velés à l'occasion du présent numéro, elle a jugé conve-
« nable d'enlever encore plusieurs passages. En consé-
« quence, je déclare dénier la responsabilité des lignes qui
« suivent; le lecteur est donc prié de n'y voir que des
« fragments et non pas un ensemble. »

Passons donc sur ces fragments et arrivons à la mort.

Elle s'empoisonne. Elle s'empoisonne, pourquoi ? « Ah!
« c'est bien peu de chose, la mort, pensa-t-elle; je vais
« m'endormir et tout sera fini. » Puis, sans un remords,
sans un aveu, sans une larme de repentir sur ce suicide
qui s'achève et les adultères de la veille, elle va recevoir
le sacrement des mourants. Pourquoi le sacrement,
puisque, dans sa pensée de tout à l'heure, elle va au néant ?
Pourquoi, quand il n'y a pas une larme, pas un soupir
de Madeleine sur son crime d'incrédulité, sur son suicide,
sur ses adultères ?

Après cette scène, vient celle de l'extrême-onction. Ce
sont des paroles saintes et sacrées pour tous. C'est avec
ces paroles-là que nous avons endormi nos aïeux, nos pères
ou nos proches, et c'est avec elles qu'un jour nos enfants
nous endormiront. Quand on veut les reproduire, il faut
le faire exactement; il ne faut pas du moins les accompa-
gner d'une image voluptueuse d'une vie passée.

Vous le savez, le prêtre fait les onctions saintes sur le
front, sur les oreilles, sur la bouche, sur les pieds, en pro-
nonçant ces phrases liturgiques : *Quidquid per pedes, per
aures, per pectus,* etc., toujours suivies des mots *miseri-
cordia...* péché d'un côté, miséricorde de l'autre. Il faut
les reproduire exactement, ces paroles saintes et sacrées;
si vous ne les reproduisez pas exactement, au moins n'y
mettez rien de voluptueux.

« Elle tourna sa figure lentement et parut saisie de joie à
« voir tout à coup l'étole violette, sans doute retrouvant au
« milieu d'un apaisement extraordinaire la volupté perdue
« de ses premiers élancements mystiques, avec des visions
« de béatitude éternelle qui commençaient.

« Le prêtre se releva pour prendre le crucifix; alors elle
« allongea le cou comme quelqu'un qui a soif, et collant
« ses lèvres sur le corps de l'Homme-Dieu, elle y déposa
« de toute sa force expirante le plus grand baiser d'amour
« qu'elle eût jamais donné. Ensuite il récita le *Misereatur*
« et l'*Indulgentiam*, trempa son pouce droit dans l'huile
« et commença les onctions; d'abord sur les yeux, qui
« avaient tant convoité les somptuosités terrestres;
« puis sur les narines, friandes de brises tièdes et de senteurs
« amoureuses; puis la bouche, qui s'était ouverte pour le
« mensonge, qui avait gémi d'orgueil et crié dans la
« luxure; puis sur les mains, qui se délectaient aux contacts
« suaves, et enfin sur la plante des pieds, si rapides autre-
« fois quand elle courait à l'assouvissance de ses désirs, et
« qui maintenant ne marcheraient plus. »

Maintenant, il y a les prières des agonisants que le
prêtre récite tout bas, où à chaque verset se trouvent les
mots : « Ame chrétienne, partez pour une région plus
« haute. » On les murmure au moment où le dernier souffle
du mourant s'échappe de ses lèvres. Le prêtre les récite, etc.

« A mesure que le râle devenait plus fort, l'ecclésias-

« tique précipitait ses oraisons; elles se mêlaient aux san-
« glots étouffés de Bovary, et quelquefois tout semblait
« disparaître dans le sourd murmure des syllabes latines
« qui tintaient comme un glas lugubre. »

L'auteur a jugé à propos d'alterner ces paroles, de leur
faire une sorte de réplique. Il fait intervenir sur le trottoir
un aveugle qui entonne une chanson dont les paroles
profanes sont une sorte de réponse aux prières des agonisants.

« Tout à coup on entendit sur le trottoir un bruit de
« gros sabots, avec le frôlement d'un bâton, et une voix
« s'éleva, une voix rauque, qui chantait :

> « *Souvent la chaleur d'un beau jour*
> « *Fait rêver fillette à l'amour.*
> « *Il souffla bien fort ce jour-là,*
> « *Et le jupon court s'envola.* »

C'est à ce moment que Mme Bovary meurt.

Ainsi voilà le tableau : d'un côté, le prêtre qui récite les
prières des agonisants; de l'autre, le joueur d'orgue, qui
excite chez la mourante « un rire atroce, frénétique, déses-
« péré, croyant voir la face hideuse du misérable qui se
« dressait dans les ténèbres éternelles comme un épouvan-
« tement... Une convulsion la rabattit sur le matelas. Tous
« s'approchèrent. Elle n'existait plus. »

Et puis ensuite, lorsque le corps est froid, la chose qu'il
faut respecter par-dessus tout, c'est le cadavre que l'âme
a quitté. Quand le mari est là, à genoux, pleurant sa femme,
quand il a étendu sur elle le linceul, tout autre se serait
arrêté, et c'est le moment où M. Flaubert donna le dernier
coup de pinceau.

« Le drap se creusait depuis ses seins jusqu'à ses genoux,
« se relevant ensuite à la pointe des orteils. »

Voilà la scène de la mort. Je l'ai abrégée, je l'ai groupée
en quelque sorte. C'est à vous de juger et d'apprécier si
c'est là le mélange du sacré au profane, ou si ce ne serait
pas plutôt le mélange du sacré au voluptueux.

J'ai raconté le roman, je l'ai incriminé ensuite, et permettez-moi de le dire, le genre que M. Flaubert cultive,
celui qu'il réalise sans les ménagements de l'art, mais
avec toutes les ressources de l'art, c'est le genre descrip-
tif, la peinture réaliste. Voyez jusqu'à quelle limite il
arrive. Dernièrement un numéro de l'*Artiste* me tombait
sous la main; il ne s'agit pas d'incriminer l'*Artiste*, mais de
savoir quel est le genre de M. Flaubert, et je vous demande
la permission de vous citer quelques lignes de l'écrit qui
n'engagent en rien l'écrit poursuivi contre M. Flaubert, et
j'y voyais à quel degré M. Flaubert excelle dans la peinture; il aime à peindre les tentations, surtout les tentations
auxquelles a succombé Mme Bovary. Eh bien! je trouve

un modèle du genre dans les quelques lignes qui suivent de l'*Artiste* du mois de janvier, signées *Gustave Flaubert*, sur la tentation de saint Antoine. Mon Dieu! c'est un sujet sur lequel on peut dire beaucoup de choses, mais je ne crois pas qu'il soit possible de donner plus de vivacité à l'image, plus de trait à la peinture que dans ces mots d'Apollinaire à saint Antoine : « — Est-ce la science ? « Est-ce la gloire! Veux-tu rafraîchir tes yeux sur des jas- « mins humides ? Veux-tu sentir ton corps s'enfoncer « comme dans une onde dans la chair douce des femmes « pâmées ? »

Eh bien! c'est la même couleur, la même énergie de pinceau, la même vivacité d'expression!

Il faut se résumer. J'ai analysé le livre, j'ai raconté, sans oublier une page, j'ai incriminé ensuite, c'était la seconde partie de ma tâche : j'ai précisé quelques por- traits, j'ai montré Mme Bovary au repos, vis-à-vis de son mari, vis-à-vis de ceux qu'elle ne devait pas tenter, et je vous ai fait toucher les couleurs lascives de ce portrait! Puis, j'ai analysé quelques grandes scènes : la chute avec Rodolphe, la transition religieuse, les amours avec Léon, la scène de la mort, et dans toutes j'ai trouvé le double délit d'offense à la morale publique et à la religion.

Je n'ai besoin que de deux scènes : l'outrage à la morale, est-ce que vous ne le verrez pas dans la chute avec Rodolphe ? Est-ce que vous ne le verrez pas dans cette glorification de l'adultère ? Est-ce que vous ne le verrez pas surtout dans ce qui se passe avec Léon ? Et puis, l'outrage à la morale religieuse, je le trouve dans le trait sur la confes- sion, p. 30 de la 1re livraison, numéro du 1er octobre, dans la transition religieuse, p. 548 et 550 du 15 no- vembre, et enfin dans la dernière scène de la mort.

Vous avez devant vous, messieurs, trois inculpés : M. Flaubert, l'auteur du livre, M. Pichat qui l'a accueilli, et M. Pillet qui l'a imprimé. En cette matière, il n'y a pas de délit sans publicité, et tous ceux qui ont concouru à la publicité doivent être également atteints. Mais nous nous hâtons de le dire, le gérant de la *Revue* et l'imprimeur ne sont qu'en seconde ligne. Le principal prévenu, c'est l'auteur, c'est M. Flaubert, M. Flaubert qui, averti par la note de la rédaction, proteste contre la suppression qui est faite à son œuvre. Après lui vient au second rang M. Laurent Pichat, auquel vous demanderez compte non de cette suppression qu'il a faite, mais de celles qu'il aurait dû faire, et, enfin, vient en dernière ligne l'impri- meur, qui est une sentinelle avancée contre le scandale. M. Pillet, d'ailleurs, est un homme honorable contre lequel je n'ai rien à dire. Nous ne vous demandons qu'une chose, de lui appliquer la loi. Les imprimeurs doivent lire; quand ils n'ont pas lu ou fait lire, c'est à leurs risques et périls qu'ils impriment. Les imprimeurs ne sont pas des machines; ils ont un privilège, ils prêtent serment, ils sont dans une situation spéciale, ils sont responsables. Encore une fois, ils sont, si vous me permettez l'expression, comme des sentinelles avancées; s'ils laissent passer le délit, c'est comme s'ils laissaient passer l'ennemi. Atténuez la peine autant que vous voudrez vis-à-vis de Pillet; soyez même indulgents vis-à-vis du gérant de la *Revue;* quant à Flaubert, le principal coupable, c'est à lui que vous devez réserver vos sévérités !

Ma tâche remplie, il faut attendre les objections ou les prévenir. On nous dira comme objection générale : mais, après tout, le roman est moral au fond, puisque l'adultère est puni ?

A cette objection, deux réponses : je suppose l'œuvre morale, par hypothèse, une conclusion morale ne pourrait pas amnistier les détails lascifs qui peuvent s'y trouver. Et puis je dis : l'œuvre au fond n'est pas morale.

Je dis, messieurs, que des détails lascifs ne peuvent pas être couverts par une conclusion morale, sinon on pourrait raconter toutes les orgies imaginables, décrire toutes les turpitudes d'une femme publique, en la faisant mourir sur un grabat à l'hôpital. Il serait permis d'étudier et de montrer toutes ses poses lascives. Ce serait aller contre toutes les règles du bon sens. Ce serait placer le poison à la portée de tous et le remède à la portée d'un bien petit nombre, s'il y avait un remède. Qui est-ce qui lit le roman de M. Flaubert ? Sont-ce des hommes qui s'occupent d'économie politique ou sociale ? Non ! les pages légères de *Madame Bovary* tombent en des mains plus légères, dans des mains de jeunes filles, quelquefois de femmes mariées. Eh bien ! lorsque l'imagination aura été séduite, lorsque cette séduction sera descendue jusqu'au cœur, lorsque le cœur aura parlé aux sens, est-ce que vous croyez qu'un raisonnement bien froid sera bien fort contre cette séduction des sens et du sentiment ! Et puis, il ne faut pas que l'homme se drape trop dans sa force et dans sa vertu, l'homme porte les instincts d'en bas et les idées d'en haut, et, chez tous, la vertu n'est que la conséquence d'un effort, bien souvent pénible. Les peintures lascives ont généralement plus d'influence que les froids raisonnements. Voilà ce que je réponds à cette théorie, voilà ma première réponse, mais j'en ai une seconde.

Je soutiens que le roman de *Madame Bovary*, envisagé au point de vue philosophique, n'est point moral. Sans doute, Mme Bovary meurt empoisonnée; elle a beaucoup souffert, c'est vrai; mais elle meurt à son heure et à son jour, mais elle meurt, non parce qu'elle est adultère, mais parce qu'elle l'a voulu; elle meurt dans tout le prestige de sa jeunesse et de sa beauté; elle meurt après avoir eu deux amants, laissant un mari qui l'aime, qui l'adore, qui trouvera le portrait de Rodolphe, qui trouvera ses lettres et celles de Léon, qui lira les lettres d'une femme deux fois adultère, et qui, après cela, l'aimera encore davantage au delà du tombeau. Qui peut condamner cette femme dans le livre ? Personne. Telle est la conclusion. Il n'y a pas dans le livre un personnage qui puisse la condamner. Si vous y trouvez un personnage sage, si vous y trouvez un seul principe en vertu duquel l'adultère soit stigmatisé, j'ai tort. Donc, si, dans tout le livre, il n'y a pas un personnage qui puisse lui faire courber la tête, s'il n'y a pas une idée, une ligne en vertu de laquelle l'adultère soit flétri, c'est moi qui ai raison, le livre est immoral !

Serait-ce au nom de l'honneur conjugal que le livre serait condamné ? Mais l'honneur conjugal est représenté par un mari béat, qui, après la mort de sa femme, rencontrant Rodolphe, cherche sur le visage de l'amant les traits de la femme qu'il aime (liv. du 15 décembre, p. 289). Je vous le demande, est-ce au nom de l'honneur conjugal que vous pouvez stigmatiser cette femme, quand il n'y a pas dans le livre un seul mot où le mari ne s'incline devant l'adultère.

Serait-ce au nom de l'opinion publique ? Mais l'opinion publique est personnifiée dans un être grotesque, dans le pharmacien Homais, entouré de personnages ridicules que cette femme domine.

Le condamnerez-vous au nom du sentiment religieux ? Mais ce sentiment, vous l'avez personnifié dans le curé Bournisien, prêtre à peu près aussi grotesque que le pharmacien, ne croyant qu'aux souffrances physiques, jamais aux souffrances morales, à peu près matérialiste.

Le condamnerez-vous au nom de la conscience de l'auteur ? Je ne sais pas ce que pense la conscience de l'auteur; mais, dans son chapitre x, le seul philosophique de l'œuvre (livr. du 15 déc.), je lis la phrase suivante :

« Il y a toujours après la mort de quelqu'un comme une
« stupéfaction qui se dégage, tant il est difficile de com-
« prendre cette survenue du néant et de se résigner à y
« croire. »

Ce n'est pas un cri d'incrédulité, mais c'est du moins un cri de scepticisme. Sans doute il est difficile de le comprendre et d'y croire; mais, enfin, pourquoi cette stupéfaction qui se manifeste à la mort ? Pourquoi ? Parce que cette survenue est quelque chose qui est un mystère, parce qu'il est difficile de le comprendre et de le juger, mais il faut s'y résigner. Et moi je dis que si la mort est la survenue du néant, que si le mari béat sent croître son amour en apprenant les adultères de sa femme, que si l'opinion est représentée par des êtres grotesques, que si le sentiment religieux est représenté par un prêtre ridicule, une seule personne a raison, règne, domine : c'est Emma Bovary. Messaline a raison contre Juvénal.

Voilà la conclusion philosophique du livre, tirée non par l'auteur, mais par un homme qui réfléchit et appro-

fondit les choses, par un homme qui a cherché dans le
livre un personnage qui pût dominer cette femme. Il n'y
en a pas. Le seul personnage qui y domine, c'est Mme
Bovary. Il faut donc chercher ailleurs que dans le livre,
il faut chercher dans cette morale chrétienne qui est le
fond des civilisations modernes. Pour cette morale, tout
s'explique et s'éclaircit.

En son nom l'adultère est stigmatisé, condamné, non
pas parce que c'est une imprudence qui expose à des désillusions et à des regrets, mais parce que c'est un crime pour
la famille. Vous stigmatisez et vous condamnez le suicide,
non pas parce que c'est une folie, le fou n'est pas respon-
sable; non pas parce que c'est une lâcheté, il demande
quelquefois un certain courage physique, mais parce qu'il
est le mépris du devoir dans la vie qui s'achève, et le cri
de l'incrédulité dans la vie qui commence.

Cette morale stigmatise la littérature réaliste, non pas
parce qu'elle peint les passions : la haine, la vengeance,
l'amour; le monde ne vit que là-dessus, et l'art doit les
peindre; mais quand elle les peint sans frein, sans mesure.
L'art sans règle n'est plus l'art; c'est comme une femme qui
quitterait tout vêtement. Imposer à l'art l'unique règle
de la décence publique, ce n'est pas l'asservir, mais l'honorer. On ne grandit qu'avec une règle. Voilà, messieurs,
les principes que nous professons, voilà une doctrine que
nous défendons avec conscience.

PLAIDOIRIE
DU DÉFENSEUR Me SÉNARD

Messieurs, M. Gustave Flaubert est accusé devant vous d'avoir fait un mauvais livre, d'avoir, dans ce livre, outragé la morale publique et la religion. M. Gustave Flaubert est auprès de moi; il affirme devant vous qu'il a fait un livre honnête; il affirme devant vous que la pensée de son livre, depuis la première ligne jusqu'à la dernière, est une pensée morale, religieuse, et que, si elle n'était pas dénaturée (nous avons vu pendant quelques instants ce que peut un grand talent pour dénaturer une pensée), elle serait (et elle reviendra tout à l'heure) pour vous ce qu'elle a été déjà pour les lecteurs du livre, une pensée éminemment morale et religieuse pouvant se traduire par ces mots : l'excitation à la vertu par l'horreur du vice.

Je vous apporte ici l'affirmation de M. Gustave Flaubert, et je la mets hardiment en regard du réquisitoire du ministère public, car cette affirmation est grave; elle l'est par la personne qui l'a faite, elle l'est par les circonstances qui ont présidé à l'exécution du livre que je vais vous faire connaître.

L'affirmation est déjà grave par la personne qui la fait, et, permettez-moi de vous le dire, M. Gustave Flaubert n'était pas pour moi un inconnu qui eût besoin auprès de moi de recommandations, qui eût des renseignements à me donner, je ne dis pas sur sa moralité, mais sur sa dignité. Je viens ici, dans cette enceinte, remplir un devoir de conscience, après avoir lu le livre, après avoir senti s'exhaler par cette lecture tout ce qu'il y a en moi d'honnête et de profondément religieux. Mais, en même temps que je viens remplir un devoir de conscience, je viens remplir un devoir d'amitié. Je me rappelle, je ne saurais oublier que son père a été pour moi un vieil ami. Son père, de l'amitié duquel je me suis longtemps honoré, honoré jusqu'au dernier jour, son père et, permettez-moi de le dire, son illustre père, a été pendant plus de trente années chirurgien en chef de l'Hôtel-Dieu de Rouen. Il a été le prosecteur de Dupuytren; en donnant à la science de grands

enseignements, il l'a dotée de grands noms; je n'en veux
citer qu'un seul, Cloquet. Il n'a pas seulement laissé lui-
même un beau nom dans la science, il y a laissé de grands
souvenirs, pour d'immenses services rendus à l'humanité.
Et en même temps que je me souviens de mes liaisons avec
lui, je veux vous le dire, son fils, qui est traduit en police
correctionnelle pour outrage à la morale et à la religion,
son fils est l'ami de mes enfants, comme j'étais l'ami de
son père. Je sais sa pensée, je sais ses intentions, et l'avocat a ici le droit de se poser comme la caution personnelle
de son client.

Messieurs, un grand nom et de grands souvenirs
obligent. Les enfants de M. Flaubert ne lui ont pas failli.
Ils étaient trois, deux fils et une fille, morte à vingt et un ans.
L'aîné a été jugé digne de succéder à son père : et c'est lui
qui, aujourd'hui, remplit déjà depuis plusieurs années la
mission que son père a remplie pendant trente ans. Le plus
jeune, le voici : il est à votre barre. En leur laissant une
fortune considérable et un grand nom, leur père leur a
laissé le besoin d'être des hommes d'intelligence et de
cœur, des hommes utiles. Le frère de mon client s'est
lancé dans une carrière où les services rendus sont de
chaque jour. Celui-ci a dévoué sa vie à l'étude, aux lettres,
et l'ouvrage qu'on poursuit en ce moment devant vous
est son premier ouvrage. Ce premier ouvrage, messieurs,
qui provoque les passions, au dire de M. l'Avocat impérial,
est le résultat de longues études, de longues méditations.
M. Gustave Flaubert est un homme d'un caractère sérieux
porté par sa nature aux choses graves, aux choses tristes.
Ce n'est pas l'homme que le ministère public, avec quinze
ou vingt lignes mordues çà et là, est venu vous présenter
comme un faiseur de tableaux lascifs. Non; il y a dans sa
nature, je le répète, tout ce qu'on peut imaginer au monde
de plus grave, de plus sérieux, mais en même temps de
plus triste. Son livre, en rétablissant seulement une phrase,
en mettant à côté des quelques lignes citées les quelques
lignes qui précèdent et qui suivent, reprendra bientôt
devant vous sa véritable couleur, en même temps qu'il
fera connaître les intentions de l'auteur. Et, de la parole
trop habile que vous avez entendue, il ne restera dans vos
souvenirs qu'un sentiment d'admiration profonde pour un
talent qui peut tout transformer.

Je vous ai dit que M. Gustave Flaubert était un homme
sérieux et grave. Ses études, conformes à la nature de son
esprit, ont été sérieuses et larges. Elles ont embrassé non
seulement toutes les branches de la littérature, mais le
droit. M. Flaubert est un homme qui ne s'est pas contenté
des observations que pouvait lui fournir le milieu où il
a vécu, il a interrogé d'autres milieux :

Qui mores multorum vidit et urbes.

Après la mort de son père et ses études de collège, il a visité l'Italie et, de 1848 à 1851, parcouru ces contrées de l'Orient, l'Egypte, la Palestine, l'Asie Mineure, dans lesquelles, sans doute, l'homme qui les parcourt, en y apportant une grande intelligence, peut acquérir quelque chose d'élevé, de poétique, ces couleurs, ce prestige de style que le ministère public faisait tout à l'heure ressortir, pour établir le délit qu'il nous impute. Ce prestige de style, ces qualités littéraires resteront, ressortiront avec éclat de ces débats, mais ne pourront en aucune façon laisser prise à l'incrimination.

De retour depuis 1852, M. Gustave Flaubert a écrit et cherché à produire dans un grand cadre le résultat d'études attentives et sérieuses, le résultat de ce qu'il avait recueilli dans ses voyages.

Quel est le cadre qu'il a choisi, le sujet qu'il a pris, et comment l'a-t-il traité ? Mon client est de ceux qui n'appartiennent à aucune des écoles dont j'ai trouvé, tout à l'heure, le nom dans le réquisitoire. Mon Dieu! il appartient à l'école réaliste, en ce sens qu'il s'attache à la réalité des choses. Il appartiendrait à l'école psychologique en ce sens que ce n'est pas la matérialité des choses qui le pousse, mais le sentiment humain, le développement des passions dans le milieu où il est placé. Il appartiendrait à l'école romantique moins peut-être qu'à toute autre, car si le romantisme apparaît dans son livre, de même que si le réalisme y apparaît, ce n'est pas par quelques expressions ironiques, jetées çà et là, que le ministère public a prises au sérieux. Ce que M. Flaubert a voulu surtout, ç'a été de prendre un sujet d'études dans la vie réelle, ç'a été de créer, de constituer des types vrais dans la classe moyenne et d'arriver à un résultat utile. Oui, ce qui a le plus préoccupé mon client dans l'étude à laquelle il s'est livré, c'est précisément ce but utile, poursuivi en mettant en scène trois ou quatre personnages de la société actuelle vivant dans les conditions de la vie réelle, et présentant aux yeux du lecteur le tableau vrai de ce qui se rencontre le plus souvent dans le monde.

Le ministère public, résumant son opinion sur *Madame Bovary*, a dit : Le second titre de cet ouvrage est : *Histoire des adultères d'une femme de province*. Je proteste énergiquement contre ce titre. Il me prouverait à lui seul, si je ne l'avais pas senti d'un bout à l'autre de votre réquisitoire, la préoccupation sous l'empire de laquelle vous avez constamment été. Non! le second titre de cet ouvrage n'est pas : *Histoire des adultères d'une femme de province* ; il est, s'il vous faut absolument un second titre : histoire de l'éducation trop souvent donnée en province; histoire des périls auxquels elle peut conduire, histoire de la dégradation, de la friponnerie, du suicide considéré comme conséquence d'une première faute, et d'une faute amenée

elle-même par de premiers torts auxquels souvent une
jeune femme est entraînée; histoire de l'éducation, histoire d'une vie déplorable dont trop souvent l'éducation
est la préface. Voilà ce que M. Flaubert a voulu peindre,
et non pas les adultères d'une femme de province; vous le
reconnaîtrez bientôt en parcourant l'ouvrage incriminé.

Maintenant le ministère public a aperçu dans tout cela,
par-dessus tout, la couleur lascive. S'il m'était possible de
prendre le nombre des lignes du livre que le ministère
public a découpées, et de le mettre en parallèle avec le
nombre des autres lignes qu'il a laissées de côté, nous
serions dans la proportion totale de un à cinq cents, et
vous verriez que cette proportion de un à cinq cents n'est
pas une couleur lascive, n'est nulle part; elle n'existe que
sous la condition des découpures et des commentaires.

Maintenant, qu'est-ce que M. Gustave Flaubert a voulu
peindre? d'abord une éducation donnée à une femme au-
dessus de la condition dans laquelle elle est née, comme il
arrive, il faut bien le dire, trop souvent chez nous; ensuite,
le mélange d'éléments disparates qui se produit ainsi
dans l'intelligence de la femme, et puis, quand vient le
mariage, comme le mariage ne se proportionne pas à l'éducation, mais aux conditions dans lesquelles la femme est
née, l'auteur a expliqué tous les faits qui se passent dans
la position qui lui est faite.

Que montre-t-il encore? Il montre une femme allant
au vice par la mésalliance, et du vice au dernier degré de la
dégradation et du malheur. Tout à l'heure, quand, par la
lecture de différents passages, j'aurai fait connaître le
livre dans son ensemble, je demanderai au tribunal la
liberté d'accepter la question en ces termes: Ce livre, mis
dans les mains d'une jeune femme, pourrait-il avoir pour
effet de l'entraîner vers des plaisirs faciles, vers l'adultère,
ou de lui montrer, au contraire, le danger dès les premiers
pas, et de la faire frissonner d'horreur? La question ainsi
posée, c'est votre conscience qui la résoudra.

Je dis ceci, quant à présent: M. Flaubert a voulu
peindre la femme qui, au lieu de chercher à s'arranger
dans la condition qui lui est donnée, avec sa situation,
avec sa naissance; au lieu de chercher à se faire à la vie
qui lui appartient, reste préoccupée de mille aspirations
étrangères puisées dans une éducation trop élevée pour
elle; qui, au lieu de s'accommoder des devoirs de sa position,
d'être la femme tranquille du médecin de campagne avec
lequel elle passe ses jours, au lieu de chercher le bonheur
dans sa maison, dans son union, le cherche dans d'inter-
minables rêvasseries, et puis, qui, bientôt, rencontrant sur
sa route un jeune homme qui coquette avec elle, joue avec
elle le même jeu (mon Dieu! ils sont inexpérimentés l'un
et l'autre), s'excite en quelque sorte par degrés, s'effraye
quand, recourant à la religion de ses premières années,

elle n'y trouve pas une force suffisante; et nous verrons tout à l'heure pourquoi elle ne l'y trouve pas. Cependant l'ignorance du jeune homme et sa propre ignorance la préservent d'un premier danger. Mais elle est bientôt rencontrée par un homme comme il y en a tant, comme il y en a trop dans le monde, qui se saisit d'elle, pauvre femme déjà déviée, et l'entraîne. Voilà ce qui est capital, ce qu'il fallait voir, ce qu'est le livre lui-même.

Le ministère public s'irrite, et je crois qu'il s'irrite à tort, au point de vue de la conscience et du cœur humain, de ce que, dans la première scène, Mme Bovary trouve une sorte de plaisir, de joie, à avoir brisé sa prison, et rentre chez elle en disant : « J'ai un amant. » Vous croyez que ce n'est pas là le premier cri du cœur humain! La preuve est entre vous et moi. Mais il fallait regarder un peu plus loin, et vous auriez vu que, si le premier moment, le premier instant de cette chute excite chez cette femme une sorte de transport de joie, de délire, à quelques lignes plus loin la déception arrive, et, suivant l'expression de l'auteur, elle semble à ses propres yeux humiliée.

Oui, la déception, la douleur, le remords lui arrivent à l'instant même. L'homme auquel elle s'était confiée, livrée, ne l'avait prise que pour s'en servir un instant comme d'un jouet; le remords la ronge, la déchire. Ce qui vous a choqué, ç'a été d'entendre appeler cela les désillusions de l'adultère; vous auriez mieux aimé les *souillures* chez un écrivain qui faisait poser cette femme, laquelle n'ayant pas compris le mariage, se sentait souillée par le contact d'un mari; laquelle, ayant cherché ailleurs son idéal, avait trouvé les désillusions de l'adultère. Ce mot vous a choqué; au lieu des *désillusions*, vous auriez voulu les *souillures* de l'adultère. Le tribunal jugera. Quant à moi, si j'avais à faire poser le même personnage, je lui dirais : Pauvre femme! si vous croyez que les baisers de votre mari sont quelque chose de monotone, d'ennuyeux, si vous n'y trouvez — c'est le mot qui a été signalé — que les platitudes du mariage, s'il vous semble voir une souillure dans cette union à laquelle l'amour n'a pas présidé, prenez-y garde, vos rêves sont une illusion, et vous serez un jour cruellement détrompée. Celui qui crie bien fort, messieurs, qui se sert du mot souillure pour exprimer ce que nous avons appelé désillusion, celui-là dit un mot vrai, mais vague, qui n'apprend rien à l'intelligence. J'aime mieux celui qui ne crie pas fort, qui ne prononce pas le mot de souillure, mais qui avertit la femme de la déception, de la désillusion, qui lui dit* : Là où vous croyez trouver l'amour, vous ne trouverez que le libertinage; là où vous croyez trouver le bonheur, vous ne trouverez que les amertumes. Un mari qui va tranquillement à ses affaires, qui vous embrasse, qui met son bonnet de coton et mange la soupe avec vous est un mari prosaïque qui vous révolte;

vous aspirez à un homme qui vous aime, qui vous idolâtre, pauvre enfant! cet homme sera un libertin, qui vous aura prise une minute pour jouer avec vous. L'illusion se sera produite la première fois, peut-être la seconde; vous serez rentrée chez vous enjouée, en chantant la chanson de l'adultère : « J'ai un amant! » La troisième fois vous n'aurez pas besoin d'arriver jusqu'à lui, la désillusion sera venue. Cet homme que vous aviez rêvé, aura perdu tout son prestige; vous aurez retrouvé dans l'amour les platitudes du mariage; et vous les aurez retrouvées avec le mépris, le dédain, le dégoût et le remords poignant.

Voilà, messieurs, ce que M. Flaubert a dit, ce qu'il a peint, ce qui est à chaque ligne de son livre; voilà ce qui distingue son œuvre de toutes les œuvres du même genre. C'est que chez lui les grands travers de la société figurent à chaque page; c'est que chez lui l'adultère marche plein de dégoût et de honte. Il a pris dans les relations habituelles de la vie l'enseignement le plus saisissant qui puisse être donné à une jeune femme. Oh! mon Dieu, celles de nos jeunes femmes qui ne trouvent pas dans les principes honnêtes, élevés, dans une religion sévère de quoi se tenir fermes dans l'accomplissement de leurs devoirs de mères, qui ne le trouvent pas surtout dans cette résignation, cette science pratique de la vie qui nous dit qu'il faut s'accommoder de ce que nous avons, mais qui portent leurs rêveries au dehors, ces jeunes femmes les plus honnêtes, les plus pures qui, dans le prosaïsme de leur ménage, sont quelquefois tourmentées par ce qui se passe autour d'elles, un livre comme celui-là, soyez-en sûrs, en fait réfléchir plus d'une. Voilà ce que M. Flaubert a fait.

Et prenez bien garde à une chose : M. Flaubert n'est pas un homme qui vous peint un charmant adultère, pour faire arriver ensuite le *Deus ex machina*, non; vous avez sauté trop vite de la page que vous avez lue à la dernière. L'adultère, chez lui, n'est qu'une suite de tourments, de regrets, de remords; et puis il arrive à une expiation finale, épouvantable. Elle est excessive. Si M. Flaubert pèche, c'est par l'excès, et je vous dirai tout à l'heure de qui est ce mot. L'expiation ne se fait pas attendre; et c'est en cela que le livre est éminemment moral et utile, c'est qu'il ne promet pas à la jeune femme quelques-unes de ces belles années au bout desquelles elle peut dire : après cela, on peut mourir. Non! Dès le second jour arrive l'amertume, la désillusion. Le dénoûment pour la moralité se trouve à chaque ligne du livre.

Ce livre est écrit avec une puissance d'observation à laquelle M. l'Avocat impérial a rendu justice : et c'est ici que j'appelle votre attention, parce que si l'accusation n'a pas de cause, il faut qu'elle tombe. Ce livre est écrit avec une puissance vraiment remarquable d'observation dans les moindres détails. Un article de l'*Artiste*, signé

Flaubert, a servi encore de prétexte à l'accusation. Que M. l'Avocat impérial veuille remarquer d'abord que cet article est étranger à l'incrimination; qu'il veuille remarquer ensuite que nous le tenons pour très innocent et très moral aux yeux du tribunal, à une condition, que M. l'Avocat impérial aura la bonté de le lire en entier, au lieu de le déchiqueter. Ce qui a saisi dans le livre de M. Flaubert, c'est ce que quelques comptes rendus ont appelé une fidélité toute daguerrienne dans la reproduction du type de toutes les choses, dans la nature intime de la pensée, du cœur humain, — et cette reproduction devient plus saisissante encore par la magie du style. Remarquez bien que s'il n'avait appliqué cette fidélité qu'aux scènes de dégradation, vous pourriez dire avec raison : l'auteur s'est complu à peindre la dégradation avec cette puissance de description qui lui est propre. De la première à la dernière page de son livre, il s'attache sans aucune espèce de réserve à tous les faits de la vie d'Emma, à son enfance dans la maison paternelle, à son éducation dans le couvent, il ne fait grâce de rien. Mais ceux qui ont lu comme moi du commencement à la fin, diront — chose notable dont vous lui saurez gré, qui non seulement sera l'absolution pour lui, mais qui aurait dû écarter de lui toute espèce de poursuite — que, quand il arrive aux parties difficiles, précisément à la dégradation, au lieu de faire comme quelques auteurs classiques que le ministère public connaît bien, mais qu'il a oubliés pendant qu'il écrivait son réquisitoire et dont j'ai apporté ici des passages, non pas pour vous les lire, mais pour que vous les parcouriez dans la chambre du conseil (j'en citerai quelques lignes tout à l'heure), au lieu de faire comme nos grands auteurs classiques, nos grands maîtres, qui, lorsqu'ils ont rencontré des scènes de l'union des sens chez l'homme et la femme, n'ont pas manqué de tout décrire, M. Flaubert se contente d'un mot. Là, toute sa puissance descriptive disparaît, parce que sa pensée est chaste, parce que là où il pourrait écrire à sa manière et avec toute la magie du style, il sent qu'il y a des choses qui ne peuvent pas être abordées, décrites. Le ministère public trouve qu'il a trop dit encore. Quand je lui montrerai des hommes qui, dans de grandes œuvres philosophiques, se sont complu à la description de ces choses, et qu'en regard je placerai l'homme qui possède la science descriptive à un si haut degré et qui, loin de l'employer, s'arrête et s'abstient, j'aurai bien le droit de demander raison à l'accusation qui est produite.

Toutefois, messieurs, de même qu'il se plaît à nous décrire le riant berceau où se joue Emma encore enfant, avec son feuillage, avec ses petites fleurs roses ou blanches qui viennent de s'épanouir, et ses sentiers embaumés; — de même, quand elle sera sortie de là, quand elle ira dans d'autres chemins, dans des chemins où elle trouvera de la

fange, quand elle y salira ses pieds, quand les taches mêmes
rejailliront plus haut sur elle, il ne faudrait pas qu'il le
dît! Mais ce serait supprimer complètement le livre, je
vais plus loin : l'élément moral, sous prétexte de le
défendre, car si la faute ne peut pas être montrée, si elle
ne peut pas être indiquée, si dans un tableau de la vie
réelle qui a pour but de montrer par la pensée le péril,
la chute, l'expiation, si vous voulez empêcher de peindre
tout cela, c'est évidemment ôter au livre sa conclusion.

Ce livre n'a pas été pour mon client l'objet d'une distraction de quelques heures, il représente deux ou trois années
d'études incessantes. Et je vais vous dire maintenant
quelque chose de plus : M. Flaubert qui, après tant d'années
de travaux, tant d'études, tant de voyages, tant de notes
recueillies dans les auteurs qu'il a lus — vous verrez, mon
Dieu! où il a puisé, car c'est quelque chose d'étrange qui
se chargera de le justifier, — vous le verrez, lui aux couleurs lascives, tout imprégné de Bossuet et de Massillon.
C'est dans l'étude de ces auteurs que nous allons le retrouver tout à l'heure, cherchant, non pas à les plagier, mais
à reproduire dans ses descriptions les pensées, les couleurs employées par eux. Quand, après tout ce travail fait
avec tant d'amour, quand son œuvre a son but, est-ce
que vous croyez que, plein de confiance en lui-même et
malgré tant d'études et de méditations, il a voulu immédiatement se lancer dans la lice! Il l'aurait fait, sans doute,
s'il eût été un inconnu dans le monde, si son nom lui eût
appartenu en toute propriété, s'il eût cru pouvoir en disposer et le livrer comme bon lui semblait; mais, je le répète,
il est de ceux chez lesquels noblesse oblige : il s'appelle
Flaubert, il est le second fils de M. Flaubert; il voulait se
tracer une voie dans la littérature, en respectant profondément la morale et la religion, — non pas par inquiétude
du parquet, un tel intérêt ne pourrait se présenter à sa
pensée, — mais par dignité personnelle, ne voulant pas
laisser son nom à la tête d'une publication, si elle ne semblait pas, à quelques personnes en lesquelles il avait foi,
digne d'être publiée. M. Flaubert a lu, par fragments et
en totalité même, devant quelques amis haut placés dans
les lettres, les pages qu'un jour il devrait livrer à l'impression, et j'affirme qu'aucun d'eux n'a été offensé de ce qui
excite en ce moment si vivement la sévérité de M. l'Avocat impérial. Personne même n'y a songé. On a seulement examiné, étudié la valeur littéraire du livre. Quant
au but moral, il est si évident, il est écrit à chaque ligne
en termes si peu équivoques, qu'il n'était pas même besoin
de le mettre en question. Rassuré sur la valeur du livre,
encouragé d'ailleurs par les hommes les plus éminents de
la presse, M. Flaubert ne songe plus qu'à le livrer à l'impression, à la publicité. Je le répète, tout le monde a été
unanime pour rendre hommage au mérite littéraire, au

style et en même temps à la pensée excellente qui préside à l'œuvre depuis la première jusqu'à la dernière ligne. Et quand la poursuite est venue, ce n'est pas lui seulement qui a été surpris, profondément affligé; mais, permettez-moi de vous le dire, c'est nous qui ne comprenions pas cette poursuite, c'est moi tout le premier, qui avais lu le livre avec un intérêt très vif, à mesure que la publication en a été faite; ce sont des amis intimes. Mon Dieu! il y a des nuances qui quelquefois pourraient nous échapper dans nos habitudes, mais qui ne peuvent pas échapper à des femmes d'une grande intelligence, d'une grande pureté, d'une grande chasteté. Il n'y a pas de nom qui puisse se prononcer dans cette audience, mais si je vous disais ce qui a été dit à M. Flaubert, ce qui m'a été dit à moi-même par des mères de famille qui avaient lu ce livre, si je vous disais leur étonnement après avoir reçu de cette lecture une impression si bonne qu'elles ont cru devoir en remercier l'auteur, si je vous disais leur étonnement, leur douleur, quand elles ont appris que ce livre devait être considéré comme contraire à la morale publique, à leur foi religieuse, à la foi de toute leur vie, mon Dieu! mais il y aurait dans la réunion de ces appréciations mêmes de quoi me fortifier, si j'avais besoin d'être fortifié au moment de combattre les attaques du ministère public.

Pourtant, au milieu de toutes ces appréciations de la littérature contemporaine, il y en a une que je veux vous dire. Il y en a une, qui n'est pas seulement respectée par nous à raison d'un beau et d'un grand caractère, qui, au milieu même de l'adversité, de la souffrance, contre les-quelles il lutte courageusement chaque jour, grand par le souvenir de beaucoup d'actions inutiles à rappeler ici, mais grand par des œuvres littéraires qu'il faut rappeler parce que c'est là ce qui fait sa compétence, grand sur-tout par la pureté qui existe dans toutes ses œuvres, par la chasteté de tous ses écrits: Lamartine.

Lamartine ne connaissait pas mon client; il ne savait pas qu'il existât. Lamartine à la campagne, chez lui, avait lu, dans chacun des numéros de la *Revue de Paris*, la publication de *Madame Bovary*, et Lamartine avait trouvé là des impressions telles, qu'elles se sont reproduites toutes les fois que je vais vous dire maintenant.

Il y a quelques jours, Lamartine est revenu à Paris, et le lendemain il s'est informé de la demeure de M. Gus-tave Flaubert. Il a envoyé à la *Revue* savoir la demeure d'un M. Gustave Flaubert, qui avait publié dans le recueil des articles sous le titre de *Madame Bovary*. Il a chargé son secrétaire d'aller faire à M. Flaubert tous ses compliments, de lui exprimer toute la satisfaction qu'il avait éprouvée en lisant son œuvre, et lui témoigner le désir de voir l'au-teur nouveau, se révélant par un essai pareil.

Mon client est allé chez Lamartine; et il a trouvé chez

lui non pas seulement un homme qui l'a encouragé, mais un homme qui lui a dit : « Vous m'avez donné la meilleure œuvre que j'aie lue depuis vingt ans. » C'étaient, en un mot, des éloges tels que mon client, dans sa modestie, osait à peine me les répéter. Lamartine lui prouvait qu'il avait lu les livraisons, et le lui prouvait de la manière la plus gracieuse, en lui disant des pages tout entières. Seulement Lamartine ajoutait : « En même temps que je vous ai lu sans restriction jusqu'à la dernière page, j'ai blâmé les dernières. Vous m'avez fait mal, vous m'avez fait littéralement souffrir! L'expiation est hors de proportion avec le crime; vous avez créé une mort affreuse, effroyable! Assurément la femme qui souille le lit conjugal doit s'attendre à une expiation, mais celle-ci est horrible, c'est un supplice comme on n'en a jamais vu. Vous avez été trop loin, vous m'avez fait mal aux nerfs; cette puissance de description qui s'est appliquée aux derniers instants de la mort m'a laissé une indicible souffrance! » Et quand Gustave Flaubert lui demandait : « Mais, monsieur de Lamartine, est-ce que vous comprenez que je sois poursuivi, pour avoir fait une œuvre pareille, devant le tribunal de police correctionnelle, pour offense à la morale publique et religieuse ? » Lamartine lui répondait : « Je crois avoir été toute ma vie l'homme qui, dans ses œuvres littéraires comme dans ses autres, a le mieux compris ce que c'était que la morale publique et religieuse; mon cher enfant, il n'est pas possible qu'il se trouve en France un tribunal pour vous condamner. Il est déjà très regrettable qu'on se soit ainsi mépris sur le caractère de votre œuvre et qu'on ait ordonné de la poursuivre, mais il n'est pas possible, pour l'honneur de notre pays et de notre époque, qu'il se trouve un tribunal pour vous condamner. »

Voilà ce qui se passait hier, entre Lamartine et Flaubert, et j'ai le droit de vous dire que cette appréciation est de celles qui valent la peine d'être pesées.

Ceci bien entendu, voyons comment il se pourrait faire que ma conscience à moi me dit que *Madame Bovary* est un bon livre, une bonne action ? Et je vous demande la permission d'ajouter que je ne suis pas facile sur ces sortes de choses, la facilité n'est pas dans mes habitudes. Des œuvres littéraires, j'en tiens à la main qui, quoique émanées de nos grands écrivains, n'ont jamais arrêté deux minutes mes yeux. Je vous en ferai passer dans la chambre du conseil quelques lignes que je ne me suis jamais complu à lire, et je vous demanderai la permission de vous dire que lorsque je suis arrivé à la fin de l'œuvre de M. Flaubert, j'ai été convaincu qu'une coupure faite par la *Revue de Paris* a été cause de tout ceci. Je vous demanderai, de plus, la permission de joindre mon appréciation à l'appréciation plus élevée, plus éclairée que je viens de rappeler.

Voici, messieurs, un portefeuille rempli des opinions de tous les littérateurs de notre temps, et parmi lesquels se trouvent les plus distingués, sur l'œuvre dont il s'agit, et sur l'émerveillement qu'ils ont éprouvé en lisant cette œuvre nouvelle, en même temps si morale et si utile!

Maintenant, comment une œuvre pareille a-t-elle pu encourir une poursuite ? Voulez-vous me permettre de vous le dire ? La *Revue de Paris*, dont le comité de lecture avait lu l'œuvre en son entier, car le manuscrit lui avait été envoyé longtemps avant la publication, n'y avait rien trouvé à redire. Quand on est arrivé à imprimer le cahier du 1er décembre 1856, un des directeurs de la *Revue* s'est effarouché de la scène dans un fiacre. Il a dit : « Ceci n'est pas convenable, nous allons le supprimer. » Flaubert s'est offensé de la suppression. Il n'a pas voulu qu'elle eût lieu sans qu'une note fût placé au bas de la page. C'est lui qui a exigé la note. C'est lui qui, pour son amour-propre d'auteur, ne voulant pas que son œuvre fût mutilée, ni que, d'un autre côté, il y eût quelque chose qui donnât des inquiétudes à la *Revue*, a dit : « Vous supprimerez si bon vous semble, mais vous déclarerez que vous avez supprimé »; et alors on convint de la note suivante :

« La direction s'est vue dans la nécessité de supprimer ici un passage qui ne pouvait convenir à la rédaction de la *Revue de Paris ;* nous en donnons acte à l'auteur. »

Voici le passage supprimé, je vais vous le lire. Nous en avons une épreuve, que nous avons eu beaucoup de peine à nous procurer. En voici la première partie, qui n'a pas une seule correction; un mot a été corrigé sur la seconde :

« Où allons-nous ? — Où vous voudrez, dit Léon poussant Emma dans la voiture. Les stores s'abaissèrent, et la lourde machine se mit en route.

« Elle descendit la rue du Grand Pont, traversa la place des Arts, le quai Napoléon, le pont Neuf, et s'arrêta court devant la statue de Pierre Corneille.

« — Continuez! fit une voix qui sortait de l'intérieur.

« La voiture repartit, et se laissant, dès le carrefour Lafayette, emporter par la descente, elle entra au grand galop dans la gare du chemin de fer.

« — Non! tout droit! » cria la même voix.

« Le fiacre sortit des grilles, et bientôt arrivé sur le Cours, trotta doucement, au milieu des grands ormes. Le cocher s'essuya le front, mit son chapeau de cuir entre ses jambes et poussa la voiture en dehors des contre-allées, au bord de l'eau, près du gazon.

« Elle alla le long de la rivière, sur le chemin de halage pavé de cailloux secs, — et, longtemps, du côté d'Oyssel, au delà des îles.

« Mais, tout à coup, elle s'élança d'un bond à travers Quatremares, Sotteville, la grande chaussée, la rue d'Elbeuf, et fit sa troisième halte devant le Jardin des Plantes.

« — Marchez donc! s'écria la voix plus furieusement.

« Et aussitôt, reprenant sa course, elle passa par Saint-Sever, par le quai des Curandiers, par le quai aux Meules, encore une fois par le pont, par la place du Champ-de-Mars, et derrière les jardins de l'Hôpital où des vieillards en veste noire se promènent au soleil, le long d'une terrasse toute verdie par des lierres. Elle remonta le boulevard Bouvreuil, parcourut le boulevard Cauchoise, puis tout le mont Riboudet jusqu'à la côte de Deville!

« Elle revint; et alors, sans parti pris ni direction, au hasard, elle vagabonda. On la vit à Saint-Paul, à Lescure, au mont Gargan, à la Rouge-Mare et place du Gaillardbois, rue Maladrerie, rue Dinanderie, devant Saint-Romain, Saint-Vivien, Saint-Maclou, Saint-Nicaise, devant la Douane, à la basse Vieille-Tour, aux Trois-Pipes et au Cimetière-Monumental! De temps à autre, le cocher, sur son siège, jetait aux cabarets des regards désespérés. Il ne comprenait pas quelle fureur de locomotion poussait ces individus à ne vouloir point s'arrêter. Il essayait quelquefois; et aussitôt il entendait derrière lui partir des exclamations de colère. Alors il cinglait de plus belle ses deux rosses tout en sueur, mais sans prendre garde aux cahots, accrochant par-ci, par-là, ne s'en souciant, démoralisé, et presque pleurant de soif, de fatigue et de tristesse.

« Et sur le port, au milieu des camions et des barriques, et dans les rues au coin des bornes les bourgeois ouvraient de grands yeux ébahis devant cette chose si extraordinaire en province, une voiture à stores tendus, et qui apparaissait ainsi continuellement, plus close qu'un tombeau et ballottée comme un navire.

« Une fois, au milieu du jour, en pleine campagne, au moment où le soleil dardait le plus fort contre les vieilles lanternes argentées, une main nue passa sous les petits rideaux de toile jaune et jeta des déchirures de papier, qui se dispersèrent au vent, et s'abattirent plus loin, comme des papillons blancs, sur un champ de trèfles rouges, tout en fleur.

« Puis, vers six heures, la voiture s'arrêta dans une ruelle du quartier Beauvoisine; et une femme en descendit qui marchait le voile baissé, sans détourner la tête.

« En arrivant à l'auberge, Mme Bovary fut étonnée de ne pas apercevoir la diligence. Hivert, qui l'avait attendue cinquante-trois minutes, avait fini par s'en aller.

« Rien pourtant ne la forçait à partir; mais elle avait donné sa parole qu'elle reviendrait le soir même. D'ailleurs, Charles l'attendait; et déjà elle se sentait au cœur cette lâche docilité qui est pour bien des femmes comme le châtiment tout à la fois et la rançon de l'adultère. »

M. Flaubert me fait remarquer que le ministère public lui a reproché cette dernière phrase.

M. l'Avocat impérial. — Non, je l'ai indiquée.

Mᵉ Sénard. — Ce qui est certain, c'est que s'il y avait un reproche, il tomberait devant ces mots : « Le châtiment tout à la fois et la rançon de l'adultère. » Au surplus, cela pourrait faire la matière d'un reproche tout aussi fondé que les autres; car dans tout ce que vous avez reproché, il n'y a rien qui puisse se soutenir sérieusement.

Or, messieurs, cette espèce de course fantastique ayant déplu à la rédaction de la *Revue*, la suppression en fut faite. Ce fut là un excès de réserve de la part de la *Revue*; et très certainement ce n'est pas un excès de réserve qui pouvait donner matière à un procès; vous allez voir cependant comment elle a donné matière au procès. Ce qu'on ne voit pas, ce qui est supprimé ainsi paraît une chose fort étrange. On a supposé beaucoup de choses qui n'existaient pas, comme vous l'avez vu par la lecture du passage primitif. Mon Dieu, savez-vous ce qu'on a supposé ? Qu'il y avait probablement dans le passage supprimé quelque chose d'analogue à ce que vous aurez la bonté de lire dans un des plus merveilleux romans sortis de la plume d'un honorable membre de l'Académie française, M. Mérimée.

M. Mérimée, dans un roman intitulé *La Double Méprise*, raconte une scène qui se passe dans une chaise de poste. Ce n'est pas la localité de la voiture qui a de l'importance, c'est, comme ici, dans le détail de ce qui se fait dans son intérieur. Je ne veux pas abuser de l'audience, je ferai passer le livre au ministère public et au tribunal. Si nous avions écrit la moitié ou le quart de ce qu'a écrit M. Mérimée, j'éprouverais quelque embarras dans la tâche qui m'est donnée, ou plutôt je la modifierais. Au lieu de dire ce que j'ai dit, ce que j'affirme, que M. Flaubert a écrit un bon livre, un livre honnête, utile, moral, je dirais : la littérature a ses droits; M. Mérimée a fait une œuvre littéraire très remarquable, et il ne faut pas se montrer si difficile sur les détails quand l'ensemble est irréprochable. Je m'en tiendrais là, j'absoudrais et vous absoudriez. Eh! mon Dieu! ce n'est pas par omission qu'un auteur peut pécher en pareille matière. Et, d'ailleurs, vous aurez le détail de ce qui se passa dans le fiacre. Mais comme mon client, lui, s'était contenté de faire une course, et que l'intérieur ne s'était révélé que par « une main nue qui passa sous les petits rideaux de toile jaune et jeta des déchirures de papier qui se dispersèrent au vent et s'abattirent plus loin comme des papillons blancs sur un champ de trèfles rouges tout en fleurs »; comme mon client s'était contenté de cela, personne n'en savait rien, et tout le monde supposait — par la suppression même — qu'il avait dit au moins autant que le membre de l'Académie française. Vous avez vu qu'il n'en était rien.

Eh bien! cette malheureuse suppression, c'est le procès, c'est à-dire que, dans les bureaux qui sont chargés, avec infiniment de raison, de surveiller tous les écrits qui peuvent offenser la morale publique, quand on a vu cette coupure, on s'est tenu en éveil. Je suis obligé de l'avouer, et messieurs de la *Revue de Paris* me permettront de dire cela, ils ont donné le coup de ciseaux deux mots trop loin; il fallait le donner avant qu'on montât dans le fiacre; couper après, ce n'était plus la peine. La coupure a été très malheureuse; mais si vous avez commis cette petite faute, messieurs de la *Revue*, assurément vous l'expiez bien aujourd'hui.

On a dit dans les bureaux : prenons garde à ce qui va suivre; quand le numéro suivant est venu, on a fait la guerre aux syllabes. Les gens des bureaux ne sont pas obligés de tout lire; et quand ils ont vu qu'on avait écrit qu'une femme avait retiré tous ses vêtements, ils se sont effarouchés sans aller plus loin. Il est vrai qu'à la différence de nos grands maîtres, M. Flaubert ne s'est pas donné la peine de décrire l'albâtre de ses bras nus, de sa gorge, etc. Il n'a pas dit comme un poète que nous aimons :

> *Je vis de ses beaux flancs l'albâtre ardent et pur,*
> *Lis, chêne, corail, roses, veines d'azur.*
> *Telle enfin qu'autrefois tu me l'avais montrée,*
> *De sa nudité seule embellie et parée,*
> *Quand nos nuits s'envolaient, quand le mol oreiller*
> *La vit sous tes baisers dormir et s'éveiller.*

Il n'a rien dit de semblable à ce qu'a dit André Chénier. Mais enfin il a dit : « Elle s'abandonna... Ses vêtements tombèrent. »

Elle s'abandonna! Eh quoi! toute description est donc interdite! Mais quand on incrimine, on devrait tout lire, et M. l'Avocat impérial n'a pas tout lu. Le passage qu'il incrimine ne s'arrête pas où il s'est arrêté; il y a le correctif que voici :

« Cependant il y avait sur ce front couvert de gouttes « froides, sur ces lèvres balbutiantes, dans ces prunelles « égarées, dans l'étreinte de ces bras quelque chose d'ex- « trême, de vague et de lugubre qui semblait à Léon se « glisser entre eux subtilement comme pour les séparer. »

Dans les bureaux on n'a pas lu cela. M. l'Avocat impérial tout à l'heure n'y prenait pas garde. Il n'a vu que ceci : « Puis elle faisait d'un seul geste tomber ensemble tous ses vêtements », et il s'est écrié : outrage à la morale publique! Vraiment, il est trop facile d'accuser avec un pareil système. Dieu garde les auteurs de dictionnaires de tomber sous la main de M. l'Avocat impérial! Quel est celui qui échapperait à une condamnation si, au moyen de découpures, non de phrases mais de mots, on s'avisait de faire

une liste de tous les mots qui pourraient offenser la
morale ou la religion ?

Le première pensée de mon client, qui a malheureusement rencontré de la résistance, avait été celle-ci : « Il
n'y a qu'une seule chose à faire : imprimer immédiatement, non pas avec des coupures, mais dans son entier,
l'œuvre telle qu'elle est sortie de mes mains, en rétablissant la scène du fiacre. » J'étais tout à fait de son avis,
c'était la meilleure défense de mon client que l'impression complète de l'ouvrage avec l'indication de quelques
points, sur lesquels nous aurions plus spécialement prié
le tribunal de porter son attention. J'avais donné moi-
même le titre de cette publication : *Mémoire de M. Gustave Flaubert contre la prévention d'outrage à la morale
religieuse dirigée contre lui.* J'avais écrit de ma main : *Tribunal de police correctionnelle, sixième chambre,* avec l'indication du président et du ministère public. Il y avait
une préface dans laquelle on lisait : « On m'accuse avec
des phrases prises çà et là dans mon livre ; je ne puis me
défendre qu'avec mon livre. » Demander à des juges la
lecture d'un roman tout entier, c'est leur demander beaucoup, mais nous sommes devant des juges qui aiment la
vérité, qui la veulent ; qui, pour la connaître, ne recu-
leront devant aucune fatigue ; nous sommes devant des
juges qui veulent la justice, qui la veulent énergiquement
et qui liront, sans aucune espèce d'hésitation, tout ce que
nous les supplierons de lire. J'avais dit à M. Flaubert :
« Envoyez tout de suite cela à l'impression et mettez
au bas mon nom à côté du vôtre : SÉNARD, *avocat.* » On
avait commencé l'impression ; la déclaration était faite
pour cent exemplaires que nous voulions faire tirer ;
l'impression marchait avec une rapidité extrême, on y passait les jours et les nuits, lorsque nous est venue la défense
de continuer l'impression, non pas d'un livre, mais d'un
mémoire dans lequel l'œuvre incriminée se trouvait avec
des notes explicatives ! On a réclamé au parquet de
M. le Procureur impérial, — qui nous a dit que la défense
était absolue, qu'elle ne pouvait pas être levée.

Eh bien, soit ! Nous n'aurons pas publié le livre avec
nos notes et nos observations, mais si votre première
lecture, messieurs, vous avait laissé un doute, je vous le
demande en grâce, vous en feriez une seconde. Vous aimez,
vous voulez la vérité ; vous ne pouvez pas être de ceux qui,
quand on leur porte deux lignes de l'écriture d'un homme,
sont assurés de le faire pendre à quelque condition que
ce soit. Vous ne voulez pas qu'un homme soit jugé sur
des découpures, plus ou moins habilement faites. Vous
ne voulez pas cela ; vous ne voulez pas nous priver des
ressources ordinaires de la défense. Eh bien ! vous avez
le livre, et quoique ce soit moins commode que ce que
nous voulions faire, vous ferez vous-mêmes les divisions,

les observations, les rapprochements, parce que vous voulez la vérité, et qu'il faut que ce soit la vérité qui serve de base à votre jugement, et la vérité sortira de l'examen sérieux du livre.

Cependant je ne puis pas m'en tenir là. Le ministère public attaque le livre, il faut que je prenne le livre même pour le défendre, que je complète les citations qu'il en a faites, et que, sur chaque passage incriminé, je montre le néant de l'incrimination; ce sera toute ma défense.

Je n'essayerai pas, assurément, d'opposer aux appréciations élevées, animées, pathétiques, dont le ministère public a entouré tout ce qu'il a dit, des appréciations du même genre; la défense n'aurait pas le droit de prendre de telles allures; elle se contentera de citer les textes tels qu'ils sont.

Et d'abord, je déclare que rien n'est plus faux que ce qu'on a dit tout à l'heure de la couleur lascive. La couleur lascive! Où donc avez-vous pris cela? Mon client a dépeint dans *Madame Bovary* quelle femme? Eh! mon Dieu! c'est triste à dire, mais cela est vrai, une jeune fille, née comme elles le sont presque toutes, honnête; c'est du moins le plus grand nombre, mais bien fragiles quand l'éducation, au lieu de les fortifier, les a amollies ou jetées dans une mauvaise voie. Il a pris une jeune fille; est-ce une nature perverse! Non, c'est une nature impressionnable, accessible à l'exaltation.

M. l'Avocat impérial a dit : Cette jeune fille, on la présente constamment comme lascive. Mais non! on la représente née à la campagne, née à la ferme, où elle s'occupe de tous les travaux de son père, et où aucune espèce de lascivité n'avait pu passer dans son esprit ou dans son cœur. On la représente ensuite, au lieu de suivre la destinée qui lui appartenait tout naturellement d'être élevée pour la ferme dans laquelle elle devait vivre ou dans un milieu analogue, on la représente sous l'autorité imprévoyante d'un père qui s'imagine de faire élever au couvent cette fille née à la ferme, qui devait épouser un fermier, un homme de la campagne. La voilà conduite dans un couvent hors de sa sphère. Il n'y a rien qui ne soit grave dans la parole du ministère public, il ne faut donc rien laisser sans réponse. Ah! vous avez parlé de ses petits péchés; en citant quelques lignes de la première livraison, vous avez dit : « Quand elle allait à confesse, elle inventait de petits péchés, afin de rester là plus longtemps, à genoux dans l'ombre... sous le chuchotement du prêtre. » Vous vous êtes déjà gravement trompé sur l'appréciation de mon client. Il n'a pas fait la faute que vous lui reprochez, l'erreur est tout entière de votre côté, d'abord sur l'âge de la jeune fille. Comme elle n'est entrée au couvent qu'à treize ans, il est évident qu'elle en avait quatorze lorsqu'elle allait à confesse. Ce n'était donc pas une enfant de dix ans comme il vous a plu de le dire; vous vous êtes trompé là-dessus matériellement. Mais je n'en suis pas sur l'invrai-semblance d'une enfant de dix ans qui aime à rester au confessionnal « sous le chuchotement du prêtre ». Ce que je veux, c'est que vous lisiez les lignes qui précèdent, ce qui n'est pas facile, j'en conviens. Et voilà l'inconvénient pour nous de n'avoir pas un mémoire : avec un mémoire nous n'aurions pas à chercher dans six volumes.

J'appelais votre attention sur ce passage, pour restituer à *Madame Bovary* son véritable caractère. Voulez-vous me permettre de vous dire ce qui me paraît bien grave, ce que M. Flaubert a compris et qu'il a mis en relief ? Il y a une espèce de religion qui est celle qu'on parle géné-ralement aux jeunes filles et qui est la plus mauvaise de toutes. On peut, à cet égard, différer dans les appréciations. Quant à moi, je déclare nettement ceci : que je ne connais rien de beau, d'utile, de nécessaire pour soutenir, non pas seulement les femmes dans le chemin de la vie, mais les hommes eux-mêmes qui ont quelquefois de bien pénibles épreuves à traverser; que je ne connais rien de plus utile et de plus nécessaire que le sentiment religieux, mais le sentiment religieux grave et, permettez-moi d'ajouter, sévère.

Je veux que mes enfants comprennent un Dieu, non pas un Dieu dans les abstractions du panthéisme, non, mais un être suprême avec lequel ils sont en rapport, vers lequel ils s'élèvent pour le prier, et qui, en même temps, les grandit et les fortifie. Cette pensée-là, voyez-vous, qui est ma pensée, qui est la vôtre, c'est la force dans les mau-vais jours, la force dans ce qu'on appelle le monde, le refuge, ou, mieux encore, la force des faibles. C'est cette pensée-là qui donne à la femme cette consistance qui la fait se résigner sur les mille petites choses de la vie, qui la fait rapporter à Dieu ce qu'elle peut souffrir, et lui demander la grâce de remplir son devoir. Cette religion-là, messieurs, c'est le christianisme, c'est la religion qui établit les rapports entre Dieu et l'homme. Le christia-nisme, en faisant intervenir entre Dieu et nous une sorte de puissance intermédiaire, nous rend Dieu plus acces-sible, et cette communication avec lui plus facile. Que la mère de celui qui se fit Homme-Dieu reçoive aussi les prières de la femme, je ne vois rien encore là qui altère ni la pureté, ni la sainteté religieuse, ni le sentiment lui-même. Mais voici où commence l'altération. Pour accom-moder la religion à toutes les natures, on fait intervenir toutes sortes de petites choses chétives, misérables, mes-quines. La pompe des cérémonies, au lieu d'être cette grande pompe qui nous saisit l'âme, cette pompe dégé-nère en petit commerce de reliques, de médailles, de petits bons dieux, de petites bonnes vierges. A quoi, mes-sieurs, se prend l'esprit des enfants curieux, ardents,

tendres, l'esprit des jeunes filles surtout ? A toutes ces
images, affaiblies, atténuées, misérables de l'esprit religieux.
Elles se font alors de petites religions de pratique, de petites
dévotions de tendresse, d'amour et au lieu d'avoir dans
leur âme le sentiment de Dieu, le sentiment du devoir,
elles s'abandonnent à des rêvasseries, à de petites pratiques,
à de petites dévotions. Et puis vient la poésie, et puis
viennent, il faut bien le dire, mille pensées de charité,
de tendresse, d'amour mystique, mille formes qui trompent
les jeunes filles, qui sensualisent la religion. Ces pauvres
enfants, naturellement crédules et faibles, se prennent à
tout cela, à la poésie, à la rêvasserie, au lieu de s'attacher
à quelque chose de raisonnable et de sévère. D'où il
arrive que vous avez beaucoup de femmes fort dévotes,
qui ne sont pas religieuses du tout. Et quand le vent les
pousse hors du chemin où elles devraient marcher, au
lieu de trouver la force, elles ne trouvent que toute espèce
de sensualités qui les égarent.

Ah! vous m'avez accusé d'avoir, dans le tableau de la
société moderne, confondu l'élément religieux avec le sen-
sualisme! Accusez donc la société au milieu de laquelle
nous sommes, mais n'accusez pas l'homme qui, comme
Bossuet, s'écrie : Réveillez-vous et prenez garde au péril!
Mais venir dire aux pères de famille : Prenez garde, ce ne
sont pas là de bonnes habitudes à donner à vos filles, il y a
dans tous ces mélanges de mysticisme quelque chose qui
sensualise la religion; venir dire cela, c'est dire la vérité.
C'est pour cela que vous accusez Flaubert, c'est pour
cela que j'exalte sa conduite. Oui, il a bien fait d'avertir,
ainsi, les familles des dangers de l'exaltation chez les
jeunes personnes qui s'en prennent aux petites pratiques,
au lieu de s'attacher à une religion forte et sévère qui les
soutiendrait au jour de la faiblesse. Et, maintenant, vous
allez voir d'où vient l'intention des petits péchés « sous
le chuchotement du prêtre ». Lisons la page 30.

« Elle avait lu *Paul et Virginie* et elle avait rêvé la maison-
« nette de bambous, le nègre Domingo, le chien Fidèle,
« mais surtout l'amitié douce de quelque bon petit frère,
« qui va chercher pour vous des fruits rouges dans des
« grands arbres plus hauts que des clochers ou qui court
« pieds nus sur le sable, vous apportant un nid d'oiseaux. »

Est-ce lascif cela, messieurs ? Continuons.

M. *l'Avocat impérial*. — Je n'ai pas dit que ce passage
fût lascif.

Mᵉ *Sénard*. — Je vous en demande bien pardon, c'est
précisément dans ce passage que vous avez relevé une
phrase lascive, et vous n'avez pu la trouver lascive qu'en
l'isolant de ce qui précédait et de ce qui suivait :

« Au lieu de suivre la messe, elle regardait dans son
« livre les vignettes pieuses bordées d'azur qui servent de
« signets, et elle aimait la brebis malade, le sacré-cœur

« percé de flèches aiguës, ou le pauvre Jésus qui tombe en
« marchant sous sa croix. Elle essaya, par mortification,
« de rester tout un jour sans manger. Elle cherchait dans
« sa tête quelque vœu à accomplir. »

N'oubliez pas cela ; quand on invente de petits péchés
à confesse et qu'on cherche dans sa tête quelque vœu à
accomplir, ce que vous trouverez à la ligne qui précède,
évidemment on a eu les idées un peu faussées, quelque
part. Et je vous demande maintenant si j'ai à discuter
votre passage ! Mais je continue :

« Le soir, avant la prière, on faisait dans l'étude une
« lecture religieuse. C'était, pendant la semaine, quelque
« résumé d'histoire sainte ou les conférences de l'abbé
« Frayssinous, et, le dimanche, des passages du *Génie du*
« *Christianisme*, par récréation. Comme elle écouta, les pre-
« mières fois, la lamentation sonore des mélancolies roman-
« tiques se répétant à tous les échos de la terre et de
« l'éternité ! Si son enfance se fût écoulée dans l'arrière-
« boutique obscure d'un quartier marchand, elle se serait
« peut-être alors ouverte aux envahissements lyriques de
« la nature, qui, d'ordinaire, ne nous arrivent que par la
« traduction des écrivains. Mais elle connaissait trop la
« campagne ; elle savait le bêlement des troupeaux, les lai-
« tages, les charrues. Habituée aux aspects calmes, elle
« se tournait, au contraire, vers les accidentés. Elle n'ai-
« mait la mer qu'à cause de ses tempêtes, et la verdure
« seulement lorsqu'elle était clairsemée parmi les ruines.
« Il fallait qu'elle pût retirer des choses une sorte de
« profit personnel ; et elle rejetait comme inutile tout ce
« qui ne contribuait pas à la consommation immédiate de
« son cœur, étant de tempérament plus sentimental qu'ar-
« tistique, cherchant des émotions et non des paysages. »

Vous allez voir avec quelles délicates précautions
l'auteur introduit cette vieille sainte fille, et comment, pour
enseigner la religion, il va se glisser dans le couvent un
élément nouveau, l'introduction du roman apporté par
une étrangère. N'oubliez jamais ceci quand il s'agira d'apprécier la morale religieuse.

« Il y avait au couvent une vieille fille qui venait tous
« les mois, pendant huit jours, travailler à la lingerie. Pro-
« tégée par l'archevêché comme appartenant à une ancienne
« famille de gentilshommes ruinée sous la Révolution, elle
« mangeait au réfectoire à la table des bonnes sœurs et
« faisait avec elles, après le repas, un petit bout de cau-
« sette avant de remonter à son ouvrage. Souvent les
« pensionnaires s'échappaient de l'étude pour l'aller voir.
« Elle savait par cœur des chansons galantes du siècle
« passé, qu'elle chantait à demi-voix en poussant son
« aiguille. Elle contait des histoires, vous apprenait des
« nouvelles, faisait en ville vos commissions, et prêtait
« aux grandes, en cachette, quelque roman qu'elle avait

« toujours dans les poches de son tablier, et dont la
« bonne demoiselle elle-même avalait de longs chapitres
« dans les intervalles de sa besogne. »

Ceci n'est pas seulement merveilleux littérairement parlant : l'absolution ne peut pas être refusée à l'homme qui
écrit ces admirables passages, pour signaler à tous les
périls d'une éducation de ce genre, pour indiquer à la
jeune femme les écueils de la vie dans laquelle elle va
s'engager. Continuons :

« Ce n'étaient qu'amours, amants, amantes, dames per-
« sécutées s'évanouissant dans des pavillons solitaires, pos-
« tillons qu'on tue à tous les relais, chevaux qu'on crève
« à toutes les pages, forêts sombres, troubles du cœur,
« serments, sanglots, larmes et baisers, nacelles au clair
« de lune, rossignols dans les bosquets, *Messieurs* braves
« comme des lions, doux comme des agneaux, vertueux
« comme on ne l'est pas, toujours bien mis et qui pleurent
« comme des urnes. Pendant six mois, à quinze ans,
« Emma se graissa donc les mains à cette poussière
« des vieux cabinets de lecture. Avec Walter Scott, plus
« tard, elle s'éprit de choses historiques, rêva bahuts,
« salles des gardes et ménestrels. Elle aurait voulu vivre
« dans quelque vieux manoir, comme ces châtelaines au
« long corsage qui, sous le trèfle des ogives, passaient leurs
« jours le coude sur la pierre et le menton dans la main à
« regarder venir du fond de la campagne un cavalier à
« plume blanche, qui galope sur un cheval noir. Elle eut,
« dans ce temps-là, le culte de Marie Stuart et des véné-
« rations enthousiastes à l'endroit des femmes illustres ou
« infortunées. Jeanne d'Arc, Héloïse, Agnès Sorel, la
« belle Ferronnière et Clémence Isaure, pour elle se déta-
« chaient comme des comètes sur l'immensité ténébreuse
« de l'histoire, où saillissaient encore çà et là, mais plus
« perdus dans l'ombre et sans aucun rapport entre eux,
« saint Louis avec son chêne, Bayard mourant, quelques
« férocités de Louis XI, un peu de Saint-Barthélemy, le
« panache du Béarnais et toujours le souvenir des assiettes
« peintes où Louis XIV était vanté.

« A la classe de musique, dans les romances qu'elle
« chantait, il n'était question que de petits anges aux
« ailes d'or, de madones, de lagunes, de gondoliers,
« pacifiques compositions qui laissaient entrevoir, à tra-
« vers la niaiserie du style et les imprudences de la note,
« l'attirante fantasmagorie de réalités sentimentales. »

Comment, vous ne vous êtes pas souvenu de cela, quand
cette pauvre fille de la campagne rentrée à la ferme, ayant
trouvé à épouser un médecin de village, est invitée à une
soirée d'un château, sur laquelle vous avez cherché à appeler l'attention du tribunal, pour montrer quelque chose de
lascif dans une valse qu'elle vient de danser! Vous ne vous
êtes pas souvenu de cette éducation, quand cette pauvre

femme enlevée par une invitation qui est venue la prendre
au foyer vulgaire de son mari, pour la mener à ce château,
quand elle a vu ces beaux messieurs, ces belles dames, ce
vieux duc qui, disait-on, avait eu des bonnes fortunes à la
cour!... M. l'Avocat impérial a eu de beaux mouvements,
à propos de la reine Antoinette! Il n'y a pas un de nous,
assurément, qui ne se soit associé par la pensée à votre
pensée. Comme vous, nous avons frémi au nom de cette victime des révolutions; mais ce n'est pas de Marie-Antoinette qu'il s'agit ici, c'est du château de la Vaubyessard.

Il y avait là un vieux duc qui avait eu — disait-on — des
rapports avec la reine, et sur lequel se portaient tous les
regards. Et quand cette jeune femme, voyant se réaliser
tous les rêves fantastiques de sa jeunesse, se trouve ainsi
transportée au milieu de ce monde, vous vous étonnez de
l'enivrement qu'elle a ressenti; vous l'accusez d'avoir été
lascive! Mais accusez donc la valse elle-même, cette danse
de nos grands bals modernes où, dit un auteur qui l'a
décrite, la femme « s'appuie la tête sur l'épaule du cavalier, dont la jambe l'embarrasse ». Vous trouvez que dans
la description de Flaubert Mme Bovary est lascive. Mais
il n'y a pas un homme, et je ne vous excepte pas, qui, ayant
assisté à un bal, ayant vu cette sorte de valse, n'ait eu en
sa pensée le désir que sa femme ou sa fille s'abstînt de ce
plaisir qui a quelque chose de farouche. Si, comptant sur
la chasteté qui enveloppe une jeune fille, on la laisse
quelquefois se livrer à ce plaisir que la mode a consacré,
il faut beaucoup compter sur cette enveloppe de chasteté,
et quoiqu'on y compte, il n'est pas impossible d'exprimer
les impressions que M. Flaubert a exprimées au nom des
mœurs et de la chasteté.

La voilà au château de la Vaubyessard, la voilà qui
regarde ce vieux duc, qui étudie tout avec transport, et
vous vous écriez : Quels détails! Qu'est-ce à dire ? Les
détails sont partout, quand on ne cite qu'un passage.

« Mme Bovary remarqua que plusieurs dames n'avaient
« pas mis leurs gants dans leurs verres.

« Cependant, au haut bout de la table, seul parmi toutes
« ces femmes, courbé sur son assiette remplie, et la ser-
« viette nouée dans le dos comme un enfant, un vieil-
« lard mangeait, laissant tomber de sa bouche des gouttes
« de sauce. Il avait des yeux éraillés et portait une petite
« queue enroulée d'un ruban noir. C'était le beau-père
« du marquis, le vieux duc de Laverdière, l'ancien favori
« du comte d'Artois, dans le temps des parties de chasse
« au Vaudreuil, chez le marquis de Conflans, et qui avait
« été, disait-on, l'amant de la reine Marie-Antoinette,
« entre MM. de Coigny et de Lauzun. »

Défendez la reine, défendez-la surtout devant l'échafaud, dites que par son titre elle avait droit au respect,
mais supprimez vos accusations, quand on se contentera

de dire qu'il avait été, disait-on, l'amant de la reine. Est-ce
que c'est sérieusement que vous nous reprocherez d'avoir
insulté à la mémoire de cette femme infortunée ?

« Il avait mené une vie bruyante de débauches, pleine
« de duels, de paris, de femmes enlevées, avait dévoré
« sa fortune et effrayé toute sa famille. Un domestique
« derrière sa chaise lui nommait tout haut dans l'oreille
« les plats qu'il désignait du doigt en bégayant. Et sans
« cesse les yeux d'Emma revenaient d'eux-mêmes sur ce
« vieil homme à lèvres pendantes, comme sur quelque
« chose d'extraordinaire et d'auguste. Il avait vécu à la
« Cour et couché dans le lit des reines !

« On versa du vin de Champagne à la glace. Emma
« frissonna de toute sa peau en sentant ce froid à sa
« bouche. Elle n'avait jamais vu de grenades ni mangé
« d'ananas. »

Vous voyez que ces descriptions sont charmantes, incon-
testablement, mais qu'il n'est pas possible d'y prendre çà
et là une ligne pour créer une espèce de couleur contre
laquelle ma conscience proteste. Ce n'est pas la couleur
lascive, c'est la couleur du livre; c'est l'élément littéraire,
et en même temps l'élément moral.

La voilà, cette jeune fille dont vous avez fait l'éducation,
la voilà devenue femme. M. l'Avocat impérial a dit :
Essaye-t-elle même d'aimer son mari ? Vous n'avez pas
lu le livre; si vous l'aviez lu, vous n'auriez pas fait cette
objection.

La voilà, messieurs, cette pauvre femme, elle rêvassera
d'abord. A la page 34 vous verrez ses rêvasseries. Et il
y a plus, il y a quelque chose dont M. l'Avocat impérial
n'a pas parlé, et qu'il faut que je vous dise, ce sont ses
impressions quand sa mère mourut; vous verrez si c'est
lascif, cela ! Ayez la bonté de prendre la page 33 et de
me suivre :

« Quand sa mère mourut, elle pleura beaucoup les
« premiers jours. Elle se fit faire un tableau funèbre avec
« les cheveux de la défunte, et, dans une lettre qu'elle
« envoyait aux Bertaux, toute pleine de réflexions tristes
« sur la vie, elle demandait qu'on l'ensevelît plus tard
« dans le même tombeau. Le bonhomme la crut malade,
« et vint la voir. Emma fut intérieurement satisfaite de
« se sentir arrivée, du premier coup, à ce rare idéal des
« existences pâles où ne parviennent jamais les cœurs
« médiocres. Elle se laissa donc glisser dans les méandres
« lamartiniens, écouta les harpes sur les lacs, tous les
« chants de cygnes mourants, toutes les chutes de feuilles,
« les vierges pures qui montent au ciel, et la voix de l'Éter-
« nel discourant dans les vallons. Elle s'ennuya, n'en vou-
« lut point convenir, continua par habitude, ensuite par
« vanité, et fut enfin surprise de se sentir apaisée, et sans
« plus de tristesse au cœur que de rides sur son front. »

Je veux répondre aux reproches de M. l'Avocat impérial, qu'elle ne fait aucun effort pour aimer son mari.

M. l'Avocat impérial. — Je ne lui ai pas reproché cela; j'ai dit qu'elle n'avait pas réussi.

Me Sénard. — Si j'ai mal compris, si vous n'avez pas fait ce reproche, c'est la meilleure réponse qui puisse être faite. Je croyais vous l'avoir entendu faire; mettons que je me sois trompé. Au surplus, voici ce que je lis à la fin de la page 36 :

« Cependant, d'après des théories qu'elle croyait bonnes, « elle voulut se donner de l'amour. Au clair de lune, dans « le jardin, elle récitait tout ce qu'elle savait par cœur de « rimes passionnées, et lui chantait en soupirant des ada- « gios mélancoliques; mais elle se trouvait ensuite aussi « calme qu'auparavant, et Charles n'en paraissait ni plus « amoureux, ni plus remué.

« Quand elle eut ainsi un peu battu le briquet de son « cœur sans en faire jaillir une étincelle, incapable, « d'ailleurs, de comprendre ce qu'elle n'éprouvait pas, « comme de croire à tout ce qui ne se manifestait point « par des formes convenues, elle se persuada sans peine « que la passion de Charles n'avait plus rien d'exorbitant. « Ses expansions étaient devenues régulières; il l'embras- « sait à de certaines heures. C'était une habitude parmi « les autres, et comme un dessert prévu d'avance, après la « monotonie du dîner. »

A la page 37 nous trouverons une foule de choses semblables. Maintenant, voici le péril qui va commencer. Vous savez comment elle avait été élevée; c'est ce que je vous supplie de ne pas oublier un instant.

Il n'y a pas un homme l'ayant lu, qui ne dise, ce livre à la main, que M. Flaubert n'est pas seulement un grand artiste, mais un homme de cœur, pour avoir dans les six dernières pages déversé toute l'horreur et le mépris sur la femme, et tout l'intérêt sur le mari. Il est encore un grand artiste, comme on l'a dit, parce qu'il n'a pas trans- formé le mari, parce qu'il l'a laissé jusqu'à la fin ce qu'il était, un bon homme, vulgaire, médiocre, remplissant les devoirs de sa profession, aimant bien sa femme, mais dépourvu d'éducation, manquant d'élévation dans la pen- sée. Il est de même au lit de mort de sa femme. Et, pour- tant, il n'y a pas un individu dont le souvenir revienne avec plus d'intérêt. Pourquoi ? Parce qu'il a gardé jusqu'à la fin la simplicité, la droiture du cœur; parce que jusqu'à la fin il a rempli son devoir, dont sa femme s'était écartée. Sa mort est aussi belle, aussi touchante, que la mort de sa femme est hideuse. Sur le cadavre de la femme, l'auteur a montré les taches que lui ont laissées les vomissements du poison; elles ont sali le linceul blanc dans lequel elle va être ensevelie, il a voulu en faire un objet de dégoût; mais il y a un homme qui est sublime, c'est le mari, sur

412   MADAME BOVARY

le bord de cette fosse. Il y a un homme qui est grand, sublime, dont la mort est admirable, c'est le mari, qui, après avoir vu successivement se briser par la mort de sa femme tout ce qui pouvait lui rester d'illusions au cœur, embrasse par la pensée sa femme sous une tombe. Mettez-le, je vous en prie, dans vos souvenirs, l'auteur a été au delà, — Lamartine le lui a dit, — de ce qui était permis, pour rendre la mort de la femme hideuse et l'expiation plus terrible. L'auteur a su concentrer tout l'intérêt sur l'homme qui n'avait pas dévié de la ligne du devoir, qui est resté avec son caractère médiocre, sans doute, l'auteur ne pouvait pas changer son caractère ; mais avec toute la générosité de son cœur, et il a accumulé toutes les horreurs sur la mort de la femme qui l'a trompé, ruiné, qui s'est livrée aux usuriers, qui a mis en circulation des billets faux, et enfin est arrivée au suicide. Nous verrons si elle est naturelle la mort de cette femme qui, si elle n'avait pas trouvé le poison pour en finir, aurait été brisée par l'excès même du malheur qui l'étreignait. Voilà ce qu'a fait l'auteur. Son livre ne serait pas lu, s'il l'eût fait autrement, si, pour montrer où peut conduire une éducation aussi périlleuse que celle de Mme Bovary, il n'avait pas prodigué les images charmantes et les tableaux énergiques qu'on lui reproche.

M. Flaubert fait constamment ressortir la supériorité du mari sur la femme, et quelle supériorité, s'il vous plaît ? Celle du devoir rempli, tandis qu'Emma s'en écarte ! Et puis la voilà placée sur la pente de cette mauvaise éducation, la voilà partie après la scène du bal avec un jeune enfant, Léon, inexpérimenté comme elle. Elle coquette avec lui, mais elle n'osera pas aller plus loin ; rien ne se fera. Vient ensuite Rodolphe qui la prendra, lui, cette femme ! Après l'avoir regardée un instant, il se dit : Elle est bien cette femme ! et elle sera à lui, car elle est légère et sans expérience. Quant à la chute, vous relirez les pages 42, 43 et 44. Je n'ai qu'un mot à vous dire sur cette scène, il n'y pas de détails, pas de description, aucune image qui nous peigne le trouble des sens ; un seul mot nous indique la chute : « elle s'abandonna ». Je vous prierai, encore, d'avoir la bonté de relire les détails de la chute de Clarisse Harlowe, que je ne sache pas avoir été décrite dans un mauvais livre. M. Flaubert a substitué Rodolphe à Lovelace, et Emma à Clarisse. Vous comparerez les deux auteurs et les deux ouvrages ; et vous apprécierez.

Mais je rencontre ici l'indignation de M. l'Avocat impérial. Il est choqué de ce que le remords ne suit pas de près la chute, de ce qu'au lieu d'en exprimer les amertumes, elle se dit avec satisfaction : « J'ai un amant. » Mais l'auteur ne serait pas dans le vrai si, au moment où la coupe est encore aux lèvres, il faisait sentir toute l'amertume de la liqueur enchanteresse. Celui qui écrirait comme l'entend M. l'Avocat impérial, pourrait être moral, mais il dirait

ce qui n'est pas dans la nature. Non, ce n'est pas au
moment de la première faute, que le sentiment de la faute
se réveille; sans cela elle ne serait pas commise. Non, ce
n'est pas au moment où elle est dans l'illusion qui l'enivre,
que la femme peut être avertie par cet enivrement même
de la faute immense qu'elle a commise. Elle n'en rapporte
que l'ivresse; elle rentre chez elle, heureuse, étincelante,
elle chante dans son cœur : « Enfin j'ai un amant. » Mais
cela dure-t-il longtemps ? Vous avez lu les pages 424 et
425. A deux pages de là, s'il vous plaît, à la page 428,
le sentiment du dégoût de l'amant ne se manifeste pas
encore, mais elle est déjà sous l'impression de la crainte,
de l'inquiétude. Elle examine, elle regarde, elle ne voudrait
jamais abandonner Rodolphe :

« Quelque chose de plus fort qu'elle la poussait vers
« lui, si bien qu'un jour, la voyant survenir à l'improviste,
« il fronça le visage comme quelqu'un de contrarié.

« — Qu'as-tu donc ? dit-elle. Souffres-tu ? Parle-moi!
« Et enfin il déclara d'un air sérieux que ses visites
devenaient imprudentes et qu'elle se compromettait.

« Peu à peu, cependant, ces craintes de Rodolphe la
« gagnèrent. L'amour l'avait enivrée d'abord, et elle n'avait
« songé à rien au delà. Mais à présent qu'il était indis-
« pensable à sa vie, elle craignait d'en perdre quelque
« chose, ou même qu'il ne fût troublé. Quand elle s'en
« revenait de chez lui, elle jetait tout à l'entour des regards
« inquiets, épiait chaque forme qui passait à l'horizon, et
« chaque lucarne du village d'où l'on pouvait l'apercevoir.
« Elle écoutait les pas, les cris, le bruit des charrues, et
« elle s'arrêtait plus blême et plus tremblante que les feuilles
« des peupliers qui se balançaient sur sa tête. »
Vous voyez bien qu'elle ne s'y méprend pas; elle sent
bien qu'il y a quelque chose qui n'est pas ce qu'elle avait
rêvé. Prenons les pages 433 et 434, et vous en serez
encore plus convaincus.

« Lorsque la nuit était pluvieuse, ils s'allaient réfugier
« dans le cabinet aux consultations, entre le hangar et l'écu-
« rie. Elle allumait un des flambeaux de la cuisine, qu'elle
« avait caché derrière les livres. Rodolphe s'installait là
« comme chez lui. Cependant, la vue de la bibliothèque
« et du bureau, de tout l'appartement enfin, excitait
« sa gaieté, et il ne pouvait se retenir de faire sur Charles
« quantité de plaisanteries qui embarrassaient Emma. Elle
« eût désiré le voir plus sérieux et même plus dramatique
« à l'occasion, comme cette fois où elle crut entendre
« dans l'allée un bruit de pas qui s'approchait.

« — On vient! dit-elle.
« Il souffla la lumière.
« — As-tu tes pistolets ?
« — Pourquoi ?
« — Mais... pour te défendre, reprit Emma.

« — Est-ce de ton mari ? Ah! le pauvre garçon!
« Et Rodolphe acheva sa phrase avec un geste qui signi-
« fiait : je l'écraserais d'une chiquenaude.
    « Elle fut ébahie de sa bravoure, bien qu'elle y sentît
« une sorte d'indélicatesse et de grossièreté naïve, qui la
« scandalisa.
    « Rodolphe réfléchit beaucoup à cette histoire de pis-
« tolets. Si elle avait parlé sérieusement, cela était fort
« ridicule, pensait-il, odieux même, car il n'avait, lui,
« aucune raison de haïr ce bon Charles, n'étant pas ce qui
« s'appelle dévoré de jalousie; — et à ce propos Emma lui
« avait fait un grand serment, qu'il ne trouvait pas, non
« plus, du meilleur goût.
    « D'ailleurs, elle devenait bien sentimentale. Il avait
« fallu s'échanger des miniatures, on s'était coupé des
« poignées de cheveux, et elle demandait à présent une
« bague, un véritable anneau de mariage, en signe d'al-
« liance éternelle. Souvent elle lui parlait des cloches du
« soir, ou des voix de la nature, puis elle l'entretenait de
« sa mère à elle, et de sa mère à lui. »
    Elle l'ennuyait enfin.
    Puis, page 453 : « Il (Rodolphe) n'avait plus, comme
« autrefois, de ces mots si doux qui la faisaient pleurer, ni
« de ces véhémentes caresses qui la rendaient folle; — si
« bien que leur grand amour, où elle vivait plongée, parut
« se diminuer sous elle comme l'eau d'un fleuve qui s'ab-
« sorberait dans son lit, et elle aperçut la vase. Elle n'y
« voulut pas croire; elle redoubla de tendresse; et
« Rodolphe, de moins en moins, cacha son indifférence.
    « Elle ne savait pas si elle regrettait de lui avoir cédé,
« ou si elle ne souhaitait point, au contraire, le chérir
« davantage. L'humiliation de se sentir faible se tournait
« en une rancune que les voluptés tempéraient. Ce n'était
« pas de l'attachement, mais comme une séduction per-
« manente. Il la subjuguait. Elle en avait presque peur. »
    Et vous craignez, monsieur l'Avocat impérial, que les
jeunes femmes lisent cela! Je suis moins effrayé, moins
timide que vous. Pour mon compte personnel, je comprends à merveille que le père de famille dise à sa fille :
Jeune femme, si ton cœur, si ta conscience, si le sentiment
religieux, si la voix du devoir ne suffisaient pas pour te
faire marcher dans la droite voie, regarde, mon enfant,
regarde combien d'ennuis, de souffrances, de douleurs et
de désolations attendent la femme qui va chercher le bonheur ailleurs que chez elle! Ce langage ne vous blesserait
pas dans la bouche d'un père, eh bien! M. Flaubert ne
dit pas autre chose; c'est la peinture la plus vraie, la plus
saisissante de ce que la femme qui a rêvé le bonheur en
dehors de sa maison trouve immédiatement.
    Mais marchons, nous arrivons à toutes les aventures de
la désillusion. Vous m'opposez les caresses de Léon à la

page 60. Hélas! elle va payer bientôt la rançon de l'adultère; et cette rançon vous la trouverez terrible, à quelques
pages plus loin de l'ouvrage que vous incriminez. Elle a
cherché le bonheur dans l'adultère, la malheureuse! Et
elle y a trouvé, outre le dégoût et la fatigue que la monotonie du mariage peut donner à une femme qui ne marche
pas dans la voie du devoir, elle y a trouvé la désillusion,
le mépris de l'homme auquel elle s'était livrée. Est-ce
qu'il manque quelque chose à ce mépris? Oh non! et vous
ne le nierez pas, le livre est sous vos yeux: Rodolphe,
qui s'est révélé si vil, lui donne une dernière preuve
d'égoïsme et de lâcheté. Elle lui dit: « Emmène-moi!
« Enlève-moi! J'étouffe, je ne puis plus respirer dans la
« maison de mon mari dont j'ai fait la honte et le malheur. »
Il hésite; elle insiste, enfin il promet, et le lendemain elle
reçoit de lui une lettre foudroyante, sous laquelle elle
tombe, écrasée, anéantie. Elle tombe malade, elle est
mourante. La livraison qui suit vous la montre dans toutes
les convulsions d'une âme qui se débat, qui peut-être
serait ramenée au devoir par l'excès de sa souffrance, mais
malheureusement elle rencontre bientôt l'enfant avec
lequel elle avait joué quand elle était inexpérimentée.
Voilà le mouvement du roman, et puis vient l'expiation.

Mais M. l'Avocat impérial m'arrête et me dit: Quand
il serait vrai que le but de l'ouvrage soit bon d'un bout à
l'autre, est-ce que vous pouviez vous permettre des détails
obscènes, comme ceux que vous vous êtes permis?

Très certainement, je ne pouvais pas me permettre de
tels détails, mais m'en suis-je permis? Où sont-ils?
J'arrive ici aux passages les plus incriminés. Je ne parle
plus de l'aventure du fiacre. Le tribunal a eu satisfaction
à cet égard; j'arrive aux passages que vous avez signalés
comme contraires à la morale publique et qui forment un
certain nombre de pages du numéro du 1er décembre;
et pour faire disparaître tout l'échafaudage de votre
accusation je n'ai qu'une chose à faire: restituer ce qui
précède et ce qui suit vos citations, substituer, en un mot,
le texte complet à vos découpures.

Au bas de la page 72, Léon, après avoir été mis en rapport avec Homais le pharmacien, vient à l'hôtel de Bour-
gogne; et puis le pharmacien vient le chercher.

« Mais Emma venait de partir, exaspérée; ce manque de
« parole au rendez-vous lui semblait un outrage.

« Puis, se calmant, elle finit par découvrir qu'elle
« l'avait sans doute calomnié. Mais le dénigrement de ceux
« que nous aimons toujours nous en détache quelque peu.
« Il ne faut pas toucher aux idoles; la dorure en reste aux
« mains.

« Ils en vinrent à parler plus souvent de choses indif-
« férentes à leur amour... »

Mon Dieu! C'est pour les lignes que je viens de vous lire que nous sommes traduit devant vous. Ecoutez maintenant :

« Ils en vinrent à parler plus souvent de choses indif-
« férentes à leur amour; et dans les lettres qu'Emma lui
« envoyait, il était question de fleurs, de vers, de la lune
« et des étoiles, ressources naïves d'une passion affaiblie,
« qui essayait de s'aviver à tous les secours extérieurs.
« Elle se promettait continuellement, pour son prochain
« voyage, une félicité profonde; puis elle s'avouait ne
« rien sentir d'extraordinaire. Mais cette déception s'ef-
« façait vite, sous un espoir nouveau; et Emma revenait
« à lui plus enflammée, plus haletante, plus avide. Elle
« se déshabillait brutalement, arrachant le lacet mince
« de son corset qui sifflait autour de ses hanches comme
« une couleuvre qui glisse. Elle allait sur la pointe de ses
« pieds nus regarder encore une fois si la porte était
« fermée, puis elle faisait d'un seul geste tomber ensemble
« tous ses vêtements : — et pâle, sans parler, sérieuse,
« elle s'abattait contre sa poitrine, avec un long frisson. »
Vous vous êtes arrêté là, monsieur l'Avocat impérial;
permettez-moi de continuer :
« Cependant, il y avait sur ce front couvert de gouttes
« froides, sur ces lèvres balbutiantes, dans ces prunelles
« égarées, dans l'étreinte de ces bras, quelque chose d'ex-
« trême, de vague et de lugubre, qui semblait à Léon se
« glisser entre eux, subtilement, comme pour les séparer. »
Vous appelez cela de la couleur lascive; vous dites que
cela donnerait le goût de l'adultère; vous dites que voilà
des pages qui peuvent exciter, émouvoir les sens, — des
pages lascives! Mais la mort est dans ces pages. Vous n'y
pensez pas, monsieur l'Avocat impérial, vous vous effa-
rouchez de trouver là les mots de *corset*, de *vêtements qui
tombent ;* et vous vous attachez à ces trois ou quatre mots
de corset et de vêtements qui tombent! Voulez-vous que
je montre comme quoi un corset peut paraître dans un
livre classique, et très classique ? C'est ce que je me donnerai le plaisir de faire tout à l'heure.
« Elle se déshabillait... (ah! monsieur l'Avocat impé-
« rial, que vous avez mal compris ce passage!) elle se dés-
« habillait, brutalement (la malheureuse), arrachant le
« lacet mince de son corset qui sifflait autour de ses hanches,
« comme une couleuvre qui glisse; et pâle, sans parler,
« sérieuse, elle s'abattait contre sa poitrine, avec un long
« frisson... Il y avait sur ce front couvert de gouttes froides...
« dans l'étreinte de ses bras, quelque chose de vague et
« de lugubre... »
C'est ici qu'il faut se demander où est la couleur lascive ? et où est la couleur sévère ? et si les sens de la jeune
fille aux mains de laquelle tomberait ce livre peuvent être
émus, excités, — comme à la lecture d'un livre classique

entre tous les classiques, que je citerai tout à l'heure, et qui a été réimprimé mille fois, sans que jamais procureur impérial, ou royal, ait songé à le poursuivre. Est-ce qu'il y a quelque chose d'analogue dans ce que je viens de vous lire ? Est-ce que ce n'est pas, au contraire, l'excitation à l'horreur du vice que « ce quelque chose de lugubre qui se glisse entre eux pour les séparer » ? Continuons, je vous prie.

« Il n'osait lui faire de questions ; mais, la discernant si « expérimentée, elle avait dû passer disait-il, par toutes « les épreuves de la souffrance et du plaisir. Ce qui le « charmait autrefois l'effrayait un peut maintenant. D'ail- « leurs, il se révoltait contre l'absorption, chaque jour « plus grande, de sa personnalité. Il en voulait à Emma de « cette victoire permanente. Il s'efforçait même à ne pas « la chérir ; puis, au craquement de ses bottines, il se « sentait lâche, comme les ivrognes à la vue des liqueurs « fortes. »

Est-ce que c'est lascif, cela ?

Et puis, prenez le dernier paragraphe :

« Un jour qu'ils s'étaient quittés de bonne heure, et « qu'elle s'en revenait seule par le boulevard, elle aperçut « les murs de son couvent ; alors elle s'assit sur un banc, à « l'ombre des ormes. Quel calme dans ce temps-là ! « Comme elle enviait les ineffables sentiments d'amour « qu'elle tâchait, d'après les livres, de se figurer !

« Les premiers mois de son mariage, ses promenades « à cheval dans la forêt, le vicomte qui valsait, et Lagardy « chantant, tout repassa devant ses yeux. »

N'oubliez donc pas ceci, monsieur l'Avocat impérial, quand vous voulez juger la pensée de l'auteur, quand vous voulez trouver absolument la couleur lascive là où je ne puis trouver qu'un excellent livre.

« Et Léon lui parut soudain dans le même éloignement « que les autres. « Je l'aime pourtant », se disait-elle ; « elle n'était pas heureuse, ne l'avait jamais été. D'où « venait donc cette insuffisance de la vie, cette pourri- « ture instantanée des choses où elle s'appuyait ? »

Est-ce lascif, cela ?

« Mais s'il y avait quelque part un être fort et beau, une « nature valeureuse, pleine à la fois d'exaltation et de « raffinement, un cœur de poète sous une forme d'ange, « lyre aux cordes d'airain sonnant vers le ciel des épitha- « lames élégiaques, pourquoi, par hasard, ne le trouve- « rait-elle pas ? Oh ! quelle impossibilité ! Rien, d'ailleurs, « ne valait la peine d'une recherche, tout mentait ! Chaque « sourire cachait un bâillement d'ennui, chaque jour une « malédiction, tout plaisir son dégoût, et les meilleurs « baisers ne vous laissaient sur la lèvre que l'irréalisable « envie d'une volupté plus haute.

« Un râle métallique se traîna dans les airs, et quatre « coups se firent entendre à la cloche du couvent. Quatre

« heures ! et il lui semblait qu'elle était là, sur ce banc,
« depuis l'éternité. »

Il ne faut pas chercher au bout d'un livre quelque chose
pour expliquer ce qui est au bout d'un autre. J'ai lu le
passage incriminé sans y ajouter un mot, pour défendre une
œuvre qui se défend par elle-même. Continuons la lecture
de ce passage incriminé au point de vue de la morale :

« Madame était dans sa chambre. On n'y montait pas.
« Elle restait là tout le long du jour, engourdie, à peine
« vêtue, et de temps à autre faisait fumer des pastilles du
« sérail, qu'elle avait achetées à Rouen, dans la boutique
« d'un Algérien. Pour ne pas avoir, la nuit, contre sa
« chair, cet homme étendu qui dormait, elle finit, à
« force de grimaces, par le reléguer au second étage ;
« et elle lisait jusqu'au matin des livres extravagants où
« il y avait des tableaux orgiaques avec des situations
« sanglantes. » (Ceci donne envie de l'adultère, n'est-
« ce pas ?) « Souvent une terreur la prenait, elle poussait
« un cri. Charles accourait. — Ah ! va-t'en, disait-elle ; ou,
« d'autres fois, brûlé plus fort par cette flamme intime
« que l'adultère avivait, haletante, émue, tout en désir,
« elle ouvrait la fenêtre, aspirait l'air froid, éparpillait au
« vent sa chevelure trop lourde et regardait les étoiles,
« souhaitait des amours de prince. Elle pensait à lui, à
« Léon. Elle eût alors tout donné pour un seul de ces
«᾿ rendez-vous qui la rassasiaient.

« C'était ses jours de gala. Elle les voulait splendides,
« et, lorsqu'il ne pouvait payer seul la dépense, elle com-
« plétait le surplus libéralement ; ce qui arrivait à peu près
« toutes les fois. Il essaya de lui faire comprendre qu'ils
« seraient aussi bien ailleurs, dans quelque hôtel plus
« modeste, mais elle trouva des objections. »

Vous voyez comme tout ceci est simple quand on lit
tout ; mais, avec les découpures de M. l'Avocat impérial,
le plus petit mot devient une montagne.

M. l'Avocat impérial. — Je n'ai cité aucune de ces phrases-
là, et puisque vous en voulez citer que je n'ai point
incriminées, il ne fallait pas passer à pieds joints sur la
page 50.

Mᵉ Sénard. — Je ne passe rien, j'insiste sur les phrases
incriminées dans la citation. Nous sommes cités pour les
pages 77 et 78.

M. l'Avocat impérial. — Je parle des citations faites à
l'audience, et je croyais que vous m'imputiez d'avoir cité
les lignes que vous venez de lire.

Mᵉ Sénard. — Monsieur l'Avocat impérial, j'ai cité tous
les passages à l'aide desquels vous vouliez constituer un
délit qui maintenant est brisé. Vous avez développé à
l'audience ce que bon vous semblait, et vous avez eu beau
jeu. Heureusement nous avions le livre, le défenseur savait
le livre ; s'il ne l'avait pas su, sa position eût été bien étrange,

permettez-moi de vous le dire. Je suis appelé à m'expliquer sur tels et tels passages, et à l'audience on y substi-
tue d'autres passages. Si je n'avais possédé le livre comme
je le possède, la défense eût été difficile. Maintenant, je
vous montre par une analyse fidèle que le roman, loin de
devoir être présenté comme lascif, doit être au contraire
considéré comme une œuvre éminemment morale. Après
avoir fait cela, je prends les passages qui ont motivé la
citation en police correctionnelle; et après avoir fait suivre
vos découpures de ce qui précède et de ce qui suit, l'accusation est si faible, qu'elle vous révolte vous-même, au
moment où je les lis! Ces mêmes passages que vous signa-
liez comme incriminables, il y a un instant, j'ai cependant
bien le droit de les citer moi-même, pour vous faire voir
le néant de votre accusation.

Je reprends ma citation où j'en suis resté, au bas de la
page 78 :

« Il (Léon) s'ennuyait maintenant lorsque Emma, tout
« à coup, sanglotait sur sa poitrine; et son cœur, comme
« les gens qui ne peuvent endurer qu'une certaine dose
« de musique, s'assoupissait d'indifférence au vacarme
« d'un amour dont il ne distinguait plus les délicatesses.

« Ils se connaissaient trop pour avoir ces ébahissements
« de la possession qui en centuplent la joie. Elle était aussi
« dégoûtée de lui qu'il était fatigué d'elle. Emma
« retrouvait dans l'adultère toutes les platitudes du mariage.»

Platitudes du mariage ! Celui qui a découpé ceci, a dit :
Comment, voilà un monsieur qui dit que dans le mariage il
n'y a que des platitudes ! C'est une attaque au mariage, c'est
un outrage à la morale ! Convenez, monsieur l'Avocat
impérial, qu'avec des découpures artistement faites on
peut aller loin en fait d'incrimination. Qu'est-ce que l'auteur a appelé les platitudes du mariage ? Cette monotonie
qu'Emma avait redoutée, qu'elle avait voulu fuir, et qu'elle
retrouvait sans cesse dans l'adultère, ce qui était précisément la désillusion. Vous voyez donc bien que quand, au
lieu de découper des membres de phrases et des mots, on
lit ce qui précède et ce qui suit, il ne reste plus rien à
l'incrimination; et vous comprenez à merveille que mon
client, qui sait sa pensée, doit être un peu révolté de la
voir ainsi travestir. Continuons :

« Elle était aussi dégoûtée de lui qu'il était fatigué
« d'elle. Emma retrouvait dans l'adultère toutes les pla-
« titudes du mariage.

« Mais comment pouvoir s'en débarrasser ? Puis elle
« avait beau se sentir humiliée de la bassesse d'un tel bon-
« heur, elle y tenait encore, par habitude ou par corrup-
« tion; et chaque jour elle s'y acharnait davantage, taris-
« sant toute félicité à la vouloir trop grande. Elle accusait
« Léon de ses espoirs déçus, comme s'il l'avait trahie;
« et même elle souhaitait une catastrophe qui amenât

« leur séparation, puisqu'elle n'avait pas le courage de
« s'y décider.

« Elle n'en continuait pas moins à lui écrire des lettres
« amoureuses, en vertu de cette idée : qu'une femme doit
« toujours écrire à son amant.

« Mais, en écrivant, elle percevait un autre homme, un
« fantôme, fait de ses plus ardents souvenirs. » Ceci n'est
plus incriminé : « ensuite elle retombait à plat, brisée,
« car ses élans d'amour vague la fatiguaient plus que de
« grandes débauches. »

« Elle éprouvait maintenant une courbature incessante
« et universelle... elle recevait du papier timbré qu'elle
« regardait à peine. Elle aurait voulu ne plus vivre
« ou continuellement dormir. »

J'appelle cela une excitation à la vertu, par l'horreur
du vice, ce que l'auteur annonce lui-même, et ce que le
lecteur le plus distrait ne peut pas ne pas voir, sans un peu
de mauvaise volonté.

Et maintenant quelque chose de plus, pour vous faire
apercevoir quelle espèce d'homme vous avez à juger.
Pour vous montrer non pas quelle espèce de justification
je puis prendre, mais si M. Flaubert a eu la couleur lascive
et où il prend ses inspirations, laissez-moi mettre sur votre
bureau ce livre usé par lui, et dans les passages duquel il
s'est inspiré pour dépeindre cette concupiscence, les
entraînements de cette femme qui cherche le bonheur
dans les plaisirs illicites, qui ne peut pas l'y rencontrer,
qui cherche encore, qui cherche de plus en plus, et ne le
rencontre jamais. Où Flaubert a pris ses inspirations,
messieurs ? C'est dans ce livre que voilà; écoutez :

« ILLUSION DES SENS.

« Quiconque donc s'attache au sensible, il faut qu'il
« erre nécessairement d'objets en objets et se trompe pour
« ainsi dire, en changeant de place; ainsi la concupiscence,
« c'est-à-dire l'amour des plaisirs, est toujours changeant,
« parce que toute son ardeur languit et meurt dans la conti-
« nuité, et que c'est le changement qui le fait revivre.
« Aussi qu'est-ce autre chose que la vie des sens, qu'un
« mouvement alternatif de l'appétit au dégoût et du dégoût
« à l'appétit, l'âme flottante toujours incertaine entre
« l'ardeur qui se ralentit et l'ardeur qui se renouvelle ?
« *Inconstantia, concupiscentia*. Voilà ce que c'est que la
« vie des sens. Cependant, dans ce mouvement perpétuel,
« on ne laisse pas de se divertir par l'image d'une liberté
« errante. »

Voilà ce que c'est que la vie ses sens. Qui a dit cela ?
qui a écrit les paroles que vous venez d'entendre, sur ces
excitations et ces ardeurs incessantes ? Quel est le livre
que M. Flaubert feuillette jour et nuit, et dont il s'est
inspiré dans les passages qu'incrimine M. l'Avocat impérial ? C'est Bossuet! Ce que je viens de vous lire, c'est

un fragment d'un discours de Bossuet sur les *plaisirs illicites*. Je vous ferai voir que tous ces passages incriminés ne sont, non pas des plagiats, — l'homme qui s'est approprié une idée n'est pas un plagiaire, — mais que des imitations de Bossuet. En voulez-vous un autre exemple ? Le voici :

« SUR LE PÉCHÉ.

« Et ne me demandez pas, chrétiens, de quelle sorte se
« fera ce grand changement de nos plaisirs en supplices;
« la chose est prouvée par les Ecritures. C'est le Véritable
« qui le dit, c'est le Tout-Puissant qui le fait. Et toutefois,
« si vous regardez la nature des passions auxquelles vous
« abandonnez votre cœur, vous comprendrez aisément
« qu'elles peuvent devenir un supplice intolérable. Elles
« ont toutes, en elles-mêmes, des peines cruelles, des
« dégoûts, des amertumes. Elles ont toutes une infinité
« qui se fâche de ne pouvoir être assouvie; ce qui mêle
« dans elles toutes des emportements, qui dégénèrent
« en une espèce de fureur non moins pénible que déraison-
« nable. L'amour, s'il m'est permis de le nommer dans cette
« chaire, a ses incertitudes, ses agitations violentes et ses
« résolutions irrésolues et l'enfer de ses jalousies. »

Et plus loin :

« Eh! qu'y a-t-il donc de plus aisé que de faire de nos
« passions une peine insupportable de nos péchés, en
« leur ôtant, comme il est très juste, ce peu de douceur
« par où elles nous séduisent, et leur laissant seulement
« les inquiétudes cruelles et l'amertume dont elles
« abondent ? Nos péchés contre nous, nos péchés sur nous,
« nos péchés au milieu de nous : trait perçant contre notre
« sein, poids insupportable sur notre tête, poison dévo-
« rant dans nos entrailles. »

Tout ce que vous venez d'entendre n'est-il pas là pour vous montrer les amertumes des passions ? Je vous laisse ce livre tout marqué, tout flétri par le pouce de l'homme studieux qui y a pris sa pensée. Et celui qui s'est inspiré à une source pareille, celui-là qui a décrit l'adultère dans les termes que vous venez d'entendre, celui-là est poursuivi pour outrage à la morale publique et religieuse!

Quelques lignes encore sur la *Femme pécheresse*, et vous allez voir comment M. Flaubert, ayant à peindre ces ardeurs a su s'inspirer de son modèle :

« Mais punis de notre erreur sans en être détrompés,
« nous cherchons dans le changement un remède de notre
« méprise; nous errons d'objet en objet; et s'il en est
« enfin quelqu'un qui nous fixe, ce n'est pas que nous
« soyons contents de notre choix, c'est que nous sommes
« loués de notre inconstance. »

. . . .

« Tout lui paraît vide, faux, dégoûtant dans les créa-
« tures : loin d'y retrouver ces premiers charmes, dont

« son cœur avait eu tant de peine à se défendre, elle n'en
« voit plus que le frivole, le danger et la vanité. »
. . . .
   « Je ne parle pas d'un engagement de passion; quelles
« frayeurs que le mystère n'éclate! que de mesures à
« garder du côté de la bienséance et de la gloire! que d'yeux
« à éviter! que de surveillants à tromper! que de retours à
« craindre sur la fidélité de ceux qu'on a choisis pour les
« ministres et les confidents de sa passion! quels rebuts à
« essuyer de celui, peut-être, à qui on a sacrifié son hon-
« neur et sa liberté, et dont on n'oserait se plaindre! A
« tout cela, ajoutez ces moments cruels où la passion moins
« vive nous laisse le loisir de retomber sur nous-mêmes,
« et de sentir toute l'indignité de notre état; ces moments
« où le cœur, né pour les plaisirs plus solides, se lasse de
« ses propres idoles, et trouve son supplice dans ses
« dégoûts et dans son inconstance. Monde profane! si
« c'est là cette félicité que tu nous vantes tant, favorises-
« en tes adorateurs; et punis-les, en les rendant ainsi heu-
« reux, de la foi qu'ils ont ajoutée si légèrement à tes
« promesses. »
   Laissez-moi vous dire ceci : quand un homme, dans le
silence des nuits, a médité sur les causes des entraînements
de la femme; quand il les a trouvées dans l'éducation et
que, pour les exprimer, se défiant de ses observations
personnelles, il a été se mûrir aux sources que je viens
d'indiquer; quand il ne s'est laissé aller à prendre la
plume qu'après s'être inspiré des pensées de Bossuet et
de Massillon, permettez-moi de vous demander s'il y a
un mot pour vous exprimer ma surprise, ma douleur en
voyant traduire cet homme en police correctionnelle —
pour quelques passages de son livre, et précisément pour
les idées et les sentiments les plus vrais et les plus élevés
qu'il ait pu rassembler! Voilà ce que je vous prie de ne pas
oublier relativement à l'inculpation d'outrage à la morale
religieuse. Et puis, si vous me le permettez, je mettrai en
regard de tout ceci, sous vos yeux, ce que j'appelle, moi,
des atteintes à la morale, c'est-à-dire la satisfaction des
sens sans amertume, sans ces *larges gouttes de sueur* glacée,
qui tombent du front chez ceux qui s'y livrent; et je ne
vous citerai pas des livres licencieux dans lesquels les
auteurs ont cherché à exciter les sens, je vous citerai un
livre — qui est donné en prix dans les collèges, mais je
vous demanderai la permission de ne vous dire le nom de
l'auteur qu'après que je vous en aurai lu un passage.
Voici ce passage, je vous ferai passer le volume; c'est un
exemplaire qui a été donné en prix à un élève de collège :
j'aime mieux vous remettre cet exemplaire que celui de
M. Flaubert :
   « Le lendemain, je fus reconduit dans son apparte-
« ment. Là je sentis tout ce qui peut porter à la volupté.

« On avait répandu dans la chambre les parfums les plus
« agréables. Elle était sur un lit qui n'était fermé que par
« des guirlandes de fleurs; elle y paraissait languissam-
« ment couchée. Elle me tendit la main, et me fit asseoir
« auprès d'elle. Tout, jusqu'au voile qui lui couvrait le
« visage, avait de la grâce. Je voyais la forme de son beau
« corps. Une simple toile qui se mouvait sur elle me fai-
« sait tour à tour perdre et trouver des beautés ravissantes. »
Une simple toile, quand elle était étendue sur un cadavre,
vous a paru une image lascive; ici elle est étendue sur la
femme vivante. « Elle remarqua que mes yeux étaient
« occupés, et quand elle les vit s'enflammer, la toile sembla
« s'ouvrir d'elle-même; je vis tous les trésors d'une beauté
« divine. Dans ce moment, elle me serra la main; mes yeux
« errèrent partout. Il n'y a, m'écriai-je, que ma chère
« Ardasire qui soit aussi belle; mais j'atteste les dieux que
« ma fidélité... Elle se jeta à mon cou, et me serra dans ses
« bras. Tout d'un coup, la chambre s'obscurcit, son voile
« s'ouvrit; elle me donna un baiser. Je fus tout hors de moi;
« une flamme subite coula dans mes veines et échauffa
« tous mes sens. L'idée d'Ardasire s'éloigna de moi. Un
« reste de souvenir... mais il ne me paraissait qu'un songe...
« J'allais... J'allais la préférer à elle-même. Déjà j'avais
« porté mes mains sur son sein; elles couraient rapide-
« ment partout; l'amour ne se montrait que par sa fureur;
« il se précipitait à la victoire; un moment de plus, et
« Ardasire ne pouvait pas se défendre. »
Qui a écrit cela ? Ce n'est pas même l'auteur de la
Nouvelle Héloïse, c'est M. le Président de Montesquieu!
Ici, pas une amertume, pas un dégoût, tout est sacrifié à
la beauté littéraire, et on donne cela en prix aux élèves
de rhétorique, sans doute pour leur servir de modèle dans
les amplifications ou les descriptions qu'on leur donne à
faire. Montesquieu décrit dans les *Lettres persanes* une
scène qui ne peut pas même être lue. Il s'agit d'une femme
que cet auteur place entre deux hommes qui se la
disputent. Cette femme ainsi placée entre deux hommes
fait des rêves — qui lui paraissent fort agréables.
En sommes-nous là, monsieur l'Avocat impérial! Fau-
dra-t-il encore vous citer Jean-Jacques Rousseau dans les
Confessions et ailleurs! Non, je dirai seulement au tribunal
que si, à propos de sa description de la voiture dans la
Double Méprise, M. Mérimée était poursuivi, il serait immédiatement acquitté. On ne verrait dans son livre qu'une
œuvre d'art, de grandes beautés littéraires. On ne le
condamnerait pas plus qu'on ne condamne les peintres
ou les statuaires qui ne se contentent pas de traduire
toute la beauté du corps, mais toutes les ardeurs, toutes
les passions. Je n'en suis pas là; je vous demande de reconnaître que M. Flaubert n'a pas chargé ses images, et qu'il
n'a fait qu'une chose : toucher de la main la plus ferme

la scène de la dégradation. A chaque ligne de son livre
il fait ressortir la désillusion, et, au lieu de terminer par
quelque chose de gracieux, il s'attache à nous montrer
cette femme arrivant, après le mépris, l'abandon, la ruine
de sa maison, à la mort la plus épouvantable. En un
mot, je ne puis que répéter ce que j'ai dit en commençant la plaidoirie, que M. Flaubert est l'auteur d'un bon
livre, d'un livre qui est l'excitation à la vertu par l'horreur
du vice.

J'ai maintenant à examiner l'outrage à la religion. L'outrage à la religion commis par M. Flaubert! Et en quoi,
s'il vous plaît? M. l'Avocat impérial a cru voir en lui un sceptique. Je puis répondre à M. l'Avocat impérial qu'il se
trompe. Je n'ai pas ici de profession de foi à faire, je n'ai
que le livre à défendre, c'est ce qui fait que je me borne à
ce simple mot. Mais, quant au livre, je défie M. l'Avocat
impérial d'y trouver quoi que ce soit qui ressemble à un
outrage à la religion. Vous avez vu comment la religion
a été introduite dans l'éducation d'Emma, et comment
cette religion, faussée de mille manières, ne pouvait pas
retenir Emma sur la pente qui l'entraînait. Voulez-vous
savoir en quelle langue M. Flaubert parle de la religion?
Écoutez quelques lignes que je prends dans la première
livraison, pages 231, 232 et 233.

« Un soir que la fenêtre était ouverte, et qu'assise au
« bord elle venait de regarder Lestiboudois, le bedeau,
« qui taillait le buis, elle entendit tout à coup sonner
« l'Angélus.

« On était au commencement d'avril, quand les pri-
« mevères sont écloses; un vent tiède se roule sur les
« plates-bandes labourées, et les jardins comme des
« femmes semblent faire leur toilette pour les fêtes de
« l'été. Par les barreaux de la tonnelle et au delà, tout
« autour, on voyait la rivière dans la prairie, où elle dessi-
« nait sur l'herbe des sinuosités vagabondes. La vapeur
« du soir passait entre les peupliers sans feuilles, estom-
« pant leurs contours d'une teinte violette, plus pâle et
« transparente qu'une gaze subtile arrêtée sur leurs bran-
« chages. Au loin, des bestiaux marchaient; on n'enten-
« dait ni leurs pas, ni les mugissements, et la cloche
« sonnant toujours, continuait dans les airs sa lamentation
« pacifique.

« A ce tintement répété, la pensée de la jeune femme
« s'égarait dans ses vieux souvenirs de jeunesse et de pen-
« sion. Elle se rappela les grands chandeliers qui dépas-
« saient de l'autel, les vases pleins de fleurs et le taber-
« nacle à colonnettes. Elle aurait voulu comme autrefois
« être encore confondue dans la longue ligne de voiles
« blancs que marquaient de noir, çà et là, les capuchons
« raides des bonnes sœurs inclinées sur leur prie-Dieu. »
Voilà la langue dans laquelle le sentiment religieux est

exprimé; et à entendre M. l'Avocat impérial, le scepticisme
règne d'un bout à l'autre dans le livre de M. Flaubert.
Où donc, je vous prie, trouvez-vous là du scepticisme ?

M. l'Avocat impérial. — Je n'ai pas dit qu'il y en eût là
dedans.

Me Sénard. — S'il n'y en a pas là dedans, où donc y en
a-t-il ? Dans vos découpures, évidemment. Mais voici l'ouvrage tout entier, que le tribunal le juge, et il verra que le
sentiment religieux y est si fortement empreint, que l'accusation de scepticisme est une vraie calomnie. Et maintenant, monsieur l'Avocat impérial me permettra-t-il de
lui dire que ce n'était pas la peine d'accuser l'auteur de
scepticisme avec tant de fracas ? Poursuivons :

« Le dimanche à la messe, quand elle relevait sa tête,
« elle apercevait le doux visage de la Vierge parmi les
« tourbillons bleuâtres de l'encens qui montait. Alors
« un attendrissement la saisit, elle se sentit molle et tout
« abandonnée, comme un duvet d'oiseau qui tournoie
« dans la tempête, et ce fut sans en avoir conscience qu'elle
« s'achemina vers l'église, disposée à n'importe quelle
« dévotion, pourvu qu'elle y absorbât son âme et que
« l'existence entière y disparût. »

Ceci, messieurs, est le premier appel à la religion, pour
retenir Emma sur la pente des passions. Elle est tombée,
la pauvre femme, puis repoussée du pied par l'homme
auquel elle s'est abandonnée. Elle est presque morte, elle
se relève, elle se ranime; et vous allez voir maintenant ce
qui est écrit (numéro du 15 novembre 1856, p. 548) :

« Un jour qu'au plus fort de sa maladie elle s'était crue
« agonisante, elle avait demandé la communion; et à
« mesure que l'on faisait dans sa chambre les préparatifs
« pour le sacrement, que l'on disposait en autel la commode
« encombrée de sirops, et que Félicité semait par terre
« des fleurs de dahlia, Emma sentait quelque chose de
« fort pesant sur elle, qui la débarrassait de ses douleurs,
« de toute perception, de tout sentiment. Sa chair allégée
« ne pesait plus, une autre vie commençait; il lui sembla
« que son être, montant vers Dieu... » (Vous voyez dans
quelle langue M. Flaubert parle des choses religieuses.)
« Il lui sembla que son être, montant vers Dieu, allait
« s'anéantir dans cet amour, comme un encens allumé qui
« se dissipe en vapeur. On aspergea d'eau bénite les draps
« du lit; le prêtre retira du saint ciboire la blanche hostie:
« et ce fut en défaillant d'une joie céleste qu'elle avança
« les lèvres pour accepter le corps du Sauveur qui se
« présentait. »

J'en demande pardon à M. l'Avocat impérial, j'en
demande pardon au tribunal, j'interromps ce passage,
mais j'ai besoin de dire que c'est l'auteur qui parle, et de
vous faire remarquer dans quels termes il s'exprime sur
le mystère de la communion; j'ai besoin, avant de reprendre

cette lecture, que le tribunal saisisse la valeur littéraire
empruntée à ce tableau; j'ai besoin d'insister sur ces
expressions qui appartiennent à l'auteur :

« Et ce fut en défaillant d'une joie céleste qu'elle
« avança les lèvres pour accepter le corps du Sauveur qui
« se présentait. Les rideaux de son alcôve se bombaient
« mollement autour d'elle en façon de nuées, et les rayons
« des deux cierges brûlant sur la commode lui parurent
« être des gloires éblouissantes. Alors elle laissa retomber
« sa tête, croyant entendre dans les espaces le chant des
« harpes séraphiques, et apercevoir en un ciel d'azur,
« sur un trône d'or, au milieu des saints tenant des palmes
« vertes, Dieu le père, tout éclatant de majesté, et qui d'un
« signe faisait descendre vers la terre des anges aux ailes
« de flammes, pour l'emporter dans leurs bras. »

Il continue :

« Cette vision splendide demeura dans sa mémoire
« comme la chose la plus belle qu'il fût possible de rêver;
« si bien qu'à présent elle s'efforçait d'en ressaisir la sen-
« sation qui continuait cependant, mais d'une manière
« moins exclusive et avec une douceur aussi profonde.
« Son âme, courbaturée d'orgueil, se reposait enfin dans
« l'humilité chrétienne; et, savourant le plaisir d'être
« faible, Emma contemplait en elle-même la destruction
« de sa volonté, qui devait faire aux envahissements de
« la grâce une large entrée. Il existait donc à la place du
« bonheur des félicités plus grandes, un autre amour
« au-dessus de tous les amours, sans intermittences
« ni fin, et qui s'accroîtrait éternellement! Elle entrevit,
« parmi les illusions de son espoir, un état de pureté
« flottant au-dessus de la terre, se confondant avec le
« ciel et où elle soupira d'être. Elle voulut devenir une
« sainte. Elle acheta des chapelets; elle porta des amulettes;
« elle souhaitait avoir dans sa chambre, au chevet de sa
« couche, un reliquaire enchâssé d'émeraudes, pour le
« baiser tous les soirs. »

Voilà des sentiments religieux! Et si vous vouliez vous
arrêter un instant sur la pensée principale de l'auteur, je
vous demanderais de tourner la page et de lire les trois
lignes suivantes du deuxième alinéa :

« Elle s'irrita contre les prescriptions du culte; l'arro-
« gance des écrits polémiques lui déplut par leur acharne-
« ment à poursuivre des gens qu'elle ne connaissait
« pas, et des contes profanes relevés de la religion lui
« parurent écrits dans une telle ignorance du monde,
« qu'ils l'écartèrent insensiblement des vérités dont elle
« attendait la preuve. »

Voilà le langage de M. Flaubert. Maintenant, s'il vous
plaît, arrivons à une autre scène, à la scène de l'extrême-
onction. Oh! monsieur l'Avocat impérial, combien vous
vous êtes trompé quand, vous arrêtant aux premiers mots,

vous avez accusé mon client de mêler le sacré au profane, quand il s'est contenté de traduire ces belles formules de l'extrême-onction, au moment où le prêtre touche tous les organes de nos sens, au moment où, selon l'expression du rituel, il dit : *Per istam unctionem, et suam piissimam misericordiam, indulgeat tibi Dominus quidquid deliquisti.*

Vous avez dit : il ne faut pas toucher aux choses saintes. De quel droit travestissez-vous ces saintes paroles : « Que Dieu dans sa sainte miséricorde, vous pardonne toutes les fautes que vous avez commises par la vue, par le goût, par l'ouïe, etc. ? »

Tenez, je vais vous lire le passage incriminé, et ce sera toute ma vengeance. J'ose dire ma vengeance, car l'auteur a besoin d'être vengé. Oui, il faut que M. Flaubert sorte d'ici, non seulement acquitté, mais vengé! vous allez voir de quelles lectures il est nourri. Le passage incriminé est à la page 271 du numéro du 15 décembre; il est ainsi conçu :

« Pâle comme une statue, et les yeux rouges comme des « charbons, Charles, sans pleurer, se tenait en face d'elle, « au pied du lit, tandis que le prêtre, appuyé sur un genou, « marmottait des paroles basses... »

Tout ce tableau est magnifique, et la lecture en est irrésistible; mais tranquillisez-vous, je ne la prolongerai pas outre mesure. Voici maintenant l'incrimination :

« Elle tourna sa figure lentement, et parut saisie de joie à « voir tout à coup l'étole violette, sans doute retrouvant au « milieu d'un apaisement extraordinaire la volupté per- « due de ses premiers élancements mystiques, avec des « visions de béatitude éternelle qui commençaient.

« Le prêtre se releva pour prendre le crucifix; alors « elle allongea le cou comme quelqu'un qui a soif, et, « collant ses lèvres sur le corps de l'Homme-Dieu, elle « y déposa, de toute sa force expirante, le plus grand « baiser d'amour qu'elle eût jamais donné. »

L'extrême-onction n'est pas encore commencée; mais on me reproche ce baiser. Je n'irai pas chercher dans sainte Thérèse, que vous connaissez peut-être, mais dont le souvenir est trop éloigné; je n'irai pas même chercher dans Fénelon le mysticisme de Mme Guyon, ni des mysticismes plus modernes dans lesquels je trouve bien d'autres raisons. Je ne veux pas demander à ces écoles, que vous qualifiez de christianisme sensuel, l'explication de ce baiser; c'est à Bossuet, à Bossuet lui-même que je veux le demander :

« Obéissez et tâchez au reste d'entrer dans les dispo- « sitions de Jésus en communiant, qui sont des dispo- « sitions d'union, de jouissance et d'amour : tout l'Evan- « gile le crie. Jésus veut qu'on soit avec lui; il veut jouir, « il veut qu'on jouisse de lui. Sa sainte chair est le milieu « de cette union et de cette chaste jouissance : il se donne. »

Je reprends la lecture du passage incriminé :

« Ensuite il récita le *Misereatur* et l'*Indulgentiam*, trempa
« son pouce droit dans l'huile et commença les onctions :
« d'abord sur les yeux, qui avaient tant convoité les somp-
« tuosités terrestres; puis sur les narines, friandes de
« brises tièdes et de senteurs amoureuses; puis sur la
« bouche, qui s'était ouverte pour le mensonge, qui avait
« gémi d'orgueil et crié dans la luxure; puis sur les mains,
« qui se délectaient aux contacts suaves, et enfin sur la
« plante des pieds, si rapides autrefois quand elle courait
« à l'assouvissance de ses désirs, et qui maintenant ne
« marcheraient plus.

« Le curé s'essuya les doigts, jeta dans le feu les brins de
« coton trempés d'huile, et revint s'asseoir près de la mori-
« bonde pour lui dire qu'à présent elle devait joindre ses
« souffrances à celles de Jésus-Christ, et s'abandonner
« à la miséricorde divine.

« En faisant ses exhortations, il essaya de lui mettre
« dans la main un cierge béni, symbole des gloires célestes
« dont elle allait être tout à l'heure environnée. Mais
« Emma, trop faible, ne put fermer les doigts, et le cierge,
« sans M. Bournisien, serait tombé par terre.

« Cependant elle n'était plus aussi pâle, et son visage
« avait une expression de sérénité, comme si le sacrement
« l'eût guérie.

« Le prêtre ne manqua point d'en faire l'observation;
« et il expliqua même à Bovary que le Seigneur, quelque-
« fois, prolongeait l'existence des personnes lorsqu'il le
« jugeait convenable pour leur salut. Et Charles se rappela
« un jour, où ainsi, près de mourir, elle avait reçu la
« communion, il ne fallait peut-être pas se désespérer,
« pensait-il. »

Maintenant, quand une femme meurt, et que le prêtre
va lui donner l'extrême-onction; quand on fait de cela
une scène mystique et que nous traduisons avec une fidélité scrupuleuse les paroles sacramentelles, on dit que nous
touchons aux choses saintes. Nous avons porté une main
téméraire aux choses saintes, parce que au *deliquisti per
oculos, per os, per aurem, per manus et per pedes*, nous avons
ajouté le péché que chacun de ces organes avait commis.
Nous ne sommes pas les premiers qui ayons marché dans
cette voie. M. Sainte-Beuve, dans un livre que vous
connaissez, met aussi une scène d'extrême-onction, et
voici comment il s'exprime :

« Oh! oui donc, à ces yeux d'abord, comme au plus
« noble et au plus vif des sens; à ces yeux, pour ce qu'ils
« ont vu, regardé de tendre, de trop perfide en d'autres
« yeux, de trop mortel; pour ce qu'ils ont lu et relu d'atta-
« chant et de trop chéri; pour ce qu'ils ont versé de vaines
« larmes sur les biens fragiles et sur les créatures infidèles;
« pour le sommeil qu'ils ont tant de fois oublié, le soir
« en y songeant!

« A l'ouïe aussi, pour ce qu'elle a entendu et s'est laissé
« dire de trop doux, de trop flatteur et enivrant; pour ce
« son que l'oreille dérobe lentement aux paroles trom-
« peuses; pour ce qu'elle y boit de miel caché.

« A cet odorat ensuite, pour les trop subtils et volup-
« tueux parfums des soirs de printemps au fond des
« bois, pour les fleurs reçues le matin tous les jours,
« respirées avec tant de complaisance!

« Aux lèvres, pour ce qu'elles ont prononcé de trop
« confus ou de trop avoué; pour ce qu'elles n'ont pas
« répliqué en certains moments ou ce qu'elles n'ont pas
« révélé à certaines personnes, pour ce qu'elles ont chanté
« dans la solitude de trop mélodieux et de trop plein
« de larmes; pour leur murmure inarticulé, pour leur
« silence!

« Au cou au lieu de la poitrine, pour l'ardeur du désir
« selon l'expression consacrée *(propter ardorem libidinis)* ;
« oui, pour la douleur des affections, des rivalités, pour le
« trop d'angoisse des humaines tendresses, pour les larmes
« qui suffoquent un gosier sans voix, pour tout ce qui fait
« battre un cœur ou ce qui le ronge!

« Aux mains aussi, pour avoir serré une main qui n'était
« pas saintement liée; pour avoir reçu des pleurs trop
« brûlants; pour avoir peut-être commencé d'écrire, sans
« l'achever, quelque réponse non permise!

« Aux pieds, pour n'avoir pas fui, pour avoir suffi aux
« longues promenades solitaires, pour ne pas s'être lassés
« assez tôt au milieu des entretiens qui sans cesse recom-
« mençaient! »

Vous n'avez pas poursuivi cela. Voilà deux hommes qui,
chacun dans leur sphère, ont pris la même chose, et qui
ont, à chacun des sens, ajouté le péché, la faute. Est-ce
que vous auriez voulu leur interdire de traduire la formule
du rituel : *Quidquid deliquisti per oculos, per aurem,* etc. ?

M. Flaubert a fait ce qu'a fait M. Sainte-Beuve, sans
pour cela être un plagiaire. Il a usé du droit, qui appartient à tout écrivain, d'ajouter à ce qu'a dit un autre écrivain, de compléter un sujet. La dernière scène du roman
de *Madame Bovary* a été faite comme toute l'étude de ce
type, avec les documents religieux. M. Flaubert a fait la
scène de l'extrême-onction avec un livre que lui avait
prêté un vénérable ecclésiastique de ses amis, qui a lu
cette scène, qui en a été touché jusqu'aux larmes, et qui n'a
pas imaginé que la majesté de la religion pût en être
offensée. Ce livre est intitulé : *Explication historique, dog-
matique, morale, liturgique et canonique du catéchisme, avec
la réponse aux objections tirées des sciences contre la religion,
par M. l'Abbé Ambroise Guillois, curé de Notre-Dame-du-
Pré, au Mans,* 6e *édition,* etc., ouvrage approuvé par son
Eminence le cardinal Gousset, NN. SS. les Evêques et
Archevêques du Mans, de Tours, de Bordeaux, de Cologne,

etc., tome 3ᵉ, imprimé au Mans par Charles Monnoyer, 1851. Or, vous allez voir dans ce livre, comme vous avez vu tout à l'heure dans Bossuet, les principes et en quelque sorte le texte des passages qu'incrimine M. l'Avocat impérial. Ce n'est plus maintenant M. Sainte-Beuve, un artiste, un fantaisiste littéraire que je cite; écoutez l'Eglise elle-même.

« L'extrême-onction peut rendre la santé du corps si « elle est utile pour la gloire de Dieu... » et le prêtre dit que cela arrive souvent. Maintenant voici l'extrême-onction :

« Le prêtre adresse au malade une courte exhortation, « s'il est en état de l'entendre, pour le disposer à recevoir « dignement le sacrement qu'il va lui administrer.

« Le prêtre fait ensuite les onctions sur le malade avec « le stylet, ou l'extrémité du pouce droit qu'il trempe « chaque fois dans l'huile des infirmes. Ces onctions « doivent être faites surtout aux cinq parties du corps que « la nature a données à l'homme comme les organes des « sensations, savoir : aux yeux, aux oreilles, aux narines, « à la bouche et aux mains.

« A mesure que le prêtre fait les onctions (nous avons suivi de point en point le Rituel, nous l'avons copié), il « prononce les paroles qui y répondent.

« *Aux yeux, sur la paupière fermée :* Par cette onction « sainte et par sa pieuse miséricorde, que Dieu vous « pardonne tous les péchés que vous avez commis par la « vue. Le malade doit, dans ce moment, détester de nou- « veau tous les péchés qu'il a commis par la vue : tant de « regards indiscrets, tant de curiosités criminelles, tant « de lectures qui ont fait naître en lui une foule de pensées « contraires à la foi et aux mœurs. »

Qu'a fait M. Flaubert ? Il a mis dans la bouche du prêtre, en réunissant les deux parties, ce qui doit être dans sa pensée et en même temps dans la pensée du malade. Il a copié purement et simplement.

« *Aux oreilles :* Par cette onction sainte et par sa pieuse « miséricorde, que Dieu vous pardonne tous les péchés « que vous avez commis par le sens de l'ouïe. Le malade « doit, dans ce moment, détester de nouveau toutes les « fautes dont il s'est rendu coupable, en écoutant avec « plaisir des médisances, des calomnies, des propos « déshonnêtes, des chansons obscènes.

« *Aux narines :* Par cette onction sainte et par sa grande « miséricorde, que le Seigneur vous pardonne tous les « péchés que vous avez commis par l'odorat. Dans ce « moment, le malade doit détester de nouveau tous les « péchés qu'il a commis par l'odorat, toutes les recherches « raffinées et voluptueuses des parfums, toutes les sen- « sualités, tout ce qu'il a respiré des odeurs de l'iniquité.

« — *A la bouche, sur les lèvres :* Par cette onction sainte « et par sa grande miséricorde, que le Seigneur vous

« pardonne tous les péchés que vous avez commis par le
« sens du goût et par la parole. Le malade doit, dans ce
« moment, détester de nouveau tous les péchés qu'il a
« commis, en proférant des jurements et des blasphèmes...,
« en faisant des excès dans le boire et dans le manger...
« — *Sur les mains :* Par cette onction sainte et par sa
« grande miséricorde, que le Seigneur vous pardonne
« tous les péchés que vous avez commis par le sens du
« toucher. Le malade doit, dans ce moment, détester
« de nouveau tous les larcins, toutes les injustices dont
« il a pu se rendre coupable, toutes les libertés plus ou
« moins criminelles qu'il s'est permises. Les prêtres
« reçoivent l'onction des mains en dehors, parce qu'ils
« l'ont déjà reçue en dedans au moment de leur ordina-
« tion et les autres malades en dedans. — *Sur les pieds :*
« Par cette onction sainte et par sa grande miséricorde,
« que Dieu vous pardonne tous les péchés que vous avez
« commis par vos démarches. Le malade doit, dans ce
« moment, détester de nouveau tous les pas qu'il a faits
« dans les voies de l'iniquité, tant de promenades scan-
« daleuses, tant d'entrevues criminelles... L'onction des
« pieds se fait sur le dessus ou sous la plante, selon la
« commodité du malade, et aussi selon l'usage du diocèse
« où l'on se trouve. La pratique la plus commune semble
« être de la faire à la plante des pieds.

« Et enfin à la poitrine (M. Sainte-Beuve a copié, nous ne
l'avons pas fait parce qu'il s'agissait de la poitrine d'une
femme). *Propter ardorem libidinis,* etc.

« *A la poitrine :* Par cette onction sainte et par sa grande
« miséricorde, que le Seigneur vous pardonne tous les
« péchés que vous avez commis par l'ardeur des passions
« Le malade doit, en ce moment, détester de nouveau
« toutes les mauvaises pensées, tous les mauvais désirs
« auxquels il s'est abandonné, tous les sentiments de haine,
« de vengeance qu'il a nourris dans son cœur. »

Et nous pourrions, d'après le *Rituel,* parler d'autre chose
encore que de la poitrine, mais Dieu sait quelle sainte
colère nous aurions excitée chez le ministère public, si
nous avions parlé des reins :

« *Aux reins (ab lumbos) :* Par cette sainte onction, et
« par sa grande miséricorde, que le Seigneur vous pardonne
« tous les péchés que vous avez commis par les mouve-
« ments déréglés de la chair. »

Si nous avions dit cela, de quelle foudre n'auriez-vous
pas tenté de nous accabler, monsieur l'Avocat impérial!
et cependant le Rituel ajoute :

« Le malade doit, dans ce moment, détester de nouveau
« tant de plaisirs illicites, tant de délectations charnelles... »

Voilà le Rituel, et vous y avez vu l'article incriminé;
il n'y a pas une raillerie, tout y est sérieux et émouvant.
Et, je vous le répète, celui qui a donné à mon client ce livre,

et qui a vu mon client en faire l'usage qu'il en a fait, lui a
serré la main avec des larmes. Vous voyez donc, monsieur
l'Avocat impérial, combien est téméraire — pour ne pas
me servir d'une expression qui, pour être exacte, serait
plus sévère — l'accusation que nous avions touché aux
choses saintes. Vous voyez maintenant que nous n'avons
pas mêlé le profane au sacré, quand, à chacun des sens,
nous avons indiqué le péché commis par ce sens, puisque
c'est le langage de l'Eglise elle-même.

Insisterai-je, maintenant, sur les autres détails du délit
d'outrage à la religion ? Voilà que le ministère public me
dit : « Ce n'est plus la religion, c'est la morale de tous les
temps que vous avez outragée ; vous avez insulté la mort ! »
Comment ai-je insulté la mort ? Parce qu'au moment où
cette femme meurt, il passe dans la rue un homme que,
plus d'une fois, elle avait rencontré demandant l'aumône
près de la voiture dans laquelle elle revenait des rendez-
vous adultères, l'aveugle qu'elle avait accoutumé de voir,
l'aveugle qui chantait sa chanson pendant que la voiture
montait lentement la côte, à qui elle jetait une pièce de
monnaie, et dont l'aspect la faisait frissonner. Cet homme
passe dans la rue ; et, au moment où la miséricorde divine
pardonne ou promet le pardon de la malheureuse qui
expie ainsi par une mort affreuse les fautes de sa vie, la
raillerie humaine lui apparaît sous la forme de la chanson
qui passe sous sa fenêtre. Mon Dieu ! vous trouvez qu'il
y a là un outrage ; mais M. Flaubert ne fait que ce qu'ont
fait Shakespeare et Gœthe, qui, à l'instant suprême de la
mort, ne manquent pas de faire entendre quelque chant,
soit de plainte, soit de raillerie, qui rappelle à celui qui
s'en va dans l'éternité quelque plaisir dont il ne jouira plus,
ou quelque faute à expier.

Lisons :

« En effet, elle regarda tout autour d'elle lentement,
« comme quelqu'un qui se réveille d'un songe ; puis, d'une
« voix distincte, elle demanda son miroir ; elle resta penchée
« dessus quelque temps jusqu'au moment où de grosses
« larmes lui découlèrent des yeux. Alors elle se renversa
« la tête en poussant un soupir et retomba sur l'oreiller.

« Sa poitrine aussitôt se mit à haleter rapidement.

Je ne puis pas lire, je suis comme Lamartine : « L'expiation va pour moi au delà de la vérité... » Je ne croyais
pourtant pas faire une mauvaise action, monsieur l'Avocat impérial, en lisant ces pages à mes filles qui sont
mariées, honnêtes filles qui n'ont reçu de bons exemples,
de bonnes leçons, et que jamais, jamais on n'a mises, par
une indiscrétion, hors de la voie la plus étroite, hors des
choses qui peuvent et doivent être entendues... Il m'est
impossible de continuer cette lecture, je m'en tiendrai
rigoureusement aux passages incriminés :

« Les bras étendus et à mesure que le râle devenait plus

« fort (Charles était de l'autre côté, cet homme que vous ne
« voyez jamais, et qui est admirable), et à mesure que le
« râle devenait plus fort, l'ecclésiastique précipitait ses
« oraisons; elles se mêlaient aux sanglots étouffés de
« Bovary, et quelquefois tout semblait disparaître dans
« le sourd murmure des syllabes latines, qui tintaient
« comme un glas de cloche.

« Tout à coup on entendit sur le trottoir un bruit de gros
« sabots, avec le frôlement d'un bâton; et une voix s'éleva,
« une voix rauque qui chantait :

> « *Souvent la chaleur d'un beau jour*
> « *Fait rêver fillette à l'amour.*

« Elle se releva comme un cadavre que l'on gal-
« vanise, les cheveux dénoués, la prunelle fixe, béante.

> « *Pour amasser diligemment*
> « *Les épis que la faux moissonne,*
> « *Ma Nanette va s'inclinant*
> « *Vers le sillon qui nous les donne.*

« — L'aveugle! s'écria-t-elle.
« Et Emma se mit à rire, d'un rire atroce, frénétique,
« désespéré, croyant voir la face hideuse du misérable
« qui se dressait dans les ténèbres éternelles comme un
« épouvantement.

> « *Il souffla bien fort ce jour-là,*
> « *Et le jupon court s'envola !*

« Une convulsion la rabattit sur le matelas. Tous s'ap-
« prochèrent. Elle n'existait plus. »

Voyez, messieurs, dans ce moment suprême, le rappel
de sa faute, le remords, avec tout ce qu'il a de poignant
et d'affreux. Ce n'est pas une fantaisie d'artiste voulant
seulement faire un contraste sans utilité, sans moralité,
c'est l'aveugle qu'elle entend dans la rue chantant cette
affreuse chanson, qu'il chantait quand elle revenait toute
suante, toute hideuse des rendez-vous de l'adultère; c'est
l'aveugle qu'elle voyait à chacun de ces rendez-vous :
c'est cet aveugle qui la poursuivait de son chant, de son
importunité; c'est lui qui, au moment où la miséricorde
divine est là, vient personnifier la rage humaine qui la
poursuit à l'instant suprême de la mort! Et on appelle
cela un outrage à la morale publique! Mais je puis dire,
au contraire, que c'est là un hommage à la morale publique,
qu'il n'y a rien de plus moral que cela; je puis dire que,
dans ce livre, le vice de l'éducation est animé, qu'il est
pris dans le vrai, dans la chair vivante de notre société, qu'à
chaque trait l'auteur nous pose cette question : « As-tu

fait ce que tu devais pour l'éducation de tes filles ? La
religion que tu leur as donnée, est-elle celle qui peut les
soutenir dans les orages de la vie, ou n'est-elle qu'un amas
de superstitions charnelles, qui laissent sans appui quand
la tempête gronde ? Leur as-tu enseigné que la vie n'est
pas la réalisation de rêves chimériques, que c'est quelque
chose de prosaïque dont il faut s'accommoder ? Leur as-tu
enseigné cela, toi ? As-tu fait ce que tu devais pour leur
bonheur ? Leur as-tu dit : Pauvres enfants, hors de la route
que je vous indique, dans les plaisirs que vous pour-
suivez, vous n'avez que le dégoût qui vous attend, l'abandon de la maison, le trouble, le désordre, la dilapidation,
les convulsions, la saisie... » Et vous voyez si quelque
chose manque au tableau, l'huissier est là, là aussi est le
juif qui a vendu pour satisfaire les caprices de cette femme,
les meubles sont saisis, la vente va avoir lieu ; et le mari
ignore tout encore. Il ne reste plus à la malheureuse qu'à
mourir !
    Mais, dit le ministère public, sa mort est volontaire, cette
femme meurt à son heure.
    Est-ce qu'elle pouvait vivre ? Est-ce qu'elle n'était pas
condamnée ? Est-ce qu'elle n'avait pas épuisé le dernier
degré de la honte et de la bassesse ?
    Oui, sur nos scènes, on montre les femmes qui ont dévié,
gracieuses, souriantes, heureuses, et je ne veux pas dire ce
qu'elles ont fait. *Questum corpore fecerant.* Je me borne
à dire ceci. Quand on nous les montre heureuses, charmantes, enveloppées de mousseline, présentant une main
gracieuse à des comtes, à des marquis, à des ducs, que
souvent elles répondent elles-mêmes au nom de marquises
ou de duchesses : voilà ce que vous appelez respecter la
morale publique. Et celui qui vous présente la femme
adultère mourant honteusement, celui-là commet un
outrage à la morale publique !
    Tenez, je ne veux pas dire que ce n'est pas votre pensée
que vous avez exprimée, puisque vous l'avez exprimée, mais
vous avez cédé à une grande préoccupation. Non, ce
n'est pas vous, le mari, le père de famille, l'homme qui
est là, ce n'est pas vous, ce n'est pas possible ; ce n'est pas
vous qui, sans la préoccupation du réquisitoire et d'une
idée préconçue, seriez venu dire que M. Flaubert est
l'auteur d'un mauvais livre ! Oui, abandonné à vos inspirations, votre appréciation serait la même que la mienne,
je ne parle pas du point de vue littéraire, nous ne pouvons
pas différer vous et moi à cet égard, mais au point de vue
de la morale et du sentiment religieux tel que vous l'entendez, tel que je l'entends.
    On nous a dit encore que nous avions mis en scène un
curé matérialiste. Nous avons pris le curé, comme nous
avons pris le mari. Ce n'est pas un ecclésiastique éminent,
c'est un ecclésiastique ordinaire, un curé de campagne. Et

de même que nous n'avons insulté personne, que nous n'avons exprimé aucun sentiment, aucune pensée qui pût être injurieuse pour le mari, nous n'avons pas davantage insulté l'ecclésiastique qui était là. Je n'ai qu'un mot à dire là-dessus.

Voulez-vous des livres dans lesquels les ecclésiastiques jouent un rôle déplorable ? Prenez *Gil-Blas*, *le Chanoine*, de Balzac ; *Notre-Dame de Paris*, de Victor Hugo. Si vous voulez des prêtres qui soient la honte du clergé, prenez-les ailleurs, vous ne les trouveriez pas dans *Madame Bovary*. Qu'est-ce que j'ai montré, moi ? Un curé de campagne qui est dans ses fonctions de curé de campagne ce qu'est M. Bovary, un homme ordinaire. L'ai-je représenté libertin, gourmand, ivrogne ? Je n'ai pas dit un mot de cela. Je l'ai représenté remplissant son ministère, non pas avec une intelligence élevée, mais comme sa nature l'appelait à le remplir. J'ai mis en contact avec lui et en état de discussions presque perpétuelles un type qui vivra — comme a vécu la création de M. Prudhomme — comme vivront quelques autres créations de notre temps, tellement étudiées et prises sur le vrai, qu'il n'y a pas possibilité qu'on les oublie ; c'est le pharmacien de campagne, le voltairien, le sceptique, l'incrédule, l'homme qui est en querelle perpétuelle avec le curé. Mais dans ces querelles avec le curé, qui est-ce qui est continuellement battu, bafoué, ridiculisé ? C'est Homais, c'est lui à qui on a donné le rôle le plus comique parce qu'il est le plus vrai, celui qui peint le mieux notre époque sceptique, un enragé, ce qu'on appelle le prêtrophobe. Permettez-moi encore de vous lire la page 206. C'est la bonne femme de l'auberge qui offre quelque chose à son curé :

« — Qu'y a-t-il pour votre service, monsieur le curé ?
« demanda la maîtresse d'auberge tout en atteignant sur
« la cheminée un des flambeaux de cuivre qui s'y trou-
« vaient rangés en colonnade avec leurs chandelles. Vou-
« lez-vous prendre quelque chose ? Un doigt de cassis,
« un verre de vin ?

« L'ecclésiastique refusa fort civilement. Il venait cher-
« cher son parapluie qu'il avait oublié l'autre jour au cou-
« vent d'Ernemont, et, après, avoir prié Mme Lefrançois
« de lui le faire remettre au presbytère dans la soirée, il
« sortit pour se rendre à l'église où l'on sonnait l'*Angélus*.

« Quand le pharmacien n'entendit plus sur la place le
« bruit de ses souliers, il trouva fort inconvenante sa
« conduite de tout à l'heure. Ce refus d'accepter un rafraî-
« chissement lui semblait une hypocrisie des plus odieuses ;
« les prêtres godaillaient tous sans qu'on les vît et cher-
« chaient à ramener le temps de la dîme.

« L'hôtesse prit la défense de son curé :
« — D'ailleurs, il en plierait quatre comme vous sur
« son genou. Il a, l'année dernière, aidé nos gens à rentrer

« la paille il en portait jusqu'à six bottes à la fois, tant
« il est fort!

« — Bravo! fit le pharmacien. Envoyez donc vos filles
« à confesse à des gaillards d'un tempérament pareil!
« Moi, si j'étais le gouvernement, je voudrais qu'on sai-
« gnât les prêtres une fois par mois. Oui, madame Lefran-
« çois, tous les mois une large phlébotomie, dans l'inté-
« rêt de la police et des mœurs!

« — Taisez-vous donc, monsieur Homais, vous êtes un
« impie, vous n'avez pas de religion!

« Le pharmacien répondit :

« — J'ai une religion, ma religion, et même j'en ai
« plus qu'eux tous avec leurs mômeries et leurs jongle-
« ries. J'adore Dieu, au contraire! Je crois en l'Etre
« suprême, à un créateur quel qu'il soit, peu m'importe,
« qui nous a placés ici-bas pour y remplir nos devoirs
« de citoyen et de père de famille; mais je n'ai pas besoin
« d'aller dans une église baiser des plats d'argent et
« engraisser de ma poche un tas de farceurs qui se nour-
« rissent mieux que nous. Car on peut l'honorer aussi
« bien dans un bois, dans un champ, ou même en contem-
« plant la voûte éthérée, comme les anciens. Mon Dieu,
« à moi, c'est le Dieu de Socrate, de Franklin, de Voltaire
« et de Béranger! Je suis pour la *Profession de foi du*
« *vicaire savoyard* et les immortels principes de 89!
« Aussi je n'admets pas un bonhomme de Bon-Dieu qui
« se promène dans son parterre la canne à la main, loge
« ses amis dans le ventre des baleines, meurt en poussant
« un cri et ressuscite au bout de trois jours — choses
« absurdes en elles-mêmes et complètement opposées,
« d'ailleurs, à toutes les lois de la physique, ce qui nous
« démontre, en passant, que les prêtres ont toujours
« croupi dans une ignorance turpide, où ils s'efforcent
« d'engloutir avec eux les populations.

« Il se tut, cherchant des yeux un public autour de lui,
« car, dans son effervescence, le pharmacien, un moment,
« s'était cru en plein conseil municipal. Mais la maîtresse
« d'auberge ne l'écoutait plus. »

Qu'est-ce qu'il y a là ? Un dialogue, une scène, comme
il y en avait chaque fois que Homais avait occasion de
parler des prêtres.

Maintenant il y a quelque chose de mieux dans le dernier passage, page 271 :

« Mais l'attention publique fut distraite par l'apparition
« de M. Bournisien, qui passait sous les halles avec les
« saintes huiles.

« Homais, comme il le devait à ses principes, compara
« les prêtres à des corbeaux qu'attire l'odeur des morts;
« la vue d'un ecclésiastique qui lui était personnellement
« désagréable, car la soutane le faisait rêver au linceul,
« et il exécrait l'une un peu par épouvante de l'autre. »

Notre vieil ami, celui qui nous a prêté le catéchisme, était fort heureux de ce passage; il nous disait : C'est d'une vérité frappante; c'est bien le portrait du prêtrophobe que « la soutane fait rêver au linceul et qui exècre l'une un peu par épouvante de l'autre ». C'était un impie, et il exécrait la soutane, un peu par impiété peut-être, mais beaucoup plus parce qu'elle le faisait rêver au linceul.

Permettez-moi de résumer tout ceci.

Je défends un homme qui, s'il avait rencontré une critique littéraire sur la forme de son livre, sur quelques expressions, sur trop de détails, sur un point ou sur un autre, aurait accepté cette critique littéraire du meilleur cœur du monde. Mais se voir accusé d'outrage à la morale et à la religion! M. Flaubert n'en revient pas; et il proteste ici devant vous avec tout l'étonnement et toute l'énergie dont il est capable contre une telle accusation.

Vous n'êtes pas de ceux qui condamnent des livres sur quelques lignes, vous êtes de ceux qui jugent avant tout la pensée, les moyens de mise en œuvre, et qui vous poserez cette question par laquelle j'ai commencé ma plaidoirie, et par laquelle je la finis : La lecture d'un tel livre donne-t-elle l'amour du vice, inspire-t-elle l'horreur du vice? L'expiation si terrible de la faute ne pousse-t-elle pas, n'excite-t-elle pas à la vertu? La lecture de ce livre ne peut pas produire sur vous une impression autre que celle qu'elle a produite sur nous, à savoir : que ce livre est excellent dans son ensemble, et que les détails en sont irréprochables. Toute la littérature classique nous autorisait à des peintures et à des scènes bien autres que celles que nous nous sommes permises. Nous aurions pu, sous ce rapport, la prendre pour modèle, nous ne l'avons pas fait; nous nous sommes imposé une sobriété dont vous nous tiendrez compte. Que s'il était possible que, par un mot ou par un autre, M. Flaubert eût dépassé la mesure qu'il s'était imposée, je n'aurais pas seulement à vous rappeler que c'est une première œuvre, mais j'aurais à vous dire qu'alors même qu'il se serait trompé, son erreur serait sans dommage pour la morale publique. Et le faisant venir en police correctionnelle — lui, que vous connaissez maintenant un peu par son livre, lui que vous aimez déjà un peu, j'en suis sûr, et que vous aimeriez davantage si vous le connaissiez davantage, — il est bien assez, il est déjà trop cruellement puni. A vous maintenant de statuer. Vous avez jugé le livre dans son ensemble et dans ses détails; il n'est pas possible que vous hésitiez!

JUGEMENT

Le tribunal a consacré une partie de l'audience de la huitaine dernière aux débats d'une poursuite exercée contre MM. Léon Laurent-Pichat et Auguste-Alexis Pillet, le premier gérant, le second imprimeur du recueil périodique *La Revue de Paris*, et M. Gustave Flaubert, homme de lettres, tous trois prévenus : 1° Laurent-Pichat, d'avoir, en 1856, en publiant dans les numéros des 1er et 15 décembre de la *Revue de Paris* des fragments d'un roman intitulé *Madame Bovary* et, notamment, divers fragments contenus dans les pages 73, 77, 78, 272, 273, commis les délits d'outrage à la morale publique et religieuse et aux bonnes mœurs; 2° Pillet et Flaubert d'avoir, Pillet en imprimant pour qu'ils fussent publiés, Flaubert en écrivant et remettant à Laurent-Pichat pour être publiés, les fragments du roman intitulé *Madame Bovary*, sus-désignés, aidé et assisté, avec connaissance, Laurent-Pichat dans les faits qui ont préparé, facilité et consommé les délits sus-mentionnés, et de s'être ainsi rendus complices de ces délits prévus par les articles 1er et 8 de la loi du 17 mai 1819, et 59 et 60 du Code pénal.

M. Pinard, substitut, a soutenu la prévention.

Le tribunal, après avoir entendu la défense présentée par Me Sénard pour M. Flaubert, Me Desmarest pour M. Pichat et Me Faverie pour l'imprimeur, a remis à l'audience de ce jour (7 février) le prononcé du jugement, qui a été rendu en ces termes :

« Attendu que Laurent-Pichat, Gustave Flaubert et Pillet sont inculpés d'avoir commis les délits d'outrage à la morale publique et religieuse et aux bonnes mœurs; le premier, comme auteur, en publiant dans le recueil périodique intitulé *La Revue de Paris*, dont il est directeur gérant, et dans les numéros des 1er et 15 octobre, 1er et 15 novembre, 1er et 15 décembre 1856, un roman intitulé *Madame Bovary*, Gustave Flaubert et Pillet, comme complices, l'un en fournissant le manuscrit, et l'autre en imprimant ledit roman;

« Attendu que les passages particulièrement signalés du roman dont il s'agit, lequel renferme près de 300 pages, sont contenus, aux termes de l'ordonnance du renvoi devant le tribunal correctionnel, dans les pages 73, 77 et 78 (numéro du 1er décembre 1856), et 271, 272 et 273 (numéro du 15 décembre 1856);

« Attendu que les passages incriminés, envisagés abstractivement et isolément, présentent effectivement soit des expressions, soit des images, soit des tableaux que le bon goût réprouve et qui sont de nature à porter atteinte à de légitimes et honorables susceptibilités;

« Attendu que les mêmes observations peuvent s'appliquer justement à d'autres passages non définis par l'ordonnance de renvoi et qui, au premier abord, semblent présenter l'exposition de théories qui ne seraient pas moins contraires aux bonnes mœurs, aux institutions, qui sont la base de la société, qu'au respect dû aux cérémonies les plus augustes du culte;

« Attendu qu'à ces divers titres l'ouvrage déféré au tribunal mérite un blâme sévère, car la mission de la littérature doit être d'orner et de récréer l'esprit en élevant l'intelligence et en épurant les mœurs plus encore que d'imprimer le dégoût du vice en offrant le tableau des désordres qui peuvent exister dans la société;

« Attendu que les prévenus, et en particulier Gustave Flaubert, repoussent énergiquement l'inculpation dirigée contre eux, en articulant que le roman soumis au jugement du tribunal a un but éminemment moral; que l'auteur a eu principalement en vue d'exposer les dangers qui résultent d'une éducation non appropriée au milieu dans lequel on doit vivre, et que, poursuivant cette idée, il a montré la femme, personnage principal de son roman, aspirant vers un monde et une société pour lesquels elle n'était pas faite, malheureuse de la condition modeste dans laquelle le sort l'aurait placée, oubliant d'abord ses devoirs de mère, manquant ensuite à ses devoirs d'épouse, introduisant successivement dans sa maison l'adultère et la ruine, et finissant misérablement par le suicide, après avoir passé par tous les degrés de la dégradation la plus complète et être descendue jusqu'au vol;

« Attendu que cette donnée, morale sans doute dans son principe, aurait dû être complétée dans ses développements par une certaine sévérité de langage et par une réserve contenue, en ce qui touche particulièrement l'exposition des tableaux et des situations que le plan de l'auteur lui faisait placer sous les yeux du public;

« Attendu qu'il n'est pas permis, sous prétexte de peinture de caractère ou de couleur locale, de reproduire dans leurs écarts les faits, dits et gestes des personnages qu'un écrivain s'est donné mission de peindre; qu'un pareil système, appliqué aux œuvres de l'esprit aussi bien qu'aux productions des beaux-arts, conduirait à un réalisme qui serait la négation du beau et du bon et qui, enfantant des œuvres également offensantes pour les regards et pour l'esprit, commettrait de continuels outrages à la morale publique et aux bonnes mœurs;

« Attendu qu'il y a des limites que la littérature, même la plus légère, ne doit pas dépasser, et dont Gustave Flaubert et co-inculpés paraissent ne s'être pas suffisamment rendu compte;

« Mais attendu que l'ouvrage dont Flaubert est l'auteur est une œuvre qui paraît avoir été longuement et sérieusement travaillée, au point de vue littéraire et de l'étude des caractères; que les passages relevés par l'ordonnance de renvoi, quelque répréhensibles qu'ils soient, sont peu nombreux si on les compare à l'étendue de l'ouvrage; que ces passages, soit dans les idées qu'ils exposent, soit dans les situations qu'ils représentent, rentrent dans l'ensemble des caractères que l'auteur a voulu peindre, tout en les exagérant et en les imprégnant d'un réalisme vulgaire et souvent choquant;

« Attendu que Gustave Flaubert proteste de son respect pour les bonnes mœurs et tout ce qui se rattache à la morale religieuse; qu'il n'apparaît pas que son livre ait été, comme certaines œuvres, écrit dans le but unique de donner une satisfaction aux passions sensuelles, à l'esprit de licence et de débauche, ou de ridiculiser des choses qui doivent être entourées du respect de tous;

« Qu'il a eu le tort seulement de perdre parfois de vue les règles que tout écrivain qui se respecte ne doit jamais franchir, et d'oublier que la littérature, comme l'art, pour accomplir le bien qu'elle est appelée à produire, ne doit pas seulement être chaste et pure dans sa forme et dans son expression;

« Dans ces circonstances, attendu qu'il n'est pas suffisamment établi que Pichat, Gustave Flaubert et Pillet se soient rendus coupables des délits qui leur sont imputés;

« Le tribunal les acquitte de la prévention portée contre eux et les renvoie sans dépens. »

TABLE DES MATIÈRES

GF — TEXTE INTÉGRAL — GF

3332-1970. — IMPRIMERIE-RELIURE MAME
N° d'édition 8037. — 1er trimestre 1966. — PRINTED IN FRANCE.

Il existe dans la collection des Classiques Garnier une édition de Madame Bovary *suivie des réquisitoire, plaidoirie et jugement du procès intenté à l'auteur. Elle est due à* M. Edouard Maynial. *On y trouve une copieuse introduction, une bibliographie, un relevé de variantes, de nombreuses notes. Elle est illustrée.*